表現主義戯曲／旧東ドイツ国家公安局対作家／ヘルマン・カントの作品／ルポルタージュ論

Sakai Osamu
酒井 府

鳥影社

目次

表現主義戯曲／旧東ドイツ国家公安局対作家／ヘルマン・カントの作品／ルポルタージュ論

前書き

私は一九六五年、獨協大学外国語学部ドイツ語学科へ就職して以来、講義の傍ら、私の大学生、大学院生時代以来の研究テーマ、ドイツ表現主義、新即物主義の更なる研究を続けた。その成果を先ず、表現主義については一九六七年、獨協大学「ドイツ学研究」へ、新即物主義についてはドイツ貴族階級出身の士官が Ludwig Renn というペンネームのもと、第一次世界大戦の自らの体験に基づき一九二八年に発表した同名の一兵士の目から見たルポルタージュ的文学『戦争』をめぐって、一九六九年春、日本独文学会「ドイツ文学」へ発表した。その後、上記の二つのテーマの更なる研究を続け、その貴族出身の Ludwig Renn が第二次世界大戦後ＤＤＲ（ドイツ民主共和国）（以後東ドイツと表記）に留まって以来、私の関心は表現主義、新即物主義のみならず、東ドイツ及び東ドイツ文学へも向かった。それ以来私は長年に亙って表現主義、東ドイツの文学に関しても、研究発表を重ねてきた。

表現主義に関しては、一九一二年に始まり、一九二四年六月の築地小劇場を経て一九三六年迄続いた日本での受容について、先ず二〇〇三年一月末、早稲田大学出版部より『ドイツ表現主義と日本――大正期の動向を中心に』を上梓し、表現主義について論じた。

しかし、それとは別に、私は、表現主義戯曲研究を長年に亙って論じ、小冊子に発表してきた。

一方、東ドイツの文学に関しては、いわゆる Biermann 追放事件をめぐってシュタージ（Stasi）（東ドイツ国家公安局）と対立した東ドイツの作家達について、東ドイツの俳優兼歌手で、国民的英雄と迄言われ、一九七七年六月下旬、Biermann 事件との係わりで心ならずも西ドイツへ移住した Manfred Krug の „Abgehauen“（脱走）を中心に論じ、更に、反体制的な作家達中心の Berliner Geshichten（『ベルリン物語集』）出版企画とそれを阻止しようとした国家公安局について論じた。

それとは別に、私が長年、関心を抱いてきた東ドイツ作家同盟議長を務め、毀誉褒貶に晒され、誤解され、その作品があまり知られていない Hermann Kant について、彼も東ドイツ政権による Biermann 追放に反対を唱えたことに触れつつ、その多くの作品を論じてきた。しかし残念ながら、東ドイツの重要な作家、Urlich Plenzdorf については紙数の関係上省略せざるを得なかった。

なお、新即物主義については、ルポルタージュとの関係で論じている。

以上の論文を今回、加筆訂正し、発表するのが本書の意図である。

（一）表現主義戯曲研究

表現主義戯曲研究（Ｉ）
ゲオルク・カイザー『ガス第一部・第二部』
――悲劇的喜劇から喜劇的悲劇へ――

（Ｉ）

――表現主義とは――

カントは彼の著作『判断力批判』の四九「天才を形成する心情の諸能力について」の中で美学的理念と理性理念の対応に関して、次のように述べている。まずカントは、或る種の作品は、それが趣味がよいにもかかわらず精神を欠いていることがあると語り、「美学的意味における精神とは、心情へ生気を与える原理のことを言つている。[1]」と論じ、「そこで、私は、この原理が、美学的理念を表現する能力以外の何ものでもないことを主張する。しかしながら美学的理念と私が言う時、私は、構想力のあの表象を意味している。それは多くのことを考えさせるが、それには、ともかく何らかの一定の思考、すなわち、概念が適合し得ない表象であり、したがつて、どんな言葉も完全に達成し得ず、説明し得ない表象である。――人は、美学的理念が、理性理念の対応物（対になるもの）であることを容易に知るが、理性理念は、逆に、どんな直観（構想力の表象）も、それには適合し得ない概念である。[2]」と述べている。このことは何を意味しているかと言えば、美学的理念、即ち構想力の表象は、一定の思考、つまり、どのような概念によっても表現し得ないものであり、どんな言語によっても表現し得ないものであり、どんな直観（構想力の表象）も適合し得ないところの理性理念とは対応し、異なるということである。すなわち、精神の産物である構想力は、カントが否定している外的、客観的存在としての事実の観察――カントによれば、我々の感官に現われるものの認識に他ならない観察――に基づいている論理的思考の言語化したものである概念によっては、表現し得ないのは当然である。それに反して、理性理念は、まさにそのような概念の表現なのである。カントは、ここにおいて、同時に、「芸術と論理的論文との分離を語っているのみならず、芸術と、論理がその概念を抽象する経験主義的経験《エムピイリシエル・エルファアールング》との分離をも語っている。(3)」すなわち、論理的概念は、経験から抽き出され構成されるものであり、自然科学には用いられ得るが、内的体験の表象としての美学的理念には用いられ得ないのである。このことは、「ともかく、論理言語は外的事実の観察に基づいているので、それは、内的体験の再現に成長していない。(4)」ということである。つまり、美的表現は、いわゆる論理的表現とは異なり、「美的表現の意図は、我々の内的生活を、意外な連想の喚起によって刺戟することである。(5)」

そこで、今、芸術一般に目を転じてみる時、美的表現がより必要とされるのが、プラトン、カント的な思想の潮流を持つ芸術であり、論理的表現がより必要とされるのが、アリストテレス、ヘーゲル的な思想の潮流を持つ芸術であると、あくまで相対的な意味で言えよう。前者は自然科学から遠ざかり、後者は自然科学に近づくのである。文学としての表現主義は、まさに前者であり、自然主義は後者である。我々は、文学という言語芸術において、どのようにして、内的体験を、主観を、より有効に表現したらよいものか、我々は、美学的理念としての表象に、どのようにして、不完全ながらもより近づき得るか、という問題を一九一〇年から一九二〇年頃にかけて追求したのが表現主義の作家達であった。私が一九一〇年から一九二〇年頃にかけて追求したのがという表現をしたのは、文学を含めた芸術一般を考えてみる時、芸術一般にわたる表現主義は新しい芸術思想、芸術運動ではあるが、この新しいという言葉はあくまで自然主義、印象主義との相対的な意味における狭義の新しさであって、表現主義の根本思想は世界史における伝統的な思想の潮流に基づいていると考えられるからである。

（Ⅱ）

世界思想史は、広義に解釈すれば、二つの思想の潮流の交代であったと言えよう。それは広い意味でのリアリズムとロマンティシズムの対立であり、ウエルナー、マールホルツの解釈によれば、啓蒙主義《アウフクレールング》とロマン主義《ロマンティーク》と置き換えられるし、いわば、観察《ベオバハテン》と霊感《インスピラツィオン》の芸術の交代であった。[6] 結局、アリストテレスを中心としたギリシヤ精神に体系づけられていた思想、すなわち、芸術は模倣（Mimese oder Nachahmung）であるという考えに従うか、それとも、プラトン、ロンギノスが主張した思想、すなわち、芸術はその根源を観察にではなく、霊感に持つべきであるという考えに従うかの違いから生じる対立であった。表現主義が、どちらに属するかは、論を俟たない。それでは、プラトン的思想の根源はどこにあるのか？が重要な問題となってくる。その根源は原始時代の宗教にあると言えよう。原始人にとって、彼等を取り巻く世界、すなわち自然は、強大なエネルギーを持ち、彼におそいかかるように、のしかかってきた。つまり、現代人である我々が周囲を壁にかこまれた何の装飾もない空虚な部屋の中にいる時に感じるあの圧迫感、いわゆる心理学でいう「空間の恐怖」（Horror Vacui）を、広大な自然を通して原始人は痛感したのだ。そこには未だ、人間主体の、自然からの不十分な分離がみられた。つまり、人間はただ自分自身を再生産するにすぎないという域を完全には脱しきっていず、言いかえれば、動物のように「生理的あるいは物理的な必然性に支配されて生産する。[7]」という段階にとどまっていた。このような時、まず、強大な自然に堪え抜くために選ばれた道は、自己の中に閉じこもることにより、世界から遁がれることにあったようだ。しかし、この消極的、受動的な対抗が、限界を持ちながらも、積極的、能動的な対抗に転化する時がきた。すなわち、一種の霊感が彼の中に生じた時である。内的な力が自然に対抗するエネルギーを、彼に与えた。それが原始人における宗教の発生であり、同時に、原始的な芸術の発生でもあった。「芸術が始まる。人間がその内的なものを示現させることによって、現象の束縛を打ち破る人間の試みが始まる。彼は世界の中へ一つの新しい世界を創り出す。その世界は彼に属し、彼に従う世界である。現象につぐ現象が全ての人間の感覚を――ある時は目を、ある時は耳を、まさぐる手を、歩む足を――不安にし混乱させるような、そういう狂暴な跳躍によって、かの世界が人間を驚かす時、この新しい世界は、人間を、硬直した、非現実的な、永遠にくりかえされる形式の静寂、中庸、調和を通して宥め、鼓舞する。原始的装飾では、変化は静止によって、実見《アウゲンシャイン》は思想像《ゲダンケンビルト》によって、外的世界は内的人間によって、克服されている。(8)」とヘルマン・バールは述べている。自然に対する人間精神の能動性の誕生であった。このことは人間が「自己の再生産ということから解放されて、自由に自然を認識し、法則に従って生産(9)」することであり、人間主体の自然に対する確立であった。この人間精神の能動性を考えた時、プラトンにとって、観察《ベオバハテン》としての芸術は、意味がなかった。何故なら、それは、精神の自然への屈服であるからだ。前にも触れたように、芸術家は、プラトンによれば、内的な声を聞いて、霊感が彼に与えたところのものを表現すべきなのだ。真実は、我々の目にうつる自然にあるのではなく、一種の啓示を必要とする何か秘められたものにあるのだ。そして、この内的な真実を表出する手段が、当然、言語芸術、広義の音楽、彫刻、絵画である。それは可能か不可能かが多くの芸術家によって考察されてきたのだ。

　プラトン的な思想の潮流を徹底させ、自然と人間との仮借のない分離を主張したのが、すでに触れたように、カントであった。「カントにとって、自然は、人間がそこに自分の場所を持っている所与のシステムではなく、むしろ、我々の精神が諸現象に押しつける一種の解釈である。精神なしには自然は存在しないだろう。というのは、自然法則とよばれる量的公式化は存在しないだろうし、それゆえに、また、秩序立てられた宇宙は存在しないだろうから。(10)」すなわち、カントにとっては、現象は決して我々の外部に客観的に存在するものではなく、精神の内側にこそ存在している。彼は世界は我々の精神の産物であり、超自然的なものは不可視であると考えている。すなわち、我々は、世界が我々の感官に現われるのを認識するにすぎないのであって、決して、直接に認識するのではないので、その認識は不完全である。事物の真の本質（Ding an sich）は認識不可能であり、不可視である。とカントは主張する。つまり、ここには「存在としての存在」という言葉によって感性的世界に共通の存在一般を認め、素材（Materia）と形相（Forma）という用語によって事物の存在を静態論的に捉え、事物の存在をその形成の過程において、すなわち、動態論的には可能態と現実態という用語で捉えたアリストテレス的思想は何らうかがえないのである。その結果として、カントは、模倣、表示としての芸術の根底を破壊した。何故ならば、自然が我々の精神の外側に存在しないものならば、自然の模倣自体、すでに、我々の精神の仮象としての自然を模倣しているにすぎず、また、我々が、超自然的なものに近づけない以上、その表示も不可能であるからだ。近代芸術は、もはや、三次元の空間をその自由な空間のために無視し、因果関係及び現実性の法則を放棄せねばならない。我々は、我々の認識能力に従って創造するのであり、「自然模倣、道徳的傾向、経験主義《エムピーリッシュ》的真実、宗教的信仰――それら全ては、芸術にとっては、とるに足らないものとして考察される。自ら選ばれた目標と、芸術家がその特殊な意図を表現する為に自由に自身に課した形式が、彼にとって唯一の重要なものなのである。[11]」したがって、「芸術家は一つの宇宙の立法者であり、創造者である。[12]」ということになり、芸術そのものが自己目的となり、「芸術は、人間が自由であり得る唯一の区域となるゆえに、人間救済ともなった。芸術において、人間は神となった――人間が、神を発見したり、啓示をしたりすることによってではなく、むしろ、人間が、神が創造するように創造することによってである。[13]」ということになる。

(III)

模倣、表示としての芸術を拒否し、三次元の空間を無視し、因果関係及び現実性の法則を放棄すること、そして、人間が自由に創造すること、それが芸術であるというこのカント的芸術論は表現主義に大きな影響力を与えていることは、すでに述べた通りである。表現主義が、様々な形式を持っているにせよ、総体的に、絵画においては反印象主義、文学においては反自然主義であったことは、以上の思想傾向からみても当然である。芸術は人間が自由に創造することであるという時、その創造にとって必要なのは、内的な声を聞いて霊感が彼に与えたところのものを表現することであり、あの美学的理念を表現することである。しかし、この表現の場合に、果して芸術において、そのような表現は可能か？という問題が生じてくる。我々が芸術における表現という問題を考える時、音楽、絵画、彫刻、言語芸術におけるそれを当然考える。これら、それぞれの芸術における表現手段が異なるということが前述の問題とかかわり合ってくることは言うまでもない。人間の構想力の表象はその包括力において時間と空間の制約を受けるが、無限の拡がりを持つと言えよう。我々が色彩なり、音色なり、言語なりを考えてみる時、それらはすべて、構想力の表象である美学的理念が包括している領域に比較して、それを表わす表現能力の面で程度の差はあるが限界があるように思える。造型言語と言われる色彩が、一番、美学的理念を表現する表現能力の領域の広さを持つように思えるが、やはり限界があるに違いない。我々はさまざまな色彩、色彩の濃淡、その混合の割合、画面にそれぞれの色彩が占める広さなどによって、美学的理念が包括している領域を色彩の表現能力の領域に還元することが出来る。しかし、我々はすでに、表象を色彩に還元するという過程において、表象と異質なものを表現している筈である。ではあるが、表象を直観的に色彩において画面に表現するという形で、我々は画面に感情移入をし、表象に近づく。同時にこのこと自体、芸術の創造を意味している。

音楽の場合はどうか？　色彩程でないにしても、さまざまな音階、音の強弱、和音、音楽におけるそれぞれの音の占める割合などによって、やはり、美学的理念が包括している領域を音色の表現能力の領域に還元することが出来よう。この場合も、色彩の場合と同様、表象と異質なものが表現されるとは言え、感情移入を通じて表象に近づく。しかし、色彩と音色を比較してみる時、人間の目に感覚される色彩の表現能力の領域が、人間の耳に感覚される音色の表現能力の領域より広いように思われる。人間の目が白から黒にいたるさまざまな色彩を感覚し、識別する機能に比較して、人間の耳が高から低にいたるさまざまな音色を感覚し、識別する機能の方が劣るように思われる。人間において、耳は目ほど、鋭敏ではないだろう。非常に高い音、非常に低い音を人間の耳は感覚し得ないと思う。ここに、色彩の表現能力に比較して、音色の表現能力の劣る理由があるように思われる。

(Ⅳ)

それでは、文学にとって重要な言語の表現能力に関してはどのようなことが言えるか？　この場合、美学的理念の包括している領域を言語の表現能力の領域に還元することは言語の性質上非常に困難に思われる。カントが、美学的理念は、どんな言葉も完全に達成し得ず、説明し得ない表象である、と言ったのは、このことを意味している。しかし、文学は、それにもかかわらず、どのようにして美学的理念の表現をより有効になし得るか、という問題を一つの大きな課題としたのが、前述したように、文学における表現主義であった。表現主義という一大潮流は、種々の課題を含んだ文学運動であり、近代から現代にいたる文学の流れを素地《グラウンド》とした場合に図形《フィギュア》を構成する作品群現象であり、時間的、空間的位置づけをもつ一つのゲシュタルトであるがゆえに、この課題だけで方向づけることは不可能である。

それでは、いったい、美学的理念の言語によるより有効な表現を一課題として志向した表現主義は、どのような表現方法を用いたのか？

それは、歓喜、悲嘆、苦痛、熱狂、恍惚を示す叫喚であった。ウエルナー・マールホルツは、自然主義、新ローマン主義、表現主義の表現方法について次のようなことを述べている。「自然主義者がある長い分析をし、新ローマン主義者が内的発展と存在を象徴《シンボル》において濃縮したところに、表現主義者は叫喚を置き、充実した暗い、含蓄豊かな言葉を置いた。その言葉はある状況のすべての心情、一人の人間の状態、ある運命の暗示を含んでいる。[14]」

我々はこの叫喚をムンクの絵画「絶叫」(Der Schrei)に典型的に見る。この絵画に見られるのは精神の抑欝と躁揚からくる叫喚であり、ゴチック建築のように、重圧的な世界を突き破ろうとする反抗の叫喚である。

この叫喚による表象の表現を、表現主義において重視した言語芸術は戯曲、詩であった。それでは何故、戯曲、詩において、叫喚が重視されるにいたったか？を、我々は考えてみる必要があろう。ステファン・ツワイクは一九〇九年に「新しきパトス」という短い論文を書き、その中で次のようなことを述べている。

文字や印刷の現われる以前の太古の詩は、喜悦や苦痛や悲嘆や絶望、或いは回想や懇願から生じ、転調された、言葉にならないような叫喚であって、それは荘重《パテティッシュ》であった。というのは情熱《ライデンシャフト》から発生したからだと、ツワイクは書き、「まず高揚する感情の叫喚から言葉《ヴォルト》と話術《レーデー》を見出したあの偉大な遠い過去の詩は、大衆への語りかけであり、警告、点火、有頂天、感情から感情への直接的な放電であった。[15]」と述べている。ツワイクによれば、そのような詩は、決して、一つの完成されたものの提示ではなく、推敲され整理された装置《ゲレート》や装飾品ではなく、発生中のものであり、その瞬間に新しく生成しつつあるものであり、聴衆との闘い、つまり、聴衆の情熱をめぐっての格闘であった。ところが、大衆との、こういう親密な灼熱的な接触を、詩人達は、著作以来失った。[16]」つまり、著作と印刷術の発達は、詩人達の詩が多くの国々で読まれ、彼等が語りかけることの出来る人々より、はるかに多くの人々が彼等の詩から、彼等がすでに失ってしまったエネルギーや熱狂や生への意志を吸収する要因となったが、その代わり、大衆と目と目を見合わせて語るという大衆との関係を失ったとツワイクは考えている。結局、現代の詩人達は、「彼等が話す時、彼等は、本来ただ、自分達自身にのみ耳を傾け、彼等の詩は、ますます孤独な対話となり、語りかけのモノローグとなり、ますますある新しい意味で、抒情的になり、ますます荘重《パテティッシュ》ではなくなった。[17]」詩はますます語ることから遠ざかり、詩人は大衆との緊張関係を失っていき、大衆を鼓舞し、大衆によって鼓舞されるという関係を失った。「しかし、まさに我々の時代に、再び、詩人と聴衆の間のこの根源的、内的接触への復帰が準備されているように、ある新しいパトスが再び発生するように思える。[18]」とツワイクは述べ、詩と大衆との間の第一の架橋として劇場を想定した。しかし、それでも俳優はあくまで語られた言葉の媒介者にすぎず、純抒情詩的なものが自己目的にはならなかった。もちろん、詩人が大衆を前にして、詩をつくる機会も以前に比較して多くなり、その場合は、詩は意志そのものであり、意図そのものであり、エネルギーであり、召喚である、とツワイクは述べている。

　このようにツワイクは述べている時、歓喜、悲嘆、苦痛、熱狂、恍惚を視覚的に文字で表現し得るのは詩であり戯曲であると考えられる。しかし文字で視覚的に表現された激しい情緒を大衆が視覚を通じて受け取ることに、すでに限界がある。激しい感情は感情の奔流としての叫喚をともなうからだ。つまり、そのような詩、戯曲は、激しい情緒が叫喚によって表現されることを望む。俳優による詩の朗読などを含めた広い意味の演劇を望む。ここに、表現主義が詩、戯曲、特に、演劇を前提とした戯曲において叫喚を重んじた原因がある。この場合、俳優は媒介者としての役割を脱出する必要があり、作家の叫喚を自らの叫喚とする必要がある。

(V)

――ゲオルク・カイザー――

ゲオルク・カイザーはこのような叫喚劇の戯曲の代表的作家であつた。

一九一八年、彼は、『ガス、第一部』(Gas I. Teil)、一九二〇年『ガス、第二部』(Gas II. Teil) を書いている。『ガス、第一部』第一幕では、ガスの象徴と思われる白い紳士によつて、現代産業の新動力であるガスの工場での爆発が予言される。技師が、そのガスの爆発寸前にまでいたった原因を調査するが、機械にも材料にも故障がなく、方程式が合わないことがわかる。しかし、計算は合つており、何故、方程式が合わないかわからないうちに、ガスが大爆発を起こし、多くの死傷者が出る。第二幕では、労働者達が、ガス爆発の責任者としての技師の解雇を要求するのに対し、工場主の富豪は、爆発は不可抗力であるという理由からその要求を受け入れず、不可抗力であるガス爆発を防ぎ、再び死傷音を出さないためにはガス工場の再建ではなく、緑地での植民生活を計画する以外に道はないと考える。第三幕では、技師の解雇を要求して労働者達はストライキに入り、他の大産業の労働者達も支援ストライキを行なう。それゆえに、黒い紳士に象徴されている資本家達も技師の解雇を要求する。自分の計画に技師を必要とする富豪は、相変わらずそれらの要求を拒否し、黒い紳士達は政府の介入を決定する。第四幕では、労働者達の集会の場で、そこに富豪と技師が登場し、緑の野での植民生活を提唱する富豪の主張と、自分は辞職するから、やはり工場へもどり、ガス生産に従事すべきだという技師の主張とが対立し、技師の主張が勝つ。この第四幕にはカイザーの叫喚劇の要求が集中的に現われ、高場の頂点をなす。第五幕では、富豪の工場閉鎖とガスの生産に再び従事しようとする労働者達の騒擾、軍隊の出動による政府の介入と工動管理が行なわれ、この戯曲は終わる。第五幕でも叫喚劇の要素は強い。不可抗力としてのガスの爆発と緑地での植民生活、そこにはすでに機械文明の否定とその結果としての大地への復帰という思想が見られる。この大地への復帰という思想は表現主義一般にみられる根源的なもの、プリミティーブなものを志向する思想の一潮流である。このような思想に関して、ハンス・ゼーデルマイルは次のように述べている。

「原＝純粋なもの、への熱望、これはまた原一なるものへの熱望でもあるのだが、これは根源へ、母へ、精神と霊魂と感官とが相互に入り交じりわき立っている国土へ、予感にみちたものへ赴く。これらの根源がなにであるかは未ださだかでない。表現主義はそれを探そうと志すのだ。（中略）

表現主義は根源的なものを自然民族や、すべての文化のアルカイックなもの、未熟なもの、子供とか精神病者の芸術に見出せると信じている。[19]」つまり、表現主義者達は、そこに一つのヴァイタリティを見出し、現代の芸術に転用しようと考えたか、または、機械文明からそこへ逃避したかのいずれかであった。画家のノルデやペヒシュタインは前者であった。第四幕においては、この機械文明の否定という思想は、ますます顕在化する。ある娘が兄について語る。その兄は、朝出かけて夜帰り、寝てしまうか、あるいは、夜出かけて朝帰り、寝てしまうかの生活に追われ、しかも、分業というメカニズムのゆえに、片方の手だけ労働に従事させてきた。したがって、彼の片方の手は大きくなり、彼の生活のすべてはその手に従属し、彼という人間はその手に凝縮されていたのだ。一人の人間としての兄はもはや存在しなかった。その手でさえ爆発と共に消失した。ある母が息子について語る。その息子は、二つの眼で一日中試験管を見つめていたので、彼のすべては眼に帰属した。その眼ですら奪われてしまった。ある妻が夫について語る。その夫は足で労働に従事していたが、結婚式の翌日、その足のゆえに、爆発の結果、足全部を失ってしまった。

機械が人間の実在をおびやかし、人間を変える。人間は機械に支配され、人間の一部が全体となり、全体が一部となる。手が人間を必要とし、眼が、足が、人間を必要とする。手も眼も足も、その本来の機能を消失する。ここにおいて、カイザーは作家としては、機械文明の否定→機械文明の拒否→大地への復帰という思考過程をたどってはいるが、この戯曲における大衆には、機械文明の否定を機械文明の拒絶には結びつかせず、機械文明の使徒としての技師の解雇に結びつかせる。彼等にとっては、機械文明は対抗し得ないものとして存在している。それは彼等が生活の中で体験した真理であり、彼等は現実的にならざるを得ない。富豪は壇上から自分の理想を語りかけている。爆発は不可抗力である、したがって、問題の真の解決は機械文明からの脱出であり、精神と肉体との解放であり、ガス工場破壊の上に立つ緑野作りであり、いわば、大地への復帰であると。これはまさに理想そのものであり脱社会的構想である。この理想に対抗する提案をした者が、まさに解雇要求の当面の対象者、機械文明の使徒、技師であったことは意外ではない。何故なら、技師という職業は近代において成立したもので、機械文明が否定されては存在し得ないからである。技師は、自分の辞職と引替えに、生産の再開を主張する。彼にとっては、緑地での植民生活など、創造ではなく、百姓仕事にすぎず、工場での生産こそ創造である。以上の二つの思想は激突し、そこに激烈な叫喚劇が展開する。労働者を自分の主張に従わせるために叫喚が必要であったし、強い感情の表現にも叫喚が必要であった。「ホールを出よ!!——工場へ!!——爆発から爆発へ!!——ガス!![20]」と技師が叫ぶ時、労働者は集会場のホールを出て、ガス工場に殺倒する。「人間を殺すな!!——不具となるな!——汝兄弟は一本の手以上のものだ!!——汝息子は二つの眼以上のものだ!!——汝夫は一日より以上に生きるものだ!!——永遠で完全だ、汝等総ては最初から!!——時間や手仕事やで傷害者になるな!!——もっと大きく望め——汝等自身を——汝等自身を!![21]」と富豪が叫ぶ時、それは機械文明に対する敗者の叫喚にすぎない。脱社会的な構想が彼に与えるのは、結局、「すべての人達と交流しようとした者は、誰でも孤独なの。[22]」という孤立感にすぎない。彼が理想とした人間、機械文明から精神と肉体を解放した人間、そういう人間はいったいどこに存在するのか、と彼は考えざるを得ない。それを自分は予見してはいないだろうか？と彼は自問する。「私はその人間についての証人ではないのか——そして、その人間の由来と到来についての——その人間は、強い外貌で私に知られてはいないのか?!……私はまだ疑わねばならぬのか?!![23]」と幕が下りる直前に彼は独白し、彼の娘が「私がその人間を産みましょう?![24]」と語り、幕が下りる。ここに、富豪の理想を受けついだ「新しい人間」の誕生を暗示している。「新しい人間」は自分自身において富豪の理想を受けつぎ、発展させ、実現している人間の筈である。作家としてのカイザーの思想の反映は富豪の思想にあり、現実は技師の思想に反映している。富豪と技師との抗争は、作家の思想と現実の抗争に他ならない。富豪は脱社会的な構想によって機械文明の使徒、技師に立ちむかうが敗北する。しかし、そこには強い悲劇感はない。現実からの脱出をめざす思想の敗北は現実の克服をめざす思想の敗北ほど悲劇的ではない。克服の場合は、常に壁にぶつかり。壁は固いが、脱出の場合は、壁にぶつかるとは限らないし、やわらかい壁もある。克服の失敗は疲弊させ、壁の固さを認識させるが、脱出の失敗は疲労を伴いながらも、壁のやわらかいことを想起させ、次の脱出への希望を残す。また、「住めば都」ということもある。故に、脱出の失敗はそれほど悲劇的ではない。「唯でも孤独なのだ。」という孤立感も鼻唄まじりに感ずるのかも知れない。

　機械文明からの脱出を目指す富豪の技師に対する敗北には大上段に振りかざした悲劇などは存在しない。あるのは安易な楽観主義的脱出の思想の結果だ。と言ったら言い過ぎだろうか？　カイザーは社会の矛盾には着目するが、その解決を考えているのだろうか？　社会的現実との緊張関係を失っては、いや失うことを目指しては、人間が機械文明から解放されることはあっても、人間が機械文明を克服することはあり得ない。ここには、同じ表現主義の戯曲家トラー（Ernst Toller, 1893-1939）が「群衆＝人間」（Masse ＝ Mensch）の中で夫人に語らせている〈メカニズムを人間の手段とせよ〉という思想もない。このような思想は、人間と社会的現実との緊張関係を維持することによって生ずるからだ。

　富豪の敗北は、新しい人間の誕生を予見しての敗北であり、その娘が新しい人間を産むことを予言するが故に、富豪は未来を信じ、オプティミズムに到達するのだろう。しかし、これこそ、まさに現実における悲劇的な喜劇である。何故なら、新しい人間は、社会的現実との緊張関係から脱出するという脱社会的な構想の継承によっては産み出される筈がないからだ。この点に関してゾーケルは「すべての疑念は除去され、自分が『新しい人間』を産もうという娘のメロドラマ的な宣言は、未来へのゆるぎなき信仰を象徴している。[25]」と語り、この未来への信仰は、他の表現主義者の名作に共通である、と述べている。が、それ以上のことは論じていない。メロドラマ的宣言――『ガス第一部』の結末の娘の言葉に、何とふさわしい評言か！　悲劇的な喜劇の幕切れにこそふさわしい！

　富豪が新しい人間を予感していると信じ、その娘がそれを産もうと信ずること、そこには身分不相応な自己過信しか存在しない。つまり、人間の救済や変化は人間共通のまたは社会全体の課題とはなり得ず、自分達のみの課題であるという、少数の人間の自己過信であり、大衆社会の時代に全く非現実的な呪術的な思想である。今は、もはや個人が歴史を作るのではなく、大衆が歴史を作るのだ。ゾーケルも次のように言っている。

「人類の変化は、人類の共通な課題になるのではなく、ある選ばれた家族の秘密にみちた独占になる。[26]」と。

(VI)

この富豪が到達したオプティミズムも、富豪とその娘の自己過信も『ガス第二部』では見事に崩壊し、いかに悲劇的喜劇が喜劇的悲劇になり得ても、悲劇になり得なかったが示される。

『ガス第二部』で、娘が「私がその人間を産みましょう。」と宣言した新しい人間が、『ガス第二部』では富豪労働者（Milliardärarbeiter）――何という概念の矛盾にみちた混合か――として登場し、その対立者として大技師（Großingenieur）が登場する。言うまでもなく、作家の思想は前者の思想に反映し、作家の見た現実は後者の思想に反映している。

ドラマは機械文明が一層発展したために――何と富豪の意志に反していることとか！――二つのグループの間に全面戦争が起こったことを明示している。その二つのグループは青衣裳（Blaufigur）、黄衣裳（Gelbfigur）という風にユニフオームの色で分けられているに過ぎず、戦争は黄衣裳の勝利に終わり、彼等はガス企業を接収し、ガス工場の労働者にガス生産の再開を命令する。富豪労働者は他のすべての労働者に、復讐の心を捨て、服従することにより、また、圧迫を忍び、敵に手をさしのべることにより、敗戦を克服せよと訴える。彼には一つの理想像があるのだ。これに対し、大技師は、労働者にサボタージュを命じ、毒ガスの発見とその点火により、勝者の滅亡を願望する。ここに再び強烈な叫喚劇が展開する。

富豪労働者「工場へもどれ!!」

大技師「権力を確立せよ!!」
富豪労働者「国家を築け!!」[27]
大技師「毒ガスに点火せよ!!」
ここでも、大技師の主張が富豪労働者の主張に勝つ。労働者達は「毒ガス!!」と絶叫する。自分の理想を実現出来なかった富豪労働者は「私の血筋の血が私達の変化へと波打つのだ!! 私の熱望が母と母の父の熱望で浸されたのだ!! 私達の声は荒野をよびさますことが出来たのだ……人間はその声に対して聞く耳を持たない!! 私が正当なのだ!! 私が仕上げをするのだ!![28]」と叫び、ガス工場を爆破し、すべてを絶滅へと導く。『ガス第一部』で富豪が予見し、その娘が産むと宣言した新しい人間とはいったい何処に行ってしまったのだろうか? 富豪労働者が、そのいわゆる新しい人間であるようだ。しかし、富豪労働者のどの点に『ガス第一部』で富豪が予見したような「新しい人間」が体現されているのか?「富豪労働者――純真なる人物――はまずストライキと自由な生活のパラダイスを宣告し、次に犠牲精神、賦役、来世での希望を宣告し、そして結局――救いなき世界の破壊による全くの自己弁護を宣告する。[29]」と「表現主義告知劇」(Das expressionistische Verkundigungsdrama) の中でエーベルハルト・レンメルトが述べてもいるように、富豪労働者は移り気で絶えず主張が変わり、思想的に一定してはいない。これは大技師にも言えることだが、ともかく新しい人間の体現などは富豪労働者にはみられない。もともと前述したように新しい人間自体、富豪の思想によっては産み出される筈がなかった。富豪労働者に体現しているのは無責任な恣縦な人間だ。自分の理想が実現せず、自分がすべての人間から排斥された時、それは直接、自己否定につながり、自分の側ですべての人間を排斥し、絶滅することになる。自分の理想に誤謬は絶対にないのであり、自分が排斥された原因は決して自分の思想と行動に帰せられるのではない。人類が誤謬を犯したのであり、責任は人類にある。この場合の解決策は自己否定と全人類の否定以外に存在しないのだ。『ガス第一部』において富豪が抱いた自己過信――自分こそ新しい人間を予見しているのだという過信は『ガス第二部』では崩壊してしまったが、ここでも富豪労働者にみられるのは、ある種の自己過信である。前者の自己過信はオプティミズムにつながり得たが、後者の自己過信は「私が仕上げをするのだ!!」と言いながら、すべてを破壊する自己否定につながるのだ。喜劇的悲劇になり得るゆえんだ。

「『新しい人間』が、自分自身を試練することを拒絶することによって、すべての罪を人類に帰する時、救世主的法悦《エクスターゼ》の結末は単に完全なニヒリズムにすぎない。これに反して、もしも、『新しい人間』が、彼の拒否された原因を、自分自身の中に、彼の理想の中に、かつまた、理想を実現する方法の中に求めるならば、全く異種の光景が呈せられるのである。[30]」とゾーケルが結論しているのは正しい。

（Ⅶ）

『ガス第一部』『ガス第二部』を通じて言えることは、カイザーは社会的現実の矛盾に着目するが、その着目の仕方に問題がある。彼は表面に現われた矛盾にしか着目しようとしない。ルカーチが重要なリアリストについて述べているように「客観的現実の合法則性に到達するために、社会的現実の、より深いところに存在し、隠蔽され、媒介され、直接的には知覚され得ない関連に到達するために――同様に抽象という手段をもちいて――彼の体験的素材を加工する。[31]」という姿勢に欠けている。芸術家としては当然のことであるが、この作品において、カイザーは、当時世界を席捲した機械文明に着目する。何故なら、ジャン・カスーの言うように、「芸術家はある風土のなかにおり、不意に圧倒的な力を持ち出したある種の外的条件を認め、それに適応するなり、あるいはまた、それに逆行しようと努める[32]」からであり、ジャン・カスーも指摘しているように、これらの外的条件のなかに、当時、機械文明があったからである。前述したように、カイザーは確かに、外的条件を認めている。しかし、一方では、文学においては新即物主義《ノイエザハリヒカイト》が、造形芸術においては構成主義あるいは立体主義が、機械文明に適応することによってヴァイタリティを生み出し、新しい芸術形式を築き、他方では芸術全般において表現主義の多くが、機械文明に逆行することに努めたのに対し、カイザーの思想は、これらの作品の中で本質的にそれに適応しようとも、逆行しようとも努めなかった。彼は、機械文明がのしかかってくるのを怖れおののき眺めるが、機械文明の皮膚の下にある隠蔽されたものを見ようとはしない。したがって、機械文明に適応し、あるいは逆行する手段を見出せる筈がなかった。前述したように、彼の思想に残された道はただただ脱出の試みである。このような脱出の思想が与えることの出来る解決は『ガス第一部』では「全く平板な解決」であり、「子供じみた楽観主義的解決」であるが、『ガス第二部』では、楽観主義的解決どころか、ニヒルなヒステリー症状的な解決でしかない。

　次にこれらの戯曲というより、カイザーの他の戯曲を含めて表現主義の戯曲に特徴的なことは、登場人物が個人を代表してはいないことである。代表しているのは一つの世代なり、階層なり、更に、一象徴ですらある。したがって、彼等には、特定の名前はない。『ガス』の場合には、それが、富豪、娘、技師、労働者であり、白い紳士、黒い紳士、青衣裳、黄衣裳である。しかも、労働者には第一の労働者、第二の労働者、……黒い紳士にも第一の黒い紳士、第二の黒い紳士……という区分がつくだけで、第一の労働者が第二の労働者であってもよいし、第一の黒い紳士が第二の黒い紳士であってもよい。その結果、登場人物の多いのに比較して、個性的な人物は少ない。表現主義の作家は個性的な肉づけを重んじるよりも、むしろ、対立する思想の遊戯を楽しむために、対立する世代なり、階層なり、または、象徴なりを必要とするからである。したがって、彼は、それらの思想を何らかの形で託することの出来る人物さえ登場させればよいと思う。カイザーの場合、彼は、ある歴史や、ある人生を我々の前に展開して、そこから我々が、彼の思想を、あるいはより広い意味から言えば、ジャン・カスーの言う「そこにおいて芸術が自己の姿をあらわし、自己の存在を主張するあの或る物、それがつまり、芸術そのものにほかならないあの変異《ウアリアント》」[33]、アンリ・ルフェーブルの言をかりれば〈生命の発現の全体〉を感覚するのを待とうとはしないで、せわしげに、登場人物の言葉を通じて、彼の思想を我々に語りかけようとする。――彼は自分で直接、我々に語りかけたいほどだ。しかし、それは不可能だ。――このような時、登場人物は類型的な概念にまで抽象化されてもさしつかえない。思想を我々に語りかけようとする時、作家の目指すのは、その思想によって我々を動かすことである。場合によっては、それが煽動の役割を担ったのである。カイザーは機械文明の否定という思想を我々のなかに伝播しようとした。そのために、登場人物の個性的な色合いを意図しなかった。それに代わって、機械文明の否定という思想と、それに対する機械文明という現実のそれぞれを反映する人物を配置し、この類型的な二人の人物を中心に、更に、類型的な人物を配置した。

それではいったい、何故カイザーはこれらの戯曲の中で、機械文明の否定にこれほど急であったのか？　何故、今まで述べてきたような幾多の欠陥を作品において生まざるを得ないほど、この思想の伝達に急であったのか？　当時、機械文明という外的条件があり、カイザーがそれを認めたことはすでに述べたように確かである。しかし、それだけではカイザーの前述の態度は説明し得ない。しかも、カイザーは機械文明に怖れおののき、機械文明の皮膚の下にある隠蔽されたものを見ようとしなかった。

このような時、これらの作品が生まれた時代の背景を考えてみることが当然必要である。『ガス第一部』が出版されたのは一九一八年であり、『ガス第二部』は一九二〇年であつた。この時期は、二〇世紀に入って高度に発展した機械文明が初めて正面から衝突し、その機械文明が人間社会を破壊し、人間生活をおびやかし、人間の運命を変えた第一次世界大戦の末期であった。特に、ドイツにおいては、長期にわたる戦線膠着状態と敗北の予測があり、生活の窮乏があった。ドイツにおいて、このような結果をもたらしたものは高度に発達した機械文明の結果であると一面的に考える唯機械論とでも言うべきものが生まれてくるのも否定出来ない。しかも、多くの兵士達は激しい弾丸の洗礼を受け、地響をたてて進むイギリスの戦車に気を動転させ、空に飛ぶ飛行機に驚嘆した。このような時代の背景を考えてみる時、作家が、ただ、圧倒され続けたという受動的な姿勢から、その圧倒し続けるものを描き出すのに急であったのは当然考えられる態度である。その上、カイザーという作家を考える時、彼の青年時代の経験が彼の作品に与えた影響を無視するわけにはいかない。彼は青年時代に、電気会社のブエノス・アイレス支社に勤務し、南米の大自然に囲まれ、その原始的な魅力にとらわれながらも、電気産業の巨大な威力に圧倒され、ついには、その電気産業の機構の中で健康を害したのであった。この経験が、機械文明の否定と、大地への復帰の思想に連なっていることを否認するわけにはいかない。

しかし、いずれにせよ、カイザーはある思想を伝えるのに余りに急でありすぎた。時代の急激な変化を追求し、時代の幾多の思想に着目し、それを多くの戯曲に結晶させた。カイザーが「戯曲生産株式会社」と称せられたゆえんである。このような状況において、カイザーが日常的なものの背後にある異常なものを見落とすことがあるのは当然であろう。

カイザーは前述したように、多数の思索劇（Denkspiel）を書いている。それらすべてを検討することなしに、カイザーの思想を全的にとらえることは出来ない。それは、今後、私に残された課題である。

〔注〕

（1）Immanuel Kant: Kritik der Urteilkraft. Hamburg und Leipzig Verlag von Leopold Voss 1884. S. 155

（2）Kritik der Urteilkraft. S. 155-156

（3）Walter H. Sokel: Der literarische Expressionismus. Albert Langen. Georg Müller, München. S. 19

（4）Der literarische Expressionismus. S. 19

（5）Der literarische Expressionismus. S. 21

（6）Werner Mahrholz: Deutsche Literatur der Gegenwart. Sieben-Stabe-Verlag, Berlin 1930. S. 361

（7）梯明秀：『資本論への私の歩み』現代思潮社。S. 100

（8）Hermann Bahr: Expressionismus. Delphin-Verlag, München 1920. S. 56-57

（9）『資本論への私の歩み』S. 101

（10）Der literarische Expressionismus. S. 17

（11）Der literarische Expressionismus. S. 18

（12）Der literarische Expressionismus. S. 18

（13）Der literarische Expressionismus. S. 18

（14）Deutsche Literatur der Gegenwart. S. 371

（15）Expressionismus. Der Kampf um eine literarische Bewegung. Sonderreihe dtv. S. 15

（16）Expressionismus. Der Kampf um eine literarische Bewegung. S. 15
（17）Expregsionismus. Der Kampf um eine literarische Bewegung. S. 15
（18）Expressionismus. Der Kampf um eine literarische Bewegung. S. 16
（19）Hans Sedelmayr: Die Revolution der modernen Kunst. 石川公一訳、S. 108
（20）Georg Kaiser: Gas. Gustav Kiepenhauer Verlag, Berlin 1929. S. 101
（21）Gas. S. 101
（22）Gas. S. 114
（23）Gas. S. 116
（24）Gas. S. 116
（25）Der literarische Expressionismus. S. 237.
（26）Der lirerische Expressionismus. S. 238
（27）Georg Kaiser: Gas II. Gustav Kiepenhauer Verlag/Potsdam 1928. S. 65
（28）Gas. II. S. 66
（29）Der deutsche Expressionismus: Vandenhoeck&Ruprecht in Göttingen, 1965. S. 148
（30）Der literarische Expressionismus. S. 247
（31）Georg Lukacs: Essays uber Realismus. Aufbau-Verlag. 1948. S. 143
（32）Jean Cassou: Situations de L'Art Moderne. 滝口修造・大久保和郎訳、S. 15
（33）Situations de L'Art Moderne. S. 21-22

（初出、一九六七年春、獨協大学「ドイツ語研究」第一号）

表現主義戯曲研究（Ⅱ）[1]

ゲオルク・カイザー『朝から夜中まで』

——不条理な努力と自己救済としての死——

（Ⅰ）

一八七八年に Magdeburg に生まれ、一八九五年より一八九八年迄、商人としての見習い修業をした後、三年間にわたって南米の Buenos Aires の電気会社支社に勤務した Georg Kaiser は、その電気産業機構の中で健康を害したと言われている。その結果、彼はドイツへ帰り、一九〇一年より一九〇八年迄、健康を害したまま職に就かずにいた。一九〇八年に結婚をしてから、彼は作家を目指し、孜孜著作に労し、一九一一年、その最初の著作 „Die jüdische Witwe“ を公表した。この作品は、Kaiser にとって非常に重要な作品であるが、この作品に関する論及はまたの機会に譲るとして、ここで私は、私の「表現主義戯曲研究（Ⅱ）」の対象として、Kaiser の初期の作品の内の一つ、„Von morgens bis mitternachts“ を取り上げる。この作品が発表されたのは一九一六年であるが、それが定型化されたのは一九一二年と言われているから、[2] この作品はまさに初期の作品なのである。言う迄もなく Georg Kaiser は、Hans Rothe も「劇場の偉大な作家は Sternheim と Kaiser であった。[3]」と認めるごとく、表現主義戯曲の偉大な作家であった。その Kaiser は、„Die Koralle“（1917）、„Gas.“（1918）、„Gas. II“（1920）の三部作を書いているが、Armin Arnold は „Von morgens bis mitternachts“を「人間の《Wandlung》をめぐるKaiserの第二の三部作」の一つとみなし、「三部作は、戯曲„Kanzlist Krehler“(1922)、そして„Nebeneinander“(1923)から成り立っている。[4]」と述べている。この《Wandlung》=変転、変身という思想は表現主義文学の主要なテーマであり、多くの当時の若い作家達がこのテーマを取り上げている。彼等にとって、一九世紀末葉より二〇世紀初頭の西欧世界は、高度の資本主義的発展に伴なう物質的世界であり、その時代は、いわゆる機械の亡霊が人間の存在を脅し、人間を疎外し、その結果、様々な矛盾の磅礴した時代であった。そのような世界と時代は表現主義者達にとっては有罪であった。

「彼等が近代市民社会を有罪としたときは、何よりも、その社会が人間に対して、人間が人間として自己を証明し、守る可能性を拒否したからである。[5]」

そのような世界と時代に対して、表現主義者達は革命を予感し、認識することはあっても、それを成就するには充分な政治的思想を持ってはいなかったし、またその為に時代も熟してはいなかった。更に第一次世界大戦後の革命が、彼等の思惑通りに進展しなかったとき、彼等は上述の如き世界・時代に対して別の道を進まざるを得なかった。即ち、

「疎外され脅かされているアイデンティティーという挑戦に対して、自己を誇張する自我のレトリックで武装して、圧倒的に優勢な視点から物質的世界を呪うために、表現主義の作家は物質的世界と出合うのである。[6]」

物質的世界をレトリックで打ち倒せが、彼等の合言葉であり、彼等は作品の中の主人公達に自己と同じ苦悩を与え、彼等に変身という課題を与え、彼等のレトリックを完成した。言うなれば、「表現主義ドラマが規則的に現わそうとする変身と解放の行動へ、主人公の苦悩の道と、主人公が古い不純な世界と衝突し、同時にその自己解放の意志を固めるために足場とした情熱が、通ずるのである。[7]」

ここに、多くの当時の若い作家達が変身という思想に到った理由があった。

戯曲„Von morgens bis mitternachts“は銀行の金銭出納室で始まるが、「近代社会が、黄金の聖杯でその固有の生活原理の光り輝く化身を讃える[8]」とき、黄金の聖杯=貨幣の近代社会に於ける流通にとって不可欠な、かつ、資本主義的社会機構の中心点でもある銀行の金銭出納室で始まるのは、この作品が近代的人間の変身をめぐる作品であるが故に、

非常に象徴的である。

主人公の出納係は、また典型的な一小市民であり、この戯曲の後の展開を考えるとき、因循として苟安を偸むとも言える人物である。銀行の支配人、太った紳士は、二人共、資本主義的社会機構の一方の側、つまり、資本の側に立つ人間達であり、その機構を維持し、庇護しようとし、出納係とはその立場を異にする。そのような理由から、銀行を訪れ、信用状で三〇〇〇マルクを引き出そうとするフィレンツェから来た淑女に対して、出納係と他の二人は当然異なった態度を示す。支配人と太った紳士が、最初から、この淑女を、フィレンツェの銀行からの連絡がない限り、全く信用しようとせず、妖婦で詐欺師とみなすのは、単なる揣摩臆測ではなく、彼等が貨幣の魔力を知悉した資本主義的近代社会の忠実な庇護者であるからだ。

支配人「『すべてが詐欺だ。長い手で準備されたんだ。そしてその元凶はフィレンツェではなく、モンテ・カルロに座っているのさ。（中略）あの賭博御殿の泥沼で繁殖した奴等の一人に、我々はここでめぐり合ったのだ。[9]』」

一方、貨幣の呪縛に捉われていなかった出納係は、最初はこの淑女に全く無関心であったが、上述の支配人の言葉に刺激され、そのうえ、偶然彼の手に触れた淑女の手に官能が触発され、「何かが出納係の中に目覚め——或いは、小市民的束縛が彼から脱落し、[10]」現金を奪い逃亡する。そういう意味で、この瞬間は、貨幣の呪縛に直接捉われていたとは言い難い。しかし、その現金を、官能の故に、その淑女の為に役立てようとしたとき、彼も又、貨幣の呪縛から逃れられなかったと言わざるを得ない。

しかるに、この淑女は妖婦でも詐欺師でもなく、美術史家の息子がCranachの絵をある酒場で見つけ、買い取る費用を、緊急に必要とした母親にすぎなかった。

ここで私の関心をひくことは、作家Kaiserが、ドイツ表現主義絵画運動の一方の旗頭、Brücke派に少なからざる影響を与えたドイツ・ルネッサンスの画家Cranachを間接的に登場させ、美術史家の息子にCranachの絵画について次のように語らせていることである。

「『私達はこの絵の中に疑いもなく、人間の最初の男女の最初にして唯一のエロティックな形象の展開を見ます。ここにはまだ草の中に林檎がころがっています――何とも言い表せない木の葉の緑の中から蛇がのぞいています（中略）これこそ本当の堕罪です!!（中略）この絵では初めて人間性の告知が歓声をあげています。彼等が愛し合ったということです。ここでは一人のドイツの巨匠が、南国的な、最も南国的な調子の強い好色画家として現れています。[絵の前で。]そのうえ、エクスタシーの中にあって、なおこの沈着さ。(11)』」

この言葉は、Kaiser が表現主義者として、神話と Cranach の絵画に無関心ではあり得なかったこと、とりわけ Cranach のエロティシズムに無関心であり得なかったことを語っていて興味深い。何故なら、多くの表現主義者達は、根源的なもの、プリミティーヴなものとしての神話やエロスに矚目していたからだ。Hans Sedlmayr は述べている。「原・純粋性への表現主義の熱望、これは同時に原一性への一つの熱望でもあるのだが、これは根源へ、母達へ、精神と霊魂と感官とがなお相互に入り交じり沸き立っている一つの国へ、予感に満ちたるものへ向かう。この根源が何であるかは、未知である。表現主義はそれを探しながら見出そうと志す。(12)」と。

とにもかくにも、小市民的束縛の一つから脱出した出納係は、平凡な母親であり、小市民的生活の維持者に過ぎない淑女から駆け落ちを拒絶される。小市民的束縛との一つからの脱出者は小市民的生活という壁に囲繞され、それに突き当たるわけである。

淑女のもとを離れ、雪原に彷徨い出た出納係は長い独白で自己の立場を顧みる。彼はいまや『胸のポケットの中の荷物であらゆる恵みを現金払いで買う！(13)』つもりになる。

しかし春の風が作り出す状況が彼の行末にとって象徴的である。

「彼の帽子が飛ばされる。暴風が枝から雪を吹き払う。残雪が樹冠にかたまり、歯をむき出しにして笑う顎を持った骸骨の形になる。その骨の手が帽子を支えている。(14)」

この骸骨が出納係の未来を髣髴させる。この雪原を出た後、彼は坊間を漂泊するが、この雪原の場の最後は彼の今後の行動の結果を予測させ、同時に表現主義思想の特徴も示している。

「雷がゴロゴロなる。最後の疾風が骸骨の形も木から吹き落とす。太陽が輝き出す。初めと同じように明るくなる。

『私が言った通りだ。現象は単なる一時的なものだと。[15]』」

（II）

この戯曲第二部の最初の場は小市民の典型的な家庭、出納係の家である。そこへ出納係が雪原より帰宅する。妻の「『どこからいらしたの』」という問に彼は次の如く答える。「『墓地からさ。（中略）人は深い所に寝かされている。それだから一生の間、力強く掘るわけだ。人の上に山々が重ねられているのだ。ごみだのくずだの——それは巨大なごみ捨場だ。死者達は表面から三メートル下に横たわっている——生者達をそれはますます深く埋めてしまう。[16]』」

資本主義的社会機構の中枢としての銀行は、そのまた中枢部を占める貨幣の魔力を知悉した人間でなく、そこで貨幣をただ自己の仕事の対象として取り扱う出納係にとっては、そこから脱出した今となっては、墓地に見えた。そこでは生者達が死者よりも一層深い所に埋まっている。そこは土牢でもあった、それ故に彼の母が「『お前は野原にいたのかい』」と訊ねたとき、彼は「『恐ろしい土牢の中にいました。お母さん！　深淵の急な塔の下の底無しの所に捕らえられていました。ガラガラ鳴る鎖の音が聴覚を麻痺させました。暗闇によって私の両眼は抉られました。[17]』」と答える。

その土牢の中では、人間は聴覚も視覚も失う。銀行で、自己に直接係わりのない貨幣を、仕事の対象として取り扱ってきた人間は、貨幣に対する感覚を失うと同時に、物事に対する聴覚も視覚も失う、と出納係は言いたいのである。Armin Arnold が言う通り、「産業社会が Kaiser にとって、人類の一つの心理的病《やまい》である。[18]」とき、上述の出納係の言は Kaiser の感慨でもある。

小市民的束縛の一つから脱出した出納係は、しかしここでも、小市民的生活に突き当る。彼は自分の家庭を眺め、次のように語る。

「『老母は窓の傍。娘達は机の所で刺繍をしたり、ワーグナーを弾いたり。妻は台所で働いている。四つの壁に囲まれて——家庭生活か。共同生活の素敵な寛ぎ。母—息子—子供が集っている。信頼の置ける魔術だ。その魔術が繭を作っている。（中略）信頼の置ける魔術だ。最後には——仰向けになって——強張り、白い布だ。[19]』」

典型的な小市民の生活があり、その生活の末の死が予想されている。これも小市民的束縛の一つであり、すでに小市民的束縛の一つから脱出した出納係は、もう一つの小市民的束縛からも脱出せざるを得ない。何故なら、彼にとって、そこにも救いはないからだ。

「『行くべき道が示されているものは——ここにはない。私は明らかな拒絶を得た。[20]』」

その結果、この場では、小市民的生活に馴染む老母と馴染まない子、出納係との断絶が当然現われ、見捨てられた妻と、その子達との断絶が起こる。この親子の断絶は周知の如く表現主義の一つの重要なテーマーであり、一般的にはディオニュソス的父親と、それに悖逆する子供、という形で現われるが、この場合はそれとは甄別される。

いずれにせよ、出納係は家庭からも脱出した。Kasimir Edschmid が語る如く、「各人はもはや、義務、モラル、社会、家庭に縛りつけられた個人ではなく、各人はこの芸術の中では、最も高尚にして、最も悲惨なものになる。つまり、人間は人間になる。[21]」

次に出納係が登場するのはスポーツ・パレスであり、そこでは自転車六日競走が行なわれている。彼は先ず、一〇〇〇〇マルクの賞金を出すが、ここでも資本主義的社会機構が保たれている。しかも、それが、非常に象徴的に維持されている。つまり、桟敷席が三重に区分されている。出納係は言う。「『一等席では、より高級な観衆が、見たところまだ自制している。ただ視線のみを、大きくまるく——見すえている。より高い所では、もう体が動いている。もう叫び声もする。中等席だな！　一番上では最後の衣服も落ちている。熱狂的な叫びだ。唸っている裸だ。情熱のギャレリーだ！[22]』」

見たところ上品な上流階級、充分に自制し得ない中流階級、そして感情をむき出しにする下流階級。出納係は、資本主義的階級社会の縮図をそこに見た。それぞれの階級に相応しい理性と倫理感が、ときには情熱が、一つの出来事に対して彼等に異なった姿勢を取らせるのは論を俟たないが、人間はその本性に於いて変りがない以上、その異なった姿勢も、あることをきっかけとして同じ姿勢になる。三階の桟敷から一階の桟敷に一人の男が落っこちたことが、一階の桟敷にも情熱の奔馳を生む。出納係はこの状態を喜び、更に五万マルクの賞金を申し出る。それが発表されるや、状態はエクスタシーに迄高まる。出納係は頷きながら言う。

「『波立つ人間の流れだ。鎖は切られ――自由だ。高い所も低い所も――人類だ。桟敷の差もなければ――階層もないし――階級もない。夫役と賃金からの情熱的に無限の中へ飛んでゆく放免だ。純潔ではないが――自由だ！　これが私の向こうみずな行動に対する純益だ。[23]』」

階層も階級もない社会、夫役と賃金からの放免、これは、先程迄銀行で、日々の夫役に束縛され、賃金の呪縛に捉えられていた出納係が、そこから脱出した今、意識し得た感慨であろう。それは彼にとって理論によって構成された結論ではなく、感覚的な希望の対象にすぎない。しかも、資本主義的社会機構にあっては、それは永遠なるものではなく、一時的なものにすぎない。それ故にただちに崩壊し、そこに喜劇と悲劇が生ずる。出納係がかつて言った如く、現象はただ一時的なものなのだ。

陛下が現われ国歌が鳴りわたると、突然、エクスタシーも喧噪も静まり、沈黙の静寂が訪れる。彼の希望の対象も消滅し、全ては一炊の夢となった。出納係は五万マルクの賞金を撤回する。

「『この丁度今燃え上ってきた火が陛下の足のエナメルの長靴で蹂躪されたのだ。犬の鼻先に一〇ペンニヒ投げてやる程、私のことを気違いだとお思いになるなんて、あなたはどうかしてるんじゃないですか？　それでも多すぎるでしょう。しっぽを巻いたら蹴とばすのさ、これが私の出せる賞金さ！[24]』」

この作品が完成されたのは一九一六年、第一次大戦は酣《たけなわ》であり、二年後に王位を追われた皇帝ヴィルヘルム二世に対するドイツ国民の間の批判も皆無ではなかったであろう。この出納係の言を、資本主義社会秩序維持者の象徴としての陛下に対する出納係、更にKaiserの単なる批判と見るのみならず、ヴィルヘルム二世に対するKaiserの批判と見るのは行き過ぎであろうか？　陛下と国歌に対して沈黙する民衆も、また頭を下げる競技の主宰者たる紳士達もKaiserの批判の対象となる。出納係にとって、ここにも救いはなく、貨幣の使用もままならず、彼はここからも脱出せざるを得ない。

（III）

労働の結果得た貨幣ではなく、従って出納係にとって近代社会に於ける労働生産物の変態としての姿をとらなかった貨幣を、その当初の目的の為に使用し得なかった出納係は、そのような性格を帯びた貨幣を、商品流通の媒介物として使用し得ず、自己のアイデンティティー確立の為に使用せざるを得ない。しかし、そのアイデンティティーの確立とは、疎外からの自我の脱出に他ならぬとき、これ迄、出納係にそれが実現しなかったのは当然である。

彼は貨幣の使い道を求めてダンスホールに現われる。彼はそこで、上等なシャンペンやキャヴィア、そして仮面の女達のエロスに、救いを求めようとするが、彼女等は奪うばかりで、エロスの面でも彼に与えるべき何ものも持たない。それ故、「グラスに酒を満たし、それを彼女の顔にかける。[25]」か、彼女等を化け物呼ばわりするか、「シャンペンクーラを摑み、彼女の上にかぶせる。[26]」即ち、「シャンペンにも、キャヴィアにも、女達にも、真の人生を発見し得ないのであり[27]、」ここにも救いを見い出せない。出納係は、都会の銀行で働き、都会の小市民的家庭を持ち、ベルリンを想定させる大都会のスポーツパレスに現われ、大都会のダンスホールに現われた。しかし、いずこに於いても、救いを見出せなかった。大都会は、資本主義的社会機構の集中点であり、それは当然人間の疎外を生み、自我の発揚を妨げる。二〇世紀初頭の表現主義の若い作家達は、一九世紀の七、八〇年代に生まれ、世紀の変り目にその青年時代を持ったが故に、上述のような体験を持った。彼等の文学のテーマに、多く、大都会が選ばれたのは当然であった。Paul Raabe が、「文学的生は大都会の家々の大海原の中で進行し、消耗性の日常の混乱の中で、自動車の騒音の中で、広告燈の魔法の中で進行した。[28]」と語り、R. Hinton Thomas が「表現主義的世代の作家達の環境を造っていたのは何よりも大都会であり、……[29]」と語っているのは肯綮をついている。

出納係が最後に、救世軍の若い女に連れられて現われる所は、救世軍の集会所である。演台の懺悔椅子で、またはホールで、幾人かの人物達が懺悔をする。その懺悔は常に分身による二人一組の形で行われる。先ず、救世軍の兵士が語り、その後、その兵士とほぼ同じ体験を持つ人物が語る。最初は、かつて競輪選手であった兵士に続いて、あの六日間競走の選手が懺悔をする。続いて、かつて娼婦であった女兵士と一人の娼婦が、更に、睦まじい家族を持っていたが金庫の金を横領して刑務所へ送られた中年の兵士と、母と妻と二人の娘を持っていた一人の男が懺悔をした。これは非常に計画的にして象徴的な構想である。Kaiser はこれらの人物の懺悔を通して、出納係の歩んできた一日を暗示し、出納係の最終的な懺悔の伏線を敷く。

彼は一日の遍歴を語り、全力投入に報いてくれるものはこのホールであると、救世軍に救済の最後の実現をかける。彼はここに真の生を見出し、ここからはもはや脱出する必要はないと考える。彼は銀行の金銭着服を告白し、『世界のあらゆる銀行の金庫の金でもってでも何か価値のあるものを買えません。（中略）金は物の価値を低くします。金は真なるものを覆い隠します――金はあらゆる詐欺の中で最も賤しいペテンです。[30]』と、資本主義社会に於ける貨幣の一面の正鵠を射て、貨幣をポケットから取り出し、足の裏で躙られることを期待し、ホールにばらまく。このことは、彼にとっては、貨幣の呪縛からの訣別であり、小市民的束縛からの蟬脱である筈であった。ところが、期待はまさに裏切られる。「やがて金をめぐって激しい争いが勃発する。争いの混乱の中へ集会が捲き込まれる。演台からはその楽器のところにいた兵士達が広間へと殺到する。[31]」人々に懺悔を促し、救済者を自認する救世軍の兵士迄、出納係の期待を裏切る。資本主義社会に於ける貨幣の呪縛は資本主義社会に住む人間達を捉えて離さないし、空想主義的な理想の社会は、その社会の何らかの変革なしには空想にとどまる。そして、彼にとって、ユダとなるのは、Armin Arnold も言う如く、彼に付き添ってきた救世軍の若い女であった。

「そして彼のいわゆる救済者、救世軍の若い女はユダとなり、賞金と引き換えに彼を警官へ売る。[32]」

いまや彼は落莫とした孤独を実感する。

「『空間は一人しか受け入れぬ。孤独は空間だ。空間は孤独だ。冷たさは太陽だ。太陽は冷たさだ。（中略）出口はどこにあるのか？[33]』」

彼は孤独の中で自己の救済となる出口を求める。しかし、資本主義的社会機構の中では、その変革なしに、そこから脱出することは不可能である。出納係は今や、ただ一つ残ったランプに照らし出された明るい電線に、雪原で見たあの人間の骸骨を見る。雪原では彼の行末を暗示していたに過ぎなかった骸骨は、今や確実に彼の出口、即ち、死を示していた。彼は自らの胸を撃ち、「腕を拡げて幕に縫いつけられた十字架に向って倒れ込む。彼の喘ぎは見よ（Ecce）の如く咳き込み――彼の吐息はこの人を（Homo）の如くうなる。[34]」現代のユダとしての若い女に対して、出納係は、一見キリスト的な死に方をするが、それは自己の脱出の出口としての死である。出納係自身は自我の病蓐からの救済をそこに見出したと思ったのであろうが、彼以外の人間の目には彼の真の救済はなかったであろうし、他人に対する救済の思想もそこにはない。そういう意味で、彼自身は救われたのであり、「神の〈合図〉を認めている。[35]」が、彼の死は、所詮、ある面でキリスト的な死であったにすぎず、キリストの死とは全く性質を異にする。また、出納係はその死によって、表現主義の重要なテーマであり、Kaiserのいくつかの戯曲にも見られる〈新しい人間〉になり得たかどうか考えるとき、「同胞の為の献身と犠牲の用意が新しい人間の性格的特徴であり、その本質の自明な目標である。[36]」限り、〈新しい人間〉に決してなり得なかったことは当然であろう。しかし、彼は変身した。

「表現主義者達はしかし、精神的転回を、同時にしばしば、非常な少数者達の特権、経験とみなし、そのうえ《新しい人間》という状況へ到るのは例外に属した。[37]」という言葉はこの戯曲にも該当する。

出納係は資本主義的社会機構の中で、様々な束縛から逃れて、変身、変転しようと精神的にも肉体的にも努力をしたが、自己の死以外に自己の救済はなかった。その死による他者の救済は微塵もなかった。あらゆる個人的、精神的努力は不条理であった。まさにEcce Homoと我々は言わざるを得ないのであり、Walter Falkの分析を借りれば、この戯曲は、表現主義の第三局面にあたるAbsurdismus[38]＝不条理主義に属すと言えよう。

[注]

（1）表現主義戯曲研究（I）。ゲオルク・カイザー『ガス第一部・第二部』を参照せよ。

（2）Herausgegeben von Wolfgang Rothe: Expressionismus als Literatur; Gesammelte Studien. Francke Verlag Bern und München 1969. S. 141.

（3）Herausgegeben von Paul Raabe: Expressionismus; Aufzeichnungen und Erinnerungen der Zeitgenossen. Walter-Verlag Olten und Freiburg im Breisgau 1965. S. 239.

（4）Herausgegeben von Wolfgang Rothe: a. a. O., S. 485.

（5）Ibid. S. 25.

（6）Ibid. S. 26.

（7）Herausgegeben von Hans Steffen: Der deutsche Expressionismus; Formen und Gestalten. Vandenhoeck & Ruprecht in Göttingen 1965. S. 145.

（8）Karl Marx: Das Kapital; Marx Engels Werke,Band23. Dietz Verlag Berlin 1972. S. 146-147.

（9）Georg Kaiser: Stücke, Erzählungen, Aufsätze, Gedichte. Verlag Kiepenheuer & Witsch. Köln. Berlin 1966. S. 57-58.

（10）Herausgegeben von Wolfgang Rothe: a. a. O., S. 486.

（11）Georg Kaiser: a. a. O., S. 62.

（12）Hans Sedlmayr: Die Revolution der modernen Kunst. Rowohlt Hamburg 1955. S. 88.

（13）Georg Kaiser: a. a. O., S. 70.

（14）Ibid. S. 70.

（15）Ibid. S. 71.

（16）Ibid. S. 73.

（17）Ibid. S. 73.

（18）Armin Arnold: Die Literatur des Expressionismus; Sprachliche und thematische Quellen. W. Kohlhammer Verlag Stuttgart Berlin Köln

Mainz 1966. S. 121.

（19）Georg Kaiser: a. a. O., S. 75-76.

（20）Ibid. S. 76.

（21）Herausgegebn von Paul Raabe: Der Kampf um eine literarische Bewegung. Deutscher Taschenbuch Verlag 1965. S. 97.

（22）Georg Kaiser: a. a. O., S. 82.

（23）Ibid. S. 86.

（24）Ibid. S. 86.

（25）Ibid. S. 90.

（26）Ibid. S. 93.

（27）Herausgegeben von Wolfgang Rothe: a. a. O., S. 486.

（28）Paul Raabe: Die Zeitschriften und Sammlungen des literarischen Expressionismus 1910-1921. J. B. Metzlersche Verlagsbuchhandlung Stuttgart 1964. S. 5.

（29）Herausgegeben von Wolfgang Rothe: a. a. O., S. 19.

（30）Georg Kaiser: a. a. O., S. 103-104.

（31）Ibid. S. 104.

（32）Herausgegeben von Wolfgang Rothe: a. a. O., S. 487.

（33）Georg Kaiser: S. 105.

（34）Ibid. S. 106.

（35）Herausgegeben von Wolfgang Rothe: a. a. O., S. 65.

（36）ArminArnold: a. a. O., S. 116.

（37）Herausgegeben von Wolfgang Rothe: a. a. O., S. 31.

（38）Ibid. S. 84.

（初出、一九八一年三月、獨協大学「ドイツ語研究」第九号）

表現主義戯曲研究（Ⅲ）[1]
ゲォルク・カイザー『ユダヤの寡婦』と『カレーの市民』
――キリスト的救済者と小市民的救済者＝反逆者――

（Ⅰ）

表現主義という文学・芸術上の一大潮流が、近代から現代にいたる文学・芸術の流れを素地《グラウンド》とした場合に図形《フィギュア》を構成する作品群現象であることを考えるとき、表現主義戯曲という観念のもとに様々な傾向の戯曲があることは論を俟たない。このことは一方では共通の傾向で統一される戯曲があることも否定してはいない。そういう意味で、E. Lämmertが「表現主義の劇場は先ず第一に美学的に働きかけようとはしなかった。その劇場のイデーは観客を宗教的に、倫理的に、そしてもちろん政治的に変えることであった。[2]」と述べているのは首肯し得ることであり、事実そのような側面を持った多くの戯曲を我々は表現主義に見出すことができる。E. Lämmert は時代に於けるこのイデーの役割を重視し、「ドラマという文学がすでに第一次世界大戦前に、これらのイデーを生き生きとした作中人物達に託し、これらのイデーを文学に感応しやすい観客に委ね始めたことは、精神史にとっても、政治史にとっても、やはり重大である。[3]」と語り、第一次世界大戦前の、即ち時代の転換期以前の、時代の変革に向かう潮流の重要性について触れている。精神の上でも、現実の上でも。事実、我々は、第一次世界大戦後にこの潮流が一大潮流となり大転換期をもたらすのを見たのであるが、上述のイデーを奉じた作家の言葉にそのイデーの反映を垣間見ることもできる。一九一八年に Georg Kaiser が「人間の改新という予見《ヴィジョン》のみが存在する。[4]」と述べているのは、以前からの Kaiser の思想であったろうし、上述のイデーの反映でもあり、また Kaiser はそのような作品をすでに第一次世界大戦以前にも書いている。

即ち、Max Freyhan によって、すでに一九二六年「誰一人否定できない舞台の魅惑的な支配者[5]」と言われ、更に時代が下って一九六〇年代に、Hans Rothe が「劇場の偉大な作家は Sternheim と Kaiser であった。[6]」と評せざるを得なかった Kaiser は、その作家活動の初期の頃、二つの注目すべき作品を書いている。『ユダヤの寡婦』〈Die judische Witwe〉（一九一一年）と『カレーの市民』〈Die Bürger von Calais〉（一九一四年）である。前者は喜劇と言われ、後者は悲劇と見られている。

上述のイデーの反映を私はこの二つの作品に認識するのであるが、この二つの作品は比較検討されてこそ、その意義が一層明瞭になり、上述のイデーの認識に役立つと私は考えてきた。

この二つの作品はそれぞれ、旧約聖書外典第一記（ユーディット書）、J. Froissart の年代記という原典を拠所にして書かれており、そのテーマになっているのは過去の伝説、事件である。それらの真実性に関しては疑義もあり、伝わるところに不明確な面もあるが、過去の出来事であり、従って歴史と見てよいであろう。過去の出来事を作家が作品のテーマとして取り上げるとき、何故作家はその過去の出来事を作品のテーマにしたのか、現代社会に対する作家のどのような世界観から作家は過去の出来事（歴史）に対処しているのか、換言すれば、作家は歴史を拠所にして紛紜たる現代を如何に捉え、その問題点を剔抉するのかが、我々によって検討されねばならない。『ユダヤの寡婦』に関して言えば、一八四〇年に C. F. Hebbel が同じ旧約聖書外典をテーマとして、『ユーディット』(Judith) なる作品を書いており、Kaiser の歴史に対処する姿勢は一つの先蹤を持つことになる。

上述のことはこの小論を進めてゆくうちに明らかになることであるが、とにもかくにもこの二つの作品にとって興味深い事実は、それぞれの作品が現代把握・剔抉の弾機としている過去の事件の状況が、その事件の起った時代を異にするとは言え、類似していることである。

『ユダヤの寡婦』の舞台となっているのは紀元前六世紀のイェルサレム近辺の山麓の都市であり、その都市がアッシリア王ネブカドネザルの軍によって包囲され、陥落寸前にある。一方『カレーの市民』の舞台となっているのは一四世紀の百年戦争下に於けるフランスのカレー市であり、この都市もイギリス国王の軍によって包囲され、その完成したばかりの港湾もろとも崩壊寸前にある。いずれの場合にも、民衆は外国軍に拮抗する軍事力を持たず、倚信し得る指導者も知らない。それでは都市は勁敵の前に潰えざるを得ないのか？　しかし現実にはこれらの都市は累卵の危機より救済されたという事実がある。その救済者の名誉を担った者は体力的に弱い人間である。一方は一二歳の少女であり、他方は七〇歳の老人である。体力的な弱者が救済者であったという面で、この二つの作品には共通点があるが、その救済に用いられた手段が異なり、その救済に到る過程が異なる点が興味深い。

Kaiser はそれを叙述するに当って、歴史を歪めたりもする。『ユダヤの寡婦』の中で一二歳の少女は都市と市民の救済を、自己の欲求の故にいとも軽やかに、その端倪すべからざる放肆縦横なる行動によって、その意図したこととは別に、完遂し、『カレーの市民』の中で七〇歳の老人は都市と市民の救済を非常に重々しく、間然するところなき英邁な弁舌とそれに相応する行動によって、やはりその意図したこととは別に、成就する。

『ユダヤの寡婦』は喜劇と言われているが、「すでにこの喜劇は典型的な Kaiser の思索劇と言える。[7]」と言われる程注目に値し、『カレーの市民』は「同時代人に持続的な印象を与え、」「Kaiser はその作品で表現主義のドラマをして舞台上の突破口を開かせた。[8]」故に重要なのである。

（Ⅱ）

『ユダヤの寡婦』に於いて Kaiser は、一二歳の少女ユーディットがアッシリアの将軍ホロフェルネスを殺害し、アッシリア王ネブカドネザルともどもアッシリア軍を敗走させたという伝説を尊重するが、ホロフェルネス殺害に到る経過に奔放な想像力を働かせ、旧約聖書外典に、どちらかと言えば忠実なHebbelの作品も無視する。

第一幕で、一二歳のユダヤの少女ユーディットが学者で老人のマナセと結婚させられることになる。その頃イェルサレムにはアッシリア王が使者を派遣し、「イェルサレムの長老達が城壁のある都市を――神殿を、領土を――アッシリア人に渡すべきである！」と要求し、「王の言葉に応じない場合には暴力で脅かす！[9]」と脅迫している。一方、マナセとの結婚に抵抗するユーディットは再三にわたって「いやよ！」と抵抗した末、暴力的に神殿に入れられる。Kaiserはここで、結婚をおそれるユーディットとアッシリア王の脅迫という伏線を示す。

第二幕は水浴の場であり、ここでKaiserは老人の「性」と若い女性の「性」を対置させる。老人の「性」は倒錯しており、彼は自己の水浴姿を誇示し、他人に見られることをむしろ期待する。「通りかかって、俺を見る気がある奴は、どんな風に俺が水浴しているか見たらよい。」「俺は見せるために呼び込むつもりはない。しかし入ってくる奴は、水浴している俺にここで会うことができる筈だ――[10]」このマナセの言葉は、ユダヤ民族の水浴という潔斎の律法に従うマナセの姿勢を単に示しているというよりも、この律法そのものを厳粛なものより引きずり下ろす役割を演じ、かつ、マナセの倒錯した性を語っている。故に彼は、自己の水浴後、ユーディットに水浴を促し、「俺は家から出掛けてしまう。」「俺は出掛ける。」「そういうわけで、お前が水浴している間、俺は家にはいないと、お前にここで言っているのさ。[11]」と再三述べながらも、出掛けず、ユーディットの水浴姿を高い所から覗き見しようとし、ユーディットに発見される。「――俺は見ている――お前の水浴を！――俺はここにこう座っている！――そうだよ！（新しい間《ま》。その間に彼の顔面はますます情欲的表情を帯びてくる。彼の言葉は、閉じることのできない口から、だらだら流れる唾液の中で滑り出る。）お前の夫がここで待っている――お前の水浴の傍で！――さあ水を浴びろ！」「水の中にいるお前を一度見せてくれ――そして俺は動いたりしないよ。」「（忍び笑いをして。）その小さな布からさっさと出ろ――俺はお前の身体を外からでも布を通して見られるのさ――どんなにお前の身体が張っているか――！[12]」

我々がこの二幕の後半で、マナセとユーディットが未だ真の意味の夫婦になっていず、マナセの側にその責任があることを知るとき、老人の性の倒錯は決定的となる。

Hebbelの作品「ユーディット」に於いても、ユーディットはマナセが死ぬ迄、純潔のままである。マナセは彼女に手を触れなかった。しかし、マナセが彼女に手を触れなかったのは初夜突然デモーニッシュなものが二人の間に介在したからであり、マナセはそのデモーニッシュなものに憑かれ、その後時々彼女を恐ろしい眼附で見たのである。このデモーニッシュなものは、彼が死ぬ間際に閉じていた黒い眼を見開いて彼女を見つめ、あの婚礼の夜の出来事を話そうとした場面にも顕現する。一九世紀前半のローマン派を中心とするドイツ文学に現われるデモーニッシュなものがこの作品には投影されている。

二〇世紀はエロティシズムの時代に突入していた。

一方、Kaiserの作品第二幕に於いて、ユーディットは明らかに変身しつつあり、表現主義に特徴的な「リビドーの解放」を目指す、性に目覚めた若い女に変身しつつある。旧約聖書外典やHebbelの作品に於ける聖女ユーディットには遠い。

彼女は健全なるリビドーを持つが故に、高い所より覗き見しているマナセに再三呼びかける。「降りてらっしゃい！」「あなた——来てよ！」「上がって行こうかしら？」「上へ行くわ！」「そう、行くわ！　行かせてちょうだい——いま行くわ！」「あなたと一緒に上にいたいんだけど？」「私——あの後で——水を浴びるわ！」[13]

Kaiserは我々に、マナセとユーディットの対照的なリビドー——倒錯した性と健全なる性——を強調し、我々に刻印せんがため、それぞれの意志を、言葉を少しずつ変えて反復させる。この修辞学上の反復は、マナセが水浴姿を見られることを半ば期待する場面、マナセがユーディットに水浴を勧め、自分が出掛けると述べた場面、マナセが覗き見を発見され、その性の倒錯を言葉に顕にする場面、更に上述のユーディットの呼びかけの場面に顕著にみられる。M. Freyhanが「修辞学的技術の確かな手段は問の形式である。積み重ね、問の素早い連続であり、それに対しては語り手が回答を躊躇するのである。」[14]と、この作品について語る所以である。

マナセはしかし上述の再三の誘惑に対応できない。彼は狼狽し、弁解に終始し、その態度は因循として、逃げ腰である。ユーディットに「あなたの妻を見捨てるの!!」[15]と詰譲されるにおよんで、彼がその理論というよりその口実の礎にするのは聖典であり、社会的規範と言える倫理である。これら聖典、律法、倫理という秩序、慣習がユーディットを掣肘し、ユーディットはそれらと衝突させざるを得ない。「ここからすぐに、二つの原則性の間に、即ち継ぎ合わされた秩序、作成された規約とこれにたてつく自己の意志、個性の間に二律背反が現われる。[16]」からである。どの時代にも「青年はエネルギーに満ち、いたるところで規則と慣習に衝突する。[17]」

第二幕の最後では、「これから若いお婿さんを探そうー！[18]」というユーディットの言と、都市に迫ってきたアッシリア軍が第三幕以降の展開を予測させる。

第三幕ではユーディットが寡婦となったことが明らかになり、今や彼女は平らな屋根の上で低い椅子に座って、アッシリア軍の攻撃が終るのを待っている。Kaiserはここでユーディットを先ず屋根の下より屋根の上へ出すことによって、実のない結婚生活という束縛から一歩踏み出し、自由な青天の下、そのパトスの赴くまま生きようとするが、完全には「家」から離れることがまだできない一人の少女を象徴的に示している。

彼女が完全に「家」から離れるためにはノラの如く、外へ出ること、つまり、屋根の上より屋外へ出ることが必要である。そのためには一つの契機が必要である。彼女が屋上より眺めるアッシリア軍の包囲攻撃は、彼女にとっては深刻な事態ではなく、むしろ自由の象徴であり、彼女のパトスの桎梏とはなり得ない。都市の糧食の貯蔵も五日分しかなく、従って五日の内に攻撃が終る事態も、自分の再婚に有利な事態としてユーディットに捉えられる。マナセと同じ学者イサスカルの「誰がこの都市で、これ程、大きい罪を犯したのだ。神が我々を見捨てた程の大罪を?」「イスラエルの神がこの都市を去ったのだ！[19]」という言葉に応えるように、ユーディットが都市の長老カルミとカブリの前で、この都市の家々は汚れていると断言し、「この都市を穢したのは彼女よ——私を神殿で虜にし、欺いたのは彼よ！[20]」と語るとき、彼女はこの都市を非難し、イスラエルの神を冒瀆して憚らない。これは、宗教そのものへの非難でもあり得る。

未だ屋外へ飛翔し得ないユーディットは、そのパトスの奔流を二人の長老に向ける。しかし、この二人の長老もマナセ同様狼狽し、孜孜弁解に終始し、彼女の矛先をアッシリア軍へ向けようとする。

「彼らは城壁の外に陣を構えており、女達と少女達《むすめ》に餓えている――ここにいる女達に‼――彼らの勇気――彼らの武勇、それは彼らの情欲――彼らの狼のような情欲だ――！」「そういう情欲で彼らは害を及ぼすのだ――魅惑に気が狂って、女に餓えて彼らはそれをやらかすのだ！(21)」とアッシリア軍を非難する長老達の言葉は自分らの責任回避であり、ユーディットへの間接的な使嗾でもある。

今、自分らの都市が陥っている存亡の危機を回避する施策を何ら示し得ない俗物・長老達が退散した後、ユーディットはついに城門を出て敵軍の中へ向かう決心をする。男の力強い情欲こそ、彼女の抑圧されてきた性に応えるものであり、彼女の性解放につながり、それこそ、ユーディットにとっては彼女のアイデンティティー確立を導くからである。彼女が屋内から屋外へ、更に屋外から城門の外へ出ること、このことは彼女があらゆる桎梏を断ち切ることを意味しており、この戯曲にとって一つの重要な、強調されねばならぬ隠喩である。Hebbel の「ユーディット」に於いて、ユーディットが城門を出るのは、糧食のみか水道迄断ち切られ、破滅寸前にある都市と自らの民族を救済する為、自己の貞操と名誉を犠牲にし、ホロフェルネスの寝首を掻くことを意図してである。

III

第四幕は城門の外、アッシリア軍の天幕の中で演ぜられる。アッシリア王ネブカトネザルと将軍ホロフェルネスがユダヤ民族の神、歴史、律法、生活について、アンモンの領主アキオールより知識を得ているところへ、男装したユーディットが連れてこられる。彼女は一人の隊長を頻りに誘惑しようとした。ホロフェルネスは、役女を抱きしめ、彼女と結婚すると断言する。彼女は欣躍するが、ネブカドネザルの怪奇な夢の話、即ち、ネブカドネザルの片手が真夜中にホロフェルネスの片手と入れ替わったという話、を聞いているうちに彼女の関心はむしろ、人間的に起伏のある王に移る。一方、ネブカドネザルの方も彼女の蠱惑にひかれ、再三「将軍、女を私にくれ！(22)」という。彼女は剣で「ネブカドネザルを手に入れるため、ホロフェルネスの首を撥ねる。(23)」

彼女はこの「重い」行為を、この第四幕に於ける彼女の一貫した「軽い」行為の末に実行した。何故なら、この「重い」行為は彼女にとっては「重い」行為ではないからである。城門の外に出た彼女は、自分の自由な意志のままに生きようとする。その場合、彼女の自由な意志の障礙となるものは、全て除去されねばならないのであり、その除去の為の行為は彼女にとっては決して「重い」行為ではない。「人間は再び数百万年前に始めたような生き方を始める。生まれたばかりで、生きているという自己の幸福が、自己の受け継いできた様々な条件や自己の現世に於ける存在への問いかけによって、曇らせられることのない子供のように、人間は全く自由奔放でなければならぬ。[24]」とF. M. Huebner が表現主義者の生き方として述べたことが、まさにユーディットの生き方なのである。

それ迄再三に亙り抑圧されてきたリビドー、解放されることのなかった性。P. Raabe の言によれば「中継ぎもなく、日常とパトスは対立していた。そしてあらゆるパトスは今迄日常の暴力の前に破滅してきた。[25]」が故に、その性の解放を目前にしたとき、彼女はそれを阻む障礙を除去したのである。第二幕から第四幕にかけて、一貫している彼女の意志と秩序の葛藤、それを Kaiser は強調したかった。「そのような意向から詩人はまたその作品の前に『おお、同胞《はらから》よ、古き銘板を打ち破れ、打ち破れ！』という言葉を置いている。[26]」と M. Freyhan が述べているとき、それは肯綮をついていると言えよう。第四幕最後で、第三者から見ての「重い」行為、彼女にとってはそのパトスの結果としての行為が、実行されたのにも係わらず、またもや彼女のリビドーの充足は実現されることがない。彼女はいたって自然に「身を屈める、山羊の毛皮の下を掻き廻す。彼女はまだ血の流れ出る首を取り出す[27]」。しかし、ネブカドネザルを初めとするアッシリア軍は倉卒と逃走する。彼女には自己の raison dêtre が必ずしも他人の raison dêtre にはなり得ぬことが理解できない。それ故にこそ、ホロフェルネスの首級を持った手を拭き清めて、憫然とした彼女が無意識に語る次の言葉は、この戯曲のリビドーをめぐるテーマを語って尽きることがない。「彼は死んじゃったわ——彼はあなたに対してもう何一つできないんだわ——（泣き出しそうになって）。彼だって逃げたりしなくてよいのに！[28]」

しかも彼女には理解しがたいことではあるが、変身してきた彼女は、この自己の行為によって、ユダヤ民族の救済者ともなった。

「表現主義のドラマが規則的に現わそうとする変身・救済行動へ通ずるものは主人公の苦悩の道、つまり情熱である。その情熱がとどこおるところで主人公は古い不純な世界と衝突し、同時に自己の救済意志を固めるわけである。[29]」とE. Lammertは述べている。

Hebbelの「ユーディット」な於いても、第四幕は、ベトゥーリアの城門外、ホロフェルネスの陣営で演ぜられる。ここでは、ユーディットは、自己の貞操と名誉を犠牲にして、自己の民族を救済するという明確な目的を持ってホロフェルネスの前に現われる。しかし彼女はホロフェルネスと話す内に、彼を憎悪しつつも、一方では尊敬するというアンビヴァレンツに陥ってしまう。更に第五幕では、彼に暴力で貞操を奪われながらも肉欲を感ずるという自己にとって矛盾した状況に陥り、瞋恚と自己の肉欲断絶の為にホロフェルネスの首を掻く。Hebbelもユーディットのリビドーを完全には否定できなかった。

Kaiserの第五幕は神殿の奥の院控えの間で展開される。アッシリアの将軍ホロフェルネスの首級をあげ、アッシリア軍を王ともども敗走させたユーディットは都市の救済者として讃えられる。同族の清浄なる血潮を穢すことによってイスラエルの神に対する罪悪を犯したのではないかという虞も当然否定される。そこでイェルサレムの司祭長ヨヤキムは、彼女にこの上ない名誉を授ける儀式を至聖所で挙行することとなる。その儀式は彼女の再婚を禁止する儀式と解釈され、彼女は第一幕の場合と同様、再三に亙って抵抗する。彼女の母と姉は、この儀式を結婚式だと誤解している彼女が、未だ純潔であるが故に、以前同様抵抗すると解釈する。そのリビドーが今迄満たされることのなかった彼女にとって、その充足を永久に断たれることになる儀式に抵抗することは重要な行為である。第一幕に於ける彼女の抵抗とは本質的に性質を全く異とする。第一幕での彼女の悖逆は未知のものへの虞であり、彼女は自分の一番身近な者によっても、その変身を一貫して理解されない。しかし至聖所へ到る一つ一つの部屋を前にしてヨヤキムは身に付けているものを順次脱いで、至聖所へは全裸となって入る。「その見事に発育した男性の裸体が強烈に現われる。[30]」即ち、儀式はその都市の長老や、人々が想像しているのとは異なった形で進行していることを我々は知る。しかし、ユーディットのみそれを予感する。「美しき青春の輝きが上下にあふれてくる。静かに彼女の指が、その後から掌を開いたままの彼女の両手がゆっくりと続いて、自分の肢体を撫で下ろす。彼女の肉体は張りきる――」[31] かくの如くして一三歳になったユーディットが、至聖所に於いて、そのリビドーを充足することによって、自らをも救済することが我々に暗示され、この都市の長老オシアスの言葉、「いずれにせよ、礼拝の仕方はあなた方のイェルサレムでは別なやり方なのですね！[32]」で、この戯曲は終る。

この作品を幕を追って分析するとき、事実「全体的主題に従えば、官能的に呼吸する生活への自己の欲求実現に追いたてられる女性の問題が前面にある。[33]」と言える。しかし、先ず Kaiser は伝説上の聖女ユーディットを「一人の人間」の水準に迄、引き下ろすことによって「人間」を重視し、聖書を軽視し、次いで、若い世代のパトスと秩序の衝突という問題をユーディットのヴィット溢るる行為に仮託して語っていると言える。その結果、当然、聖典、律法、倫理という社会的規範が嘲笑の対象となる。Kaiser にとっては「舞台は決して倫理的施設ではなく――舞台は闘争の場である。[34]」からだ。

この作品に於いて嘲笑の対象となるのは社会的規範のみではない。ユーデットの夫である学者マナセ、都市の長老カブリ、カルミ、アッシリアの将軍ホロフェルネス、王ネブカトネザル、更にオシアス、当時の庶民ではない権威ある人間達が嘲笑の対象となっている。これらの人物達に比べて、戒律などに捉われることのない庶民は楽天的であり、その代表といえるユーディットの生き方は軽やかである。Kaiser はこのような対照的な生き方を我々に示すことによって、二〇世紀初頭の社会に警告を発している。そういう意味で、この作品はアフォリズムに満ちている。W. H. Sokel は「Kaiser のドラマはむしろアフォリズム、逸話、討論から成長している。[35]」と語り、更に「Kaiser のドラマは拡げられたアフォリズムである。鋭利な表現を伴うアフォリズム的譬え、逸話は、Kaiser のドラマの基礎と強さを形成している。[36]」と述べているが、もちろんこの作品をその評言の対象にしている。

Ⅳ

「アフォリズム、逸話、討論から成長している」Kaiser のドラマの中で、とりわけ討論が前面に出て、ドラマの構成の重要な部分を占めているのが『カレーの市民』である。

「第一次大戦前の戯曲『カレーの市民』に於ける新しい人間の出発と変身の形態化[37]」という言葉で、或いは、「歴史的に考察すると、『カレーの市民』は表現主義に起源を持つ新しい人間像の最も初期の定義として考察されねばならぬであろう。[38]」という言葉で G. P. Knapp が論じ、A. Arnold も「ドイツ表現主義のドラマに於ける『新しい人間』について語るとき、先ず Georg Kaiser のカレーの市民が考えられる。[39]」と語っている如く、この戯曲は表現主義の重要なテーマ「新しい人間」を最初に舞台へ登場させた戯曲としても刮目に価する。

Kaiser はこの戯曲に於いて、一四世紀の百年戦争の際、フランスの港湾都市カレーがイギリス軍に包囲され、そのすぐれた堤防もろとも破壊寸前に到ったとき、七〇歳の老人ウスタッシュ・ド・サンピエルが自己の犠牲的行為によって、カレーを救ったという Jean Froissart の年代記の記録に肉づけをし、想像力を自由に働かせ、自己の思想を展開する。

第一章はカレーの市公会堂の場である。市の第一の選民代表ジャン・ド・ヴィエンヌが「どんな工事にも未だそそいだことのないほどの我々の全精力をそそいだ工事を我々は完成したところだ。[40]」と語り、それが「何処の海岸の前にも見られないほど、広々として波穏やかな新しい湾[41]」であることが判る。Kaiser はここで一つの文化施設の重要性を示唆する。城門の外のイギリス軍は武器を取ろうとする者のいないカレー市に使者を送り、イギリス軍士官が登場する。このイギリス軍士官とフランス国王の将軍デュゲスクランの間で先ず討論が展開され、デュゲスクランの否認にもかかわらず、フランス軍の大敗が明らかになる。市の破壊を避け、港湾を護る代償としてイギリス国王より残酷な提案がなされる。「……新しい日の黎明と共に、選ばれた市民ら六名が城門から出発せよ——頭には何も被らず靴も履かずに――哀れな罪人の衣裳を着て、頸に荒縄をかけて！[42]」

戦争の危機が絶えず存在するとき、とりわけ、二〇世紀の戦争は人類および人類の文化の破滅につながるとき、Kaiserがこの戯曲に於いて人類共有の文化施設を干戈《かんか》による破滅から護るために若干の人命の犠牲は止むを得ないのかどうかという問題を提起しているのは、それが現代的課題でもあるからだ。粿てて加えて、この作品の草案が書かれたのが一九一二／一三年であり、一九一四年に第一次世界大戦が始まったという歴史的事実を考えるとき、G. P. Knappがこの作品に関して、「一つの『思索劇』の文学的完成が――この戯曲はともかくすでに一九一四年に書かれている――如何に歴史的経過を先取りしているかがここでもまた注目に価する。[43]」と述べているのは蓋し至言であり、Kaiserの洞開なる烱眼を見る思いがする。

第一幕の討論はいまや、文化施設を犠牲にしてでも民族の名誉を護るために武器を手に執って闘おうというデュゲスクランと、畢生の事業を護ろうというウスタッシュ・ド・サンピエルの間で展開される。

「イギリス国王は市を保護しようとしている――港のためにだ。港はこのような取引に――フランスの名誉によって支払われる取引に価するのか？[44]」と市民を闘いへと使嗾するデュゲスクランに対してサンピエルは市民に慫慂する。「我々はフランスの栄誉を求めたのではない。」「諸君は諸君の事業を破壊したいのか――率然として来たり、率然として没する男のために？」「一人の外国人がこの市を前にして、この港のために躊躇している。――諸君は躊躇しないのか？」「諸君の事業は海を征服したのだ！[45]」海という大自然を征服した人類のエネルギーとその結果としての文化施設を比較するとき、名誉や武力は微々たるものにすぎない、と滔々と述べるサンピエルの世界同胞主義的弁論の前では、デュゲスクランは寡黙とならざるを得ず、彼の主戦論は匹夫の勇となる。そういう意味でこの場の討論はいささか齟齬をきたしている。Kaiser自身、サンピエルの口を借りて彼の思想を、当時の若い表現主義者の思想の一つの主流を、展開しているからである。ここでのサンピエルの論理はダイナミックでエネルギーに溢れ、かつ重い。

港にある自分の倉庫の富を護るために哀れみを乞うのだと疑われたサンピエルは、ジャン・ド・ヴィエンヌの「何処に、六名が座っているのか――立ちあがって――座席から離れ――ここへ互いに歩み寄る者が？――[46]」という問いに、先ず自ら歩み出ることによって応える。続いて更に六名が歩み出る。デュゲスクランは干戈のみを信じるが故に、論争に市民の断が下されたとき、イギリス国王の配下に行く。彼の主戦論は単なる匹夫の勇にとどまらず、エゴイズムに基づくことが明らかとなる。彼はここで、後にキリスト的な救済者となるサンピエルを裏切るわけであり、ユダ的な人物と言えよう。六名の犠牲者が必要なところへ七名の志願者が出るという偶然のトリックが示されることによって、第一幕の緊張が高まる。しかし、六名に対する七名というこの戯曲の構成は、一面、技巧性に陥っているとも言え、虧欠あるを免れまい。

午後、抽籤が七番目の命を救うことになる。

第二幕は市会議事堂の広間並びにその奥の部屋で進行する。親族との別離を惜しみ、人間として苦悩した六人はサンピエルのいる奥の部屋へ入り、そこで「最後の晩餐」が挙行される。外では群集のどよめきがする。食卓では、一つの果物が七分され、一つの盃から七人が酒を飲む。サンピエルに慫慂されて、六人はそれぞれ奥の部屋に到る迄の半日の経過について語る。それぞれにとって、様々な意味の苦痛はあったが、誰にとっても籤に洩れることは望ましきことではない。いよいよ、一枚の皿からそれぞれ球を取ることによって決定が下されることになる。しかしいずれの手にも七つの青い球が残る。Kaiser は第一幕最後の緊張の高揚を第二幕に於いても持続させ、ここで一度その緊張感の高揚を緩和する。

サンピエルは、自己の工作を認めたうえで、それぞれの志願が、今朝の武断的状況の中で行われたのではないだろうかと語りかけ、新しい提案をする。明朝、「最初の鐘の音と共に、各人がその家から出発すべきである——そして最後に市場の中央に到着する者が——免れるのだ！」[47] つまり、ウスタッシュ・ド・サンピエルは、感情的高揚の中で挙措が決定された可能性を恐れている。人命に係わる挙措は全て理性的な思考のもと決定されねばならぬと考えている。「それ故にウスタッシュは、犠牲的行為が遂行される前に、一夜瞑想して過ごすよう、二つのトリックによって六人の志願者に強いる。」[48] わけである。

第一幕の討論はダイナミックでエネルギーに溢れ、重いのに比較して、第二幕の対話は静的で重い。しかし、第一幕、第二幕を通じてサンピエルは常に理性的である。彼が理性を他人にも要請するのは当然である。表現主義に於ける「新しい人間」は精神性に富んでいる人間であり、「新しい人間は理性に導かれた行動を愛の為に望む[49]」からである。

第三幕は教会堂前の市場である。市民達が集まり、七人が到着するのを待っている。サンピエル以外の六人が次々と到着するが、距離が一番近いサンピエルがなかなか到着しない。第一幕、第二幕に於いて優柔不断で、なまなかならず、絶えず右顧左眄するジャン・ド・ヴィエンヌを初めとして、市民達は、サンピエルの狡猾さを譏貶する。表現主義の様式の一つであり、Kaiser の他の作品にも見られる「叫喚劇」の様式が顕著となる。

そこへ盲目の父親に伴われてサンピエルの棺が運ばれてくる。サンピエルは、イギリス国王が要求している六人の犠牲者の数から洩れる者を望まぬが故に、あらかじめ自ら死を選択した。選外者の悲哀を誰にも与えないことが必要であった。サンピエルは、誰一人その決心に於いて変りのないことを確信し、選外者の現在以上の懊悩を防ぎ、かつ、六人の団結を維持することを目指した。サンピエルが自らの命を絶つにあたって、自己の寵辱を考えてみるに、彼の意識の中で、その挙措は決して声聞に価する死ではなかったであろう。何故なら声聞に価する死は、他の六人に帰結するものであったからだ。彼は自分が最大の犠牲者になることによって、国民を救済する前に先ず六人を救済した。「わしは新しい人間を見た――昨夜、彼は生れたのだ！[50]」と盲目の父親は言う。まさに、ウスタッシュ・ド・サンピエルは、「同胞の為の献身・犠牲の覚悟が新しい人間達の性格上の特性であり、彼等の本質の自明な特徴である[51]」とき、その特徴をそなえた人間であり、また戦略家でもある。

上述の言とは別の所で、A. Arnold が「新しい人間は第一にウスタッシュである。彼は共同社会の構築物維持を因襲上の名誉概念より重視し、更に、共同社会とその構築物が問題になるとき、個人は当然、共同社会の為に犠牲にならねばならぬ――しかも感謝の念も承認も期待することなく犠牲にならねばならぬ、ということを識っていた[52]」と述べているとき、サンピエルは、人間として一番困難な死に方を選択した人間であり、自我を超越した人間でもある。

サンピエルの犠牲的な死によって、選外者の悲哀を味わわずに団結を維持した六名が、いよいよ城門に向うとき、イギリス士官が登場し、出発を控えさせる。カレー城外の陣営でのイギリス皇子誕生によって、人命による代償なしにカレー市もその港湾も破壊を免れる。この場に於いて、第一幕の偶然のトリック――六名の犠牲者が必要なところへ七名の志願者が出るトリック――を凌駕する偶然性を、Kaiser は附与する。M. Freyhan は言う。「『カレーの市民』は多様なヴァリエーションの中で偶然なるデーモンの声の回りで進行する。（中略）偶然の出来事が行動を支配する。[53]」

しかし、第一幕の偶然性が技巧性の謗を免かれないのに対し、ここに於ける偶然性は、むしろ起り得るものとして我々の目に映る。何故なら、イギリス国王にしても、世界的文化施設の人命の犠牲を伴う擁護者たり得るよりも、代償なしの擁護者でありたいからだ。彼はただ、その契機を待っていたのだ。

サンピエルが第一幕ですでに、イギリス国王の提案を受諾すべく市民に慫慂し、その受諾が決定されたとき、サンピエルはすでに、イギリス国王とイギリス軍を精神面で救済したのであり、第三幕のサンピエルの死は、六名の犠牲取り消しと直接的な因果関係にはない。しかし、Kaiser はそこに間接的な因果関係を暗示する。カレーの市民達は当然、因果関係を見るのであり、サンピエルが、カレー市を救済し、世界的文化施設を救済し、六人を再度救済し、イギリス国王とイギリス軍を救済したうえ征服したと見る。それ故にこそ、イギリス軍士官が「イギリス国王到着前に全市の鐘を打ち鳴らせ！[54]」と叫んだとき、ジャン・ド・ヴィエンヌは「この屍を持ち上げ、内部の祭壇の最上段へ置いてくれ――イギリスの国王は――祭壇の前で祈るとき――彼を征服した者の前に跪かねばならぬ！[55]」と叫ぶ。鐘の音が鳴り響くなかで、「彼は自由に苦もなく空中に立っている――[56]」という言葉でこの戯曲は終る。ここでサンピエルは復活し、その変身を完成する。

V

表現主義者達は、人間の救済者＝「新しい人間」への変身を彼等の一つのテーマとして謳歌した。その「新しい人間」とは超人間であり、理想主義者であり、利他主義者であり、自然人である。二〇世紀の初頭という転換期、激動期にあっては、当時の社会状況の影響を受けて、より具体的には、ヒューマニスト、自由主義者、共産主義者であったりする。『ユダヤの寡婦』に於けるユーディットは社会や文化の影響を受けずに、その本能のままに生きることを孜孜志向し、須臾の間も休息することがなかったが故に、変身し、偶然ユダヤ民族の救済者となった。自然人を志向した救済者と言えよう。一方、『カレーの市民』に於けるサンピエルは寛恕溢るる人間として、三思九慮の後、自己の犠牲による民族・文化救済者の道を選択し、その結果変身した。キリスト的超人間への変身である。A. Arnold はサンピエルの勇気について語り、「それは、キリストが持った勇気であり、それ故に、この戯曲がキリスト的象徴でぎっしり詰まっているのは決して不思議ではない。教会、祭壇、十字架、最後の晩餐、ユダ、信頼し得ない民衆等々[57]」と述べている。

ユーディットもサンピエルも結果として、英雄的行為をした救済者であった。しかし、その英雄的行為に到る道程に径庭がある。W. H. Sokel は言う。「ユダヤの寡婦に於いては、例えば Kaiser は、その『ヴィット』によって、英雄的行為の性格を、妨げられた性として暴露する。カレーの市民に於いては、多分この彼の最大の作品に於いては、彼は、二つの最高に劇的な奇襲効果によって、英雄的行為の真の性格を平和主義、自己犠牲として示す。[58]」

Kaiser は周知の如く、実に多くの戯曲を書いている。その多くの戯曲の中で、とりわけ代表的な作品の中で、『ユダヤの寡婦』の如き、喜劇的要素を持つ作品は少ない。これは生活苦の故に窃盗罪の汚名を冠せられ、告訴され、下獄までした彼の生涯の不幸に由来するとも言えよう。その Kaiser の多くの作品は M. Freyhan が „Georg Kaisers Werk“ の中で紙数を費して論じている如く、ダイナミックで緊張感に満ち、重く、溟濛なる側面が勝る。故に Kaiser が喜劇を書くとき、「その喜劇の中で、自己の幻影や自己のデーモンの声から、自己を解放する Kaiser は、一人の戯れ人になることによって自己を解放する。[59]」と言われる所以である。

観客を宗教的、倫理的、かつ政治的に変えようというイデーに基づいて書かれ、過去の類似の伝説、事件を拠所とする点で私の比較検討の対象となったこの二つの作品、『ユダヤの寡婦』と『カレーの市民』の間には対照的な側面も多いことは、論じてきた通りである。『ユダヤの寡婦』は確かに喜劇であり、その内容、対話、主人公の性格・行動は軽妙である。一方『カレーの市民』は悲劇であり、その内容、対話、主人公の性格・行動は重厚である。

M. Freyhan は、悲劇を多く書いてきた Kaiser に、喜劇を書くことによって重苦しさから自己を解放する平衡志向性を見るが故に、「『ユダヤの寡婦』はまさに、重さと活気からの、力、重苦しさ、気高さからの、軽さと揺らぎへという平衡現象にとって、一つの模範例となっている。[60]」と説く。

重厚で、反戦的側面も持つが、キリスト教的救済精神にむしろ重点が置かれる『カレーの市民』、軽妙ではあるが、小市民的反逆精神に溢れる『ユダヤの寡婦』、いずれの戯曲も主人公は救済者となった。[61] これらの戯曲は、そういう意味で、Walter Falk の分析によれば、表現主義の第二局面にあたる Salvationismus ＝救済主義に属すると言えよう。

[注]

（1）表現主義戯曲研究（Ⅰ）。ゲオルク・カイザー『ガス第一部・第二部』。表現主義戯曲研究（Ⅱ）。ゲオルク・カイザー『朝から夜中まで』。

（2）Herausgegeben von Hans Steffen: Der deutsche Expressionismus; Formen und Gestalten. Vandenhoeck & Ruprecht in Göttingen 1965. S. 156.

（3）Ibid. S. 156.

（4）Georg Kaiser: Stücke, Erzählungen, Aufsätze, Gedichte. Verlag Kiepenheuer&Witsch. Köln. Berlin 1966. S. 666.

（5）Max Freyhan: Georg Kaisers Werk. Verlag Die Schmide Berlin 1926. S. 15.

（6）Herausgegeben von Paul Raabe: Expressionismus; Aufzeichnungen und Erinnerungen der Zeitgenossen. Walter-Verlag Olten und Freiburg im Breisgau 1965. S. 239.

（7）Herausgegeben von Wolfgang Rothe: Expressionismus als Literatur; Gesammelte Studien. Francke Verlag Bern und München 1969. S. 475.

（8）Ibid. S. 140.

(9) Herausgegeben von Walter Huder: Georg Kaiser; Werke. Erster Band. Propylaen Verlag Frankfurt/M. -Berlin-Wien 1971. S. 123.
(10) Ibid. S. 136.
(11) Ibid. S. 138-139.
(12) Ibid. S. 140-142.
(13) Ibid. S. 142-143.
(14) Max Freyhan: a. a. O., S. 247.
(15) Herausgegeben von Walter Huder: a. a. O., S. 143.
(16) Max Freyhan: a. a. O., S. 276.
(17) Herausgegeben von Paul Raabe: Expressionismus; Der Kampf um eine literarische Bewegung. Deutscher Taschenbuch Verlag 1965. S. 111.
(18) Herausgegeben von Walter Huder: a. a. O., S. 147.
(19) Ibid. S. 150-151.
(20) Ibid. S. 155.
(21) Ibid. S. 159-160.
(22) Ibid. S. 177.
(23) Max Freyhan: a. a. O., S. 278.
(24) Herausgegeben von Paul Raabe: Expressionismus; Der Kampf um eine literarische Bewegung. S. 136.
(25) Paul Raabe: Die Zeitschriften und Sammlungen des literarischen Expressionismus 1910-1921. J. B. Metzlersche Verlagsbuchhandlung Stuttgart1964. S. 3.
(26) Max Freyhan: a. a. O., S. 276.
(27) Herausgegeben von Walter Huder: a. a. O., S. 180.
(28) Ibid. S. 180.
(29) Herausgegeben von Hans Steffen: Der deutsche Expressionismus; Formen und Gestalten. Vandenhoeck & Ruprecht in Göttingen 1965.

S. 145.

(30) Herausgegeben von Walter Huder: a. a. O., S. 195.

(31) Ibid: S. 196.

(32) Ibid: S. 198.

(33) Max Freyhan: a. a. O., S. 275.

(34) Georg Kaiser: Stücke, Erzählungen, Aufsätze, Gedichte. S. 663.

(35) Walter H. Sokel: Der Literarishe Expressionismus; Der Expressionismus in der deutschen Literatur des zwanzigsten JahrhundertS. Albert Langen. Georg Müller München 1959. S. 136.

(36) Walter H. Sokel: a. a. O., S. 136.

(37) Gerhard P. Knapp: Die Literatur des deutschen Expressionismus; Einführung Bestandsaufnahme-Kritik. Verlag C. H. Beck München 1979. S. 55.

(38) Ibid. S. 135.

(39) Armin Arnold: Die Literatur des Expressionismus; Sprachliche und thematische Quellen. W. Kohlhammer Verlag Stuttgart Berlin Köln Mainz 1966. S. 113.

(40) Herausgegeben von Walter Huder: a. a. O., S. 524.

(41) Ibid. S. 524.

(42) Ibid. S. 530.

(43) Gerhard P. Knapp: a. a. O., S. 55.

(44) Herausgegeben von Walter Huder: a. a. O., S. 535.

(45) Ibid. S. 535-536.

(46) Ibid. S. 539.

(47) Ibid. S. 563.

（48）Walter H. Sokel: a. a. O., S. 214.
（49）Ibid. S. 213.
（50）Herausgegeben von Walter Huder: a. a. O., S. 577.
（51）Armin Arnold: a. a. O., S. 116.
（52）Ibid. S. 118.
（53）Max Freyhan: a. a. O., S. 22.
（54）Herausgegeben von Walter Huder: a. a. O., S. 579.
（55）Ibid. S. 579.
（56）Ibid. S. 579.
（57）Armin Arnold: a. a. O., S. 114.
（58）Walter H. Sokel: a. a. O., S. 137.
（59）Max Freyhan: a. a. O., S. 47.
（60）Ibid. S. 275.
（61）Herausgegeben von Wolfgang Rothe: a. a. O., S. 82.

（初出、一九八四年春、獨協大学「創立二〇周年記念論文集」）

表現主義戯曲研究（IV）[1]

ゲオルク・カイザー『道化の国王』＝『手錠の国王』と『生徒フェーゲザック事件』

――幻想的変身願望と体制回帰。救済者は生まれたか？――

（I）

一八七八年 Magdeburg に生まれた表現主義の劇作家 Georg Kaiser の初期の作品として一般に知られているのは『ユダヤの寡婦』〈Die jüdische Witwe〉（一九一一年）であり、『カレーの市民』〈Die Bürger von Calais〉（一九一四年）であり、或いは、『国王ハーンライ』〈König Hahnrei〉（一九一三年）である。しかし、これらの作品は周知の如く、表現主義の時代がすでに始まり、表現主義の傾向が多くの作家や作品に投影されていた時代の作品である。それでは、それ以前に、Kaiser の作品は生れなかったのかと問うとき、答は言う迄もなく否である。つまり、彼はそれ以前に少なくとも二つの作品を書いている。『道化の国王』〈Schellenkönig〉と『生徒フェーゲザック事件』〈Der Fall des Schülers Vehgesack〉である。

前者は、Kaiser が一八九五年に何人かの友人達と創設した読書クラブ「ザッフオー」〈Leseverein „Sappho“〉の為に、一八九五年～九六年、一七歳の時にその最初の草案を書き、演出し、一九〇二年～〇三年の第二草案では題名を「ジンプリツィシムス」〈Simplicissimus〉としたが、結局、後に最初の草案の題名にもどしたものである。しかし、この作品は印刷にふせられることがなく、やっと一九六六年になって公表された。

後者は、一九〇一年〜〇二年に最初の草案が書かれ、一九一二年〜一三年に第二草案、一九一四年〜一五年に第三草案が書かれ、注目すべきこととして、彼の全作品の中で最初に公演されている。一九一五年二月一一日、ヴィーンの die Neue Wiener Bühne で E. Geyer の演出で上演されたが不評であったという。一九一四年、Weimar で私家版として出版されているが、公刊は、一九七一年 Berlin の Propylaen Verlag での出版が最初である。

これらの二作品の論じた表現主義論、または Georg Kaiser 論は、一九二五年の M. Freyhan〈Georg Kaisers Werk〉、一九二八年の B. Diebold〈Anarchie im Drama〉を初めとする多くの評論を読んでも見当らず、私の手元に殆んど無い。従って、日本に於いても、私の知る限り、この二作品の紹介、解説、評論はやはり無い。

しかしながら、M. Freyhan によって、「誰一人否定できない舞台の魅惑的な支配者(2)」と言われ、B. Diebold が、「彼は言葉と素材の卓越した遊戯者である。(3)」と述べ、更に別の箇所で「Georg Kaiser は最大の能力者、最も量的な思想家、新しい劇場のあらゆる顔の担い手である。（中略）彼は現代の劇作家の間でのスフィンクスである。(4)」と述べていると き、Georg Kaiser の多才な思索が、若い頃、我々にどのようなスフィンクスの謎を投げかけているのか、その謎はどのような思索に基づき、どのような顔を担っているのか、論ずることは重要である。またこれらの二作品には Georg Kaiser の後の思索劇のどのような萌芽が見られるのか、表現主義の傾向はすでに存在するのかということも論ぜられるべきであろう。何故なら、表現主義の戯曲に影響を与えた Frank Wedekind の〈Frühlings Erwachen〉はすでに一八九一年に書かれ、表現主義の先駆的作品とさえ言われる Johan August Strindberg の三部作〈Till Damaskus〉は一八九八〜一九〇四年に書かれているからである。

『道化の国王』には「一つの血なまぐさいグロテスク」〈eine blutige groteske〉というサブタイトルがあり、『フェーゲザック』には「一つのドイツ小喜劇の諸景」〈Szenen einer kleinen deutschen Komödie〉というサブタイトルがある。この「グロテクス」というサブタイトルにも、「喜劇の諸景」というサブタイトルにも、我々は後の Kaiser の様々な戯曲への、巨視的に見れば後の表現主義の様々な戯曲への暗示を見る。

前者は王室の玉座の間という狭い体制の中で展開し、後者は全寮制学校という古い体制の中で展開する。予想されるのは体制を維持する者と体制を打破せんとする者との拮抗という表現主義戯曲の一つの図式であり、関心をひくのは「新しい人間」は生まれるのかどうかである。

（II）

Georg Kaiser はその最初の戯曲『道化の国王』の登場人物の衣装に関して、王は赤色と金色と白色、侍医は黒色と白色、式部官は薔薇色と金色と空色、六人の元帥は黒色と緋色、二人の召使は灰色と黄色と規定しているが、このことに我々はすでに、後の Kaiser の戯曲のみならず、いくつかの表現主義戯曲に見られる色彩による人物の象徴化を見るのであり、これらの色彩そのものは二〇世紀初頭の表現派の画家のグループ〈Brücke〉の強烈な色彩をも想像させる。

この戯曲は前述した如く、玉座の間で展開する。先ず、式部官による式典の際の歩みのリハーサルが国王に対して挙行されているが、式部官はフランス語を使い、形式的で、国王は反抗的で、二人の動きは戯画化されている。

「元帥等は深く頭を下げる。」「二人は馬鹿みたいに玉座へ向って踊ってゆく。[5]」

Kaiser にとっては、王室でのフランス語使用も、式典の際の歩みのリハーサルも、嘲笑の対象でしかない。ここでは Kaiser は確実に庶民の目に映じた王室での茶番への批判を一人の召使に託する。

「玉座の右側に立つ召使は、奇妙な光景に圧倒され、プッと吹き出し、笑い出す。十字架づき宝珠は床にころがる。石のように立ちつくすのは国王と式部官と六人の元帥。驚愕せる別の召使はガクリと膝を折る。笑い続ける召使はクネクネ動き、その間、無上な歓喜の大声を出す。[6]」

召使の笑いは旧習や形式に捉われない者のみが持つ笑いであり、国王や式部官には理解し得ない笑いである。何故なら、ドイツの王室に於ける無意味で形式的なフランス語も、リハーサルのぎこちなさと不自然さも、前者の目には逆さの世界、グロテスクとして映ずるからである。

「召使の予期せざる、しかし非常に効果的な笑いは、表現主義にとって典型的となった深淵からの現実のかの侵入を象徴化している。その侵入が古い社会形体の殻を破る。(7)」と、Walther Huder が言うとき、古い社会形体とは、王室という体制であり、その中にいる国王や式部官には、故に、その体制より外れる者は異端者であり、狂人である。当然、次の台詞が国王の口より出る。

「『精神病院出身の客達がここに仕えているのか?!／健全な悟性に欠けて！　たわけ者達が！　憑かれた者達が！／怒り狂える者達が！　若僧め——お前は何故ニタニタするのか、畜生め！／四角い頭につまっているのは脳ではなくて水なのか、／粗野な肉の丸太ん棒?!　太陽がお前を刺したのか／帽子も被らず干し草の中で昼寝をしたとき。／みだらな肉欲め！　お前の皮膚はかゆいのか——豚め?!(8)』」

上の台詞に続く次の国王の台詞は様々な意味で重要である。先ずは、その表現法に於いて上述の台詞同様斬新であり、次に内容は Grotesk であり、更にすでに叫喚劇の台詞の様相を所有しているからである。この様相は、以後、この戯曲全体を貫く傾向であり、後の Kaiser の戯曲にも見られる傾向であり、まさにこの戯曲を表現主義に結びつける傾向でもある。

「『つる植物がお前の内臓を痛ませるのか、／人参があったので、多分お前は食べ過ぎて／消化されない塊がお前の血をいまや／アルコールに変えるのか？／荷馬車一台分の麦藁を寝台袋に詰めたのに似て／はち切れそうで一杯の太鼓腹をお前は叩くのか?!／腹が破れて、大地にお前の汚物をばらまく前に／さあ、喉に手を突っこんで、どろどろしたのを取り出してみろ／(9)』」

召使の笑いの原因を理解し得ない国王に問われて、召使は「『殿下がまるで／猿のように仕込まれたから！(10)』」と答えるが、更に続く彼の言葉は王室と庶民の関係を語って鋭い。彼の言葉は王室での茶番に対する庶民の素直な意見であるが、それ故に、一つの鋭い批判要望にもなる。その批判要望は、召使の口を借りた Kaiser の国家に対する批判要望と理解し得る。

「召使。たった今、行われたセレモニーを四角ばった動作で真似ながら。
『市場で猿を見せるみたい。／色鮮やかな胴着つけ。ないのは尻尾だけなのです。／そこで：一《いち》、え――二《にい》、失礼！え――三《さん》、／え――チヨコチヨコ、ヨチヨチ、ピョン、そして四《しい》、そしてピョン――／もう一度！　どうぞ、もっとやさしく――卵の上を行くように／とがった指は女王に向けて――／おお、すばらしい！　殿下、あなたは神様だ！／いまや国土は安泰で、市民は幸せ一杯だ。／何なら王は踊りを習ったからだ。お猿のように！／さあ、おやすみ、憎悪も不和も反目も。／この国は心配なぞはもう知らぬ――／何しろ王は踊っているから、お猿のように！／堅い太刀など溶かしてしまえ、／鋤へ、鎌へ、平和な道具へ。／休むことなく、夜が来る迄／広い畠を耕す為に。／敵の侵攻恐れるな――／何しろ王は踊っているから、お猿のように！[11]』」

　憎悪も不和も反目も知らぬ国家、武器を否定する国家、そのような国家を標榜する者は、国家権力にとって狂人であり、反逆者である。異端者は常に狂人、反逆者とみなされる。一方、国王に忠実であること、国家の安泰を切望すること、その点に於いて、古い現体制を孜孜維持する官吏、とりわけ式典の挙行者たる式部官に優る者はいないであろう。何故なら彼は、式典挙行の為にのみ存在するからである。彼はそういう意味で時代に置いてゆかれる側面を本質的に内在しており、反逆者の目から見れば最もカリュカチュア的人間である。従って彼は、式典を無事成功させる為に些細な齟齬は先ず見過ごし、その姿勢が水泡に帰すや大騒ぎをする。Kaiser は当然この人物をこの戯曲に於いて最もカリュカチュア的に描写する。

　また官吏と共にいつの時代に於いても、如何なる国家に於いても、権力者以上に古い現国家体制維持を砥礪するのは高級軍人達である。召使の素直な笑いも、発言も、それが式典を冒瀆するとき、彼等は即座に権力を盾に反応する。彼等も、Kaiser の視点から、当然カリュカチュア化される。

　式部官は「『近衛兵を連れてこい！　反乱だ！　反逆だ！　不敬だ！[12]』」と叫び、元帥等は刀を抜き、「『奴の関節を体腔から引っ張り出せ！』」「『四つ裂きにし、吊るし、首をはね、苦しめてやれ！』」「『熱いタールを長靴の中へ塗ってやれ！』」「『奴の鼻孔をラックで塞げ！[13]』」と召使に迫る。

しかし、王室以外の社会形体を知らず、彼に従順な人間のみを見てきた国王は、それ故に未知の反応を示す人間の世界を垣間見たとき、その反応に動揺し、その人間の世界を更に見たいという好奇心を抱くことができる。彼は一時的には、何らかの口実によって召使を救済する。即ち、鴻濛に属する召使の笑いに憤恚し、彼を狂人とみなし罵倒した国王も、召使の訣言ならざる理由を聞いたとき、新しい世界を見た思いがした。故に彼は感動をこめて召使に言う。

「『私の耳に珍らしき妙なる調べが残っている。／その調べ、この広間へ侵入し通り過ぎたが、／大気は未だ、未知の調べを揺れつつ湛えているほどだ。[14]』」

召使の言葉は、国王には「妙なる調べ」であり、新鮮である。国王が式部官や元帥等と異なり、如何に未知の新しい世界を受け入れる素質を持っていたか、如何に新鮮な気持ちに捉われ、その世界に自由を見出したかは、私が贅言を費す迄もなく、以下の国王の言葉に表現されている。いささか長いが引用する。

「『一つの泉が私の上へ降り懸ったのだ。／清く澄んだその泉が、流れ行く光の如く涼しく優しく私に当り／清き流れで私の体を洗ったのだ。／迸しる若き泉の流れの如く／私は、楽しみ多き新しき日へ馳せ上った。[15]』『狭苦しき空間と重苦しき大気の中より／自由へと私は歩み、よろめいた、／人間性と真実の注ぎし谷間が／私に運んだ香に酔って。／がらくた物も安ぴか物も、このオーバーもこの冠も、／大胆に私の髪へ吹きつけて引き裂く風よ吹き飛ばせ、／衣装の帯も留金も取り去ってくれ、／私が裸で立ちつくす迄……[16]』

『――辛辣で粗野ではあるが――／爆破され、深みへとゴロゴロ落ちる岩石に似た／一つの言葉を私は見つけた！／（中略）陳腐なこの私の上着も、金モール付きのお前の上着も／何一つ異なる物を包んでいない。私という人間が／求めているのは、お前という人間だ。気高い物、卑しい物を／隔てているのは胴着に非ず。青であれ、黄色であれ、緑であれ、／花咲ける開いた孔雀の尾付《おつ》きであれ。[17]』」

国王の着ているコートも、上着も、また冠も王権と体制の象徴であり、その中に国王が束縛されている限り、彼には象徴的な自由すらも、平等すらも、人間性すら存在し得ず、それらを如何に予感しても無駄である。故にそれらを取り去ることこそ、体制から一歩を踏み出す意志の象徴的な表現である。

上述の言の帰結は当然明らかである。国王は言う。『いまや私は全ての飾りを断念する。／式部官、コートを脱がせよ！／冠をとれ！／[18]』

しかし、国王は上着やコートや冠からの脱出を、未だ自らの行為で試みようとはせず、式部官に委ねようとする。未だ意志と行為の間に矛盾がある。体制維持の式典の挙行者、式部官に衣装からの脱出を委ねること自体、この矛盾を象徴して興味深い。体制脱出の意志の表徴的な表現を他人に委ねることと、自己の行為で実現することの間にはまだ径庭がある。この径庭を克服するには、何らかの契機が必要であった。

一方、式部官は国王の変身願望の原因と意義すら理解できず、国王を病人と見る。国王は体制の護持者であり、象徴である。それ故に、彼の変身願望は、式部官の目には、狂人または反逆者とは映じない。彼は病人なのである。

『熱があるのです。それが突然貴方に命ずるのです。／この若者の前代未聞の大胆さで／貴方は揺すられ、うろたえ、混乱したのです！／陛下、貴方は病気です[19]。』

この式部官の国王に対する無理解と独断は、国王を瞠若たらしめ、かの径庭を克服する弾機を与え、むしろ反撥せしめ、国王の蝉脱の意志を促進する。国王はコートと冠とかつらを脱いで言う。

『これらは壊れ易き事物に過ぎぬ。／着けるに易く、取るも易し[20]。』

国王が、コートと冠とかつらを脱ぐことによって、体制脱出の意志を象徴的に示したとき、それは所詮、意志が一つの行為によって象徴化されたに過ぎず、脱出行為の嚆矢に過ぎない。一つの体制の中に居て、それ迄その体制以外の世界を知らずにいた人間が、未知の世界を垣間見たとき、その世界に関心を抱き、その世界に感動し、その世界へ足を踏み入れてみたいという意志を持ち、その意志を象徴的に示すことは比較的容易なことである。問題は、象徴的に示された脱出行為の嚆矢が、醇乎たるものであり、体制のあらゆる制約に揺らぐことがないのか、あるいは、それがおずおずと為され、体制への忌憚のある考えなのかに係ってくる。国王のそれは、推察するに、後者に妥当する。

そのような場合、行為者は自己の行為に対する周囲の反応を危惧する。当然、激烈なる体制側からの攻撃が予想されるが故に、彼は自己の行為への支持を探り、支持を求める。何故なら確信を持たない行為者は常に支持を求めることによってのみ、安心するからである。

「『私は貴方に話しかける国民の口なのです。』」「『彼は危険な詐欺師です！[21]』」と式部官が語り、「『一種の熱が荒れ狂っている！／国家が危機に瀕している。[22]』」と諂譲するのに対し、国王は召使を指し、「『かの者が国民の口であるかの如く私に見える。[23]』」と召使の言葉に期待をかけ、「『一、え――二！と数えることは、今日は止め。／明日になれば、私はもっと喜び踊るだろう。／今日は猿を自然のままに跳ねさせてくれ／鎖からも、道化者の紐からも自由なままに。[24]』」と語る。この国王の言葉の「今日」「明日」にこそ、国王の因循たる脱出行為が宿っている。更に国王が、「『お前は私を欺いたのか、詐欺師であるのか、教えてくれ――／陶酔が去り、気高き勇気が雲散霧消することが――／あり得るからだ、私が今、不安に満ちて予感するとき。[25]』」と語るとき、自己の行為への国王の不安は一層明瞭となる。体制脱出の国王の意志は、それが象徴的に示されたとき、予想通りの攻撃を受け、予想通りに国王は動揺する。動揺せる国王が、「『どこからお前は思慮分別を手に入れたのか？[26]』」と召使に問いかけたとき、召使の回答は、王室という体制内の人間には想像のつかぬ庶民の生活感覚であり、当を得て妙なるものがある。ここに、一貫して庶民の感覚を重んじたKaiserの姿勢が反映している。

「『思慮分別では御座居ません。貴方には思慮分別に満ちていようが、／おそらくは一番みじめな学問なのです。／高貴な者には下賤な者の黒パンが一度位はおいしいのです。／豪奢な食事の数時間後には。そういうものです。[27]』」

しかし、この言葉が動揺する王に対して向けられるとき、召使が意識しようが、意識しまいが、この言葉は痛烈な諷刺となる。蓋し、若きKaiserは意識したのである。

国王が依然として、王室という体制の中におり、彼の体制脱出の意志が確信に基づかないとき、彼はこの諷刺を理解し得ない。故に、国王は、意志の弱い人形のような自分を何故国民が歓声を上げて迎え、神格化するのか理解し得ず、召使に、「『全てを知ってるお前が私に助言すべきだ。／たばからず、賢者の石を持つ人間が！／そうだ！――それは陶酔なのだ、／私を揺さぶり、小枝で打つように打ったのは。／だから私は今後も私の職務を司り、肉、血、骨としての自分を識りたい。[28]』」と語り、体制のあらゆる制約を打破し、体制より脱出するどころか、垣間見た未知の世界に関心を抱き、感動したこと自体、いまや陶酔と断定する。彼の因循たる脱出行為も、いまや体制内にとどまることへ回帰し、彼は体制内での放肆を自由と解する妥協の道しか求めない。従って、彼が更に為し得る行為は以下の如きものである。

「『なお、むしろ――すぐに判るようにした方がよい！／如何に私の考えが根本的に改まったかを――／仕事日の不休の後を祝うとき、／市民が着ける上着を簡素に身に着けて、／私は自分を示したい。[29]』」

しかし、元帥等は当然、そのような妥協すら無視し、侍医は国王を重病扱いにし、国王が突然狂気に陥ったと騒ぐ。彼としてなし得る限りの妥協すら無視され、重病扱いされ、狂気扱いされた国王は、相変らず荏苒その地位にとどまってはいるが、抵抗もする。

「『そうだ私は瀕死の病《やまい》だ。／熱はあるし、ペストで、最も悪しきチフスなのだ。[30]』」

国王の病の継続を防ぐという理由で、不安と騒音を生ずる全てを遠ざけようとする侍医の言葉と、それに対応する国王の言葉は、最小限の妥協すら認めぬ体制側の事大主義の仰々しさと悪辣さと、限界のある体制脱出の意志しか示し得なかった人間の焦燥と自棄からくる揶揄の対比を示して興味深い。この揶揄は相手の言葉を逆手にとったところが興味をひくが、所詮揶揄は揶揄に過ぎず、棘を含んだ諷刺となって突きささることはない。

「侍医：『広場の泉に栓をせよ、／何故なら単調な落下のそのざわめきが、／暗い心を悲しみで悩ますからだ。／周囲もろとも広場自体は／各種車両の騒音を締め出すべきだ。／でこぼこだらけの敷石は／少々厚みのついている藁を敷かれることになろう。』

国王：『そしてもし、風があつかましくも塔の周囲で、／破風の周囲で、ヒューヒュー鳴ったら、奴を捉えて／袋に込めて、穴に埋めてしまうがよい！』

国王：『もし真夜中に蚤がお前を咬んだなら、／傷跡のむず痒さを擦っちゃならぬ、／何故なら毛皮がガサガサ鳴って、／王の狂気を悩ますからだ。／もし鼻風邪がお前に巣くって、／二筋の水の流れを熱い鼻から流し出したら、／さあ大変！　鼻をかんで轟く雷鳴起こしたら！／だから楽しく流させておけ、／陽気な小川を、上着を伝わせ、ズボンを伝わせ、／ただただ王の休らぎのため！[31]』」

しかし峻厳なる体制護持者達にとっては、国王のかくの如き揶揄は国王の気まぐれに過ぎず、彼等は須臾の間も体制内での体制逸脱の気運を許しはしない。彼等の戦術は見事である。彼等は国王奇病説を坊間に伝える。民衆は城の前の広場に集まり騒ぐ。王室の茶番に対する召使の庶民としての感覚を理解し得なかった国王は、厳粛な王室に対する一般民衆の感情も理解し得ない。王室で挙行された茶番に対する召使の感覚と、そのような王室の側面を知らず、また決して変革者でもない一般民衆の王室に対する感情は別である。従って、召使に対する国王の姿勢と一般民衆に対する国王の姿勢は同等であってはならないにもかかわらず、同等の姿勢で接しようとした国王の行動は喜劇的であり、その行動の結果は悲劇的である。

即ち、彼は、自分が重病であること、その自由な病床より起きたくないという希望を抱いていることを、民衆に伝えろと言い、コートも冠もかつらも着けずに窓際に立つ。しかし、その姿が一般民衆に国王と確認される筈がない。国王の日頃の行住坐臥とは余りに異なるからである。一般民衆の叫喚は静まらず、日常の反応を示さぬ彼等を国王は理解し得ない。彼は窓際から退かず、騒ぐ民衆を狂ったと思い、正門に殺到しようとする彼等を恐れる。今や彼等は「犬の群」であり、国王は「『吐き気をもよおす。』」とまで言い、

「突然、不安にかられて召使に向って突進し、彼の腕をつかみ――絶望的な皮肉をこめて語る。

『おい――さあ助言してくれ！／何故お前は賢いことを何もかも知らなかったのか、／素的なことを何もかも――おい、助言してくれ、／気おくれしている我々に！　さあ！　笑い出せ！／あの突進を笑いで蹴散らせ！　奴等を笑いで殺してくれ！／奴等を笑いで家から、市から、城門迄、／地方へ、海へ、潮《うしお》の中へ追いやってくれ！／鼠のように奴等を波間に溺らせてくれ、／お前の笑いで』――メソメソして――『しかし私を救ってくれ！[32]』」

最初から、体制脱出の醇乎たる意志を全く持たず、垣間見た体制外の世界に関心を示し、おずおずとその世界へ足を踏み出した人間が、その意志の転回に於いて素早く、以前の自己の行為への反動に於いて苛烈なのは世の常である。かくの如き人間は、また、以前の自己の行為と、その行為を促した人間に対しては最大の批判者となり、最大の敵対

者となり得る。国王はその萌芽をすでにかかえている。

召使は庶民の感覚を持つが、意識的な体制の批判者ではない。故に、召使は国王を護ろうとするが、体制以外の世界を全く知らぬ式部官も、侍医も、元帥等も、殺到する民衆を恐れ、逃げ腰になる。彼等にとって自己救済の道は、国王を国王にふさわしい姿にもどし、民衆の騒擾を静めることである。国王に国王の衣装を着せ、かつらを被らせ、冠を載せ、コートを着せ、民衆に見せることである。民衆の騒擾は静まり、歓呼の声に変わる。国王も平静になる。体制内の意志薄弱な反逆者は治まるべきところへ治まったとき、冒険を忘れる。

国王は、「『何故私は王であってはいけないのか？』」と語り、「『ここに感謝の手をさし伸べる。[33]』」と召使に感謝しつつも、相変らず、一般民衆の姿勢を理解出来ず、その理由を召使に問う。

「『私は馬鹿な男といえる。／身分の低い民衆の平均的な鈍さよりも、／大いに愚かだ。それなのにどうしてなのか？／彼等が私に歓呼するのは？　その理由は何なのか？[34]』」

召使が答えぬとき、国王は、更に、身に着けている物の価値を問う。

「『これら全ては価値があるのか、非難すべきものなのか？／これは何なのか?![35]』」

しかし、一度、平穏無事な生活にもどった国王の、事物の価値に関する問は、過去の問と同じ問でも、国王が期待する回答は当然、別なものである。彼は、王権の象徴に対する肯定的な回答を期待する。従って、召使が「『無です！』」と答えたとき、国王は自己の「冒険」の原因となり、自己の「誤ち」を促進した召使を刺殺し、「『全である！／馬鹿め――お前は負けたのだ！　助言を誤ったのだ！　さらば――詐欺師め！[36]』」と語る。

何故なら、体制脱出を髣髴した一時の自己を、更に召使を、否定せずして、現在の自己を肯定することは出来ないからであり、それが現在の自己のアイデンティティー確立につながるからである。今になっては、あの行為は、国王にとって苟安を偸んだのに等しいのであり、あの時、国王は決して自我の発揚に努めたのではなく、むしろ、式部官や侍医が指摘した如く自我の病疴にあったことになる。今や国王は「『何故私は国王であってはいけないのか？』」と語ることから一歩進んで、「『ここで語るのはただ一人。私は国王だ！[37]』」と誇り、式典を継続させる。

(Ⅲ)

Kaiser によって最初の草案が書かれたのは、彼の全戯曲の中で二番目であり、公演されたのが最初である作品『生徒フェーゲザック事件』はつい最近公刊された。この戯曲は、事件の場を全寮制学校に設定する。

先ず、会議室の円卓での全教官の会議の場から、この戯曲は始まる。校長が、小使が、何人かの教員がいる。宗教顧問がいる。「一つのドイツ小喜劇の諸景」というサブタイトルからして、この戯曲は最初から、あの Frank Wedekind の『春のめざめ』〈Frühlings Erwachen〉の教官会議を連想させる。果して、会議は如何に展開するのかと好奇心を抱かせる。

校長シャルフェンオルトは痩身で背が高く喉仏が目立つ。小使ディールは四角いカイゼル・フリードリヒ髭を生やし、制服を着た強壮な退役軍人であり、gをjと発音するなまりがある。宗教顧問デュステルワルトは神聖さにあふれ、エネルギッシュな教育学者ホルネマンは四〇代半ばで鼻メガネをかけ、顔一面髯だらけである。代用教員ザイフエルトは貧弱な男で、比較的若い上席教諭エキステルは醜く、第二の教授は毛深く、B、D、GをP、T、Kと発音し、第三の教授は禿頭である。

その会議に於いて話題になっているのは生徒フェーゲザックであり、呼び出され、待たされている。ある事件が起きたのであり、ホルネマンの家庭生活にかかわりがあるらしく、ホルネマンが語る。

「『ここ最近、気がついたのですが、私の妻が――……――再び、出産という結果をもたらす状態に近づいているのです。[38]』」

エキステルがお祝いを言うが場違いである。何故なら、ホルネマンが「『私はここ暫く、そのような見込みの原因を与えなかった。』」と語り、更に「『私は妻の口から告白を受けました――そうです、私が創造者ではないという。[39]』」と語り、フェーゲザックの告白まで暗示するからである。

ホルネマンが、このような醜聞を教育学者相応の学術的口調で語るとき、彼自身、全寮制学校という古い体制の中にいるが故に、すでに喜劇的である。

更に、ホルネマンは子供を作る予定を持たなかったことを経済的理由から次の如く語る。

「『最初の子供が――私達の唯一の子が――私の妻から私に贈られたとき、私はこの第三の家族の登場が家計にかなりの変化をもたらしたと聞きました。――私が家計簿ではっきり認識した変化です。[40]』」

「『私はそれ故に、第二の若芽の生殖を給与改訂後迄、延期しました。[41]』」

この場景が、更に喜劇性を帯びるのは、ホルネマンの言葉によって、教官会議が思わぬ方向へ転回し始めるからである。フェーゲザックをめぐる事件の討議は脇へ押しのけられ、討議が経済問題へ移行するのは、教官達の事態終止の無能ぶりを語って余りある。

第二の教授は「『そう――給与改訂は――告知されている――約束されている。与えられた言質の履行を私達はまだ待っている。』」と語り、第二の上席教諭は「『私は給与改訂を――議事日程にのせるよう提案します。』」と述べ、第三の教授は「『その方が、ホルネマン夫人全てのことより私には重要です。』」と主張し、エキステルは「『ストライキをしよう――さっさと懲罰棒を置こう！[42]』」という。教官達にとっては、教官夫人と生徒の醜聞という教学上の問題よりも給与改訂の方が焦眉の問題であり、会議が思わぬ方向に展開したとき、当惑するのは二人の人物である。校長シャルフェンオルトとホルネマンである。シャルフェンオルトは全寮制学校という古い体制の護持者の象徴的存在であるが故に、醜聞の顕在化も、給与改訂のストライキも未然に防ぎたい。彼は、予定されていた議事日程であるSchiller没後百年祭の挙行について、更にその祭典への侯爵と皇子の出席について議論を望み、ホルネマンは、フェーゲザックの処罰と即時追放を要求する。しかしシャルフェンオルトは百年祭を成立させ、高貴な客の訪問に際して混乱を回避せん為、「『私は三日より長からざる内に、彼を門外に送り出せると希望している。[43]』」と語り、フェーゲザックの調査と処罰を延期する。

Schiller没後百年とは一九〇五年であり、ドイツ統一後、すでに三〇年を経過している。その時期に、侯爵の来訪を欣喜雀躍すること自体、事大主義のアナクロニズムであるが、その愚行はそこにとどまらず更に進展する。皇子がこの全寮制の学校に教育の為、入学する可能性があると知って、彼が同僚達に語る以下の言葉は体制護持者の面目を躍如させ、喜劇的である。

『紳士方何人かの帽子は使用能力の限界に近づいている。私は願望を明瞭かつ手短に言います。新調の為の出費を生じさせぬように、私達の高貴な生徒の滞在中、帽子を被らずに歩くようにお願いします。[44]』

教官会議に引き続き、Schiller 祭に上演される Schiller 劇の役割分担に関する教官夫人達の会合が開かれるが、予想通り、彼女等の話題にのぼるのは、ホルネマン夫人とフェーゲザックの醜聞であり、彼女等の関心を意図的に駆りたてるのは俗物エキステルである。

第二の場、教室の場で Kaiser が描き出すのは、教室に於ける、B、D、GをP、T、Kと発音する第二の教授の滑稽な授業と、フェーゲザック等生徒達の反応である。フェーゲザックがここでは最大の異端者である。この場は冗長の感をまぬがれないが、次のわずかなト書は、牢獄のような体制＝学校教育に対する当時の Kaiser の姿勢を如実に語っている。

「終りの鐘が鳴る――死の鐘の音で。[45]」

第三の場は屋外の女性用水浴小屋の外壁の所である。あの醜聞はこの水浴小屋で起ったと噂されている。フェーゲザックが右方の菩提樹の周囲にあるベンチの上で、木を背にして立ち、自作の詩を朗読している。

『その時迄――その時迄――御元気で！――そう言われ――そして私は生きている――私は息をまだしているのか？　両手でまだ探っているのか――胸はまだ波打っているか――私の目は燃えているのか？　森は花を咲かせていないか？　水はサラサラ流れていないか？　小舟は揺れていないのか――私を招いていないのか？　旅へと？　自由だ私は――自由だ――私は自由だ――私は放されているのか？――新しく――美しく――もっと大きくなるために。オールを外へ――軌道はなめらか――新しき岸辺へ――私の新しき行動へ！[46]』

この詩はフェーゲザックの生の喜びと自由への憧憬、彼を囲繞する体制からの脱出の意志を語っている。囲繞する体制は学校であり、倫理である。

　校長シャルフェンオルトの姪で一六歳の少女ロッテが現われ、彼と会話した後、水着を抱えたエキステル夫人が現われる。彼女も彼に関心を抱く。

「『私達は壁の内側では選択する余地なぞありません。』」とフェーゲザックが語るとき、彼は、『道化の国王』の国王同様、脱出の意志を持ち、それ故にその意志を詩で象徴的に示したのだが、国王同様逡巡がある。従って、彼女が、「『そう、貴方達の鳥籠は狭い壁よ。』」と肯綮をつくとき、彼はとまどう。

「彼女をあきれて眺める。『鳥籠？』」

「『そうでないとしたら、いったい何なの？　貴方達は調教され――少しずつ投げてくれる知識を小犬達や鸚鵡達のように銜えてくるのよ。それは貴方達の力の浪費なの、その浪費がずっと後まで貴方達を損なうの』」「『水門を探し求める青年の権利はどこへいったの？[47]』」

　全寮制学校の壁の内側で自由を束縛され、知識を少しずつ与えられ、教師達の意のままに調教され、型通りの人間に仕上げられ、創造と冒険を忘れてゆく青年、更にそういう学校教育を Kaiser はエキステル夫人の口をかりて批判するが、エキステル夫人に自己の理想像を託し、彼女を肯定的に描くことはしない。彼女も、他の人物同様俗物である。従って上述の彼女の言は真意ではなく、無責任な扇動である。一方、フェーゲザックは脱出の意志を抱いてはいるが、その意志は『道化の国王』の国王同様、醇乎たるものではない。第三者にその意志を扇動されるとき、その意志は無思慮、無計画に直結するか、または、更に脱出を逡巡する。フェーゲザックの意志は後の道を選んだ。そういう場合、その意志は、自己を制約する体制を評価する。「『学校にもよい面があります。』」と、フェーゲザックがエキステル夫人に答える所以である。

　しかし、フェーゲザックが、「『拘禁状態は全て――それは、しかし、根底に於ては外面的気晴らしの偏向にすぎないのですが――私達を私達自身への――私達が為し得ることへの関心へと導くのです。[48]』」と語るとき、この言は正鵠を射ている。Kaiser の実感でもあったのであろう。捕われの身から容易に抜け出せないからこそ、疎外された人間は自分自身に関心を抱く。人間は内側に向かい、そのことが一つの芸術に、文学に結実することもある。フェーゲザックも詩を書いたのである。

エキステル夫人は、例の醜聞を作詩し、記したフェーゲザックの黒いノートに関心を持ちながらも水浴場へ入る。次に現われるのはホルネマンである。彼はフェーゲザックが草むらに置き忘れた学帽を発見し、それを憎悪の対象にする俗物である。

「『彼は学帽を両拳で旋回し、クシャクシャに丸め、潰し、――踏みつけ、改めて拾い上げ、鐔を引き裂き――その内側に唾を吐く。(49)』」

ホルネマンの俗物性に拍車をかけるのは、彼の引き続いての行動である彼は水浴場の外壁に攀じ登り、失敗すると鍵穴より覗こうとし、更に朽木のドアに穴を開けようとする。彼は、フェーゲザックにその場を見られ、若い第三の教授夫人に背を叩かれ、狼狽し、弁解する。

「『貴方にとって禁欲も楽でしょう。別の仕方で楽しんでいるのですから。(50)』」と教授夫人に言われ、彼は立ち去る。この教授夫人も、フェーゲザックとの対話によって、やはり俗物化される。彼女も、フェーゲザックに関心を示したが故に、彼に、「『貴女が好きです！』」と言われ、「『貴方は既婚夫人を、まるで御転婆娘のように赤面させるわ！(51)』」というのである。

水浴場より出てきたエキステル夫人に、彼は例の黒いノートを渡し、出版社への送付を頼む。

第四の場は校長シャルフェンオルトの図書室で展開する。

この場でフェーゲザックは、シャルフェンオルトによる事情聴取を待つ間、シャルフェンオルトの親戚エンゲル夫人に誘惑されそうになる。事情聴取に対しフェーゲザックは沈黙し、退学を希望する。体制護持者のシャルフェンオルトは、例の如く、全てを無難に治めることを第一と考え、軽い退学理由を学則の中で探す。第一六条「権限を持たざる創作活動」である。更に彼は、フェーゲザックが退学する前に、彼の黒いノートを押収せんと考える。

そこへ、ポルトガル王国騎士と名乗り、出版社主でもあるゾヒァツェヴェルがフェーゲザックを訪ねてくる。彼は、応待に出たシャルフェンオルトをフェーゲザックと誤解し、例の黒いノートを示し、シャルフェンオルトを「世紀の最大の天才」と称讃し、『貴方について解説を書きましょう。何巻もの本を――私は貴方についての文献を出版させます。』「『五〇万を私は貴方に保証します。五〇％を貴方にあげます。[52]』」と語る。

フェーゲザックを一生徒と知り、黒いノートを欲しがるシャルフェンオルトに対し語る以下の言には、新しい文学に対するKaiserの当時の思いが一登場人物の口をかりて磅礴している。

「『形式が作品の中で爆破されています。――全てが爆破されています。――それは水上に漂う精神です。――それは創世記の如く新しく――幻想の如く力強いのです。そこでは全てが空想から飛び立っています。――目には見えない泉から湧き出ています。――指から吸い出されているのです。――[53]』」

前述した如く、Schiller没後百年は一九〇五年である。従って、上述の台詞がこの作品に登場するのは一九一二～一三年の第二草案に於いてであると考えられる。この時期には、すでに、Kaiserの他の作品も含めて、かなりの表現主義戯曲が書かれており、表現主義の詩、絵画も登場している。上述のKaiserの思いが、表現主義の傾向と軌を一にするのは当然であり、自然主義、写実主義の形式は爆破され、不可視にして内的なもの、即ち、精神や幻想や空想が重視される。

ゾヒアツェヴェルは、更に、フェーゲザックの作品のストーリーについて以下のように触れるが、それは表現主義の特徴を暗示する。

「『場と場の間に幻想のシーンが構成されています。大胆なものです。オダリスクと愛し合うオリエントの王子――白鳥達に乗って逃れる領主の娘達――新しい世界を吐き出す地震――』」

「『――それらは本来の事件の間に起るのです。本来の事件は全く単純な性質のものです。――が、すでにその非現実性によって、充分空想の世界へ入れます。一人の若者――いや一人の少年――むしろ一人の子供――と経験豊かな女性です！』」

「『つまり、彼を誘惑する一人の教師夫人との単純な関係によって――彼は成熟し、――発展し、――神になるのです。全てをひっくり返し、新しく配置する真正なる神になるのです！[54]』」
Kaiserの『ガス』〈Gas〉、E. Tollerの『群集人間』〈Masse Mensch〉、その他多くの表現主義の戯曲には、幻想や夢の場が構成されており、またカタストロフィ後の新しい世界の誕生は表現主義のテーマであった。更に一人の人間が様々な経験の後、成長し、変身し、救済者または神になるというのは、多くの表現主義者達が掲げたテーマでもあり、とりわけ、Kaiserの好んだテーマであった。

Kaiserは次にこの戯曲中、唯一の象徴主義的描写を用いているが、それは表現主義的抽象絵画、或いは「グロテクスなもの」を連想させる。

「シャルフェンオルトは変形した。彼の顔は折りたたまれて一メートルの細長い羊皮紙に変り、むき出しの鼻は栞として突き出す。それが、心の内なる事象を真っ青な驚愕で表わす。徐々に両目は逃走し始め、無数の逃げ道を探そうとする。――口は管状になり、何も流れ出さない。[55]」

フェーゲザックの教師夫人との醜聞が、いまや作品として公表されることを恐れているシャルフェンオルトの心情が、彼の事物への瞬間的変身という手法で象徴的、比喩的に示されている。一冊の本への変身を暗示している。しかし、ゾヒァツエヴェルは、作品を全世界での上演をめざし、黒いノートを手渡しはしない。彼は侯爵の名を引合いに出し、シャルフェンオルトを脅し、ディールに金を与えた後、ノートを預ける。

第五の場は、寮のフェーゲザックの部屋が舞台となる。シャルフェンオルトが例の黒いノートを探していると、エンゲル夫人が来る。ディールは彼を戸棚に閉じ込め、隠し持っていた例の黒いノートをフェーゲザックの机の中に置き、その場を去る。エンゲル夫人が、戸棚に隠れているのをフェーゲザックと思い、甘い言葉で話しかけ、そこへ、エキステル夫人、ロッテ、フェーゲザックが現われ、三人の女性がフェーゲザックをめぐって争い、喜劇的シーンを演ずる。フェーゲザックが三人から逃れて部屋を出た後、三人の女性も部屋を出る。

宗教顧問デュステルワルトも最初、戸棚に隠れているのをフェーゲザックと思い違いする。彼の助力で戸棚を出たシャルフェンオルトは例のノートを発見する。シャルフェンオルトの俗物性は、この場の最後で、その頂点に達する。

「『ホルネ……夫人、私のいと……いとこ……エキステ……夫人、私のめい……皆……皆……』、グルグル回りながら。『彼は彼女等を皆、手に入れた！』ノートを痛めつけながら。『腕白小僧……野郎……ごろつき……私は奴をしわくしゃにする……私は奴を引っ掻く……私は奴を拳の間で引き砕く……今や奴はここに残るのだ!!』手を上へ伸ばし、指の先を鋭く伸ばす。『復讐――復讐――復讐――』[56]」。第五の場も冗長ではある。

最後の場は祝賀会場で演ぜられる。先ず、エキステルの指導の下、教官夫人達によるシラー劇の試演が行われているが、衣装も台詞も体を成さない。やがて、ホルネマンを除く教員達が緊張して侯爵の到着を待ち受ける。一人、会場に残ったシャルフェンオルトの前に、ホルネマンが平服で現われる。彼は約束の履行、即ち、フェーゲザックの追放を要求する。

体制護持の管理者的発想で校長は以下の如く答える。

「『フェーゲザックは一つのドラマ――一つの喜劇――悲喜劇を書きあげた――それを公表しようとした――私はそれを責苦の下で阻止した。――その戯曲は貴方を――私を――皆を――何もかも描き出している！　それが公表されると私達は終りだ。――私達は彼を自由にしてはいけない。一日たりとも――一時間でも！　さもなくば、この事件全体は公の醜聞になる。[57]』」

この回答に納得しないホルネマンが、ピストルを突き付けて約束の履行を迫るとき、第五の場の結末で、感情的にフェーゲザックを憎悪し、醜聞の責任を彼に帰したシャルフェンオルトは、その姿勢を一転する。家計に負担がかかるが故に、給与改訂後迄、夫婦関係を延期しているホルネマンの行為を、教官会議では推賞したにもかかわらず、「性的不道徳」と非難し、かの醜聞の責任をその「性的不道徳」に由来するホルネマン夫人の誘惑に帰するのである。従って、シャルフェンオルトは、ホルネマンの退職を示唆する。ホルネマンは頭上の窓に向けてピストルを発射し、気を失う。そこへ、侯爵、皇子、副官、侍従、ゾヒァツェヴェルが登場する。

シャルフェンオルトの姿勢は二転し、ホルネマンを賞讃することによって、事態の説明をしようとする。

「『この教員は、教育者としての名誉が全てに先行している私達の最も有能な教員の一人です。一人の余りにも高貴な生徒に』――皇子に向って――『授業中、相対することを不可能にする――純粋に家庭的な性質の――一つの汚点に悩まねばならぬと考えてしまったのです[58]』

しかし、侯爵が新しい天才のことに触れ、ゾヒァツェヴェルが、例の黒いノートのコピーを示し、更に侯爵が、若き英雄を連れてくるように要請するとき、シャルフェンオルトの姿勢は三転する。

もはや、例の作品の公表は妨げられず、フェーゲザックはこの学校の英雄になったからである。侯爵が、F. v. Schiller の保護者 Carl Eugen を Goethe の保護者 Karl August と取り違え、ホルネマンがそれを訂正するや、侯爵はホルネマンを休職にする。シャルフェンオルトを始めとして教員の誰一人、ホルネマンを弁護しない。侯爵も高慢な俗物で、Kaiser の批判の対象を免れない。校長も、侯爵も、それぞれの体制の最大の権力者であり、最大の俗物になり得る。

侯爵は、皇子とフェーゲザックの肩に手を置き、Schiller、劇を観賞する。〈die Jungfran von Orleans〉が上演され、主役は奇しくも、ホルネマン夫人である。

(Ⅳ)

この論文で取り上げた Kaiser の初期の二つの作品、『道化の国王』と『生徒フェーゲザック事件』のテーマーは詳論してきた如く、個人と体制の葛藤→体制脱出による変身願望、と規定出来る。残された課題は救済者は生まれたか？であろう。

そういう意味で、Max Freyhan の「Georg Kaiser の作品に於いては、脱走のモティーフが或る非常に注目すべき役割を演じているということ[59]」は、この初期の二作品に於いても例外ではなく、Kaiser はその若き頃より、彼の生涯のテーマを、言うなれば表現主義のテーマをかかえていたことになる。それは余りにも当然であった。何故なら、我々は、彼の当時の経歴を追うことによって、その原因に逢着するからである。

Kaiser は一八八八年より一八九四年迄、新教修道院付属聖母学校（文科ギュムナージウム）〈die evangelische Klosterschule Unserer Liben Frauen (humanistisches Gymnasium)〉に、Magdeburg で通っているが、卒業せずして、第七学年でこのギムナジウムを退学している。その理由は、古風な教育方法に反逆したからである。このことに関して Walther Huder も、「喜劇『生徒フェーゲザック事件』（一九〇二／一九一五）と悲喜劇『校長クライスト』（一九〇三／一九一九）は、このことについてのモデル戯曲とみなされ得る。[60]」と述べている。

一八九五〜一八九八年の Magdeburg に於ける商人としての見習い修業、一八九八〜一九〇一年の南米 Buenos Aires でのドイツ公共電気会社（AEG）事務所勤務、マラリヤ感染、アフリカ、スペイン、イタリア経由帰国という体験を経て、彼は一九〇一年一二月中旬より一九〇八年一〇月に Margarethe Habenicht と結婚する迄、実に七年間に亙って、度々マラリヤの発作に襲われながら、Magdeburg の両親の許、更に兄弟達の許、即ち、Wittenberg の牧師 Albrecht Kaiser, Naumberg a. d. Saale の上席教諭 Dr. Bruno Kaiser, Magdeburg の医者 Dr. Felix Kaiser 等の許に寄宿している。

即ち、一六歳での、聖母学校の古風な教育方法への反逆とその体制からの脱出、南米での苦難の後の、二三歳より三〇歳近く迄の、両親と兄弟達の許での寄宿生活、という体験が、この時期の二作品に於いて、個人と体制の問題を屹立させ、体制脱出による変身願望を髣髴させたと言える。

『道化の国王』に於いて、国王は体制脱出の意志を象徴的に示したが、結局、体制の制約により、彼の意志の要因となった召使を犠牲者にして、権力者としての自己の地位に回帰する。彼は客観的に見れば一貫して道化を演じてきたが、それは体制に制約されていたからである。『手錠の国王』〈Schellenkönig → Handschellenkönig〉たる所以である。『生徒フェーゲザック事件』に於いて、フェーゲザックは体制脱出の意志を明確に言動に示したが、結局、被管理者としての自己に相応の庇護と自由を体制内に見出して、ホルネマンを犠牲者にして、体制内にとどまる。いずれの場合も脱出は幻想に終った。

しかし、召使とホルネマンが、それぞれの作品に於いて演じた犠牲者としての役割は異なっている。召使は王室に於ける茶番に対する反応と意見によって、その正常な感覚を示し、国王の変身願望の契機を作ったが故に、体制によって狂人と判断された。しかし、彼の言動は、結局、彼が意識しなかったにもかかわらず、体制批判となり、国家の理性とは何かという問題を提起した。従って、もし彼が、早々と刺殺されなかったとしたら、彼はやがて、体制の矛盾を意識し、変身し、変革者＝救済者になり得たのである。

つまり召使は、「表現主義的イデーの世界の最初の犠牲者」[61]を演じたのである。

脱走のモティーフと並んで、変身と救済者のモティーフがKaiserの生涯のテーマであったことを考慮すると、以下のW. Huderの言は蓋し正鵠を射ている。

「『道化の国王』では、国家の理性を晒し者にする一連のシーンと共に、同時に初めて、表現主義的生活感が形式よりも、むしろ、テーマによって明確に示される。[62]」

一方、『生徒フェーゲザック事件』に於けるホルネマンは、他の教官同様俗物ではあるが、必ずしも権力者の意のままにならぬ異端者であったが故に、体制より弾き出された。しかし、彼の言動は、結局、彼の利己主義に基づくものであり、体制の矛盾を剔抉するが、体制批判とはなり得ず、彼は変革者＝救済者にはなり得なかった。

従って彼の休職は彼にとっては悲劇であるが、他者にとっては喜劇である。彼は悲劇的な道化を演じたことになる。Kaiser自身は現実に一八九四年、聖母学校より脱出しているにもかかわらず、その脱出そのものはフェーゲザックに反映されていない。

そのような、脱出を実現するフェーゲザックを描くことは彼の真意ではなかったであろう。Kaiserはこの喜劇の中で緊張を緩和し、楽しみたかったのである。

「その喜劇の中で、とりわけ自己の幻影、自己の神秘的な内奥の声より自己を解放するKaiserは、一人の遊戯者になることによって、自己を解放する。[63]」という定義はこの作品にも該当する。

『道化の国王』に於いても、『生徒フェーゲザック事件』に於いても、後のKaiserの戯曲に見られる救済者は生まれなかった。しかし、Kaiserは、体制に埋没せざるを得ない人間を抉出的手法で描き出している。Kaiserの踔厲風発たる才藻はすでに萌芽しているのである。

〔注〕

（1）表現主義戯曲研究（Ⅰ）、表現主義戯曲研究（Ⅱ）、表現主義戯曲研究（Ⅲ）、を参照せよ。

（2）Max Freyhan: Georg Kaisers Werk. Verlag Die Schmide Berlin 1926. S. 15.

（3）Bernhard Diebold: Anarchie im Drama. Verlag Heinrich Keller Berlin=Wilmersdorf 1928. S. 128. (Bibliothek des Expressionismus 32: Johnson Reprint Corporation New York 1972 London).

（4）Ibid. S. 339.

（5）Georg Kaiser: Werke Erster Band. 1971 by Verlag Ullstein GmbH, Frankfurt/M. Berlin-Wien, Propyläen Verlag. S. 13.

（6）Ibid. S. 13.

（7）Georg Kaiser: Stücke, Erzählungen, Aufsätze, Gedichte. Verlag Kiepenheuer & Witsch. Köln. Berlin 1966. S. 778.

（8）Georg Kaiser: Werke Erster Band. a. a. O., S. 13.

（9）Ibid. S. 13.

（10）Ibid. S. 14.

（11）Ibid. S. 14.

（12）Ibid. S. 14.

（13）Ibid. S. 15.

（14）Ibid. S. 16.

（15）Ibid. S. 16.

（16）Ibid. S. 17.

（17）Ibid. S. 17.

（18）Ibid. S. 18.

（19）Ibid. S. 18.

(20) Ibid. S. 19.
(21) Ibid. S. 19.
(22) Ibid. S. 20.
(23) Ibid. S. 19.
(24) Ibid. S. 20.
(25) Ibid. S. 20.
(26) Ibid. S. 20.
(27) Ibid. S. 21.
(28) Ibid. S. 22.
(29) Ibid. S. 22.
(30) Ibid. S. 25.
(31) Ibid. S. 25-26.
(32) Ibid. S. 31.
(33) Ibid. S. 34.
(34) Ibid. S. 36.
(35) Ibid. S. 36.
(36) Ibid. S. 36.
(37) Ibid. S. 36.
(38) Ibid. S. 42.
(39) Ibid. S. 42.
(40) Ibid. S. 44.
(41) Ibid. S. 44.

(42) Ibid. S. 45.
(43) Ibid. S. 51.
(44) Ibid. S. 52.
(45) Ibid. S. 62.
(46) Ibid. S. 64.
(47) Ibid. S. 67.
(48) Ibid. S. 68.
(49) Ibid. S. 69-70.
(50) Ibid. S. 72.
(51) Ibid. S. 74.
(52) Ibid. S. 82.
(53) Ibid. S. 84.
(54) Ibid. S. 84.
(55) Ibid. S. 85.
(56) Ibid. S. 101.
(57) Ibid. S. 109.
(58) Ibid. S. 113.
(59) Max Freyhan: a. a. O., S. 19.
(60) Georg Kaiser: Werke Vierter Band. a. a. O., S. 849.
(61) Georg Kaiser: Stücke, Erzählungen, Aufsätze, Gedichte. a. a. O., S. 779.
(62) Ibid. S. 778.
(63) Max Freyhan: a. a. O., S. 47.

（初出、一九八五年一〇月三〇日、獨協大学「ドイツ学研究」第一五号）

表現主義戯曲研究（V）[1]

ゲオルク・カイザー『一八九七年一月二日のクリスマス舞踏会への軽歌劇』『ファオスト』『国王ハインリヒ』

――新しき衣裳を纏う古き芸術より、「新しき軌道を走る」芸術へ――

（I）

Georg Kaiser の若き才藻の萌芽が見られる『道化の国王』〈Schellenkönig〉の最初の草案が書かれたのは一八九五年～九六年であり、その第二草案が書かれたのは一九〇二年～〇三年である。この作品については私は別に論じ、表現主義的イデーの反映をその中に見た。[2]

この作品の公表は一九六六年のことであるが、G. Kaiser は、その最初の草案をマグデブルクの読書クラブ「ザッフオー」〈Leseverein "Sappho"〉の為に書いたのである。

ところが、この『道化の国王』の第一草案が完成された一八九六年と、第二草案が書き始められた一九〇二年の間に、青年 G. Kaiser は「ザッフォー」の為に、或いは別の動機から五本の作品を書いており、一九七二年になってそれらが初めて公表された。

『一八九七年一月二日のクリスマス舞踏会への軽歌劇』〈Singspiel zum Weihnachtsball am 2/I 1897〉（一八九六年一二

月)、『ファオスト』〈Faust〉(一八九七年)、『国王ハインリヒ』〈König Heinrich〉(一八九七年～九八年)、『仕事じまい』〈Ein Feierabend〉(一八九八年一〇月)、『牧師選び』〈Die Pfarrerwahl〉(一九〇二年一月)の五作品である。

これら五作品の評価は現在のところ定かではないが、Walter Huder は、「一つの全集のある種の全体的理解およびそれに必要な全体的方向づけの為に不可欠の一八九六年から一九〇二年迄のいわゆる若げの過ち。(3)」と評価する。これらの「いわゆる若げの過ち」は前述した如く、一八九六年～一九〇二年に書かれたが故に私の関心をひく。何故かと言えば、この期間に前述の『道化の国王』は最初の草案より最終的な草案に到り、表現主義的イデーを反映するからである。果して、これらの作品にも、後の彼の作品に見られるような G. Kaiser の社会批判、人間の実存追求等は見られるのか、表現主義的要素は包含されているのかが私の関心の対象となった。

これらの五作品を読んで、私がこの小論で論ずるのは最初の三作品である。その理由の第一は、これらの三作品には、興味深いテーマが存在し、そのテーマは表現主義とは全く無縁ではないからである。第二の理由は『仕事じまい』はどちらかと言えば自然主義的であり、そのうえ、方言で書かれ、私には現段階では完全な読解は不可能であり、『牧師選び』は上述の三作品に比較して、私の関心をひくテーマを提供していないからである。

これらの五作品を通して確実に言えることは、「それらのうちどれ？一つ、先行した寸劇『道化の国王』の水準に達していないことである。(4)」

『道化の国王』には、個人と体制の葛藤→体制脱出による変身願望という重要なテーマが存在し、多くの問題が含まれている。

ここに、とりあげる三作品には上述のテーマを越えるテーマは存在しない。

(II)

『一八九七年一月二日のクリスマス舞踏会への軽歌劇』の台詞は、『道化の国王』同様、詩の形体をとっている。

場所は教授の研究室である。この作品の特徴は、短い作品であるにもかかわらず、軽歌劇に相応して多くの箇所で、ト書または台詞が始まる前にメロディーが指定されていることである。これらのメロディーは、当時のポピュラーなメロディーであると充分想像し得る。

例えば、最初のメロディーは「何故人生で——」〈Warum sollt'im Leben——〉である。

教授は娘に言う。「『ここ数日来、何と／お前は本質的に全く変ってしまったのか』

舞踏に夢中な娘が、父には気に入らない。娘のみではない。『そう、優秀な生徒まで／日々にますます冷淡になり／古代ギリシャ人等を理解せぬ。／自宅にとどまることもせず／ホメーロスを読むこともせず／青年達はただ舞踏会へ行くばかり！』

「『しかし私は防ぎたい／かくの如き子供等に／若き頃より悪しき芸を示すことなど！』」(5)

古代ギリシャのホメーロスの詩にこそ真理が存在するのに、若き世代は、ギムナジウムの生徒も含めて、古典を理解せず、舞踏に熱中する。このような教授と若き世代の感覚の逕庭は一世紀を経た現在にも共通する。舞踏を「悪しき芸」と断定するとき、教授には、若き世代を理解せんとする姿勢がすでに欠けている。我々はこの作品の当初より世代の葛藤を目の当りに見る。

次の娘の台詞の前に演奏されるメロディーは「冬園の星辰。ワルツI」〈Wintergartensterne: Walzer I〉である。更に後のメロディーは、「法王は栄華のうちに生きたもう——」〈Der Papst lebt herrlich——〉であり、教授の台詞の前に響きわたる。これらのメロディーの、台詞との共鳴は、想定困難であるが、メロディーのタイトルは台詞の内容を示唆していると考えるのは牽強付会と言えるだろうか？

例えば、〈Warum sollt' im Leben——〉は教授の青年等の人生観に対する批判的見解を表現していると考えられるし、〈Wintergartensterne: Walzer I〉に続く娘の台詞はワルツに対する娘の傾倒であり、〈Der Papst lebt herrlich——〉に於いては宗教界に於ける最大の権力者を家庭内の権力者父親に置きかえるとき、上述のタイトルとメロディーは父親の人生観称讃となる。

第三の登場人物生徒は娘とは舞踏会での旧知の間柄であり、やはり舞踏に熱中しており、『何よりも先ずホメーロスが／とにかく私に非常に重くのしかかる！』[6]」と古典を嫌悪する。この台詞が、教授との対話の中で語られるとき、演奏されるメロディーは、「クラムバムブリ（さくらんぼしょうちゅう）、それがタイトル」〈Crambambuli, das ist der Titel〉である。更に教授がホメーロスの『オデュッセイア』を独訳朗読するとき〈Tingelingeling〉のメロディーが演奏され、生徒は〈Tingelingeling〉を娘と交代で口ずさみ、茶化すのである。

古典を杓子定規的に解釈することのみを旧態依然として講義する教授と、自分達には魅力に乏して思える古典を斬新な観点なしに講義される生徒との間には余りにも逕庭がある。そのうえ、青年達の関心の赴く先を全く理解しようとしない教授の姿勢に、私は二〇世紀末の教育の姿を髣髴してしまう。

更にこの作品には、若い世代の父親の世代に対する批判、同時にギムナジウム生徒の学校教育に対する批判が垣間見られる。Kaiser が『生徒フェーゲザック事件』〈Der Fall des Schulers Vehgesack〉（一九〇一／一九一五）『校長クライスト』〈Rektor Kleist〉（一九〇三／一九一九）で展開した自己のギムナジウム退学経験に基づくギムナジウム批判は、間違いなくこの小品にも反映している。W. Huder のあの評言「喜劇『生徒フェーゲザック事件』（一九〇九／一九一五）と悲喜劇『校長クライスト』（一九〇三／一九一九）は、このことについてのモデル戯曲とみなされ得る。[7]」のモデル戯曲はこの作品にも該当する。生徒は言う。

「『毎日毎日教えられます。／古き時代の著作の中で。／個々の著作は知らせてくれます。／愛の栄華というものを。／』」

「『理論的には始めて知ります。／恋する者の胸の思いを。／実践的に燃えたい時には、／残酷に冷やされてしまいます。[8]』」

古典に於いて英雄と恋愛は不即不離であり、英雄的行為には必らず愛の報いがあり、それが雄勁な叙事詩を構成している。その叙事詩を講読しながら、実践としての恋愛を教授は禁止する。ホメーロスの叙事詩の講読も生命のないものとなる。

ちなみに上述の台詞の前に演奏されるメロディーは「魔弾の射手：森を通り、牧場を通り。」〈Freischutz: Durch die Walder, durch die Auen〉である。

一方、娘は父に向かって言う。「『喜びも愛も知らずば／人々は不満を抱き仕事をします。／そのうえ些細な苦労まで／重荷となってくるのです。』『仕事は私の歓喜《よろこび》となる。／ただ報酬がすばらしいとき!!』[9]」

ここでは、「赤いサラファン」〈Der rote Sarafan〉が演奏される。

興味深いことは、生徒と娘に反論する教授の台詞の際にはメロディーは演奏されず、ト書として「散文」〈Prosa〉と書かれていることである。教授の散文的で無味乾燥な台詞を表徴している。結局、彼は次のような揶揄と諦観の台詞を述べて若き世代に屈服する。

「『あらゆる真《まこと》の徳を亡ぼす為に／人々は希望あふるる青年を教育することとなる！』

『そうだ、これこそ我々が屈服する法則なのだ。／古き物は新しき物に頭を下げねばならぬのだ！――[10]』」

世代間の葛藤、父と子の見解の齟齬、俗物的な教授というテーマは Kaiser の後の戯曲のテーマであり、表現主義的テーマでもあり得る。

「クリスマス舞踏会への軽歌劇に於ける教授は、ゲオルク・カイザーの非常に多くの後年の戯曲に於ける戯画化された教授の同僚達のいまだまさに青白い一つの先駆的形体である。[11]」とW. Huder が語るとき、私は「いまだまさに青白い」という Huder の言葉に、この戯曲に対する Huder の歉《けん》意あきたらなさを見るが、適切な批評に逢着した思いがする。

(Ⅲ)

Kaiser の『ファオスト』のタイトルの下には、「一九八七年四月二四日上演」と書かれているが、おそらく仲間内で上演されたと思われる。この作品のプロローグで先ず劇場支配人と演出家の対話があり、演劇論がかわされる。

劇場支配人は、「『全地上での最も秀でた職業は／人間を高める義務を吾等に課した。』[12]」と演劇活動の意義を認めはするが、劇場にはもはや観衆は集まらないと語り、金庫を再び一杯にするため演出家と作家に援助を要請する。彼は「人間を高める義務」と言いながら、本音の金庫のことを一方で語る俗物でもある。彼は作家に新しい作品の創作を慫慂する。新しい作品とは何かが当然問題となる。

作家は語る。「『全ては思考されており、／もはや完成されている。／新しき物、何一ついまや起り得ることもなし。／そして全てが――全てがすでに実在したのだ！』「『新しく私が創りしものを再び私は捨てるのだ――／常に後から誰かがすでにどこかで読んだというからだ！』[13]」

ここでは、作家は自らの能力の限界を告白し、新しい作品は創り得ないと断言する。Kaiser 自身が新しい芸術の誕生を意識するには、彼自身の精神的成長と二〇世紀という時代が必要であったのだ。

一方、演出家は、「『朧気ながら私は予感する、／おそらくそれが如何に為され得るのかを、／新しく敷かれた軌道へ／古き物を導くことが。』[14]」と語り、古い芸術を新しく甦らせる方法を予感する。

劇場支配人は、演出家の言わんとすることを全く理解し得ないが、作家は理解し、以下の言葉で理論化する。

「『如何なる作家も地上では不滅にあらず。／時代の輪舞の中ですばやく老いる。／曾てのように――理解はされぬ、／後の世代が生じた時には。／その創作が真に深く美しくとも、／作者もろとも、やがては消えてゆかざるを得ぬ！――』「『なぜならすでに、言葉は絶えず形体を変え／新しく一語一語を創り出すから。／曾て古き時代に人間達が捉えたものでも／その精神はもう長いこと、もはや吾等に実在しない。／故に吾等は美というものを感得しえぬ、／吾等がその美を新しき言語の中へ築かぬうちは！』[15]」

古典も含めて、文学史上の諸作品はその時代の諸相と精神を反映しており、時には近き未来を予見している。しかし、その時代が遠き過去となったとき、我々がその時代との関連の中で、その諸作品を捉えないとき、我々はその精神も理解し得ない。従って作家と作品の不滅性を信ぜぬことに、一九世紀の世紀末思想の投影を見るべきか、或いは古典に対する青年 Kaiser の否定的見解を見るべきか、あるいはまた同時に両方を見るべきか、私には断定不可能である。だが、当時のギムナジウムに於ける古典講義に対する青年 Kaiser の批判的体験の反映は見おとし得ないであろう。古き時代の作品を、その時代との関連の中で捉え得ぬとき、それでは古き時代の作品は没落せざるを得ないのか？この問に登場人物である作家の口をかりて、青年 Kaiser は次のように応える。

「『そういうわけで作家である私は／没落より古き芸術を護りたい。／過去の時代の多くのイデーを／今日の時代の新しき衣服の中へ織り込みたい。[16]』」

この結論は、青年 Kaiser が『ファオスト』をあえて創作するにあたっての弁解とも衒気とも理解し得る。何故ならファオスト伝説には、余りにも偉大な先蹤、ゲーテの『ファオスト』があり、それには拮抗し得ぬことを青年 Kaiser は認めざるを得なかったからである。いずれにせよ、プロローグに於いて中心的役割を演ずるのは作家である。

プロローグに続く『ファオスト』のシーンは、まさに W. Huder の言う如く、「学生のいたずら[17]」と言えよう。書斎で、「『全人生は私にとっては苦悩であり、／去って欲しいと望んだのだ！——[18]』」と歎くファオストが、苦悩を解消すべく飲むのは〈Magentropfen〉である。これは「胃腸薬」＝「アルコール」という冗談であろう。何故なら、彼がそれを飲むとき始まる曲は「酒飲みの合唱曲」であるからだ。彼がアルコールについて語る以下の台詞は余りにも日常的である。

「『お前の中に古き人生溺死させ、／お前の中から新たな生命力を飲みとるぞ？[19]』」

そこへ登場するワーグナーは詭がひどい俗物である。続いて登場するメフィストはファオストに、愛の苦悩の忘却と引き換えに彼の魂を要求し、フォオストに署名させるが、自己の飲酒の為に、ファオストに対する計画実施以前に、魂の獲得に失敗する。メフィストも徹底して俗物である。

一方ファオストは天国のように素晴らしき過去の日々を想い出し、署名した文書を破棄する。そして最終的には過去が天国であったことを確認し、自己の道を素晴らしき目標に向って突き進もうとする。

「『全ての苦悩は過ぎ去りぬ！／ファオストは悲しみより自由なり！／素晴らしくも救われり！／希望と——回想／それらは彼に慰めを充分与えり、／深酒に優りて。／ファオストは救われり！——[20]』」と天国より歌が響きわたる。

この作品に於けるファオストの過去の苦悩は全く重みを持ってはいない。従って飲酒によって容易に忘れることのできるものであり、忘れるためにメフィストの登場を必要とするような苦悩でもない。容易に忘れることのできる過去の苦悩は、過去の歓喜に変わり得る。ファオストの救済は全く容易である。

G. Kaiser の『ファオスト』はプロローグに於ける演劇論、作家論について我々の興味をひくが、ファオストの登場と共にその作品の内容は平凡になる。

（Ⅳ）

『国王ハインリヒ』は、あのドイツ国王並びに神聖ローマ皇帝であったハインリヒ四世とローマ教皇グレゴリウス七世の確執による一〇七七年の「カノッサの屈辱」を脚色した作品である。

この作品の「序幕」「間奏劇」「幕切れ後の小劇」自体興味深いが、ハインリヒ四世とグレゴリウス七世の登場する第一部、第二部は、『ファオスト』に比較すれば、はるかに興味深いいくつかのテーマを提供する。

序幕では、老士官である懸賞審査官が述べる次の台詞は一九世紀末のドイツの状況を如実に反映しているが、前記二作品を書いた頃に比べて、青年 Kaiser の時代に無関心ではいられない思想的成長を語っている。

「『戦いに不安な吾等の日々にこそ、／全てが沸き返り、伝統を揺るがす日々にこそ、／傲慢なる拳《こぶし》が王座の砦をゆする日々にこそ、／プロレタリアが一揆を起こす日々にこそ、／精神が野獣の如き人間共を圧倒せざるを得ないのだ。／精神こそ芸術のうちに示現する。／――彼等を鉛と鉄で挫く代りに――』(21)」

しかし、この時期、Kaiser はプロレタリアの台頭を意識はするが、未だプロレタリアの側に左袒し得ない。詩人の口をかりて彼が語るのは祖国への愛である。

「『最高の善は、私にとっては祖国である。／熱烈な愛で私は祖国の側に立ち、／創造意欲にかられて捧げよう／私の胸に燃えあがる神聖なる芸術を！』(22)」

詩人にとっての神聖なる芸術は、過去の時代の英雄達の活動する演劇であり、そのような演劇こそ、人生の戦いに自己を喪失した人間を救済し得ると彼は考えている。故に彼は英雄達としての何人かの人物を選び、自己の芸術の効果を疑ってはいない。では、その演劇の内容は如何なるもので、詩人によって選ばれた英雄達は如何なる人物達であるのか？が私の関心をひく。

第一部の場はヴォルムスの市役所の広間であり、市長のランベルトが収税吏ゴッツオーの指導の下、国王ハインリヒ歓迎の辞の練習をしている。ランベルトは口ごもり、ゴッツオーは方言そのままで、両者とも戯画化されている。Kaiser の後の戯曲『生徒フェーゲザック事件』（一九〇一／一九一五）の教授達の戯画化と類似している。

騎士ウルリヒ・フォン・ゴーデスハイムに続いてハインリヒが登場する。当然、ランベルトはゴッツオーの助けなしには歓迎の辞を最後迄述べられない。彼等はハインリヒに献金目録を提供し、ハインリヒはそれを受け取り次のように語る。

「『オー、汝、ドイツ、ドイツ、ドイツ、汝は汝の国境と州の中にかくの如き国民を抱えているとは！　犠牲的勇気に満ち、忠実にして、武力と防御に重きを置く。[23]』」

国家に対する忠実度も犠牲的勇気も全て献金次第で評価され、ユダヤ人に対する差別感情も、ユダヤ人の献金次第で一時的に消失する。

「『私は反セム族主義者ではない。いいや――私はユダヤ人が好きなんだ。熱烈に彼等を愛している。彼等が私に対して金を出すとき。[24]』」

彼にとっての平和は、彼に悖《はい》逆する諸侯との紛擾を諸侯の服従によって治め、教皇が彼に神聖ローマ皇帝の帝冠を授与することによって実現する。

縛られたオット・フォン・ノルトハイムと司教ブルクハルトが登場するが、前者はやはり非常になまりのあるドイツ語を話し、後者は国王に対して反抗的である。彼に対する饗応は苦い安ワインによって為される。周知の如く、教皇とハインリヒは対立しており、教皇は、ハインリヒが「『女とワインでだらしのない生活をおくっている。[25]』」とハインリヒを非難し、ハインリヒは教皇をくそ坊主、弱虫と呼び、『下水道で生まれた聖職売買者で、教皇の椅子に座った陰謀家で、他人の女と暮す色事師。[26]』と批判する。

彼等の言葉には、権力者達に附随しがちな陋習がある。ハインリヒは教皇宛の手紙をブルクハルトが書くように慫慂し、強制もするが、ブルクハルトに拒否される。このブルクハルトに対してノルトハイムは、ハインリヒより縛を解かれると、ハインリヒとワインを飲むような人物である。

間奏劇で審査員は、第一部に満足し、十字勲賞を詩人に授与しようとするが、詩人は中途半端な勲賞ではなく月桂冠を要求する。彼は、シェークスピアを越えたとまで自負する。詩人が脚光をあびる次第である。

第二部はカノッサの教皇応接室で展開される。

グレゴール（グレゴリウス）は人々より称讃されているが、その讃歌は興味深い。

「『教皇はこの世に栄えて暮していらっしゃる、／その免罪金で暮していらっしゃる、／最上のワインを飲んでいらっしゃる、／教皇に幸せあれと願いたい！[27]』」

ここでの教皇は、もはや神聖な人物でも、高潔な人物でもない。その教皇とブルクハルトの居る所へ、ノルトハイムが登場する。彼は、国王ハインリヒをカノッサ城の前の雪中に見たと告げる。グレゴールは言う。

「『人間ハインリヒには、私は門を開けてやる――国王ハインリヒには、私は心と同様、門を閉じておく。[28]』」

ここでの教皇は実に寛大で高潔な人物に見える。ハインリヒを憎悪するブルクハルトの反対にもかかわらず教皇はハインリヒの入城を許可する。Kaiser の描くグレゴールには、歴史上のグレゴリウスに見られる矜持も情熱の奔馳も闘争心もない。

ここで、ハインリヒが登場するが、彼の服装は全く現代的である。

「彼はグレーの歩兵用コートを纏い、ディアデムつきのシルクハットを被り、毛皮の襟を身につけている。黒い髪の毛は短く刈られ、深く分けられている。[29]」

一一世紀の人物に二〇世紀の衣裳を纏わせることに、歴史のパロディーを私は見るが、このパロディーはハインリヒの英雄としての比重を決して高めることはない。ハインリヒは軽佻浮薄な人物に堕しかねない。

一方、グレゴールは年老い、疲労しており、ハインリヒと争う気力も体力もない。このようなグレゴールを目前にして、ハインリヒは公然と語る。

「『いまや、私は、私の旅行の動機が王冠であったと告白せざるを得ないのだ。不快な破門も――へへへ――私に大いに迷惑をかけているので、私はそれが――へへへ――私個人より取り除かれるのを知りたいのです[30]。』」

ブルクハルトは一貫して、皇帝の王冠をハインリヒに与えぬこと、ハインリヒに対する破門を解かぬことを主張するが、グレゴールは相変らずうとうとしつつ、王冠が自分の椅子の下にあると語り、王冠が以合うなら戴冠せよと言って眠りにおちる。

ここで示されるハインリヒとブルクハルトの態度を見るとき、前者の態度は権力欲に駆られて通俗的であり、喜劇的であるが、後者の態度は権力欲に無縁な故に通俗的ではあるが、喜劇的ではない。この両者の権力に対する距離が以下の行動に決定的に影響する。

「ハインリヒ国王は叫び声をあげて教皇の椅子の下に身を投げ出し、シルクハット用の箱を取り出した。」

「ブルクハルトは教皇より離れる。一瞬、彼は腕をダラリとたらしてそこで見ている。それから奮起して手を王冠の方へ伸ばしつつ、ハインリヒに向って身を投げ出す[31]。」

教皇は怠惰に眠り続けて目覚めず、ハインリヒは権力への意志と歓喜を以下の言葉で表現する。

「『権力もなく不安に駆られ、吾が国民の嘲笑を受け、私はお前のところへやってきたが、権力と栄光に輝きつつ私は帰国する――[32]』」

第二部の終末近くに目覚めるグレゴールは立ちあがり、ワイングラスを摑み、『未来はしかし自分のものだ[33]。』と語り、飲み干す。

引かれ者の小唄と言えるが故に、ブルクハルトの教皇に対する姿勢は変わり、彼は教皇を批判し、嘲笑する。ハインリヒも、いまや教皇を面前にして、次の如く嘲笑するが、その言葉には、権力者の自負心と冷酷さが屹立している。

『未来！　現在の目には隠された、暗く周囲を覆われた未来！　今日、私が統治するとき、明日は私が居なくとも訪れてくる！　未来！　グレゴール、未来をお前はもう見はしない！　未来をお前の言葉は導き制御しはしない！　未来の軌道は拘束不能だ！』(34)

第一部、第二部を通して登場人物達を見るとき、ハインリヒは祖国にとっては英雄に価するが、権力と金に貪欲であり、知性に虧欠し、自負心のみが目立つ俗物であり、Kaiser によって決して肯定されてはいない。

教皇グレゴールは、免罪金で暮し、最上のワインに酔い、老齢にして疲労し、過去の栄光の中に居て未来を見通せぬ愍然たる俗物である。ノルトハイムは、なまりがあり、K、P、T、SをG、B、D、Sch と発音する人物として戯画化され、その行動に於いて全く無原則的な人物である。ブルクハルトはその行動に於いて一貫性があり、意志は強く、Kaiser によって否定されてはいない。Kaiser が詩人の口をかりて語ろうとしたのは、人生の戦いに自己を喪失した人間を救済し得る神聖なる芸術たる演劇の中で活動する過去の英雄達であった。Kaiser の権力者嫌いはこの戯曲に於いても例外ではなく、英雄達の中で Kaiser が肯定したかったのはブルクハルトであったと言えよう。そう考えるとき、ブルクハルトは、Kaiser の後の作品に登場する救済者になり得る側面を持ってはいたが、当時の Kaiser はブルクハルトを救済者に迄、成長させる意志も能力も所有してはいなかったし、時代もそれを要請してはいなかった。

幕切れ後の小劇で、審査員が詩人を賞讃し、賞というものが、その時代にとって祖国救済の為に創作する刺激となって欲しい、と語るとき、詩人は、「『国民の意を愛国者達へ向けるとき、／吾が最大の望みは全く果される！』」と語り、「『時は好機、全ての兆しは誘いかけ、／全芸術は新しき軌道を走る。／過ちより吾人は真実維持へ回帰する、／自然は又もや除々に芸術の中で死に、／パトスは勝利し、華やかな挙動は／再び高く全ての人の好意の中に聳え立つ！』(35)」と述べる。

重要なことは、詩人がここで「新しき軌道を走る」芸術について語っていることである。その芸術は自然主義からの蟬脱を唱えるが、旧来のローマン主義への復帰ではない。パトスが重要な役割を演じるからである。私が想起するのは、表現主義の揺藍期と言える一九〇九年にステファン・ツワイクが「新しきパトス」という短い論文の中で、新しいパトスの発生について語っていることである。[36]「新しい軌道を走る」芸術は、表現主義を予見している、と言えよう。

審査員が更に、作品の構成とか、性格の心理描写とかをペダンティックで些細なことと斥け、逞しい男達や粋な女達の登場を要請し、「メルヒェンの夢幻の境地」や、「才能豊かな脂肪太りが空想するメルヒェンの不思議な寓話の花が咲くくだらぬおしゃべり[37]」を過小評価するとき、自然主義、ローマン主義否定の軌道を私は属目せざるを得ない。

上述の審査員の言に更に、詩人が、「『先ずミューズが雄々しく戦場へ行き、／後に黄金の竪琴で歌うとき、／幸いなるかな。』」と応え、この戯曲を「『然り、――素晴らしくも美しく詩は咲きほこる、／つわものが天才ともども詩を導くときこそ！――[38]』」と閉じるとき、私は、一九世紀末の文学の衰退を興隆せんがため、時代の刺激剤を翹望する若き Kaiser の心意気の澎湃を見る思いがする。

(V)

『クリスマス舞踏会への軽歌劇』で Kaiser は世代の葛藤というテーマを古い世代の教授の戯画化を通して浮き彫りにし、戯画化された俗物的教授は『ファオスト』に於いては、劇場支配人、ワーグナー、メフィストの中に俗物としての自己の同僚を見る。一方、Kaiser はこの作品に於いて、未だ新しい芸術の誕生を意識してはいないが、古き芸術に新しき衣裳を纏はせることによって、古き芸術を没落より救済し得ると考える。

『国王ハインリヒ』に於いて、Kaiser はやはり、俗物を登場させるが、俗物を権力者として登場させることによって、彼の後の作品に顕著な特徴を示す。更に、『ファオスト』の場合とは異なり、自然主義を否定し、ローマン主義をも否定する「新しき軌道を走る」芸術を想定はするが、その軌道が、彼自身の後の作品につながる軌道であり、同時に表現主義に到る軌道であることを、未だ意識してはいない。

この作品が完成されたのは一八九八年であり、時代はまさに一九世紀末であった。G. Kaiser は、今にも崩壊せんと思われる一九世紀の茅屋の中に居て、来るべき二〇世紀の黎明の中に、表現主義を髣髴したのかもしれない。

〔注〕

（1）表現主義戯曲研究（Ⅰ）、（Ⅱ）、（Ⅲ）、（Ⅳ）を参照せよ。
（2）表現主義戯曲研究（Ⅳ）ゲオルク・カイザー『道化の国王』＝『手錠の国王』と『生徒フェーゲザック事件』。
（3）Georg Kaiser: Werke Fünfter Band. 1972 by Verlag Ullstein GmbH, Frankfurt/M. Berlin-Wien, Propyläen Verlag. S. 815.
（4）Ibid. S. 816.
（5）Ibid. S. 11-12.
（6）Ibid. S. 13.
（7）Georg Kaiser: Werke Vierter Band. a. a. O., S. 849.
（8）Georg Kaiser: Werke Fünfter Band. a. a. O., S. 15.
（9）Ibid. S. 17.
（10）Ibid. S. 17-18.
（11）Ibid. S. 816.
（12）Ibid. S. 23.
（13）Ibid. S. 24.
（14）Ibid. S. 25.
（15）Ibid. S. 26.
（16）Ibid. S. 26.
（17）Ibid. S. 816.
（18）Ibid. S. 31.

(19) Ibid. S. 34.
(20) Ibid. S. 43.
(21) Ibid. S. 47.
(22) Ibid. S. 47.
(23) Ibid. S. 52.
(24) Ibid. S. 53.
(25) Ibid. S. 55.
(26) Ibid. S. 57.
(27) Ibid. S. 61.
(28) Ibid. S. 62.
(29) Ibid. S. 63.
(30) Ibid. S. 65.
(31) Ibid. S. 66.
(32) Ibid. S. 67.
(33) Ibid. S. 67.
(34) Ibid. S. 67.
(35) Ibid. S. 68.
(36) Expressionismus. Der Kampf um eine literarische Bewegung. Sonderreihe dtv. S. 15-16.
(37) Georg Kaiser: Werke Fünfter Band. a. a. O., S. 69.
(38) Ibid. S. 69.

(初出、一九八六年七月七日、獨協大学「ドイツ学研究」第一六号)

表現主義戯曲研究（VI）[1]
A. Döblin の „Lydia und Mäxchen“
——反演劇の到着点は予測できるか？——

（1）

「Alfred Döblin（1878-1957）の中に表現主義は、ある非常に怜悧な、理論的に堅実な、精密に物事を表現する頭脳を見た。[2]」と Walter H. Sokel が称讃した A. Döblin は、ドイツ散文の傑作の一つに数えられる『ベルリン・アレクサンダー広場』〈Berlin Alexander-Platz〉（1929）を初め、多くの長・短篇小説を書いている。それら人口に膾炙する小説に比べて、彼の書いている幾つかの戯曲については、Döblin 自身も後年、これらの戯曲に触れることが少なかったが故に、つい最近迄、その作品名もその内容も知悉されることがなく、まして論評されることも殆んどなかった。[3]

それらの戯曲の中でも瞩目される作品として、他の戯曲に比較して早い時期、一九六〇年代に一般的に紹介され、論評され始めた処女戯曲〈Lydia und Mäxchen〉がある[4]が、Döblin はこの一幕物を一九〇五年秋に完成し、一九〇六年に自費で出版している。この作品に関して Horst Denkler は、二〇世紀初頭に Jugendstil の綱領目標に沿って多くの変革的な戯曲を作品集『革命的演劇文庫』〈Revolutionäre Theater-Bibliothek〉で発表した空想的な異端作家 Paul Scheerbart を引き合いに出して次のように述べている。「革新者達には充分革命的に見えないのではないかと自ら恐れている Scheerbart を乗り越えて、決定的な一歩を、Alfred Döblin（1878-1957）はその処女作『Lydia und Mäxchen』（1906）で踏み出す[5]。」

作品名からも推察出来るように、この作品の主人公達は新ロマン主義のメルヒェン風ドラマに登場する人物達であるのだが、これらの人物達を、また彼等が展開する筈であった物語を、Döblin が如何に操作するのかが私達の関心をひく。更に、「Scheerbart を乗り越えての決定的な一歩」とはどのような一歩であったのか、他の作品と共に先駆的作品になり得たのは何故かも検討するに値するであろう。

H. Denkler はまたこの戯曲を Wassily Kandinsky の〈Der gelbe Klang〉（1909）、Oskar Kokoschka の〈Mörder Hoffnung der Frauen〉（1907）と共に表現主義の先駆的作品として挙げている[6]。

W. Kandinsky も、O. Kokoschka も造形芸術家として名をなした。W. Paulsen が更に、一九〇五年―一九〇六年に書かれた Ernst Barlach の作品〈Der tote Tag〉を表現主義戯曲の先駆的作品に加えているとき[7]、私達は、この E. Barlach も造形芸術家であったことに瞠目し、表現主義が造形芸術を嚆矢とする、という説を想起せざるを得ない。他方、一九世紀末より二〇世紀初頭にかけて急激な資本主義的発展を遂げたドイツに於いて、物質文明の支配のもと、若き表現主義者達が自ら疎外を体験し、意識し、その自画像の典型的な例として、疎外され自我の病蓐の中へ陥った異端者＝精神病者を、絵画に於いても、文学作品に於いても、その描写の対象に選んだことを考えるとき、精神科医として、多くの精神病者に接し、後年、精神病者を主人公にしたいくつかの作品を書いている Döblin が、登場人物の一人である「作者」が精神的錯乱に陥る『Lydia und Mäxchen』という表現主義戯曲の先駆的作品の一つを書いている所以も首肯されるのである。

（2）

「Döblin のこの一幕物は、男性縮小名詞形式を伴なう名前入り表題の中に、すでに、アイロニカルな根本姿勢があり、その姿勢は、サブタイトル〈Tiefe Verbeugung in einem Akt〉と題辞によって、ただなお強められている。[8]」とE. Kleinschmidtが述べているこの戯曲は「こわれた胃にはサラダがしばしば、それぞれの形で好ましい効き目を発する。（個人的観察）」という題辞をかかげている。つまり、Döblinは我々読者にアイロニカルに深々と会釈をした後に、彼のアイロニカルな実験を開始する。それはまさに若きDöblinの意気込であり、「こわれた胃」とは、伝統的な演劇の形式や構造の堕落を意味し、それに反して「サラダ」とは「演劇論上の諸規則と舞台技術上の諸要求をごちゃごちゃにひっかき回し、混ぜ合わし、止揚する『反演劇[9]』」を示唆していることはH. Denklerの指摘する通りであろう。G. P. Knappがこの作品を「実験的作品」と名づけ、「この演劇は事実、あらゆる因襲的ミメーシスから訣別していると見える。[10]」と述べている所以でもある。

若きDöblinが「こわれた胃」に「効き目を発するサラダ」として食卓に供するのはこの戯曲の登場人物・事物の多様性である。当時の伝統的な演劇に於ける登場人物の他に、「作者」「演出家」が登場し、更に、いわゆる小道具である「椅子」「ロッカー」「飾り燭台」、壁にかかる絵画の中の「船鬼」、「月の中の男」が登場する。これらの事物が活動するのは屋根裏部屋で、時間は夜と設定されているのはロマン主義の発想にも見られるのであるが、その登場の仕方に特異性がある。

この一幕劇全体の「場」として指定されているのは「ある舞台」であり、「時間」として指定されているのは「上演中」である。つまり、この戯曲は、「ある舞台」で「上演中」に起った出来事を叙述しており、劇中劇を示唆している。これも「効き目を発するサラダ」に他ならない。

この演劇の進行にとって先ず刮目すべきことは、開幕直後の第一場に於ける小道具「椅子」「ロッカー」「飾り燭台」「船鬼」の行動と台詞である。椅子は『何と私は何もかも持っていることか？　手が腕が靴がある。掴むことが出来るし、片脚で立つことも出来る。[11]』と語り、生を享受している。他方、ロッカーは生きていることを好まない。彼は『全ての物に恐怖を抱いている。』」「『それらは彼に跳びかかってくるかの如くそこに立っている[12]』」からだ。この椅子とロッカーのそれぞれの姿勢を見るとき、私には、二〇世紀初頭のドイツで、経済的、政治的、そして社会的重圧のもと鬱屈していた民衆の二つの姿勢が、即ち、重圧を払いのけ自由を自覚した民衆の姿勢と重圧に相変らず畏怖する民衆の姿勢が髣髴とするのであるが、椅子が「『新しい時が私達の為に始まる。人々は私達を中傷し、否認した。私達は生きている。大きな影響力のもと。そして私は、彼、作者が、私達の生存権を援助してくれていると信じている。何故、『彼は私達をただ恐れているのか?』』と語り、更に、『私の眠っていた生の為の復讐、全ての人間的なものへの復讐(13)』」と述べるとき、この台詞には、長い間、人類の歴史の中で人間の道具と化してきた物体の、人間に対する叛乱の意志も磅礴している。この叛乱の意志こそ、一九世紀末より二〇世紀にかけての物質文明の発展に係り、それは更に物質文明の人間支配・攻撃へと進展するが故に、登場人物の一人「作者」が生きている物体を恐れるのは当然である。その椅子にとっても、人間の女性の靴下や靴に関心を示す飾り燭台のギリシヤ・ニンフにとっても生きる意欲のないロッカーは非難の対象である。第一場での船鬼の轟くような声と低い声での笑いは船鬼の重要な役割を暗示している。

第二場で注目すべきことは、「作者」と「演出家」の対話であり、彼等に対する小道具の姿勢である。舞台に燕尾服のまま走り込んできた「作者」は舞台上の騒音を訝り、何かが進行していると思うが、小道具は彼の目前では活動しない。一方「演出家」は、上演中の演劇の Lydia と Max を演じる俳優達がいて最初の登場後に「『悪魔が彼等のあとをつけているかのように』劇場から逃げ去ったにもかかわらず、『舞台に飛び出してみると、演劇は進行している。(14)』」ことを訝る。

一九世紀従来の概念では演出家は所与の戯曲に基づいて書割、小道具に配慮し、俳優達が如何に人物達を写実的に演じきるかに、その全力を集中し、戯曲の指示を忠実に守ることに自己のアイデンティティーを見出してきた。想像の自由により創造の自由を謳歌し得た作者に比較して、演出家に想像並びに創造の自由の入り込む余地は乏しかった。そのような自由のないところに、旧弊脱出による蟬脱は起り得ず、演出家は作者に比較して保守的にならざるを得ない。

それでは俳優が逃げ出した後に劇中劇第二幕で、Lydia と Max を演じた者は誰なのかということになる。「『しかも、私が私の長い人生の間、いまだ見たことがない程充分に円熟した形で、あたかもある運命が繰り広げられるかの如く、Lydia と Max が演ぜられた。それはもはや演技ではなかった。[15]』」と「作者」は言う。

このことについて E. Kleinschmidt は「実在的な物の因習上の世界秩序が上演という架空状況の中で、第二幕開始前にファンタスティックに爆破される。[16]」と述べている。

俳優達が逃げ去ったことは、伝統的な演劇の崩壊を表徴しており、その後、引き続き演ぜられたものこそ、演劇を越えたものである。「作者」は、旧来の演劇の中では自分の言葉が『血と骨を求めて呻き、空しい大気の中で汚れてのたうちまわっていた。[17]』ので、引き続き演ぜられたものを理解し得たと信じている。故に Lydia と Max を演じた者について次のように断言する。『幽霊なんですよ。(ささやきながら) お化けなんですよ。肉体となった私の言葉なんですよ。解き放たれた私の人物達ですよ。[18]』」

俳優達が演じた懦弱な Lydia と Max ではなく、彼の言葉が肉体となって突然現われた Lydia と Max を産み出した「作者」は、上演を中止しようとする「演出家」、事態を全く理解出来ない「演出家」に数歩先んじてはいるが、「作者」を歓迎する小道具が彼に抱きついたときには、自分は精神錯乱したとしか思わない。ここに「作者」の限界があり、事態の予想外の展開が暗示されている。「作者」と「演出家」は上演をめぐって争うが、「作者」の意志が通る。ここでは、「演出家」対「作者・Lydia・Max」という対立構造が存在する。

(3)

第三場の椅子の以下の台詞は、この戯曲全体の真髄であり、物体の叛乱を通じて、二〇世紀の様々な澎湃たる革命を示唆している。

「『私達はここに、もはや書割として周囲に立っているのではない。幽霊達ができることは、私達もできるのだ。「作者」は私達を過小評価している。今こそ勇気をふるい起せ。人間達に対する、「作者」と幽霊に対する、そして全てのものに対する十字軍になることを私は説教する。もしその瞬間が来たら、勇気をふるい起こし、わめいて私達はフン族のように周囲を荒らしまわるぞ[19]。』」

小道具が小説、或いは演劇の中で行動し、話すというのは、前述したようにロマン主義、新ロマン主義の作品の中にも見られるのであるが、小道具が叛乱を決意するのは二〇世紀を象徴していると言えよう。つまり、抑圧するものと抑圧されるものが存在するとき、いつの日か必ず叛乱があるのは世の常であるが、物体の叛乱は、一九世紀末より二〇世紀にかけての資本主義の発展に伴なう物質文明の発展に係ってくるが故に、二〇世紀に特有な叛乱となる。物体も成長する。しかし、十字軍やフン族という中世的概念に基づく叛乱は、綿密な理論に基づく革命にはなり得ず、最終的な到達点が破壊に終るアナーキズムを想定させる。

第四場で「作者」は観客に話しかけ、観客を挑発し、「作者」の魂から切り離され、血の流れている魂をもった者達が近づいてくるのを予感する。近づいてくるのは Max と傭兵達であり、第五場が始まる。第五、六、七場は Maximilian 伯爵（Max）と王女 Lydia を中心に展開するロマン主義風の物語である。

恋人であった王女 Lydia の気まぐれによって奇蹟の花――その蕚の中に異教徒の女神 Astarte が潜み、人間達に情欲的な愛の狂気を吐きかける――を砂漠で五年にわたって探し求め、空しく故郷に帰ってきた Max を迎えたのは Lydia の葬列であった。王女 Lydia の葬列の先導役は Lydia に横恋慕して Lydia 失神の原因を作った Lydia の叔父の公爵であった。この公爵を打ち殺した Max は Lydia を復活させ、国王に追われている。

第七場で重要なのは、「作者」の言葉が肉体となって出現した Lydia と Max が徐々に「作者」の意志に反して語り、行動することと、小道具が「作者」に反逆を開始することである。

「作者」が想像だにしなかった台詞を口にする Lydia と Max、その Lydia と Max の台詞について「作者」は言う。

「『彼らは私の言葉を口の中で歪めてしまう。それは逆だ[20]。』」

Lydia と Max という「肉体となった作者の言葉、解き放たれた作者の人物達」は解き放たれたが故に自己の道を歩み始める。作者によって作品の中で客体化され、解き放たれた人物達は、作者によって与えられた主体性によって、解き放った作者の思惑を越えて行動することもあることを、登場人物の「作者」は理解できない。この行動こそ、条件づきの自由から完全なる自由への被抑圧者の歴史的な必然的行動である。この歴史的な必然的行動を理解し得なかった「作者」が、その「解放」の観念の中に「物体の解放」まで含んでいないとき、人間の抑圧からの物体の自立を全く理解できないのは論を俟たない。故に船鬼が登場すると、「作者」は舞台上へ突進し、「『私はお前を打ちのめすぞ。なお声をあげる奴はその場で死骸だ。[21]』」と叫び、その抑圧者としての次勢を鮮明にし、その結果、椅子に叛乱の決意を与える。

Lydia と Max が「作者」の意向を無視して更に行動するとき、「作者」は彼等が「地獄から」来たと断定し、「『お前達の道は滅亡に通ずる。[22]』」と宣言する。この Lydia と Max の行動には、印象主義、ユーゲントシュティルを経て表現主義に到る当時の芸術状況が、「作者」の上述の台詞には当時のアカデミズムの姿勢が反映しているのであろう。「作者」の支配を脱し、自由を獲得した Lydia と Max にとって、「作者」は道化者であり、Max によって太刀で傷を負わされる。飾り燭台と椅子も「作者」に一撃を与える。「作者」は結局、政治上も芸術上も先進的改革者にはなり得ず、時代の展開についてゆけない。「演出家」対「作者・Lydia・Max」というこの戯曲に於ける初期の対立構造は「演出家」対「作者」対「Lydia・Max・物体」という対立構造へ変化している。即ち、「創造者に対する舞台上での二人の叛乱は、小道具達のそのテキストによって先に与えられた沈黙の役割に対する叛乱に相応する。[23]」ことになる。

この第七場に到る迄、Lydia と Max は「作者」に対することはあっても、表現主義の多くの戯曲に見られる男女の対立には到らない。しかし、Lydia が Max に奇蹟の花 Astarte を探しに行かせたことの中に、すでに Lydia と Max が対立し得る萌芽があった。しかも、その Astarte が「極悪非道の萼」を持ち、「情欲的な愛の狂気を吐きかけ」、「憎しみと狂気と殺人の花」であるとき、Lydia と Max の間にアンビヴァレンツが垣間見られたことは理解できるのであり、アンビヴァレンツの拡がりが予測される。

(4)

第八場に於いて、Lydia と Max の独壇場は更に進行し、二人は愛し合いながらも非難し、揶揄し、憎悪し合う。小道具は徹底的な叛乱を開始する。船鬼は「絵の中より歩み出て、右手に雷神の石矢を持って、ニヤリと笑い梯子の上の方に立つ。」椅子は叫ぶ。『同志達よ立て！　全てのものに火をつけろ！　散弾を轟かせろ。我々は一つの新しい王国を築く。』」『私は人肉嗜好主義にもどる。』」『舞台から降り、客席の中へ。観客に向って突っ走れ。[24]』」

ここでの小道具の叛乱は第三場で椅子が予言したように、「人間達に対する」また「全てのものに対する」、憎しみに満ちたアナーキーでラディカルな叛乱となり、観客もその叛乱の対象となる。従って、台本を読まずに、劇場に来た観客は、予期せざる事態に逢着する。この点に関して H. Denkler は次のように述べる。「この作品の上演に立合う観客は、つまり同時にこの作品の中の一作品の観客である。その結果、観客には、自分の席の為に入場料を支払った観察者と、ある妨げられた上演に於ける共演者との二重の役割が考案されている。[25]」

Lydia と Max のアンビヴァレンツは進行し、Lydia が Max に抱きつき、「淫楽殺人へ使嗾された[26]」Max の両手が彼女の喉を摑んだとき、船鬼は爆発しようとしている雷神の石矢を Max へ投げつけ、Max を殺し、更に第二の爆発が Lydia をも Max の傍らに倒す。「作者」の空想の産物であり、「作者」から完全に自立した Lydia と Max さえ殺してしまう船鬼には、作者から自立した行動をとる作品と人物という革命的演劇にすら満足し得ず、それを破壊せざるを得ないアナーキーな思想が象徴されている。一九〇五年、二〇世紀初頭に、まだ二七歳に過ぎなかった Döblin には、旧来の演劇を止揚する「反演劇」の方向を示唆し得ても、その到着点を予測し得る自信はなかったのであろう。

第八場では「Lydia・Max」対「物体」という対立構造も明確になる。

第八場の最後で、絵の枠の中へ戻ってゆく船鬼に「腰抜け」と言われた「作者」は、最後の場、第九場で、死体となった Lydia と Max に「私の愛する子供達よ」と呼びかける。しかし、Lydia と Max は煙となって天井を通って消え、物体は硬直して動かなくなる。「作者」は一種の精神錯乱状態に陥る。「作者」は物体にも「愛する子供達よ」と呼びかける。故に、「作者」が「『お前達の言うどんな言葉も私は信じない。お前達、極悪非道の者よ、お前達は私の子供達じゃなかった。[27]』」と語るとき、この言葉の対象はLydiaとMaxでもあり、物体でもあり得る。人間に敵対する物体は言うに及ばず、「作者」から自立するLydiaとMaxも、彼にとっては「地獄の幽霊達」であり、「『人間の尊厳を嘲るために』」、彼の「『作品の中に入り込んできた』」のである。「『この世界は幽霊でいっぱいなのだ。[28]』」

そのように考える「作者」にとって、際立った反応を示さなかった観客も非難の対象になる。彼は観客を罵る。「ああ、平土間のろくでなしども。あれは彼等にとっては一つの餌だったんだ。淫乱さと残酷さと叫び声は。(両こぶしを観客の方に向って振りながら。)ここで宴会をしていたのは悪魔達なのだ。お前達同様に……。[29]」

H. Zaloscerは、文学・絵画を問わず、表現主義全般に特徴的な「叫び」〈Der Schrei〉について論ずる中で、「同じように『観客罵倒』は当時の芸術家達の綱領に属する。」と語り、〈Lydia und Mäxchen〉を想起し、この傾向が、「観客の中へ発砲せよ」と要請したAndré Bretonを先頭とするシュール・レアリスト達、更にAntonin Artaudを経て、Peter Handkeの作品『観客罵倒』〈Publikumsbeschimpfung〉に到ることを述べている。[30]

「作者」は上述のように、物体、LydiaとMax、観客を精神錯乱状態の中で非難したのではあるが、結局は「ともかく、ここで荒れ狂ったのは私自身の血だったのだ。肉となった私の言葉なのだ。[31]」と、事態の予想外の展開への自己の関わりを再び認めざるを得ない。しかし「作者」はその展開を理解し得なかった。故に、彼は船鬼に対して、とりわけ恐怖を抱いているのも当然であり、連発銃を取りにやらせたのであった。

幕が降りる直前、彼は自分のハンカチを口に詰めるが、このことは、「作者」がこれ以上語ることを、つまり、肉体となる言葉を想像によって産み出すことを怖れているように見える。ここでも若きDöblinは、「作者」のこの行動に託して、「反演劇」の鬱勃たる展開の到着点を予測することを避けている。しかし、幕が降りた直後、Döblinは「みんなは、二つの箇所を除いては、今やこの戯曲を面白いと思っている。つまり、第一に——第二に——残念だ、最も素晴らしいものにだってこのような欠点がつきまとうなんて。[32]」と「作者」に言わしめている。

しかるに、Döblin が最初に書き上げたと思われている結末部分の草案の用語を若干変更した一九二〇年の第二稿結末部分では、「作者」はハンカチを口に詰めはしないし、最後の「作者」の独白もない。その代わり、「演出家」が、観客達に、「あなた方は入場料を窓口で払いもどして下さい。」と語りかけ、それに対し、観客達は次のように叫ぶのである。「奴をただ下に降ろせ。俺達はすぐに奴の歯を抜いてやるさ。」観客達は「作者」を容赦せず、「作者」は救いと哀れみを乞う。[33]

ここでは「作者」は、これ以上語ろうとする意志もなく、この作品に自信も持たず、敵対する観客によって口を塞がれようとしている。

Döblin はこの結末によって、一九〇五年秋、表現主義の黎明期に、肯定しながらも、その到着点を予測しようとしなかった表現主義的反演劇の展開に、表現主義が夕の溟濛を迎えた一九二〇年に到って、時代による否定的結論を下したのではなかろうか?

〔注〕

(1) 表現主義戯曲研究（I）、（II）、（III）、（IV）、（V）を参照せよ。

(2) Walter H. Sokel: Die Prosa des Expressionismus. In: Expressionismus als Literatur. Hrsg. v. Wolfgang Rothe. Francke Verlag Bern und München: 1969. S. 154.

(3) Erich Kleinschmidt: Der Dramatiker Alfred Döblin. In: Alfred Döblin: Drama Hörspiel Film. Hrsg. v. E. Kleinschmidt. Walter-Verlag Olten und Freiburg im Breisgau: 1983. S. 581.

(4) Horst Denkler: Drama des Expressionismus. Wilhelm Fink Verlag München: 1967. S. 38 ff.

(5) Horst Denkler: Das Drama des Expressionismus. In: Expressionismus als Literatur, a. a. O., S. 133.

(6) H. Denkler: Drama des Expressionismus, a. a. O., S. 27.

(7) Wolfgang Paulsen: Deutsche Literatur des Expressionismus. Peter Lang Bern. Frankfurt am Main. New York: 1983. S. 129.

(8) E. Kleinschmidt: Der Dramatiker Alfred Döblin, a. a. O., S. 585.

(9) H. Denkler: Drama des Expressionismus, a. a. O., S. 39.

(10) Gerhard P. Knapp: Die Literatur des deutschen Expressionismus. Verlag C. H. Beck München: 1979. S. 24.

(11) Alfred Döblin: Drama Hörspicl Film, a. a. O., S. 10.

(12) Ibid. S. 10.

(13) Ibid. S. 11.

(14) Ibid. S. 13.

(15) Ibid. S. 13.

(16) E. Kleinschmidt: Der Dramatiker Alfred Döblin, a. a. O., S. 585.

(17) Alfred Döblin: Drama Hörspiel Film, a. a. O., S. 14.

(18) Ibid. S. 14.

(19) Ibid. S. 16.

(20) Ibid. S. 25.

(21) Ibid. S. 24.

(22) Ibid. S. 27.

(23) E. Kleinschmidt: Der Dramatiker Alfred Döblin, a. a. O., S. 586.

(24) Alfred Dobin: Drama Hörspiel Film, a. a. O., S. 29.

(25) H. Denkler: Drama des Expressionismus, a. a. O., S. 39.

(26) Ibid. S. 40

(27) Alfred Döblin: Drama Hörspiel Film, a. a. O., S. 30.

(28) Ibid. S. 31.

（29）Ibid. S. 31.
（30）Hilde Zaloscer: Der Schrei Signum einer Epoche. Edition Brandstotter. Wien: 1985. S. 91.
（31）Alfred Döblin: Drama Hörspiel Film, a. a. O., S. 31.
（32）Ibid. S. 31.
（33）Ibid. S. 544.

（初出、一九八八年一〇月三〇日、獨協大学「ドイツ学研究」第二〇号）

表現主義戯曲研究（Ⅶ）[1]

A. Döblin の『伯爵令嬢ミッツイ』

――遊女崇拝による婚姻制度の否定？――

（1）

Alfred Döblin（1878-1957）が、物語作家として余りにも有名なその力量に劣らず、表現主義の先駆的ドラマの一つ一幕物〈Lydia und Mäxchen〉を一九〇五年に書き、一九〇六年に自費出版した後、その第二の戯曲『伯爵令嬢ミッツイ』〈Comtess Mizzi〉を一九一〇年、彼もその協力者であった雑誌〈Der Sturm〉に発表しようと計画していたことは、彼の H. Walden 宛の書簡から推察されていた。[2] しかし、この戯曲の手稿は、その後、出版される機会もなく、未整理の書類束のまま、遺稿として Claude Döblin のところにあった。

Erich Kleinschmidt がこの手稿を整理・訂正して出版したのは、Döblin の執筆後七〇年以上、Döblin の死後二五年以上経た一九八三年のことであり、日の目を見ずに終ったかも知れない作品を私達に示してくれた E. Kleinschmidt の功績は絶賛に価する。

「それらの成立時を手がかりとするならば、Döblin のドラマは事実上むしろ、叙事詩発展過程に於ける創作上の間隙をおおった作品であった。[3]」と言われ、Döblin 自身もこれらの作品に後年触れることが少なかった[4]が、『伯爵令嬢ミッツイ』も〈Lydia und Mäxchen〉同様、興味深い側面を見せてくれる。

上述の Döblin の最初の戯曲を論評した私は同じ一幕物であるこの戯曲に、それが Döblin の若き時代の作品であり、同時に表現主義初期の戯曲と考えられるが故に、関心を抱いたのであるが、一九八三年に初めて出版されたという事情もあり、この戯曲に関する評論は、私の手元に、Kleinschmidt の後記以外には全くなかった。しかし、この Kleinschmidt の後記は、その前言ともども、非常に示唆に富んだものであり、また適切な助言となったので、それらを参考にし、ある時は敷衍し、『伯爵令嬢ミッツイ』を、私は論ずる次第である。[5]

Kleinschmidt によれば、この作品に「外的な枠」及び「オーストリー的ローカル・カラー」を与えたのは、一九〇八年春、ヴィーンに於いて、或る父親が娘に売春行為を使嗾したという道徳上のスキャンダルであり、同年出版された A. Schnitzler の一幕物喜劇『伯爵令嬢ミッツイ、或いは家庭集会』〈Komtesse Mizzi oder der Familientag〉であり、作品執筆のきっかけになったのは、同年一〇月一〇日フランクフルトに於けるドイツ「道徳協会」〈Sitlichkeitsverein〉の集会であった。[6]

これらの事実は、この戯曲の展開を予測させるのに充分な根拠を与えてくれる。

(2)

第一場に登場する Clarisse と Erna の会話は、彼女等が娼婦的立場に置かれていることを示唆するが、同時に、ヴィルヘルム二世時代の道徳律を震撼させる。豊穣の女神 Demeter に捧げられている彼女等が「一人の最愛の人」〈einen Schatz〉を持つことは「無作法でいかがわしい」ことになり、それ故に以下のような対話が進行する。

Clarisse「自分自身に対して罪を犯すべきでないし、一人に依存すべきじゃないわ。」

Erna「子供を一人も受胎しちゃいけない。」

Clarisse「そう、それは展望を台なしにしちゃうわ。[7]」

「一人の最愛の人」とは、時代を問わず、既婚の女性にとっては夫とされてきた。封建的体制を強く持つ時代の女性が、貴族階級、市民階級にかかわりなく、夫を「一人の最愛の人」と考えることは、まさに道徳律そのものであった。ヴィルヘルム二世時代は、まさに上記の如き時代であった。従って、「一人の最愛の人」を持つことを「無作法でいかがわしい」とし、「一人に依存すべきじゃないわ。」と語るのは、娼婦の言とは言え、女性の自立を促し、男性の側に有利な当時の婚姻制度否定にもつながり得る。子供を受胎することの拒否も、女性の育児からの解放、その結果としての女性の自立という主張に道を拓くことになる。

そういう意味で、この彼女等の発言は充分に革命的ではある。しかし問題なのは、これらの発言が、彼女等の思考に基づく自発的な発言とは考えられず、文章のコンテキストから見ると、彼女等がそのような発言をすべく教育を受けた、或いは強いられたと考えられることである。そうなると、彼女等の発言は、当時の道徳律を震撼させた点で評価すべきではあるが、カリスマ的人物への彼女等の従属、彼女等の歉《けん》意も予測される。結局、彼女等の真の自由と自立は否定され、カリスマ的人物の権威のみ肯定される。

男性社会の優越、女性の人権の否定は依然として克服されてはいない。

Clarisse の Erna に対する言葉、「私はお前の最愛の人でいたいわ。」は、同性愛志向であり、この言葉も当時は充分背徳的であるか、それに続く以下の言葉は当時の婚姻制度の女性の側からの過激な破壊となる。

「お前はやがて庶民の間に出てゆくでしょう。若い詩人達や兵士達の最愛の人になるでしょう。妻達をその地位から追いやるでしょう。(8)」

ここで重要なことは「一人の最愛の人」〈ein Schatz〉と「最愛の人」〈das Juwel〉の使いわけである。後者は Erna が多くの男性共通の女性(妻)になることを意味している。

Kleinschmidt は語っている。「Döblin は『伯爵令嬢ミッツイ』の中で、一九〇〇年前後の婚姻のみじめさを暴くというすでに最初の小説『現代風』〈Modern〉(1896) の中で持ち出された彼の意図を、ある神聖化された売春という対になるものによって特徴づけようと企てた。その際に彼は古代ギリシャの遊女制度という模範にとびついた。(9)」

ところが上述の地位に立つような、つまり、多くの女性共通の男性（夫）になるような男性はこの戯曲には最後迄登場しない。ヴィルヘルム二世時代の婚姻制度が当時、夫からの女性の自立、女性の不倫に厳しかったことを考慮するとき、女性の旧套蟬脱こそ強調されてしかるべきではあるが、旧套蟬脱後の女性の地位が問題である。ここに於いても女性の人権は男性の人権とは平等ではない。男性共通の女性になるという構想は、その逆の、構想もないとき、一九八〇年代の我々から見てという前提をはずしても観念論に堕した嫌いがある。H. Ibsen の『人形の家』〈Et dukkehjen〉は世に出ているのである。

Clarisse と Erna が「神聖化された売春」の為の教育を受けているこの伯爵家に、ここで実施されている教育を非道徳的なものと当時の道徳律で断定し、第三場以降に登場するのが、警察署長と思われる閣下と Neusätter 男爵である。

「両性の間に自由に創設される婚姻への感情的な教育は、伯爵周囲のとりすました社会には理解できない父である伯爵とその遊女としての娘のプログラムである。[10]」

閣下は平凡な官吏であり、Neusätter は密告者である。彼はまた、Clarisse、Erna と同様、Demeter に捧げられ、「神聖化された売春」を行う Mizzi の恋人でもある。

更に Wilhelm Prölß が登場する。彼は伯爵が実施しているアカデミーについて次のように説明する。

「貞節な女達にはここでは不貞が教授され、不貞な女達には貞節が教授されます。シック、品位、素朴、センチメンタリティーが教授されるのです。それらは簡単に製造できる衣裳です。」

彼は更に語る。「私達が教育し、（更に小声で）甘きもの、優しきものが数千年来の愛の倉庫の中に自らストックしてきた全てを負わせてやるのは、乙女達、若き乙女達——美しき女性達なのです。——そして、私達はある日彼女達を卒業させます。彼女達はアマゾーン達のように音もたてずに裸足で花嫁戦争に出かけてゆきます。[11]」

Prölß のアイロニカルな説明では、この伯爵邸で実施されているアカデミーの実態は未だ鮮明にはなってこないが、当局側から見て、このアカデミーの非道徳的な側面はうかがえるのであり、また彼の説明がアイロニカルであるが故に、その実態は髣髴としてくる。

閣下は当然、体制維持の為、護るべき道徳律、即ち当時の婚姻制度の擁護者として俗物化され、「あわれなうすのろ」とか「道徳的うすのろ」とか呼ばれている。彼は、「私も悪徳に対しては——断固として立ち向かわねばならぬと考えている。[12]」と語り、「非道徳」「いかがわしさ」「偶像崇拝」「軽率」という言葉を口にする。[13] これらの言葉は現代にも通用する国家権力の検閲官の言葉である。

即ち、「ブルジョア的モラルの当局側の代表者」が「滑稽に登場する」のに対し、「Wilhelm Prölß のエロス的に自由な主知主義は常にアイロニカルにすぐれている。[14]」

彼の以下の言葉は時空を越えて、アイロニカルに当局側の偏見を剔抉する。

「道徳的憤怒は医学的見地からは、狂犬病よりひどいのです。非常に危険で、感染しやすい。そして——命にはかかわらない。」

「憤怒に対してはどうしようもない。衛生当局が断固として立ち向かえないのは、言語道断です。[15]」

このPrölßの言葉は、間違いなく、医者Döblinの心情を直截に表現したものであろう。道徳的であれ、思想的であれ、権力者の憤怒程、人間の自由にとって危険なものはないからである。

（3）

第五場に於いて、伯爵が自分の娘を娼婦にし、彼女が閣下に自分の父を密告する手紙を書いたことが判る。ブルジョアジーの婚姻制度という枠の中にとりこまれている女性の性のその枠からの解放、即ち、当時の婚姻制度の破壊という伯爵の思惑に由来する「何か」と現在の自己の立場との間に、彼女は齟齬を感じたと言えよう。

この場の最後で、Neustätterの言葉が、伯爵と対立する彼の立場を明瞭にし、伯爵のイデーが、伯爵のアラビア赴任時にその根源を持つことが判る。

「彼は狂っています。彼は人間ではなく、屍です。その厖大な財産を使って彼はただ自分のイデーにのみ生きています。彼をあのアラビアに於ける彼の外交使節時代の恐ろしい運命が惑乱させたそうです。[16]」

恐ろしい運命とは何かについては明らかにされない。

第六場に於いて、異教徒の女神 Demeter の前で Mizzi は祈り、自由を望み、行くべき道を求めている。彼女は、自分が罪を犯し、破滅せざるを得ないと考えている。

彼女の罪とは何なのかはまだ明らかではない。しかし、彼女が彼女の父の正当性、善意をも評価しているとき、前述した如く、彼女の現在の地位と伯爵のイデーに由来する「何か」との間の齟齬がますます彼女の重荷となったことは確かであろう。

Döblin は、第六場で、立場を異にする三人の登場人物達に婚姻に関して語らせることによって、Döblin 自身、誰に左袒するかを読者に明らかにする。

閣下「しかし、何と言っても婚姻は、皆さん、我々の社会の基礎です。」

Prölß「彼の考えている婚姻はさらに靴べら、ハンカチ、コルセットの張り骨として、お前のためにも、私のためにも、君の干からびた叔父さんにも、のろわれた贅沢というやつにも役立つわけさ。」

Mizzi（真剣に）「婚姻は、ただ人間達が常に神聖にその中にとどまっていた間は、比類なく神聖ですらあるわ。[17]」

Prölß の意見は、あまりにも形骸化したブルジョアジーの婚姻に対する痛烈な皮肉であり、Mizzi の見解は彼女の複雑な心情の反映である。父伯爵のイデーによるアカデミーでの教育へのいささかの疑念、父にも、Neustätter にも抱くアンビヴァレンツ、それらのコンプレックスの反映である。

伯爵は第七場に至って、Abdul Abbas と共に初めて登場するが、ここで、Abdul の言によって、伯爵がその任地南アラビアにいた時、Mizzi の母 Siddi の悲惨な死に関係したこと、Siddi の兄弟は伯爵を呪い、Siddi の義兄弟 Abdul は伯爵をつけまわしていること、それなのに現在 Mizzi を男女の自由な性生活という自分のイデーの為に Demeter に捧げ、結果的には彼女に売春行為をさせていることがわかる。

しかし、この戯曲の前史に関しては最後まで曖昧模糊のままであり、Abdul の言による暗示にとどまり、かえって読者は物足りなさを感じてしまう。

Döblin もそれを意識したことは確実であり、それだからこそ、「この素材との真剣な対決は一九二〇／二一年の二つの映画シナリオでの新たな取り組みも証明している。[18]」と Kleinschmidt が言う如く、Döblin は後にこの前史に新たに取り組んだのである。

二つの映画のシナリオとは『ジディ』〈Siddi〉（1920）と『捧げられた娘達』〈Die geweihten Töchter〉（1921）であり、この二つのシナリオによる前史は次のようなものである。

伯爵はメッカで Siddi を見初め、結婚を申し込むが断られ、Siddi を略奪し強姦する。Siddi は妊娠し、その養父に殺される。その子 Mizzi を連れて伯爵は故郷へ帰る。故郷へ帰った伯爵は、都会のダンスホールで性的官能の魔力が人間を卑しめることに気づき、真の愛を喚起すべく女性達の協力を得る。それが「捧げられた娘達」の嚆矢である。『伯爵令嬢ミツィイ』に於ては Döblin が明らかにしなかった上述の前史が、この戯曲執筆時にすでに Döblin の脳裏にこの戯曲の前史として確定していたと考えるならば（私はすでに確定していたと考えるべきと思うのだが）、Mizzi は生まれながらにして業を背負って、父に対して憎しみを抱く可能性を持っていたのだが、彼女がこの前史を知っていたという確証はない。

また「捧げられた娘達」――遊女達によって、官能の魔力が克服され、真の愛が喚起されるという伯爵の発想は、ある意味で文学に伝統的な遊女崇拝がその根底にあるとは言え、疑問の余地が多い。まして、第一一場以降を見るとき、事態はこの疑問をますます確定的なものにする。

第一〇場は、Mizzi の苦悩を明らかにする。彼女は教会で懺悔した後、Neustätter に出会う。

Mizzi はここでも矛盾の総体としてその姿を鮮明にする。彼女は父によって Demeter に捧げられ、Demeter に祈る異教徒でもありながら、教会で懺悔をするキリスト教徒でもある。にもかかわらず、キリスト教から見て「罪を再び犯す」可能性を完全に否定することもできない。彼女自身、いまだ、「捧げられた娘」として性の抑圧からの自己の解放という欲求を抱いているからだ。

Neustätter に勧められても、父を捨て彼と共に逃げるべきか、或いはここにとどまるべきかの二者択一に苦悩するが結論は出せない。

（4）

第一一場・一二場では、登場人物達がこの戯曲の中でしばしば口にする〈Spiel〉の実態が明らかになる。Demeter を讃えるパーティーの中へ、一人の娼婦が生け贄として無理矢理連れてこられ、詩人 Peter 主導のもと裸にされる。「罪ある女よ、私達は悪しき、叫び声をあげる霊をお前から追い払うのだ。[19]」と彼は言う。ここで行われる〈Spiel〉は伯爵のアカデミーの教育の一部なのかどうか、伯爵のイデーとどのようにかかわり合うのかと疑問が湧く。娼婦の人格・羞恥心は全く不問にふせられるからだ。

一方、ここにも登場する詩人 Peter の軽薄なふるまいは、彫刻家 Xaver の人格ともども、私達の軽蔑の対象である。Döblin が彼等にこうした役割を与えたことは、意図的であれ、なかれ、二〇世紀初頭の一般的な芸術家に対する批判となっている。〈Lydia und Mäxchen〉の登場人物の「作家（詩人）」に見られるような肯定的な側面はないのである。

それ故に Clarisse は女性として次の如く抗議する。「私は権限について問題にしたい。お前達には権利はないわ――乙女をためしたり、私達を嘲笑しているのを判っていないわ。[20]」

更にそこへ登場するのが全裸の Mizzi であり、Neustätter は抗議し、Peter との口論となり、彼は天井へ向けてピストルを発射する。そのパーティーは大混乱に陥る。

ここで私達が見たのは、「官能の魔力」の克服とも「真の愛」とも全く関係のない狂宴である。第一一場・一二場では伯爵は登場せず、前述した如く、この〈Spiel〉が伯爵のイデーとかかわり合うのか、或いは伯爵のイデーとは異質なものであるのかは最後迄甄別しがたい。

エクスタシー状態に陥った仲間達の狂宴は異端者には残酷になり、ピストルを発射した Neustätter に対して人々は叫ぶ。

「貴方を女神の首にひもで吊してしまえばよい。」「未熟な野郎の耳の後をぶんなぐれ。[21]」

父伯爵のイデーも、Neustätter への愛も選べない Mizzi のアイデンティティーの危機は最高点に到達する。Mizzi は出口を求めるのである。

第一三場は Mizzi 独白の場となる。

熱病に襲われた如く、自己を非難し、憤慨し、この邸を包囲している警官による父伯爵の逮捕を怖れ、結局、彼女の母が刺された短剣で Mizzi は自殺する。この自殺に関して Kleinschmidt は次の如く述べている。

「Mizzi の悲劇的死はとどのつまり、Mizzi ―― 問題に明らかに結びついている Döblin の一九一二年の『純潔と売春』〈Jungfräulichkeit und Prostitution〉に関する論文を意図的出発点と見るならば、売春的性学説は本来全ての男女遭遇の形であらねばならないのに、彼女が売春的性学説の諸原理を見捨てる点に基づいている。[22]」

この言葉は正鵠を射ている。Kleinschmidt が、当時の婚姻制度の枠からの女性の性の解放、即ち、当時の婚姻制度の破壊、そして自由な婚姻という伯爵の基本的イデーの否定を、Mizzi の自殺の中に見ていないから、なおさらである。Mizzi はこの基本的イデーも、Neustätter への愛も否定しなかった。従っていずれか一つを選ぶわけにはゆかなかった。この自己矛盾も自殺の原因となった。

「性の抑圧からの変形的な解放という彼女の使命は確かに主観的には自己のアイデンティティーの危機によって挫折するが、このことは、それ故に、一つの肯定的な官能に一つのポジティーヴな社会的地位を用意するという彼女本来の目標設定が挫折したのであろうということを意味しない。[23]」と Kleinschmidt の語る所以である。

第一四場と最後の第一五場では、Abdul による Mizzi の死体発見があり、伯爵は衝撃を受ける。彼は Mizzi の困難な立場を知っていたにもかかわらず、自分の行動に関して、後悔・反省を全くしない。「しかしその自殺に於いて、人間的自由への本来の道として、決して抑えることのできない愛情願望の終局的充足も完成する。死は最後の自己実現として出現する。[24]」と Kleinschmidt も述べている如く、Mizzi の自殺は Neustätter への愛の否定でもなかったのに、伯爵は、彼女が自分に忠実であったことしか理解できず、Mizzi の別の側面を理解しようとはせず、Neustätter には憎悪しか抱かない。彼は Neustätter を太刀で切り倒す。死による Mizzi の自己実現まで、父親によって否定される。彼は Abdul に促されて、Mizzi の死体を腕にかかえ、警察官の包囲から遁れる。

「大地は全てを受け入れる。お前は余りにも早く、小さな Mizzi よ、お前の母親のもとへ走った。私がお前達に追いつくのを私は見たい。[25]」という伯爵の言葉は自殺を示唆しているともとれる。或いはまた、Abdul の「私と一緒に故郷へ帰れ。[26]」という言によって、Mizzi 誕生のアラビアに帰った自分が Siddi 一族の復讐によって殺されることを覚悟したのかも知れない。伯爵の前途も暗いのである。

二〇世紀の初頭のヴィルヘルム二世時代の様々な社会的・政治的抑圧に対して、若き Döblin が、女性の性の解放によって男女の間の自由な婚姻を夢見、先ずもって当時の形骸化した婚姻制度とそれに基づく性についての偏見の打破を対置したことは意義がある。しかし前述した如く女性にのみ一方的に負担を課したが故に、Döblin の見た黎明は赫灼たる光とはならなかった。

〔注〕

（1）表現主義戯曲研究（Ⅰ）～（Ⅵ）を参照せよ。

（2）Erich Kleinschmidt: Editorische Nachweise. In: Alfred Döblin: Drama Hörspiel Film. Hrsg. v. E. Kleinschmidt. Walter-Verlag Olten und Freiburg im Breisgau: 1983. S. 546.

（3）E. Kleinschmidt: Der Dramatiker Alfred Döblin. In: Alfred Döblin: Drama Hörspiel Film, a. a. O., S. 582.

（4）Ibid. S. 581.

（5）表現主義戯曲研究Ⅵを参照せよ。。

（6）E. Kleinschmidt: Editorische Nachweise, a. a. O., S. 546.

(7) Alfred Döblin: Drama Hörspiel Film, a. a. O., S. 33.
(8) Ibid. S. 33.
(9) E. Kleinschmidt: Der Dramatiker Alfred Döblin, a. a. O., S. 595.
(10) Ibid. S. 595.
(11) Alfred Döblin: Drama Hörspiel Film, a. a. O., S. 36f.
(12) Ibid. S. 38.
(13) Ibid. S. 40.
(14) E. Kleinschmidt: Der Dramatiker Alfred Döblin, a. a. O., S. 597.
(15) Alfred Döblin: Drama Hörspiel Film, a. a. O., S. 38.
(16) Ibid. S. 40.
(17) Ibid. S. 45f.
(18) E. Kleinschmidt: Der Dramatiker Alfred Döblin, a. a. O., S. 593.
(19) Alfred Döblin: Drama Hörspiel Film, a. a. O., S. 56.
(20) Ibid. S. 57.
(21) Ibid. S. 58.
(22) E. Kleinschmidt: Der Dramatiker Alfred Döblin, a. a. O., S. 596.
(23) Ibid. S. 598.
(24) Ibid. S. 599.
(25) Alfred Döblin: Drama Hörspiel Film, a. a. O., S. 61.
(26) Ibid. S. 61.

(初出、一九八九年三月三〇日、獨協大学「ドイツ学研究」第二一号)

表現主義戯曲研究（Ⅷ）[1]
E. Barlachの『死せる日』
——自立し得ぬ息子のブルジョアジーとしての蹉跌——

（Ⅰ）

表現主義の造形芸術家として多くの彫刻と絵画を残しているErnst Barlach（1870-1938）は一九一二年戯曲〈Der tote Tag〉を出版して以来、いくつかの戯曲を発表している。H. Denklerは表現主義の先駆的戯曲として、A. Döblinの〈Lydia und Mäxchen〉（1905）、W. Kandinskyの〈Der gelbe Klang〉（1909）、O. Kokoschkaの〈Mörder Hoffnung der Frauen〉（1907）を挙げているが、[2] W. Paulsenは表現主義の「早期の演劇上の実験」として上記の三作品にBarlachの〈Der tote Tag〉をつけ加えている。[3] Paulsenはこの作品が「一九〇五年と一九〇六年の間に生じた。[4]」と述べており、この作品の重要性を示唆しているからである。

もちろん、Paulsen自身、同じ書の別の箇所でこの作品が「すでに一九〇七年に着手された[5]」と書くことによって、結果的に前言の誤りを訂正し、またBarlach自身の自伝や書簡からも、この作品の構想・執筆が一九〇七年以降であることが明らかになっているとは言え、この作品の表現主義先駆的戯曲としての評価はいささかも軽減されることはない。

むしろ、この作品が構想・執筆された一九〇七年前後のことを、Barlach の自伝や当時の書簡に見られる Barlach の生との関連に於いて捉えることによって、この作品の理解も可能になってくる。

一九〇六年八月一日、Barlach はある書簡の中で「ベルリンは今日、死せる地獄のようなものでした。疾風怒濤に満ちています。しかし、私のようなものとはもはや何ら係りあいのない死者達の疾風怒濤です。そして若い生命はまだ相変らず現われませんでした。(6)」と書いている。

「若い生命」とは誕生が期待され、八月二〇日に産まれた Barlach の非嫡出子 Nicolaus である。Barlach はまた〈Ein selbsterzähltes Leben〉の中でやはり、「……一九〇五年、私は再びベルリンに居た、ここでは今やともかく度しがたくなってきた。私は自分が或る地獄に座っていたことを知っていた。そして、その中で、自分が全くもって不必要であるという意識に襲われるのを毎日克服するべく闘いながら座っていた。(7)」と書き、後の方で更に、「そしてしかし、この最も暗い時期に或る若い生命が出発した。私の手を摑み、私を上昇する実在へと連れ戻すために。(8)」と書いている。

一九〇五～一九〇六年のベルリンでの生活は Barlach にとっては暗い救いようのない地獄であった。世紀末の残照は Barlach の目にも映っていたのであろう。その中にその残照の光を受けて輝く惑星が彼の非嫡出子 Nicolaus であった。しかし相手の女性がこの惑星を暗くする。一九〇七年六月二八日の書簡には次のような言葉が見られる。

「私は、息子を所有するために、あらゆることをやってみようと決心した。彼の母親は彼を所有することは許されないと私は確信しているからだ。私は彼女をこれ以上援助できないし、彼女は或る完全な不幸な状態に深く入りこんでいる。彼女がいなければ素晴らしいだろう。彼女と一緒ではどうしようもない。(9)」

一九〇七年八月二〇日、Nicolaus の一歳の誕生日の書簡には次のような衝撃的な言葉も記されている。

「全てが失敗するなら、私の最後の手段は彼を強奪することである。それは私を牢獄へ入れることになる。その為なら私は喜んで牢獄へ入る。今のところ私達は訴訟を起こしている。」「彼が（後見人によって）私に対してである。私はそこで私の父子関係を裁判で認知させるべく、そして、それから嫡出宣言についての私の提案をすべく意図している。(10)」

一九〇七年九月一九日の友人宛書簡は裁判の好転を記し、同時に相手の女性に対する憎悪の凄まじさを伝えている。「貴男の書簡と同時に私は私の弁護士より、私の子の嫡出宣言という私の意図した処置が私に完全な満足を、あらゆる権利等々をもたらすことになるという情報を得た。」「私は、もし私が彼を要求することが許されるときには彼女が彼を窓から放り投げてしまわないかと怖れている。私はそうなったら彼女に平然と毒を盛ることもできるであろうし、もしそうしなければならぬ時には、彼女を片付けるであろう。(11)」

このような訴訟の間 Barlach は〈Der tote Tag〉を書いていたのであり、その作品が一年以内に第四幕迄書かれたことに Barlach は一九〇八年一月二一日の書簡で始めて触れている。(12)

このことから〈Der tote Tag〉が一九〇七年に書き始められたこと、また訴訟が Barlach にとっては今迄書簡で見てきたように重要なものであったが故に、その内容が何らかの形で作品に投影したことは充分推測し得る。

ほぼ一年後の一九〇九年一月一九日の書簡はこの訴訟の Barlach にとっての満足すべき解決を示唆している。

「つまり――Nicolaus は今や法務大臣 Erlaß の力により、ついに私のものになった。(13)」

以上に引用した Barlach の自伝、書簡を読むとき、子供の誕生は Barlach にとって K. Lazarowicz の言う如く一つの転機であった(14)ことがわかる。それに加えて、子供誕生後のロシヤ旅行は彼の内的形成にとって重要であった。彼はロシヤの風景について書いている。

「私は考えた。見よ、これは外部も内部も、これは全て極端に現実である。」「形式《フォルム》――単に形式《フォルム》のみ?――いや、前代未聞の認識が私の心に浮かんだ。それは以下の如くであった。お前はあらゆるお前のものを、最も外的なものを、最も内的なものを、敬虔な作法と激怒たる無作法を憚らず思い切って表現するがよい。なぜなら、地獄のような楽園にせよ、楽園のような地獄にせよ、全てのものには一つの表現があるからだ。とにかく充分にロシヤではその一つ或いは両方が実現されているように。(15)」

地獄のようなベルリンに居て、子供を得て人生の転機を迎え、ロシヤ旅行で内的形成を経た後、非嫡出子をめぐって女性(子の母)と争い、彼女を憎悪する。そのような事態の中で書かれた作品は如何なるものであったのだろうか？

（Ⅱ）

第一幕より登場するSteißbart（尻ひげ）はWichtelとかGnomとも呼ばれ、地下の財産を守る尻にひげのある小妖精で、声はするが登場人物の一人「母」には姿が見えぬ設定になっている。彼は「母」に支配されているが反抗的でもある。

父親の居ない「息子」はこの戯曲に登場することのない父を知らぬ。Steißbartは言う。

「父。父。それは彼には空しい音であり、それは彼の耳には無からの反響の如く響きます。」「彼は、彼女がその家に成長した乳児をかかえていると言われているのを知るべきです。おお、彼のような人々にはもっと良い母達、乳母達がいます！」[16]

Steißbartは「母」に反抗的であるという側面でこの戯曲の「息子」と異なる一般的な息子の象徴であり、彼女に批判的であるという側面でBarlach自身の投影でもある。「母」と意見の相違を持つことはあるが、今迄「母」に反抗したことのない「息子」のみを見てきた「母」の目に、反抗的な一般的な息子の象徴であるSteißbartの姿が見えないのは当然であろう。「母」は心理的にSteißbartを見ようと努力しない。

Steißbartの考える母達、乳母達について「母」は次の如くしか考えられない。

「もっと良い母達、乳母達はいるかも知れない。彼に乳で母への憎悪を吸わせ、彼に愛で忘恩の世話をするような母が。」

しかしSteißbartの考えているのは次のような母や乳母である。

「彼を光という乳で元気づける太陽なる母、睡眠中に彼に真実を告げる夜なる乳母です。[17]」

ここでSteißbartは「息子」を外の世界へ旅立たせようとせず、「息子」に人生の真実を教えようとしない「母」への批判を暗示する。同時に後にこの戯曲に現れる夢の重要性を語ってもいる。彼は父の必要性についても語る。「母達は父達ではない。一人前の男とは父のような性質の男です。そして彼に父について話してくれるどんな乳母もそれをしない一人の母より彼を上手に養います。」「母は充分ですが、父が少なすぎます。[18]」

第一幕で他に登場するKuleは盲目で老人である。彼は自分が誰か知らず、どこから来たのか知らず、それを知るのは彼の杖である。この杖はまさに最高の意志であり、Barlachの構想に於いては神の意志であろう。彼は曾て「自分の中の全て空しきもの[19]」を見てきたが、見るに値いしないものを見るのを避けて最後には盲目になり、杖に導かれて漂泊の旅に出た。彼は未来を見ることができ、彼にとって「世界は悩み」であり、彼にとって重要なのは「何処へ」ではなく「何処から」であり、彼は迷える者であり、彼はKlaus Lazarowiczが再三述べる如く「道を探す者」である。K. Lazarowiczによれば、「Barlachのあらゆる文学の中心に道を探す者がいる。」或いは「道に出ることがBarlachのあらゆる主人公達の根源的関心事である。[20]」

即ちKuleはその登場のときから、「息子」のあるべき姿と外の世界への旅立ちの意志を先取りしている。そういう意味でまさにKuleはPaul Schurekの言葉を借りれば「外部からの使者、より高い生の告知者、熱望されたる父の声[21]」である。

従って一人の俗人としての役割を与えられている「母」には彼の悩みも行動も理解しがたく、彼は「盲目の愚者」と呼ばれる。

「私は或る神に比べて取るに足らぬものであった……そして神が女の前に立ったとき……彼女が神のものになったのは、私が人間であることに責任があった。」「彼女の肉体が祝福を受けたのを見たとき、私は、女と彼女の子供、つまり二人を殺そうという考えを抱いた。」とKuleが語り、「母」が息を切らしてKuleを見るとき、Kuleと「母」の過去の関係が示唆される。彼女の夫であったとも推測し得る。即ち「息子」は「神の息子」であった。

しかし「母」の側から見ると、「一人の強い、大きな、ひげ面で呼吸豊かな男のように」現れた神は彼女を欺いた。彼女は語る。「彼が私を見捨て、私に息子を、彼の息子を予言したとき、その子が成人になったら彼は再び帰り、私が全てをうまくやったかどうか試したいと彼は約束した。[23]」

彼は帰ってくるが、彼女の夢の中に現れ、その子が成人になったのでその子を世界へ運んでゆく馬を贈ると告げた。神の使者でもあるKuleはこの神の行為を「世界救済の為に」と見るが、「母」は「母の死の為に」と理解する。「息子」の養育を彼女にのみ委ね、「息子」が世界へ出て行くのを手助けする神の行為は彼女には神の放肆と見えるのは当然であり、彼女は神を批判する。しかし「息子」の自立の契機を自己の死と見る「母」のエゴイズムは、以後この作品に於いては終始一貫し、「母」と「息子」の見解の相違、二人の行動の間の齟齬、「息子」の自立への蹉跌、最後には二人の死の原因となる。

「息子」は夢の中でその馬に乗り、現実では家の前でその馬を見た。彼は自分の未来を夢想するが、「母」は「息子」の未来を「母」の過去と判断する。この戯曲に於ける「母」はBarlachにとって常に否定的な存在である。

(III)

第二幕の時は薄暗い夏の夜であり、KuleとSteißbartと「息子」が話している。「息子」は、彼が「母」の生であり、「母」は彼の生を通して生き続けるという「母」の考えの誤りに気づきSteißbartとKuleに次のように言う。「もし人がそうであるところの物それ自体でないとすれば、人は何なのでしょう。[24]」

この言葉は「息子」の精神的成長を示しており、Steißbartがこの言葉に同意し「息子」を使嗾するとき、Steißbarはこの会話を聞いていた「母」にとって危険な存在となる。またKuleが「息子」に、「生とは私達に贈与されたのではなく、貸与されたのだ。借用したものはいつかは返却せねばならぬ。[25]」と語り、真実と誤謬についてSteißbartや「息子」と論ずるとき、「外部からの使者、より高い生の告知者、熱望されたる父の声[26]」としての姿を垣間見せる。

しかし未だ「母」の言を信ずる「息子」はSteißbartにさるぐつわをはめ、燻製室に彼を吊す。Steißbartが「お前の神馬に注意せよ！」と言うとき、父なる神から「息子」に贈られた馬の運命が予言される。

Kuleと「母」の対立は一層明瞭になる。Kuleは「睡眠は詐欺師である。」と言う。なぜなら、夜、訪れる「永遠の格言」を聞き落とすからである。「不安を抱く者」はこの格言を聞くことができず、従って「人は悩みを持つことはできるが、不安を抱くことはできない。」とKuleは語り、「母」に「それでは、永遠がつぶやかざるを得ないものをいかなる母も聞かない。[27]」と言わせしめる。

悩みは人生に於ける高尚なものであり、不安は低俗なものであるという思考がここにあり、悩みを持つKuleや「息子」は肯定されるが、悩みよりもむしろ不安を抱く「母」は否定される。

この作品執筆当時のBarlachと彼の非嫡出子の母である女性との訴訟に対するBarlachの感情が、Kuleの言に余りにも先鋭にまた性急に表現されている一方、これに続く場面で、父でもなく、妻子も持たないKuleに対する「母」の批判は余りにも俗物的である。感情過多のBarlachの俗物的な側面と言えよう。

「息子」の精神的成長は彼が母に直接次のように言うとき、更に鮮明になるが、「息子」は未だ自立を志向するには到らない。

「私に最良に思えることが貴女には悪く見えるなんて本当に信ずることができるでしょうか[28]」

この幕に登場する夢魔とKuleと「息子」の関係は非常に興味深い。

Kuleは「善良なる夢魔」と呼びかけ、夢魔を恐れず、寝むることができれば「夢魔は私の召使いになり、私を苦しめる者にはなれないだろう。恐怖を克服することは全てを克服することである。[29]」と語る。

夢魔は自分が善良であると自認し、彼が人間達を苦しめるのは善であるのに、「彼等はそれを恐れ、彼等は馬鹿である。」と語る。「私が彼等を苦しめれば、それは彼等を善にするからである。」「私のおかげで彼等は再び善となる。さもなくば彼等は悪のままであった。[30]」

人間が恐れる必要がなく、むしろ彼が与える苦悩によって人間が善となる夢魔はまさに改革者の目に映じた世期末の時代状況の象徴に見える。一方、様々な経験をし、見るに値いしないものを見るのを避けて盲目となったが、未来を見れる漂泊者Kuleは二〇世紀初頭の時代状況に適格な対応をなし得なかったドイツの革新的ブルジョアジーの象徴とも言えよう。

それ故に夢魔はその意志に係りなく強大であるが、人間によって倒されることを望んでいる。「しかし彼等はそれすらできない。それが人間達です……そして神々も欲しない。[31]」

神の息子を自負する「息子」は夢魔を打ち殺そうとし、夢魔自身も協力するが、夢魔（状況）が余りにも強大であるとき、未だ「母」の統制下にあり、自立の志向を見せない「息子」が容易に断念するのは当然である。彼は「私は欲しない。私は出来ない。」と弱音を吐き、母に救いを求める。

Kule に比較して「息子」に、私は未来への展望すら持ち得ず、時代状況に屈服した一般的ブルジョアジーの姿を重ねてしまうが、夢魔の以下の言葉は Barlach の意図がどうであれ、当時の一般的ブルジョアジーへの批判とも読める。

「母を呼ぶのかお前は……一人の神の息子、それでも母を呼ぶのか？」「そうだ、世界の良き希望は生まれていたが、何も新たに生まれはしなかった。（笑い声）精々一人の生まれ損ないだ。ぞっとする官能的期待があったのに一人の生まれ損ないが明るみに出た。一人のお母さん子が現れた。世界は彼の甘えが治されるか、心の中の彼の勇気が一人の子供を、真の勇気を、得るまで待たねばならないであろう。[32]」

夢魔は燻製室で吠える Steißbart と「息子」を失神させ姿を消す。

「息子」の救いの叫びを聞いたような気がする「母」は「息子」の寝床に歩みより、「息子」が睡眠中だと判断する。朝が来て、明るくなる中で「母」は「朝の時間」を「四つの蹄を持った現世的な馬」とみなす。なぜなら「朝の時間」は精神的に成長しつつある「息子」をその背に乗せて自立へと旅立たせるからだ。「母」は「息子」の自立への旅立ちを阻止せんがため、父なる神より「息子」へ贈られた神馬を殺害せんと決意する。

この戯曲に於けるもう一人の登場人物に Besenbein（箒脚）がいるが、Besenbein は家の精であり、「脚の代りに箒用の小枝が下半身にあり、薄暗くなると登場し、箒脚で家中を歩き回る。朝には全てが清浄になる。彼はまた何も言えず、早朝には消え失せる。」しかも、「彼は自分自身の言葉を食べ、それによって丈夫になり太る[33]。」

このBesenbein は第三幕で重要な役割を演ずる。彼は「息子」と Kule の睡眠中に「母」が神馬を殺害したのを知った。Besenbein は話せないので「息子」を起こして、この殺害を知らせようとするが「母」に脅迫される。「母」はしゃべることの出来ない Besenbein に罪を着せると脅迫し、神馬の死体を地下へ運ばせ、彼を去らせる。「母」は勝ちほこり、神馬の贈り主たる神を冒瀆する。

第四幕で「息子」は朝に神馬が消え失せたのに気づく。そのうえ彼は、太陽が山上にあり、空は明るいのにもかかわらず、太陽がその顔を大地からそむけているのに愕然とする。初めて見る日蝕である。「太陽は暗く横を見ている太陽は私を見ようとしない[34]。」

彼は自分の罪を意識する。自分が罪人であると意識し、太陽が暗いとき、その日中はまさに「死せる日」となる。

「一人の罪人の魂にとって死せる日は化け物だ[35]。」

「息子」は全ての希望を失ってはいないが、「母」は盲目的な望みに等しい「息子」の希望は死なねばならぬと主張する。Kule の批判に対して、「母」は「息子」の悩みを Kule に背負わせようとする。

「私の馬は引き裂かれ無に帰した。私は感ずるのだが、その馬は私を私の死から私の生へと運んでくれる筈であった[36]。」

この台詞は「息子」の自立志向を初めて表現しており重要である。更に、自分が馬の死に直接関係のないことを知った「息子」が Kule の示唆により語る以下の言葉は「息子」の自己のアイデンティティー自覚と自立志向を更に屹立させる。

「しかし各人は決して別人ではあり得ない一人である。決して別人ではない。私であるところの者はそれ以外の誰でもない。――私、私は決して別人ではない――[37]」

「母」は危険な存在になりつつあるKuleを去らせようと意図する。「母」と「息子」の全ての苦悩の原因をKuleに帰しても、Kuleが敢て否定しないとき、「母」は日蝕の原因もKuleに帰し、彼を悪人と断言する。しかし「母」がKuleを祝福して立ち去らせようとするとき、「息子」はKuleの責任に疑惑を抱き、この疑惑は、Steißbartを自分の兄弟ではないかと疑う迄に拡がる。「息子」の精神的成長の軌道は疑惑を通して延びてゆく。「息子」の「母」に対する舌鋒は鋭くなる。

「しかし考えて下さい。それは私の不幸でしょう。考えて下さい、もし私が安逸な生活にとどまっていたら、その生活は腐乱し、臭い、その実在の汚辱を各人の鼻先へ突きつけるでしょう?」「私は私の幸福の死が貴女の幸福の生であると考えるべきですか?」「私の運命が私の花嫁です。私の花嫁をだめにした手は殺人者の手でした[38]。」

彼は「母」の手を見ようとするが、彼女はその手を隠す。

Kuleは立ち去ろうとするが、彼の杖は彼をその場にとどまらせる。神の意志である。

この第四幕に於ける非常に興味深い台詞は以下の「母」、Kule、「息子」の言である。

「母:運命とは器用である。遠くから来て、近づく。そして決して一人の人間は運命の道を遮ることはできない。起ったことと何か違ったことは決して起ることはなかった。」

「Kule:ともかく全ては起ったことと違って起り得なかっただろうか? 起り得なかった。思考はその家を人間の中に探さざるを得ない……しかし上のような思考は人間の中に住むことはできない。人間を蝕み空ろにするであろう。人間は楽しみ、満足することはあり得ないであろう。」「全てはそう非ざるを得なかったように起った。それでよい。」

「息子:本当に全てはそれが起った通りでよかったのか?」

「Kule:さもなくばそれは起らなかったであろう[39]。」

「母」とKuleは時間の流れの中での結果としての現実を変り得なかったとして受容する点では共通である。しかし「母」の受容は完全に宿命論の立場に立ち、諦観を含む断定的なものであるのに対し、Kuleのそれはある程度の疑念を抱き、結果としての現実に因果関係を見る点で異なっている。しかし結果としての現実を変り得なかったとして受容することは現実の未来に於ける変革の可能性を否定することでもある。Kuleはやはり神の使者の役割を越えられない。

一方「息子」は結果としての現実が変り得たのではないかと信じようとしている点で、この段階に於ける彼の言葉は前進的である。「息子」は著しく精神的成長をなし、自立するかに見える。彼は結果としての現実を受容しようとしないから、楽しみ、満足していない。彼はむしろ蝕まれ空ろにされている。「息子」が自立し、現実をも変革し得るブルジョアジーになるかどうかは「母」とKuleの今後の姿勢にかかわってくる。

(V)

最終幕、第五幕の時は同日の不確定のある時間である。

「母」は当然であるがこの日が早く経過することを望んでいる。しかしSteißbartは言う。「この日が一頭の馬であれば、私達はそれを走らせることができるでしょう。しかしこの日は一頭の死せる馬で、それは私達もろとも倒れ、私達の上に横たわっている。私達はその下に動けず横たわっている。[40]」

Steißbartは暗い一日を一頭の死せる馬で比喩しているが、この比喩に「母」に殺された神馬のイメージを重ねており、「母」の責任自覚を示唆している。

「息子」にとっては、その一日はその屍の腐肉から汚れた毒の霧が立ち昇った「死せる日」であり、さらさら鳴く音に誘われる如く、家の外の秋の霧の中へ出てゆく。この音と秋の霧は、著しく精神的成長を遂げ、自立志向を持ちながらも今迄「母」の胎内に居たかの如き「息子」が初めて聞く「母」の心音以外の外界の音であり、初めて見る外界の風景である。

「死せる日」から逃れる如き自立実行の一歩であった。しかし彼は霧の中で迷い、「自分が全く一人で世界に立っているかのように[41]」不安になり、救いを求めて「母」を呼び家へ帰る。その後彼の語る言葉は如何に彼がその自立志向やその言辞に係わりなく、「母」から自立できず、行動に於いて懦弱であるかを示す。

彼は霧の中に居たとき、目を開いていたにもかかわらず如何に自分が盲目であったか、如何に無力であったかを自覚した。

第五幕の半ばで私達の興味を引くのは「息子」とSteißbartの間でかわされる肉体性と精神性をめぐる対話である。「息子」は「しかし肉体性なしには精神性は存在しない。」と主張するのに対し、Steißbartは「そう考えられる。人は母なしでも一人の人間を考えられるが、父なしでは考えられない[42]。」と語る。このSteißbartの言は、「息子」の言葉を認めながらも、母から受ける肉体性、父から受ける精神性という乱暴な公式を立てることによって父＝精神性の、母＝肉体性に対する優位に言及する。非嫡出子をめぐる訴訟でのBarlachの相手の女性に対する憎悪がかたくなに現れている。

Steißbartの血についての言葉も「息子」に父を意識させることになる。

「血は血の有利な証人となる。血は偽らない。血はやかまし屋で、父親達に息子達がいる限りは叫んでいる。」「お前の血も叫んでいる。(中略)それは叫び続ける。それはますます大きく叫ぶ[43]。」

即ち父親が肉体的に存在せず、母親一人に育てられても息子の血は現世には存在しない父親を求めて自ずと叫ぶのである。

「Barlachのドラマ上のデビュー作〈死せる日〉(一九一二)に於ける息子の〝血の叫び〟は、現世的なものの認識、および、予感される現世外的なもの、即ち、〝現世の彼岸〟への憧憬から生ずる。彼岸がどう呼ばれていようとも[44]。」とWolfgang Rotheは語り、「血の叫び」をこの戯曲の重要なテーマの一つと見ている。

Klaus Lazarowiczはこの戯曲がその構想段階で「血の叫び」というタイトルであったと述べているが[45]首肯し得ること

である。

「息子」の「母」に対するアンビヴァレンツも第五幕全体を通じて変わらない。彼は自分が失った神馬が再び自分に与えられること、即ち自分に新しい人生が与えられることを神の使者 Kule に望むが Kule は彼が「母」に望むべきだと使嗾する。しかし彼は「母」のみがそれをなし得ぬことを知り父を呼ぶが父は答えない。彼は相変らず外の世界へ踏み出せず Steißbart に批判される。彼はその後、家に居たまま霧の中に迷い込んだ妄想状態に陥り、再び父を呼び父に導かれることを望むが父は現れない。しかし彼はその妄想状態の霧の中で一人の迷える男に突き当る。妄想より覚めた後、彼はこの人物が現実に現れたものと信ずるが「母」と Kule に否定される。

神馬の力、或いは神なる父親の指導なくしては自立へと行動し得ぬ「息子」の自立志向が、妄想を生んだのであるが、その妄想の中で彼が巡り合った一人の迷える男は、彼にとっては、「慰めと救いの一人の使者」[46]であり、彼はその男を探しに戸口へ行く。Steißbart が霧の中で馬が跳ねていると言って、「息子」に自立への暗示をかけるとき、「息子」と「母」の矛盾は拡大し、「息子」は「母」の存在を自立の障害とみなし、今度こそ自立の行動に踏みきろうとする。今や、狂瀾を既倒に廻らすこともできぬ「母」は、「母」の祝福を受けようとする「息子」を拒否し、彼を呪い、自分が神馬を刺殺し、その肉を偽って「息子」に食わせたことを嘲るように告白し、同じナイフで自己の命を断つ。

自己の自立の障害であった「母」から、その最終的な自立への行動に際しても祝福を受けようとする程、最後迄「母」に依存せざるを得なかった「息子」にとって、「母」の自殺は決して彼の自立への行動を促進するものとはなり得なかったのは当然である。彼にとって、最終的に選ばれた方法は「母」と同じ自殺であった。

神馬の力、或いは神なる父の指導なしには自立し得ず、「息子」は結局は現世の「母」の力に屈服する。P. Schurek を言う如く、「この若い人間は地上と天国の武力間の戦闘に屈服する。彼の日は死んだままである。」[47]

この戯曲に於ける「母」と「息子」の関係は対立・葛藤であり、その点で表現主義の多くの戯曲に見られる「父」と「息子」の対立・葛藤を先取りしている。[48]即ち、「典型的な世代間の闘争の実践は母と息子の姿に委任される。」[49]この戯曲の「母」は表現主義の多くの戯曲に見られる父のように、その言語・行動に於いて直接暴力的に現れてこないが、「息子」の自立を阻害し、「息子」を自己のもとに束縛しようとする点で、暴君的な父と共通項を持つわけである。一方、この戯曲に最後迄登場することのない精神的な父なる神は、その無責任な行動にも係らず、「息子」によって批判・克服の対象にされることもなく、むしろ憧憬の対象になる。

「息子」は自己の自立の障害である「母」の言動を批判はするが克服できず、ましてやそのような「母」の言動を生み出した父の言動を批判することすらない。そのような「息子」が「母は生産過程の中へ引き込まれた個々人の女性代表として彼女本来の人間的本分から最も遠くへ遠ざけられている。[50]」ことを理解できる筈はなく、従って二〇世紀初頭のヴィルヘルム二世時代の旧態依然たる道徳律・家庭制度をその批判の対象にする筈がない。所詮「息子」は現実を変革し得るブルジョアジーにはなれない。それ故にこの作品の重要なモチーフである「世代間の葛藤はしかし反乱或いは行動へ転換されず、むしろ最後には神秘的なものへ止揚される。『人間が、神がその父であることを学ぼうとしないのは、ただ奇妙だ。[51]』」

G. P. Knapp も最後に引用している台詞でこの作品は終る。

一方「道を探す者」Kule は目的地へ達することもなく、Steißbart は「一本の道は何処へを必要としない。何処からで充分である。[52]」と暗い結論を下す。

この作品の全体的な特徴を挙げるならば、この作品は神秘的・神話的であり、また私達が理解し難い対話がある。このことに関しては W. Paulsen も次のように述べている。「私達にとってのそれ以上の障害は Barlach の不可解な言葉である。[53]」

更にこの作品の特徴を挙げるならば、作品執筆時の Barlach の前述した感情に由来する「母」に代表される女性への否定的見解があり、このことについての M. Adams の指摘[54]は肯綮をついている。

「母」にも「息子」にも Kule にも展望の開けることのない日は、まさに「死せる日」なのである。

〔注〕

（1）表現主義戯曲研究（Ⅰ）～（Ⅶ）を参照せよ。

（2）Horst Denkler: Drama des Expressionismus. Wilhelm Fink Verlag München: 1967. S. 27.

（3）Wolfgang Paulsen: Deutsche Literatur des Expressionismus. Peter Lang Bern. Frankfurt am Main. New York: 1983. S. 129.

（4）Ibid. S. 129.

（5）Ibid. S. 134.

（6）Ernst Barlach: Die Briefe I. R. Piper & Co Verlag München: 1968. S. 276.

（7）Ernst Barlach: Spiegel des Unendlichen. R. Piper & Co Verlag München: 1960. S. 47.

（8）Ibid. S. 48.

（9）Ernst Barlach: Die Briefe I, a. a. O., S. 283.

（10）Ibid. S. 285.

（11）Ibid. S. 286.

（12）Ibid. S. 291.

（13）Ibid. S. 302.

（14）Klaus Lazarowicz: Ernst Barlach. In: Expresionismus als Literatur. Hrsg. v. Wolfgang Rothe. Francke Verlag Bern und München: 1969. S. 442.

（15）Ernst Barlach: Spiegel des Unendlichen, a. a. O., S. 47-48.

（16）Ernst Barlach: Der tote Tag. In: Expressionismus. Dramen 1. Aufbau-Verlag Berlin und Weimar: 1967. S. 10.

（17）Ibid. S. 11.

（18）Ibid. S. 11.

（19）Ibid. S. 13.

(20) Klaus Lazarowicz: Nachwort. In: Ernst Barlach: Die Dramen. R. Piper & Co Verlag München: 1956. S. 584-585.

(21) Paul Schurek: Begegnungen mit Barlach. Paul List Verlag München: 1959. S. 12.

(22) Ernst Barlach: Der tote Tag, a. a. O., S. 13.

(23) Ibid. S. 16-17.

(24) Ibid. S. 29.

(25) Ibid. S. 28.

(26) Paul Schurek: Begegnung mit Barlach, a. a. O., S. 12.

(27) Ernst Barlach: Der tote Tag, a. a. O., S. 32.

(28) Ibid. S. 35.

(29) Ibid. S. 36.

(30) Ibid. S. 37.

(31) Ibid. S. 38.

(32) Ibid. S. 43.

(33) Ibid. S. 24.

(34) Ibid. S. 54.

(35) Ibid. S. 55.

(36) Ibid. S. 57.

(37) Ibid. S. 58.

(38) Ibid. S. 63.

(39) Ibid. S. 67-68.

(40) Ibid. S. 72.

(41) Ibid. S. 75.

(42) Ibid. S. 86.
(43) Ibid. S. 89.
(44) Wolfgang Rothe: Der Expressionismus. Vittorio Klostermann Frankfurt am Main: 1977. S. 92.
(45) Klaus Lazarowicz: Ernst Barlach, a. a. O., S. 446.
(46) Ernst Barlach: Der tote Tag, a. a. O., S. 99.
(47) Paul Schurek: Begegnung mit Barlach, a. a. O., S. 12.
(48) Wolfgang Paulsen: Deutsche Literatur des Expressionismus, a. a. O., S. 134.
(49) Gerhard P. Knapp: Die Literatur des deutschen Expressionismus. Verlag C. H. Beck München: 1979. S. 107.
(50) Ibid. S. 107.
(51) Ibid. S. 59.
(52) Ernst Barlach: Der tote Tag, a. a. O., S. 101.
(53) Wolfgang Paulsen: Deutsche Literatur des Expressionismus, a. a. O., S. 134.
(54) Marion Adams: Der Expressionismus und die Krise der deutschen Frauenbewegung. In: Bernd Huppauf (Hrsg.): Expressionismus und Kulturkrise. Carl Winter. Universitätsverlag Heidelberg: 1983. S. 121.

(初出、一九九〇年一二月三〇日、獨協大学「ドイツ学研究」第二三号)

表現主義戯曲研究（IX）

W. Hasenclever の『息子』

――現実の変革なしに、父への反逆に終始した息子の自立――

（I）

Aachen に生まれ、Oxford, Lausanne で学生生活を送りながら、Ibsen の継承者を自負して戯曲執筆を開始し、一九〇九年に既にその処女作『涅槃。ドラマの形式に於ける人生の一つの批判』《Nirwana. Eine Kritik des Lebens in Dramaform》を発表し、その後も作家として多くの戯曲や詩を発表してきた W. Hasenclever (1890-1940) は一九一四年、表現主義戯曲としても初期の物に数えられる彼の戯曲『息子』《Der Sohn》を発表している。一九一三年秋に書かれた此の作品は、一九一四年、「カバレットの夕べ」《Kabarettabende》を開催していた Kurt Hiller と Ernst Blass の「文学クラブ Gnu」《Literarischer Club Gnu》(1) で公表されたのは別として、一九一六年九月三〇日、プラハで初演され、引き続き一〇月八日ドレスデンで上演された。当時、Hasenclever は第一次世界大戦に志願しながらも採用されず、後方勤務にあり、上述の上演の為に休暇を貰いドレスデンへ行き、その後、軍隊勤務に戻らぬようにこの作品の主人公、息子のような狂気を際立たせ、実際に神経病サナトリウムに滞在したのであるが(2)、この作品は Walter H. Sokel によれば「世界は経験の根源ではなく、感情に表現を与える使命を伴う構成組織である。この表現をより強く強調する為に表現主義者は夢見る精神と同様に誇張によって現実の特徴を歪める。Walter Hasenclever のドラマ『息子』（一九一四）、ドイツ表現主義最初の舞台成功作はこのテクニックの一つの良い例を提供している。[3]」のであり、Reinhard Sorge の『乞う者』《Der Bettler》(1912) に続く新しい表現主義の模範的作品の一つとも言われ、ギリシャ時代以来、F. Schiller の „Don Carlos" を経て、一九世紀の末から継続している父子の葛藤を中心に描いていると言われている。この戯曲への作家自身の体験の影響を考える時、彼の父が息子に市民的な職業に就くことを望んだのに、彼が父の意に反し Lausanne を一九一〇年に去り、一九一三年、娼婦に関する多くの詩を含む詩集『都市と夜と人間』《Städte, Nächte und Menschen》を発表したことを無視出来ないであろう。[4] この作品に娼婦が一種の崇拝の念を含んで登場するのも納得が行く。

登場人物達は表現主義の多くの戯曲に見られるように具体的な名前を持たない固有名詞の父、息子、友人、未婚女性、家庭教師、警部と、具体的な名前を持つ Adrienne, Cherubim, Von Tuchmayer 氏、Scheitel 侯爵であり、時はこの作品が書かれた現在の三日間である。第一幕第一場は両親の持ち家の息子の部屋であり、日暮れ前の時間である。

（II）

息子は二〇歳だが、建築学で、全ての教授達が彼に好意を抱き、校長が彼は課題を立派に解いただろうと述べたのに、最後の瞬間に逃げ出し、スイスの高校卒業資格試験に失敗する。そこには当時の学校生活への恐怖が見られると同時に、正に「彼は思い切って社会へ出て行くのを恐れる故に高校卒業資格試験を受けることを拒否する」[5] からであり、故に、その原因を彼は「私達を苦悩へと強いる何かがあると思う。私は自由を耐えられなかっただろう。おそらく私は一度も主人公になれないだろう。[6]」と家庭教師に述べ、最初から自由自立への意欲もない、闘う姿勢もない生を示す。故に、家庭教師の彼に幾度も教えた数学の公式を何故用いなかったのかとの問いに、彼は彼には涙を流して自己を嘲笑うポーズすら欠けており、判っていたのに敢えてしなかったと答え、自由に関しては「自由になりたい憧憬は余りに大きかった。それは私自身より強いので、私はそれをかなえられなかった。[7]」と自己より強力な事物に乗り越える姿勢も示さない。彼は家庭教師の地位を心配するが、試験に受からなかったことを父に知らせるのを自らしようともせず、家庭教師に電報を打たせようとする。父の怒りを恐れないが、あらゆる人間との接触と街へ出ることを恐れ、彼の憧憬を削ぐあらゆる存在によって辱めを受けている[8]、と語り、電波によって大気を台無しにする電報に憤激し、皇帝と店員の間のコミュニケを憎む。ここには二〇世紀末から二一世紀に至る現代社会に対応しきれない自閉症的な現代の青年の姿が既に見られると同時に、技術文明に対するラディカルな作者の批判がある。

彼は家庭教師が解雇されることを恐れるが、何もしようとせず、遺産を継いだ時の家庭教師に対する招待旅行を妄想するに過ぎない。今の彼に出来るのは幼少の時より彼の周囲の孤独を慰める手段としての庭の樹木を前にしたモノローグだけであり、喝采を浴びることである。誰がいったい喝采を浴びせるのかという問いに彼は答える。「そこには居ない人々です。でも、理解して下さい、人はただ陶酔の中でのみ生き、現実は人を当惑させるのです。人がこの世で最も重要な存在であると何度も体験するのは何と素晴らしいことか！[9]」

この陶酔への傾斜こそ表現主義的作品一般及びその主役に見られた一つの特徴であり、そこに現実性の喪失が見られる。それ故に彼は、家庭教師が彼の父にどのように電報を打つべきか尋ねた時、父が彼を憎んでいるので、気を使う必要はないし、試験に受からなかったことを知った父は荒れるだろうと述べ、「父は——息子にとって宿命です。生の闘いという御伽噺はもはや通用しないし、両親の家で最初の愛と最初の憎しみが始まります。」と断言し、家庭教師もいつか息子を持つことになると、息子を捨てるか、息子の前で死ぬことになる。何故なら息子と父が敵対する時が来るからと自分の場合を一般化する[10]。

それに対し家庭教師は街へ出て様々なことを経験することを勧め、自分の場合は父に感謝していたと語り、息子の世間知らずに触れる。しかし息子は、日曜日には家から出られず、友人を持つことを許されず、甘いものも食べられず、神に就いて教えられず、女性と話すことも許されない等々の境遇を嘆き、憧憬のみを抱き、安らぎを見出せないと言い、生まれた直後に死んだ母に就いて述べ、自らその状況を脱出しようとする意欲が全くない。この彼の姿勢はこの戯曲の最後まで影を落とす。家庭教師は恐らく息子の父は彼のことを良く考えていると言い、家庭教師はその人生で多くの嫌なことを耐えて来たが、そのことで誰にも何かをしようとは思わないと語り、彼を助けられないことを悔やみ、泣くが彼には通じない。家庭教師は何故に世界には不和があるのかと述べ、その場を去り、第一場は終わる。

第二場は窓際での抒情詩風の息子の独白である。彼は階下の彼の手に入ることのない素晴らしい夜の庭を眺め、部屋の中の本棚や学生ノートを見て、キリストのような自分の受難の道に奮起を促し、幼少の頃の夢を想いだすが、今は或る隣の家の愛らしい少女と華やかな宴に思いを馳せ、彼の部屋に跪き、そこに閉じこもる身を嘆き、限りない憧れの人生を手に入れられない故に紐での自殺を考える。しかし自分も人間であること、これで終わりなのかと考え、夕日に心を奪われ、消滅することのない大地を思い、未知の火が彼を動かすのを感じ、その瞬間、心は変わり、「私はお前達の所に居る――だからお前達と共に生きる！」[11]と思い直す。続く第三場にも見られるが、此処には二〇世紀初頭にドイツの若者達に見られたという自殺崇拝が見られると言えよう。彼はよろめき、大きな興奮に圧倒され部屋の中に戻る。彼の思考は肯定的なものへ転じ、女性達を予感し、彼を抱く腕を感じ、彼の名を呼ぶ甘き顔を思う。更に彼は棺に横たわる一人の子を見る。多くの悩みと多くの喜びがあることを知り、慰みと至福に気付き、二〇歳で死ぬことを望まず、なお生き、体験しなければならぬと決心する。

この第二場は息子にとって一つの重要な転換点であり、彼は人生の様々な体験を楽しもうと思う。

従って第三場はその転換を示す。友人がやって来て、息子が試験に落ちたことに触れ、自殺を考えたのかと問いかけ、息子がそう考えたが止めたことを聞き、「我々にはしばしば死がめぐりあう！　今日鉄道で一人の子が轢かれた。」と語り、息子は「私はその子を見た。自殺をしようと思った時、その子は私の前に現れた。それは一人の少女で、小さく白い衣服を着て、黒い巻き毛をしていた――」[12]と語り、友人はどうしてそれを知っているのかと驚く。第二場の棺に横たわる子のことである。彼の転換点に係わる一種の啓示である。

息子はこの世の全ては深い共同体（ゲマインシャフト）の中にあることをそれまで知らなかったと述べ、再び楽しくなったので、生に留まったと語る。友人は、息子が何かをするのではないかと予感し、駆けつけて来たことを語り、昨夜、二人が同じ女性を愛していながら、二人はお互いに知り合いではなく、少年らしい視野を前に雪原を行く、夢を見たと述べる。不安を象徴する夢と言える。友人は息子が今近くに居ることに安心感を覚え、息子はある声が自分に呼びかけ、それが自分を救ったこと、彼の中では何もかも極めて緊張しているので、近くを走る列車の音が永遠を想起させるという。息子も友人も自立し得ない状況を示している。

息子は「私を死から救い出した一人の子供が死んだのを君は見た。その小さな両手から存在の力が、まるで黄金の雨が羊飼いの蒔いた種の上に落ちたように、私の上に落ちてきた。私が生きている今や、私は多くを経験したい。何故なら私は愛されているのだろうから。以前、私は街を見ることは出来なかった。何故なら目に飛び込む多すぎることに私の頭脳は砕け散ったからだ。(13)」と言い、社会へ出て行こうとする。それに対し友人は「君は存在に酔っているが、その毒を知らない。私は如何に君が変わったか強い驚きで見ている。君が生き始める今日、君の死が始まる。」「線路の上のあの子は君の没落だ。(14)」と語り、世界や愛が厭うべき対象であることをその経験から述べ、息子の清さと汚れのなさを求めてやって来たことを認める。二〇歳になっても世間を知らぬというか知らされる事のなかった人間の社会への甘い幻想と、社会に出ても、その課題を克服出来ない人間の脆い挫折感を表している。両者とも表現主義者達の一部に見られた傾向であり、非常に興味深い。

友人は息子による元気付けを望み、息子は美と偉大な社会のみを幻想し、助けを必要とし、社会を経験し、挫折感を抱くその友人に社会への鍵を望む。

第四場には父が第三の女性家庭教師に敢えて選んだ未婚女性が登場し、暗くなった部屋へランプを持って来るか、息子に訊ね、息子は夕食のことを訊ね、ランプを持って来るように頼むだけの場面であるが、この女性はこの後、彼にとって重要な役割を演じ、マリア的母親像として表現主義に多く見られる女性崇拝の対象となる。続いて第五場となる。

友人はその女性に注目し、息子に、父が一人の女性を選び、彼と一緒に生活させる理由を考慮するように言い、彼がそのようなことを考えなかったし、どうして非常に美しい女性がいるのかと語ると、友人はホメロスの『オデュッセイア』のオデュッセウスの妻ペネロペを考えろという。友人が絶世の美女であったと同時に貞女と言われたペネロペの名を挙げた所に友人は息子の父の意図を示唆し、故に友人は「君は何故、神は全ての女性を災いと至福を齎す一つの物にしたのか、いつか体験するだろう」と述べ、不安を抱き、その女性に就いて更に語ってくれと願う彼に「何故彼女を愛さないのか？[15]」と彼の父の意図に逆らうよう暗示する。更に彼女が彼の目を見開かせ、彼女によって彼が世界を知ることになると述べ、彼の死んだ母に就いて、「君の母も彼女のような一人の女性だった。[16]」という。しかし息子は相変わらず、社会へ踏み出すのを躊躇うが、近い内に未だ知らぬその喜びを分かち、彼の存在が彼を高めることを望む。友人はそれを確信し、彼が必要とする時には再び来ることを述べ、飛びたて！と言い、去る。

第六場では暗くなった部屋に未婚の女家庭教師がランプを持って登場し、夕食の支度をする。息子は彼女の美しさを称え、彼女は息子のことをしばしば考え、同情しているが、陰気なことは考えないように言い、再び良い時がやって来ると慰め、彼の為に何が出来るか問う。それに対し、息子はある女性を愛さなければならないので、その晩出かけさせてくれと頼む。そのような考えがいつ浮かんだのかと訊ねられて、今日からだと答える。彼女に対する恋心の歪んだ表現であり、ここにも社会へ飛翔出来ず、自立出来ない男の投影がある。それ故に、彼女に警告され、鍵を渡されるが、実行出来ない。彼女が彼の父に報告の手紙を書く段になると、父と話したいと述べ、学校を止めることや旅行のことを語るが、それを父には書けないと彼女が言うと、彼女の背後に回り、彼女のブラウスの首の所を開き、彼女に触れ、愛していると言い、彼女が向き直ると素早い不安げな力ずくで彼女にキスをする。彼女が立ち上がり離れると、彼はうろたえ、「つい、してしまった――怒らないで下さい。[17]」という。彼女はランプを持ちその場を去る。この第六場は徹底して自立出来ない青年を描いている。

第七場は夜、八月の星空に向かっての息子の独白であり、彼は永遠なる物に近付いていると意識し、時間に、この世界で自分が誰なのかを知る深い至福を与えてくれと願う。彼の人生は祝福に覆われ、あらゆる人間のように彼にも時が訪れたと述べる。何故なら愛によって新しくなった人間はその日の充実感でより大きくなるからだと語る。彼の人生の奇蹟を見ることを願い、全ての中で生じ消え去ることを願い、彼女の美しさを讃える。

此処でも彼の姿勢に見られるのは、希望であり、願望であり、自らの行動に基づく自立への姿勢は全くない。

（Ⅲ）

第二幕第一場は第一幕の翌日、同部屋、同時刻の息子と第一幕の女性家庭教師（未婚女性）との会話である。彼等の都市の或る美しい女性がスイスのルツェルン湖で自殺をし、死体があがらないというニュースを聞き、息子は前夜眠れず、公園へ行き、茂みの中、月の下で横たわったと未婚女性に告げる所より始まる。彼は自殺した女性のことを色々と思案したが、起き上がった時、池の上方でけたたましく鳴く鳥の声を聞き、結局未婚女性の白い胸を見たと言う。彼女も寝られなかったと言い、彼等が深みに嵌まり込んだのに彼の父が彼女を信頼していると述べるが、彼は父を欺いたことを喜ぶ。彼女は彼の父が医師として多くの人を救ったことを述べると、彼はそれ故に父は彼を絶望させるのではなく、彼と話し、彼は心にあることを全て語りたいと言い、彼が強くなったことを語るが、彼女とより支え合うことを望み、未だ自立の自信がないのである。この辺りから、君と呼び合うように二人の仲は変化し、愛し合っていることを二人は認め、彼女は彼に男らしさを期待する。息子は「君を傷つける者は誰でも殺す、私の父であろうとも。[18]」と気持を高めるが、彼女よりその無分別を窘められる。彼は彼女を愛していることを父に言うべきか問い、彼女がそれを父が認めたらハンブルクに彼女を連れて行くかと問い、彼は同意するがその術を知らない。結局、彼の自立性を疑う彼女は父には言わない方が良いと語り、彼はやがて去り、彼女を残して行くべきだと述べる。彼女は彼を既に失ったと自覚する。彼は彼女の元を去り、生き、戦わねばならないからだ。しかし彼は相変わらず彼女の助けを求める。相変わらず彼の自立は確定しない。彼は子供の頃の父との思い出に耽り、至福と永遠を望み、彼女の前に跪く。彼女は彼を支え、彼の幸福を願い、人生の使命が彼に告知されたと告げる。それでも彼は彼女から去れないことを語り、「世界はますます私の視線の前で明るくなる。[19]」と消極的な姿勢しか示さない。そこで父の車の音を聞き、彼は飛び上がり窓際へ走りそれを確認し、「心のこの充実感で私は彼に向かう。[20]」と述べ、彼女はその場を去り、第一場は終わる。

第二場で彼は登場した手も差し伸べない父に試験に落ちたことを宣言し、心配事が過ぎ去ったと、挑発的な発言をし、父の目の中に処刑台を見ると述べ、父は彼を理解しないだろうと語る。それに対し父は彼の本棚の本を投げ出し、意味のない物を読むより単語でも覚えろと非難する。また彼をのらくら者と謗り、彼の友人達をも批判し、彼を恥だと迄言う。彼は反論し、試験に落ちた今は物事を見ることを始め、父より多くのことを見たと断言する。彼は少年時代の父による鞭での教育、押し付け教育を思い出し、父が今は彼の本と友人を奪い、彼は劇場にも人々の所にも町にも行くことが許されないと述べ、今や彼の人生から、彼がまだ持っている最後の物、一番貧しい物を奪うと父を謗る。二〇歳にもなる男の頼りない嘆き以外の何物でもなく、ここにはなんら彼の人生の発展への展望はない。

その彼に対し父は「働かざる者、食うべからず。私がとっくにお前を家から追い出さなかったことを喜べ。」と月並みな言葉を浴びせ、息子は「貴方がそうしたら、私は今在るよりも、ほんの少しより良い人間になって居るでしょう。」[21]と答える。その後も父は息子に対する親としての責任を主張し、息子はそれを思い上がりで自己の利益の為だと主張し、自分も人間だと述べ、過去より現代に到り見られて来た父子の葛藤が描かれるが、彼の場合は結局、父の助けを求め、父の前に身を沈め、その手を握る。口にすることと行動には相変わらず齟齬があり、彼の自立は未だ全く見えない。父は手を離し、敬意を持たぬ人間には手を差し出さないと述べる。それでも彼は立ち上がり、父の彼に対する姿勢を非難し、彼に対する過去の禁忌を批判し、相変わらず自由を父に懇願するのみである。彼は優しさを望むが、父は彼の批判を続け、一人の男としての取り扱いを望む息子を少年として取り扱い、もっと厳しく育てるべきだったという。それでも彼は何度も父の所へ来て、父が彼を認めるように願うと言い、更に「私は後継ぎです、パパ！　貴方のお金は私のお金で、もはや貴方の物ではありません。貴方は手に入れたけれど、また生きて来たのです。貴方にあるのは、その人生の後に何が来るのか見つけることです。――貴方の系統を喜びなさい！　貴方が持っている物は私の物です。私はそれをいつの日か、私の存在の為に所有するように生まれて来たのです。そして私はここに居ます！」[22]と迄、断言する。資本主義的世俗の思考に捉われた息子に対し、父は何の為に金を使うのかと問い、彼の月並みな答と、金と父の死を口にした彼の低俗さを非難し、彼の顔を殴る。それに対し彼は自分の優位を宣言し、勝利を宣言するが、よろめき父の腕に瞬間的に抱かれ、少年時代の父の優しさを思い出す。此処でも彼の言動は一致しない。

それ故に父は相変わらず彼を子供呼ばわりし、彼の将来も現在も信用せず、彼が欲望に掻き立てられたことに驚き、誰が彼の心をだめにしたのかと問い、彼の肩に手を置く。彼は身を離し、彼の人生は彼の物だと言い、父と別れると述べ、幸せな大地に向かって進み、その預言者になると宣言する。此処で彼はそれ迄と異なり、一歩踏み出そうとする。更に彼は父が奈落へ落ちたと言い、今や間もなく彼の唯一の恐るべき敵になると述べ、彼の勝利を信じ、父を恐れないと語り、平和の内に互いに別れようという。

父は彼ののぼせ上がりと妄想を警告し、病院のベッドに来て現実を見れば、彼の妄想はついえると彼の現実への無知を指摘する。正に父の言の如く彼は現実を知らずに一歩踏み出そうとする。しかし彼は医者である父の腕の中で死んだ死者達は絶望の中で生きている彼にとっては何なのかと述べ、生きている者達を誰が救うのかと疑問を投げかける。そして更に、素晴らしい幸せを疑うのは、死が近い者に対してのみして欲しいと語り、彼が最も素晴らしく立っていた所に妄想を見ていると教えた父は生に対して罪を犯していると反論する。この言は正に正論であり、息子の思考の成長を示している。彼は父には従わないと言い、彼の中には疑いよりも希望がより強く花を咲かせた或る存在が生きていると述べる。

父はドアを閉め、息子が部屋を去ることを禁じ、病気だと決め付け、父の家に戻す迄、彼を閉じ込めると宣言する。此処ではまだ自分の意思が有効で、彼は試験をすべきであり、彼の家庭教師を解雇し、これからは自分が自ら決め、遺書には自分が早く死んだ場合に、自分の意志を尊重する後見人を置くという。憎しみを墓迄持って行くのかという息子に対し、父は更に、勉強を終え、将来の為に職に就けと語り、自分の意志に従えば良いが、自分に逆らえば彼を追い出し、もはや息子とは認めず、遺産は破壊すると迄言う。全く極端な暴君としての父であるが、その父が私達はもう寝ようというと、パパお休みと直ぐに従う、この段階では同様に極端に従順となる息子でもある。その従順さは、父がドアの所より戻り、持っている全ての金を差し出せと言うと、息子が差し出す程極端でもある。父は明日再び来ると述べ、息子は動かずにその場に残り、正に言行一致しない息子の儘、第二場は終わる。

　第三場では鈴がなってもドアが開かず、黄色い月を眺めて、喜びが近いのに苦しんでいる自分を嘆いている息子の部屋の窓に昨日の友人の姿が現れる。友人は彼にベートーヴェンの第九交響楽を一緒に歌ったことを思い出させ、以前のようにコンサートが終わった後の、歓喜の響きの中で一緒に夜中にさ迷い歩こうと促す。金がないと嘆く息子に三〇分後に列車が出るので、燕尾服を着て、黒い仮面を着け、祝宴に来るよう誘う。相変わらず発見されたら父に殴られると恐れる彼に、ピストルを持った多くの友人達が公園で彼を助けようとしていると述べ、恐れずに窓を乗り越えて来るように言い、姿を消す。

　第四場で息子はタンスから燕尾服を出して着る。窓からは町の明かりが見え、酒場からワルツ音楽のように風の中で弱く第九交響楽のフィナーレが響いてくる。

造物主の太陽が　天空の壮麗な広場を飛翔するように　兄弟達よ楽しげに君達の道を走れ。

勝利へ向かう英雄のように楽しげに。

　息子の決断を促す歌詞である。

　第五場には例の未婚女性が蠟燭と盆と食事を持って登場し、彼の服装を見て問い質す。彼は父の顔が明日無力な不安と怒りで蒼白になるだろうと言い、父の力は破滅し、その鞭は彼にはもはや届かぬと述べ、下には武器を持った若者達がおり、「恐らく彼等は皆、私のように感じているので、私は彼等に世界の若者達と気高き者の解放の為に呼び掛けるつもりだ。私達を軽蔑する父親達に死を！」(23)と彼は初めて父への反撥を父達、世代への反逆と解釈する。息子にとっては一つの前進ではある。

　彼女は食事を勧めるが彼は家ではもはや一口も触れず、やがて遠く愛すべき女性達の膝でネクタル（美酒）とアンブロシア（美食）を享受すると言う。また彼は奴隷のように冒瀆された者として、地上のあらゆる牢獄に対する闘いに立ち上がると言い、鎖は切れ、自分は自由だと宣言し、彼女に送られ、窓から飛び降り、逃れる。彼は初めてその言を実行する。

第六場は彼を見送り小さなクッションを取り、胸に押し付ける彼女の独白である。彼を祝福し、彼の幸運を祈り、彼の為に何か為せればと問い、その小さなクッションを縫い、その上で彼が毎晩、楽しげに安らぎ、守られることを願う。彼を彼女は慕い、クッションの上に身を屈め、縫い、涙で覆われる。第二幕は此処で終わる。

(Ⅳ)

第三幕第一場は夜の一二時、あるホールの控えの間で、ある催し物での演説を控えた燕尾服のCherubimとその準備をするVon Tuchmeyer二人だけの会合である。後者は前者の演説を待ち受けているであろう聴衆のことに触れるが、前者は警察のことを心配している。後者は彼等のクラブ「喜びの維持」記念日を祝うのだというが、前者は彼の演説が新しい考えに満ちた、市民的な意味で前代未聞の政治的、扇動的ものになるのを恐れている。二〇世紀初頭、ビスマルク時代のドイツの政治情勢を示唆している。彼はそれがアナーキズム的にもなるので、その演説の間、むしろ宴会が開かれる喧騒状況を希望する。此処で数分の内に来る例の息子の友人が両者の間で話題になる。Cherubimは彼に懐疑的だが、Von Tuchmeyerは彼に肯定的で、彼はいつも彼自身の反対物を手に入れようとする批判的気質の持ち主で、彼は彼自身の矛盾物だが、正にそこに彼の天性の肯定があると彼を評価し、彼等の理念の代表的な理想であるCherubimとその対極である友人が何かが起こるべき時、相互に協定することに意義を見出す。Cherubimはなお彼に批判的で、時々ライバルを前にしたように彼を前にして震えたが、今はもう不安はなく、意志は固いと述べる。しかし問題なのはCherubimが亡き枢密商工業顧問官の息子Von Tuchmeyerへの遺産を視野に彼なりの理念の実現をしようとしていることであり、たとえ父の財産に多くの不幸が結びついていたにせよ、前者の遺産に傾倒し、自分も惨めであったが故に父の死を良しとし、その遺産を前者の理念の実現に提供する後者と共に、彼にも全く自立性に欠けていることである。その上、後者にはポーランド人、ユダヤ人商人への偏見もある。

二人は世界に対する彼等の戦いを素晴らしいと夢見、彼等が丁度一年前の今日、何人かの自由思想家達と惨めなバーで知り合い、クラブ「喜びの維持」を結成したことを思い出す。しかしなんら今日まで教義信条が打ち出されず、何人かの若者達と満足していない女性達が彼等に結束したに過ぎないことを思う。しかしホールに集まっている者達を或る物へ熱狂させる為にはこの十二ヶ月の間に我々の誰一人死ななかったことを明瞭にしなければならないという、生とは何かと考えろ、我々は我々の為に生きている！というわけである。そして最後の章句を偉大なパトスに高め、彼等に何もしなかった死に生贄を与えよ！と言う。それには弱者達と見捨てられた者達の神をその玉座から追い落とし、その代わりに友情のトロンボーン、彼等の心を祭り挙げよと語る。今日の彼等は計り知れない新しいことの為に生きているからである。そして彼等はお互いの為に存在しているので、被造物の小さな法則を訂正し、「世界に於ける我々の自我の粗暴化の為に勇気を持とう！」(24)という。

二〇世紀初頭の青年にとって閉塞的社会状況の中で模索し、そこからの脱出を目指し、自我の確立を目指す青年達の反抗の一種として理解出来ぬわけではないが、この段階では表現主義の特徴の一つでもある、「オー人間よ！」という叫びに実行力の伴わない稚拙な反抗と言わざるを得ない。

第二場には身分の高い統治者の父の元から密かに抜け出した侯爵 Scheitel が上述の二人の所へやって来る。彼もこのクラブの支援者であり、二人は歓迎し、その友情を最高で最重要なものとするが、彼は彼等の玉座の華やかさは知力、精神へ到っていない、さもなければ彼は一つの共和国の第一人者になって居るだろうと述べ、このクラブの良さを讃える。

しかしその地位から言えば当然であるが、彼は政治体制を変えるつもりもなく、長い間、二人の友人でありたい故に父の死を望まない。父が死ねば彼が玉座に就かざるを得ず、彼はその転覆に参与するつもりはなく後継を考えなければならぬからである。それなのに彼は二人が世界をいつでも変革すべきであり、彼は世界を最大の賢明さで古い儘にして置かねばならぬと矛盾したことを言う。Cherubim はその権利を行使し、思考を少なくとも最高の物に迄高めたいと述べ、その手段を見つけたという。階下のホールへ行き、それぞれの名を呼び、彼の周囲で乾杯させ、「君は生きている、君は幸せだと感ぜよ！」と呼びかけ、彼は演壇の上でアポロのように女性達に囲まれ、Adrienneという美人の上へ屈み込み「全ての人間は幸せの為に生まれて来た。」と告げると語る。侯爵を裏切り者と呼び、侯爵に皮肉を言われるが、彼は喜びを説教すると言い、「我等の素晴らしい世界的感情万歳！」[25]と叫ぶ。第二場は此処で終わるが、社会の改革には程遠い依然として甘い稚拙な思考の儘である。

第三場に突然、例の友人が登場し、ドアの前で聞いたと述べ、Cherubimは嘘つきだと非難し、彼に宣戦布告するという。Cherubimがその晩、語るのを妨げはしないが、その後から彼が真実を語ると言い、智天使の名を名乗るCherubimの策略を批判し、見たくもない程不愉快で、惑わされる人々を更に陶酔させるつもりかと厳しく非難する。Cherubimは友人の姿勢の変化に驚愕し、後者を彼等の間のライ患者と批判するが、後者は更に前者のそこに居る取り巻きも含めて、彼等が何をもたらしたか、彼等は陽気さの中に逃れようとして、汚物の中により落ち込んでいると語る。Von Tuchmeyerは友人を狂っていると述べ、彼の言うことを聞くなというが、後者は前者がその資産を歓喜の思考の為にと犠牲にしたが、その思考は虚偽であったと断言する。更に彼等が彼等の仮想大会を正当化するなら、その黴菌を根絶すると迄言う。Von Tuchmeyerの更なる非難に対し、友人は待っている人々にCherubimの話には何ら目的がないことを確信させると言い、後者とVon Tuchmeyerは彼に飛び掛り彼を追い出そうとするが侯爵が間に入り、侯爵は友人が正しいので、反逆者の側に立つという。侯爵が続けてCherubimを信頼しないと語ると、彼は自信を喪失する。しかし友人がCherubimが努力してきたことを認め、感謝しようとすると、後者はそれを拒否し、改めて友人との戦いを宣言し、彼の側に立つ者を求め、Von Tuchmeyerの賛同を得る。

ホールの音楽家達は楽器を調整し、ホールより明かりが漏れ、騒音が聞こえ、集まった人々は待っている。

友人はCherubimの論拠の無価値を証明すると語り、後者を暴き、人々は後者を石で追い出すだろうし、彼は後者を性的不道徳扇動の故に逮捕させると迄、言う。更に彼はこの世に対し悲観的立場に立ち、後者等の楽観主義を厳しく批判する。ホールより序曲が聞こえて来ると、彼は聴衆に語ろうとするが、意気喪失した後者は彼も語らないから、友人も語るなという。Von Tuchmeyerは彼が誰を信じたら良いのかと言い、彼の資金と信仰が無駄になったと嘆く。

序曲は終わり、拍手喝采が大きくなり、騒音がふくらむ。Von Tuchmeyer は第一部の後、集会の主要な部分が進行せねばならず、さもないと人々は彼等を殺すと絶望的になり侯爵に嘆き、非常口もないと逃げ腰になる。その時　友人は皆に黙るように言い、良い合図を与えると述べ、ドアの所へ走り、ドアを開き「さー、入れ！」と叫び、三場は終わる。

第四場には、燕尾服を着て、黒い仮面を着けた息子が友人に催眠術でのように登場する。此処では誰も彼を迫害しないし、見張りが殴ったりしないと友人は息子に言い、ホールのカーテンの所へ押しやり、「あそこに居る彼等の声が聞こえるか？　彼等はお前を待っている。彼等に語りかけろ！　お前の子供時代の苦しみを呼び出せ！　お前が苦しんだことを言え！　彼等に救いを呼び掛けろ――彼等に戦いを呼び掛けろ――[26]」と促す。息子はそこに輝きを見て、子供時代の一定の自由を思い出し、語る気になり、友人によってカーテンを開けられた舞台へ押し出され「さー、彼等に話せ！　もはや一人の死者ではない――お前は自由だ！[27]」と言われ、第五場へ移る。

第五場では息子の聴衆への語りかけは直接記されず、舞台脇にいる友人や Von Tuchmeyer, Cherubim によって伝えられる形を取る。それによれば、息子は全ての若者達の子供時代の責め苦を自らの身に引き受けると述べ、彼等は皆、父親達の下で悩んだ故に、彼等を苦しめる父親達を裁判にかけるべきだという。混乱が起こり聴衆が息子の周囲に押しかけ、友人は心配するが、息子は彼の体の傷跡を聴衆に見せ、賛同を得る。学生達の肩に担がれた息子は父親達への闘いを呼びかけ、自由を説法する。歓声はますます高まり、彼は世界に反抗する若者達の同盟を結成し、署名用のリスト迄作り、皆が署名することになる。友人はそれを革命だと言い、侯爵は恍惚となり、机に飛び乗り自由の女神の太刀の如く腕を伸ばし、興奮しフランス国歌を歌い、第三幕は終わる。

父親達に反抗する姿勢すら見せなかった学生達が集団の力を借りて初めて示す未だ実践にすら到らない父親達への闘いの宣言を彼等は革命と呼ぶのである。彼等の思考の浅薄さには呆れざるを得ない。

(V)

第四幕第一場は翌朝のホテルの部屋であり、息子は娼婦のAdrienneと朝食を取ろうとしている。彼は前夜のことを思い出し、会場を出た後の学生達との興奮状態を話すが、彼女に革命を起こしたと言われても、もはや前夜の意気込みはない。彼女からは彼には愛の経験がないし、最も素晴らしい遊びを知らないと言われ、何も判っていないから結婚したら妻に欺かれると迄言われる。息子はそのような時、どうしたら良いのか判らなかったと言い、彼女は彼女から学ぶなら全てを教えてやるし、彼は利口になると言われる。それに対し彼は相変わらず「私の父は愛の後、何をしたら良いのか私に一度も教えてくれなかった。それはでも最低限、彼の義務だった。」と述べ、父親の影響下から脱出する意図はない。彼女は父親達は息子達を前にして恥じていると語り、「何故人々は息子達を私達の所へ送らないのか？　人々は彼等を大学へ送る。」という。これはおそらく現実理解より乖離した当時の大学教育に対する強烈な批判であり、彼女の口を通して語らせた作者の批判でもあろう。

続けて息子が「もし一人の父親が道徳的であれば、どれだけ不快と不幸が防がれることか！」と言い、「人々は、その父親が我々を自由な心で娼婦の所へ導くように彼に要求すべきだ。我々の同盟にとっての新しい章だ。私はその章を次の演説で言うだろう――」[28]と語る時、甘えの構造に立つ、浅薄な息子の思考はともかく、大学教育に対する否定はますます鮮烈となり、従来の道徳概念を否定する余りにも極端な主張と言えよう。

彼女は続けて女性に対する彼の未経験を指摘し、彼は彼女の魅力を賞賛し、彼女を崇拝する。彼は彼女が彼には余りにも優位だと認め、彼の弱さと同格の相手を求めると語り、彼のそのような状況を知る者を憎み、自分を見抜いた女性を殺す一人の男のことを理解すると述べる。そのように育てられてきた劣等感の裏返しと言えよう。彼は彼の眠れる才能を呼び起こしてくれたと彼女に感謝し、彼女はその部屋から去る。此処にはW. Paulsenが指摘するように表現主義一般に見られる母親的女性崇拝の一つの典型的形式でもある娼婦崇拝が見られる。[29]

第二場には再び例の友人が登場する。彼はAdrienneが出て行くのを見たと言い、彼女を愛しているという息子に彼女のような女性を真面目に取るのは息子には全く相応しくないと語り、息子の父親のことも口に出し、娼婦である彼女を紛い物と迄言い、彼女から離れるように彼を説得する。友人はいつ間か前の息子の行為に言及し、名声を肩に背負った者はその責任を簡単には振り捨てられない、さもないと絞首刑に値するし、思想を世に広め、最後迄仕上げない者は地獄の業火で死ぬことになるので、行動だと述べる。息子は行動とは友人の行動だと言い、彼は友人の示唆で動いたので友人に責任があり、何故自らそうしなかったかと友人に尋ねる。友人は彼等は彼を知っているし、彼は演説家ではないし、情熱もないが、息子には心情があると述べ、息子を鳥籠から救い出したのに、裏切るのかと非難する。友人は彼の意思が息子を支配したこと、最初から息子を悪用したことを認め、息子の彼に対する憎しみは完全に理解できると語るが、続けて、息子がかつて自殺しようとしたのを見た時、彼が必要とした男がそこに居たと思ったと語り、「何故なら私は大きな興奮状態で、君が私達全てに欠けている物——青春と憎悪の灼熱を持っていたからだ。そのような人間だけが改革者になり得る。[30]」と述べる。

扇動され何をすべきか訊ねる息子に対し、友人は家庭での圧制を破壊し、法律を廃絶し、人間の最高の財産、自由を確立せよと言い、百年前の王侯達に対する民衆の復讐と父達に対する闘いを同等と見なすのである。つまり王侯達の民衆に対する圧制弾圧と父親達の暴君的行為を同等と見なすのである。世代に対する反逆を呼び掛けているとは言え、その背後にある当時ドイツに於いて急激に展開した資本主義へその矛先を向けないわけである。

友人は父親を偶像と見なし、偶像崇拝に反対するテーゼを再びWittenbergの教会の扉に張り付けよと言い、暴力に対する制度を必要とすると述べ、彼が綱領を作るから息子が軍勢を指導せよと促す。彼は更に革命の旗と処刑台を立ち上げ、新しい法律を作り、議会が彼等の主張を聞く迄、吠えろと扇動する。つまらぬことの為に血を流すのではなく、その思考、その火は相手の優勢と策略の前でも消えないであろうという。自信を持てない息子に対し彼は、始めたことを最後迄やり遂げよと言い、昨日の民衆達は息子の行動に応える用意のある息子等からなる民衆の一部に過ぎないと語る。炎を火薬樽に投げ込めと言い、今や全世界を暴動に巻き込む巨大な未だ存在しなかった事件が起こらねばならないし、この場所で革命が始まらなければならない、昨日、演説したことを今日、実現せねばならぬと息子を扇動する。革命に値する何の思想的社会的背景も、何の確固たる地盤も、準備もない皮相な友人の考えである。

相変わらず何をすべきか判らぬ息子に友人は連発拳銃を手渡し、息子の父が息子の居場所を知り追手の警察官を向けたという。何故彼の居場所を父が知っているのか訝る彼に友人は自分が知らせたと告げたので息子は友人の裏切りを怒り、拳銃を友人へ向け、引き金を引くが、それを想定した友人は装填しておらず不発に終わる。友人は装填し、改めて息子に手渡すが息子にはもはや友人を撃つ意図はない。友人は息子の父達が間もなくやって来て息子に強制労働を命ずるだろうと言い、その場合にどうするのかと息子に語り、息子は追い詰められ、友人に「君は恐ろしい。父殺しだ!!!」と喚き、激しく前へ突進し、友人の腕を掴み、「私には出来ない！　私には出来ない！」と恐ろしい不安に襲われ、友人の足元に平伏し、懇願する。[31] しかし友人は、巨大な考えが心の中に生まれた後には、息子はそこから逃れることは出来ぬと言い、殺人者になるのを嫌がり、友人を限りなく憎む息子を、その決断により数十万の人間達が生きることになると告げ、良い父親達も居るという息子に行動を促す。息子以外の誰にもそのような力がないと言われ結局、息子は同意する。W. Paulsen が指摘するように、[32] その登場以来息子にとって演じて来た友人の Mephisto 的役割は此処で決定的となる。

同意しながらも彼の不幸を誰が手助けしてくれるのかと相変わらず弱気の息子に、友人は「君自身だ！　此処での死で君の生が始まる。[33]」とまで言い、息子が今まで生きて来た囚われの人生を指摘し、彼等の世代を救えと語る。彼等を脅かす物とは容赦なく、闘えと言い、法則が変わることを神も望んでいるという。息子は一人の父がその息子を捉える手先を送る犯罪を見たいと述べ、友人は息子の闘争心を鼓舞し、息子の名前を畏敬の念で讃え、やがて多くの者が讃えるだろうと語り、彼の場合の父殺しは人々に免罪されるとまで口にする。友人は「それでは改めて生きよ！　生きよ、君の実在の限りない鎖を理解せよ。もはや疑ったりするな！　或る光が吾等の哀れな運命に射し込んで来る。[34]」と息子に言い、息子は金も持たずに父の家を出たので、金を持たずに帰ると述べ、昨夜手に入れた金を友人へ渡し、「私を信じよ！」と語り、二人は決断し向かい合って立つ。第二場は此処で終わる。

第三場では枢密顧問官の父が送った刑事達が登場し、逃亡の恐れあるとの疑いで息子の両手を縛ると述べ、犯罪者として連行するのかという彼の問いに頷く。息子は両手を差し出し、抵抗しないと述べ、縛られ、刑事達に連れ去られる。第四場には友人のみが残る。

友人は息子が連れ去られるのを確認し、息子はやり遂げ勝利するだろうと宣言し、自分の力は終わり自分の番だと思い、小さな壜を開け臭いを嗅ぎ安易に自殺を考える。その上、息子が父親殺しを実行する時、何が起こるかと考え、息子は生き延び自分を二重に憎むだろうと思うが、結局一人であの世へ逝くことを恐れる。その時、誰かが階段を上ってくるのを聞き、Adrienne と予想し、そちらへ向かって行く。

(VI)

第五幕第一場は枢密顧問官であり、医者でもある父の部屋で始まる。刑事は父に、息子は抵抗しなかったので穏便な手段も可能だったが父の意思に従い縛って連行したと告げる。更に、悪質な連中も居るが息子は悪い人間ではないと述べるが、父は二〇年息子を見て来た結果として、「非常な厳しさのみが彼をなおより良く出来る。この若者はその性格の根底迄、堕落している。彼は私の意志から逃れようとした——それはどんな状況でも起こってはならない。貴方は彼の演説を聞かなかった！　今日の若者はあらゆる権威と良い道徳に逆らって嵐の如く走る。[35]」とありきたりな頑なな父の台詞を述べる。刑事は同意せずに、凶悪な犯罪に比較して息子の行為を父の意思に逆らった小さな旅行と弁護するが父は納得しない。刑事は続けて父が息子を罰するのは良いが、蔑み縛るのは不幸を齎すのみと忠告するが、父は名誉や面目に触れ、息子を良くする為に彼の取った処置を信じて疑わない。両者は決闘までして顔に名誉な傷跡を受けた彼等の学生時代と今の息子の世代を比較するが、息子に対する姿勢で意見は一致せずに進行する。二一世紀の現代も抱える世代の意見の相違であり、状況と言える。

父は若者達が日々悪くなる腐敗堕落を口にし、彼等を導くべきだと言い、新聞で読んだ昨夜の密かな集会で未知な者が父達への反抗を語ったことを指摘し、その者は狂人だがその毒を数千人が貪欲に吸い、警察は干渉しなかったと語り、その若者達は国家にとって危険で、人間の屑だと結論づける。それに対し、刑事はその新聞を一瞥し、その集会は警察も知っており、それは若い人々のクラブでのことで高貴な人物の後援によると語る。正に政府のお墨付き集会であり、息子や友人の力んだ革命には程遠い稚拙な集会であることは此処でも明らかとなる。

刑事は非道徳的な父親へ向けられた集会であると語り、父は政府が支援していることを知るが、それ故に自己の家庭に於ける裏切りに対し、自己を守る義務どころか、非常な厳しさを主張する父は度し難き人物なのである。自分の息子に対し寛容を説く刑事に対し、息子達の突飛な行動を理解するのかと父は問い、それを認める刑事との相違は決定的となり、父としての義務を別の意味で主張する父は出来得る限り息子と善意で語ると述べ、刑事に息子を連れて来るように頼み、第一場は終わる。

第二場は上述の部屋に燕尾服を着たまま登場する息子と父の場面に始まる。父が手を伸ばしたのに息子は握手を拒むが、父は対話を望み、昨晩禁止にも係わらず息子が部屋を密かに抜け出したことに言及し、何処に居たのか訊ねる。息子は父が警察を呼び彼を縛って連行したことを非難する。父がそれでも彼が何処に居たのかの問いへの回答を要求し、息子は父が彼に対して行った犯罪への報復に触れる。父は椅子から飛び上がり警告するが、息子は彼がもはや昨日のように父に懇願する息子ではなく、眼には眼をという思想で父の申し開きと贖罪を求める人間であることを強調し、彼の精神状態を診察したいなら、しても良いと述べ、診察台の方へ向く。それに対し父は犬用の鞭を取り出し更に話せと命じ、一方息子はポケットに忍ばせた拳銃に手をやり、鞭に手を触れぬように警告し、父に気付かれずに拳銃を半ばポケットより取り出し、彼は全く健全だと主張する。此処で父は一旦鞭を納め、彼がいかがわしいホテルに居たことを詰《なじ》り、一枚の紙を取り出し審問のように彼が何をしたか書き取ろうとする。彼はそこで女性と寝たことを認め、言葉の応酬となる。部屋から出て行けと命じ、息子の部屋で引き続き審問するという父に対し、息子はその部屋のドアを閉じ、逆に此処で審問を続けるように強制し、腕を脅かすように伸べ、座らなければ不幸なことになると述べ、父の方へ歩む。立場は今や完全に逆転する。父は鞭を上げ打とうとするが、突然の眩暈に襲われ椅子に座り込む。

立場の逆転は息子の父に対する攻勢となって更に進行する。彼は父が彼を長い間、苦しめたこと、無抵抗な息子への暴力は終わり、父の前には断固と決断した男が立っていると述べ、彼を自由にするように告げる。父の答えがなく、彼は再び彼の席に座り、更に話そうと促す。放心状態より徐々に回復した父は髪が白くなったことを嘆き弱気になり、死の床で非難は聞きたくないと述べ、息子に最後まで語れと言い、息子を自分に結び付けている絆を断ち切る前に息子に就いて完全に明らかに知りたいと述べる。息子は復讐に就いて語り、自由を与えよと再び告げる。しかしこの段階でも息子は父に自由を懇願する、自ら勝ち取ろうとする精神がない。それ故にこそ立場が逆転し弱気になっても父はまだそれを認めようとしない。息子がそこで触れるのは、父の暴力から昨夜逃れた時、庭に隠れていた多くの者達が拳銃を携えて彼に伴い、彼がその夜その者達を前にして、暴君である父親達に反対せよと語ったことである。此処でも彼は他人の力を頼るのである。更に彼は父の知性は思考には十分ではなく、それ故に行動に頼るのだと批判し、「我々は誤ってはいない、我々は人間で我々は生きている。」と語る。今までの息子の行動に一貫する今更ながらの遅すぎる自覚ではあるが、正当な自覚である。しかしそれに続き息子が父に「私が呼び掛けた数千人がお前を打ちのめし、唾を吐きかけ、踏み躙ることなしにお前はこの部屋から一歩も出られない。そのように我々はお前達とお前達の権力に復讐し、神々の誰も我々を見捨てないだろう。」と語り脅迫する時、息子には他人の力を頼らない自立の精神は全くない。まして彼が「そう私は革命を始めた[36]。」と語り、彼の名前が新聞の論説に載るだろうと言い、一枚の新聞を父に投げ、昨夜演説した仮面の未知な人間が彼であったことを誇る時、彼の精神的未熟さを感ぜざるを得ない。

息子は父の部屋での父の最期を見たいと言い、父の財産を当てにせず、彼の廃嫡を主張し息子であることを否定し、父は父であることを否定し彼を追い出すと言い、鞭を彼の足元に投げ、手を触れる価値もないと彼を貶める。しかし父はまだ一年間は父の権力下に彼を置くと述べ、その目的の為の施設があると言い、その部屋を去り二度と入るなと命ずる。それに対し息子は部屋は閉じられており、誰も出られぬと主張し、父が歩くことを禁じ、椅子に父が座り込んだ時、拳銃を取り出す。更に電話で警察を呼ぼうとする父に拳銃を向け殺すという。その時、父は自分を守ろうとする姿勢を示し、腕を挙げて受話器を離し、その腕を下ろし、息子を見つめて崩れ始める。震えが彼の体を走り、眼が歪み硬直し、一瞬棒立ちになってから、体は椅子越しにゆっくりと床に崩れ落ちる。卒中で倒れたのである。息子は顔色を変えずそれを認め、彼の腕は下り拳銃は床に落ち、彼の意識が途絶えたかの如く彼は机の傍らの椅子へ沈み込む。G. P. Knapp が言う如く Alnolt Bronnen (1895-1959) のドラマ『父殺し』《Vatermord 1915》とは異なり「父はしかし息子の手によって死ぬのではなく、卒中の犠牲となる。[37]」とは言え、彼の意図した通りの、あるいは意図しなかった（？）（何故ならこれまで見て来た如く息子の行動は一貫して不徹底であるからだ。）結果を生んだこの作品で最も衝撃的な場面であり、「一人の優しい、こまやかな愛情を必要とする若者が父に武器を向けるこの場合は確かに典型的ではないが、十分にそういう場合を齎す精神的衝動力はある。[38]」と当時批評された所以である。第二場は此処で終わる。

第三場は詩の形式を取った短い場であり、女家庭教師でもある例の未婚女性が登場し、彼の父の死を確認して彼に近付き、「貴方の足元で故郷が素晴らしい国と混ざり合っている。貴方を歓迎する声が近くにない時、今や或る母の手がようこそというのです！[39]」と語り、母として彼を歓迎し彼の父殺しを肯定する。しかし彼は彼女の元に帰ったのではないと言い、彼が克服したことを誇るが、彼女は彼がもはや幸福ではないという。彼はそれを否定し行動が犠牲によってのみ成り立つと知るが、満ち満ちていた心が今は空しいことを認める。多くが満たされているが、まだ彼には何一つ完成していないと語り、更に点火すれば彼は今の存在以上の存在となり、存在し続けるだろうと自覚する。そして第二幕で彼が彼女の前でしたように彼の前に跪く彼女を前にして、彼は彼が今日あの時のように彼女の胸で泣いても彼女は彼の涙を理解しないだろうと語り、彼が今日なお彼がかつてそうしたように彼女の膝で誕生と存在に就いての言葉を語ろうとも彼女の愛は彼をもはや支えないだろう述べ、彼は余りに哀れで、大地が彼を見捨てたと語る。

暴君であった父が死んでも彼は未だ満足せず、孤独なのである。しかし無限の空しさが彼を包んでいようとも多くの実りと至福が彼の心の中にあることを認め、「今や人間の中の最高の力を告げ、最高の自由へと私の心は再生する！[40]」と彼は語り、彼女と握手をし、父の死体を残し、それぞれ別の方向へと舞台を去り、幕が下りる。

この作品の中心テーマは今まで見てきたように様々な問題点を抱えているとは言え、父子の葛藤である。この点に関して Silvio Vietta/Hans-Georg Kemper は『息子』と同様に父子の葛藤を描いた当時の作品として上述の『父殺し』、F. Kafka の『判決』《Das Urteil》、F. Welfel の『殺人者ではなく、殺された者に罪がある』《Nicht der Mörder, der Ermordete ist schuldig》を挙げ、更に世代の葛藤を取り上げた Hans Johst の『若き人間』《Der junge Mensch》、Gottfried Benn の『イターカ』《Ithaka》を加え、社会心理学的に見て何故父子の葛藤に到ったのかと問題を提起し、表現主義の作家達が圧倒的な部分中流家庭の出身であり、「一九世紀後半にその中産階級がアンビバレントな力となり、一方では産業化、都市化とそれらによる現実の革命的変化を進めながら、他方では保守的に、国家に属しながら従来の理想像にしがみ付いていた。[41]」ことを一般的に言われているようにその原因に挙げている。つまりこの中産階級の矛盾がとりわけ若い世代の反逆を生んだのであり、この作品に於いては「息子の自立的自我への発展は父の克服によってのみ可能となり、[42]」従って息子の演説は父親達への反逆であると同時に「古い世界の不自由とデカダンスへの反逆であり、Wolfgang Paulsen の言を引用するなら『『父親』の地位が既に余りにも一つのブルジョア化したプロイセン主義にまたはプロイセン化したブルジョアジーに（中略）硬直化した。[43]」ことに対する反逆でもあろう。

その成否は別として、事実 Hasenclever 自身この作品に就いて次のように言っている。「この戯曲は……生の誕生による闘いの描写であり、現実に対する精神の反乱である。……このドラマは人間になることである。[44]」と。

〔注〕

（1）Herbert Lehnert: Geschichte der Deutschen Literatur. Band V. Vom Jugendstil zum Expressionismus. Philipp Reclam Jun. Stuttgart. 1978. S. 658.

（2）Herber Lehnert: a. a. O., S. 985. Z. 1-7.

（3）Walter H. Sokel: Der literarische Expressionismus. Albert Langen. Georg Müller München. 1959. S. 55. Z. 24-30.

(4) Walter H. Sokel: a. a. O., S. 126. Z. 10-11.

(5) Herbert Lehnert: a. a. O., S. 782. Z. 13-15. S. 7 88. Z. 32-35.

(6) Walter Hasenclever: Der Sohn. In: Dramen 1 Expressionismus. Aufbau-Verlag Berlin und Weimar. 1967. S. 169. Z. 16-19.

(7) ebd. S. 170. Z. 18-20.

(8) ebd. S. 170. Z. 35. -S. 171. Z. 2.

(9) ebd. S. 172. Z. 4-8.

(10) ebd. S. 172. Z. 18-21. Z. 27-29.

(11) ebd. S. 176. Z. 7.

(12) ebd. S. 177. Z. 26-30.

(13) ebd. S. 178. Z. 27-33.

(14) ebd. S. 178. Z. 36. -S. 179. Z. 3. S. 179. Z. 6-7.

(15) ebd. S. 181. Z. 10-11. Z. 14.

(16) ebd. S. 181. Z. 19-20.

(17) ebd. S. 185. Z. 22-23.

(18) ebd. S. 190. Z. 1-2.

(19) ebd. S. 192. Z. 25.

(20) ebd. S. 192. Z. 30-31.

(21) ebd. S. 195. Z. 1-4.

(22) ebd. S. 198. Z. 9-14.

(23) ebd. S. 206. Z. 28-30.

(24) ebd. S. 213. Z. 33-34.

(25) ebd. S. 216. Z. 4. Z. 10. Z. 23.

(26) ebd. S. 224. Z. 28-31.
(27) ebd. S. 225. Z. 18-19.
(28) ebd. S. 230. Z. 27. -S. 231. Z. 3.
(29) Wolfgang Paulsen: Walter Hasenclever. In: Expressionismus als Literatur. Hrg. v. Wolfgang Rothe. Francke Verlag Bern und München. 1969. S. 532. Z. 36ff.
(30) Walter Hasenclever: Der Sohn. a. a. O., S. 237. Z. 5-7.
(31) ebd. S. 240. Z. 25-30.
(32) Wolfgang Paulsen:a. a. O., S. 537. Z. 22-24.
(33) Walter Hasenclever: Der Sohn. a. a. O., S. 242. Z. 13-14.
(34) ebd. S. 244. Z. 13-17.
(35) ebd. S. 248. Z. 7-13.
(36) ebd. S. 254. Z. 33. -S. 255. Z. 3.
(37) Gerhard P. Knapp: Die Literatur des deutschen Expressionismus. Verlag C. H. Beck München. 1979. S. 46. Z. 1-3.
(38) Hans Sachs:Ein Drama in fünf Akten von Walter Hasenclever. In: Expressionismus Manifeste und Dokumente zur deutschen Literatur 1910-1920. Hrg. v. Thomas Anz und Michael Stark. J. b. Metzler Verlag Stuttgart 1982. S. 154. Z. 21-22.
(39) Walter Hasenclever: Der Sohn. a. a. O., S. 257. Z. 12-13.
(40) ebd. S. 258. Z. 25-26.
(41) Salvio Vietta/Hans-Georg Kemper: Expressionismus. Deutsche Literatur im 20. Jahrhundert. Band 3. Wilhelm Fink Verlag München 1975. S. 177. Z. 4-16.
(42) ebd S. 180. Z. 7-8.
(43) Wolfgang Paulsen: a. a. O., S. 535. Z. 2-5.
(44) Walter Hasenclever: Kunst und Definition. In: Neue Blätter für Kunst und Dichtung 1 (1918). S. 40. In: Horst Denkler: Drama des

Expressionismus. Wilhelm Fink Verlag München 1967. S. 57. Z. 20-22.

（初出、二〇〇七年三月二〇日、獨協大学「ドイツ学研究」第五七号）

（二）シュタージ（東ドイツ国家公安局）対東の作家

Manfred Krug の „Abgehauen“ をめぐって

(序)

旧DDRのDEFAの俳優兼歌手で、国民的英雄と迄言われた Manfred Krug は統一後のドイツでも活躍しているが、一九七七年六月下旬、心ならずもDDRから旧西ドイツへ移住している。そのきっかけとなったのは彼と Biermann 事件の係わりである。このことを彼は一九九六年初めて「密かな脱走」とでも訳すべき „Abgehauen“(1) の中で詳細に明らかにしている。この著作は「実況録音」と「日記」の部分に分かれており、二六五頁に亙るものであり、前半は Krug が「一九七六年、密かに一一人の著名な芸術家達と三人の高位の政治家達の論争を録音した(2)」ものである。このことは確かに「この本の成立は或る犯罪行為によって始まった。(3)」と言われるごとく当時のDDRではとりわけ危険な犯罪行為であったであろう。

この録音部分そのものは Biermann のDDR市民権剥奪に抗議して請願書作成に迄至った芸術家達とDDR政治局との意見の相違を語って余りあるので非常に興味深い。今回は従って、この前半部分をさし当たって検討し、「日記」に就いては別の機会に論ずることにしたい。

（Ⅰ）

この著作は先ず以下のような文で始まる。

「私は私の大理石のトイレへ行き、先ず何をすべきか分からない。先ず嘔吐せざるを得ない。それから歯を研き、他のことをし、携帯用の瓶よりコーンブランディを一呑みし、そしてそれでもなお相変わらず不安がある。[4]」

重要な会議を密かに録音する自分の裏切り的、且つ犯罪行為に対する不安と自責の念が窺える始まりである。続けて彼は次のように書いている。

「板張りの部屋への扉は閉じられている。マイクを見ることは出来ない。それは下の方、引き戸と床の間の隙間にあり、隣部屋の音を聞き取ることになる。[5]」このような禁じられている行為がドイツ民主共和国の個人の家、つまり、Krugの私宅で行われる、そのようなことは未だかつてなかったとKrugは述べている。失敗に終わる場合のことも心配している。そして、一方、「政府の側の三人のうち誰一人小型盗聴器を上着の折り返しに隠していなかったら首をかけてもいい。」と述べ、「そこから、どの言葉も我々が囲まれるであろう自動車のうちの一台に送られ、そこで彼らはそれを記録するだろう。[6]」と書いている。

詩人達は比較的長く名声を持ち堪えるが、俳優達の場合は一般的にはそうはいかない。そこでKrugは次のように述べる。「私は、私の中から何かが残り、私が何時の日か、何かを保存している人々の一員に属することを、欲するので、私は今これを書くのである。」と。[7]

Biermannに就いて、何故これほど語られるのかと書き、Krugは以下の事実を記す。「彼が一九七六年叫びながら壁の向こう側に立ち―》私は帰りたい！《―と言ったとたんに、DDRでぶつぶつ言われはじめた。[8]」

ここでKrugは一一人ではなく更に一人加わった一二人の名を挙げる。Hermlin, Heym, Braun, Fühmann, Kirsch, Kunert, Müller, Wolfらである。既に出来上がっていた請願書が電話によって、Jenaで朗読会を催し、最初の署名者にも指名された Jurek Becker に伝えられ、彼も加わり、一三人の例の請願書が発表されるのである。

「Wolf Biermann は一人の煩わしい詩人であったし、一人の煩わしい詩人である。――その点を彼は過去の多くの詩人達と共有する。」という例の言葉で始まる声明文である。

一九七六年一一月一七日のことである。「彼らが我々から彼を奪ったとき、我々は皆初めて怒った。」と Krug は述べ、彼は社会主義的生産企業から既に一一年も引き離されている故に、プロレタリアートにとっては多くの意味を持たないが、「彼の追放はＤＤＲに於ける全芸術的仕事の決定的侵害であった。（中略）Biermann なしでは済まされなかった。[9]」と書いている。確かに Biermann は社会主義国家にとって煩わしかったが、煩わしいというこの不快な言葉をつけ加えるのは大きな愚弄のように響かないか？と述べてはいるが、続けて Krug は書いている。

「当時私にはそう思えなかった。私は原文が非常に好いと思ったのでそれにすぐ署名した。最大に時代錯誤的な社会形態はつまり自ら生命を維持しえない社会形態である。[10]」非常に厳しい当時のＤＤＲに対する批判であるが、それに続く言葉は辛辣過ぎる感がある。「ＤＤＲでは私は時々一人の年老いた妻を寝取《コキュ》られた男のことを考えざるを得なかった。彼は若い愛人達の大いなる尊敬と忠誠を高価な贈り物で買収し、彼自身もはや住む家を持たない羽目に陥る。[11]」

周知のことと思われるが請願書には次のような言葉が続く、「我々は Wolf Biermann のあらゆる言葉、あらゆる行為と自らを同一化しないし、Biermann をめぐる諸事件を反ＤＤＲに悪用するあらゆる試みとは係わらない」。この言葉に Krug の鋭敏な指摘が続く。

「同一化する、係わらない、というのはＤＤＲの人間の二つの最も非生産的で同時に最も重要な行動であった。そのことの根底は階級的立場であった。一人の市民に於ける階級的立場が重みのあるものとして、はっきりと示されれば示されるほど、社会に於ける彼の活動は無益なものとなった。[12]」非常な皮肉とも言えるが、真実と言える面もあったのであろう。

それでは、「一三人の徒党は、Biermann をめぐる諸事件を反ＤＤＲに自ら悪用しなかったか？」と自問し、次のような経過に言及する。

「彼らは請願書を順調にＳＥＤの中央機関紙 NEUES DEUTSCHLAND に公表しようとした、がそんな馬鹿なことをと言われた。[13]」

その後 Krug は、Biermann が既にほぼ三〇年近く彼が若い頃擁護した労農国家に失望していた、と述べ、その国家に失望している者は誰でもドイツ国家にとっては不気味であると書いている。Krug がここで「ドイツ国家」と一般化していることに、私は Krug のドイツの歴史に対する慧眼をみる。

いずれにせよ、Biermann が社会主義的領域に定住出来ない理由を Krug は挙げている。

「我々は彼の市民権剥奪に抗議し、決定された処置を熟考するように懇願する。」と請願書は終わっているが、Krug はこのことを次のように解説する。

「ＤＤＲ政権宛の一通の手紙に於ける》抗議する《のこの一人称複数形はその二七年間の存立の間、未だ一度も書かれなかったことは確かである。確かに、けしからぬ言葉は、それまでの政権の最も重大な欠点の結果であった。そのことを我々は今や知っているが、それでも一つの偉大な行為は残るのである。[14]」

（Ⅱ）

話し合いの為に Krug の家にやってくるのは政治局の文化担当 Werner Lamberz であり、彼は「》抗議する《という言葉の使用者達と彼らが望んだ何処でも会う用意があったが、ただ彼の政治局で会うつもりはなかった。それは彼にとって、徒党の為にはともかく余りにもったいないことだった。[15]」Krug の家が選ばれた理由である。

その間に請願書に署名したＤＤＲの芸術家達は百名を越え、彼らは新しい風を期待していた。また Stephan Hermlin は、事実、ジャーナリスト Rolf Schneider の運転する車で NEUES DEUTSCHLAND 社へ請願書原文を持っていき、公表を試みたが、彼は追い出された、と Krug は書き、続けて辛辣にしてユーモア溢れる言葉を述べる。

「その出版社の建物で Hermlin が知ったのはロビーだけであり、そこの同志で知ったのは守衛だけであった。[16]」

NEUES DEUTSCHLAND がＤＤＲの政権党ＳＥＤの機関紙であり、その政権批判の一部を含む文書の公表が拒否されるのは当然であり、分かると言えるかもしれないが、ＤＤＲで発行部数最大の新聞であり、それ以外大衆に訴える場を持たない場合、しかも請願者達がその文書の内容をそれほどの政権批判ではなく、至極当然だと思うとき、彼らの取った行動は納得できる。むしろ惜しむらくは、その公表を敢えて認め、反論をする政権側の寛容の姿勢の欠如であった。

更に Krug は書いている。「ほぼ同じ時期に、Stefan Heym はロイター通信社に向かっていた。彼は心理的交戦状態といえるものを理解していたし、それ故に極端に絶望的であった。何故なら極端な絶望のなかでのみ彼は階級の敵方に、》抗議する《という言葉に一瞥を与えることを許し得たからである。[17]」

階級の敵方には二度は示さなかったにも係わらず、西ドイツの新聞発行人達は一目瞭然で、署名者達は全て一夜にして有名になり、多くの者は自分の名が印刷されたのを見ることになり、病気や休暇中で署名の機会を逸した者達は不幸になった、と Krug は当時の状況を詳細に明示している。いずれにせよ、Krug がここで階級の敵方という言葉を引用符なしに用いていることに、私は Krug の階級的な姿勢を見る。

「リストに載らなかった人々の涙と批判があった。」と述べた後、Krug は「どうして、個人の家のフラシ天の椅子に座って或る芸術家集団に以下のような講演をする Lamberz の異例な発意に事態が至ったのか、知らない。[18]」と書き、様々な憶測をする。結局何人かの手助けを経て芸術家達と Krug の家で会うことになり、Lamberz は芸術家達に圧倒されないようにＤＤＲのテレビの監督者 Heinz Adameck と自分の事務局の Karl Sensberg を連れてくることになる。（この政権側の第三者の名前は変えたと Krug は書いている。）

一九七六年一一月二〇日の午後、この会合は開かれる。請願書の後からの署名者でもある俳優の Hilmar Thate が先ずこの会合が開かれるに至った経緯について次のように述べる。

彼は妻である女優の Angelica Domröse と共に Adameck との話し合いに要請され、その後一緒に更なる協議の為、Lamberz を訪ねた。請願書への西側の反響の大きさを言われたが、二人共、署名撤回の用意はなく、その代わりに多くの芸術家達とのより大きい会合をアレンジしたのだと。

そこで話し合いが始まる。Heymは話し合いに至った経緯を評価し、「どうして、Biermannを再び国へ帰さないという決定がなされたのか、どのような理由からか」Lamberzに報告を求める提案をする[19]。それを知ることなしには、知的に彼らと話し合うことは全く出来ないと考えるからである。Lamberzには報告という概念が気に入らず、討論の形式を望み、そのうえこの会議はThateが既に話したようにAdameckと自分の個人的発意によるもので、従ってこの会議は一公共機関またはある集団の名に於いてではなく、自分の名に於いてのものであると主張する。続けて、芸術家達の意図がどのような結果を生み、今や市民権剥奪云々が問題なのではなく、ある別の政治的構想が、つまりこの事件によってＤＤＲに大々的に干渉しようとする西側の試みが問題なのだと述べる。その例として、LamberzはDie FRANKFURTER ALLGEMEINE紙が報道した前日のBiermannのケルンでの登場の放映を挙げる。問題はもはや何らかの事態に対する批判にあるのではなく、我国の政治、性格、本質との原則的な論争にあるのだと語る。

次にLamberzは主要なアクセントは請願書の最初の署名者と政府の間の話し合いには全くなく、請願書の中の「抗議する」という言葉にある、と主張する。

それに対しHeymは「懇願する」もある、と反論する。Lamberzは、しかし、声明文の一行目に全く明白な疑念があると述べ、次のように言う。

「ただ、過去の煩わしい詩人達は大方は反動に対抗した。そしてこの煩わしい詩人は、第一に進歩に対抗している。彼の主要な批判は反動に向けられていない。」続けて彼は言う、ＢＲＤでのBiermannの態度がＤＤＲ政府のあの決定を生んだのだと。確信を持って言うが、自分も、党指導部も、その他の委員会も、Biermannのケルンでの登場以前に、彼の市民権剥奪の前もっての決定をしなかった、とも述べる[20]。

しかも彼は金属青年労働者の社会状況変革の為の闘争支援に出かけたのに、矛先はそこに向かわず、むしろＤＤＲの官僚主義等に向かった、とLamberzは言葉を続け、「Stasiの豚」とかＤＤＲ国家体制に向けられた「ゲットー」、「兵舎」というBiermannの言葉を批判する。ともかくBiermannのケルンでの行動が、市民権剥奪の決定的理由にな

った と述べる。

Lamberz の長い発言に対して、事実関係に基づいて市民権剥奪の決定経過を究明する芸術家の以下の発言は非常に興味深い。

(III)

「政府の決定は月曜から火曜にかけて下されたと、是非記録しておきたい。」と、Heym は言い、言葉を濁す Lamberz に「でも、月曜に彼は登場し、火曜に市民権剥奪が起こった。月曜の晩、決定が下されたに違いない、夜の間に、または翌朝に。」と述べる。[21]

それを認めざるを得ず、しかし全く突然に考慮されたのではないと主張する当局側の矛盾をつき、Heym は「決定は十二時間以内に起こった。貴方自身が前もっての意図はなかったと言った。それを我々はともかく記録すべきだ。」と反論する。[22]

記録することに反対する Lamberz に、これほど重要な政府の決定が、「このような短い時間に、しかも政治局の討議なしに、そして即座に行われた」と Heym は追い打ちをかける。[23]

Lamberz は即座に行われたのではなく、以前から政権内にではなく、党組織内と無党派集団内に Biermann に対する厳しい処置を求める一連の声があったというが、反論というより、苦しい弁解と言わざるを得ない。

従って、結局 Lamberz は議論を、「もはや Biermann が問題なのではなく、実際には向こう側によって展開され、彼も利用される政治的基盤が問題なのであり、根本的には我々の国家と我々のことが問題なのだ。私はある共産主義者が―彼はそう共産主義者と言っている―ブルジョアジーの新聞雑誌によって非常に大衆化され、ブルジョアジーのマスメディアによって非常に利用されたのを未だ体験しなかった。」[24]という主張に持ってゆかざるを得ない。

ここで Krug が発言し、それは Biermann の責任ではないし、国内で言ったり、したりしたことを、国外でも言ったり、したりするのが確実なタイプの人間はＤＤＲには殆ど居ないと、Biermann を擁護する。そのうえ、彼は Biermann 追放が既定の事実であり、その進行状況を知らなかったという Lamberz の言を信じられないという。次に、この国で人々が政府の決定に反対したり、それを修正したい場合窮地に陥ると述べる。ＤＤＲの通信社ＡＤＮに文書を提出しても階級的立場云々のもとに公表に至らないからである。また Lamberz が拘る請願書の中の「抗議する。」という言葉も、「人を国から追い出す恐ろしい決定に対しては驚くべきことではない。」と語る。[25] そして、批判的論争と意見の相違を認める世論を作り出す必要性に触れる。それが存在したら、Biermann は昨晩四時間も西側テレビで語る必要はなかったと、Krug は根本的問題に至る。

これに対し、Lamberz は討論をするのに通信社を通すのかとか、自分は誰とでも討論するのに、誰か自分等に電話をしたかというような、Krug の問題提起にまともに応えず、些末なことに拘泥し、西側の通信社ＤＰＡが最初に例の声明文を手に入れたという見解に議論を転ずる。それに Heym や Krug は事実経過に沿って反論し、Krug は「この声明文が何時かは NEUES DEUTSCHLAND に掲載され得たと思うのか？」[26] と問いかける。

Krug に対しては Adameck はこの十年間全てに就いて話し合ってきたのに、何故予め自分にコンタクトを取らなかったのかと述べ、Lamberz は請願文が作成された火曜日に彼らからの電話があったらと語る。Krug 等は改めて、西側より三時間前には NEUES DEUTSCHLAND に公表を依頼したことを強調するが、彼らが公表実現不可能と見て三時間後に西側で公表したことを巡って、意見が対立する。しかし結局、二七年間の社会主義体制下での異なる意見を無視する報道機関への信頼感の欠如が Jurek Becker 等によって主張される。

そこで、Christa Wolf が発言する。彼女は NEUES DEUTSCHLAND 紙上の Biermann 市民権剝奪の論評を読み、翌日同紙上の更なる論評を読んだが、後の論評はデマゴギーと虚偽に満ちていて、反論に値する論拠ではないと述べる。続けて階級の敵に纏わる六九年の彼女の体験を語る。》Christa T《への西側の批評の結果、四年間彼女が犠牲になったことである。しかも本日、新聞紙上に「引き裂かれた空のもとに住む人々はそれには属さない」と掲載され、引き裂かれた空は彼女の作品のタイトルであり、それ故に彼女は「ここＤＤＲで何かをもたらし、この国家の建設に参加した者達に属さない」ことになり、「それは彼らが私の市民権を剝奪することを意味するだろう。[27]」と語る。悪辣な個人攻撃への異議である。その後彼女は自分達は請願書によってキャンペーンを望んだのではなく、公に意見を表明する必要があったのだと述べ、様々な決議に関する意見を新聞雑誌や他のマスコミで討議する必要性を提議する。

しかし、Lamberz がそのような事実の例として挙げたのはあくまで一定の枠内のものであり、署名者達の納得を得られない。そこで、Adameck が提議するのは現在生じている問題、状況に就いての話し合いである。芸術家達の側からは先ほどの Wolf に関する記事への疑念、Biermann がけなされ、彼には自己弁護する機会がなかったことが主張され、話は先へ進む。

Dieter Schubert は彼が熟慮の末、請願書に署名した経過を述べ、その原因として、やはり自分等の意見公表の可能性のなさを指摘し、そこに署名への自発的な多数の参加を見る。そこで彼は、ここ数年来の相互の信頼関係の空白を討論によって埋めることを提案する。

Becker がここで更に述べる意見は本質を突いており、重要である。五百万を越えると思われる読者達は、NEUES DEUTSCHLAND に掲載された Biermann に関する記事に基づき、その意見を形成せざるを得ないと言い、「私が別の見解を持つことを私の隣人が知ることを、私は重要視する。そして、Krug が市民権剝奪に反対であると知ることが隣人にとって大切である[28]」と語る。更に Hermann Kant も反対なのだと述べ、Kant は賛成しているという Lamberz や Adameck に対して、Kant は我々の行動に反対なのだ、しかし市民権剝奪には賛成していないことを手紙によって示す。

(Ⅳ)

続けて Heym が、かつて一九六五年に内務省に呼び出され、彼がＤＤＲを中傷していると謂れのない非難を受けた帰途、彼と同様上級警察官に伴われた Biermann に会ったこと、五六年に既に学生時代の Biermann を知り、その時 Biermann が陥っていた窮状から Biermann を救えなかっこと、彼が再三要請したにもかかわらず、政治局に理性的な政治を妨げる人々が居たが故に、かつて当局側がBiermannとの会合に応じなかったことを語り、「我々全てをこのような非常に気まずい不快な状況に追いやったのはこういう人々だと私は確信する。[29]」と述べる。その後Heymは既に一一月一二日、NEUES DEUTSCHLAND紙上に掲載された、》Dr. K.《なる人物のBiermann追放に関する卑劣な手紙に触れ、この人物がかつてナチス党員であったこと、その術語が文字通り市民権剥奪のナチスの術語であることを語って、非常に興味ぶかい。

LamberzやSensbergの抗弁にも係わらずHeymは市民権剥奪そのものの不当性を意を尽くして論じ、ここでも、彼らの決議が西側通信社に向かわざるを得なかった理由を、東側での公開の不可能性に求める。その例として、ここ数年間彼が新聞雑誌上で最も悪質な攻撃を受けても、答える機会が与えられず、「DDRの市民に私が向かおうとしたら、私は西のテレビを利用せざるを得ない。数年来それが意志を通ずる唯一の可能性である。[30]」と発言する。

Heymは一九五三年六月一七日の事件を描いた自作『六月の五日間』》Fünf Tage im Juni《の発禁にも言及する。そこで、我々は未来に就いて話すべきだったと言い、我々の手紙はこの事態をもう一度熟慮するよう要請していると述べ、Biermann追放の撤回を示唆するが、Lamberzの同意は得られない。彼は事態の一層の悪化を懸念し、一九五三年六月一七日の事件を引き合いにだす。そのうえBiermannはDDR反対とは何等言わなかったし、官僚主義反対を言ったのであり、BRDに反することを多く語っており、むしろDDRを擁護したと続ける。

続けてBeckerもKrugも撤回こそが好結果をもたらすと主張するが、Wolfは目下それは不可能であると認めたうえで、Heymと異なり一九五三年当時との状況の類似性は認めず、DDRは揺るぎないと確信している。

即ちWolfは、目下DDRには安全性、確実性、信頼性があり、頼れる労働の場があり、自己実現の場があることを認めるが、世論と情報の領域を重視し、その確立の必要性を詳細に論じる。Wolfの当時のDDRに対する姿勢が鮮明に反映している場面である。

ここで、Wolfとあくまで撤回に固執するBeckerとの間に若干齟齬が生ずる。その後の二人の姿勢を象徴して興味深いが、HeymはWolfの立場を理解し、そのうえで、彼が六月一七日に触れたことを補足する。彼は当時の状況を

期待するのではなく、「当時行われたような過ちをいかに理性的な方法で訂正するかに就いて話し合わねばならないであろう。[31]」と述べる。後からの署名者 Klaus Schlesinger もこの会合に参加しており発言する。彼も Biermann の見解にＤＤＲに敵対するものを見ず、勇気づけられたと述べ、Biermann は右翼ではなく、政治局とは別の見解を持つ共産主義者だという。故に追放の理由が分からない。彼はまた第八回党大会が約束したことがここ二年来ますます満たされず、そのことに言及して以来、彼の朗読会のみならず彼の妻 Bettina Wegner のも減少した事実にも触れる。Heym や Braun や Becker にも似たような状況があったのだ。Schlesinger はそういう状況の頂点としての彼の家への家宅捜査と書籍とレコードの押収を敢えて語る。それを彼は個人的事柄とはするが、その原因をＤＤＲにおける経済状況と上部構造の矛盾に見て、その反映を新聞雑誌の機能や知識人の役割の変化等生活全般に求める。納得出来る指摘である。

事態の展開は更により困難な問題に至るということの悲観的な観点に対して、Lamberz は色々なことが語られる企業内集会への芸術家達の参加を要請するが、後者は飲み屋での労働者達の本音を聞くことを要請する。両者の依って立つ論拠の基盤を如実に示しており興味をひく。

Becker が一日に Biermann 追放賛成の電話を五〇回貰うが彼らは名乗らないと述べた後に、署名への後からの参加者 Ulrich Plenzdorf が発言する。Plenzdorf は既定の方針であるかのような印象を与える Biermann 追放の性急さにやはり言及し、Biermann には彼の見地をより明瞭にする様々な歌があると述べる。第二の関心事として Plenzdorf が挙げるのは信頼のテーマーであり、文化分野の様々な同志達による一連の不信感の証拠に触れる。

Plenzdorf も Biermann を巡る品質の高い討議の不足を語り、自分の見解を公表する権利を主張する。Lamberz はしかしそれに対し、Plenzdorf が大部分の署名を集めている者の一人であると言い、一三人に限定される筈である署名の広がりがどういうことになるかと非難する。

Plenzdorf は署名の広がりは友人達との対話の結果であり、かかってきた電話によると述べ、扇動を否定する。ここにも両者の見解の相違が顕在化する。

一方Heymは、署名の広がりは、「この国の作家や詩人や芸術家達が様々な問題に直面していることを貴方が何時の日か考えることに通ずる。(32)」とLamberzに語り、NEUES DEUTSCHLANDに本日公開された声明文の署名者達のリストを見ると、それはこの国の知識人達多数の見解ではないと断言する。

(V)

このことを巡って、貴方は我々に挑戦するのかといった些か感情的な言葉を述べてからLamberzは、「一三人の芸術家達の一つの声明があったのではなく、昨日の昼まで既に三つの声明があり、署名の三つの収集があった。そしてなお一層の収集がある。(33)」とやはり署名の広がりに言及し、それが何処へ至ることになるかと相変わらず問いかける。Krugがそれに対し、「我々はBiermannの国外追放に就いて君達とは異なる考えである、ということを君達が知ることに至ったならばいったいどうなるのか。これが第一のことであろう。(34)」と述べ、第二のこととして、署名をした全ての者達が追放に反対ならば、我々は恐らく一度そのことに取り組まざるを得ない、と語る。Krugの発言で注目すべきは、彼がLamberz達に一貫して敬称を用いていないことであり、このことは日頃の彼の彼らとの交流を語って余りあり、逆に彼が彼らから他の作家達ほど一目置かれていないことも意味しており、それが後の彼の日記に見られるような彼に対する彼らの処遇に現れる。

Lamberzはしかし第二、第三の署名者達の声明文に新たにつけ加えられた「我々文化創造者達はWolf Biermannの市民権剝奪に対するベルリンの芸術家達の抗議に連帯を表明する。」という文言に先ほどと同様拘り、懇願にはなっていない、それが何処へ至ることになるかという問を繰り返す。(35)

Beckerも Wolfもこの事態を止めたいと述べ、Beckerはその可能性を例えば対話に求め、修復不可能な両者の間の敵対関係に至る対極化のプロセスは阻止されねばならぬと主張する。ThateもWolfも異議はなく、Lamberzは「今や我々は我々が始めた、そして我々にとってAngelica Domröse及びHilmar Thateと論じる目的であった本来の出発点に戻った。[36]」と述べ、続けて長広舌の熱弁をふるう。彼は先ず、Biermann に就いては様々な考えがあり簡単には方が付かないので「何が実際に彼の歌の中で歌われており、何がその中で表現されているかに就いて確かに少し徹底的に討論せねばならない。[37]」と語り、これ迄信頼に就いて話題になり、芸術家達がここ十年間の我々の政治をどう判断しているか知らないが、「その第八回党大会以来、様々な分野でその政策の一つの転換に就いて自ら語るこの党を、それ以来実施された展開を、見て欲しい。」[38]と強調する。

先ほどの Schlesinger の第八回党大会以降に就いての評価と根本的に齟齬がある。政権側に立つ人間と芸術家の間の認識の相違を語って興味深い。つまり Lamberz は信頼に依って満たされている雰囲気を目指して努力してきたことを第一の点として挙げる。

第二の問題として、我々を世間知らずの人々と見ずに、ノーマルな人間と見て欲しいと述べてから、Lamberz は彼が知る素朴なノーマルな人々に言及し、彼らは私腹を肥やしていず、Biermann はそれを認めるべきだ、彼が何処にその情報の元を持つか知らないが、と些かの Biermann 批判をやはり展開する。結局彼は、「我々は一つの開かれた雰囲気を持っている。私は貴方方に、企業へ行き、地方へ行き、人々と語って欲しいとお願いする。——それを我々もやっている。——そしてそこで傾向を見て欲しい。[39]」と従来の主張を繰り返すのである。

第三の問題として、彼は論争が始まったような方向を正当でないとみなし、更にその論争が外国のマスコミを通して為されたことを正当でないと強調し、我々の事態を、道が開かれているのに、討論へと導く試みが企図されなかったことを挙げる。

このことに関しては両者の間に認識のずれがあることは既に明らかではあるが、Lamberz は、今は現在の問題に論点を移し、この事態に介入してくる多数の勢力がＤＤＲの内にも外にも居る時、誰がこのような論争に依って勝利を占めるのかと問いかけ、もはやデモクラシーの問題ではないという。

続いて声明文の効果に就いての意見の相違がやはり生じ、そこで Jutta Hofmann は》K《氏の例の記事に「私を身震いさせる方法で彼らの立場が全く明瞭に示されている。[40]」と述べ、それなのに我々が政治局に事態を熟慮するように懇願したものは印刷されず、翌日 Biermann に距離を置く人々の記事が掲載されたと批判する。
Lamberz はそれに応えず、一九五三年から一九七三年迄二十年間 Biermann のことを我慢してきたこと、Biermann の為に尽力もしたことを語り、解決の道が見つかればと述べる。そのような齟齬がまた生じるのである。
Lamberz は更に、解決の道が見つからないと署名者達にとって遥かに複雑な論争になると、述べる、何故なら多くの同志達が憤慨しており、政治局が抑えてきたからだとも言う。Krug が一種の脅迫であると語った後に Heiner Müller が初めて発言する。
Müller も今や声明のだし方の正否ではなく、これから何を為し得るかが問題だと述べ、「なお今でもＤＤＲの国際的コンテクストのなかで、企業や機関等々の中の世論のみを世論と定義するのが可能であるとは私は信じない。何時かは新聞雑誌は段々と様々な意見の為に一つの世論にならねばならぬ。[41]」と当局に対する重要な批判的指摘をする。彼は更にこれ以上の署名の広がりを否定したうえで、討議の中で何を論じるべきかという。
Lamberz は芸術家達の間に今の討議を広げることが関心事だと語り、彼らは長いこと作品の検閲を止めていると主張するが、Wolf が本日また事情が変わってきていると述べ、Frank Beyer も同調する。一昨日ＮＤ紙上のあの記事を読んで以来である。そして彼は今でもあのことを考えると身震いするし、汗が吹き出るという。Erik Neutsch 原作『岩石の痕跡』(Spur der Steine) の映画化の時の当局による圧力である。これには Krug も言及している。そして彼は党員として世論に一歩を踏み出さず、党指導部に訴えたことを悔いる。
Beyer はまた似たような事態が起こったことを見て取り、討論の試みという Lamberz の言を信じない。むしろ党員である彼は、この討論の試みや署名者達から離れるように要求されることを確信し、たとえ明後日からＤＥＦＡ＝映画を、更に一年、五年、一〇年ＤＥＦＡ＝映画を作成出来なくても、そのようなことはしないと述べる。党員であるが故の覚悟であると言えるが、後に党員ではない Krug の身に起こる事態を示唆しており関心を呼ぶ。
彼は現在の議論が対決の形になったことにも言及する。ここで Heym が Lamberz の和解的な言葉に感謝しながらも、Krug と同様に先ほどの脅迫的な言に触れると、Lamberz はそれを認めず、次に Sensberg が長い発言をする。一つのプロセスが芸術家達の側から開始され、それに彼らのプロセスが応じ、闘いが始まったというのである。つまり相変わらず前者の声明文を批判し、Biermann 追放撤回を拒否する。彼は新たにその声明文をＤＤＲに対する抗議文であると断じ、続けて自分はある誰かの過去には触れないので、自分が好く知っている協力者の過去に触れないで欲しいと要請し、あの》K《なる人物を擁護する。

(VI)

》K《が戦後、二五年から三〇年に亙って偉大な道を歩んだという主張は認めるが、それでも Becker は本日の記事はひどいと批判する。その後、署名収集者の資格の認知をめぐっての当局側の質疑とそれへの応答、当局側に昨日企業からの電話による多数の問い合わせ・反応があったこと及び、ＡＤＮの昨夜十時の見解と署名数の前後関係をめぐっての応酬がある。当局側の署名数への否定的な執着が見られる。

Lamberz はまた、声明文に批判的な反応を示すノーマルな人間の言い分を発表する義務に言及するが、Heym が Krug と Beyer の映画制作の際の例の組織化された圧力に触れ反論する。ノーマルという言葉への鋭い指摘である。

Wolf はここで第一のこととして、彼らは署名の広がりを避けようとしたが、他の人達も意見を表明しようとしたのを妨げるのは不可能だったことを挙げ、第二に声明文の署名者達がＤＤＲで彼らの意見を表明する可能性があるのかを問題にし、その声明文の濫用には距離を置くと改めて述べる。

またシュプリンガー系の新聞より電話があり、彼女がそれにどのように応対したか、彼女が彼らに就いて如何に考え、彼女の姿勢が如何なるものかここで述べることも出来ると語る。

Wolf は更に、昨日ある企業の指導者と話し合ったこと、彼も企業内問題を抱えていることを説明し、そのような話し合いを文学の一つの機能と信じ、次のように言う。「私は書くことを私の主要な仕事と見てきた、決議や手紙の起草ではない。(42)」

Wolf の発言は続き、現在開放的である状況が再び別の方向に行くことを危惧し、もしそうならないならば「それは勿論大きなことであろう。そして君達は我々全てを再び君達の同盟に獲得するだろう。我々全てはこの同じ列車に一緒に乗るだろう、そしてそれを我々も望んでいる。」と述べ、声明文の撤回が不可能なことも改めて言う。[43]

その Wolf の提案に、Heym が以下のような条件を加える。「その為の前提はさし当たって、我々の声明が要するに或ＤＤＲの機関紙に、NEUES DEUTSCHLAND に、最終的に印刷されることである。その結果ＤＤＲの読者達と国民は我々の言ったことを正確に知ることになる。そうすれば我々は、もしこの声明が西側によって反ＤＤＲの宣伝として濫用される時、そのような宣伝の試みから距離を置くと言える。[44]」と。

Wolf はまた、我々は声明文と我々の名前の濫用は承知していると述べ、それ故に正にはっきりと何が我々の立場か、我々の国家に対し、西側の新聞雑誌に対し説明すると語る。一方 Krug は我国では不可能であった声明文の公開を達成する為には濫用は計算済みであったと述べ、その結果、当局側との話し合いが出来たのだろうと敢えて発言する。

Krug の現実を踏まえた見解と言える。Becker も声明文の公開がなければ全てが無意味になると述べ、我々は諸問題を別のように見るという Adameck に、私は Biermann を取り戻したいと主張する。Adameck はそれを条件には出来ないと述べ、議論は元に戻るが、Heym はやはり NEUES DEUTSCHLAND 紙上での、そしてテレビでの公開を求める。

Wolf は我々の意見が分かれる時、我々が正に同じ考えではない様々な点があるのだろうと認めるが、今やるべきことを重視する。Heym は事態を元の状態に戻すことが事態を解決する方法だと主張する。それに対し Lamberz は署名の広がりが無いことを確認したうえで、現在の形の討論を更に続けることに賛成する。彼はまた Krug や Thate や Beyer の仕事に何らかの影響が及ばないことを確約する。

その後 Heym が改めて濫用に反対する声明文の起草を提案するが、Lamberz は再度のグループ化を危惧し同意せず、個々人による同じ内容の声明を提案し議論が続く。Wolf はそこで「我々が例えば個々の声明をするとしたら――我々の本来の声明文が知られていないということの問題も解決されないだろう」と言い、Heym も「貴方は此の声明文を印刷せねばならない、貴方はそれを免れない、同志 Lamberz[45]」と述べる。

しかしLamberzは両者に有利な一つの方法を見つけねばならぬが、抗議の繰り返しであってはならぬと言い、芸術家達の賛同を得られない。Heymも言うように「そうしたら、全世界が彼らは説伏させられたと叫ぶからである。」Krugも「我々が署名したオリジナルの物が印刷されねばならない、その下に全ての署名が並ばねばならないだろう」[46]と述べ、そこで署名者達が、ここに署名した全ての者は宣言する……と書くべきで転換と思われることはすべきでないという。

Lamberzも Adameckもグループ形成に反対であるが、討議の継続には賛成であり、芸術家同士の討議にも同意する。しかし一方、昨日のBiermannのテレビへの登場を見て、本日より新しい意見が生じて来ており、そのような意見を我々は受け入れるし、そういう事実を行政上の決定で阻止出来ないという。そして更なる話し合いを有益だと考え、改めて相互に理解しあえると主張する。芸術家達への或種の牽制である。

Heymはそこで我々が今日話し合って来たように賢明に振る舞えばこの事態を決定的に解明するであろうという、しかしWolfは懐疑的である。Lamberzはグループ結成ならばＤＤＲの為という発想しか持てず、その他のグループには批判的であるが、それに対しHeymは現在新聞紙上に次から次へと、極めて正確に同じ内容の声明が現れたことを馬鹿馬鹿しい状態と反論する。そこでJutta Hoffmannは、グループ結成云々が問題ではなく、政府の処置に対して二つの異なる考えがあることが問題なのだという的確な指摘をする。

Lamberzは改めて濫用反対のグループ声明を危惧し、個々人による声明を勧める。Heymはしかし次のように述べる。「私は本来一つの個人的声明文を示すつもりであった。しかし仲間達が集まり、政府へのこの非常に素晴らしい懇願──抗議と結びついた──を草案した時、私は私の手紙を脇に置く決心をした。私が私の手紙を一人で送っていたら、私はここで一人でこの付加的な問題に直面していることになるであろう。しかしこのことが共同で起ったのだから、我々はやはりまた共同でこの付加的問題を解明せねばならない。」[47]

まさに根本的にして重要な見解である。

Krugも事態が濫用的に膨らませられ、我々が国家に敵対的なグループに様式化されることをしないと主張するが、やはり集団での付加的声明の起草を提案し、Wolf も同意する。当局側との根本的な相違である。それに対し Lamberz は話し合いによって理解し合おうと言い、Wolf は対決が起こらず、彼らがＤＤＲに敵対的だと言われないこと、将来再び様々な問題に就いて、語り合うことが少しばかりより多くなることを Lamberz が信じて欲しいと切望する。

Krug はそれとは別に、誰かが新聞紙上に記事を書くとき、より正確に事態を見ること、書き手の選択、管理にもっと努力して欲しいと Lamberz に対し発言する。

(Ⅶ)

その後、Biermann の「赤軍は我々に一つの社会主義をサービスした。半ば人間像の、半ば動物界の。[48]」という赤軍に就いての歌詞をめぐって、Lamberz と Wolf, Schlesinger, Krug の間に論争が起こる。その表現がソ連軍にふさわしくないと考える当局側と、一九四五年当時の暗い体験やスターリンを Biermann は考えていると主張する芸術家達との間の詩に対する姿勢、解釈の相違が顕在化する。Lamberz はまた、社会主義が赤軍によって持ち込まれたという歌詞が事実と違うとも語る。

しかし、Wolf や Becker はそのようなことでは争わず、するべきことを始めようと考える。声明の中に「Biermann が言い、することと全てと我々は正に我々を同一化しない[49]」と書いてあるからだ。そして、この部分の論争を合間の論争以上の物でないとするが、Lamberz は Biermann のＤＤＲの建築現場を風刺する他の歌詞も捉えて重視し、Biermann は作業班の現場に来るべきだと主張する。そのうえ、作業班の若者達は「あいつが帰って来たらあいつのけつをいっぱいひっぱたいてやる。[50]」と言っていると語る。歌う為にではなく、討議すれば好いというわけである。

Heym はしかし、Köln で Biermann が行ったプログラムを全部見たのかと Lamberz に問いかけ、野次を聞けば分かるが、「彼は非常に巧みに且つ賢明に、ＤＤＲに、社会主義に賛成する理由を明確に述べたことを貴方はともかく認め賛嘆しなければならない。まだ彼は戻って来られる。（中略）Biermann にとっても彼が戻れることを意味する解決をするよう試みてみなさい。私はそれを貴方に心から言う。[51]」と熱烈に語る。
Lamberz はやはり同意しない。Krug もこの Biermann の Köln での登場をやはりＤＤＲ擁護と見て、「彼はこの夕べで一つの巨大な左翼的挙行を西ドイツでスタートさせた。[52]」と評価する。しかし追放が余計なテレビ放映を結果としてもたらしたと主張する。
Wolf はここで一九七〇年か一九七一年、ベトナム戦争反対の彼女の見解表明が放送拒否にあったことを想起し、更に二年前『チリ――歌と報告』》Chile-Gesang und Bericht《という本が出版された時、それに Biermann が一つの詩を寄せ、彼女は Biermann に多くの点で同意はしないが反ファシズム統一戦線の為に編集委員会でその採用を主張したが、結局拒否され、彼女が編集委員会から降りた事実にも言及し、彼らに Biermann がこうなった罪があるとまで断言する。その歌を Biermann は Köln で今回歌っているわけである。
続けて発言する以下の彼女の言は真摯で傾聴に値する。
「そして常にまた何処か別の場所でなお自分の立場を認識する可能性があり、他の見解を聞く為に何処か別の場所へ行く可能性がある。そして私は Biermann がそういうことをきちんと十分にしなかったことを非難する。[53]」
彼女は更に、先日、或作家から心理学で来るわけだね！と非難されたが笑わざるを得なかった、何故ならそれこそ我々の領域だからと述べ、「それ故にもし我々が人々の頭の中や神経繊維の中に生じることをまた理解しようと試みないなら、いったい誰がそれをするのか？」と重要なことをつけ加える。[54]
Wolf はまた、我々は矛盾のある社会におり、我々は矛盾の生産的な面に立とうと言い、Lamberz はそういうこと全てを討議出来るし、討議すべきだという。しかし彼が芸術家達の例の決議の影響力に触れると、芸術家達は新聞雑誌によって世論を操作しているのは政治局だと反論する。Lamberz はそれに対し、世論は全社会的生活であり、青年の間に、組合の中に、学校にもあると述べた後に、またもや芸術家達の誰一人前もってこうこうしなければならぬという提案を Lamberz 達にしなかったことに拘る。
Schlesinger がここで、Jena から来たツァイスの労働者が、署名集めをした一人が逮捕されたことを知らせてきたことに言及する。

続いて両者の間で現在及び今後の署名数をめぐって質疑応答があるが、その後Lamberzは、今後も話し合おうと言い、誰も署名の故に逮捕されないことを保証すると述べる。

Lamberzはしかし、ＤＤＲのアイスホッケーチームDYNAMOが一昨日西側で、赤い豚、強盗、出て行け、Honeckerを絞首刑に、Biermannに自由を、等とスタジアムで罵倒されたことに言及し、それが現在の事態の影響だと述べる。ここでHeymとLamberzの間に、その影響をもたらした原因に就いて、Biermann追放の結果か、あの声明濫用の結果かで意見の相違が起こる。それに対し、Krugは「政治そのものが濫用されるのだ。一つの政治的決定が誤り、既にそれが濫用される。」と言い、例の政治的決定を悪と断じ、国外追放が卑怯という印象を呼び起こし、「それが西ドイツで国民の間に、ＤＤＲで多くの人々のもとに生じた印象なのだ。[55]」と語る。この厳しいKrugの姿勢が後の彼に対する当局の処遇に反映するのであろう。政治家の先見の明のなさの指摘であるからだ。

Lamberzはそれに対し、君は正しくないわけではないと言い、我々が前もって望んだならば、あの教会での公演の後にそれをすることが出来ただろう、と逆手に取った先見の明を匂わせる。Biermannの或教会での公演を全くの愚行と政治局は考えたのである。そして、Lamberzは「もしそのような行為を組織する人々がいたら、我々は彼らを逮捕するだろう。」と言い、更に「我々は我々の党が何らかの人々に依って、誤った攻撃をされることを認められない。[56]」と断言する。一方Schubertはそれに対し「一方我々は、私は思ったのだが、Biermannを追放する政治的に重要な決断が明らかに軽率になされたことを認められない。[57]」と反論する。

この両者の間の対立は結局克服されずに今回の話し合いは終わる。Lamberzは意見交換に感謝し、今日の話し合いは此の家の内部に留まることに我々は一致するのかと問いかけ、芸術家達の何人かはその通りだと答える。

Beyerは「君と話し合いが行われたという純粋な事実にも信頼の念は当てはまるのか?」と問いかけ、Lamberzは同意する。[58]

最後に相互に、この話し合いの書式は作成されないことが確認され、両者は別れる。

しかし最終的に話し合いは継続することなく、Krug はＤＤＲを去ることになる。その事情は彼の日記に明かである。このことに就いては別の機会に論じる。

〔注〕

（１）Manfred Krug „Abgehauen Ein Mitschnitt und Ein Tagebuch“ Econ Taschenbuch Verlag. 1996. なおこの著作は、Plenzdorf 脚本、Krug 主演で一九九八年六月三日ＴＶ放映された。

（２）上掲書 S. 1. Z. 1-3.

（３）以下、全て同書の頁、行数のみを記す。S. 1. Z. 1.

（４）S. 7. Z. 1-5.

（５）S. 7. Z. 6-9.

（６）S. 8. Z. 2-6.

（７）S. 8. Z. 25-27.

（８）S. 9. Z. 11-13.

（９）S. 10. Z. 10-12. Z. 20-28.

（10）S. 11. Z. 7-11.

（11）S. 11. Z. 16-20.

（12）S. 11. Z. 24-29.

（13）S. 12. Z. 10-15.

（14）S. 13. Z. 13-19.

（15）S. 13. Z. 30-33.

（16）S. 14. Z. 9-10.

(17) S. 14. Z. 15-20.
(18) S. 14. Z. 31-S. 15. Z. 1.
(19) S. 17. Z. 6-8.
(20) S. 19. Z. 16-32.
(21) S. 22. Z. 20-21. Z. 24-27.
(22) S. 23. Z. 11-13.
(23) S. 23. Z. 24-25.
(24) S. 24. Z. 20-27.
(25) S. 26. Z. 19-21.
(26) S,28. Z. 10-12.
(27) S. 32. Z. 30-S. 33. Z. 2.
(28) S. 38. Z. 26-29.
(29) S. 41. Z. 19-21.
(30) S. 44. Z. 6-7. Z. 13-15.
(31) S. 51. Z. 3-5.
(32) S. 58. Z. 1-4.
(33) S. 59. Z. 5-8.
(34) S. 59. Z. 13-15.
(35) S. 60. Z. 1-3.
(36) S. 61. Z. 13-16.
(37) S. 61. Z. 20-22.
(38) S. 62. Z. 2-6.

(39) S. 63. Z. 29-33.
(40) S. 67. Z. 5-7.
(41) S. 69. Z. 5-10.
(42) S. 79. Z. 7-10.
(43) S. 79. Z. 24-27.
(44) S. 80. Z. 25-S. 81. Z. 5.
(45) S. 90. Z. 19-24.
(46) S. 91. Z. 16-21.
(47) S. 95. Z. 9-17.
(48) S. 97. Z. 9-11.
(49) S. 99. Z. 7-9.
(50) S. 100. Z. 15-16.
(51) S. 101. Z. 6-12.
(52) S. 102. Z. 10-11.
(53) S. 104. Z. 18-22.
(54) S. 104. Z. 27-29.
(55) S. 109. Z. 17-18. S. 110. Z. 6-7.
(56) S. 110. Z. 22-23.
(57) S. 111. Z. 2-5.
(58) S. 111. Z. 22-23.

(初出、一九九九年七月、世界文学会「世界文学」No八九)

Manfred Krug の „Abgehauen“ の「日記」をめぐって

(序)

一九七六年一一月中旬、ＤＤＲの詩人で且つ歌手でもある Wolf Biermann は西ドイツで公演し、それが当時のＤＤＲ政権によって政権非難と受け取られ、常時より Biermann の言動に批判的で立腹していたＤＤＲ政権は、これをきっかけとして Biermann の市民権剥奪を断行した。

この強権措置に対しいち早く行動したのは一三人の芸術家達であり、彼らは一一月一七日、ＤＤＲ当局宛の請願書を署名入りで発表した。彼らは先ずそれをＤＤＲで最大の発行部数を擁する社会主義統一党（ＳＥＤ）の中央機関紙 NEUES DEUTSCHLAND に公開しようとしたが、それを拒否され、又他のジャーナリズムによっても採用されず、結果的にそれは西側のマスコミに最初に公開されることになった。

この署名入りの請願書はその後一九日迄三日間に亙って、第二次、第三次、第四次の署名活動に迄広がり、署名者は百名近くに迄至った。此の事態を危惧したＤＤＲ当局は芸術家達との会談を希望し、それが、第二次署名者でもある俳優 Hilmar Thate, Angelica Domröse 夫妻が話し合いを最初にＳＥＤ政治局文化担当 Werner Lamberz 及びＤＤＲテレビの監督者 Heinz Adameck から要請されたのを契機に実現する。

最初の署名者の何人かに第二次以降の署名者数人が加わった当局側との会合は、一一月二〇日、ＤＤＲの国民的英雄とまで言われた俳優兼歌手の Manfred Krug の自宅で挙行された。この会談は実は密かに Krug に依って録音され、それは初めて一九九六年に『密かな脱走』„Abgehauen“ の中で公表された。『密かな脱走』は「実況録音」„Ein Mitschnitt“ と「日記」„Ein Tagebuch“ によって構成され、前者は非常に興味深いが、それに就いては既に私は論じているので(1)、ここでは後者を検討する。芸術家達との会合の最後で Lamberz は誰も署名の故に逮捕されないことを保証するが、Krug の一貫して厳しい当局への発言は、作家に対する場合と異なり、彼に対する当局のその後の厳しい処遇を招来する。彼はＤＤＲを去ることを決意せざるを得ない。あの会談以来半年近く彼の仕事は奪われ、彼はＤＤＲからの出国を申請する。彼の決意は固く、実現する迄彼は日記を記す。

（Ⅰ）

日記の最初の日付は一九七七年四月一九日、一〇時一五分。火曜日となっている。

彼は Berlin-Pankow の市役所を訪れる。その日は役人との面会日なのに、誰一人廊下の椅子に居ない状況を Krug は書いている。彼は内務部一部長の表示のあるドアの前へやって来る。「一瞬私は立ち止まり考える、どんな顔して私は入って行ったらよいのかと。印象深い顔でなければなるまいし、私にとっては戯れ事ではないのだと額に書かれていなければなるまい(2)」と Krug は記している。彼は重大な決意のもと、一通の手紙をもってきている。中へ入り女性職員から別の部屋の女性職員へ回された末、躊躇いながらその手紙を受け取った彼女から受領証明書を拒否される。「重要なことが問題になっているに相違ないと彼女が認識している(3)」からである。彼は廊下で待つことになる。

彼はここで二六年に亙るＤＤＲでの生活に想いを馳せる。廃墟と食料危機の時代。小学校は Leipzig であったが、Duisburg のギムナジュウムで詰め込み主義の教育を受けたことは良かったと思っている。部屋に通された彼を迎えたのは四脚の椅子のある部屋の部長である。それは大したことでないのである。ここで Krug が記している以下の文章は非常に興味深く、ユーモアもあり、辛辣でもある。

「SEDの政治局には、テレビ、ラジオ、新聞の責任者である一人の本当に偉大な指導者Werner Lamberzが座って居る。西のテレビでは、彼は何時かErich Honeckerの後継者になるであろう、といつも言っている。Lamberzの場合私は二ダースの椅子だと査定している。テレビ部門の長Adameckはその半分の椅子で満足している。》高位の人物達の《謁見室の椅子の数は彼らの階級章であり、人はそれを肩章の星の数のように数えられる。(4)」

部長が書類に目を通している間、Krugの脳裏には彼が見捨てることになるであろう「全DDRで最も美しい家」のことが浮かんだりする。彼の書類の表題はDDRよりBRDへの出国申請書である。会談は二、三の会話のみで終わり、Kurt-Fischer-Platzを行く彼の目に写るのは相変わらずの横断幕の平凡無味乾燥なスローガンである。それに対するKrugの感慨は正当で正鵠を射ている。「共に計画し、共に働き、共に統治せよ！　何千人の人々がこれをこの瞬間に読もうとするだろうか、全国のどれほどの街角で？　そしてこれを読んだら人々は何を考えるか？　人々は考える：くそっくらえ、それで終わり。(中略)何故彼らはそれを書き、かかげるのか？　ただ党を傷つける為にのみ。(中略)そして彼らがこの簡単なメカニズムを今日迄理解しなかったことが、あらゆる思考する人間達に反撥と言わないまでも、違和感を与えたに相違ない。これが、経歴云々の為に私の父が私に折に触れてその歩みを勧めたにも係わらず、何故私が党に入る気がなかったのかの理由の一つである。(5)」

Krugは彼には常に少しばかり誇りある感情があり、それどころか上のような人間達の間に友人も後援者も求めなかったある種の自由な感情があった、と書き、DDRがまだ救えると確信していた時もそうであった、と述べる。彼は続けて書いている。

「私の友人達と後援者達は公衆の中に居た。そして私が国を去る時、私は私の公衆から去るのだ、そしてそれ以外では全くない。(6)」

二〇年間に主役だけでも六〇本以上の映画やテレビに出演し、一ダースにもなる長いレコードを出した彼のもとには一日中電話がかかり、出演依頼を断る口実に悩んでいたのに、「七六年一一月に電話が鳴り止んだのだ。(7)」

五ヶ月も彼から仕事を取り上げ、彼に思い知らせ、我々なしには駄目だと彼の名誉を傷つけ、彼の名声を損傷する。

その卑劣な手段は芸術家の誇りを傷つける。

「彼らとはもうおしまいだ。彼らは私に厳しかった、今や私が彼らに厳しくなければならない。戻ることはあり得ない。引き返したら敗北である。[8]」とKrugが書いているのは余りにも当然である。続けて彼は書いている。

「二、三日前、Biermannが西側から電話をかけてきた。私は彼に、彼の市民権剥奪後、一つも仕事の提供がなかったことを語った。[9]」その一日後にあったのは吹き替えの仕事だけであり彼のプライドはそれを許さない。

その日の内にはベルリンの内務部部長からも、既に申請書を当然読んでいる筈の政治局からも何の連絡もない。私はこの日記を書き始めた、とKrugは記している。そして次のように書く。「出国迄または逮捕迄、私は日記を書き続ける。第一に私はＤＤＲにコピーを手に入れさせたい、何をＤＤＲがしでかしたかＤＤＲが知るように。それはＤＤＲにとって治療薬になり得るだろう。何故ならたとえ私がＤＤＲを今憎んでいても、ＤＤＲは病気なのであり、その状態に何等気がついていないように見えるからだ。彼らが私を閉じこめたら、この本は西で出る。[10]」彼はイタリア大使館の友人に毎日原稿を手渡す段取りを整えていた。

四月二〇日、水曜日の日記の最初の方には、出国申請書の全文が掲載されている。全文は一一五行にも及ぶ長いものである。自分の名を名乗り、一九五〇年一三歳にて西ドイツよりＤＤＲに来た理由、家族に就いて述べた後、「一九五六年、私はWolf Biermannと知り合った、彼とは友人であったし、友人である。一九六五年、一つの最初のBiermannに反対する記事がNEUES DEUTSCHLANDに現れ、その記事に私は反論した。そこから私には譴責処分と慣例の不利益が生じた。[11]」と書き、その具体的例を挙げる。続けて、今回のBiermannの市民権剥奪に抗議する請願書への署名とその撤回拒否以降、「私の人生は突然変化した。[12]」と述べ、前の場合とは比較にならぬ程の恐ろしくて、卑劣にして、執拗な彼に対する不利益処分を列挙する。

先ず、ＤＤＲのテレビが彼をあらゆる仕事から閉め出した。彼の完成済みのＬＰが出なかった。彼主演のＤＥＦＡ映画の予定された映画祭への参加が実現しなかった。彼が中心の西ドイツ巡業が予定通り挙行されなかった。彼の兄弟の結婚式出席の為の西ドイツへの旅行が、当局側の理由で延期され、結局後にも約束通り許可されなかった。好評であった彼のジャズコンサートの多くが取り消され、新規の提案もなかった、等々である。

更に彼は文化省が主張するように、彼が例の請願書への署名を強制したという真実でない情報に晒され、彼がドルのコントをスイスで自由に処理しているという偽りの噂迄、流される。申請書はまだ続く。

（II）

以上の不利益処分はどのような結果を生んだかということが更に述べられている。彼の社会的孤立が始まる。知人の訪問が途絶える。一年の報奨金支払いの際に、DEFAで彼に握手を求めたのは百人の内五人のみである。親たちはその子ども達に彼の子ども達との遊びを禁止する。党の集会で彼はブルジョワの生活を送っていると非難され、或教員は生徒達に俳優は思想を金で売ると語り、とりわけ彼は既に何度も下獄した犯罪者だと非難し、彼の親しい友人は彼から離れるように忠告され、誰をいつ幾度、彼が訪問したかが調査される。又ポツダムのフォーラムでは彼は国家の敵で労働者階級の裏切り者だと公然と発言される。

続けて彼は次のような事実を述べる。「七六年から七七年の冬の私の最後のコンサート公演の最中、私は警官達より公然と監視され、私の舞台での口上はあからさまに筆記された。我々のコンサートの友人達は入場券の販売はなかったと訴えて来た。カメラマン達は暴力で会場から遠ざけられた。とりわけ前列には選り抜かれた聴衆達が居て、彼らは全コンサートの最中、暗い顔つきを見せつけ、あからさまに手も動かさなかった。観衆の示し合わせた敵意があり、それは一人の舞台芸術家の仕事を不可能にし彼を打ちのめす[13]。」正に卑劣にして卑怯極まりなき報復措置である。この人間のやる気を奪い、気を滅入らせる様々な措置に比べれば、かつて彼がErik Neutsch原作の映画『岩石の痕跡』(Spur der Steine) 封切りの際に体験したことは大したことではないと彼は申請書に書いている。「私の様々な経験の後、私はもはやここに今後も存在するチャンスを見出さない。状況はその仕事の為に紙と鉛筆のみを用いる一人の作家にとっては一つの別のものであろう。

十分な思索の後に私は私の家族と私の為に、私はＤＤＲから私の母と兄弟が住んでいるＢＲＤへの出国を申請する。[14]」とKrugは申請書の最後の方に書き、敢えてBerlinの家も、Robel郡Vipperowの土地も国家に委ねると記し、申請書が考慮され、遅滞なく、しかも性急にではなく処理されることを望み、彼の申請書の文は終わる。

作家に比較して、仕事を与えられない俳優や歌手が味わう苦境は十分に理解可能であり、もはやその国に留まる理由は失わせるであろう。ＤＤＲはそのような状況にKrugを追い込んだ。

この日の日記にKrugは、Stefan Heymや何人かの人々が昨年の一一月のことに就いて記録を残したと書き、それがどれ程長く引き出しに隠されているものか見ていたいと述べ、「やがてより静かになるであろう。詩人達は回りくどい言い方の物語の世界へ再び入り込み、その物語を彼らは好んで古典ギリシャで展開し、その物語を普通の民衆は殆ど読まず理解しない。それ故に彼らの作品は印刷される。[15]」と記述している。

俳優兼歌手の作家達とは異なる苦渋であり、且つその後の作家達の進んだ道を暗示している。彼は続けて映画界、テレビ局、レコード関係、放送局で上司と喧嘩をすると、もはや仕事を得られないことを強調し、とりわけ或人間が政府を批判すると、政府との喧嘩になり、居心地が悪く、悪い結果に終わる、と述べる。つまり上述の上司に迄その結果が及ぶのである。劇場の上司の大部分は卑怯者だともKrugは断言する。

権力を握った男達は同時に不安を抱いた男達で、権力と不安は恐るべき混合物だと、Krugは正鵠を射た指摘をする。Krugはこの日、Biermann追放以前に撮影が開始され、あの請願書署名者リスト発表以降に大部分が撮影され、その映画の最も主要な協力者達の名前が一緒にそのリストに載っていた映画に言及している。映画の題名は『隠れ家』(Das Versteck)であり、原作Jurek Becker、監督Frank Bayer、主演女優Jutta Hoffmann、主演男優Manfred Krugである。その内々の上映会に行ったHoffmann及びBeckerよりKrugはその映画の素晴らしさを耳にする。Krugは招待されなかった。上述の不利益処分はここにも影を投げている。Krugはおそらく自分はそれを見られないだろうと語り、続けて述べる以下の言は当時のＤＤＲの衆愚政治を語っている。

「小さなホールは人々で溢れ、長い拍手喝采があったそうだ。あの地下室には、私が出演し、あらゆる蓋然性より、日の目を見ない三本の映画が今やある。『デッキの下の火』》Feuer unter Deck《、『隠れ家』、『平和との訣別』》Abschied vom Frieden《、テレビ映画三部作である。（中略）成功へのどれほどの希望がそれに懸かっているだろうか、監督達の、作家達の、俳優達の希望が？　私は恥じるべきだつた。私の出国申請書が全てのこれらの希望を葬つた。そのうえ私自身の希望も。(16)」

四月二一日、木曜午後、F. Beyer が訪ねて来る。彼は上述の申請書を読む。Krug は彼が Krug の意見を変えさせる意図と任務を持って来たのではないかと疑うが、違うのである。Krug は彼に率直に、もしかしたら彼が Krug が裏切られると感じている唯一の人間ではないかという。その理由として彼が最大の影響力を Krug へ及ぼして来たことに触れる。何故なら、彼は Jurek Becker と Krug の同盟の三人目でありたいと大口をたたいたからである。そのうえ Becker と Krug と Beyer が一一月に中央委員会であったか政治局であったか、Lamberz との長い会談の中で、いろいろと協力を要請され、時には恐怖も感じたが、その日の晩、Krug の家で三人が集まり、そこで Beyer が、「いやＤＤＲ万歳等という手紙は書かない。決して。(17)」と述べ、続いていろいろと決意を語り、Krug が「私はその晩知ったのだ、Jurek Becker, Frank Beyer, Manfred Krug によってはそのような手紙は一行も書かれたりはしない。(18)」と思ったのに、二、三日後 Beyer が Lamberz にくだらぬ手紙を書き、今や Beyer は再び轡を塡められているからである。

それに対し Beyer の回答は Beyer なりに正当であると私は思う。

「私は署名を撤回しなかった。それは今日迄有効である。私は一度も何らかの野党のグループに参加する意図は抱かなかった。私にとっては西へあるいは何処か別の所へ行く二者択一は全くなかった、私は又党から除名されたいと思う人々にも属さない。私の署名は、Biermann を取り戻したいという唯一の目標を持ったのだ。(19)」

この Krug の著作が出版された一九九六年より現在に至る世界情勢を鑑みるに実に興味深い内容がそれに続く。二人は当時の危機的な世界情勢に就いて語り合うのだが、それは第三次世界大戦への危惧であり、Tito が死んだ後、ユーゴーがどうなるのかということであり、その時のロシヤ人達の介入の可能性であり、それへのアメリカ人達の反応のことである。

Krugは二人が係わった三本の映画に言及し、その内の一本は一九六五年以来伝説化しており（『岩石の痕跡』）、最後の『隠れ家』も伝説になろうと語った後に、Beyerが去る時、もう会えないだろうと実感する。

この日は様々の人々が彼を訪ねてくる。Hilmar ThateとAngelica Domröse夫妻は例の請願書の署名者であり俳優であるが、或種の仕事を提供される。Krugは連帯感が薄れたように思う。他の俳優夫妻からは党の集会でのKrugへの犯罪者呼ばわりを聞かされる。彼は子ども達のこと、妻のこと、西ベルリンのことを考え不安にもなる。

（Ⅲ）

四月二二日の日記の中では、警察官への授業の中でKrugのようなタイプの人間は貴族のような生活をし、国家の敵であると、語られていることが記されている。ここで彼は、彼が少しでも悔い改めたら彼らは今迄の逸脱をどのように修正しただろうか、「どのように彼らは全てのシュタージの人々に、教師達に、幹部達に私が本来国家の敵ではなく、再び愛すべきManfredであり、国家功労賞の受賞者であり、Heinrich-Greif章受賞者であり、人民軍の最高階級章とテレビの金月桂樹章とＤＤＲの功労メダルの担い手であることを吹き込んだであろうか。[20]」と興味深く、且つ当局の愚策を剔抉する言葉を述べている。Krugはこの日、彼以外にも署名の故に不利益処分を受けたTheater Halleの監督の脱党に就いて書いている。

二三日はやはり訪問者に就いて書いてあり、翌日の日記には彼が残して行くことになる確かに豪華な屋敷のことが先ず描写されている。そういう意味では彼は特権階級ではあったと言える。一一年の仕事の結果と書いてはいるが。

Dresdenから訪ねて来た女優Marita Böhmeとの会話の中でも彼の家具は博物館ように役立つ高価な物であることが示唆されている。出来たら彼はそれらを持って行きたいが、それらがここに残るかどうかは或デスクの後に居る人物が決めることだと彼は語り、餞別を彼らに十分にあげると彼は言う。晩になって彼はやはり女優のBarbara Dittusより、彼が五月四日に出国出来るという情報を得る。彼女はその情報を中央委員会筋のものだというがKrugはそのまま信じようとはしない。しかし彼はそれをその場の人々に公表する。その後彼は例の請願書の署名者の作家Ulrich Plenzdorfが反革命グループに属していることを認めたという話迄耳にする。続けて彼は、彼の住居の骨董品に言及する。エジソンの蓄音機、古い電話機、船のコンパス、絵画、陶磁器、グラス類等々である。又ガレージには、貴重な古い自動車がある。

四月二五日、木曜日の日記は十頁に亙る長い物である。訪問者に食傷気味のKrugは、まだ契約のあるＤＥＦＡの映画スタジオを訪ね、以前からの知り合いであるＤＥＦＡの総支配人Hans-Dieter Mädeとの対話になる。Mädeは当然Krugに忍耐と煙が治まる迄の待機を勧める。

彼はそれに対し謂れのない党の噂に基づく、彼の映画『デッキの下の火』の夏の映画プログラムからの除外に言及する。その噂とは彼が或党員を殴り倒したというものである。彼によればその男はシュタージの一員で、例のスイスの銀行に於けるドルのコントに就いて公の場で馬鹿げた話を流したのである。

また彼は、Mädeが地下室に納められているKrugの二本の映画上映の意図を述べたのに対し、次のように言う。彼の映画人としてのプライドがある。

「私は私の映画の上映に依って生きているのではない、私が映画を撮ることに依って生きている。[21]」

その上彼は、期待されているように署名取り消しの意志のなさを滔々と述べる。まさにKrugの真骨頂が見られる場面である。彼はそれ故に次のように言う。「私が屈服したら私は駄目になる。屈服しなければ君達が私を駄目にする。[22]」

しかしMädeはKrugが全てを少し暗く見ていると言い、前者は結局政府の様々の措置を完全に了承し、Biermannの追放を認め、敵への請願書の公表を有罪とみなすのである。

別れ際にMädeは、Krugのすぐ後に同じような問題を話し合う為にU. Plenzdorfが来ることを語る。Krugは彼がまだここＤＤＲにいるのを見るとますます多くの人々がその目を信じないであろうと考え、「彼らは私がもう西に居ると妄想しているのか？　或いは牢屋に居ると妄想しているのか？[23]」と帰途の途中自問する。最近信じ難い顔に巡り会うのである。人が彼を幽霊を見るように眺めるのである。

その日の夕方Krugと彼の妻Otilieは例の請願書の署名者であり、後に撤回したと言われる音楽家Günter Fischerを訪ねる。その帰途、OtilieはBiermannの歌の数行を口笛で吹き、KrugはBiermannの詩句の中に、「我々を動かす事柄がある。」と述べ、Biermannの詩句を引用し更に次のように述べる。ＤＤＲを去らねばならぬ彼の心境を語って余りある。「私が今、後にしようとするのは》より良いドイツ《なのか、Biermann？　私は自問する、お前自身向こうへ行ってより安全なのかと。[24]」

その後二人は或外交官の住居へ行くが、そこで彼がポルトガル大使館のレセプションに出席した知人達から耳にしたのは、文書で招待したのに何故彼が出席しなかったのかという大使夫人の言である。招待に就いてKrugは全く知らず、彼の郵便受けには著しく郵便が欠けてきている、と示唆的なことを書いている。その外交官の住居で彼が矢張り署名者の一人であるJutta Hoffmannから聞く話も興味を引く。例のＤＥＦＡの総支配人に関する話である。

何故総支配人が、「監督Egon GuntherがJuttaを使って長いこと準備をしていた映画を撮映するのを妨げるのか、」と彼女が質問したのに、「我々は今、私の地位を強化する二、三の映画を撮らねばならない。」という答えが戻って来たのである。そこで彼女は「私は人生に於いて未だ一度も一人の総支配人の地位を強化する観点で一本の映画を撮ったことはなかったと、言った。」のである。[25]

またBrechtの著作権者、Brechtの娘Barbara Berg及び婿Ekkehard Schallが、政府が欲しているのと同じことをまさに欲している、とBerliner Ensembleの一員でもあるHoffmannは語り、彼ら二人は辞任した監督には不満で、新監督に満足しているが、彼女を雇用したのはその辞任したBerghausなのである。故に彼女も不遇である。

翌四月二六日、出国申請以来一週間がたったが彼はその許可を信じていない。残して行く屋敷の広さにKrugはここでも言及する。家の広さ、庭の広さ、その上お金迄多く持っていることにKrugは良心の呵責迄感ずる。しかしそれらの屋敷も様々な骨董品の収集も彼にとっては門を閉じ、ＤＤＲを外にして、親しい友人達と中に隠るロビンソンのような生活への準備であったと述べ、「私は人生に於いて一度世界の別の部分を、別の大陸を見たいと思った。その為に私は時間と金を使ったであろう。[26]」と書き、何故彼らの外国でのコンサートを企画出来ず、彼らのレコードを外国語で歌えないのかと思う。その為に党の役員のうちの一人の腰をもその椅子から浮かせることが出来なかったと、Krug は書き、それらの人々の怠惰、厚かましさ、権力への泥酔を批判し、彼らが自らを皮肉にも労働者階級と称しているけちな階層を形成していると指摘する。彼らは平凡な連帯意識で結合し、シュタージと党役員によって占められ、この寄食者全体を実際に八時間働いている真の労働者階級が養っていると語る Krug の舌鋒は鋭い。

更に Krug は、我々の国にも資本主義的工業国同様の労働生産性があれば、我々は二百万の失業者を持つことになろうと語り、百万人の失業者はいずれにせよ居ると書いている。

Krug によればそれは企業新聞の編集者達であり、労働組合タイプ、党タイプ、シュタージタイプ、作業主任タイプの人間達であり、無用な仕事をしているのである。彼らに対する Krug の不信感は留まることがない。

(Ⅳ)

その日の夕方 Krug は Berliner Zeitung 紙の経済欄担当者 Gerstner の初めての電話を受ける。彼との話を希望しており、明日 Krug の家に来ることになる。Krug は何事に就いても説得を受ける意志はなく、世界のあらゆることに関して語っても良いが、出国申請に就いて話し合う気はなく、Gerstner が最も狡賢いシュタージの一員であるという噂に言及する。続いて例の請願書の署名者の一人 Eberhard Esche から電話があり、彼とは明後日正午の約束をする。Esche は党より厳しい譴責を受け除名は免れた党員であり、彼に就いても Krug は出国申請撤回の試みに来ると考える。

翌二七日水曜、Berlin-Pankow 市役所の女子職員が訪ねて来て五月五日に Krug の来訪を要請する。Krug は矢張り未だ彼の出国を信じない。彼らは何でも出来るからである。彼の以下の言は当時の状況を十分に語っていると言えよう。

「我々の所では市区全体がシュタージ家族によって住まわれて居て、学校全体が彼らの貧しい子供らで一杯である。少なくとも十万の確実な義務を担った者達がおり、百万の所属者が居るに違いない。[27]」

恐るべき監視体制をKrugは自覚している。それ故に彼は電話をかけてきたKrugと同じDuisburg出身の永年の友人である作家、Walter Kaufmannが「一人のシュタージであろうとも、私自身彼に就いて驚かないであろうというところ迄、私の精神異常は進展した。」とも書いている。[28] Kaufmannも彼との対話を望んでいる。この日KrugはＤＤＲ社会の退屈な人々の集団、閉塞状況、公務員団体、とりわけ怠惰なボーイに対抗する為に如何に友情が重要かに就いて述べ、ＤＤＲのパン屋や飲み屋のノルマ達成の為のみの非能率性に言及する。

KrugはＤＤＲに於ける女性達の離婚率の高さに就いても、それを文字通り男性に対する女性の解放度や経済的自立の良き徴候とは見ず、次のように見る。

「我々の高い離婚率は遍在する国家の圧力の一つの徴候であり、その圧力が家で家族の中で昇華されるのである。社会主義諸国の中での火酒消費量の高さをウオッカの品質の良さに還元するのも同様に誤りであろう。[29]」

午後訪ねて来たKaufmannにKrugは彼をシュタージの派遣者と見なしていたと告白し、話をする。彼はユダヤ人であり、三年ぶりの再会であり、何故Krugが去ろうとしているのか知ろうとせず何故彼が留まるかを知らせようとする。しかしKrugは今や西側の外国人である彼にはＤＤＲは住み易いと考えている。食料品も家賃も交通機関も安く、家屋土地代も容易に支払えるからである。

「世界の風に当たった幸福者はＤＤＲに最も居心地良く住める。旅は視野を広げ、結局人はこの国が提供する長所もますます鋭く見るのである。[30]」とKrugは指摘する。

KaufmannはBiermannの作品をかつて若干批判した時、Biermannが粗暴になり彼を厳しく叱責したことを述べ、Biermannには批判的である。それでもBiermannとの公開論争の試みが作家同盟に於いても行われなかったことに言及する。一方Krugはkaufmannの前でも出国という特権の行使に就いて良心の痛みを感ずる。

その後訪ねて来たGerstnerもシュタージや他の誰からも依頼されたのではなく、心配しているだけであると語り、Krugの出国申請を初めて聞いたと述べ、両者の会話はそのことをめぐるのである。例の請願書の内容に就いても彼は知らず、Krugはその全文と署名者のリストを見せることになる。Gerstnerその内容を評価し、それに同意するが署名はしなかったであろうと述べる。彼はＤＤＲでの民主主義的自由を望むが、それも帝国主義に対する塹壕を去り、社会主義が勝利してからという意見である。

Krug は帝国主義の安易な崩壊を信じず、むしろ当時の中ソのウスリー河での対決を危惧するが、Gerstner はその点に関しては単純に中国を断罪するのみである。両者は警察国家に就いても意見を交わし、Gerstner もＤＤＲをしばしばそう呼ぶと述べる。

Krug は「社会主義は堕落する恐れがあると貴方は見ないのか？　社会主義はまだ人間の幸福を目にしているのか？　何が全てこの幸福に属するか社会主義は知っているのか？」(31)と問いかけユーローコミュニズムの話に迄至る。Gerstner は社会主義から資本主義へ移住した人間が後に社会主義の敵になることを経験が示してきたと言い、Krug もその危険に晒されていると述べるが Krug は同意しない。Biermann を Gerstner はＤＤＲの厳しい敵になるであろうと見ており、Krug は否定的である。Gerstner が Krug は Lamberz との話し合いに際して良い意志表示を示すべきだと忠告したのに対し、Krug は七六年一二月初め彼と Frank Beyer が中央委員会で別々に Lamberz 等に会い、そういう意志を示したことをその時の書類を示して説明する。彼は当時それを予め準備し、Lamberz 等の前で読み上げたのである。一一月二七日付けの書類である。その中で Krug はＤＤＲへ移住した経過とそこでの生活を述べた後、Biermann との親交に触れ、Biermann を、二者択一のドイツの内からＤＤＲを唯一のドイツとして選んだ共産主義者と見なし、Biermann はＤＤＲを改良に値すると見なしたと彼を擁護する。彼はＤＤＲを鋭く批判し、勇敢に弁護したとも述べる。Krug は「Biermann の除去は残念ながら陰謀に見える。彼の西での登場一二時間後に一つの性急にしてその結果を考慮しない決議が出来ていた。(32)」とその書類に書いており、その後の請願書成立状況に就いて記している。Krug が強調するのは、政府が請願書作成の一一月一七日夕方に署名者達を対話に召集せず、翌朝請願書を、それに依って別の考えの人々の最初の見解を NEUES DEUTSHLAND 紙に印刷出来たのにそうしなかったことである。その代わりにあの Dr. K なる人物のその旧ナチス党員としての経歴に相応しい、あの悪辣なナチス用語ばりの記事がＳＥＤ中央機関誌 NEUES DEUTSCHLAND に掲載されたのである。しかもその Dr. Kertzscher は編集長代理と名乗ったのである。Krug

は後から請願書に加わった経過にも触れ、彼の家での例の話し合いに就いて書いている。

彼の書類には更に署名者達への撤回要請等の圧力が開始され、Hoffmann 文化大臣が作家連盟の二百人の作家達の前でその圧力に公然と触れたことが書いてあり、Krug はそういう人々の苦境にも理解を示し、「我々の国の重要な人々は既に一二年前に気を悪くし、それ故に、Biermann をＤＤＲの為に役立て、彼を組み入れる状況になかった。(33)」と彼らの長年の Biermann 敵視政策にも言及する。Krug はその文書の最後の方で広い視野に立ったゲーテの祖国愛の文章を引用し、人々をこれ以上煩わし傷つけることを止め、我々を蛇や兎のように眺めないように要請する。それは我々の健康を害するからである。Krug のぎりぎりの立場での真情溢れる誠意が見られる。

その文書を読んだ Gerstner は了解するが、彼は彼なりの社会主義改良案を持っており、両者の話題はファシズムに移る。その時代を体験した Gerstner は戦後の解放感を語り、個人崇拝の中におり、僭越で、それ程評価されていないことに無自覚な Honekker を評価しないが、彼の施策には賛成する。彼は民主的社会主義が来ると信じており、ワイマール時代を憧憬し、今後の民主主義的自由を期待する。

(V)

四月二八日署名者の一人 Eberhard Esche が現れ、Krug の申請書を読み、Krug が去ることを惜しみ次のように言う。「君は分別が無い。勿論君は就職口を手に入れるし、君の子供達の面倒を見ることも出来る。しかし君は向こうで幸せになれない。君にはチャンスが無い、彼らは別な言葉を話すのだ。ここでは君は一人の例外だけど、向こうでは一人の孤児なのだ。(34)」

Krug には予想可能な助言と言える。続けて Esche は彼のオランダ人の妻が署名した事実と彼女がＤＤＲに耐えられず移住を希望していること、しかし彼はＤＤＲにも価値が在ることをオランダ旅行の際に体験し、又彼はＤＤＲの演劇を捨てられぬことを自覚し、結局夫婦共々ＤＤＲに留まる道を選択した経過に触れる。その長い発言は感動的である。

彼の家での会話はますます囁きになるとKrugは書いている。最近小型盗聴器のことが話題になり、実際に発見されているからである。Krugはしかしそれならば何処でも全てを語り、内務相が動揺すればよいと考えるのである。彼が危惧するのはむしろ五月五日に施行される「公共の名誉毀損に関する法律」である。その法案を彼は引用している。

Escheもユーロ－コミュニズムに言及し、チリでのアジェンデ政権のCIAに依る崩壊を、その実験の失敗と見なし、イタリアでのその成功も、我々のようなプロレタリアート独裁なしには達成し得ぬと思い、「私は常にプロレタリアート独裁と呼ばれているこの醜いスターリン主義的堕落を見せつける国以外の社会主義国をこの世界で知らない。」(35)と悲観的である。それ故に彼は見たくない物に目を瞑り多くのことを耐えられるが、時々希望がまだ在るか分からなくなると言い、彼の妻やKrugの立場を理解する。

彼は署名の経過に就いて語り、それ故に党員である彼が被った党内での軋轢に触れる。噂を広められ、中傷される。例えば彼が演じるハイネの「冬の旅」の思想の自由の箇所でBiermannを擁護すると言われるが、彼はあくまでハイネを演じたのである。彼は一度だけ党より署名の撤回を暗示されたが、二〇年間の党員の信念に基づきなしたことを撤回するよう強制されることを拒否したこと、しかしその署名が敵のメディアに悪用され党の規約に違反したのを認めたことをKrugに語る。彼は西側のマスコミの人々の彼への接触も口にするが信念は曲げないのである。

四月三〇日、KrugはMüller-Stahlの家に行き、署名者の多くの人々に会う。話題は同じで途絶えることがない。Biermann追放の連鎖反応で誰や彼やが西へ逃げたとの報告が毎日来るのである。Stefan HeymがKrugに出国を思いとどまるように忠告する唯一の人間である。KrugはHeymが終日DDRから除くことの出来る欠陥を探していると信ずる。しかし互いに言いたいことは分かっているとKrugは書き、続けて述べる。

「一人が私をからかうのである。私が去ることは他の人々に利益をもたらすと。特権の雨霰が降るだろう、ささやかな自由と大きな旅行、おそらく住居や車を手に入れる待ち時間の短縮すら。」しかしHeymは「Krngがその一歩を居残る人々の為の犠牲のように感ずるとしたら、その犠牲は余計であろう、体制批判者にとって外国旅行はもう今やくだらぬことである。[36]」と批判的な発言をする。しかしKrugは著名な作家は不可侵であり、国家が憎めば憎むほど著名になり、不可侵になり、状況が異なると主張する。

五月一日はメーデーであり、ある会場では作家達の著作販売とサイン会が開かれている。「その公衆の列の長さで各作家は如何に彼が良い物を書いているか計算が出来、人だかりの少ない作家達は誰も彼等のことを理解出来ないと自らを慰める。」とKrugは書き、しかしそのバザーに参加し得るのはＤＤＲ作家同盟員だけであり、かなり前に除名されたHeiner Müllerも最近除名されたJurek BeckerもいないとKrugは書く。[37]

Beckerは除名された時、新しい首脳部がどうなるか見守りそのリストを読んで直ちに脱退を宣言したのである。彼は新しい首脳部が彼を代表していないと感じたのである。そのBeckerが昼訪ねてきて一諸に出かけ、アレキサンダー広場でCh. Wolf, S. Heymそして天才少年H. Kantの前の列が長いのをKrugは知る。そこでKrugは次のように書く。「私はKantの列の中に醜い顔を見つけようと試みる。私は彼を我慢出来ず、彼自身非常に醜い顔をしているからだ。[38]」Kantの当時の姿勢の為かKrugの偏見とも言えるKantへの姿勢は厳しい。その広場でBeckerは書籍出版相のHopckeと今回のBiermann事件に就いて話しをするが、意見の相違は克服されない。Hopckeはかつて一九六五年にNEUES DEUTSCHLAND紙上で残酷な記事によるBiermannへの砲火を開いた男であり、Krugが「敬愛するHopcke、貴方は間抜け野郎だ。[39]」と手紙を書いた相手でもある。Krugは又その年の彼のジャズコンサートとその際のBiermann逮捕と抗議による即時釈放に触れる。彼はその前日Biermannの郵便配達人モーレの歌をそのプログラムから外すか、出演を断念するか強制され、出演の方を選択したがその会場にBiermannが来ていたのである。聴衆もBiermann釈放に協力したのである。

メーデー会場でSarah Kirsch等に会ったKrugは彼女等の新築の家に行くがここでも隣の家の壁をくり貫いた、盗聴用マイクの為と思われる小さな穴が発見される。

午後Heym夫妻が訪ねて来て、前日の私の発言を無意味であったと述べ、Krugの状況は別で、君はせねばならぬことをすべきであろうし、私は君を勇気づけるべきであろうと語る。Heym の誠実な姿勢が見られる。

五月二日、Krug は文化相 Hoffmann より電話を受け、明後日話し合うことになる。

五月三日、Krug は最近自筆の書簡が来なくなったことを記し、シュタージが郵便を押さえ溜めているか、自筆署名収集家が逮捕されたくないせいだと思う。しかしこの日三通の手紙が来て、そこには様々な噂への人々の対処が窺える。Krug が獄中に居ると語っている人々も居る。次のような噂は卑劣、低劣以外の何物でもない。曰く、Krug は二缶のガソリンを点火すると言って或俳優に署名を強要した、曰く、Krug は麻薬売買をし、コンテナで骨董品を西側へ密売している。

「Bild 紙が西側でしていることは東では口から口へで片づけられねばならない。これらの物語は娯楽雑誌のプロ達に依る物よりももっと途方もないのである。時々私は、人間達は外に向かっては好んで無害な楽しみとして片づける彼等自身の愚弄化に全く貪欲なのだと信じてしまう。[40]」と Krug が言う時、正に箴言であり、襟を正して聞くべきである。

Krug はその原因を NEUES DEUTSCHLAND 紙が彼らの署名した物を掲載せず、むしろＳＥＤの専門家達が中傷キャンペーンを展開したことに帰する。我々の政治局に期待出来る最大のことは、彼等が同じ過ちを二度繰り返さないことであり、既に行った過ちの訂正は考えられないと Krug は悲観的である。

(VI)

五月四日は文化相 Hoffmann との会談の日である。Hoffmann は、戦争を終わらせないか?と言い、世界情勢や両ドイツに於ける困難な問題に触れる。彼は Krug が静かな署名者ではなく、署名を集めたことを知っており、もう終止符を打ち新しい始まりを共に考えようと主張する。それに対し Krug は署名集めの状況と様々な人々のそれへの拒否の口実を語り、それ以降彼への現在も続く Hoffmann 等の虚偽の噂が彼の気を滅入らせる悩みを叙述する。

Hoffmann はズボンのポケットより取り出した東欧圏巡業等の提案をする。三時間近い話し合いの末にである。しかし Krug は次のように述べる。

「私は来るべきでなかっただろうと今思います。私は取引をしたくなかった。皆、出国申請がなされたことを知ってます。[41]」

更に Hoffmann は Krug の出国申請以前の提案だと言って、コンサート関係、芸術家、レコード界、娯楽関係、DEFA関係の指導者達への様々な提案に言及するが、Krug は彼らを風の中の葉のようだと全く信頼せず、受け入れない。しかもそれらの提案を矢張り申請以降の物としてその証拠を挙げる Krug に Hoffmann は反論出来ない。二人の話はその後一般的なことに及ぶが、Krug は Hoffmann の顔の中に当然現体制を維持しようという姿勢を読みとるのである。Krug は東欧圏内部の特権を享受する気もなく、独ソ間の友情にも懐疑的である。彼は又とにかく彼の出国申請が彼が数年来提案しても無駄であったことを可能にしたこと、例えばソ連でのジャズコンサート等を自覚する。Hoffmann は Krug は我々に属すると言って、留まるように要請するが、Krug の決意は揺るがない。Hoffmann が彼の前で自己を卑下したことを Krug は恥じ、Hoffmann の不成功に同情し、Hoffmann の苦悩は彼の心を痛めるのではあるが。

帰宅後、彼を待ち受けていたのは Pankow の市役所からの翌日の会談延期の知らせである。責任者の急病が理由である。彼の予測通りの出国受理の延期である。本日の会談の結果であると Krug は考え、長い神経戦の始まりであると思う。Becker と最初にして最後の共同の手紙を彼は Hoffmann に書く。その中で彼は Pankow 市区内務部長よりの病気理由の会談延期に就いて、「会談予定の取り消しが、貴方が我々の友好的な対話の中で私の立場の修正を感じたであろう結果の貴方の指示に帰するならば、私は誤解されたのである。私の決断は変更不可能である。そして私は今後もあらゆる私が自由にしうる手段でこの決断を実現すべく努力する。[42]」と書く。

五月五日、Becker が来て、明日 Berlin の南部で作家達の朗読会があり、西の Günter Grass も出席することを告げる。

五月六日、新聞紙上に映画テレビ制作者連盟の第三回会議の記事が載るが Krug がそこに見るのは旧態依然たる杓子定規の内容であり、我々のテレビの大衆への広がりは零に近い、その広がりは第一回会議から最近の会議迄の年月の間に縮小したとKrugは述べ、今回の会議も間抜けとごますりの集まりであり、二人の日和見主義者が副会長に選ばれたと、内情に詳しいKrugの断定は辛辣である。昼にKrugは十年来行き来しているBeckerをそのMahlsdorfの家に訪ね、Klaus Pocheと三人で朗読会へ行く。会場にはSarah Kirsch, Klaus Schlesinger, Hans Joachim Schädlich, Elke Erbが居る。Grass以外に西側から出席したのはHans-Christoph BuchとChristoph Meckelである。

何人かの作家が自作を読み、他の人々のコメントがあり、そのことにKrugは言及する。ところが彼が望み、Beckerが勇気づけ》予期せざること《が起こる。彼の番になる。彼は日記を読む。

「皆私に親しげに頷き、誰一人退屈せず、誰一人粗野な態度を見せない、その必要も無いのである。私は分かっていた。私に就いては彼らは芸術にではなく、ルポルタージュに関心を抱いている。(43)」

Grassも彼の七〇〇頁の大作》平目《の一章を読み、彼が読み終えた時、あら探しは無かったとKrugは書いている。

一方別の西の作家Johannes SchenkはGrassより鋭く批判される。

午後一一時半に朗読会が終わり、戻った彼を待っていたのはLamberzの事務所からの再三の連絡を告げるKrugの妻Otrilieの書き置きであった。Otrilieが夜着で降りてきて彼女の父とその妻が来ていたことを告げるが、それはKrug夫妻には喜びではない。何故なら彼女の父は党創立以来の》良き《党員で、畏敬の念を起こさせる男で、芸術史家で、高い教養と善意の男であるからだ。彼の言うことはKrugには分かっている。

五月七日土曜日午後、彼は義父に出国問題に就いてはこれ以上の話し合いは無いと書き、それ以外のことなら心から歓迎すると手紙を書く。Otrilieがその手紙を届けようとした時、義父とその妻が現れる。予想通り義父は党指導部に依頼されて来たのであるが、Krugを手に入れようとする戦いに成功しない。彼等はBiermannを、Braschを、Nina Hagenを手に入れようとしたとKrugは書いている。二時間後話は打ち切られ義父とその妻は断念する。

Beckerが来て、LamberzはKrugの出国の方式に就いて話したいのであろうと考えるが助言の術を知らない。歌手Krugの発見者でもあるジャズトランペット奏者Klaus Lenzが来て彼も出国申請書を出すことを告げる。翌八日、Krug

はLenz の申請書に手を入れる。とりわけ官庁宛の書簡になるとKrug はその教師役なのである。夜 Walter Kaufmann が来て彼の真意を今一度根本的に知りたがるので、Krug は次のように言う。

「私の身に何かが降り懸かったら、私は言うが、私の日記は結構な続きの物語をSTERN かSPIGEL に渡すことになる。」そして彼は、以下のようにも書いている。「私は最近ハリセンボンのように自分を膨らましている、私は私が全く無防備では無いことを明らかにしたい、もし彼らが私を捕らえようとするなら。(44)」

五月九日はLamberz との会談の日である。中央委員会の建物で厳重な検査を受けた後にLamberz に会う。Krug は「半年前に二つの約束がなされた。我々は我々の約束を守ったが、君は君の約束を守っていない。」と言い、Lamberz が「どうして」というのに次のように主張する。「我々は一九七六年一一月二〇日君が私の家を訪ねた後に、それ以上の署名を集めないと約束し、その後署名は無かった。君は報復措置は行われないだろうと約束した、しかし六ヶ月の間、私は報復措置以外は体験しなかった。(中略)もし君が私の出国申請書を読んだなら、君は報復措置の小部分を知ってる筈だ(45)」

しかしLamberz は手に入れなかったし内容も知らないと言い、秘書の同志Krause 婦人にKrug の何らかの書類が来たか聞くのである。更にLamberz はKrug に関する何らかの職務上の物、例えばコピーが来ているか彼女に尋ね、彼女は探しに行く。Krug はそこで、文化相が彼の出国申請を知らせなかったのかと聞くと、Lamberz は聞いたという。Krause 夫人が戻ってきて何も来てないという。

一方Lamberz はFrank Bayer のアメリカ旅行、Jurek Becker のボクサーという本の出版、Heiner Müller の外国行き、Krug の歌のラジオでの放送に触れ、「報復措置は何処にあるのか? ここにはKrug に敵対するイニシアチブ計画はない」と述べ、その上Krause 婦人の持ってきたFRANKFURTER ALLGEMEINE 紙七六年一一月二三日付けを見せ、例の請願書に新たに二人の名が加わっているのを知らせ、「ここに君たちの一一月二〇日の約束に反しなお新しい名前が載っている。」という、それに対しKrug は、最も厳しく危険な攻撃――国家の敵、犯罪者、労働者階級の裏切り者――がとりわけ様々な地区党指導部や党集会、軍隊、警察、教師達及びシュタージの所で行われた具体的指摘で反

論する。(46)

(VII)

両者の見解の相違は平行線を辿りあくまで出国を主張するKrugに対しLamberzは西でシュプリンガー系の新聞のカメラの目標になるつもりか、身の毛のよだつようなテレビのインタビューに巻き込まれるのか、このプロパガンダの騒ぎから逃れられると夢にも信じているのかと言い、更に模範的労働者であるKrugの父親まで引き合いに出す。Krugの父は今回のKrugの姿勢に何というであろうというLamberzの言葉に対しKrugは自分の父を賞賛した上で、当局が壁構築後父に与えた処遇に思いを馳せ、父は常に彼を支持し、彼の歩みに同意しなくても彼を理解し、彼がどのような状況に居るか分かっていると主張する。

その後、又話は例の請願書のことになり、Lamberzは「あの請願書は茶番だ。政府はそれを本日迄受け取らなかった！　今日という日迄その書類は全く提出されてない。」と述べ、それに対し、Krugは「それは又君等へ送付されたのではなく、宛先はNEUES DEUTSCHLAND紙で、しかも公開要求付きであった。それは政府への公の告知の試みであった。君は今や請願書の原文をこれ以上長く待つべきではなかった。」と応じ、見解の相違は克服されない。(47)

Lamberzは出国申請書の多数が撤回されたことを述べ、ここでも改めてKrugに撤回を要請する。KrugはLamberzを目前にして権力をこの時意識する。彼は又Lamberzが怒りで赤くなるのを見て、状況の急転や生命の危険等も意識する。申請書の撤回がもたらす彼の名誉回復とその結果、彼が手にする憎悪や不自然な事態も考慮する。Krugは次の如く書いている。

「この男と彼の周囲に居る全ての人々に対する私の不信はますます増大する。私は度を失い始めているのかと自問する。一夜も三時前には眠れないし、朝七時前には目覚めてしまう。心臓の鼓動も私は最近不規則に感ずる。それが私の不安を駆り立て、汗が吹き出す。(48)」

Krugの苦境が端的に描写されており、納得がいく。彼は四月一九日以来日記を付けていることをLamberzに述べ、出国が認められたらそれを渡すことを約束する。それに依ってLamberzは何が人々を動かすのかを理解し、他の人々をより慎重に、より賢明に取り扱うチャンスを得ると主張する。結局Lamberzは四週間の熟慮期間を要請し、日記には関心を示す。四時間に及ぶこの日の会談は成果なしに終わる。

五月一〇日、Jurek BeckerとMüller-Stahlが来て、後者はテレビドラマ部門の新しい指導者、前文化相Bentzienとの会談に言及し、Bentzienを有能と評価するが、KrugとBeckerは過去の行動に照らしてBentzienに否定的である。五月一一日、Krugの日記を読んだMüller-Stahlは今や事態は権力で逮捕されるか、再教育されるか、消耗へ追い込まれるかという危機に迄到達していることを知る。何故ならSEDのBerlin地区書記Suffkopp Konrad Naumannが請願書署名者を誤り導かれた者と敵とに分類したと述べたからである。

「今やMüller-Stahlにとって、彼を誤り導かれた者と見なすのに党がどれ程長く忍耐し十分に賢明であるかが問題なのである。私の場合事態は明瞭である。私を彼らは最初から敵の中に数えたのである。[49]」とKrugは書いている。

五月一三日、仕事を提案する三通の電報をKrugは受け取る。六ヶ月の失業の後の、その原因を作った者からの申し出である。彼はことわり、「政治局からの或合図で十分なのだ、この連中はもはや彼らの考えが無い。もしあの時Krugに敵対する》指導計画《が無かったら、今日もKrugの為の指導計画は必要ないのである。本当に自分の誇りを見つけ、それをおそらく更に鍛えたい者はしばらくDDRに住むべきだろう。[50]」とKrugが書く時、私はそこに彼の自負と憤怒とDDR当局への辛辣な批判を見る。

昼に彼はSchlesingerを訪ね、Dieter Schubertにも会うが、そこで彼が回想し厳しく批判するのがGisela Steineckertの行為である。彼女は昨年一一月一八日Krugの自宅で彼らの側に立ち、彼らの為に尽力し、Biermannの市民権剥奪に反対であると述べ、翌日電話すると約束するが、それを守らず、同僚を同盟から、同志を党から除名するのに荷担した口舌の徒なのである。またSchlesingerが集めている新聞の切り抜きにあるアカデミー文学史部門の長、同志Ziegengeistの発言を骨董品と称する。後者は次の如く述べたのであり、事実を見ようとする姿勢の一片の欠片も無い教条主義そのものである。

「何故作家達の請願書が公表されなかったのか？　党は反対派のブロックを溶接するつもりは無かった、むしろそれを分割したかった。我々はそう全員に反革命的行動への参加者として烙印を押さなければならなかったであろう。どうして我々はこれらの俳優達や作家達をその後なお登場させることが出来ただろうか？」[51]

しかし分割が徹底的に企図された故にその成功の度合いが少なかった、とKrugは書いている。Krugは此のZiegengeistとその一味が誰をまだ出演させるかどうかを相変わらず判定するのが彼等を既に長いこと神経質にしていると書き、Ziegengeistが党による処罰では事態は片づかない、何年にも亙る長い息が必要であると述べているのを捉え、教育の長い息が考えられているが、いったいどれ程の長さなのか？　党は我々を生涯教育して、今や我々の躾の悪さを見ざるを得ず、躾の悪い者達がますます出現すると皮肉を言う。更にZiegengeistが「我々は一九七一年来Wolfから Kirsch及びKunert又は他の誰かに至るグループをＤＤＲ文学の先端と称してきた。それは誤りであった。」[52]と断定する、》誤り《の評価が著作を妨げるどころか作家達をせきたて、圧力となり、エネルギーとなり、仕事になったと語る。Krugのこの一連の発言はどれも箴言と言える。

Krugは続けて解雇等の不利益処分を受けた俳優達の事例を挙げ、思想家HagerのＮＤ紙上の署名者達への攻撃に触れる。型通りの帝国主義的プロパガンダ、修正主義者、極左的喚き屋、ブルジョアマスメディアの利用という言葉が見られる。それ以外にどのような非難があっただろうか?-というKrugに同意せざるを得ない。病院の党の集会でもKrugへの根拠の無い噂が流されていることをSchlesingerの妻Bettina Wegnerが聞いたのである。

五月一四日、Krugは西のテレビで見たＣＩＡの犯罪に資本主義の本質とその冷酷さを知ったと書き、一五日はMüller-StahlとBeckerとの交流に触れている。一六日Jurek Beckerが電話でF. Beyerが一八日の水曜に例の映画》隠れ家《の上映を企画したと伝え、Krugは出席を約束する。G. Grassが明日訪ねると電話をかけてくる。一七日予定通りGrassがH. J. Schädlichと共に訪ねて来る。Schadlichは苦境に陥っていて、Grassは彼の著作の西側での出版の手配をする。

一方Konrad Naumannが夏には片を付けると言ったことをKrugは聞き、それは素晴らしい秩序になるであろうと皮肉に考える。Grassに就いてKrugは次のように書く。「彼は最初の瞬間から信頼の念を抱いたわずかな西側の人間達の一人である。[53]」

一八日Krugは映画》隠れ家《を見る。この映画は悪くはないと確信しJutta Hoffmannの演技を高く評価する。「そしてともかくこの物語りは一つの芸当である。芸当というのは、》隠れ家《がかつてDDRで撮影された最も非政治的な映画であるという点にある。[54]」とKrugは皮肉にして微妙な書き方をする。音楽を担当したFischer迄含めると二人の主役、原作、監督を加えてあの請願書に署名した五人に依って作られた映画なのである。

一九日彼は翌日の会合の連絡を受け、二〇日再びLamberzを訪ねる。しかしLamberzの幾つかの提案もKrugの気持ちを捉えない。それまでの彼への不利益処分が同じ当局の指導によるものであることをKrugは体験したからである。ただLamberzが「君が君の家での一一月二〇日の対話を録音したというのは本当か？」と問いかけ、Krugは恐ろしい程驚愕し、何故Lamberzがそういう質問に至ったのか説明出来ないと書いているが、彼は当然否定する。[55] Lamberzはその後Krugの西側の外交官達への接触に言及したりするが、もはやなす術を知らないのであり、Krugは一方そのようなLamberzに心情的共感を覚えるという複雑な心境に至るのである。それ故にKrugは譲歩した場合どのような人生が待ち受けているかを考え、西側での惨めな状況も予想し、動揺するが、「何もかも遅すぎる。」と語り、「それが君の最終的な言葉か？」というLamberzの問いに「私の最終的言葉である。」と答える。[56] Lamberzは Krugの説得を断念し、「私は拒否権を撤回する。」と述べ、「君が望むなら帰って来ても良い。」と迄言う。「おそらく私は或少し別のDDRへ戻って来る。」というのがKrugの回答である。[57] ここに二人の惻隠の情を感ずるのは私だけでは無いであろう。Krugは約束した彼の日記の複写は拒否し、二人は互いにさよならを言い別れる。Krugの日記はこの日付をもって終わる。

(Ⅷ)

それに続くのは同年九月一五日付けの Lamberz 宛の Krug の書簡である。その中で Krug は作家 Jurek Becker が Krug の日記の写本を持って行くことを告げ、その約束をした送付が若干遅れたことを理由を挙げて詫びる。又僅かな箇所であるが、個人と個人的発言に係わる箇所を幾つかの場合ぼかす為に識別し難くしたことも書いている。その後に大文字で「我々は此の草稿が君の為にのみ定められていることを協定した。」と記されている。

更に以下の文章が続く。「ほぼ半年後、一九七八年五月六日、Lamberz は社会主義リビヤ共和国訪問中へリコプターで墜落し不幸にも死亡した。[58]」

前述したように Krug の日記は五月二〇日付けで終わっているが、彼が事実上出国するのは一ヶ月後の六月二一日である。その間の事情を語っているのは巻末にある「最後の晩に就いての報告」なるベルリン地区のシュタージの文献である。それは六月一八日、土曜日より六月二一日、火曜日迄の Krug と周囲の人々の行動を逐一報告しており、しかも報告者は Krug が信頼して親しく訪ね、その客となり、多くのことを託した IMV[59]》Salmann《なる人物とその妻である。

それによると Krug の最終祝賀会は一九日 IMV の家で開催され多くの人々が集まり、その名は全て報告されている。彼らの行動のみならず、IMV が聞き取れなかった対話以外の会話も収録されている。今更言及するまでもない驚愕すべき事実であるが、注目すべき事柄を最後に幾つか挙げる。Krug はその祝賀会の席で専ら Becker, Kunert, Kraus Poche 及び Gerhard Wolf と思しき人物達と対話するが、ホスト役の IMV はその内容を聞き取れない。Jutta Hoffmann と Maria Moese が Krug との別離を一番嘆き、騒ぎ、他の人々の抵抗にあう。Hoffmann は一晩中泣いていた程である。Frank Beyer はこの日別れ際にくずおれて、Krug が残される人々のことを気にかけず去る利己的人間であるという失望感を口にする。Kraus Lenz は酔いつぶれ、「くそ」という言葉迄使って Krug の西側行きを裏切りの如く批判し、

BeckerやSchlesinger夫妻に依って車で連れ出される。二〇日午後、Krugは自宅のアトリエへBeckerを招き、彼に別れを告げるが、一五分後アトリエから出てきたBeckerは泣き、皆に短く挨拶を送り消える。Krugは他の人々にも別れを告げるが驚くべきことはKrugがとりわけIMV夫妻に、他の人々に涙を見せまいとする程の親身の別れの挨拶を送り、残された者としての彼らが困難に、報復措置に会わぬようあらゆることをすると告げ、彼らにやがて連絡をすること、それを彼の最も親密な友人達、BeckerやMoese夫妻、Müller-Stahlにのみ伝えて欲しいと述べることである。最後にKrugが彼の今回の西側行きの行動を必ずしも評価しないWilly Moeseと事を構えたこと、Beckerが彼も四週間後にＤＤＲを去ると宣言したことが採録されている。

〔注〕

（1）本書一七一～一九三頁。
（2）Manfred Krug, Abgehauen Ein Mitschnitt und Ein Tagebuch. Econ Taschenbuch Verlag. 1996. S. 115. Z. 12-15.
（3）ibid. S. 115. Z. 21-22.
（4）ibid. S. 116. Z. 16-25.
（5）ibid. S. 117. Z. 17-S. 118. Z. 2.
（6）ibid. S. 118. Z. 16-18.
（7）ibid. S. 118. Z. 24-25.
（8）ibid. S. 119. Z. 12-14.
（9）ibid. S. 120. Z. 1-3.
（10）ibid. S. 121. Z. 9-16.
（11）ibid. S. 122. Z. 15-19.
（12）ibid. S. 123. Z. 1.

(13) ibid. S. 124. Z. 30-S. 125. Z. 6.
(14) ibid. S. 125. Z. 15-21.
(15) ibid. S. 126. Z. 2-6.
(16) ibid. S. 128. Z. 8-17.
(17) ibid. S. 129. Z. 28.
(18) ibid. S. 130. Z. 11-13.
(19) ibid. S. 130. Z. 17-24.
(20) ibid. S. 135. Z. 25-31.
(21) ibid. S. 142. Z. 18-19.
(22) ibid. S. 144. Z. 11-12.
(23) ibid. S. 145. Z. 18-19.
(24) ibid. S. 148. Z. 25-28.
(25) ibid. S. 149. Z. 12-22.
(26) ibid. S. 151. Z. 23-24.
(27) ibid. S. 156. Z. 18-21.
(28) ibid. S. 157. Z. 7-9.
(29) ibid. S. 159. Z. 25-30.
(30) ibid. S. 161. Z. 6-10.
(31) ibid. S. 169. Z. 13-15.
(32) ibid. S. 173. Z. 15-18.
(33) ibid. S. 175. Z. 26-28.
(34) ibid. S. 180. Z. 27-32.

(35) ibid. S. 185. Z. 19-22.
(36) ibid. S. 191. Z. 13-17. Z. 20-23.
(37) ibid. S. 192. Z. 32. S. 193. Z. 1.
(38) ibid. S. 194. Z. 1-4.
(39) ibid. S. 194. Z. 20-21.
(40) ibid. S. 199. Z. 16-22.
(41) ibid. S. 202. Z. 14-16.
(42) ibid. S. 208. Z. 6-12.
(43) ibid. S. 212. Z. 7-11.
(44) ibid. S. 217. Z. 30-32. S. 218. Z. 4-6.
(45) ibid. S. 219. Z. 32. S. 220. Z. 2-14.
(46) ibid. S. 221. Z. 11-13. Z. 21-22.
(47) ibid. S. 224. Z. 23-30.
(48) ibid. S. 227. Z. 22-27.
(49) ibid. S. 233. Z. 21-24.
(50) ibid. S. 235. Z. 1-6.
(51) ibid. S. 236. Z. 21-27.
(52) ibid. S. 238. Z. 10-13.
(53) ibid. S. 243. Z. 10-11.
(54) ibid. S. 244. Z. 2-4.
(55) ibid. S. 249. Z. 27-32.
(56) ibid. S. 250. Z. 26-28.

（57）ibid. S. 251. Z. 7. Z. 16-24.
（58）ibid. S. 252. Z. 7-9. Z. 12-15.
（59）IMV の IM は Informelle(r) Mitarbeiter(in). つまり非公式協力者のこと。

（初出、一九九九年九月二〇日、獨協大学「ドイツ学研究」第四二号）

『ベルリン物語集』と国家公安局

（Ⅰ）

一九九五年、ドイツSuhrkamp出版社より『ベルリン物語集』（Berlimer Geschichten）という文庫本のアンソロジーが出版された。編集者は旧ＤＤＲの三人の作家Ulrich Plenzdorf, Klaus Schlesinger, Martin Stadeである。此の詞華集に作品を寄せたのは上記の三人の他Günter de Bruyn, Fritz Rudolf Fries, Stefan Heym, Günter Kunert, Rolf Schneider等一五人の旧ＤＤＲの作家達である。何故此の時期に旧ＤＤＲの作家達の作品集がという疑問には此の詞華集の以下のサブタイトルが或る程度答えている。そこには「作戦上の重点　自費出版」（Operatirer Schwerpunkt Selbstverlag）とある。前半は旧ＤＤＲの国家公安局、所謂Stasiの部員が好んで用いた用語である。更にそのタイトルの下には「一つの作家達のアンソロジー。如何にそれが生まれ、Stasiによって妨げられたか」とある。つまり此の作品集はＤＤＲが存在した一九七〇年代に出版されるべきものであった。

しかしそれは実現せず此の作品集は抽出の中に死蔵され二〇年後に出版されることになり、それ故に此の間の事情を説明する前書きと出版を妨げたStasiの記録文書と共に出版されることとなった。従って本稿では差し当たってこれら前書きと記録文書を紹介解説し、論ずることを目的にする。

（II）

先ず三人の内、誰が此の作品集の出版という考えに至ったのかは些細なことであると編集者は前書きで述べ、その考えは「一九六五年一二月と一九七一年春の間、つまり Ulbricht 支配下の此の最後の時期よりも Elbe 川と Oder 川間の、バルト海とエルツ山脈間の社会への新しい思考開始、即ち別の視点の為に、より開かれていると思えた時期に生まれた。(1)」と書いている。最初にそのことに就いて話し合ったのは七三年秋の Wiepersdorf であったのか、同年の Alt-Ruppin での大晦日であったのかと編集者は思考をめぐらした後、「最初の招待状を我々はともかく七四年の最初に送付した――(2)」と記す。

つまり一般的なＤＤＲ史への観点に観られる如く Ulbricht 後の時代をＤＤＲが根本的に変わった時代と彼等は捉えた。此の時期は前書きも触れている如く第八回党大会で Ulbricht から Honecker への政権交代があり、国際法上のＤＤＲ承認の波があり、様々な民主化の兆しが見られた。「文学では或る新しい世代が世に出て、国家のあの新しい第一人者が、作家達が社会主義的立場から出発したならば文学にはタブー類はあるべきではないと語った文章に伴われた。(3)」と編集者は書き、彼等はタブー云々の文を重視し、社会主義的立場云々の文に困難を予測しなかった。このような文は権力者が如何に解釈するかに係わることは予測出来るが、彼等も続けて述べているように六八年に西側の学生達の反権威主義的蜂起があり、チェコスロバキアでの社会主義民主化の試行が見られたことが彼等に解放感を付与した。あの鬱陶しい Ulbricht 時代を経たことも古い世代の伝統的規範からの脱出に拍車を掛けたことは当然であろう。

それ故に、彼等は以下のように述べる。「我々はかなりの人が七〇年代後期に討議の中で彼等は此の時代に世界のどの他の場所に於いてもＤＤＲに於けるよりもより自由に感ずることはあり得なかったと主張したのを思い出す。――自由を移住の自由と取り違えず、そして勿論、その最大の自由はその素材、その作中人物達に対する自由である。一人の作家の観点から観て。(4)」続けて編集者は彼等は西側議会の野党という概念は用いず、「その批判によって彼等が生きている体系へ組み入れられていることを望んでいた、そう、彼等の批判そのものが批判された者達から心からとは言わずともその事柄の故に期待されるであろうと期待していた社会批判的作家達として、我々は我々を理解していると、我々が言った時、我々は権力へ一つの要請を申請したのだ。[5]」と彼等の立場を説明する。

此処で編集者は当時の正当な現実を述べる。様々な大きな美術展、現在の不完全さを強調し、肯定的よりも否定的側面を持った新聞の記事、更に「ベルリンでは例えばBettina Wegnerが„intopp“と呼ばれた催し物で毎月一度、Kloster通りの若き才能ある者達の家の舞台に登場し、満員の広間の観衆に既知未知の歌手達、作家達、俳優達を紹介し、その後公開討論が行われ、彼等はそこに来ていた西側の通信員達の強制国家DDRに就いてのあらゆる観念を破壊せざるを得なかった。[6]」事実である。続けて編集者は次のような具体的事実に触れる。「此の時代、此の雰囲気の中で或るアンソロジーの為の原文を集めるという考えが生み出された。——テーマ：ベルリン、DDRの首都、時代：終戦時より現在迄。それは他のアンソロジーとは、全参加者が全寄稿に就いて知り、それらに就いて協議し、——合意後——また集団的編集人として我々の出版社の一つに対して行動する筈であったことによって区別された筈であった。[7]」非常に興味溢れる作品集が想定されていたと言える。

当時の編集者達は既知の年輩のStefan HeymやChrista Wolfのような作家以外に、より若い未知の作家達を加えたリストを作成し招待状を創案し、十分長い期間を選び、他の作家達にも提案するよう願ったのである。反響は肯定的で熱狂的であった。例えば七四年二月二二日S. Heymは手紙で応え、Stephan Hermlinへ提案し、F. R. Friesは後に寄稿したUwe Grüningへ提案し、G. d. Bruynは賞賛に値すると述べ参加の意志を表明し、やはり参加したG. Kunertや結果として参加は出来なかったSarah Kirsch等に呼びかけている。やはり最終的には寄稿出来なかったS. Hermlinは最初電話で述べた承諾を守れるかどうか判らないが、企画の成功を祈ると応え、「かなり民主的で」「何時の日か作家達のグループを或る出版社に対する一つの共同の主体へと高める」ので、その方式に賛成したCh. Wolfは寄稿しなかったが、S. Kirsch, G. Kunert更に寄稿したHelga Schubertへ提案している。最初に答えてきたFranz Fühmannだけは「我々の招待を或る友好的ではあるが一定のやり方で二つの理由から断る。第一に彼はベルリンに係わりがないこと、第二に彼は投票、決議、討議を伴う文学の或る連結を一つの『自殺的要因』であると信ずるからである。[8]」と述べたと編集者は書いている。

（Ⅲ）

最初の幾つかの原稿は七四年の夏に、最後の原稿は七五年春に到着したのであり、二〇〇頁に及び、その中にはHans Ulrich Klingler, Heide Härtl, Gert Neumann（Härtl）のような若い未知な作家達の原稿があったと編集者は記し、初校が七五年五月に複写されそれ迄の一八人の作家達に送付された後に到着したWolfgang Landgraf, Erich Köhlerの作品は採用出来なかった事実にも言及している。「作品集は好都合に不均衡で、それらはグロテスク調から印象に迄、クラシックなショートストーリーから言語実験に迄及んだ。参加者達の反応は彼等の原稿同様様々であった。」と編集者は更に語り、特別な緊張感で読んだという見解もあり、「アンソロジーは当局の抵抗に合うのみならず、どんな出版社も見出さないであろう。[9]」とPlenzdorfと彼自身の原稿を指摘し、他の作家達への負担を憂慮し、経過済みの会合に対して弁明して、採用作品の選択を代表に任せる提案をしたHeymの意見もあったことに触れている。

七五年九月一〇日ベルリンのBecherクラブに招待された一八人の内一〇人のみが集まったが、少人数の集会に関する不安定な雰囲気と基礎的なデモクラシーに就いての経験不足から来た不安定さがあり、この会合一四日後、此のアンソロジーの全作家達に送付された回状はその決議を以下のように説明している。第一に原稿は未だどの出版社にも提出されるべきでなかったこと、第二に個々の寄稿に就いての討議は延期されたこと、第三になお別の作家達を招待すると決定されたことである。二、三人の名前が挙げられ、様々な更なる決議がなされたが、それらの内、最も重要な幾つかは彼等の同志のほぼ半数に接続法的な言い回しでなされざるを得なかったと書かれている。

上述の集会の成果が如何に複雑に見えたにしても、当時此の企画を成功させる確固とした意図を持っていたことを述べ、新しい招待状を書き始め、「作家同盟の通知」の為の声明文を作成し、それを全関与者に送付し、賛成または拒絶を待ち、更なる原稿と提案、拒否と敬遠も得たと招待者は語り、Kunert, de Bruyn, Heym のその時の反応に触れている。数週間の内に原稿は三五〇頁に脹らみ、更なる寄稿が告げられたが、七六年三月五日に予定された次期の会合をより良く準備しようと企てた時、党と Stasi と作家同盟が既に彼等の出版計画終結の警鐘を開始したと書かれている。

「七五年秋に政治的風土が決定的に変化した。[10]」と述べ、編集者は新しい活動をしようとした者が至る所で困難に逢着した例を挙げる。作品朗読は見え透いた理由で拒否され、西への旅行は延期または不許可となった。あの„Eintopp“は著しく国家の干渉にあった。Ulbricht 時代に禁止されていたその三冊の本が第八回党大会以降出版された Heym は新しい作品集で再び出版拒否に直面した。そこで彼等は反撃もし、「ベルリンの作家同盟では Heym は文化官僚の無能力な介入に対する手段として作家達の或る種の出版社を要請し、[11]」Schlesinger は Plenzdorf に朗読や批評インタビューの際に起こった様々な困難に就いて語った。それに対し Hermann Kant が即座に飛び上がり、事態を取り上げると申し出て具体的な事例を要請し、四つの事件が資料で証明され、彼に文書で伝達されたが、長いこと回答がなかったと編集者は記し、「背後には抑制の一つの方法が潜んでいたと我々が理解するまで若干の時間がかかった。[12]」と更に述べるが、直接誰かを批判してはいず、抑制の或る方法の責任者は誰か判断出来ない。しかしその後で Honecker が政治局の保守的な部分との間に困難を抱えていたという中央委員会からの伝達は当時の状況を知る上で興味深い。彼等はそれでも先へ進んだと編集者は述べている。

やがて情報局の言葉で意図的偽情報（Desinformation）、日常語で噂（Gerücht）と呼ばれているものが流された事実に言及する。彼等がアンソロジーで行動基盤を築こうとしているとか、アンソロジーの自費出版を企図していたとか、その本を五万部市場に出そうとしている西側の Molden 出版社と既に連絡しているとか、彼等の間に争いがあり、多くの参加者が既に敬遠したとかである。彼等は出来る限り否定したが、同僚達の顔にはしばしば懐疑の表情が浮かんだと書かれている。その結果七六年一月二七日 W. Landgraf がその作品を引き上げたいと書簡を送り、話し合いの用意があること、この希望に満ちて始まった企画がこのように終わるのを見るのは残念であると書いてきた事実に編集者は言及している。

編集者は、終わりは考えていなかったと記し、作家同盟がアンソロジーの参加者達に働きかけたが成果を挙げなかったと耳にしたと述べ、作家同盟の「ベルリンアンソロジー」書類に何人かの作家達との対話メモが残っている事実にも編集者は触れている。同じ書類の中に見られるのは Schlesinger が二月初めに作家同盟第一書記 Gerhard Henniger へ書いた書簡で、或る辛辣な嘲りに満ちており、その一部をこの男自らが広めた上述の噂の数々を通知し、それらの噂の過ちを説明して参加者達の名のもとに否定するよう要請している。書簡は回答を期待していなかったが、彼等が事件の「描写」を当時同盟会長であった Anna Seghers や、社会主義統一党（ＳＥＤ）中央委員会、文化部門、文化省等に送付した時は、相手は反応したと書かれている。それはタイプ紙四頁でアンソロジーに就いて、不当な非難に就いて述べ、それには個々に反論した。不条理な主張に対しての反論は容易であると彼等は信じたのであるが、イデオロギー上の非難——「行動基盤の構築」或いは「国家的出版構造の破壊の試み」という非難のような——に挑戦するのはかなり困難であったと書いている。後者の非難の言葉は企画の「部分的に生産組合的な側面」という指摘によって一つの進歩的な、個々に生産する作家達の間の関係を促進する企てとして説明し得たが、前者の「行動基盤の構築」という言葉は拒絶のスターリン主義的手段からの概念であり、不条理な領域への一つの怒りの否認を込めてのみ指摘された、と編集者は語っている。

その上彼等は最近二年間の政治的変化への警告的な指摘を加えている。作家達は十分に熟慮された雰囲気を必要としたアンソロジーの実験的な性格を意識したのであり、その雰囲気を彼等は第八回党大会以降の文化政策方針の中に感じ、この企画でその意向に従ったと信じたのである。「作家達はどんな論争も恐れなかったが、彼等の実験は従属、拒絶及び陰謀から自由な雰囲気の中でのみ成功し得ると知っていた。[13]」とある。

(Ⅳ)

彼等の記憶によると或る金曜日、病気であった Stade を除き、Plenzdorf, Schlesinger は Karl-Liebknecht 通りの新築家屋で後から来て後の席に座ったH. Kantを含めてG. Görlich, R. Kerndl, Henniger, M. Küchlerの五人の役員と会った。作家同盟ベルリン地区役員が中心であり、後の席に座ったKantがその最中に一度だけ彼の沈黙を破ったとある所に私は彼の微妙な立場を見るが、有罪宣告ではなく解明であるとの約束の下に話し合いが始まった。此処で編集者は「その非公式協力者《Martin》と《Hermann》が国家公安局へ提供した報告は話し合いの事実上の経過に就いて僅かしか言わず、その起草者の精神に就いて多くを言っている。所々此の報告は犯罪者達〔注・編集者達のこと〕の誤った主張に多くの証拠との対決を通して反証することが尋問者達に成功した或る尋問の記録のように読まれた。我々は全時間、我々の立場に就いて擁護し、意気消沈して三時間後に再び路上に出たことを思い出す。我々の論拠の何一つ同意されなかった。結果は当初から確立していたに違いなかった。[14]」Stasiの姑息で卑劣な手段と実態が、役員達の官僚的な頭脳の固陋ぶりが窺える文章である。

　以上のように七六年にアンソロジーが出版されなかった事情の経過に触れた後、編集者は九五年に出版された本書の構成に言及する。此処に印刷された原稿は彼等のアンソロジーの七五年春完成された初校の原稿に相応し、その後送られた物語はJoachim Waltherの物を除き、最早彼等の手中にはなく、その原稿を引き下げたUwe Kantはそれを今回も用立てるつもりはなかったと書かれている。記録的部分の基礎は国家公安局が七五年より七六年に実施した『作戦上の重点「自費出版」』の書類であり、作家同盟の書類からは、党と同盟と国家公安局の間の協力を明らかにする文書が選ばれ、それ以外に国家公安局がB. WegnerとSchlesingerに就いて当てはめた『作戦上の事象「濫作家」』よりの彼等の企画に関する二、三の非公式協力者の報告と非公式協力者《Hermann》と《Martin》の書類よりの報告が年代順に選ばれている。此処で編集者は上述の協力者の後者は当時の作家同盟副会長、あのベルリン地区議長であるとコメントを加えている。Görlichであろうか？

　興味深いことは編集者が非公式協力者の報告は《全くの真実》を含んでいることがあると述べ、例えばKunert, Schneider, de Bruynに就いての報告がそうであると語り、それに至る理由を記していることである。ファンタジーに溢れた一つのとりわけ著しい例を提供しているのは非公式協力者（IM）《Andre》の作品であると述べ、その人物を特定し、彼等（編集者）の密接な友人の一人と短い期間結婚していた一女性IM《Büchner》の報告と後になってアンソロジーの作家達の仲間に合流したIM《Heinrich》の報告は懐疑の念で読まれると書いているのも興味を引く。「或る話し合いと話し合いの記録の間に様々な世界がある。」と述べてから、編集者は「我々は我々の読者達に秘密情報員の監視の主体と客体の間を鋭く分けることを喜んで要請したであろう——それが我々自身に成功したならば。[15]」と書き、例えばIM《Heinrich》のことに言及する。アンソロジーの主唱者達に探りを入れる為に近づいた彼は彼等から原稿を提出するよう要請された時、ますます強く作家としての関心に相応する考えの渦中に陥ったのであり、彼はアンソロジーの作家達を擁護し、彼は主唱者達をStasiに「描写した」反動としてStasiの書類には存在しない一通の三頁の書簡をさえ彼等に送り、その中で事実彼もその原稿を引き下げるよう要請され、それに同意出来ないこと、DDRの作家同盟には既に長い間、社会主義的作家個人の必然的に新しい自明の理があること、作家達は政治的イデオロギー上の責任を所有することを述べ、此の共同の企画は彼等の文学生活の豊潤化になると書いている。

編集者は「彼のアンガージュマンを単なる巧みな信頼を築く偽装と見るのは単純すぎるであろうと考える。作家として彼は原稿に干渉してくる検閲のささやかな試みの下に正に我々各人と同様に悩み、彼は作家達の役割と主権を国家機関に対して強化することに関心を抱いている。[16]」と記し、更に此の彼自身がSchlesingerを訪ねた時、後者が非常に疑い深く彼のポケットを覗いたり、彼の上着を彼に着せる時揺さぶったりしたことを認めている。

一方七七年五月二三日の彼の記録によれば「Schlesingerの周囲の人々には物語集——文学が問題ではなく、それらを公表する手段方法が問題である。彼等はただ人々を周囲に集め、我々の出版政策に対する行動基盤を築こうとした。[17]」とあり、それを国家公安局の指導将校は高く評価している。即ち編集者は権力の主体または客体という型への行動する人物達の整理の難しさ、権力機関の機構を解明する為に上述の整理はやはり重要でないことを述べており、これらの書類を読む際に、主導者達も同僚達も、更に国家公安局の秘密情報員達もそこに居る非現実的で低俗な世界が生ずると書いている。

続けて「我々を多くの報告の不鮮明さが、決して秘密にされなかった我々の諸活動が当局によって一年以上知られなかったという事実と同様、驚かした。[18]」と編集者は語り、IM《Andre》がその指導将校に既に七五年三月にアンソロジーに就いて語ったのに、此の情報が、その部門が相互に隔絶されていた国家公安局の構造の故に、アンソロジー企画が本格的になった時、明らかに初めて重要になった事実を指摘する。国家公安局の対抗措置は彼等の最初にして唯一の会合直後の七五年一一月に非常に激しい陰謀めいたエネルギーで始まったとある。そこで「国家公安局将校達の文化管轄主要部門XXの長Kienberg将軍との協議で、手書きで記録され以下の全措置を公認する決定的文章が起草される。つまり『党はアンソロジー出版を阻止すべく決断した。国家公安局は人々を管理すべし。[19]』というのである。情報が集中し、最高権力者達は此の事件に係わり、国家公安相Mielkeは第一書記に「個人的に」捜査の状況を多くの「誤認評価」共々報告する。それによれば当初よりHeymがイデオロギー上の指導者とされている。

それ故に当時よりほぼ二〇年を経て、様々な文書を知った後の九四年、彼等が生き働いてきた組織制度は改良可能であるという誤解に彼等の計画は立っていたのかと彼等は自問し、「我々は振り返り、我々の幻想に微笑する。しかし我々はまた権力との粘り強い闘いを思い出す。それは時々二、三の言葉をめぐる闘いであったが、常に社会の道徳的中心の場所を巡っての闘いであった。[20]」と答えている時、社会主義の理念実現をめぐって私自身思考し、その実現を志向せざるを得ない。七六年九月国家公安局が「作戦上の素材《自費出版》の作戦上の処理の目的設定は達成さる。[21]」と書いたことに触れ、編集者はその二ヶ月後の一一月一六日、Wolf Biermannの市民権剝奪の日に権力はより公然と姿を現したが、その反響は権力がその終末を迎えた日々迄続いたことを述べ、前書きを閉じる。

(V)

記録文書の最初の物はベルリン発の七四年一月二〇日付け書簡である。内容は作家達宛のアンソロジー『ベルリン物語集』へのPlenzdorf, Schlesinger, Stade三人よりの招待状である。ジャンルには拘らず、自伝的な物でもフィクションでも良いと記され、上述の如くストーリーの時代は終戦時より現在、または少しばかりそれを越えた時代とされ、政治的地理学はベルリン——ＤＤＲの首都、その都市の特殊な政治的状況に由来するあの様々な問題を含めて——と書かれている。続けて「アンソロジーの編集者は全ての参加者となるべきである。つまりどの作家も全ての原稿を知る権利を有する。その後、彼は他の原文に対し異議を申し立てることが出来る。その後、彼はその原文を引き上げるかどうかも決定出来る。その巻が全ての参加者から受け入れられた時初めて、その巻は或る出版社に提出される。財政上の危険は全ての作家達が担う。利益は量的な尺度に従い分配される。全ての決議は多数決によって決められる。[22]」と記載されている。更にその巻は二五〇から三五〇頁になると予想し、一五人から二〇人の作家達を計算に入れ、一人当たりのページ数を一〇から二〇頁とし、その年末迄完成し送られたしとある。その後原文はプリントされ各作家に送られ、七五年一月または二月に彼等は集まり、それらの原文に関して決定したいとも書かれている。当時のＤＤＲの出版状況を乗り越えた興味深い企画であった。

その時期迄はその巻の調整は三人の手にあり、彼等の最初の会合後に二、三人の対外代表を撰びたいと述べ、それ迄掛かった費用は差し当たって三人によって立て替えられることに触れ、それ迄協力に関心を示した彼等を含めた七人の作家達の名を挙げ、更に招待しようとしている七人の名を記している。その上でより若い未知の作家達の招待を考慮に入れ、書簡の受領人達に紹介の労を要請しているのは前書きにある通りである。

此の書簡に続き既に七五年春に始まった国家公安局への非公式協力者達の監視に基づく情報が三通収録されている。先ずベルリン発七五年三月二九日付けの Wi/lüc による XX/7 部門（文化文学領域管轄一部門）宛の情報で、IM《Andre》との三月二五日の会合に基づくもので、『作家グループ Schlesinger-Plenzdorf-Stade』というタイトルである。七五年三月一五日、電話で予告したように Stade が上述の IM の住居を訪れ、二、三時間滞在して Schlesinger の所へ行こうとしたこと、その際に前者が後者に予告済みのいわゆる作家達の出版社形成に就いて話し、それはどんな場合でも国家と党公認の企画にはならず、「その熟慮に当たってはただ一面では相互に物質的に支え合い、原始的な方法で文学をプリントし、大衆の中にもたらす為に、ドイツ社会主義統一党の文化政策に対するそのイデオロギー上の立場に応じてその著作公表に際し諸困難を持つであろう作家達を組織的に何らかの結集することが重要である。[23]」と述べたことが記されている。そして差し当たり当時のBiermannの出演禁止から派生した実践、即ち多くの若い人達がBiermannの作品を西側の印刷物から書き写し、此の方法で広める術を見出したような実践が説かれ、「多くの若い人達の此の自発的反応は今や一つの組織された形体へ変えられつつある一つの形体であり、その為にはともかく一定の組織形体が必要であり、その組織形体を此のいわゆる作家達の出版社が示すべきである。[24]」と述べられたことも記載されている。此の熟慮の発案者に、上述のSchlesinger, Plenzdorfが挙げられ、此の理念の背後になお何人かの著名な作家達がいることが語られている。更に近い内にSchlesingerの住居で此の計画の為に多くの協議が行われるとStadeは述べ、IM《Andre》に此の計画への参加を要請している。後者はすぐに納得せず考える時間を要請し、その理由として一定の反対派結成のこの方法では国家による処置によって絶対的な文学的孤立に追いやられる危険が生ずるのは明瞭であることを挙げる。それに対し前者はその危険は明らかであるが党の検閲を避ける出口はそれでも少なくとも一定の時期には無いと答えている。StadeのIM《Andre》への無警戒と信頼感が余りにも明らかな場面であり、今や周知のStasiの実態である。

上述と同じ部門に宛てられたWild少佐の四月一九日付けの情報は『フリーの作家、Plenzdorf, Stade及びSchlesinger』というタイトルで、やはり四月一六日のIM《Andre》との会合に基づいている。此のIMは四月上半期にStadeと対話をする多くの機会を持ち、その際にあの作家達の出版社形成の話しが何よりも重要な役割を演じたのである。Stadeはその意図は依然としてあると説明した。しかし或る研究滞在の為のPlenzdorfのＵＳＡ行前にSchlesingerの住居で上述の三人の間でなお協議が行われ、「そのような出版社形成の為に、どんな組織的な活動も行わない。」との見解に到ったのである。「党と国家機関が彼等に余りにも強く『狙い』を定め、『Stasi』もその人々を彼等の周囲に配置した。このような状況では事態を『あからさまの対決』へ到らせるのは賢明ではない。[25]」というわけである。Stadeの見解は延期されたのであり、断念では無い。PlenzdorfのＵＳＡ滞在中も「更なる同意見の人々」を募ることが決められ、その関連で此処でも改めてStadeは此のIMにそのような出版社での協力に就いて問い合わせている。彼は作家であるのみならず、多くの編集顧問としての経験があるからその協力に関心があるというわけである。Stade はまた此の IM に Plenzdorf のＵＳＡ研究旅行はＤＤＲ作家同盟とニューヨーク大学ドイツ学研究所間に長期の協定が締結され、ＵＳＡサイドが内容上また時期的に七五年の Plenzdorf に強く固執したことも述べている。

更に同じ部門宛の Holm 少尉の情報は四ヶ月半後の九月三日付けであり、IM《Büchner》に由来している。三人の作家達のいわゆる『作家達の出版社』企画に就いての情報であり、例の三人が目下『古ベルリン物語集』のタイトルの下にアンソロジー完成に従事しているという文言に始まる。そのアンソロジーには全部で一八人のＤＤＲの作家達が参加し、既に挙げた者達以外にとりわけ、H. Kant, U. Kant, S. Heym, Ch. Wolf, G. d. Bruyn, F-R. Fries が知らされていると書かれている。その編集に当たっては Stade の見解によれば従来の通常の編集の場合よりは民主的な全ての作家達の協議権があると報告され、その方法に就いては既に本稿で触れられてきたことが繰り返されている。更に集まった原文に関して、いわゆる『作家会議』で九月一〇日か一八日協議される筈であり、その他に共同の決議が行われ、印刷許可と編集技術上の成果を得て、全計画を法制化する為に、ＤＤＲの或る出版社に赴くとされている。そこで目下考慮中のＤＤＲ出版社の名が挙げられ、それ迄かかった費用と出版費の見積もりが触れられ、アンソロジーの実験的性格上、参加する作家達は過度な印税の要求をしないように要請されるということも報告書に述べられている。

此の情報の最後で、我々の IM は目下、計画されている作家会議の正確な時期と場所を知ることは残念ながら出来なかったと述べられているが、彼は医者の Stefan Schnitzler から Stade がＤＤＲの出版社が見積もりの上で応じなかった場合西側の出版社も考慮されようと発言したことを聞いたと記されている。

（VI）

次に掲載されている資料は七五年九月一〇日のアンソロジーグループの集会に関する報告を兼ねた九月二五日付けの三人の回状であり、前述した決議内容以外に新しく招待した作家達に同年一二月三一日の原稿提出期限を通知し、同意の回答に際しては既に集まった原稿を回覧に供すること、全ての作家達の次期集会を七六年三月五日に決めたこと、記者用説明文を起草し『作家同盟会報』に公表の為提出すること（九月一〇日に出席出来なかった作家達の同意を前提とし、その原文を同封して賛否保留を要請した上で）、二回目の原稿編集を担当する三人の作家としてKlingler, de Bruyn, Kunertが撰ばれ、後者二人はまだ同意していないこと、彼等から同意を得られなかった場合は今まで通りの三人が更に担当すること、新しい作家達に貸し出されるように、回覧に供した既に集まった原稿をSchlesingerに送り返すこと、それらの原稿の諸費用は今まで一二五〇マルクとなり、三人が立て替えたので一八人の参加者一人当たりほぼ七〇マルクとなり、その額をSchlesingerの郵便コントに振り込むべきことが書かれている。このアンソロジー出版予定の過程が非常に民主的であったことが判り興味深い。

それに続く記録文書は非常に長い詳細なベルリン発七五年一一月一〇日付けの国家公安局宛の物で、極秘！　請う返還！　と宛名の下に記載されている。情報提供者は明示されていない。タイトルは『原稿審査係排除の下、DDRの多くの作家達による物語のアンソロジー準備に関する情報』となっている。この文庫本の前書きで書かれている「七五年秋に政治的風土が決定的に変化した。」という証拠と言える。そこでは改めて前述の情報に基づくことがより詳細に述べられている。即ちDDRのかなり多くの作家達が『ベルリン物語集』というタイトルの下、アンソロジーを編集し、DDRの出版社に訂正なしの出版の為に提出する為に集まったこと、彼等の考えによれば、その未定の出版社には最後通告的に印刷技術上の製作と引き渡しの為にのみ任せられる印刷済みの原稿が出来上がることを述べてから此の情報提供者は次のように書いている。「出版及び書籍販売中央官庁の側からの印刷許可処置の枠内での、または圧力で委任された出版社による物語の内容の変更及び訂正を、参加した作家達は一致して拒絶し受け入れない筈である。それによって彼等は原稿審査係の機能を『検閲として』締め出そうと意図している。参加した作家達何人かの見解によればそれによって作家達の自己責任と『検閲』不承認の一つの実例が作られる筈である。(26)」と。続けて或る作家が西側での出版の可能性が場合によっては考えられ得ると発言したこと、主唱者は三人で七四年以来同意者達を集め、同意しないと思われる者達に対しては自己を護り知らせなかったとも此の情報は述べている。そして『検閲締め出し』等の条件の下、原稿を提出した一八人の名前と作品名を列挙している。

此の情報で興味深いのはS. Hermlin, Ch. Wolf, F. Fühmannが参加を断念したことを強調し、此の文庫本の前書きにあるようなその理由と姿勢に詳細に触れていない点である。しかしアンソロジーが現在二〇〇頁になり、全作家の査定に附せられ、未だ時期が確定していない全作家の集会で協議されまたは変更されること、可能な出版社として今迄Buchverlag »Der Morgen«, der Hinstorff Verlag Rostock, Aufbau Verlag Berlin und Weimarが挙げられ、最終的に»Der Morgen«が選択されたことが言及されている。

続けて此の情報提供者は次のような結論を下す。「専門家達による原稿の最初の査定ではDDRに於ける他の物と差異を付けない印刷はどんな場合でも不可能である。様々な寄稿の中に明らかに敵対的な、社会主義を中傷する叙述があるからだ。」と述べ、更に「DDRの首都ベルリンは作家達の思いの中では個人的な運命、体験、経験及び失望の実り多き焦点として、同様に社会主義国家とその制度の為の試金石として物語的に描かれている。その際、一つの決定的に批判的な根本的主旨が支配的で、それは個々の寄稿では反社会主義的発言に迄到っている。[27]」という基礎的理念に纏められるという。その上此の情報提供者は原稿纏めの責任者として、明らかに政治的イデオロギー上の批判的で否定的な発言の中心人物Heimの名を挙げ、そのような意味で問題な論評の例にde Bruyn, Gert Härtl, Klingler, Plenzdorfの作品を挙げる。従って彼の決め付けは以下のように進展する。

「原稿は個々の寄稿が偶然に編集されたのではないということを示唆している。此の企画の或る構成上の相談と指導は疑いないだろう。明らかに組織者達は社会主義レアリズムの本来の本質への批判的な面を高め、或いは要するに社会主義内部に『批判的レアリズム』を生み出すことに左右された。[28]」更に専門家達によると個々の寄稿には以下のテーゼが代表的なものと見られると報告し、それを以下の如く挙げ、それに係わる作家の作品を語る。

――DDRの国家と国家機関は独断的で無情な狭さによって指導されているのであろう。一つの通過出来る国境が社会主義への本当のまたは強制された忠誠の試金石なのであろう。

その例としてS. Heymの作品『吾がリヒャルト』(Mein Richard)を挙げ、それが当局によって既に彼の作品集からは削除されたと述べている。

――ＤＤＲに於ける社会主義の社会体系は個々人には見通し出来ない。個々人は疎外され、操作されている。テロルが存在しているが、疎外のプロセスの結果、それは客観的対象にはならず、具体的に把握されず指摘されない云々。その例として Gert Härdl の寄稿『ボウリングに就いて』（Vom Bowling）が挙げられ、それは明らかに個人的な知性的傲慢という印象を与えるが、意図的な此の物語集の本来の理論的根拠づけになっていると書かれている。

――ＤＤＲに於ける社会主義は特権によって特徴付けられている。一般の国民は成果に与らないか、或いは遙かに遅く与る。指導者達と役員達の不正がある。

その例として de Bruyn の寄稿『不法監禁』（Freiheitsberaubung）が挙げられる。多くの寄稿にはまた居住問題が取り扱われ、特権階級のベルリンに対し本来のプロレタリア的ベルリンが擁護されていると報告されている。

――ＤＤＲには或る芸術祭継続の為の一種の「展示の自由」のみがある。現実は抑圧的な了見の狭さ、専横、強制である。

その例として H. U. Klingler の『月曜日にはハンマーがおりた』（Am Montag fiel der Hammer）が挙げられ、そこでは憎しみと攻撃的調子が支配的で、取り分け人民警察と故役員達に向けられていると書かれている。

――公式のプロパガンダの言葉による美化と例えば特権のない青年達の現実的な体験には大きな矛盾がある。

その例には Plenzdorf の『下にも遠くにも』（kein runter kein fern）が挙げられている。

――一九六一年の国境の確保はＤＤＲの社会にとって一般的な意味でも主観的、個人的意味でも典型的な出来事である。

その例には Schlesinger の『青春の終わりに』（Am Ende der Jugend）が挙げられている。

――役員は必然的に現実性の感覚を失うようにおびやかされている。

その例には Stade の『全てを二重に見た者について』（Von einem, der alles doppelt sah）が挙げられている。

このように此の情報提供者にとって否定的なテーゼを彼は挙げてから、残りの一一人の寄稿は直接には明らかに否定的ではないので受け入れられると述べている。更に彼は若い作家達が此のアンソロジーに参加した理由として公に認められたいこと、印刷許可と「検閲」廃止を導く議論を計算に入れたことを挙げている。そして七四年一一月一三日の作家同盟ベルリン地区集会での此のことに関するHeym, Schlesinger, Joachim Seyppelの発言に触れ、それを社会主義に敵対的と決め付けている。続けて幾つかのアンソロジー参加者の内的な当局との対決を覚悟した発言も論評している。その上で彼はこれらの作家達の更なる行動を管理する処置が国家公安局で執られたことを述べ、今後も様々な処置を執り、否定的な敵対的勢力を孤立させる為にＤＤＲの他の公表機関での有用な寄稿を公表すべきであろうと国家公安局に提案する。最後に此の情報はその情報源を危険に晒す故に個人的な参考とされたしと記載されている。

(Ⅶ)

次の記録文書はドイツ社会主義統一党中央委員会文化部門の教授Heldt博士に宛てた作家同盟第一書記G. Hennigerの七五年一一月二〇日の報告であり、企画『ベルリン物語集』に関する覚え書きを同封している。その覚え書きの中で例の三人の編集委員が七五年一〇月一日に一連の作家達に送付した書簡を更に同封すると述べ、Wolfgang Kohlhaaseがそれを一一月一三日ベルリン作家同盟の党指導部に呈示したと報告している。

次にアンソロジー参加者の一人、同志Jürgen Leskienが説明したように自費出版のこと、七五年九月一〇日の参加者の集会で同志G. Kunert, Leskienが彼等の更なる参加の条件としてアンソロジーが出版されるべきこと、ベルリン作家同盟を通して全作家に参加可能な意図を知らせるべきことを挙げたと書かれている。興味深いことは上記の三人の作家が同志と呼ばれていることである。続けて上述の一一月一三日の党指導部会議で以下のような論評と見解があったと述べその内容が記されている。

同志Kohlhaaseはアンソロジー編集の為の集会を正当と認めるが、此のアンソロジーの問題性を意識しているので参加はしない。同志Ruth Wernerはそのような企画に反対である。此の計画を事情によっては一定の作家グループの規則的会合の口実に利用出来るHeymが背後に立つであろうという理由で。同志Paul Herbert Freyerも反対した。

同志Hennigerはアンソロジーの成立形式に注意を指摘し、その結果出版社には「はい」か「いいえ」を言い、技術上の請負として仕事をすることのみが残されていると主張し、そのような西側方式は確かに非常に民主主義的なふりをしているが、いずれ撤退の権利のみがある個々の作家の立腹に到るであろうし、作家達と出版社の争いの素材になろうと述べた。

同志 Karl-Heinz Jakobs はこの考えに加わり、一年前に既に参加要請の手紙を受けたと説明し、元々参加の意図を抱いたが期限を守れなかったこと、事態はとっくに終了したと受け入れたが、いま更なる作家達が招待されるのに驚いていること等を述べるが、彼はそのような計画を正当と見なしている。勿論、出版社との関係に関しては既に同志 Henniger が述べたような考えを抱いていた。同志 Cwojdrak は何も発言せず、同志 Küchler は此の問題を熟考し、次の会議で更に討議するべく最終的に提案した。

続く七五年一一月二二日付け文書は、確認済み、作戦上の代理人 Hähnel 中佐と記載された例の国家公安局 XX/7 部門への物で、「措置計画」というタイトルで更に「政治的作戦上の重点『自費出版』の事件に適した処理」というサブタイトルもある。先ず問題の人物達の作戦上の処理及び管理に関する既存の作戦計画を補足しつつ以下の諸措置が執られると書かれ、様々な人物達に関する様々な国家公安局職員等の情報が網羅されている。

1．は Schlesinger に関する情報で、先ず「自費出版」の枠内での彼の活動の追求が七五年初頭以来引き続き成功し、七五年八月にこれに加えて確認された作戦計画は完全な有効性を維持していると記され、また IM《Büchner》、《André》、《Karl》が近い将来に今まで以上に Schlesinger より信頼されるように彼等の彼への接触を強化する方向を維持していると書かれている。

続いてそれぞれの IM の場合が言及される。《Büchner》[29] は取り分けその原稿審査係としての活動と Schlesinger 夫人 B. Wegner との親密な諸関係を利用し、様々な成果を挙げる可能性が、《André》は Stade への接触を維持し、彼を媒介して Schlesinger への信頼関係を確立し、その際原稿審査係及び作家、更に出版専門家としての経験と関係を明瞭にするであろうことが、《Karl》は党、国家機関、作家同盟及び国家公安局への彼らの反応に関する重要で時事的な情報を手に入れる為、取り分け Schlesinger-Wegner 家への家族的接触を強化するであろうことが触れられている。そしてその報告期限が一二月五日とされている。

《Vera》,《Pergamon》及び《Steinhopf》もやはり Wegner への彼等の関係を利用するように方向付けられていること、その際彼女の指導者としての役割も注意するべきことも記されている。この三人の IM はそれ迄の諸活動から Schlesinger の関心を引きつけるのに適していると書かれ、その報告期限はやはり一二月五日とされている。

更に IM《Büchner》と《Karl》の協力と公の文書の利用によって Schlesinger とその妻の筆跡及びタイプ文字が筆跡鑑定され、カード式目録にファイルされるように調達され得ると書かれ、その期限も一二月五日とされている。

同じく一二月五日までに部門二六の作戦計画上予定されている措置が促進され、徹底的に実施され、既に度々示された電話監視の提案が更新されるとの記述の後に、「『ベルリン物語集の為の資料収集』という公の理由を伴う Schlesinger の数度の西ベルリン滞在に、如何に作家同盟の出張提案と文化省による許可が行われたか、一般的協力者《Helga》を通してもう一度根本的に吟味されたし」とあり、「その吟味は、Schlesinger が社会及び国家の役員達の政治的無知と善意を利用したのか、彼の敵対的諸計画の為の意識的促進と支持を見出しているのかに就いて解明すべきである。[30]」とあり国家公安局の狼狽を見る思いがある。此のことに就いての期限は一二月二〇日になっている。

また物語集編集者三人による Seelow 郡 Altrosental の週末休暇用土地獲得の目的、動機、方法を知る為に IM《Büchner》,《Karl》,《André》は、Schlesinger/Wegner 家への信頼関係確立の一般的任務に此の土地の出来る限り頻繁な訪問を組み入れるように指導されるであろうとも書かれ、そして国家公安局 Seelow 郡役所との関係での調整諸措置が出来る限り早急に実現されると記されている。国家公安局の用意周到さとその措置の徹底ぶりには驚かされる。その指導の期限は一二月五日、調整協定の実現の期限は一二月三〇日と設定されている。

2. は Hansdieter Schubert に係わる情報である。彼も一八人の作家の一人である。先ず処理は事件に適した既存の IM の先駆的書類の枠内で成功していると述べてから、更なる処理の目標はその人物への啓発の仕事を終了し、無理な伝説作成の為に始まった作戦上の連想を非公式協力獲得の為に終了することにあるとし、最初の接触の対話期限を七六年一月一五日に設定している。

次に文学的活動と彼の更なる政治的イデオロギー上の発展の管理に既に接触のあるIM《Jäger》が指名されること、彼の作家同盟に於ける公の登場はIM《André》、《Walter》及び一般的協力者《Helga》の助力の下監視されること、IM指名の目標は彼SchubertとSchlesinger間の或る差異のプロセスを政治的作戦上のやり方で可能にする点にあると書かれ、IM指導の期限は一二月五日とされている。国家公安局の綿密にして陰険な作戦と言えよう。更にこれらの作戦実施の為に一二月一五日を期限として部門二六に於ける電話監視が実行されると書かれている。

3．は同様にアンソロジー寄稿者Elke Erbに係わる情報である。

Erbに対しては作戦上の人物管理という形で事件に適した処理が開始され得るとし、その目標を彼女がSchlesingerの影響の下に、既に確固としたイデオロギー上、否定的な姿勢を取っているのか、動揺しているのか、或いは忠誠心があると評価されるのかに就いて、作戦上言明し得る観念を作成することに設定している。作戦上の人物管理の提案期限は一二月一五日とされている。

次に上述の人物管理の別個な措置計画作成前に、住居区探索を導入し、彼女の今までの文学的な仕事に就いての概観を入手し、どの出版社の為に彼女が仕事をしたのか確認する為に、国家公安局と人民警察に蓄積されてきた物全てが必要であるとされ、期限は一二月一〇日に定められている。

続いて、彼女の夫を把握している主要部門XX/7との調整によって、夫の処理のやり方を経て彼女の管理の如何なる可能性が存在するのか一二月一〇日まで吟味されること、一般的協力者《Helga》を経て彼女の筆跡及びタイプ文字が調達され、XX/2を経て筆跡比較をさせ、筆跡文書をカード式目録にやはり一二月一〇日までファイルされることが記されている。此処にも国家公安局の綿密な作戦が見られる。

4．はやはりアンソロジー寄稿者Helga Schubertに係わる。

その項目は上述のErbの場合と夫の処理のやり方云々以外同じである。

5．は上述の四人の場合とは異なりIM《Roman》なる人物に係わっている。先ず相応した処方の改訂によって更なる協力は、此のIMが作家サークルに於ける、取り分けPlenzdorfとSchlesingerへの彼の接触に就いて自ずと道徳的に義務づけられるように形作られるとされ、更なる協力の目標は何はさておき、此のIMに「自費出版」に対するそのイデオロギー上の無知を自覚させ、彼をこの企画の指導者の政治的目標確立に対する拒否的な位置に向けることに設定されねばならぬとされ、この教育目標が達成された場合、どのような形で此のIMを濫作家達と「自費出版」の積極的処理に関係づけられるか決定されると書かれ、一月一五日が期限とされている。

次に此のIMの信頼性の度合いと政治的イデオロギー上教育効果の度合いの吟味に部門二六に於ける電話監視の実施が根拠にされると書かれている。

6．は指導的諸措置となっており、作戦上の重点「自費出版」の為に実施される諸措置に対し専門部門XX/7の指導者Wild少佐が全責任を負い、管理はXX部門指導者代理Bronder少佐を通して代表されること、他の業務部門との必要な調整諸措置に対しては前者が責任を負うこと、更に重点「自費出版」の為の全処理結果収集の為に一つの調整書類が添えられ、この資料の整然とした取り扱いに対してはHolm少尉が責任者とされることが記載されている。最後にPrenzlauer Bergの中心部にある別の業務部門の信頼できるIMを「自費出版」の処理へ関係させる如何なる可能性があるのか吟味されるとあり、此の一一月二二日付けの長い文書は終わる。

（注）なおIM《Andre》は此の文書では《André》となっており、IMにもIMB, IME, IMF, IMS, IMVの区分があるが、それぞれの説明は此処ではしない。

（Ⅷ）

次の記録文書は七五年一一月二五日付けのPönig大尉からの例の主要部門XX/7への報告で、会合報告というタイトルがあり、IM《Hermann》との会合が二五日の一〇時三〇分―一二時一五分にIMK《Casino》で行われたと記している。

先ずIMは先週の初め作家同盟党書記、同志Küchler、党地区書記、同志Sepp Müllerと彼の間の会談が行われたこと、その会談で三人は企画『ベルリン物語集』に関する作家同盟党指導部前での同志 W. Kohlhaase の説明に就いて協議したと報告している。その際同志 Müller は此の企画に反対する行動を展開するのではなく、それが出来る限り内部より破滅するよう方向付け、此のことに就いての会談はアンソロジーに距離を置いていることが非常に明瞭な人々とのみ行われるべきで、誰がそれに適したパートナーか顧慮されるべきだと述べたと報告されている。

此の助言に基づき IM は作家 Uwe Kant をアンソロジーから引き離す為にベルリン作家同盟幹部員 Eberhard Panitz がそれに適したパートナーであると確信し、一一月二〇日に会談することに一致した。そして彼が Panitz の所に現れた時、同志 Klaus Höpcke 文化相代理が同様にそこに居て、同じ関心を抱いていた。Panitz は Uwe Kant との良き個人的接触に基づき彼と話をする用意があると直ちに説明し、一一月二二日会談し、Panitz は以下のことを確信した。

Uwe Kant は Plenzdorf と Schlesinger より声を掛けられ、アンソロジーの説明を受け、その際その背後に何も見なかったが、全アンソロジーの原稿の中に、彼の評価によれば少なくとも三、四編がその否定的発言に基づきＤＤＲに於いて出版されず、確実にどの出版社も出版の用意があると宣言しないであろうと知った時、彼は驚いた。彼には既に此の企画から退く考えが起こったが、Panitz の勧める第九回党大会栄誉の為のベルリン作家同盟のアンソロジーへの参加には否定的であった。Panitz はそこで IM に Uwe Kant は非常に考え込み、確実に Plenzdorf, Schlesinger へ背を向けるであろうと報告した。しかし彼は意図的に彼の会談が個人的性格を維持し、その企画に反対する行動を臭わせぬように Kant に働きかけ、上述の IM と協議するように勧め、Kant はそれに応じる姿勢を示した。

IM はアンソロジー参加者の一人 J. Leskien が作家同盟書記、同志 Erika Büttner に此の件で向かったことを知っていたので、IM は Leskien と此の企画への彼の考えと問題に就いて詳細な対話をするであろうと Pönig は報告し、その対話の際に IM は以下のことを明らかにするのを試みるつもりであると述べる。

「Leskien は如何にそしてどのような条件の下でアンソロジーの協力の為に獲得されたのか。」「政治的、文学的、芸術美学的方法の如何なる相違がアンソロジーの参加者達の間にあるのか。」「誰が此のアンソロジーの鼓舞者であるのか。」(31) と記し、Pönig は、最後に IM は Leskien が IM の情報により指示された時期にアンソロジーより引き下がる確約を得るように試みるであろうと書いている。

続く記録文書は一一月二七日、IM《Heinrich》がXX/7部門Cottbus県官庁でLieback少尉に口頭で伝えたベルリンでのSchlesingerとの接触の報告である。

彼は委任によりSchlesingerに関係を断ち切らない為に手紙を書き、アンソロジーへの協力を断った。著名な作家達の間では見劣りするというその理由を後者は根拠がないとして残念だと答えた。IMは断ったにも係わらず短い物語を書いたが、一二月二日に彼がSchlesingerにHinstorff出版社での作家達の会合で間違いなく会うであろうがまだ何も言わないであろうと報告し、その原稿をクリスマス直前に初めて送ると述べた。その原稿はふざけた夢のような空想的で神秘主義的物語なので他の固いレアリズムと異なりアンソロジーの枠より外れ、Schlesinger達は来る三月に彼と論議するに違いないと彼は報告している。その上、彼はSchlesingerの手紙を引用している。その中では共同の編集者のことが触れられ、誰もアンソロジーの他の寄稿者を知らず、編集者が欲することを出来る惨めな状況を彼等は克服したいと述べている。

次の記録文書はベルリンの国家公安局XX/7部門への一一月二八日付けWild少佐の中間報告書である。Schlesingerは七五年二月以来処理の対象で、それは七五年八月に確認された作戦計画に基づき成功していると述べてから、Hansdieter SchubertのIMとしての先駆的仕事による処理に触れる。先ず多くのIMがSchlesingerとその妻Wegnerの密接な知人友人の輪に入り、Schlesingerの信頼を得て、「自費出版」に関する作戦上興味深い情報を得たと述べる。それは以下のものである。

九月半ばSchlesingerは党ベルリン地区指導部書記R. Bauerとベルリン作家同盟役員達の協議に就いて非公式に知り、Stadeを通して彼等のグループの比較的狭い輪の中でベルリン地区指導部の情報源を確認する為、吟味をさせた。それ以来彼は新しい接触には疑いを抱き、彼とPlenzdorf, Stade間の雰囲気は言い難い疑念によって特徴づけられた。しかし一〇月初め彼の住居で話し合い、相互に今一度絶対的信頼の念を確認し合った時、此の一時的状況は再度変わった。それでも上述の協議の内容を知って以来、彼等の企画の成功に就いて少しペシミズムが広がり、一〇月の『意味と形式』(Sinn und Form) 誌五号出現時迄継続した。此の号に於けるVolker Braunの『不完全な物語』(Die unvollständige Geschichte) の公表が彼等の間に新しい行動への強い衝撃を与えた。Braunの『未完の物語』(Unvollendete Geschichte) は彼等のグループでは「ＤＤＲに於ける一つの『有効な体系批判的文学』にとっての『信号』と『基準』」と受け入れられた。「Schlesinger は Braun の物語を今までＤＤＲに現れた『体系批判文学の最も有効なもの』と評価した。此の物語は僅かな頁だが Stefan Heym の『体系批判的全作品』をしのぐであろう。Heym 自身それを妬み心なしに認め、Braun の『勇気』によりはっきり感動させられようと。[32]」

Schlesinger が信頼している出版社「朝」(Der Morgen) の原稿審査係 Joachim Walther は Braun が「許可されるものの限界を百分の一ミリメーターに到る迄正確に測った。」そして「限界」の為に現在可能な尺度を置いたとの見解を述べた。

続いて国家公安局、人民警察、税関の収集資料の吟味結果という次のような情報が書かれている。旅行に関する報告や手紙及び税関での監視によって Schlesinger の西ベルリン、西ドイツでの接触が確認され、一九六一年八月一三日直後ＤＤＲより逃れた D. Dröder が彼の密接な友人であり、その友情がアンソロジー用の彼の物語『青春の終わりに』のあの文学的作り話であり、彼の許可された資料収集目的の西ベルリン旅行に際して彼は専ら Dröder に会っていることが評価されねばならないと。

更に彼が西ドイツ出版社の Lothar N. と接触しているが、その正確な性格は判らないこと、彼はスイス、チューリヒ Benzinger 出版社の協力者の女性 Renate Nagel 博士との結びつきを維持しており、それは業務上のみならず私的なものであり、七四年二月に彼は既に上記の物語の存在を彼女に報告し、それをその出版社で出す提案をしているが、まだ少しその物語に係わりたいと説明したこと、それ故に彼は長い間、その物語の素材に従事しているのが明らかなことが記されている。

また Heym に仲介されて彼が七四年五月、München の出版社 Bertelsmann と接触し、Heym がその出版社で『案内――ＤＤＲからの新しい散文』(Auskunft-Neue Prosa aus der DDR) というタイトルでアンソロジーを提案し、

Schlesinger の物語を『九』（Neun）というタイトルでその中に入れたこと、それは七四年秋に出版され、Schlesinger はそのやり方でその出版社と協定を結んだ事も記載されている。
此の記録文書の最後は人民警察の収集資料より、彼が五八年一月二五日 Weißensee で、彼が任務に就いている人民警察官を「ファシスト的な手段を用いるナチス」と罵倒した刑法一八五条による国家中傷の廉で注意を引いたことの記載である。

（IX）

引き続き七五年一二月の記録文書になり、最初は上記と同じ部門への Holm 少尉の一二月一一日付けの短い覚え書きで、一二月一〇日のベルリン作家同盟役員会議の情報である。先ず Plenzdorf が党の文化政策に関して挑発的な発言をし、取り分け文化政策の実践に於いて第八回党大会の諸決議は撤回されること、その文化政策の行き戻りは彼自身に関する事件で証明できると発言したこと。Jurek Becker はそれに同意し、その際に非常に個人的なやり方で文化政策問題に於ける「独断的」姿勢の政治局員 Paul Verner を攻撃したこと。更に二人は他の役員達の討議にも係わらず、その発言を撤回しなかったとある。

次に同じ部門への大尉 Pönig の一二月一五日付け文書が続く。会合報告とのタイトルで、IM《Martin》と一二日二〇時より二一時一五分に会っている。

前の彼の会合報告と同様、IM の個人的様子に触れてから、ベルリン作家同盟党基礎組織の選挙報告集会最中に於ける作戦上の対象作家達の態度に就いての報告が書かれている。その報告は別の IM《Hermann》の報告と一致していると述べてから、IM が Uwe Kant と例のアンソロジーに就いて話し合い、アンソロジーの政治的底意と敵対的性格を後者に説明し、後者も既にそう考えたと発言したと述べている。彼の考えの原因は取り分け個々の寄稿の内容を知ったことにあり、彼は Heym の寄稿を決定的に敵対的と見なし、その公表に尽力する意図は全くないと IM に発言した。此の状況をIMは、その寄稿を取り下げ、その企画同様その組織から引き下がる約束をUwe Kantから取るのに利用した。

IMは同じような姿勢を取るように他の作家達に働きかけることをも要請し、Uwe Kantは了解し、その目的の為に次の作家達の集まり迄沈黙し、その集まりで他の作家達を前にしてHeymの寄稿の敵対性を指摘し、後者の寄稿をアンソロジーから外すか彼の寄稿を取り下げるかを要請すると提案した。彼は最初の集まりでのKunertの発言を考慮して、この姿勢が一連の作家達に効果を発するとの見解である。IMは上述の行動以前にKantと協議することで彼と一致し、それには国家公安局と党の助力の必要を説いた。

Rolf Schneiderから此のアンソロジーへの参加を告げられたことを述べてから、IMは彼にその参加を思い止まるように暗示し、彼はその企画から引き下がることを約束出来ると語り、企画の正当性に疑念を抱き、Kunertと論じ合っている。KantとSchneiderはこの企画では参加出来ぬのであり、Schneiderは更にIMに対し、彼とKunertの脱退によってその企画が崩壊するであろうと発言した。

最後に此の記録文書の作成者Pönig大尉は任務として、「IMはKant, Schneiderと、アンソロジー企画の状況の変更に就いて恒常的かつ時期を得て情報を伝え得るように更に接触を保つ。」(33)と書いている。

上述の同じ部門へのPönig大尉の記録文書は更に続き、やはり一二月二二日付けの公安担当IM《Martin》を情報源とする会合報告であるが、会合の日時は一一月二七日八時四五分～九時五〇分となっている。IMは打ち解けた様子で、会合の目的は作戦上の重点「自費出版」に設定されたとあり、IMはSchlesinger, Plenzdorf及びStadeのWolfgang Kohlhase宛の書簡を知っているかと尋ねられ、彼は緊急な医療上の処方の故に作家同盟に於ける最近の協議に参加出来なかったと説明したと書かれている。

このような理由から彼は、内容は知らないがKohlhaseが党指導部に上述の書簡に就いて通知したことのみ知っており、そこでPönigより内容に就いて通知され、それにも係わらずなお自ら公式に調べるように要請されたこと、説明された実状に基づき彼は直ちに上述の三人の計画の敵対的内容を認識したことが述べられている。「彼はその上に先ず、彼に作家達のそのような敵対的企画に就いて即座に通知しないことは党指導部同様作家同盟指導部の汚らしさであると発言した。(34)」とあり、更に彼には両指導部のそのような姿勢が納得出来ないこと、Pönig の助言に応じて調査し、そこで同盟が何をしようとしているのか質問するであろうと発言した。

彼の第二の反応は、彼が信用に値し、彼は無条件で「アンソロジー」の計画を粉砕すべく彼の全存在を賭けると説明したことであった。一方 Pönig は「アンソロジー」の計画をそれ自身の崩壊によって挫折させるのが重要であると説明した。

IM《Martin》はそこでこの問題に於ける全面的な支持と Uwe Kant がこの企画から離れることを保証すると発言し、何がこの人物をこの見え透いた企画へ参加させたのか判らないし、彼の見解によれば Uwe Kant は何か考えているに違いないと発言している。また彼は Uwe Kant へ厳しい姿勢を取ると断言する。

《Martin》は更に「Uwe Kant との対話に当たって徹底的に以下のことを明らかにするように要請されたのである。――誰が彼をアンソロジーへの協力のため獲得したのか。――如何にどのような条件で彼はアンソロジー協力のため獲得されたのか。――この計画への参加の彼の動機は何なのか。――アンソロジー参加者達の間の相違に就いて何を彼は知っているのか。――この計画の着想者としての Heym の役割に就いて何が知られているのか？(35)」と報告書にあり、Stasi と IM 間の作戦の徹底ぶりが伺われる。

また《Martin》は Uwe Kant にアンソロジーからの撤退と三人の組織者から距離を置くことを承服させた後、後者がそれへ唆されるなら、先ず後者と公的な断絶をするように要請されたとあり、更に《Martin》は対話の際に、アンソロジー参加者達の次の会合に当たって彼（Uwe Kant）の先例によってなお別の参加者達をこの計画から距離を置くよう唆すべく、プロジェクトに反対するように Uwe Kant を利用出来るか、試みるであろうと報告されている。《Martin》は更に Rolf Schneider との対話と彼への工作の成功の見通しを断言し、次週に予定している Uwe Kant との対話の結果に就いて即座に報告すること、その結果を Schneider との対話の基礎にすることも断言した。

やはり同じ部門に Wild 少佐より送られた書簡は一二月三〇日付けであり、「作戦上の情報 Nr. 13/76」とのタイトルに、「アンソロジー『ベルリン物語集』への作家 de Bruyn の参加」というサブタイトルが付いている。

IM《Roman》との一二月一九日の会合の際に得たアンソロジーへの de Bruyn の協力姿勢に就いての報告が書かれている。de Bruyn は Plenzdorf のＵＳＡへの研究旅行直前一九七四年一〇月または一一月に後者より協力を要請され、ベルリン作家同盟幹部及び何人かの出版責任者との意見の調整によって以下のような種類の実験をする意図があると説明されたのである。彼は即座にベルリン作家同盟議長 Günter Görlich にもＤＤＲ作家同盟会長 Hermann Kant にも此の企画の公認に就いて問い合わせ、両者ともそれに就いて知悉し、疑念を差し挟まなかったとある。そこで彼は同意し、未発表の物語『不法監禁』(Freiheitsberaubing) の原稿を Klaus Schlesinger に提出した。

de Bruyn はその物語を「実際に起こった楽しい或る物語」と評価しており、それは名前と場所のみを変えた逸話であり、数年前に彼の隣人の女性と人民警察官の間に起こった出来事で、彼は感激し一気に書き上げたが発表する考えはなかった。de Bruyn の叙述によればその頃は寄稿も少なく、幾つかの寄稿は未熟であったので、アンソロジーは初期の段階であり、彼のアンガージュマンは彼自身の原稿を用立てること、他の作家達の寄稿を読み、それに就いて彼の意見を表明することであった。

一九七五年一一月末か一二月初め、彼は彼の作品の初版権を所有する Halle の中部ドイツ出版責任者よりアンソロジーへの彼の協力を撤回するようにとの影響を受けた。そこから彼は一方の文化省と作家同盟幹部と他方のアンソロジーの作家達との間に誤解があると推定したという。アンソロジーの協力者達に作家同盟損害の陰口が言われるが、彼は「その非難を理解しない。同盟のかなりの役員達は最初からアンソロジーの作家達の計画に就いて全てのその帰結共々知らされ、その企画を『実験』として受け入れたからである。[36]」彼はその寄稿を未だ引き上げず、それ故に「誤解」を除く為に先ず幾人かの幹部会員と協議するつもりであり、アンソロジーの協力者の一人が同盟やＤＤＲを傷つけるつもりがあるとは想像出来ない。協議の結果、逆のことを確信したら、彼はアンソロジーより撤退し、その寄稿を引き上げると最後に書かれている。

同じ Wild 少佐の一二月三〇日付けの書簡はやはり同じ部門へ宛てられており、やはり「作戦上の情報 Nr. /76」のタイトルがあり、サブタイトルは「作家グループ　Plenzdorf, Schlesinger, Stade」となっている。IM《André》が一二月二二日に報告している。

先ずアンソロジープロジェクト『ベルリン物語集』に就いての報告であり、Schlesinger と Stade が依然としてプロジェクトに携わり、一二月末に編集済みにしたいので、完成した物語を用立てられる更なる作家達を見出そうと目下は努力していること、仕事は彼等の肩にかかっているので、Plenzdorf と Stefan Heym がそのように言及しようとも寄稿送付期限の延長に決して応じるつもりはないことが報告されている。後者二人は多くの今まで提出された寄稿は文学的に未熟でアンソロジーには採用出来ないし、少なくとも二五人の作家達が参加し、少なくともその三分の二が特色あると評価される時のみ、予定されている物語集は期待通り効果を発するのであり、それは一二月末迄達成出来ないと考えている。

Schlesinger と Stade は今までの参加者の間で彼等が追いのけられようとしており、彼等がほぼ一年間多くの時間とアンガージュマンをプロジェクトに投資した後、他の人達が企画の先頭に据えられようとしており、それは九月の作家達の協議で確定されたとの印象を抱いている。そして Stade は de Bruyn と Klingler の名を挙げている。IM の、作家達間の齟齬への期待が窺える場面である。Stade と Schlesinger は彼等の同僚の何人かが企画から逃げようとしているのに苦い思いをし、党がこのアンソロジーを「作家達による出版」への第一歩と嗅ぎつけたと見ており、今や此の出版に係わる様々な方面にイデオロギー上の「演出」が加えられ、何人かは変節したと語り、今や「火全体」がやがて彼等に向かうと確信し、その兆候を Schlesinger は彼が係わる Hinstorff 出版に見る。また出版社「朝」の原稿審査係 Joachim Walther を経ての Volker Braun の万一の参加への要請と Braun の定言的な拒否、Walther の落胆と Schlesinger のそれへの評価が述べられている。何故なら Braun は目下「党から砲火を浴び」、彼が参加すれば「彼は砲火を我々全てに向けたのみであろうから。」[37] と興味深いことが書かれている。

次に Stade 個人の情報が書かれている。此の一二月中旬より下旬にかけての彼の行動が逐一日を追って記録されており、彼が意気消沈した気分にあると述べられ、その理由は多面的であるが、第一にはプロジェクトの進展状況に係わっているとあり、このプロジェクトが本来の意図でなお実施可能と彼はもはや信じていないが、彼は依然として「精神的不自由の表現としての検閲に対し[38]」何かを企てなければならぬという立場にあると最後に報告されている。

(X)

一九七六年最初の報告は宛先も報告者の名も記載されず、「Bettina Wegner/Klaus Schlesinger 勢力からの情報に関して」とタイトルがあり、「K. Schlesinger の誕生祝に七六年一月九日ほぼ二一時四五分頃参加して」とのサブタイトルが付いている。

先ずそこに参加した作家、女優、医者、法律家、原稿審査係等の名と未知の人物の特徴が挙げられ、それらのグループ内の親密さが述べられている。それに対し報告者は彼と妻が幾つかの不審の念とは言わぬまでも、強い用心深さで遇されたと書き、Thomas Brasch の初めの攻撃的姿勢と Wegner の説明によるその姿勢の緩和に就いて述べている。更に客達の幾人かが彼と彼の妻と部分的に集中的な効果のある対話をしたとは言え、二人は最終的には総体的対話の対象からは締め出されたとある。個々の対話は決まり文句を超えなかったこと、彼等と対話を全くしなかった法律家のことも触れられている。その日の午後の Schlesinger への Stade 等の電話とその内容、Stade の滞在先 Alt-Rosenthal へ行くように Wegner に要請された Schlesinger の姿勢にも触れた後に、報告者は一月八日の上司との協議内容に関する幾つかの注釈をする。Schlesinger が或る事柄に係わっていることを彼のいつもと違う姿勢から推測し、彼が目立たぬように振る舞い、報告者の前では「開放的」だが、拘束を受けない内容のいわゆる「個人的」テーマを超えない！と述べ、情報を手に入れる協議済みの可能性のどれも現在の時点では目立たぬ形で作用しており、Schlesinger と Wegner に不信感を抱かせることはあり得ない！と書いている。また両者は仕事と創作の問題に就いては示唆的な話もしなかったとある。

報告者は更に Schlesinger が「自己実現」の彼の観念に近い幾つかのプロジェクトに従事していると語り、そういう観点から観ると彼の誕生祝に参加した多くの人物はそのようなプロジェクト実現のイデオロギー上信頼された者達だと述べるが、既知の人物達がまだ現れていなかったのは興味深いとも述べている。最後に報告者は彼の行動が非常に慎重に行われたことを確信し、「本来本質的でない文章または本来些細な質問すら無心を装っても目覚めた不信感を動員し得る！」[39]と自戒している。非常に興味深い報告者の言と言える。

更に興味深く驚くべきことは、Schlesinger が次の日、招待していなかったと報告者に述べた例の法律家は、報告者達の評価によりどの程度可能な情報提供者になり得るか十分に吟味されるべし！と報告受領者のコメントがあることである。

七六年一月二一日付けの Rei/Ko よりの例の主要部門 XX/7 宛の書簡には「情報　アンソロジー『ベルリン物語集』計画阻止の為に」のタイトルがあり、「近い内にこの計画に参加した作家達と彼等の創作に関する対話が行われると決定された。此の対話の枠内で作家達はアンソロジー『ベルリン物語集』への彼等の参加に就いて意見を述べ、彼等の寄稿の原稿を検査に任せることが達成される筈である。[40]」との文章で始まり、寄稿を短期間評価した後に、此の計画から離れ、寄稿を撤回するように彼等を促し、内容如何によっては出版社を提供する等の目的で更なる対話が行われるであろうと書かれている。

以下に参加者達と党或いは作家同盟、出版社側との対話の組み合わせが示されている。例えば　文化相 Hoffmann と Plenzdorf、作家同盟副会長 Hermann Kant と Uwe Kant、作家同盟第一書記 Gerhard Henniger と Kunert, Kohlhase と Schlesinger 等の興味深い組み合わせでそれぞれの前者には同志の肩書きがある。Heym, Schlesinger, Stade との議論は、上述の対話の成果があれば行われるとの文で此の報告は終わる。

次に来る報告は一月二三日付けで、やはり XX/7 部門宛の Wild 少佐よりのかなり長いもので、「作戦上の情報 Nr88/76」のタイトルに「作戦上の重点『自費出版』」のサブタイトルが付く。IM《André》の一月一一日の報告に基づいている。

日曜日の当日 Schlesinger の住宅で彼と Stade と 原稿審査係 Joahim Walther の間で会合が行われ、本質的に二つのことが中心となった。Walther は Stade に出版社《Morgen》の原稿審査係の長 Henniger が Stade と彼の物語集出版上の新しい諸条件に付いて話す文化省の委任を所有しているという情報を伝えた。その諸条件とは共和国の宮殿建築に就いての物語の内容変更や、一学生の期限前退学手続きに就いての物語の除去が最早問題なのではなく、Stade が宮殿建築の物語も除去する時のみ、物語集は出版されるというものであった。此の情報の後 Stade はすぐに Schlesinger の所から Henniger へ電話をしようとしたが、彼の電話は間違いなく盗聴されるから止めるように Schlesinger が忠告したとある。Stade 自身の物語出版に対する圧力と盗聴に附いての当局の姿勢が窺われる。

Schlesinger と Walther はこの諸条件に「彼等共同の事柄」の為に応じるように助言するが、彼は最初その助言に打ち解けない姿勢を見せた。その「文学的に」一番成功した二作品のない物語集は文学的な「トルソ」であり、「誰にも読まれない」ので納得出来ないとの見解であった。Stade の見解はそれ以外に、「党の検閲に対する彼等の闘い」の意味でその物語集出版への徹底した要請をするであろうというものであった。それに対し Schlesinger、とりわけ Walther は以下の論拠で彼の考えを変えようとした。

アンソロジー『ベルリン物語集』協力作家達は目下戦略上、出版社等への個人的要請は後回しにせねばならない。そうすることによって彼等編集者に個々の作家と、時間を消費し、神経を磨り減らす対話をさせ、それが彼等のアンソロジープロジェクトに対する強烈な前向きな更なる工作を妨げることになろう。今、プロジェクト終了直前、対決ではなく休息を必要とするというのである。

第二の論拠は「上部」からアンソロジーの協力作家達へ「圧力をかけること」が試みられ、直接的または間接的に様々な協力作家達が寄稿を撤回するように要請されているので、個人的要請の強調は作家達の共同体を「爆破する」のに「悪用」される危険があり、今は個人的利害を超えて連帯することが必要であるというのである。

第三の論拠は以下の如くである。Schlesinger, Plenzdorf, Walther, Heym の「中心部」に生じた熟慮があり、それはDDRに於ける自立した作家―出版社を作る本来の目標は現在の状況では達成出来ず、それを「遠い目標」とし、好機を待つという認識である。従ってDDRの評判の良い出版社に結びつく「作家刊行会」の創設という実現可能な「近い目標」を立てねばならず、その為に他の社会主義国に於ける類似の企画を手本に出来るというのであり、此の熟慮を権威のある所へ持ち出す時には、「静かな海」が必要で「イデオロギーの嵐」は必要でないというのである。最後の論拠はソ連共産党第二五回党大会が目前にあり、「彼等のような者達に」厳しくなり、「SED党大会が此の路線に結びつく」ことが確実に予期されるのをStadeは考慮すべきである、つまり「党に対し無分別に目標路線へ走る」べきでないというものである。

Stadeが此の論拠を受け入れ、出版社《Morgen》のあらゆる出版条件に同意する用意があること、Waltherによって「作家刊行会」の計画に就いて、「彼等の」計画や関心事に関して過去に「余りにも多く洩らされてきたので」誰とも話さないと約束させられたことが此の報告に更に書かれている。続けてSchlesingerが彼にアンソロジー用に集まっている原稿を審査の為に一月二〇日迄読むべくRosenthalに持って行くように依頼し、彼は多忙を理由に二〇日以降に受け取り、Rerikの自宅で落ち着いて読み、自分のアンソロジーの為にベルリンへ今一度来る一月二六日より三一日の間に返却すると提案し、SchlesingerとWaltherは納得したとあり、此の報告は終わる。

続く記録文書は作家同盟宛の同盟中央幹部後進担当係のGisela Hübschmannよりの一月二八日の書簡であり、「一九七六年一月二六日のWolfgang Landgrafとの対談」というタイトルがある。内容はLandgrafが七五年春の前者との対話で彼が著名な作家達が参加する『ベルリン物語集』への協力を要請され、七四年に作家活動を開始したばかりの彼が非常に喜び、参加への諸条件を受け入れたことが先ず述べられている。続けて一年後、上述の日付の対話では彼が既にDDR市民の南米への出国申請とそれに対する当局の拒否の物語を書いたことを述べたとある。何故最初よりDDRの出版社という考えを排除するアンソロジーに寄稿するのかと問われ、彼は若い未知の作家としてあらゆる機会を利用せざるを得ないと答えている。続いて述べられるのは説得され彼の参加の姿勢が揺らいでゆく過程である。結局彼は寄稿撤回の方向に向かうが、最終的に断る前になおWaltherとKlaus Sommerとの協議を望む。二月八日以降彼はHübschmannに最終的な決断を連絡すると語る。後者は前者の他人の考えに影響を受けやすい性質を報告し、彼を同盟内での集中的対話に引き込む必要性と七六年に多くの若い作家達と共に実施されるソ連旅行へ彼を参加させることを提案する。

上述のことに係わるWild少佐からのXX/7部門宛の一月二八日付書簡はかなり長い。やはり「作戦上の情報Nr. 91/76」のタイトルに「作戦上の重点『自費出版』」のサブタイトルが付き、一月二七日IM《André》が重要な情報を提供したいので臨時の会合を電話で申し込んできたとある。その会合でIMはアンソロジー組織者グループに一月二六日午前中からかなり大きな興奮や疑念が渦巻いていると述べ、それはWaltherが午前中出版社《Morgen》の原稿審査部でベルリン作家同盟工房員Fulko Landgraf（注：此処では一貫してFulkoとなっている。）と行った対話に由来すると述べている。「工房」（Werkstatt）とは作家同盟によって専門的に世話される若い作家達のグループであると説明があり、Schlesingerは一四時直後或る電話を受け、一月二六日中に「編集部全員」集合の緊急の必要性を理由づけたとある。即座に解決されねばならないからであり、SchlesingerとWaltherは差し当たって前者の住居で、「他の者達」にも即座に了解を取るべきか決断する為、個人的に会合することに一致したと書かれている。（注：此処には前の文書との時間的齟齬が見られる。）

続けて一九四八年生まれのLandgrafをおよそ二三歳と誤記した上で、此の報告書は彼が度々Waltherの出版社《Morgen》やKlaus Sommerの出版社《Neues Leben》よりの作品の出版を望み、出版社側も関心を示している事実、Waltherより彼が前年九月（此処も春となっていない。）アンソロジーへの参加を要請され即座に了解し、最近完成しSchlesingerへ提出したこと等を記している。また彼が一月二六日早朝Waltherの出版社へ現れ、電話で作家同盟へ報告の為に喚ばれたことを知らせ、アンソロジーのことが問題になるとは思いもしなかったので、事前にWaltherに申し出なかったことも書かれている。その作家同盟との対話がHübschmannと一月二二日または二三日に実施されたとあるのも前の文書と異なる。

その対話に就いて恰もStaasiに審問されたかの如くであったというLandgrafの印象に触れたWaltherがSchlesingerに、HübschmannがLandgrafをアンソロジーより撤退させようと説得した内容を報告したことも記されている。作家同盟が彼の作家としての発展のあらゆる支えを止めるとか、Kunertやde Bruyn等が寄稿を撤回したとかである。彼が考える時間を要請し、Walther の助言を得ようとしたことも書かれている。IM の報告は徹底しており、Walther が Schlesinger にこれは最早「Landgraf の問題」のみではなく、「皆にとっての問題となった」こと、更なる「そのような審問が考えられる」ので総合的対策路線を即座に協議しなければならぬと発言したと述べている。その上で Walther は幾つかの理由を挙げ Landgraf が彼の寄稿を撤回しないように説明する。

続いて報告されているのは Walther の報告を受けた Schlesinger の動揺であり、彼は即座に Plenzdorf, Heym との協議を考え、寄稿撤回の報告がある Kunert, de Bruyn 等四人の立場の不明確さや弱腰を俗語的にコメントし、最近の彼への様々な優遇措置を示す働きかけから自分の番が来たと意識したという。一方 Walther は今まで到着した原稿は全て薬味が効いているが、最も効いているのは Plenzdorf の寄稿で、プロジェクトを「救う」には「爆弾の信管を除去」すべきであり、それは「生け贄の子羊を畜殺する」ことであり、Plenzdorf が「処理出来るだろう」という考えを述べた。Schlesinger はその考えには何か問題があるので、Heym に伝えねばならぬと述べ、上述の四人や Landgraf の「撤退」を顧慮するとアンソロジーの文学的価値は強く問題となり、「その為に蜂起する」のは要するに報われるのか熟慮されねばならぬと語る。それに Walther は「今やおそらく第一にアンソロジーの出版が問題ではなく、なお党の検閲の続行に対し何かを企てる原則のみが問題である状況が来た。」と反論し、平穏を維持する戦術を止め、「我々が党の攻撃に反撃で応え、彼等に簡単にただ我々のプロジェクトを広く公衆の討議に付すよう強いること、そしてそれを可能な限りなお党大会前にするのが、おそらくよりベストである。[41]」と述べた。

最後に二人は Schlesinger が一月二六日中に Heym とのコンタクトを求め、Walther にその後 Heym との協議の結果を説明することで一致したと報告に書かれており、その結果に就いて IM は確認出来なかったとある。報告の最後に注解として、此の情報の公式利用に際しては緊急な情報源の危機が生じると記載されている。

（XI）

次に前例のある作家同盟中央幹部後進担当係のErika Büttnerから同盟宛の一月三〇日付けの書簡が掲載されており、「一九七六年一月二九日のJürgen Leskienとの対談」とタイトルがある。彼女は彼が一一月にアンソロジーへの参加を伝えた後に彼女等の姿勢を述べ、彼の現在の考えを聞く為に此の対談を要請したのである。

先ず彼が一月三〇日に例えばHeymの物語のように幾つか「ひどい物語」があるので、一八人の作家達の原稿を彼女に手渡すこと、次に彼は参加者達の見解の一致を不可能にし、反対意見を示す為にアンソロジーに参加し続ける考えを述べ、当時のベルリン作家同盟会長G. Görlichと今一度話すことを語る。続いて彼女の論拠が挙げられている。先ず如何にアンソロジー計画に対し振る舞うか、より集中的に考える時期がいま来ていることに彼の注意を向けたこと、その計画に対し彼自身が完全な異議を持つように対談を導いたこと、この計画が第九回党大会準備の中で、そして第八回党大会以降の文化政策にとって持ち得る政治的影響を示唆したこと、作家グループの中で行われた諸決議は遵守されなかったと示唆したことである。

Leskienはまた Heym及びとりわけ西ドイツのマスメディアによる若い作家達への影の試みも見ているが、作家同盟の著名な作家達によるかなり大きな影響の様々な可能性も見ているとBüttnerは報告し、Leskienがde Bruynの小説『ブリダンのロバ』（Buridans Esel）の製作をテレビが中止することを正当ではないと見なし、de BruynとテレビになじませてくれるPlenzdorfとの良い関係を重視していると述べている。

同じ一月三〇日付けのBüttnerの作家同盟宛書簡にはやはり「一九七六年一月二九日のHelga Schubertとの対談」とのタイトルがある。アンソロジーへの彼女の参加に就いて話す為に前者が申し入れたのである。前者の論拠は以下の如くである。彼女（Schubert）は何故参加するのか、アンソロジーの今迄の仕事が文学の為の我々の国家的、社会的施設を避け、排除するのを知っているのかであり、同盟に公に情報を与える決議が護られなかったと彼女に知らせたことである。

Helga Schubert はＮＤＬ（新ドイツ文学）関係の仕事で呼び戻され、原稿に就いての依頼は表明出来なかったとBüttner は書き、Schubert の発言を以下の如く記す。

彼女はテーマの設定に関心があり、『ベルリン物語集』を非常に重要と見なす。作家達がアンソロジーを出す方法が彼女に気に入った。「全体」に関与するからである。彼女は原稿がＤＤＲ出版社に提供されるという前提で参加する。彼女は Aufbau 出版社の責任者 Fritz Voigt 博士より彼の出版社ではないが、Bertelsmann 出版社が関心を抱き、既に知らされていると注意を喚起された。彼女は目下アンソロジーより撤退するつもりはなく、会談が中断されたので、次回の会合を待ちたい。彼女は一連の物語を非常に面白いと見なすが、幾人かの作家達は抽象的、イデオロギー的要請によってＤＤＲの具体的、社会的状況から解放されることにより意識的に彼等の「イメージ」を育んでいると考える。

最後に彼女との対談の継続を重要とし、アンソロジーに就いてではなく、彼女が関心を抱く文学的テーマに就いてと書かれている。

三通目の一月三〇日付けの作家同盟宛書簡は作家同盟第一書記 Gerhard Henniger からの「メモ」で、同日、同志Gerhard Holtz-Baumert が作家同盟で同志 Erich Köhler と会談したとある。偶然出会った際に後者がアンソロジーに或る物語を提出したと聞いたからである。前者は後者にアンソロジーの編集者達によって実施される構想と方法に対する異議を説明し、その企てに作家達と出版社、更に所轄の国家施設が賭けられ、提出された物語の悪用の危険もある反対派のグループ結成が容易に生じ得ると示唆したと記されている。

後者は七五年一一月中旬 Schlesinger より参加を呼び掛けられ、彼の見解では良作であり、ＤＤＲでの公表に何ら異議のなかった物語を即座に送ったと述べる。Schlesinger についてはそれ以来聞いていないが、Schlesinger は彼に簡略に Plenzdorf が寄稿した物語を語ったのであり、その物語を Köhler は不可能で粗野と見なしていると書かれている。

Hortz-Baumert は Köhler に寄稿の撤回を勧め、後者は差し当たって自らによる作家グループの実態の確認を望み、それ故に他の参加者の原稿を手に入れる迄待ち、三月に開かれる作家達の次の会合に参加する意志である。自ら事態のイメージを掴み、政治的に酷いグループと確認したら、即座に撤退するつもりであり、ＤＤＲ以外での公表に同意しない。

二人は此の問題に就いて更に会談することに同意し、Köhler は Baumert に原稿を手に入れたら連絡すると約束する。前者は改めて Schlesinger から反応がないのに驚きを表明した。

次に掲載されている書簡はまたもや作家同盟宛の Erika Büttner からのもので、「一九七六年一月二七日の Martin Stade との対談」という慣例のタイトルで、書簡送付の日付はない。

Stade は明らかにアンソロジー反対の論拠を聞きにきたとあり、何故アンソロジーに就いての討議とその編集に努める作家達自身のイニシアティヴを阻むのか、何故なら、他のアンソロジーへの参加は彼にとっては誰が参加するか知らず、その物語も知らないことだからと先ず質問する。次に如何なる権利で計画から撤退させる為に参加する作家達と話をするのか、彼自身に問い合わせるのが可能なのに、陰険な方法であると言い、アンソロジーはＤＤＲ出版社の為に書かれ、彼はＤＤＲの為に書くであろうと語った。

原稿は提出されており、Stade は同盟にそれに就いて公式に伝えることを提案するであろうが、或る出版社を即座に取り入れるようにとの彼女の提案に彼は答えなかったと Büttner は書いている。

次に来るのは Holm 少尉より XX/7 部門宛の一月三一日付けの長文であり、「作戦上の資料『自費出版』の為の情報収集分析」というタイトルが付く。１．プロジェクト『ベルリン物語集』成立史。２．九月会議後の諸活動。３．導入された特殊化、崩壊化措置に対する反応。と分け、導入された諸措置に対する反応に就いて IM 達は以下の如く報告していると述べ、先ず参加作家達との対談の成果として、アンソロジーへの今後の協力を拒否する de Bruyn, Kunert, R. Schneider, U. Kant という作家達の決断が見られるとある。(42)

更に様々な措置によって一方ではアンソロジーの進行の不確かさと始まった企画への疑いも確認され、それが他方アンソロジーの仕事の強力な陰謀化、並びに新たに到着した原稿編纂の彼等による強力な仕事と結びついたと書かれている。続けて Schlesinger が訪問者や人との接触を避け、原稿に掛かり切り、仕事部屋に籠もり、一間の住居を友人から借りてそれを知人へ口外せぬように試みていること、彼自身の作品の出版計画や彼の目下の仕事もあるのに出版社との可能な新しい契約に就いての会談を拒絶していることから、彼がアンソロジーの完成に集中していると報告者は推測している。

続いてかなり大掛かりな陰謀への注目が Walther の挙動とアンソロジー組織者達の更なる措置の取り決めに際しての慎重さに由来することを述べ、Schlesinger が Stade に盗聴を避ける為に彼の電話を利用せず、電話ボックスから電話をするよう要請したこと、Walther が Stade に安全な打電の方法を委任したこと、出版社《Der Morgen》の原稿審査係で現在の作家達のアンソロジー出版を準備している Walther を組織者達のグループに引き入れ、アンソロジーへの参加者達を捜そうとしたことをその例に挙げる。

次に当局側の成果として既出の Hübschmann と Landgraf の話し合い、Schlesinger が上述の作家達の参加拒否に動揺し Heym に即座に報告し、アンソロジーの出版に悲観的となり、Walther がそれへの反論として今や党への挑戦が必要だと述べたこと、Walther がその際に Plenzdorf を犠牲者に利用することが出来ないか考慮したことが挙げられている。しかしその結果は今の所、判らないと記されている。

続けて Walther, Plenzdorf, Schlesinger, Heym, Stade の「作家出版社」は遠い目標とし、今は一種の「作家刊行会」に目標を限定し、その例を他の社会主義国に求められるという考えが此処でも触れられ、それによって党を圧倒し、「作家出版社」を組織する課題の為に好機を見出すことが出来るという論拠も言及される。導入された特殊化、崩壊化措置に対する反応の報告は未だ仕上げられていないと書かれている。

その後に上述の1．2．3．と分けられたサブタイトルに続く4．大ベルリン地区管理部 XX/7 部門の責任領域にある対人物サークル工作の為の更なる諸措置、というタイトルがくる。そこでは先ず作戦上の工作を継続しながら個々人啓蒙の必要な措置を三月半ば迄終了し、同時にアンソロジーの作家達に対する特殊化、崩壊化プロセスが達成されるように IM の動員が強化されるとあり、その為に個々の課題に於ける IM への以下のような基礎的指導が実施されると続く。de Bruyn, Handieter Schubert, Helga Schubert, Elke Erb に対し、アンソロジー組織者への不信感を植え付ける措置が例として挙げられる。その例として Hansdieter 以外の三人にはアンソロジーの政治的動機を明確にし、誤った関係への彼等の作品の徹底的利用を指摘し、前者に対しては組織者達との固い結びつきとアンソロジーの目的との思想的一致を考慮した措置を取ることを此の文書は挙げる。

更にアンソロジー計画の政治的イデオロギー的観点よりも、その展望のなさを全面に押したてよと述べ、Schlesinger への影響力の接触点として、彼の作品に対するＤＤＲ体育スポーツ連盟の幾人かの役員の姿勢への彼自身の不満を利用すべしとある。またアンソロジーの計画された目的設定の枠内に於ける我々の社会的生活の各現象への彼の批判はＤＤＲの社会的発展の根本的諸現象への批判と見られ、利益よりも損害をもたらすということが彼との仕事に於いて明瞭にされるべしとある。その彼との関係開始の具体的きっかけにアンソロジー継続の目下の停滞と二、三の著名な作家の撤退を利用せよと述べる。

続けて Schlesinger には能力のある IM を宛て、崩壊化措置への彼の反応に就いて報告させ、同時にアンソロジーの目的設定の継続に関する新しい理念に就いて情報を得させよと述べ、他の作家達に対する崩壊化措置の成果を徹底して利用せよと書かれている。

Walther の場合はアンソロジー参加の度合い、動機、目的設定を解明すべしとあり、74/75 年の戦術的工作の継続を保証する諸措置を執り、一方の Walther, Schlesinger 及び Stade、他方の Plenzdorf, Heym 間の意見の相違を利用せよと指示する。更に人物グループへの工作用の IM の名が挙げられている。この文書の最後には「現在に至る戦術上の諸結果の分析的総括に基礎を置く諸措置計画の改訂は、IM 動員用に此処に明示されている基礎的指導具体化の為に IM への個々の指令に於いて実施されねばならぬ。[43]」と書かれている。

(XII)

七六年二月付けの最初の文書は三日の Martin Stade が作家同盟の例の Erika Büttner に宛てた抗議を込めた書簡であ

る。一月二七日の彼女との上述の対談を引き合いに出し、アンソロジーに就いて以下のことを伝えると述べる。首唱者は三人でほぼ二年前に理念が浮かび、本来の仕事は一年半前に始まり、公開され、作家達に情報が与えられ、出版社にもその時点で知らせたという周知の事実を書いている。それ故に秘密保持の非難は理由が無く、悪意があると述べ、アンソロジーでは作家全員が編集者で全ての寄稿を知り、その構成に就いて決定するという出版社で恒例の手順に沿っており、それ故に作家達が文学に就いて採決すると決め付けるのはナンセンスであると述べている。

更に党員である彼がそのようなアンソロジーに協力すべきでないし、そのようなことを組織すべきでないとの非難は論理を欠くし、正に党員こそが新しい道と方法を見出し、我々の文学を国際的に尊重される地位にもたらし、作家達の間の関係を発展させ、文学に就いての討論を活気づける義務があり、アンソロジーはその一つの手段であると書いている。

続けて、最近数週間に文化省、出版社、作家同盟の側からアンソロジーに対して本格的攻撃が実施されていると彼は確定せざるを得ず、役割分担によるアンソロジー妨害の計画が明らかに存在するという見解に至ったと述べ、同盟は参加者達がその寄稿を撤回するように影響を与える課題を引き受けたと記している。彼女自身がその努力に参加しているとし、とりわけ下劣な手段が行われていることに触れる。

次に何故先ずアンソロジー組織者である彼等三人と話そうとしなかったのか問いかけ、臆病なのか、不信の念なのか、彼等三人が既に討議が全く出来ない側に立っているという感情或いは憶測の知識なのか？と書いている。またそのような思考は彼にとっては恐ろしくて侮辱的で今まで彼に示されたあらゆる不信感の権化であると語り、そのような不信感を正当化するものは彼のそれ迄の著作から読み取れる筈が無いと考え、読み取れるのは彼等の社会が前進するのを妨げる一定の状況と展開に対する不安のみであると述べている。

彼はまた文学を促進する課題を担う同盟はその逆のことをし、東では一定の作家達が社会に敵対していると西側で証明しようとしているメディアや人物達の水車に水を注ぎ、デッチ上げた素材を彼等に提供していると厳しい非難をする。このような関連の中で彼の気を鬱がせるのは若い作家達に発表の機会がないことであると彼は記し、同盟にも出版社にも文学の出版を正に妨げる一種の保守的思考に当て嵌まる何かがあると述べる。それにはそれ相応の感情の爆発と不信感と憎しみが両者にあるのだろうと彼は書き、近い将来それが根本的に変わると彼は見ていない。

そのような多くの例を引用出来るがと断った後で彼は Geld Neumann 一人の例に限定する。この若い男は文学研究所より除籍され、長年惨めさと体面を汚された条件の下で生活を送り、誰にも気遣われず、あらゆる希望を失ったが、友人達が説得して彼は再び書き、三物語よりなる本を作成したが、今年の初め Hinstorff 出版社より断られるのである。Stade は傷付きやすい彼の才能を評価し、再び全てが崩壊し、あらゆる希望と展望が崩壊した状況を想像せよと語り、彼はその信念を曲げずにどうしたら良いのか問いかける。悪い事態は才能あるそのような人々が孤独にされ、何処かの屋根裏部屋で空腹に悩み、人がそれに就いて聞かず、或る才能が駄目になったのを知らないことだと Stade は鋭く指摘をする。

彼はアンソロジーのことに戻り、Büttner 等がすることには根が深い不信感があるように見え、最初から原文を知らずにアンソロジーの背後に否定的意図を推測していると述べる。或いは当初から作家達独自の指導力が望まれず、彼等は不信感で観察され、疑われているのかと問いかける。その上で彼は彼女に彼に対する不信感はスパイ行為と心情を嗅ぎ廻る迄に至っていると伝え、そのような状態は発展した社会主義が示す生き生きとした社会に相応しくないと根本的な問題を提起している。此処で彼は彼等の計画への二五人の作家達の積極的反応に従い、原稿受領の最終期限を半年延長する提案をしたこと、それが本の最終的編集により良い可能性を与えると述べ、文化省、出版社、同盟は彼等の計画への見解を吟味する機会を持ち、作家達は撤退するか、企画に残るか決断するより多くの時間と機会を持つと当局に対する皮肉とも取れる発言をしている。

最後に Schlesinger もその見解を文化省に伝えるつもりであると記し、彼女に理解と不信感を抱かぬこと、及びその他の点で良き協力を求め、この書簡を閉じる。

続いて同盟書記 Henniger 宛の Schlesinger の一〇日付け書簡が掲載されている。彼はアンソロジーに参加していることを告げ、同盟の協力者達がアンソロジー協力の作家達と会談を始めたことを様々な方面より聞いていると述べ、その際に、（1）アンソロジーが自費出版され、（2）アンソロジーが既に西側出版社に提供され、（3）アンソロジー首唱者達が或る「演壇」を結成しようとした、という同盟側の主張が為されたと書いている。彼はそのような主張が為されたかどうか確信をもって言えないし、此の書簡でこれらの噂を調査するよう要請するつもりも全くないと断った上で、此の書簡はただ予防的な性格を持ち、以下のことを説明するものであると述べる。

（1）彼等が彼等のプロジェクトを「自費出版」で実現するつもりだとは不条理な主張であること、（2）彼等はアンソロジーを西側出版社に提出しなかったし、その意図もなかったこと、（3）演壇という概念で何が理解されようとも、アンソロジーの作家達は決定的に様々な芸術的構想を持ち、何らかの「演壇」を形成する意図は全く持たなかったし、アンソロジーの仕事は作家達の間のより強い芸術的コミュニケーションに役立ち、ＤＤＲ文学にとって一つの利益になる筈であること、を Schlesinger は挙げる。彼の確固たる確信は揺るがない。

最後に「私は貴方に貴方がその種の噂を聞いたら、それをエネルギッシュに否認するようお願いする。(44)」とある。

次にまた XX/7 部門への Wild 少佐からの二月九日付け「作戦上の情報 Nr. 128/76」、サブタイトル「作戦上の重点『自費出版』」が来る。IM《André》の要請による二月六日の臨時の会合に基づいている。

二月四日、五日にアンソロジープロジェクトの重要な仲間の間で更なる活動に就いての会談が度々行われたとし、彼等の名が挙げられている。それ以前の日付に幾人かのアンソロジー協力者と行われた当局の話し合いがその会談の主要なテーマであった。その際に Schlesinger が相当する作家達から直接内容に就いて情報を与えられたことは明らかで、二月五日に彼はそれらの話し合いが行われたことを知らされたと書かれ、話し合いの相手 Plenzdorf, Uwe Kant, de Bruyn, Helga Schubert, Leskien 等の名が記されている。Landgraf と Giesela Hübschmann 間の例の会談に就いて彼は既に一月二六日当日 Walther を通して知り、Plenzdorf は文化相との会談に就いて Schlesinger に二月四日の午後遅く報告したとあり、その目的の為に前者は後者の住居に来たが、短い協議のみで二人が目的は判らぬがその住居を去ったと此の報告は詳細である。その上で Schlesinger が二月五日に Walther 同席の下に行った論評より二人は Stefan の所に居たと推定出来るが、Stefan とは Heym なのか、Schlesinger が親しい Stefan Schnitzler か判らないとあり、当局の情報の徹底に今更ながら驚かされるが、Stefan を確認出来ない当局の戸惑いも感ずる。

次に Schlesinger が五日に上述の重要なメンバーに Landgraf と Leskien を除いて誰もその寄稿を撤去しなかったこと、その他の作家のいわゆる撤退は作家達相互を不安定にする為に同盟が意識的に流した噂に過ぎないと報告したと書かれている。（注：此処には勿論最終的寄稿者との齟齬が見られる。）続いて Plenzdorf が二月四日の Schlesinger との例の短い協議で「文化相に一度きちんと意見をずけずけと述べた。」と自慢したと記されている。

彼は、党、国家機関及び同盟ですらアンソロジーの協力者への「彼等の行動」で社会主義的デモクラシー、DDR憲法及びまた第九回党大会用に今まで公開された記録草案に反対していると文化相を非難し、「断固として」彼の寄稿も、アンソロジー出版準備の仕事への協力も撤回しないと文化相に説明したと自称したとある。

続いて上述の重要メンバーは一致して以下の見解を擁護したと記されている。つまり、「合憲的民主的諸権利の徹底的な認識という彼等の例は同調者を得る恐れがあるという理由で、例の話し合い行動でアンソロジーが葬られ得る。」という見解である。その見解の代表者として Joachim Walther 挙げられている。更に協力者達を不安定にし、「彼等が再びとっくに克服された文化政策的党路線へ強いられる」ことを達成しようと当局はしているという見解を Schlesinger がとりわけ代表しているとあり、Hansdieter Schubert は「話し合い行動の中に、芸術に於けるタブーを廃止した第八回党大会の路線が徐々に撤回される証拠を」見たと書かれている。Schlesinger は近い内にまた話し合いに「召還」されると強く推測し、「彼の国家公安局行きが起こる」時、驚かないであろうと述べ、Plenzdorf はそのように「暗く」見る必要はない、何故なら誰も彼等を「違法」と非難出来ないし、まして況や「証明」出来ないからと説明することで前者を安心させようと試みたと述べられている。ともかくアンソロジーの代表者達の一挙手一投足、一言動迄が調査されているのである。

重要なメンバーの間で多面的会談が行われた際に、如何に「このような話し合い行動に対処せねばならぬか」に関して投票もあったこと、いわゆる「連帯的対策を開始する」ことで一致したことが記載され、「投票」の核心は「編集部」とそれに最も近い協力者に対する以下の戦術上の行動路線決定であったと、その内容が挙げられている。

それは文化省と同盟に於ける厄介ごと、文書と口頭による誓願、個人的面談の連鎖からの解放、公の朗読会への彼等の寄稿の使用、刊行の為の西側出版社及び文学雑誌代表者へのアンソロジー原稿提供禁止、西ドイツと西ベルリンの西側ジャーナリスト、文芸学者及び文芸批評家に対するアンソロジープロジェクトに関する情報自制、予期される話し合いへの事柄に即した態度と譲歩の禁止である。

此の行動路線の精神で Schlesinger が文化省の Höpcke 宛てに一通の「苦情の書簡」を起草し始め、Plenzdorf が前者と同調して文化相との話し合いの形体と内容に対する「誓願」を国家評議会議長宛に書くのを意図し、H. Schubert が Schlesinger と Walther より苦情を言う為にベルリン作家同盟を訪ねるように勧められ、Stade は既に開始した口頭による「苦情」を文化省出版総務部（主要官庁）にて継続する筈であると書かれている。アンソロジー代表者達の攻撃開始と言えよう。一方彼等が西ベルリンの文学誌『Litfaß』の誘いを断ったともある。続いて彼等が三月に計画された作家達の協議を四月に変更しようとし、「作家達との話し合いに起因する不安と不安定」の現況では、何ら「個々の寄稿に就いての実りある意見の交換は」起こり得ないという見解に立っていることが言及され、「計画された三月開催が公の抗議集会に悪化すると恐れられ」ざるを得ないという当局の懸案も述べられるが、それは編集部の意図するところではないとあり、興味深い。

最後に、意図されている誓願と苦情に関して Plenzdorf はどんな場合にも内容上の一律性は起こり得ないだろうし、彼等に相応した活動の間に時間的な距離も顧慮されねばならないであろう、さもなければ「彼等の当然の憤慨に際して一つの協調が」問題になり得るという考えに至るであろうと指摘したと書かれている。此の報告の最後にも注解として、公式利用に際して緊急な情報源の危機が生じるとある。

（XIII）

次の書簡はやはり XX/7 部門宛の Holm 少尉よりの「作戦上の情報 206/76」というタイトルに「作戦上の重点『自

費出版』」というサブタイトルが附く、二月一六日付けの報告である。IM《Büchner》が二月一一日の会合の際に伝えたもので、de Bruyn はアンソロジーより撤退の噂を否定したが、Kunert の撤退はただ知っていると述べ、彼自身は一部始終を少しいかがわしいと見なすが、アンソロジーの準備の仕事が公に行われたので違法とは思わないと語り、目下多数の作家達の関心が薄れたと認めざるを得ないし、彼自身もアンソロジープロジェクトを計画した枠内で更に推進するのをもはや得策とは見なさないと述べたとある。そのような理由から彼は組織者 Plenzdorf, Schlesinger に事業を放棄させるよう話すと語り、その時期を二月六日に設定したが、それが行われたかどうかは未だ確認してないと IM は伝えている。注解としてやはり、此の情報は情報源の危機の為、公に利用され得ないとある。

次の書簡も同じ部門宛の Pönig 大尉よりの二月二三日付け報告で、タイトルは「作戦上の重点『自費出版』の為の覚え書き」とあり、IM《Hermann》が二月一八日、政治局候補兼党ベルリン地区指導部第一書記 Konrad Naumann と会談し、その際、後者はアンソロジー組織者三人が共同の書簡を彼に書いてきたと述べている。同志 Naumann の見解によればその書簡は非常に厚かましい挑発的な形式で起草されており、彼は Plenzdorf を仄めかしてあの巻き毛頭達には党に最早場所はない、第九回党大会以降これらの問題は早速解明されねばなるまいと語る。

その内容の詳細な面は IM には判らぬが、Naumann がこれらの言葉を心より話し、そのような一歩を党の闘争力純化と確立の為に唯一正しいと見ていると IM は述べている。他の作家達も、例えば Hermann Kant 等三人も、Plenzdorf のような人々から党は別れる時期であるという見解を抱いていると Naumann は主張している。

次に掲載されているのは二月二六日付けの作家同盟宛て Henniger の覚え書きである。その日 Anna Seghers が Plenzdorf より一九日に彼女の住居に届けられた同封の「陳述書」を彼に手渡したこと、それには Stade, Schlesinger, Plenzdorf の署名入りの短い添え状があり、彼等が彼女に彼等に行われている幾つかの非難と従属措置に就いて報告したいと伝えていることが先ず述べられている。続いて彼女が Plenzdorf を不遜と見なし、「陳述書」には「何か誇大妄想がある」こと、彼は才能があるが、非常に自惚れ殉教者になりたがっているので、彼と正規に話し、彼の要件で共和国全体を煩わせることに同意しないという忠告をしたいと述べたとある。更に彼女は彼が訴える正当な動機はないと理解し、陳述書の起草者達は明らかに作家刊行会の方向に行こうとしており、彼女は可能な限り共にするつもりはないと語り、彼女は二月一九日の同盟員会議で既に彼に彼の陳述書を理解出来ないし、それを重要とは思えないと言ったと書かれている。

陳述書は先ずアンソロジーの既知の経過を述べ、その目標として1．参加者達を編集プロセスに統合し彼等の個別化の問題に対処し、2．朗読会、工場等の作業班、様々な同盟、出版社のような既知の可能性を超えて、作家達の間にある芸術上の問題に就いてコミュニケーションを深め、3．仕事のプロセスの中で、既知未知の作家達が相互の尊重と一つの共同のプロジェクトで統一して彼等の作品に就いて批判的に発言することによって、ブルジョワ的情況に由来する伝統的な競争思考の撤廃に到達することを挙げている。

続いてやはり再三挙げられたベルリンに係わるテーマ、寄稿の集まりと広がりの現況、全員に送られたテキストに就いての七五年九月の討論、プロジェクトが報われているというその際の確信と、集中的討議が可能なように参加者達の輪をそれ程拡大しないことを考慮したアンソロジー拡大の提案が書かれている。更にアンソロジーの量が三五〇頁になり、七六年春に詳細なテキスト討議が開始され、その巻がDDRの出版社の一つに提出されること、これが現在の時点迄の状態であると述べている。

次に最近二ヶ月ほぼ全ての参加者達に作家同盟及び出版社の側から、プロジェクトへの協力から作家達を引き離す目的を持ち、その結果若い一人の作家がその寄稿を撤去した話し合いが行われたと述べ、その際にプロジェクトは1．我々の出版制度の構造を根本から変える筈である、2．「自費出版」で実現される筈である、3．ベルリン作家同盟の党大会アンソロジーへの反プロジェクトとして考えられている、4．それが既に或る西側出版社に提供されたことによって恐喝未遂を示している、5．密かに、「所轄の機関の」外側で或る「イデオロギー上の演壇」構築の為に組織されたと、主張されたという。

以上の項目に対し反論が掲載されている。1．出版構造を根本から変える試みはタイトルの同意、印刷許可及び印刷という事象が決して今までの普通の方法と区別されないから問題にならないし、我々は最初から一定の出版社に向かわなかった云々、2．「自費出版」という考えはどんな時にも話題とならなかったし、我々の出版制度の構造に於いて自ずと禁止されているからでもある、3．我々のプロジェクトの仕事は党大会アンソロジーの充分一年半前に始まったので、「反プロジェクト」として考えられたことはあり得ない。我々のプロジェクトの作家達が党大会アンソロジーにも参加し、或いは寄稿をしたのでなおさらのこと、4．アンソロジーは公表の為、西側出版社に提供されなかったし、たとえそれが誰かによって計画されたとしても、全ての作家の同意を必要とする。全ての作家はそのような計画は一度も話されなかったと証明出来る、5．アンソロジーは決して密かに組織されなかった。我々のプロジェクトに就いて少なくとも二出版社が知っており、それへの招待は郵便で送られ、どの作家も沈黙を義務づけられなかった。逆に別の作家達を協力へ招聘するように要請された。テキストの七〇パーセントは出版社に既知のものである。

続いて此の陳述書は参加作家達に就いて触れ、ベルリン作家同盟はアンケートによって昨年中頃、プロジェクトに就いて知っていたと指摘している。「イデオロギー上の演壇」という非難はどんな根拠も欠いていると述べ、テキストの多様性に言及し、その上、多くの作家は此のプロジェクト以前にお互いに知らなかったし、部分的にはまだ知らない……と書いている。どれ程その非難が彼等に不条理に見え、それ程その非難の責任者の動機を知らなくとも、彼等はそれをともかく真剣に取る、何故ならそれは多分社会主義国家と作家達の間を裂くのに役立つからであると、辛辣な批判も書かれている。

次に作家達は此のプロジェクトをその部分的な「生産組合的」側面と共に進歩的な、個々に生産する作家の間の関係を促進する企画と見ており、芸術に心地よい気風を必要とするその実験的性格を意識し、その気風を彼等は第八回党大会以降の文化政策的路線の中に感じ、此のプロジェクトによってその意図が達成していると信じていると書かれている。

またアンソロジー参加者は論争を恐れぬが、彼等の実験は従属や中傷や陰謀から自由な大地の上にのみ栄えると知っており、それを出版社、作家同盟、或いは別の社会的制度に逆らって実現するつもりはなかったと記され、彼等はあらゆるこれらの社会的制度の統合的部分と感じているとある。更に作家達は彼等のプロジェクトがあの非難を正当化すると確信しないにせよ、彼等は既に現在の段階では我々の出版社の一つを協力に引き込む用意があるが、プロジェクトに好都合な社会的温床が最早提供されない場合、彼等は彼等の仕事を進める情況に最早ないと見るとも書かれている。

作家達はこの間に彼等の計画の進歩的な核が認識され、アンソロジーの仕事が進められることを望む。署名者は此の陳述書の権限を持つ、と最後に記載されている。

XIV

七六年三月最初の書簡は一二日付け、Renate なる人物（Schweizer Benziger 出版社の Renate Nagel と思われる。）より作家同盟第一書記 Gerhard Henniger に宛てられたもので、Plenzdorf の作品『下にも遠くにも』に関する批判的批評である。彼女は1．その作品の作り方は新しくはないと述べ、J. Joyce の『フィネガンズ・ウェイク』、I. Bachmann の『偶然の場所』(Ein Ort für Zufälle)、E. Augustin の『頭、ママ、公衆浴場』(Der Kopf, Mama, das Badehaus) に見られると述べている。彼女は Joyce には殆ど理解し難い意識の流れがあり、それを人間と世界の「不可解」の象徴と見なし、Bachmann にはベルリンを狂った病の都市として理解する試みがあり、それを社会的世界観に於ける女性作家の不安定の象徴と見なし、理解する。また Augustin のタイトルには一人の精神的に不安定な未成年の視覚から見た語り手の見解による世界のグロテスクな歪みの遊びを見ると語り、その意味は、世界は狂っているので精神的に異常な者のみが真実を言えるのであり、彼が此の世界ではいわば正常な者であるというのである。とりわけそこに Plenzdorf の陳述への類似性が見られるとあり、狂気の性質、つまりいつも安全な母胎に回帰する病的欲望としてのママという叫びは世代への憎悪、父親憎悪であると書いている。

此処で彼女は西ドイツに於ける六〇年代ベストセラー作家の一人 Augustin の此の作品に言及し、Plenzdorf への類似性は目をそばだたせると指摘し、後者はいずれにせよそのような下らぬ作品を利用したと述べる。続いて此の西の作品に就いてA. Löfflerと協議したと書き、2.に入る。

問題は誰の為にPlenzdorfはとてつもなくひどい物を書き、それは如何なる機能を持つのかと述べ、それはほんの少数の消息通に解読されると作者は知っており、一般の読者も文学通もどうすることも出来ないと語る。それはそれ故に明らかに彼に何か特殊な物を求め、期待する者達にのみ期待されており、そこに此の作品の機能もあると彼女は記し、更に此の散文は文学以外の、即ち政治的様々な理由から一定の陳述を求め、それ故に解読の「苦悩」を引き受ける者達を刺激する筈であると断言する。

Plenzdorfはそれ故に、我々の国家への批判を何処まで行えるか、そのようなコースを進もうとしない者達の機先を制する為に如何なる手段を文学的に投入しなければならないかを実演し試す為に、あの「消息通達」との了解を求めているとも彼女は書いている。

処方箋は西側から来ていると述べ、彼女は次の引用をしている。「狂人は全体主義に対する批判を行う最高の人物であり、精神的エリートと自覚している者達によって理解され、あらゆる独裁的異議に対する盾として役立つ。一人の狂人が話す言葉に対して誰が何を言おうとするか」(Augustinの作品への批評より)[45]。Plenzdorfは何時でも彼の人物の狂気を盾にするであろうと彼女は語り、事実誰もが任意の解釈法を文章切片で支える可能性を見出すであろうし、それによって我々は果てしのない論議を強いられ、悪意のある者達は喜んでそれを追うであろうと記している。

Plenzdorfに対する偏見と不信感に満ちている。3.ではPlenzdorfの可能な善意の意図は最早問題になり得ない断定され、彼は狂人を用いて根本的批判に迄突き進み、同時に自己を護っていると書かれている。此処で彼女は事柄のあからさまな陳述を例に挙げる。その例は(a)全体の比喩的意味と(b)幾つかの非常に直接的に表現されているが、明らかにまた全く直接的に思考されている章句に分けられ、それぞれの場合が批判的に論じられる。

(a)では、世界は狂っているので狂人は世界の現実、政治を正しく捉える、精神薄弱の子供は此の社会の産物である、という作品の内容がページ数指摘の上で批判される。更に相違があるということを認めようとしない学校が精神薄弱を促進し、自己の昇進のみを気にかける父親は子供達の精神に何も与えないという世代批判は怪しからぬとされる。作品中の語り手の兄弟という政治的人物像も批判され、権力の残虐な道具としての警察官は西側の下らぬ本に常に見られると述べられる。Plenzdorf が精神薄弱は好ましくない家族状況からも来るという政治的アリバイを手に入れ、母親が西側に逃げた家族の犠牲者としての子供を挙げているのも批判の対象になる。

（b）では、語り手の狂った語りと正常に描かれている示威運動の雰囲気との対立は下劣であるとされ、狂気が示威運動を全ての内容共々パロディー化していると述べ、武装した権力、労働者の伝統、ソ連邦をその例に挙げる。またモンタージュが悪夢のように効果を発していると言い、世代への憎悪や少なくとも社会主義諸国の首都の名を覚えていれば軍隊に於ける偉大な経歴が約束される事態の叙述をその例として指摘する。続けて Plenzdorf は指導部と他者の間の隔たりが、それをより大きくしない展開を阻む原因になっているという要請を含む様々な所見を完璧に撒き散らし、その上なお、いわゆる能力社会への悪しき攻撃に至っていると述べ、彼女は具体的にそれらの頁を列挙している。

此の書簡に続くのはまたもや国家公安局 XX/7 部門への三月二〇日付け、アンソロジー組織者達とベルリン作家同盟党指導部委員達との協議に関する「情報」である。三月一九日予定通り一四時より一六時五〇分迄同盟の部屋で開催され、党指導部の側からはＤＤＲ作家同盟副会長 Hermann Kant、ＤＤＲ作家同盟幹部兼ベルリン作家同盟議長 Günter Görlich、作家同盟幹部 Rainer Kerndl、同盟書記 Henniger 及びベルリン作家同盟党書記 Küchler が参加し、アンソロジーの方からは病気の Stade を除き、Schlesinger と Plenzdorf が現れたとある。対談の最初に Görlich が両者に、対談は党と国家指導部及び同盟役員への彼等の書簡で投げかけられた諸問題の解明の為に行われると指摘し、同時に彼等はあからさまに、事実に即して彼等の問題を説明するべきであり、事態を軽く扱うのを止める時期であると指摘したとあり、此の要請にも係わらず、Schlesinger は全てを軽く扱うそれ迄の戦術を続けようとしたと此の書簡は述べる。その姿勢に対し Kant がそのようなことは止めるべきであると異議を唱え、出席者達を欺けると信ずるべきでないと語り、Schlesinger がＤＤＲに於いて検閲を廃止する時期が来ていると要求した時、彼が Stefan Heym と一緒に七四年一一月にベルリン作家同盟員の前で与えた説明に照らして此の事柄全体が見られねばならないということに就いて彼は意識すべきであるとKantは述べたとある。

更にKantは物語集の企画は、ともかく明白に出版社の仕事を締め出し、最後通告的に或る完成した原稿を発表することを暗示していると述べ、それは場合によっては資本主義社会で正当かつ必要な、しかし我々社会主義社会ではあらゆる存在基盤を欠く方法であると指摘し、続けてアンソロジー完成の為に彼等によって撰ばれた形式はどうしても一つの高度に政治的な事象として評価されざるを得ず、出席者達からそのように見られると語ったことが記載されている。また Kant は彼等が企画の政治的意味を軽視出来ると思うべきでないと発言したことも書かれている。

それに対し、Plenzdorf が出席者達に全ての点で同意はできないが、アンソロジー完成の彼等によって撰ばれた形式に就いての出席者達の見解は理解できると譲歩したとある。一方 Henniger は Plenzdorf と Schlesinger に此の協議ではアンソロジーがＤＤＲでは出版不可能なことが問題にされるのではなく、上述の形式とアンソロジーの製作が誤っていること、つまり作家同盟が個々の作家達から始めてそのような計画へ注目させられ、それによって既に二年来、或るアンソロジーが作成されていると聞く時、それは正常ではないということに就いて話し、明らかにすることが問われていると指摘したのである。更にアンソロジーに含まれている物語に就いて、例えば Weimar『Kasse-Turm』に於いて Plenzdorf が作品『下にも遠くにも』を朗読した場合のように、既に西側のマスメディアによって引き受けられることがあってはならないと Henniger は主張し、前者は要請されたにも係わらず彼の作品を同盟に提供し、討議に任せる用意がなかったので、このような方法が既に同盟に対する秘密保持の度合いを表現していると述べ、秘密保持は何故なのかと Schlesinger に問う。

Schlesinger はこの対談でその説明の際に最初は秘密保持を否定しようとしたが、同盟側の途中の質問には、アンソロジーの組織者として彼等はアンソロジーに参加していない人々にその見解の為にアンソロジーを用立てる全権を与えられていないと説明したことによって弁明しようと試み、彼等の「民主的」行動はアンソロジー参加者全員の同意を前提としなければならなかったし、その同意を彼は自由に処理はしなかったという内容を含んでいると述べたと書かれている。それに対し Schlesinger と Plenzdorf は Kant より、彼等が一方ではアンソロジーに就いてつまらぬ秘密を作らぬと主張し、他方では此の計画を隠し同盟にアンソロジーまたは個々の物語を用立てるのを拒否したと非難され、その理由を問われたという。Görlich が同時に何処迄此の計画が西側マスメディアや出版社に知られているのか質問し、Schlesinger がそれを断固と否定した後に、後者がアメリカ、オハイオの或る大学講師 Zipser 博士にその作品公表を任せたことが指摘され、全く忘れていたと口籠もったとある。この辺りは非常に興味深い。

続けて Kant は Schlesinger の話の腰を折り、どの西側のマスメディアがなおアンソロジーに就いて知っているのか後者は認めるべきだと宣言し、《Stern》誌の編集長 Eva Wind-möller-Höpker も知っていると想像出来るし、此の対談の後に対談またはアンソロジーに就いての指摘を《Stern》誌で読みたくないと主張し、Schlesinger は最初にその問いを否定した後に認め、ただ彼女の問い合わせに応じてアンソロジーに関して知らせたと強調する。

それ故に Kant は此処で Schlesinger がアンソロジーの秘密保持はＤＤＲに対してのみ存在したことを明らかに答えたと、異議を唱え、その理由に西のマスメディアに対しては彼の民主的行動様式の確立が保持されてないことを挙げる。それに対し彼は自動的に西側の友人を信頼していると発言し、Plenzdorf は当惑顔をしたと述べられている。

次により根本的問題としてアンソロジーはＤＤＲで出版されることが具体的に話され、現況が組織者の側から報告されている。ＤＤＲに於ける出版社との協力の一般的形式で出版されること、原稿は目下三五〇頁に達し、名前がまだ挙げられていない更なる作家達が参加することである。Schlesinger と Plenzdorf はＤＤＲで出版される以前に更なる公表や情報を西側のマスメディアに与えない用意があると宣言し、例の『下にも遠くにも』を同盟に用立てるようにとの Plenzdorf への要請を彼は先ずは改訂中との理由で拒否し、完成後討議に附する用意があると答えたとも書かれている。また四月二二日のベルリン作家同盟次期幹部会で彼がアンソロジー仕上げ問題に就いて知らせることが確認されたと述べられている。

此の対談の際に於ける Schlesinger の不作法な姿勢の例が挙げられ、非公式な様々な情報源が、一致して彼と Plenzdorf の間に重要な相違があり、後者は前者の姿勢に非常に困惑し極端に控えめになったと評価し、それでも後者は前者からも計画からも離れる用意はなく、実状の説明に別の形式と論拠を用いたのであろうと評価したと、最後に記されている。

なお情報源としてIM《Hermann》とIM《Martin》の名が最後に挙げられている。

（XV）

三月最後の書簡は二七日付けで例のWild少佐よりXX/7部門へ宛てられたもので「作戦上の情報Nr. /76」のタイトルのもと「Klaus, Schlesinger, 作家達」のサブタイトルがあり、三月一九日のIM《André》との会談の報告である。IMは三月一〇日にSchlesingerとアンソロジーに就いて後者の家で対談したのである。その契機は彼の寄稿をMartin Stadeより手に入れたという後者からの電話であった。後者は前者IMに「国家の抵抗が余りにも大きい」のでアンソロジープロジェクトの実現は現在の時点では不可能であり、様々な作家達から届いた寄稿は、おそらくなおＤＤＲの出版社に納める試みを後の次期に今一度企画する為に保持されるであろうと説明し、「編集全委員」は党大会の結果がどのような雰囲気を生むか今や先ず一度待とうと思うと述べた。

革命的な違法な意図を追っていたという「国家の非難」に対し自衛する為に編集者等は全参加者の名に於いて、後から全作家達に送達する為にまだ訂正せねばならない「描写」という形式で或る見解を起草したともSchlesingerは述べ、IMに数頁の原文を見せた。

此の原文は最初にアンソロジーとその目的の理念の発生に関する一種の説明を含み、その際、周知の真の目標は政治的に積極的な文言で回りくどく述べられ、その後に国家の諸機関や作家同盟や出版社による「言われなき主張」の列挙があり、最後はそれに対する「反論」で終わると報告者は述べている。その描写にはなお短い文書が添えられ、此の原文が党中央委員会のHager教授、文化相代理Höpcke、作家同盟会長A. Seghers及びベルリン党指導部のRoland Bauer博士へ送られると協力者達に通知されている。

描写はPlenzdorf, Schlesinger, Stadeによって署名され、添え書きはSchlesingerの署名のみで、三月一〇日付け、描写のほうには日付はなかったと書かれている。Schlesinger は IM に後に添え書きと描写が今一度後者に届けられると説明し、目前の見本を与えず、それは未だ前述の人々には送付されてないと答えている。更に彼は描写の目的は国家の諸機関や党の考えを変えることを意識せず、根本的には「国家と党の官僚主義」に対する現在の彼等の弱さと無力の告白であると述べ、唯一の意義はＤＤＲの作家の多数が「ＤＤＲの文学政策を信頼出来ぬこと」の更なる例を知る点にある、何故ならアンソロジー協力者達は「望むらくは此の描写の内容を自分自身の為と見なさない」であろうからと語ったとある。また差し当たって「編集全委員」は「此の描写への上述の役員達の殆ど期待されない積極的反応が」生じない限りアンソロジーの仕事を中断するであろうとも語っている。最後に IM 訪問に引き続き Schlesinger は作家 F. Fühmann 訪問を意図していると述べ、彼は後者とパリ旅行の為に話をしたいと語り、具体的には言わなかったが、後者は良い友人達をフランスに持っており、彼はパリ滞在中彼等を何らかの方法で利用したいと暗示したとある。

続いてやはり Wild 少佐の XX/7 部門に宛てた四月三〇日付け書簡が掲載され、タイトルは「テープよりのコピー―情報源：IMF《André》、受領者：Wild 少佐」とあり、サブタイトルは「一九七六年四月八日午後の Klaus Schlesinger 訪問に就いての報告」となっている。

André は四月八日、町に出るついでに Schlesinger へ電話し、例の約束された資料を取りに立ち寄っても良いか尋ね、妻の旅行と子供達の世話で時間がないが一四時頃にと言われ、母親らしき中年の女性と子供達がいた後者の住居へ行った。彼等の対話は歓迎すべき気晴らしになり、ともかくほぼ三時間になったと書かれている。最初はアンソロジーへの André の寄稿が話題になり、後者は Joachim Walther が彼に既に一度言ったことを話し、いわゆる「描写」と添え書きのコピー、更に最初の一八人の寄稿ファイルを渡し、七五年九月以降の寄稿は編集全委員によって手を加えていないので含まれていないと述べた。なお彼に渡した書類は後者の個人的見本であり、折を見て返して欲しい、それは全ての作家達に渡されるのではなく、大部分のベルリンの作家達とは個人的に話し合いが行われた、Walther が彼にしたように。本来 Walther は彼にその見本を知らせる筈で、それをきっと Henniger に渡したであろうと Schlesinger は説明を加えている。

Schlesinger, Plenzdorf, Stade は五月一日前の週に《Der Morgen》出版社主 Tänzler 及び原稿審査係 Henniger と会う約束をしたが、そこで最終的に如何なる「運命をアンソロジーが辿るか」決定される筈であり、後者二人は多分予め文化省出版管理総局で協議をするであろうとも Schlesinger は語った。彼は疲れ果て意気消沈し、「描写」を「破産宣告」と注釈し、最早アンソロジーの実現を信じていず、二人との会談による出版の最終的拒否を予期し、全体的なアンソロジーのチャンスが潰えたと見なした。それ故に André にその寄稿を事によっては別の出版社へ提供するように助言し、「Plenzdorf は此のことでまだ幸運を信じているが、私にはしかし、そこではもうどうにもならないことが確かだ。そして私はまたうんざりだ。」[46]と語っている。Schlesinger の止むに止まぬ感情であろう。

続けて Schlesinger は西ドイツ、フランス旅行に就いて語り、決して感激的ではない、むしろ否定的な印象を述べ、人々との接触の可能性も少なかったこと、彼の物語『青春の終わりに』の伝説的主人公 Dieter Dröder に会ったことを語ったが、西ドイツとフランスの政治的光景への見解は避けたとある。なお André の書簡の日付は四月一四日となっている。

次に掲載されている資料も XX/7 部門宛の Wild 少佐の五月一七日付け書簡で、やはり「テープよりのコピー――情報源：IMF《André》」のタイトルで、「Klaus Schlesinger との対談に就いての報告」とのサブタイトルがある。André は四月二八日の西ドイツ代表ジャズ興行の際にレストランで更に Schlesinger とアンソロジーのことで対談した。後者は前者に事態の最近の状況に就いて説明する義務を感じ、例の描写に関して彼と Plenzdorf, Stade の三人が Hermann Kant から呼び出されことに言及する。Kant はしかし「描写」の内容には全くと言っていいほど入らず、専ら作家同盟中傷を責め、昨年九月の協議後にも集まった寄稿を含めて全原稿を直ちに同盟に吟味用に提供せねば、彼等の除名もあり得ると脅し、同盟と文化省による吟味後に始めて原稿類が自由にされるかどうか決定され得るし、彼等の「独自の指導権」で同盟規約に抵触したと述べたとある。

従って三人は事態をより以上、切迫させせず、協力者達の更なる困難を防ぐ為に「強い抗議」を断念し、それへの

「理解」を作家達から得ることを望むとSchlesingerは語っている。

それ故に彼等はKantに全原稿の見本を提供したこと、Andrèに同盟に於ける話し合いの準備を勧め、その作品も政治的危険性を持つことをSchlesingerが述べているのは興味深い。それとの関連で七五年九月以来のアンソロジー寄稿の作家名が挙げられる。《Der Morgen》出版社との交渉に就いてはKantは異議を唱えず、出版社主Tänzlerに彼等との話し合いに就いて知らせるであろうと述べた。その後、彼等と上記出版社との会談が行われ、出版社主はKantから警告を受けたことを確認するが、それでも幾つかの寄稿を役立てたいし、変更を必要と思う時にはHenniger共々作家達と話すことを留保したいと述べ、三人はその権利を認めたと書かれている。

「此のようなやり方で今や組織者達の本来の計画は『死んだ』のであろう。今や少なくとも文学的にアンソロジーよりまだ何かが生ずるかは、今や本質的に『同盟、文化省の気分及びTänzler』次第に掛かっている。[47]」とAndrèは書き、Schlesingerが彼に此のようなことで先駆けを二度としない、腹が立つのみで、十分経験済みだと述べ、次に集中力をKleist研究に捧げたいと語ったことを記して、報告を閉じる。アンソロジー推進役としての気持が十分に読み取れる。なおAndrèの報告は五月三日となっている。

次の資料はCottbusのXX/7部門へIME《Heinrich》より五月二一日に宛てられたもので、五月一四日Lieback少尉によって口頭で受け入れられたものである。タイトルは「人物Schlesinger,Klaus及びベルリンアンソロジーに関する報告」で、IMが改めてアンソロジーより撤退するよう話しかけられたと報告したという文章で始まる。彼はそれに拘ってはいないが更に続けると答えて、友人達よりそっぽを向かれる。その間に彼はアンソロジー参加者の何人かの名前を聞いたとしてそれを列挙するが、既に既知の名前であり、注目すべきは以下の記載である。Christa Wolf（支持の書簡のみ）、Wolfgang (?) Schubert 博士—Aufbau出版社原稿審査係、Volker Braun (?)。（注：三人とも参加しなかったのである。）

IMは参加者達を我々の社会に欠くべからざる人物達と考えていること、Schlesingerに全ての原稿を送って欲しい、さもなければ彼はアンソロジーの弁護を何ら出来ないと手紙を書いたことを報告している。それに対し後者は四月三〇日に出来るだけ早くそうするが、一五〇頁がなおコピーされねばならないと答え、更に軽い人身事故を起こしたと告げ、彼等のアンソロジーへの反対プロパガンダに驚いたこと等述べている。また Leskien がその物語を引き上げ、作家達の最初の会合が荒れた罵詈雑言に変質し、全てが全く病的事態であるが Leskien は主体的であったこと、アンソロジー第一稿には一七作家が参加し、まだ増えることを Schlesinger は述べたと報告されている。

以後かなりの時を於いて、これまでの多くの書簡と同様ベルリンのXX/7部門に宛てられた八月一一日付け書簡は Holm 少尉からで、「作戦上の素材『自費出版』への覚え書き」というタイトルである。此の書簡は先ず「自費出版」へ加わった人々への作戦上の処理は次の目標を挙げたと述べ、全てのそれ相応の統一行為による彼等への調整された作戦上の処理でそれらが達成されるとし、その内容を以下に記している。

アンソロジーは第九回党大会前には独自の出版社では出版されないし、参加作家達はその計画に距離を置くこと、アンソロジーは第九回党大会前にはＤＤＲ出版社によって出版されないこと、アンソロジーはＤＤＲ以外の出版社へ提供されないこと、アンソロジー組織者達には、その仕事を第九回党大会前の文化政策への公の攻撃に利用するのは無駄なこと。

次にベルリンXX部門の側からの処理が暗号による作戦によって行われたことを述べる。つまり、IMや様々な作戦上の手段や方法の動員でアンソロジー組織者達の計画と意図が時期を得て発見され、社会的国家的労力、集中的IM動員並びに様々な解体措置導入で「自費出版」への作戦上の処理の目標が達成されたと報告している。その成果として、参加作家達の間に意図と見解の相違が生じたこと、ＤＤＲ以外での出版に距離が置かれ、計画されたアンソロジーに就いての公の討議も実現しなかったこと、原稿の完成が三ヶ月躊躇され七六年三月にやっと完成されたこと、完成された原稿は公に《Der Morgen》出版社に提供され、出版に関する様々な規定と文化政策上の規範を受けることを挙げている。

更に作戦上の素材「自費出版」に於ける作戦上の処理との関連で上述の経過の目標設定に相応してやはり人物達への啓蒙と働きかけの面で前進があったこと、XX部門責任者達による人物達への処理は上述の経過に於ける折々の目標設定に相応して実施されること、作戦上の素材「自費出版」に於ける人物達への個別の処理は中止されると記載され此の報告は終わる。

（XVI）

次に掲載されている書簡は九月二日付けの国家公安局ベルリン地区当局XX部門指導者Kienberg少将より、DDR閣僚評議会と国家公安局XX主要部門に宛てられた書簡で、タイトルは「作戦上の重点『自費出版』」である。先ず作戦上の重点「自費出版」の中心的な政治的―作戦上の処理がその目標を実現し、アンソロジー計画を阻止し、党の政策への妨害的影響を阻止したことによって一時的に終了したと述べ、良く調整された上述の処理とあらゆる統一行為の共同によって党と共に決めた諸措置を実現し、意図した効果を達成する事が可能になったと報告している。続いてアンソロジー計画参加者達の様々な個人的行動様式と党の政策への彼等の基本姿勢並びに他の否定的かつ敵対的勢力への彼等の結合、接触、ルートを着目することによって、これまでの認識に基づき、更なる作戦上の処理と統制の為の適切な政治的作戦上の諸措置が独特な権限に於いて導入され、実施されると述べている。更に周知の否定的人物達と彼等の結合に対する政治的―作戦上の統制と処理の為の次の諸措置は彼等の万一の更なる敵対的意図に際して実現され得ると記し、アンソロジー参加者達に対する国家公安局上層部の万全な姿勢が見られる。

此の書簡は最後に、目下の所、此の問題の恒常的報告は必要ないとし、更なる敵対的経過に関する新しい重要な認識が生じたら、即座に再び報告すると書いている。

次にCotrbusのXX/7部門へIME《Heinrich》より一一月一〇日に宛てられた資料で、Lieback中尉（昇進したのであろう）によって口頭で受け入れられた短い書簡が掲載されている。タイトルは「報告」であり、IMがHinstorff出版での作家会議の期間Schlesingerに会い、後者が手紙を書いたのに何故前者が受け取らなかったのか理解出来ないと後者が語ったとある。IMはアンソロジー問題に就いて尋ね、Schleingerが原稿は《Der Morgen》出版社にあると答えた。前者はそれにより本来の理念——作家達の出版——は挫折したし、「音楽」はもはや演奏されないと主張したが、後者が音楽はまだ演奏されようと曖昧に主張した。Heym, Plenzdorf との万一の話し合いに応じて、Schlesinger はそれがあり得るだろうと主張し、さもなければ此の問題性を避けたと答えている。彼は IM を自宅に招いている。

Biermann 事件直前の上述の書簡に続く、『ベルリン物語集』最後の記録文書は翌七七年一月二一日付けで、やはり Cottbus の XX/7 部門へ IME《Heinrich》より送られ、Liebeck 中尉によって口頭で受け入れられたものである。「人物 Schlesinger, Klaus に関する報告」というタイトルである。

IM が Schlensinger に手紙を書き、Biermann 事件全体が判らないと述べ、一方の側に今や Peter Hacks や他の者達、他方に Christa Wolf 等が立っており、今迄の展開を見ると立場の逆転である云々と主張した。Schlesinger は IM の手紙に答え、それの到着に長い時間がかかったことを彼の手紙の中で訴え、それが開封されたかどうか検査の為に IM の手紙の封筒を送り返したとある。Schlesinger は IM の手紙の封書が毎回、破損しているのに気付いたのである。彼は手紙でアンソロジーにはもはや携わらないと伝え、そのプロジェクトを放棄したが IM 自ら編集者として働くように提案し、放棄の理由として彼は陰謀、中傷、同盟の役員による反革命的反乱グループ結成非難を挙げたと報告されている。

彼は更にテキストは事件の経過より重要ではないし、彼自身アンソロジーの編集人として仕事をするのに関心はなく、作家達に作品を発表するより多くのチャンスを与える考えに関心があったと手紙で伝えたと書かれている。続けて彼は手紙で事態がもう魅力を失ったし、二年間事態に取り組んだが、何にもならなかったと述べている。様々なテキストは既に何処かで出版され、幾つかはそのままでなかった等々と彼は述べ、今一度そのようなことを試みるとしたら、より修正した形で別の時期にと述べたが、彼は全ての参加者に事態の説明の為になお一通の手紙を書くことを告知したと書かれている。

此の資料の最後で、IM がベルリンの人々は彼に不信感を抱いていないことを手紙が彼に証明している、Schlesinger はさもなければ手紙を書いてこなかったであろう——とりわけこれほど開けっぴろげに、と評価をしていること、それによって彼は確実にこれらの人々により近づく可能性を維持するであろうと書かれている。一行置いて、資料の保護を!!! 注意せよ!!!とあり、更にLieback中尉と署名がある。

此の七七年一月二二日付け文書で、三人の編集者によるアンソロジー『ベルリン物語集』への七四年一月二〇日付け招待状に始まり、国家公安局の七五年三月二九日付け情報を経ての三年間に亙る記録文書は終わる。これらを顧みると三人の編集者とアンソロジー参加の作家達の自由な姿勢と国家公安局の監視体制の徹底性と政権党の固陋な姿勢の対比が余りにも鮮やかに見られると言える。

〔注〕

(1) Berliner Geschichten »Operativer Schwerpunkt Selbstverlag« Eine Autoren-Anthologie:wie sie entstand und von der Stasi verhindert wurde Herausgegeben von Ulrich Plenzdorf, Klaus Schlesinger, Martin Stade. Suhrkamp Taschenbuch. 1995. S. 7. Z. 3-7.
(2) ibid. S. 7. Z. 9-11.
(3) ibid. S. 7. Z. 20-24.
(4) ibid. S. 8. Z. 1-7.
(5) ibid. S. 8. Z. 11-16.
(6) ibid. S. 8. Z. 21-28.
(7) ibid. S. 8. Z. 29-36.
(8) ibid. S. 9. Z. 24-30.
(9) ibid. S. 10. Z. 10-13. Z. 17-19.
(10) ibid. S. 11. Z. 25-26.
(11) ibid. S. 12. Z. 1-3.

(12) ibid. S. 12. Z. 10-11.
(13) ibid. S. 14. Z. 19-22.
(14) ibid. S. 14. Z. 33. -S. 15. Z. 10.
(15) ibid. S. 16. Z. 27-33.
(16) ibid. S. 17. Z. 29-34.
(17) ibid. S. 18. Z. 11-15.
(18) ibid. S. 18. Z. 25-28.
(19) ibid. S. 19. Z. 1-7.
(20) ibid. S. 19. Z. 20-24.
(21) ibid. S. 19. Z. 26-27.
(22) ibid. S. 215. Z. 13-20.
(23) ibid. S. 216. Z. 21-28.
(24) ibid. S. 216. Z. 33. -S. 217. Z. 3.
(25) ibid. S. 218. Z. 1-6.
(26) ibid. S. 222. Z. 28. -S. 223. Z. 2.
(27) ibid. S. 224. Z. 18-21. Z. 24-30.
(28) ibid. S. 224. Z. 39. -S. 225. Z. 5.
(29) 《Büchner》は前書きでは女性であるが、此処では男性であり、齟齬があり、また前書きの《Andre》と此処以降の《Andrè》の表記の相違も見られる。同一人物と思われるが。
(30) ibid. S. 234. Z. 14-23.
(31) ibid. S. 240. Z. 26-29.
(32) ibid. S. 243. Z. 14-20. 此処にはVolker Braunの作品表記の相違が見られる。

(33) ibid. S. 247. Z. 33-. 35.
(34) ibid. S. 248. Z. 25-28.
(35) ibid. S. 249. Z. 7-15.
(36) ibid. S. 251. Z. 25-28.
(37) ibid. S. 253. Z. 16-18.
(38) ibid. S. 253. Z. 30-31.
(39) ibid. S. 255. Z. 38-40.
(40) ibid. S. 256. Z. 10-15.
(41) ibid. S. 265. Z. 12-20.
(42) U. Kant 以外の三人は結局撤退しなかった。
(43) ibid. S. 274. Z. 39. -S. 275. Z. 3.
(44) ibid. S. 279. Z. 29-30.
(45) ibid. S. 290. Z. 37-S. 291. Z. 2.
(46) ibid. S. 301. Z. 20-22.
(47) ibid. S. 303. Z. 27-30.

(初出、二〇〇二年三月二〇日、獨協大学「ドイツ学研究」第四七号、
二〇〇二年九月二〇日、獨協大学「ドイツ学研究」第四八号)

『ベルリン物語集』作品論

（Ⅰ）

一九九五年、ドイツ Suhrkamp 出版社より出版された一八人の作家の作品集『ベルリン物語集』という文庫本のアンソロジーが一九七〇年代に当時のＤＤＲで出版を企図されながら、それが抽出しの中に死蔵され、二〇年間出版されなかった状況に就いて、私は上述の九五年版に添付された三人の編集者（当時の編集者でもあった。）のその間の事情を説明する前書きと出版を妨げたＤＤＲ国家公安局（Stasi）の記録文書やその他の記録文書を紹介解説しつつ論じてきた。(1) しかし此のアンソロジーに収納された個々の作品に就いては論じなかった。

それらの作品には Stasi 自身も認めているようにＤＤＲ国家体制批判に全く繋がらない、つまり国家や政権党社会主義統一党の許容範囲にある作品もあれば、Stasi の記録文書も言及している出版禁止の原因の一つとなった作品もある。従って本稿ではそれら一八編の作品に言及し、場合によっては紹介解説し、論じ、問題になったと思われる作品に就いてはその点を論ずることを目的とする。

（II）

此の作品集の最初の作品は Günter de Bruyn の『不法監禁』(Freiheitsberaubung) である。de Bruyn がその物語を「『実際に起こった楽しい或る物語』と評価し、彼は名前と住所のみを変えた。その物語では数年前に彼の住居の女性の隣人をめぐって起こった一逸話が問題になろう。その間に此の女性は物語の中で言及されている人民警察官と結婚しており、また或る新しい住居を手に入れた。」と述べたことを Stasi の IM（非公式協力員）»Roman« は報告しており、更に「de Bruyn が元隣人の女性のお転婆ぶりに感激して物語を当時一気に書き上げた。それは既に四、五年前である。根本的には de Bruyn は此の物語を要するにいつか発表する考えはなかった。アンソロジーの為にそれは、ベルリンで一九四五年以降に事実起こった正に一つのベルリン物語であるが故にのみ提供された。[2]」という de Bruyn の言を伝えている。

このような背景を持った此の物語は Stasi にとって好ましい物とならなかった。その理由はやはり七五年一一月一〇日付けの IM の名前も明示されていない国家公安局（Stasi）宛の文書に見られる。

その IM、いわゆる情報提供者によれば、『ベルリン物語集』というアンソロジーの下に集まった作家達は当時のDDRでの出版に於いては恒例であった原稿審査係による原稿審査を検閲として締め出そうと意図しており、既に最初から此のアンソロジーは問題なのであり、その上「専門家達による原稿の最初の査定ではDDRに於ける他の物と差異を付けない印刷はどんな場合でも不可能である。様々な寄稿の中に明らかに敵対的な、社会主義を中傷する叙述があるからだ。」とアンソロジーの内容に就いて彼は述べ、その基礎的理念は次のように纏められるという。「DDRの首都ベルリンは作家達の思いの中では個人的な運命、体験、経験及び失望の実り多き焦点として、同様に社会主義国家とその制度の為の試金石として物語的に描かれている。その際、一つの決定的に批判的な根本的主旨が支配的で、それは個々の寄稿では反社会主義的発言に迄至っている。[3]」

彼は更に「原稿は個々の寄稿が偶然に編集されたのではないということを示唆している。此の企画の或る構成上の相談と指導は疑いないだろう。明らかに組織者達は社会主義レアリズムの本来の本質への批判的な面を高め、或いは要するに社会主義の内部に『批判的レアリズム』を生み出すことに左右された。[4]」と述べ、専門家達の評価による個々の寄稿の否定的テーゼに言及する。その否定的テーゼが de Bruyn の上述の作品に見られるという。

例えばＤＤＲに於ける社会主義は特権によって特徴づけられている。一般の国民は成果に与らないか、或いは遥かに遅く与る。指導者達と役員達の不正がある。というテーゼを扱っている一つの作品が彼の『不法監禁』であり、Stasi や国家に好ましくないというのである。そこで彼の作品を検討してみたい。

或るボーイの Ströhler がベルリンの仕事場から真夜中過ぎに、Linienstraße 263 番地の五階の住居に草臥れ些か酩酊して戻ると、その五分後に再びそこを出て、近くの Oranienburger Tor の電話ボックスから電話をしようとするが、その電話ボックスは毀れていて、結局、職場の居酒屋に戻り、地区の警察に電話をする。考えてみれば、七〇年代に個人の住居に電話がなく公衆電話も毀れているという事態の描写が既に西側に知られたくない問題なのかも知れない。それはともかくとして、電話は警察官が直ちにパトカーを Linienstraße へ派遣して欲しいというものである。何故なら彼の住居と同じ奥の五階の隣家で一人の男が両拳でドアをどんどん叩き、彼の自由が奪われたと叫びながら主張し、緊急に国家権力を要請すると叫んでいるからである。国家権力の要請とは大げさで、実際にあった事件で男がそう表現したのか de Buruyn の創作による遊びか皮肉か判断し難いが、要するにその男は誰かによって閉じ込められたのでドアを開けての解放を望んでいるのである。Ströhler は警察官の問いに対し、彼は職業柄飲んではいるが酔ってはいないし、閉じ込められた男も声を聞く限り酔ってはいないと答え、その住居の表玄関のドアは閉じられてはいないと答え、彼は直ちにその住居の前に引き返し、パトカーを待ち受けると述べ、その古い住居全体の複雑さを説明する。更に彼は隣の住居の持ち主とは親しくはないが、その女性は二歳、四歳、六歳の三人の子供がいる Paschke という若い女性で、三人の子供に同時に託児所と幼稚園を提供して貰えないので、いまや Friedrichstraße の小ホテルのフロント係として夜の一〇時より早朝六時迄働いていると説明し、その女性は苦労しており、入れ代わる男達を計算に入れなければ要するにまともで、ドアを叩いている男は Ströhler がここ数ヶ月壁を通してではなく、階段越しに既にしばしば聞いた声を聞き違えていなければ、その男達の一人であるとも述べる。上述の女性の状況に係わる叙述には見ようによっては社会主義の理想に相応しくない描写があるとも言える。それを作者が意識して描いたのか、ありのままに描いたのか私には判断出来ない。しかしそれに続く次の描写は興味深い。壁を通して聞こえないのは壁が厚くて音を遮断するからで、それは此の家の唯一の長所であると Ströhler が強調する点である。そして彼は例の男の名を知らぬと主張する。

彼が住居の前に到達すると重量級の人民警察少尉は既に車より降りており、名のらず彼の説明を聞きながら彼と共に中庭を横切り、階段を上り子供達や入れ代わる男達に就いて質問し、彼は入れ代わる男達と子供達の父子関係に就いては敢えて否定する。彼は彼女をまともで、数ヶ月か数年で男達が消えるので気の毒な女性と表現したからである。此処で彼はその原因をその酷さに殆ど長いこと耐えられない住居のせいにする。警察官は二つのドア越しに男から悪意で Paschke 夫人から閉じ込められたという主張を聞き、即座に解放を主張する男を静め、彼女の勤務先を Ströhler から聞き、お休みを言いその住居を後にする。

続いて此の物語の主人公 Anita Paschke のことが描写される。彼女は小さなホテルに居て、真夜中迄テレビを観て、編み物をする。目覚まし時計を起きる時間に設定しそれぞれの部屋の鍵を取れるようにし、安楽椅子で毛布にくるまり寝ようとするが、心配事で五分から十分目覚めている。心配事とは閉じ込められた男のことではなく、彼によって解き放たれたことである。鼠のことであり、衛生設備と諸官庁のことである。翌日子供達を連れて祈願参りをし、涙を流し、絶望を爆発させようと思う。「彼女は叱り、罵り、鼠をめぐる多くの物語の幾つかを語るであろう。寒さ、暑さ、湿気、汚れ、悪臭に就いて語るであろう。子供達の様々な病気を数え上げ、設計技師達や板金工達、配管工達の専門的な意見を利用し、望むらくは今一度、彼女の住居状況は住居としての要求に値しないということを総合病院、衛生監督局、福祉事務局と青少年保護局が彼女に証明する官庁の書類の束を手に入れるであろう。その束を彼女は、此処でも三人の騒がしい子供達に伴われて住宅局へ持って行くであろう。そこではその束は不機嫌に彼女の既に立派な書類の山へ閉じられるであろう。[5]」

此処で語られているのはDDRの首都ベルリンの酷い住宅状況であり、当局の官僚的対応である。続いて共同トイレが彼女の場合のように階段の途中にあるのではなく、中庭にあり、水道管は氷点下では凍結し、修理されないより酷い住宅状況の住居と、より哀れな人々のことが彼女の思考の形で語られる。一方彼女の場合よりも遙かにうまく行っている家族が語られ、住居が壊されるか、新築住居が供給される地位の一つに関係がない限り数年来住んでいるそのような汚れた穴から抜けられない人が居る不正も語られる。社会主義下のスローガンに相応しくないコネと不公平の原理である。

彼女が改めて眠ろうとした時、警察官が呼び鈴を押し、彼女の前では位と共に Schälicke と名乗りそこに来た理由を述べ、彼女が面白がっているのに驚く。階下に同僚達が待っているので、急いで片を付けようとするが、意志に反して非難も指導もせずに、彼女の話を聞く。そこには彼女の魅惑に囚われた国家公務員の描写が窺われる。閉じ込められた男は友人達や女性達から Sigi と呼ばれている Siegfried Böttger で人民企業の所長で、そのポストの故に妻と二人の子供がいる Leipzig の住居を去り、ベルリンの Leipziger Straße の快適な新築住居がまだ完成していなかったので此のホテルに宿泊し、彼女は四ヶ月前に彼と知り合いとなった。家族との別離と新しい仕事が彼を疲弊させ、彼が彼女と子供達に親切にすると、多くの悪い経験にも係わらず彼女はいつものように彼を好きになる。しかし彼との場合はスムースには行かなかった。彼が彼女の汚れた住居を彼の故郷の住居と同様素晴らしいと見なしたからである。彼女は彼をホテルへ送り返そうとしたが、三週間後、錆び付いた流しやひび割れた漆喰や水のしみ、詰まった給水管への彼の心酔は終わる。日曜日の朝、鼠が便器の中に居て、彼の食欲を殺いだからである。鼠は彼を見つめ、排水の中に飛び込み、泳ぎ、流しても再び浮かび上がり、便器によじ登る。此処で作者は幼少の頃から彼女に纏わる鼠の話に言及する。彼女はその人生の三二年間その住居に住んでおり、常に住居に悩み、人生の目標はそこを去ることであった。人生で為し、考え、感じたこと全てはそこに向けられた。恋ですらそこに向けられた。従って彼女は、鼠騒動の朝、彼女にお前は此処を出なければならないと叫び、その為の力を持つこの同志所長の虜になった。

「何故なら彼は様々な係わりを持ち、その係わりは社会主義では金より重要なことは周知である。その分配に際しては、その規則を証明しなければならない諸例外に至る迄、厳しく規則的に行われる住居や自動車のような大きな事柄が問題になる場合には。そしてその諸例外に人は正に何らかの方法で属さなければならない、不当なみじめさから抜けたいならば。[6]」人的繋がり重視の此の箇所が正に Stasi が指摘する問題であることは論を俟たない。少尉は任務上そのような発言に本来責任を負わないにもかかわらず、似たような境遇なので同意するが、「快適な住居を建築する権力の為に功績のある者は、普段、彼は常に言うのだが、遅かれ早かれまた快適な住居を手に入れる。[7]」と思うが口にせず、犯罪行為になり得る彼女の行為の原因を聞く。上述の思考の描写にも Stasi の不満があることは想像に難くない。

犯罪行為という言葉から、彼女は実際に犯罪行為を行い、裁判官の前で彼女の実情を上申したい、そうすれば明るい住居に入れるであろうという新しく生まれた考えまで述べる。あれは純粋な行為で、彼女が追い詰められる時、そのようなことを必要とすると彼女は述べ、彼女が閉じ込めた時、事態を真剣には考えていなかったが、彼が取っ手を揺さぶりながら、馬鹿な冗談は止せと言ったので彼女は鍵を抜き、立ち去ったのだ。その教育者の調子が四時間も彼女を激怒させたのだと語り、私は全てを良く知っているという支配者の調子、私は常に正しいという所長の調子、もう沢山だ、貴女には計り知れない寛容さで接してきたが、良い意図にも係わらず貴女は変わらなかった、私達の道は残念ながら別れざるを得ないが、貴女が私を手こずらさないだろうと望みたいという調子が激怒させたのだ。

少尉が、「監禁はそれでは不実への罰として考えられたのか？」と問うたのに、彼女は「いったい不実とは何を意味するのか？　或る約束を守らなかったことが問題だったのだ。[8]」と述べ、結婚のことではないと語る。幻想を捨てることを決して学ばない彼女は「彼が彼女に調達しよう思った住居のことを三ヶ月もの間信じた。夜ごとに彼はそのことに就いて語った。それが彼女にはアルコールのように作用した。余りにも固く彼女は彼の言を信じたので時々既に別離の感傷が彼女を襲ったのだ。既に彼女は、清潔で日当たりの良い住居に住んで一〇年後この汚い穴居を再見する時、感動の感情を持つゆとりがあることは何と素晴らしいに違いないという一つの観念を抱いたのだ。[9]」とも語る。

ところがこのような突然の結末が来たのだ。彼女が正当に彼を愛していないと彼が四時間も説明し、彼女の住居のことは話題にならず、ただついでのように彼の五部屋の高層住宅新居が話題になったのだ。それは即時入居可能で、たった今始まった日が転居の日で、彼は午前五時に妻を手伝う為に Leipzig に居ねばならず、昨夜二三時に彼の車を手配したのだ。

彼女は Schälicke 氏に時間を聞き午前一時であることを確かめると、彼に住居と部屋の鍵を渡し、家に入るとき鼠を踏まぬように注意する。少尉は同僚と共に車で現場に戻り、悪態をつく所長を解放する。少尉は寝ている子供達を見守り、鍵を預かるというパジャマ姿のボーイ Ströhler の申し出を規則に従って断る。

物語は此処で終わるが、貧しい住居の一般庶民とすぐ新居を手に入れる地位のある人物との対比的描写は間違いなく為政者や Stasi には立腹の原因であったのだ。このような些細な批判的叙述が出版禁止の原因になるような国家、政権には未来はなかったのであろう。

(Ⅲ)

『ベルリン物語集』に収録されている第二作は Elke Erb の『ベルリン・ホーエンシェーンハウゼンに於ける住宅地の家』(Ein Siedlungshaus in Berlin-Hohensschönhausen)という作品で、実際にあったとは信じ難い或る女性よりの聞き書きによる物語である。かつて共産党員としてベルリン市内にいて、その頃からとりわけその妻がユダヤ人救済に尽力し、SA(ナチスの突撃隊)に襲われた後にその郊外の住宅地に移住した夫妻が、息子をヒトラーユーゲントに入れず、注意されていたにも係わらず、ユダヤ人の見捨てられた乳飲み子を一九四三年に引き取ったのを契機に、その若い両親、更にユダヤ人中年夫妻とその老母を屋根裏部屋や納屋に匿うのである。それのみか、密かに早朝または夜遅く訪ねてくる別のユダヤ人に食事を提供する。当時、食料品は配給券でしか手に入らなかったが、ユダヤ人達の或る親戚が仕入れ人で、ユダヤ人が持っていた高い金で肉を調達し、或る女性占い師がユダヤ人達に食料品配給券を買い入れてくれた。また例の賢明な妻は若夫婦と一緒に、彼等が園丁に残してきた物や衣服を取ってきて、ユダヤ人達は腹を空かせたり、凍えたりしなかった。ユダヤ人中年夫妻等が来る前に近くの空き地には高射砲陣地が設営され、都市の外れの家々に兵士達が宿泊し、最初の宿泊は彼等の家で、兵士は屋根裏部屋に寝たが、ユダヤ人若夫婦と乳飲み子は隠れることが出来た。子供が泣かなかったからである。中年夫妻が来た後に、士官達が宿泊の可能性を調査した時も彼等と賢明な例の妻は事態を切り抜けた。兵士が再び宿泊した時、二組の夫婦は隠れ、老母と子供は親戚と主張された。妻は時々ゲシュタポに呼び出されたし、些か余りにも率直にしてあからさまで、誰かが密告した可能性もあった。そのことを暗示した葉書も受けたし、ゲシュタポの書類に「逮捕」というメモも読んだ。しかし或る役人が彼女を護ったと推測した。

一九四四年四月には老母の卒中発作をめぐって彼女はナチスの医者まで呼ぶ手配をし、老母が死に、危険を免れたが、彼等は埋葬迄した。その墓発見の危険もあったが、彼等は五月に終戦を迎え、ユダヤ人達は一〇月迄留まり、死んだ老母は新しいユダヤ教信徒達により葬儀を受けた。最初に述べたように信じがたい話であるが、事実なのであろう。そして此の物語は Stasi にとっても、政権党にとっても好ましい物であったことは想像に難くない。

第三作は Fritz Rudolf Fries の『私は一つの都市を克服したかった』(Ich wollte eine Stadt erobern) であり、五〇年代末ベルリンへ来た地方出身の Arlecq をめぐる起伏のない話である。ベルリンへ来た彼は「地方は此処には存在しなかった。あたかも都市が地平線のあらゆる方向の全ての意のままになる土地を覆っているかのようであった。[10]」という感慨を抱き、此処では彼がなし得ることを示さねばならぬし、稼ぎ支出する生活をしようと思い、翻訳者を志望した。彼には此の都市のはずれに住んでいる恋人がいた。彼は都市の光景を描写し、例えば Friedrichstraße の報道機関用カフェーで、都市のモルグで働き、死者達に就いて話をした痩せた男との対話や、(その際、彼は文学や絵画に於ける生死の世界のことを思い出し、都市の運河や川に落ちたかなりの人々が生死の境界を越えて行くという男の話から、他の全ての境界はこの年は融通性があったとその後のベルリンの壁を示唆する。) そのカフェーに出入りする売春婦、覗き見嗜好者、M. Reinhardt のような著名な演出家の話をする年を取った舞台女優達や記者達に就いて、更にそのカフェーで臨時雇いのボーイの姿をしていたG. Bennとの交流に就いて叙述する。また彼は戦後、様変わりした有名なホテルAdlonに住んだ話、H. MillerやT. S. Eliotの本を西側の貨幣で手に入れ、その本を抱えてKurfürstendammを歩く快い気持を述べる。彼は光明に満ちた近代的な世界的都市を地方から想像したが、ショウウィンドウを見ると復興の努力が見られ、二流のアメリカが見られると語る。続いて以下のように描写される。彼は通りを歩く女性達に目を奪われる。「二〇世紀のギャレリーの古い絵に従って化粧した一人の美人。都市はその失われた貌を再び得ようとした。二〇年代の化粧をした貌を、三〇年代が唾をした不機嫌な貌を、四〇年代はそれを引き裂いた、都市がなおそのプロフィールのみを、それで未来が交換可能であった永遠の鋳造貨幣のみを示そうとしたのだ。Arlecqは彼が知っていた物を見つけた、しかし既知な物は生きており、走り回り、驚かした。それは書架へ戻されず、講義用のノートへ閉じ込められなかった。[11]」此処には二〇年代の良き貌を取り戻したベルリンとそれを拒否した三〇年代、四〇年代のナチス時代への批判が見られる。

更に彼は此の都市に就いて語り、Lichtenbergに住むJoe S.の生活、恋人Anneに就いて語る。彼女は仕事が終わると、夜バレーを習っており、その両親が犠牲者となった階級闘争に就いてしたたかな物語を語っていた女性振付師の着想の為に熱心に練習をした。Arlecqは発見をする為に一日中此の都市のあらゆる列車に乗る。その発見の対象に偶然なったのは地方で知っていた政府の客であったデンマークの共産党員Ole Vilumsenで、Arlecqはかつて、地方では敵意や教師の怒りや研究室からの追放を意味したであろう彼の連想の能力を羨む。レーニン主義とダリ、ゴリキーと実存主義、ブルトンと猿の人間への進化、スカラッティとジャズである。彼はそれを当然のように持ち出し、時代の高みに居ろという。一方、時代の高みに居ろという此の西側の思考をJoe S.は笑い飛ばし、彼にとって東西の対照は第一に交通問題であるように思えたし、第二に貨幣問題であり、第三に思考の問題には思えなかった。或る思考となると四五年の崩壊と廃墟に迄至ったのであり、絶対的経験の何かを持った年齢制限のような数に迄至ったのである。此処に東西の共産党の思考の相違への批判が読み取れるかも知れない。

続けてAnneとArlecqの愛が語られる。彼等は公園で覗き見されたり、『広島、吾が愛』という日仏合作映画を観たりした。彼女に妊娠を告げられ、彼の心情は変化し、乗っている電車の内部は借りた古い部屋のように見えたのであり、そこでの二人の生活が描写される。彼には彼を誤って余りにも早く都市へ駆り立てたあの地方での生活が未だに一つの夢であったように思えたのだが、Anne の状況がそれを否定し、彼は都市のはずれに移住し、彼女と子供と住み、「都市をそのはずれから観て、いまやそういう全てを望んでいたかのように思い、落ち着きの中で彼より観察される為に都市が構成されているのは彼の構想あったかのように思った。そこで彼は木々の下に座り、都市の列車の音は風の状況如何によって伝わり、彼は子供を観察し季節の交代に没頭した。[12]」

此の物語も Stasi にとって問題はなかったのである。

第四作目は Uwe Grüning の『一一月の大陸棚』(Novemberschelf) であり、やはりベルリンの日常を描いている。アレキサンダープラッツと Döblin と Franz Bieberkopf の話に始まり、都市の膨張、ポスト、地下鉄、一一月に雪崩れ込む一〇月の雨、思考の、そして未だ日曜と冬の準備をしていないベルリンの快適な黄昏、光と落ち葉の緩やかな上下運動、信号を待つ車や人々、その絶えざる動きと停止、危険な交通違反とブレーキの音、そして驚いて引き下がる人間達。更に手紙はベルリンへ到着するのより、ベルリンから配達される方が遅いと語り、「人は一度所有している物を力で引き留めるのか、それが同様に力で引き離される迄？ そしてシンドバットの磁石の山またはブラックホールの如く、都市は近づく物全てを、魔力で引き付けるのか？[13]」と都市の特殊性に目をやり、街路名標識板に就いてDDRの作家らしく次のように記す。「Erich Weinert を私は街路名標識板に読む、作家で反ファシストとある。何故、共産主義者で作家或いはそのような者と書いてないのか？ どうして街路名標識板はともかく全てを未知の人々にしてしまうのか、有名な人々や賞賛に値しない人々を。[14]」都市の描写は更に続き、地下鉄が高架線になり、都市鉄道が橋の下を走るのに目を瞠る。新築住居地域（注・一九五〇年一月一日以降建築）と旧地区住居地域（注・一九四九年一二月三一日以前建築）の相違が語られ、「あらゆる進歩は同時に何かが死滅するか、ただなお博物館と奇妙な祭典で生き延びることを意味する。差し当たってオープンな炉が廃れ、ストーブが廃れる。そして新築住居の子供達でかつて火を見た者は個々の蠟燭かマッチか、両親がその煙草に火を付けるライターの火であろう。[15]」と述べられ、火は最早我々の時代や日々のものではなく、やがて大きな坩堝や、車両のモーターや、ディーゼル機関車やタンカーの燃焼室の中で見えなくなる、と社会主義、資本主義に関係ない状況が書かれている。此の作品の語り手、私はベルリンでは多くの夢が見られるので物語にするべく夢の話を求め、或る知人の女性の夢を記す。彼女は一〇歳の少年が持ってきた爬虫類の真に迫った玩具に悩まされ夢を見る。夢で大きな気味の悪い蛇と斧で闘い、悪戦苦闘し、家具を壊し、蛇を葬り、トイレに流すが、咬まれたかどうか判らず多くの解毒剤を呑み、気分が悪くなり目覚め、トイレで吐くが中を見ない。蛇がいると思ったからである。彼女は続けてその前日にポニーに乗って友人と映画を見に行った奇妙な夢も語る。

続けて主人公の私は、これがベルリンであると述べ、「でも或る一一月のベルリンで、その背後に深みが始まる大陸棚の海である。それぞれが一つの別の貌を持つ都市から成り立っている此の都市。[16]」と語り、Köpenick, Pankow, der Weiße See の特徴を記し、最後に「ベルリン―DDRの首都。あたかも此の形容辞が必要であったかの如く。ベルリンが一つの首都であることは地方に於いてすら、自由意志で除外された者達に於いてすら触れ回れることがなかったの如く。[17]」という言葉で終わる。興味深い物語であり、むしろDDRを賞賛していると言えよう。

第五作目の Gert Härd の『ボウリングに就いて』(Vom Bowling) は最初より「Saquerieur は言った。」という形式で始まり、それで終わる物語であるが、語彙は簡単であるにも係わらず文章が複雑で私には判断し難く翻訳し難い、筋と言えるものはない。言語の役割、言語と文章、言語と身振り行動の関係を語り、思考と言語の自由にも話題が及ぶ。それらとの係わりでボウリングに就いて述べられるが、全体的に当局の検閲を避けての表現とも思われ、誤訳の可能性もあり、此処では内容の紹介は避けざるを得ない。しかし此の作品はやはり、情報提供者によって批判の対象となり次のように述べられている。

つまり、此の作品は、DDRに於ける社会主義の社会大系は個々人には見通し出来ない。個々人は疎外され、操作されている。テロルが存在しているが、疎外のプロセスの結果、それは客観的対象にはならず、具体的に把握されず指摘されない云々と語っており、此の作品は明らかに個人的な知性的傲慢という印象を与えると指摘される。[18]

続く第六作は Heide Härd の『訪問』(Besuch) であり、ベルリンへ来た主人公 Christian Gerber をめぐる話である。病気でもはや働けないであろうということが明らかになって以来、彼は此の旅行の準備をし、彼の母や姉妹のもとを長い間訪ねた後に、彼を子供の頃より甥や姪の中の年長者として、しかし援助を必要とする者として遇してきた子供のいない叔母を訪ねるべくベルリンへ来て、たとえ病気でもなし得る多くの素晴らしいことがあると聞いていたので、それを探す。しかし、実在する様式や形体や色彩、資源やその組み合わせの多さに直面して、彼は民族芸術、手工業、大好きな仕事に向かうことが出来なかった。彼は生活必需品の選択にも迷うのである。続けて歌を歌う彼の趣味が語られ、病気をめぐる状況と彼の心情が述べられる。彼はDDR全体の至る所に一週間滞在し、三ヶ月掛ける旅行を企画したが、母の元に三週間、友人と姉妹の元にそれぞれ二週間、それ以外の予定も入り、計画したルートも廻れず、それを中止し、家で片付ける幾つかのこともあり、三ヶ月後に一度、家に戻ったのだ。彼は旅行とは名所旧跡、風景を訪ねるものと思っていたが、今や彼の旅行の目的はむしろ人々を訪ね、彼等の習慣を観察し、彼等の仕事や生活、建造物との共生の仕方を観察するものとなった。それに関してはする事が沢山あったが、決して定義できる成果に至らず、やむを得ないと思った。彼はベルリンに何か特別な物を見る希望を持ってはいなかったがベルリンへ来て、叔母を訪ねようとした。彼女は彼が来ることを知っていたが、叔母を突然訪ねて驚かす訳にもいかず、叔母が事務所で仕事が終わるまでベルリンのアレキサンダープラッツ周辺を散策し、色々と思索する。巨大なテレビ塔底部は彼を不安にし、彼はレッシングを思い出し、一つの芸術作品は人間に美学的に作用するのに十分に小さいが、テレビ塔底部ではそれは多分不可能だったと思う。此のDDRの象徴に対する描写に、作者のDDR政権へのささやかな批判を読み取れないこともない。彼は叔母に電話をする。彼は叔母と会う約束の時間迄、市役所の前を通りHedwigs大会堂を訪ねるが、市役所の所で「此処の何処に私の希望の場所があるのか」[19]と自問する。大会堂で彼はそこを訪ねてきた人々を観察する。そこから叔母の住居を訪ねる途中、再び様々な建造物を観るが、何故、彼は単純に叔母を訪ねることが出来ないのか自問し、何故、彼が観る物を分析しなければならないのか自問する。「しかしそれらは現象に過ぎず、本質は私に閉じられたままだと彼は考えた。私は建物の正面や通りや窓ガラスやカーテンや花々を見るが、それが何を意味するのかと自問し、考えた。」[20]此の文章を読む時、またこのような社会主義国の市民には相応しくないであろう無気力な思考が更に綴られているのを読むと、社会主義下の生活批判とも取れる。彼は一軒の陶器の店でマイセンの陶器の小さな花瓶を買い、叔母を訪ね、彼は体を洗い夕食を叔母と共にとる。

全体的に、これといった内容のない物語であり、文章にも特徴はなく、上述のような作者の批判が読み取れないこともないが、Stasi の側からの批判はない。

(Ⅳ)

第七作は Stasi が一貫して此のアンソロジー『ベルリン物語集』編纂の思想的指導者と見なし、その自主的出版と検閲拒否、及びＤＤＲ政権批判の作品掲載をも目指した指導者と見なした S. Heym の作品『吾がリヒャルト』(Mein Richard) である。(注・拙稿「『ベルリン物語集』と国家公安局」の中では上述のタイトルに訳したが、語り手が女性故『私のリヒャルト』が適切とも思われる。)

やがて取り壊される予定であり、今や他には誰も住んでいない東西ベルリンの境界にある住居に、政権党ドイツ社会主義統一党（ＳＥＤ）の役員故に住んでいた二家族の偶然同名の息子二人のリヒャルトと母親をめぐる物語である。語り手であり、一五歳のリヒャルトの母であるツンク婦人が週に一度、青少年厚生施設にいる息子を訪ねるところから物語は始まる。古参党員であり、故古参党員の寡婦でもある彼女は息子を正しく育成しなかった責任を覚えるが、同時に息子の変化に戸惑いも感じていた。彼女は息子を鋭く観察しなかったし、彼が同じ住居の階下に住む一七歳であるが、小柄で彼より年少に見えるリヒャルト・エーデルワイスと余りにもしばしば外出し、遅く帰宅するのに注意しなかった。彼は自由ドイツ青年団（ＦＤＪ）の催し物に欠席し、学校の生物研究会やロシヤ語研究会にも出席せず、彼女は息子を信頼し、彼の反応を恐れ、確かめるのを怠った。そこから、或る日一人の若い男が彼女の職場を訪ね、貴女を不安にするつもりはないが、「貴女の息子は今日、学校より帰宅しないでしょう。」と言い、「リヒャルトは何処にいるのか？」の問いに「我々は彼を拘束しなければならなかった。[21]と述べたことに話は遡る。彼が幼少の頃大病を患った時と同様に不安になり、彼に何かが起こったのかとの問いに、その若い男は彼を教室から連行させたこと、彼は誠実に従ったこと、彼の状況はそれ相応に良いことを述べ、彼女が前々日の一九時から二三時迄何処にいたのか、一度帰宅したのかと彼女のアリバイを尋ねた。彼女はその日は独ソ友好の集会に出席し、家に戻らず、一一時直後帰宅した時、彼が自室にいて、彼女は彼が何をしていたのか聞かなかったことを答え、不安に駆られ、彼が何か暴力事件を起こしたのか尋ねた。「そのような種類の悪事が問題ではない。(22)」と男は応じ、職場の党書記と職場長代理の立ち会いの下、彼女は購買部長の地位を臨時に解かれ、下に待たせてあった車で自宅に連れ戻された。彼女は階下のエーデルワイス婦人の不安げな顔を見た後、上階へ連れて行かれ、リヒャルトの部屋と彼女の部屋が制服の人々が主体で捜査された後、入念に現状に回復された印象を抱いた。一人の男がシャツを脱ぎ、リヒャルトの部屋の窓より這い出て、妻と別れたエーデルワイス氏の車の車庫に未だ使用されていたガレージの屋根に飛び降り、その縁に行き有刺鉄線の塀越しに西側地域に飛び降りるかの如き振る舞いをし、その各動作が同時に撮影された。此の状況は犬を連れた国境警察官とやや離れた西側の警察官と米兵に観察され、彼女は不安になり、私は私の息子を、私の息子を見たい！と叫び、静められた。彼女のリヒャルトが何を犯したのかには、調査が済み、誰がなお此の事件に絡み、何処まで進展したのか判るまで伝えられぬと一人の中年の男が応じ、東西ドイツ間に建造された反ファシストの壁は軽率に弄ぶ事柄ではないとリヒャルトの犯罪を暗示したが、言及し過ぎたと彼は思い彼女の息子には階下のリヒャルト以外にどのような友人が居たか等多くの質問を浴びせ、彼女は二度もトイレへ行き、二度目は吐いてしまう。彼女は額に汗をし、質問は打ち切られるが、彼等は去る前に、彼女はまた質問に答えられるように準備をし、ポツダム地域を彼等に知らせずに去らぬように言い、何か起こった場合連絡するようにも言う。この辺の Heym の描写は当時のDDRでは当然であったであろう個人の同意も得ず、捜査令状なしの家宅捜査を詳細に叙述していると言える。

続いて荒らされた庭や、やはりその息子リヒャルトを逮捕されたエーデルワイス婦人の困惑と、車で一人の男と来て離婚の際の彼女の親権を盾に、息子への彼女の責任を非難するエーデルワイス氏の姿勢を描写する。しかし彼は息子を見捨てるわけではないと、ツンク婦人の存在も意識して語り、同伴した友人の弁護士カーン博士に助けを求めたと述べる。後者は両婦人と握手をし、少年にありがちな冒険心に触れる。エーデルワイス氏がツンク婦人の息子リヒャルトが彼のリヒャルトに不幸な影響を与えたと述べた時、彼女は反論するが、カーン博士に彼女の息子の弁護を提案され、同意する。その後の数週間を彼女は不安の中で送り、助けになる家族も友人もいないことを痛感する。担当者達によるその後の二度に亙る訪問と質問があった後、彼女はカーン博士とリヒャルトに面会するが、事件に関する質問は看守に禁止される。リヒャルトは多くの迷惑をかけているのは残念だと語り、多分愚かなことをし、間違えているが、楽しかったと言い、看守に再び事件に触れることを禁止される。母の心遣いと子の思いが交差する場面である。やがて面会時間が終わり彼は去り、彼女は法廷のドアの右側に二人のリヒャルトに対する「再三に亙る旅券法違反刑事事件」の張り紙を見る。エーデルワイス婦人も来ているが、今や法的に責任のないエーデルワイス氏は、人民化学企業連合化粧品部門指導部会議出席の為、欠席する。ＳＥＤの役員で、人民企業の責任者でもある男の無責任をHeymが批判していると読めない訳でもない。

　労働者国家の古参党員である彼女の息子の再三に亙る旅券法違反に職場の同志がどう反応するか不安を抱き、彼女は法廷にエーデルワイス婦人、カーン博士と共に入り、裁判が始まる。入廷した息子の顔は数週間の内に幼年期の表情の痕跡を失い、彼は社会主義建設に尽力した若い頃の彼の父親を思い起こさせる。検事が型どおりに社会主義建設に邁進する青年達、ベルリンの壁の役割に就いて述べ、告訴された二人との違いを強調する。続けて彼は二人が彼等の住居の背後の壁を一四度に亙って、策略で歩哨と防止装置を避けて越えた事実に言及し、「彼等はしかもその上、資本主義的西側報道機関に対し、彼等の行為を自慢するまでに至り、その結果、彼等は我々共和国の法律と装置を笑いものにし、帝国主義的プロパガンダの水車に水を注いだ……[23]」と述べる。その上検事は彼等が両親、教師、ＦＤＪ役員達を欺き、当局に彼等によって利用された通路の存在を教えることを考えず、他の者が国境を非合法に越える危険性を拡大した事実を重く見た。ツンク婦人は息子が往復すれば二八回も狙撃される危険を冒したことに愕然とする。陪席判事二人を連れた女性判事の前で、一人の証人は柔軟性のある若者の誰もがザイルを使って越境出来ることを指摘し、別の証人は同じことを考える他の者との連携を懸念する。それに対しカーン博士はその証拠があるかと反論し、それは西ベルリンの新聞記事のせいであろうと述べ、以下の新聞記事が検事によって読まれる。「リヒャルト・E及びリヒャルト・Zの二人はSED役員の息子達であり、西ベルリン国境近くの小都市Dに住んでいるが、壁を越えて西側を訪問するのを習慣にしていた。一五歳のリヒャルト・Zは彼等が壁を越えるのは容易いことだ述べ、一七歳のリヒャルト・Eは彼等は最初、少し不安を抱いていたが、今は『塀を越えて隣の庭へ行くような』ものであると付け加えた。西ベルリンの生活は彼等に気に入ると彼等は認めたが、西側に留まるつもりはない。彼等の両親は国境を越えての彼等の遠足に就いて何ら知らないと若者達は肩をすぼめて説明した。『両親はでも理解しないでしょう……』」(24)

Heymがこのような記事を作品に挿入したことに幾つかの意味があろう。先ず西側の記事は東側が言う程悪質ではないこと、二人の少年には遊び心以外の悪意がなく、むしろ国家に忠実なこと、世代間の齟齬等である。ツンク婦人は息子との対話が不十分であったこと、息子の変化に気がつかなかったことを悔やむ。次に息子の陳述が始まり、彼等は映画を観に行ったこと、最後の越境後何人かの西側警官に東側から来たのか問われ、肯定すると西側に留まりたいのか聞かれ、否定すると西側に来た理由を聞かれ、映画観賞に触れると彼等は笑い、その一人の紹介で映画観賞後、別の男の質問を受け、警戒し多くは語らなかったことを述べる。また東側の証明書で料金を支払わずに館主から毎回、特別に入館させてもらったことも語る。そして楽しかったかと検事に問われ、肯定した場合、否定した場合の結果を考慮し、彼は不信気になるが、最後に「『はい』と彼は非常に落ち着いて言った。『私達は壁を越え、向こうを見るのが楽しかったです。そうでした……私は判りません……他に……』」(25)

このような答えは判事の認め難い回答であり、政権にとっても認め難い回答であり、Heymがこう語らせたことはStasiにとって苦々しいものであったろう。判事によって有罪の判決が下され、少年二人は法廷から去り、判事は母親二人の所へ来て、彼女らの罪に就いても触れる。検事と弁護士カーン博士は握手をするが、突然笑ってカーン博士が荒い声で語った以下の言葉は此の作品全体の内容を示唆しており、作者の言わんとしていることが如実に表れていて、興味深く秀逸である。「同志検事、私が貴男であったなら、二人の若者に勲章を申請したよ。」検事の「何故？」の問いに、「今、法廷が認知したように、彼等は次から次へと一四度も我々共和国への絶対的忠誠を証明したからさ。」(26) これに関して多くを語る必要はないであろう。Stasiがその報告の中でＤＤＲに対する批判的テーゼとして挙げている「――ＤＤＲの国家と国家機関は独善的で無情な狭さによって指導されているのであろう。一つの通過出来る国境が社会主義への本当のまたは強制された忠誠の試金石なのであろう。[27]」という此の作品の内容は、まさに此の作品の本質的テーマであり、批判の対象にされるべきものではない。此の作品が当時既に当局によってHeymの作品集から削除されたことに既に問題があった。

此の作品に続く第八作はやはりStasiより「――ＤＤＲには或る祭典継続の為の一種の『展示の自由』のみがある。現実は抑圧的な了見の狭さ、専横、強制である。」という批判的テーゼを取り上げた作品とされ、そこでは「憎しみと攻撃的調子が支配的で、取り分け人民警察と故役員達に向けられている。[28]」と報告されたHans Ulrich Klinglerの『月曜日にはハンマーがおりた』(Am Montag fiel der Hammer)である。

物語は短い。Mecklenburgより世界平和友好祭（注・七三年と思われる。）へとベルリンに来た、元ＦＤＪではないが若くはないＦＤＪ代表が誤解によって人民警察に逮捕され、取り調べ室にいる。両足をアレキサンダープラッツの噴水に冷やすため浸けたかららしい。彼は足を水で冷やす習慣をその前の週に青年達と毎日続けていた。「祖母が言うように或る日は別の日と同じではないが法則や規定や政令は月曜が金曜と同じでなければならない。両足を噴水に入れるのが木曜日に許されているなら火曜日に禁止されることはない。我々の国家では諸法則はあわてて作られない。そこで国民は知らされ、問われ、審議され、そこで初めて決定されるか否定される。[29]」と彼は考える。それ故、警察官は彼を厳しく見る必要はないし、あたかも彼が犯罪者であるかのような顔をする必要もないと彼は思う。また彼は全ての警察官が今日月曜日そのような顔をしていると思う。彼は平和友好祭で初めてベルリンへ来たが、警察官は彼等の村の場合と全く違い非常に親切だと思った。しかも彼は国家の敵でもなく、友好祭代表であるのに逮捕されたのである。彼は此処で国家元首Walter Ulbrichtが友好祭の真っ直中に亡くなったことを思い出し、死が隠され、祭典が中断されると思ったが、そのようなこともなく、青年の友は死しても青年の友に留まっているとすぐに考えた。国家元首は、今日、私は死ぬので、明日より一週、国を挙げて服喪せよと言えたのに、そうはせず、「彼の最期の言葉で彼は我々のことを思い出し、死の床で我々に呼び掛けた——友達よ祭典を祝え、万歳と叫べ、高々と、たとえ死の靄が私の眼を曇らせようとも。」と彼は述べているが、これは作者の創作か事実なのか私、筆者は知らない。実は当時私はドイツの西ベルリンに居て此の友好祭に通訳として参加したのを覚えているが、Ulbricht の死が報じられたが、国を挙げての喪に服する感がなかったのを思い出す。更に彼は語る。「死に就いてまで真にインタナショナルで、我々はそれを彼に感謝する術を心得ていた。花火が上げられ、それは Mecklenburg でも轟いた。そしてウンターデンリンデンでは早朝まで踊られた。人は我々が或る階級の敵の死を祝っていると信ずることが出来ただろう。[30]」と。此の箇所がまさに「故役員達云々」という Stasi の批判に当たるのであろう。

友好祭はそうであったと、彼は今日月曜日はもはや友好祭が終わっていたことを示唆する。続けて彼はかつての社会民主主義との政権党の論争とその打倒を思い出し、それには彼は参加しなかったが、他の手段で彼は前線で戦ったのを思い出す。彼は友好際最中 Mecklenburg の代表で、一〇人の青年グループを指示していた。そして先週は認められた同じ行為をして今日は逮捕され、犯罪者のように見られている。友好祭が終わった月曜であることを彼は忘れていたと彼は述べる。此の友好祭期間中とその後の警察の態度の相違描写が Stasi による此の作品否定の根拠なのである。

(V)

第九作として収録されているのは、Paul Gratzig の『ベルリンの輸送業パウレ』(Transportpaule in Berlin) であり、主人公パウレとその恋人ローゼをめぐる一日の正にベルリン物語である。彼は家具職人一三〇人の小さな人民企業の輸送担当者と思われ、戦闘隊 Friedrichshain に属する戦闘的共産主義者であり、彼女は国家経済企画委員会書記で二人は大学入学資格を得る為の夜間高等学校上級課程で机を並べて恋人同士になり、彼女の故に彼はかつて Bornholmer Straße よりMへ移住したのである。彼等は市電に乗り、この日 Schönhauser Allee を通り Bornholmer Straße にやって来た。彼はローゼと彼の旧居の前に立ち、何も変わっていないのを見るが、一部は改修されているのを知る。此処はおおよそ貧者が住む地域との彼の思いがある。Mとベルリンの比較に就いて彼は次のように思う。「私はMがベルリンよりいくらか好きだが、此の都市は余りに自己の内側にあり、なお成長するには閉鎖的であった。私はチャンスを計算しなかった。ベルリンは違っていたが、そこに私は留まろうと思わなかった。此の都市は私には余りに大きく、多くが組織されていなかった。これらの石の山は私を抑圧したのみならず、これは他の所にもあったが、そこには人に言うことも許されず、多くの人間達の間で死ぬこともあり得た週末があった。[31]」大都会の人間疎外である。

旧居の前に立った彼は過去を思い出す。戦闘隊での勤務、西側の地下鉄の駅 Gesund-Brunnen で戦闘隊の制服でドイツ社会主義統一党（SED）機関誌 Neues Deutschland を読んでいて、隣の帽子を被った女性に示威的に席を立たれた経験、夜間学校が始まる三〇分前の一七時半に戦闘隊を離れ、急いで戦闘服のまま教室へ駆けつけ、教室へ入り、彼の前に来たボール博士に「私は軍国主義者の前では講義をしない。決して！　私は戦争を憎む！[32]」と言われ、職場に引き返し着替えて再び授業に出席し、博士を喜ばした話等である。その後の此の東側から招かれた音楽好きの数学の西側教師ボール博士との友情に似た交流も思い出の形で語られる。彼は自称民主主義者であるが、東側の共産主義者に好意を寄せ、パウレを自宅に招き、ピアノを弾き、将来書き上げる数学の教科書を彼等に送ろうと意図した。それ以来パウレはベルリンへ来るたびにボール博士を眼で捜したが、ある日戦闘隊に勤務する彼の姿を集まった人々の間からボール博士が見て涙を流し、その理想主義が崩壊したかの感を示したのに気づいた。

此の辺りの描写は Stasi の批判の対象になり得たであろうが、此の作品への彼等の批判はない。この思い出から叙述は現在に戻り、その後の物語の展開は以下の如くである。

ローゼは彼を Schönhauser Allee へ引き戻し、突然ベルリンの夜の生活を知りたいと言った。彼等は U. Plenzdorf 脚本の映画『パウルとパウラ』(Paul und Paula)[33] が上映されている映画館の前に来てローゼが「私達はパウルとパウラよ」と言い、それに対しパウレは「ベルリンには夜の生活はない、ベルリン人達は働き、食べ、眠り、彼等の土地へ行き、そして結局死ぬのだ。未だ死んでいない人達は死者慰霊日に彼等の死者達を訪ねるのだ（中略）。私達の都市Mにむしろ夜の生活がある。[34]」と大都会の閉鎖状況に触れるが、一人の男に芸術家達の出入りする「鷗」(die Möwe) または

「ヨハニスホーフ」(Johannishof) へ行くように示唆され、前者へタクシーで行き、クラブ会員でない故、一度入場を拒否されるが、或る奇妙なMüleという男の仲介で入り込むことに成功する。その豪華なクラブで二人は高級で美味な料理を飲食し、楽団による音楽を聴き、踊り、満喫するが、三人の俳優達を眼にし、彼等を凝視して、一人に嫌みを言われて彼は反撥して舌を出し、ボーイより彼等の席は閉められると言われ、酔っぱらったローゼを抱き上げ、そこを出る羽目になる。彼は彼等にやたらと金を請求し、金も出さずに飲み食いするMüleの為に休暇旅行用に用意していた全財産を散財した。此のクラブの描写は詳細で興味深く、Müleなる他人の懐をあてにする人物の描写も同様である。結局彼は現金を使い果たし、タクシーで彼女を送り届けるが、小切手での支払いを拒否した運転手にはローゼの父より金を借りて払うことになる。彼は彼女をベッドまで運び、靴を脱がせて毛布を掛ける。彼女の父ウィリー (Willy) は何が起こったか知りたがり、彼は彼女がベルリンの夜の生活でほろ酔い気分になったと答え、彼女の母か姉妹と思われるHedwigは酔っぱらった彼女に驚く。

作家は社会主義国にも特権階級の為の、庶民には遠い高級クラブがあることを示唆していると思われるが此処にもStasiの批判はない。

第一〇作目を書いているのは西へ移住する以前のGünter Kunertであり、タイトルは『晶洞』(Die Druse) で、ベルリンという大都市描写であり、登場人物のいる物語ではない。彼は運河の上に立つオランダの居心地の良い建物やブダペストのユーゲントシュティールの家々やダウンタウン・マンハッタンに於ける絵のような三階建ての建物の特徴を述べ、それに比較して彼等の都市ベルリンは灰色でみすぼらしく、「此の都市に就いておそらく歌は歌えるが、賛歌は歌えず、此の都市に就いてその外面的な現れ方はその特有な現れ方ではないと我々がともかく何となく感ずる。」と述べ、「石の建物に相応して、鉱物学上の或る比較をこの都市は晶洞の鉱物学のように特徴付けられよう。外側は単調で目立たず形成され、内側は意外で驚くほど一種の結晶化なのである。[35]」と先ず語る。そしてWerner Hegemannが名付けたかつての最大の殺風景な世界の団地アパート、此の石造りのベルリンは中心部を空爆で破壊されたにも係わらず、その石造りがなお相変わらず存在していると記し、更にベルリンには常になお以下のWalter Benjaminの言葉、

「団地アパートは住むのにどれ程恐ろしくても、何処にも見られぬ程、それらの窓に悩みや犯罪のみならず、朝日と夕日が或る悲しげな大きさで反映した通りを造り出し、階段の吹き抜けとアスファルトから都市住民の幼年時代は、家畜小屋と田畑から農民の子がずっと前から失われることのない本質を引き出したように、本質を引き出した。[36]」が当て嵌まると書く。

此処で語っているのは平民のベルリンの地域であるとKunertは言い、そのような本質は動かぬ水の如く、水面を支配するのと同じ光に丸形窓ガラスを通して浸透された建物の上がり口から屋根裏部屋までにあると述べ、階段の吹き抜けの孤独を強める街路の騒音が入らぬ分厚い窓や、六〇年七〇年の時の流れの中で染みついたキャベツや石炭の臭いに就いて語る。彼は更に大きなタイル張りの暖炉のある部屋や暗い部屋の特徴、よそ者にとっては幽霊の出るようなそれらの部屋を新聞広告により古い子供の玩具を求めて訪ねるよそ者に就いて述べる。また二人の子供達のように長いこと一緒に住み、一方に死なれた老婦人達の話や、六四年間も確固として一家族が住んでいた住居に失われた時代が再び見出されることも語られる。何故ならベルリン人達は定住する民族で、移住するのを嫌い、他の大都会とは対照的に彼等の家や通りや隣人や様々な店に結びつき、そこから離れたくないのだと作者は述べる。Kunertはまたベルリンの特徴を、Tucholskyがまだ知っていた地区によって異なるジャルゴンはもはやなく、その住居地区から一度も出なかったベルリン人達の数も少なくなったが、それでもせいぜい周辺ではない地域から相変わらず都心へ出かけることに、そして年に三、四度しか都心へ行かない人々が住んでいることに見る。彼は更に密かに存続したKäthe Kollwitzのアトリエの住居やその裏窓から見えるベルリン最古のユダヤ人墓地、何処に埋葬されるかも知らず、ナチスによる最終的解決策初期に死に、そこに葬られているかも知れぬ彼の祖母に就いて叙述する。

彼によれば都市の更新に促進されて、都市の特有な本質、その取り違えようのない特性はその住民達の中に隠遁し、その具象性を失うのであり、そのような住民は平凡な顔をした知人のように見え、家々の中庭にも、Münzstraßeの狭い昼間の場末の映画館に見られるのである。それらの映画館はかつての輝かしい平凡さ、犯罪の潜伏する過去の影として数年前、最終的致命傷を受ける迄、露命をつないできたとKunertは語る。またそのような人相はCharlottenstraße

49 の Luther & Wegner の地階レストランにも見られると彼は具体的に述べ、そのレストランと E. T. A. Hoffmann や Devrient の幽霊の係わりに触れる。また彼はそれらの人相とブランデンブルク門の空洞の古代建築様式アーキトレーヴでも出会うと語り、一八九三年の『学校と家庭の為の郷土誌』(Eine Heimatkunde für Schule und Haus) の記事を引用し、ナポレオンによる門上の四頭立ての馬車に乗った勝利の女神略奪にも係わるこの門の歴史に触れる。また門上にあったと言われたスパルタキスト達やノスケの兵士達やカップ反乱者達、更に国防軍や赤軍兵士達の銘文が消されている事実にも言及し、門上から眺める西側の戦勝記念塔や東側の赤い市役所に触れる。

ベルリン人達の本質は Oranienburg, Auguststraße のカーテン屋のカーテンを脚立の上で張る女性にも見られると具体的に Kunert は述べ、平民のベルリンはシュレーバー菜園や小菜園地域にまで広がると語り、そこでめぐり会う生活を詳細に興味深く彼独特の手法で描写する。また更に郊外の Biesdor, Heinersdorf, Mahlsdorf 等の住居に残る宝物と言える雑貨、例えば一八九六年の Treptow で開かれたベルリン産業博覧会に於ける特有なアコーデオンの説明書とか煙草ケースの中にある動物達や人間達の形をした砂糖衣の人形からなるパラダイスに就いても語り、それらの雑貨は或る意味では寄せ集めた物や何かを長年に亙って付け加えてきた雑貨のあずまやと同じで、我々は Georg Grosz より Heinrich Zille のスケッチを思い浮かべると述べる。

彼はベルリンという分断された都市のパノラマが我々の前にあると述べ、自己の罪により分断され、「此の都市はローマではなく、その背景は帝国ではなく、その没落は数世紀に亙る文化と文明の没落ではない――どんなに努力しても類似していない。我々の都市は歴史の中心点でのかなり長い輝かしい存在の後に初めて徐々にその意義を失った他の首都のように、その約束とその要求をただ完全に満たすことが出来なかった。この挫折と欲求不満が正に平民のベルリンの社会的伝記によって暗くされ、その住民達の精神により受け入れられ、正当な識別力なしに、重要な並びに重要でない事物を拾い上げ、維持し、大切にし、手入れする傾向に(取り分け)示されており、或る軽い病的な収集癖であり、極端な場合無価値な物への偏愛であり、社会学的にはともかく束縛されていない。(37)」と Kunert は痛烈にベルリンの特徴を抉り出す。そのような例として Kunert はベルリンの階段の吹き抜けがある住居に於ける具体的例を挙げる。
　このベルリン論とも言える作品の最後で、Kunert は W. Benjamin が或る優れたベルリンに関する本の評論で「失われることのない本質」として特徴づけるのは「本来、失われた物に対する、戦争がなくても大都会が絶えず被る全くもはや数え上げられない損失に対する意義である。」と述べ、「それ故に我々は失われた物の対象の中に自らを保証しようとし、我々は今一度失われた物を手に入れようとする。[38]」と述べている。そしてそれ以外に平民のベルリンで何が発見出来るのか？と自問し、改めて W. Benjamin の「そしてベルリン人が先ずその都市でネオンサインの約束事以外の約束事を探せば、それはベルリン人の心に成長するであろう。」という言葉を引用し、「それは今日も有効であり、今日初めて正当なのだ」と述べ、「それは真実という約束事であり、それ以上でもそれ以下でもない。探せよ、そうすれば見出すであろう。[39]」と此の興味深く、示唆に満ちたベルリン論を Kunert は閉じる。此のベルリン論に対する Stasi の論評はない。

（Ⅵ）

　第一一作として登場するのは、Jürgen Leskien の『聖木曜日』(Gründonnerstag) であり、短い作品である。Jürgen Leskien は此のアンソロジーに収録されている Stasi の記録文書、七五年一一月二五日付けでＩＭ》Hermann《が今後の接触を示唆し、事実七六年一月二九日、当局側の作家同盟中央幹部後進担当係の Erika Büttner と対談し、アンソロジーへの参加を撤回はしなかったが、或る程度の協力をした作家である。[40]
　物語は八年前に旋盤により一本の指を失い、それ故に Kralle（指先）と呼ばれている三五歳の旋盤工を主人公にしている。彼は当時の妻でドイツ語と歴史の教員 Annemarie と今は離婚しており、その八年前に生まれ、元の妻に親権が認められた娘 Katja に、発育と教育の為にという彼女の主張が国民教育課に認められた故に、会うことを禁ぜられている。しかし今、彼は納得が行かず、水曜日と金曜日は、正午直前に工場を抜け出し、自転車で娘の通う学校へ駆けつける為、職場の時計ばかり気にするのである。此の日も彼はそれを敢行し、自転車で突っ走り、シュレーバー菜園を通り抜け、公園の外れで自転車から降り、意気を切らして丘を駆け上る。そこで彼が双眼鏡で眼にしたのはグレーの建設現場の塀で囲まれた娘の学校であり、彼等がその囲いを築いたと知り、全ての努力が無駄であったと彼は思う。彼は塀の所へ行く。塀は高く長い。見えるのはジャングルジムのみである。彼はその剝がれやすい板を探すが、塀は堅い。差し当たって彼は鉄道高架線の側の庭園風レストランの籐椅子に座り考える。彼と娘との接触を禁ずる為の囲いとは！「それは子供等を生から遠ざける。[41]」と。

此の辺りより作者の、女性の権利を重んずる余り、男性や子供が蔑ろにされるDDRの事態への批判が読み取れないわけでもない。そのような描写はその後も続く。彼はコーヒーを飲んでから、午後に錆び付いた一本の水道管を見つけ、塀の板を音を立てて引き剝がし、内側より驚いて見ていた老守衛を無視して侵入する。校舎の階段の所で彼を阻止しようとするその男を押しのけ、何処かで誰かがピアノを引いている校舎の廊下を歩き、娘のいるべき教室へ行く。しかし授業は終了しており、教室は空である。そこで彼は娘に思いを馳せ、娘の席へ行き、座り、両腕の上に頭をのせ、ピアノの音を聞く。そこへ例の老守衛が背の高い警官を連れて来る。ピアノの音が止む。一緒に来るよう警官に言われた彼は、守衛の背後に彼の元妻 Annemarie を見る。彼女が事態を私達に任せて下さいと言い、老守衛が Kralle の不法侵入と彼を押しのけた際の暴力を体の青痣を示して訴えるが、結局、警官は囲いの外で事情聴取をし、Kralle が説明し、警官は六歳の彼の息子が九月より此の学校へ通うことを述べ、剝がれた塀の板を石で直し去って行く。

物語はその後の成り行きを示すことなく、翌朝 Kralle が「では私の時間から三、四時間、引いておいてくれ。どちらでも良いが。そう、そして私は新しい学校のジャングルジムを塗ってくる。あの公園の所の。あそこに彼等はともかく建てるのだ。[42]」と言い彼と娘のことを知っている作業班の同意と支援を受け、前日取り上げられた自転車の代わりに、同僚の自転車で出発する所で終わる。此の作品に対する Stasi の批判は全くない。

『ベルリン物語集』の第一二作として収録されているのは、此の物語集、三人の編集者の一人として、一貫して当局よりマークされ、批判の対象に晒されてきたU. Plenzdorfの作品『下にも遠くにも』(kein runter kein fern)である。此の作品の固有名詞以外は名詞動詞を問わず多くが小文字で書かれ、大文字で記される名詞もあり、ピリオド、コンマは文章によってはあるべき所に打たれておらず、語り手の主語が大文字のICHであったり、小文字のichであったり、また二人称、三人称も大文字で記されたり、小文字で表記されたり、rocho, rochorepocho, rochorepochopipoar, EIKENNGETTOSETTISFEKSCHINの如き私には意味不明の言葉も随所に挟まれ、その上、三人称が何を支持するのか判断困難な所もあり、幾つかの文章理解に拘泥し、一五頁に亙る作品を読み通すのに、苦労する。

しかし全体を読み通して理解しうることは、主人公がMAMAと呼ぶ母が西側に亡命し、彼の兄弟と思われるMICK, Jonn, Bill三人も西ベルリンに移住し、東側に来ることが東側の当局に拒まれているMICKに会うために、語り手の主人公は、ベルリンの壁に近くて、全ベルリンから見える高い西側の象徴的建築物Springerhausの屋上に立つMICKに会う為に壁際へ行くのである。そしてMICKに会いに行った今、東側ではＤＤＲ建国二〇年を祝うパレードが、MICKからはさておき、主人公から見て、下でも、遠くでもない場所で開催され、それに参加出来ないことを残念に思う東側に残ったもう一人の兄弟、警察官Mfredは無骨者として描かれる。語り手の狂った語りとは対照的に、そのパレードの描写は通常の文で表現され、棚引く赤旗、鐘の音、行進曲、Walter Ulbrichtを先頭にした壇上に並ぶ党と政府の代表達、陸海空軍の兵士達、我々の労農国家、我々の首都、マルクス・エンゲルス広場等々が読み方によっては無味乾燥なパロディー化された言葉で書かれている。

その上、此の正常な文で表現される示威運動の場面は此のかなり長い作品の中で、狂人と取れないわけでもない主人公の語りの合間に再三登場する。また、「私は一人の男を知っている。その男を彼等（注・ＤＤＲ当局）は採用した。ノーマルかどうかの試験に受かれば、ポーランド、チェコ、ハンガリー、ソ連邦の首都が何か、それが、ワルシャワ、プラハ、ブダペスト、モスクワであると知っていれば。[43]」という表現や、Mfredが自己を変えようと思ったら、「彼は私に西のチューインガムを買うべきで、住居に西の物は何も置いてならぬとか、西は我々を側面から攻撃しようとしているとか、言うのを止めるべきだ。MICKは側面から攻撃しようとしないし、BillとJonnもそうである。そして西では行きたい所へ行けるし、西では欲しい物を買えるし、西では彼等は自由であり、MAMA は西にいる。——お前達の母は共和国を裏切ったし、我々三人は今、全く一緒で、今は協力し、家計も共同だ、と MICK は毎日三度、言わざるを得ない。[44]」という表現は当然 Stasi や当局には受け入れられないものである。更に「精神薄弱はしかし、資本主義の、いや待て、資本主義の或る結果に過ぎない。社会主義では何処に精神薄弱の温床があるというのか！　社会主義では何処に癌の温床があるというのか？　癌は或る病である。精神薄弱もそうである。[45]」という言葉を文字通りに受け取る人はいないであろうし、Stasi や当局もそうである。そのことは七六年三月一二日付けの Renate なる人物の作家同盟第一書記 Gerhard Henniger 宛の書簡に明らかであり、[46] 此の人物が Plenzdorf はひどい物を書き、それはほんの少数の消息通に解読されると作者は知っており、一般の読者も文学通もどうすることも出来ないと語っているのは正に正鵠を射ており、私が理解しがたいのも当然と言える。これが正に当局の Plenzdorf に対する批判的姿勢である。

此の人物はまた此の作品の主人公が、MAMA という言葉を連発する所に、いつも安全な母胎に回帰する病的欲望を見て、そこに世代への憎悪、父親憎悪を見ているのは当局の立場から言えば当然であり、[47] そこに Plenzdorf が体制批判を託していることも納得がいく。また主人公が西側にいる母親の手引きで当局に気付かれずに、壁を越え西側に移住することを夢想する場面もＤＤＲにとっては批判の対象となろう。[48]

此の作品集の第一三作は当局よりやはり批判の対象としてマークされていた編集者の一人 Klaus Schlesinger の『青春の終わりに』(Am Ende der Jugend) である。作品の舞台は六一年八月一三日のあの東西ベルリン境界封鎖当日であり、主人公は二四歳の血清学研究所の技術助手 Gottfried で、当時やはり同年齢であった作者を髣髴とさせるものが十分にある。当日の朝、彼は夢を見る。両親の部屋のベッドに座りその住居のドアを叩かれ、彼の知っている声で名を呼ばれるが、麻痺した如く身動きが出来ない。しかし夢の中でそれはドアを叩く音ではなく、箱形大時計の中の音であることに気付き、そこから跳びだした小さな筋肉質の人物に入れ墨入りの手で首を絞められる。その夢には人で一杯の教室や黒い衣装を着て厳しい視線で講壇の背後より、二人の看守に付き添われたベンチの上の彼を見つめ、彼が誰か問いつめる以前の英語の女教師が現れる。ある種の悪夢であり、此の作品の重要な人物 Martin も登場し、看守の方に屈み、彼に「心配するな！　私はお前が問題の時点に俺の所に居たといずれの場合にも証言するだろう！」と言う。Martin は彼の左肩に手を置き、彼は最初は安堵感を抱くが、それはあたかも彼の中で誠実な感情が損なわれたかの如き狼狽に変わる。そこで再びドアの音がより強くなり、彼は現在の彼の住居で目覚め、ドアを開けると、予想した Martin ではなく Rosenberg が居て、急いで研究所に行こうと即し、事件を未だ知らない彼に早朝国境が閉鎖されたという。夢事態がこの日に起きる出来事を暗示している。

彼が外へ出ると、街路は国家の記念日以外に見られない多くの人々で溢れ、彼等はグループをなして国境の方へ信じられないという顔付きで走って行く。彼は初めてベルリンへ来た時の、その街の灰色で重苦しい敵対的雰囲気を思い出し、Martin を訪ねるが会えない。此処で作者は Martin の隣人 Erlwein 夫人の、街に兵士が溢れている状況を見ての戦争への危機感、彼が電話をした映画俳優 Manfred Schwager の不在とその夫人の戻って来ない夫への泣きながらの危惧、街を走る軍用トラックと兵士達、ＤＤＲのプロパガンダとしての横断幕、至る所に見られる武装民兵隊による横断禁止、頭を振り、腕を激しく動かす両側の民衆を描写する。親戚の通行を心配する女性達。此処は当局や Stasi にとって決して望ましい叙述とは思えない。家へ一度戻ろうとして、彼は Martin に途中で会い、飲み屋へ二人は入る。そこで会話をする二人に背の高い酔った大戦以前からの建築労働者の職人頭が絡み、彼等が此の街を築いたのに、奴らが今駄目にするとＤＤＲ指導部を非難する。そのように事態を見るべきでないという Martin がベルリン出身でないことを理由にその男は反論を封じ、近くのテーブルの仲間が命に関わるぞと遮るにも係わらず此の街ベルリンを駄目にする犯罪者達として顎髭男、つまり当時のＤＤＲの国家評議会議長 Ulbricht のことを口にする。そのように事態を見るべきでないと繰り返す Martin を別の男が押し、ビールがこぼれ、グラスが割れ、Martin と主人公 Gottfried は男達に囲まれるが、飲み屋の主人の介入で二人は外へ逃れる。此の場面の描写も当局には歓迎されないと思われる。

午後四時、彼等は東西ベルリンの境界に接する研究所の病院に到着する。Martin は傷を負い、血を流している。そこにも武装民兵隊がいる。此処では彼等以外に様々な人物が登場する。長と思われる Racholl、負傷に気付く Rosenberg、傷の手当てをする Schnabel 博士、実験助手の Messemer である。病院の西側は境界線であり、主人公 Gottfried の実験室の窓からは行軍用装備とマシンガンを装備した国境警備隊が行進するのが見える。「私は思うのだが、此の日は此の国家が建設されて以来、最も重要な日である。そう、おそらく此の日はドイツ社会主義国家の真の誕生時ですらある。[49]」と Rosenberg は語り、誰も異論は唱えない。しかし Schnabel 博士は早朝より Wilhelmsruh から Potsdamer Platz 迄全境界を走り、Pankow で、東側が、角の家を占有するのを忘れ、人々が一時間たっぷり東側のドアから入り、別のドアを通って西側へ再び出て行ったことを語り、ドクター試験受験者は通りの一方の側の家々の正面は東に属するが、その前の歩道は既に西側に属していた Bernauer で人々が窓からマットレスや羽布団の上に飛び降りたこと、一人は五階からすら飛び降りたことを耳にしたと語る。[50] 現在の我々にとっては既知の事実であるが、七〇年代に此のことを作品の中に記載することはやはり当局や Stasi にはチェックするに値したであろう。「遅かれ早かれそのようなことは分かりきったことだ」と断定する Rosenberg に対し、ドクター試験受験者は最近毎日三千人が西へ移住し、そのカーブが上昇している事実にも触れる。しかし今やそれがゼロになるという Rosenberg と、Martin と自分を除いて喜んで笑う同僚に対し、実験助手の Messemer が述べる以下の意見は、笑わなかった暗示的な Martin の姿勢と共に此の作品の重要な点であると言えよう。「私は貴男方がそのことにどうして笑うのか判りません。私がそれに反対でないことは判って下さい。私はただ、去ったり窓からすら飛び降りるそれぞれの人間の背後にはしかし運命があると思うのです、……私は各人がともかく何かであり……そう……或る種の権利を……そう……自分自身と自分の生について持っていると思うのです。[51]」Rosenberg は当然、その意見をブルジョア的だと斥け、移転の自由等は彼等の国を体系的に破壊すると言い、階級闘争を強調し、Messemer を黙らせる。Schnabel 博士の、彼は原則を述べ、個人と社会の矛盾を考えているという取りなしも無視し、Rosenberg はその矛先を Martin へ向け彼の意見を強引に聞こうとする。Martin は優れた血清学技術者であり、周囲から認められている。彼は煙草に火を付け「一人の人間がその前に立たされるべきでなかった二者択一がある。[52]」と述べ、満足というより憤慨する相手にそれ以上は語ろうとしない。その時、電話が鳴り、Racholl が研究所の病院の、直接境界に接する北西部の放射線部へ行くと言い、彼等も行くことにする。

彼等は、ほんの僅かで境界に達する通りに面し、閉鎖されていると知っているドアの前に到達する。Gottfried はそのドアを開けると何が起こったか知っていたらその取っ手を下ろしたかどうか現在でも自問するが、それを為し、日光に眩しく晒される。Martin に背を押され、前に進む。Martin は歩道に通ずる階段を二段下り、彼の前へ行く。Gottfried は右側六、七メートルにはマシンガンの武装民兵隊とトラックを見る。そこでは四つ目格子による境界封鎖が民衆と彼等の間で行われている。左側の運河に架かった橋の上には西側の警察官とフランスのジープとカメラをぶら下げた報道員達がいる。彼は官庁の建物の側面や木々や人々を目前にし、埃や運河の水や晩夏の臭いに包まれ、複雑な気持ちで右にも左にもそれ以上進めず、彼の方を振り向いた武装民兵隊に引き下がるように叫ばれる。西側の警官からも周囲の民衆からも目覚めた、緊張した暗示的視線を向けられ、報道員に写真を撮られる。Martin が彼から離れて行った時、彼の麻痺したような状態、無効な奇妙な感情は失せ、Martin にいつもの如く機械的に続こうとするが結局彼は萎縮し、妻の Marie を思い出し決断しない。全ての人が Martin の方を見て、彼は存在しないかの如くであり、故に彼はゆっくりと後ずさりし、後ろ向きに階段を二段上り、背後にドアを感じ、取っ手に手をかけた時、彼は顔を左に向け、Martin が橋を渡り、報道員と警察官に囲まれ、激しく身振りをする人々の渦の中に沈むのを見た。一方彼は気付かれずに病院の建物に戻る。夜、家に戻った彼は眠っている Marie の隣の床に入り、彼女の寝息や時計の音を聞き、手足が重苦しく硬直した如く感じ、彼女の髪に触れ、彼女が寝返りを打った時、呼吸を止める。そこで朝と同じ夢を見て、同じ Martin の台詞を聞く。やはり最初は安堵感を、次に狼狽を思い出したが、今やその狼狽が何故起こったのか知ったと述べ、以下の彼の言葉で此の作品は終わる。

「私は自分が全く大声ではっきり言うのを聞いた。私が事実上は Martin の側に居たことを、そして何故彼がそのことをあたかも私のアリバイを友情から支えるかの如く人々の前で、それが事実であり、それが真実であると言わないのか理解出来ないことを。真実と自分で言うのを聞き、その言葉は壁から百倍にも分裂し私に戻り、私は痛みの余り両耳を押さえざるを得ず、両目を閉じ、あたかも何か非常に硬く持続的な物が私の中で分裂したかの如く感じた。それから私は眠り込んだ。[53]」

何処から見ても当局とStasiに好ましい作品とは思われない。

(Ⅶ)

第一四作として登場するのはRolf Schneiderの『ハンナ』(Hanna)である。彼は一九七五年一二月、IM《Martin》によって此のアンソロジーへの参加を思い止まるように暗示され、それに応じると語り[54]、結局は参加した作家であり、ハンナという少女を主人公にした此の作品の内容は平凡である。壁構築前のベルリン郊外東ドイツの緑地に住むハンナは、自然を楽しみ、読書をし、ベルリンに向かう都市鉄道の音を耳にする生活を送っている。その地域は夏向きのバンガロー式住宅を改造した住居が多く、戦前ベルリンの借家に住んでいた人々が空爆に会い住むようになったのであり、そのような自然と生活を作家は描写する。

彼女の兄弟姉妹の父はそれぞれ違い、彼女の現在の父は義父であるが、西ベルリンのジーメンスの労働者であり、それ故に、給料の一部を西のマルクで貰い、老人達とその死が多い此の貧しい地域でも西のテレビのコマーシャルにある商品を手に入れることが出来る。ハンナは従って西ベルリンのCharlottenburgやTegel, Neuköllnに行くこともあり、それは彼女には別の世界であり冒険であった。市電の乗客は先ずベルリン市との境界で制服の警官による身分証明書の検査を受け、市電の終点より都市鉄道に乗り換え、三〇分以上走り、西側との境界の鉄道駅Friedrichstraßeで再び検問を受け、そこでは大きな荷物を持った乗客が降ろされることがある。拡声器は民主主義ベルリン最終駅と知らせ、その先は西側で、Tiergarten、高層建築の多いHansaviertel、Zoo駅と続く。Zoo駅の混雑の中では、両手をポケットに入れた男達が西対東という言葉を、祈り言葉のようにしぶとく呟いているような時代でもある。ハンナは西ベルリンの排気ガスの臭いや、繁華街GedächtniskircheのRELATED屋台の焼きソーセージやケチャップの香りを嗅ぎ、WittenbergplatzやHallischer Torの豪華なデパートで母に手を引かれ、暖かい乾いた空気や石鹸、光沢仕上げ剤の臭いに目眩を感じ、それには玩具によるファンタスティックな疼きも、硬貨で白い自動販売機より手に入れるソフトアイスも助けにならない。

或いは彼女は兄 Werner と西ベルリン Kurfürstendamm の明かりと色彩豊かな映画館ではないが、占領地区境界線近辺 Neukölln の Kochstraße や Karl-Marx-Straße の場末の映画館へ行き、西部劇の決闘場面に恐怖を抱き、夢に見たりする。両親、全兄弟姉妹と日曜日に行く Tegel の Havel 湖では泳ぐ人々やヨット、モーターボート、釣り師を目にし、ジャズを聴き、父のかつての戦友が経営する野外レストランでは、その戦友や他の仲間とビールを飲み、談話する父の姿を見る。彼女は経営者からただで貰った皿入りのアイスクリームを食べ、椅子から離れ、垣根越しに湖を眺める。最後に此の作品は次の文で終わる。「向こう岸には藪や木々があった。それ程遠からず、そこへ泳いで行くのにはそれ程苦労もせず、時間も要しないだろうが、誰も試みなかった。何故なら樹冠の向こうに一つの監視塔があったからだ。そこは境界で、その背後に彼女、ハンナが住んで居た国があった。彼女は、大人達の会話のこちらとか向こう側とか言った言葉全てを完全には理解しなかった。彼女はただそういう物があったということのみ知っていた。彼女は野外レストランの垣根の所に立ち、Havel 湖を見た。彼女はしばし退屈を感じた。彼女はまたすぐに草臥れた。[55]」

正に起伏のない平凡な内容の作品ではあるが、その舞台は西側世界中心であり、東側住民の西の豊かな生活と文化への憧憬を描写していると言えないわけでもなく、最後の引用文も含めて、このような作品が危険な作品として東側当局の注目を引かなかったのかと考えてしまう。

続いて収録されている第一五作は Dieter Schubert の『五つのかなりファンタスティックな物語』(Fünf ziemlich phantastische Geschichten) であり、短い五つの物語からなる。最初の話は『弾道学』(Ballistik) で、主人公(?)は私(サッカーボール)の広範囲な友人の中の出来たら生存中にサッカーボールになりたがったテニスボールである。彼等が子供達が遊ぶ広場で会うたびごとに、既に表面が擦り切れ始めた後者は前者が大衆の間での人気と競技の際に唯一使用されるボールであり、蹴り損なっても変えられないことを羨む。或る夏の午前、私は Cantianstraße のスポーツ場で彼に会ったが、彼が話しかけなかったら、彼を間違いなく認識出来なかったのだ。彼が脹らんで、サッカーボールの大きさになっていたからだ。彼は自分以上のことをしなければならないと私に言ったが、彼は十代半ばの子供達にパスされ、ドリブルされ、ウィングからセンターに投げられ、ヘディングされ、シュートされても、常に外れゴールネットへ行かない。それどころかネットを遙かに超えた。少年達は諦めて広場を去る。テニスボールとしての習性を超えるのには時間がかかるというわけである。単なるファンタスティックな物語として読むべきか？　或いは大衆は容易に撰ばれた者になれないという暗示なのか？

二番目の物語は『短い夢』(Kurzer Traum) で、私は夢の中で一台の夢の車を発明し完成した。それは、事故に遭いそうな時、オートマティックに機能し、それを直前に避けたという特徴と排気口からは新鮮な森の空気と草原の空気を排出した特徴を備えていた。故に、その輝きのない外見は問題になるとは思いもしなかったのに、Unter den Lindenから来た引き取り委員会は、その議長の問いに私が答える以前に、私の完成した車に目もやらず、私の車の隣にあった漆黒で光沢豊にラックを塗られた流線形の豪華なリムジンの方へ行き、私の昔のラテン語の教員に似たその議長は「素晴らしい」と叫んだ。そのリムジンと議長を取り囲んだ委員達も「そう、素晴らしい」と繰り返した。ラテン語の教員の場合は私がラテン語をうまく引用出来なかった時、皮肉を込めて「素晴らしい」と言ったのだが。更に議長が「非常に代表的な車だ」というと、その言葉が口から口へと繰り返される。最後は「代表的」(repräsentativ) から、繰り返されるその言葉の後半 (...präsentativ) を経て、「馬鹿者『現在形』(Präsens) だ、『未来形』(Futurum) ではない！」と教員は言った、という言葉遊びがあり、私は夢を見たのだ、で此の作品は終わる。この小品も国産車よりも外国車に拘る議長、議長の言葉を鸚鵡替えしする取り巻きへの皮肉、そして議長をＤＤＲ国家評議会議長と読むことは読み過ぎだろうか？[56]

三番目の話は『敗北者が勝ったのか、それともスペシャリストか』(Der Verlierer gewann oder: Der Spezialist) である。私はレスリングを見ている。一方はレスラーなのに他方はスポーツ選手ですらなく、レスリングを見たことも聞いたこともない男である。勝敗は明らかでその男はレスラーの肩に担がれ、倒される。そこで楽団が楽器を奏で、ダンスがある。男は立ち上がり相手に改めて摑みかかるが、彼は再び倒される。楽団は奏で、ダンスがある。また男は勇気を出して……、ということが繰り返され、「一七回の勝利の後、『好きにするが良い』とレスラーは言い、急いで会場を去る。彼は多分世界をもはや正しく理解しなかった。[57]」でこの作品は終わる。一七回とは？　世界をもはや正しく理解しなかったレスラーとは？　負けても負けても屈しない男とは民衆？と考えてしまう。

四番目の作品は『待望の子供であったのだが』（Beinahe ein Wunschkind）であり、ベルリン及びその周囲の至る所と同様に、Schönhauser Alle に住んでいたスポーツに熱狂的な夫婦が、一六〇センチ前半の大きさであったが故に、とりわけ大男達のスポーツ、バスケットボールに熱中し、妻が妊娠した時、背の大きな男子を望み、バスケットボールの選手にしようと思ったという所から始まる。望み通り男子が産まれ小さかったが、栄養分で日増しに背が伸び、一二歳で父を越え、居間の棚の上に置いたバケツに父より、より多く球を入れた。家族は全てのバスケットボールの試合を観賞し、息子が一九二センチになった時、スポーツクラブへ入れ、トレーナーはその息子の大きさと実践的、理論的知識に驚く。彼は生まれながらの選手となった。しかし或る春の日、彼はやはりスポーツ好きな最初の恋人と競馬を見に行き、如何に小柄な騎手が馬で走ったかを見た。「悪魔のように、彼等は走ったと思わない？」と彼女が言い、彼もそう思った。「その日以来、彼は以前に当然で良く正しいと感じていた多くのことを疑った。そして試合ごとに彼のポイントは少なくなった。[58]」と作品を締めくくる。東ドイツのスポーツ選手優遇策への風刺か？

第五の話は『青の驚異』（Das Blaue Wunder）である。東ベルリンのスポーツクラブで青いパンツと驚異的な目の良さで「青の驚異」と呼ばれていた新しいボクサーが Pratergarten で戦うのを私は見た。彼は相手が打とうとすると素早く見抜き、三ラウンド一発も撃たれぬが、相手の頭に軽い打撃を五、六発与え、採点でポイント勝ちを得た。しかし、本格的な K. O. を望む観衆は口笛を吹いて不満を示した。「彼には闘争本能がないし、危険への勇気が欠けている。[59]」とスポーツジャーナリストが言った。党のスポーツ関係役員もトレーナーも似たようなことを望み、此の彼に欠けている特性を教え込む努力をした。その上彼はいろいろとだらしないのでそれも直そうとした。半年後私が彼をリングで見た時、右か左か忘れたが、あの目の良さを失い、有能にしっかりと闘い、がむしゃらさと危険への正当な勇気を示し、勇敢に相手を打ち込んだが、相手にも勇敢に打ち込まれ、最終ラウンドでほぼ K. O. される所まで行ったが、ふらつく足で再び闘いそれでもポイントで勝ち、人々は熱狂した。個々人の特性を奪う画一的教育への作者の非難と見えなくもない。D. Schubert は東独の政権党、社会主義統一党（ＳＥＤ）文化政策を公に批判した故に、一九七六年作家同盟から除名されたが、此の作品への当局及び Stasi による批判は見られない。ファンタスティックの物語という形式を取っている故であろうか？

第一六作は Helga Schubert の『今晩』（Heute abend）であり、仕事を持った或る女性の終業時間後、帰宅迄の短い時間の平凡な出来事を描いている。一日中雨が降った後のまだ湿っぽい、濡れ落ち葉が歩道に張り付いているベルリンの街を彼女は仕事部屋の開いた窓より眺めた。その日彼女は非常に疲れを感じ、出来ることならビロードの幕で閉じられ、何も聞こえず、何も見えない輿で運ばれ、家では熱い紅茶を出され、安楽椅子に寄りかかり、何も話したくないと思う。或いは腕を組み、目を閉じ、家へ連れて行かれ、何事にももはや責任を負わされず、完全に放任されていたいと思い、或いは、以前彼女が仕事を終えた母親を都市鉄道の駅で時には一時間も待って迎えたように、迎えられたい、途中迄でもと思い、或いは家で待機され、ドアを自分で開きたくないと思う。しかし、家に電話をかけると、まるで期待されていたみたいに、まだ誰も帰っていない。彼女が職場の出口のドアを堅く閉じた時、守衛詰め所には既に誰も居ない。彼女は上述の理由により急いで帰宅しようと思わない。一人の同僚は彼女を追い越し、市電の方へ急いで行く。彼女が少女時代のことを思い出しながら歩いて行くと、西ベルリンナンバーの古い型の白いメルセデスに乗った男がコーヒーへと誘うが、彼女は断る。彼女は彼の生活を想像する。昨日、刑事に自殺したと思われる老女のことを聞かれた馴染みの八百屋の所を今日は通り過ぎ、都市鉄道の駅へ来て、急いで階段を上り下りする人々を見たが、彼女には乗るのに早すぎた。故に彼女は市場用のホールを抜けての道を家の方に向かって歩いた。市場の入り口では料金を払って体重を量り、ガラス商品店、靴屋を覗き、缶詰めの魚を試食し、多くの店が閉まっているのを確認した。彼女等の住居が見えた市場の出口の所へ行き、階を数えて上の方を見たが彼女の階はまだ暗かった。そこで更にショウウィンドーを覗く、缶入りソーセージ、大型冷蔵庫、小さい菓子類。閉館直前のハンガリー文化会館で絵画展を観て、説明を受け、子供が成長し、夫が死んでから七〇歳で絵画を描き始めたグルジア女性の絵画を鑑賞し、その画家に会い、皆と共にシャンパンを飲んだ。彼女がその文化会館のドアの前に立ち、再び階を数えて彼女の住居の窓を見た時、明かりが灯っていたのを見た。彼女は十字路を越え、噴水の脇を過ぎ、ベンチや椅子の所を通り、彼女等の住宅地の前のステージ、ソーセージやサイダーの女性の売り子、酔っぱらい、旅行客、停車中のバスの側を過ぎ、住居の壊された窓ガラス附き入り口を抜け、百番程の番号のある呼び鈴付きのインターホーンの所を通り、切断された非常呼び出し電話付きエレベータ室へのドアを開け、名札の剥がれた百程の郵便受けの前を過ぎ、エレベータを待つ人々の後に並んだ。彼等は途中で止まってしまった別のエレベータからの叫び声と拳で叩く音を聞いたが、待っている人の一人が管理人へ連絡したというと静かになった。彼女は来たエレベータに乗り、最上階の九階で降り、廊下を走り、ガラスのドアを開けては閉め、番号付きの部屋部屋の側を通り、階段を上り、階段用吹き抜けの周囲を周り、最上階の階段用踊り場の目的地に到着した。彼女は鈴を押す必要はなかった、彼が彼女の足音を聞き分けたからだ。このような起伏に富んだ物もない物語であるが、特徴と言えば、女性も働かざるを得ない、或いは女性が積極的に職場に進出していた当時のＤＤＲの状況を示していること、そして当局にとって歓迎出来ないことは、壊された窓ガラス附き入り口、切断された非常呼び出し電話付きエレベータ室、名札の剥がれた郵便受け、途中で止まってしまったエレベータという表現に見られる老朽化した当時のＤＤＲの住宅事情であろう。

(Ⅷ)

第一七作目を書いているのは、三人目の編集者 Martin Stade で、『全てを二重に見た者について』(Von einem, der alles doppelt sah) は以下の文章で始まる。「二〇年間を通して望ましい職場をかち取ろうと真面目に努力してきた後に、彼に奇妙な諸現象が付きまとったことを突然、確認した一人の男がいた。或る日彼は女性秘書の頭を二重に見た。[60]」彼女は口述筆記の為に部屋に来て、会議用テーブルに座って居た。彼の側には半ば丸い、特注品のデスクがあり、その背後で彼は最近特殊な考えに襲われていた。「つまり、彼は時々、半ば丸いデスクが彼を完全に監禁し、いわば彼の周囲で成長するという観念を抱いた。数週間前はまだ彼はデスクから口述筆記させた。今、デスクは何本かの根を伸ばし、成長に影響した秘密に満ちたエネルギーを何処からか吸い取るかの如く彼には思えた[61]」

ともかくその日、口述筆記をしようとして秘書の頭が二重に見え、「その女性の二つの頭は、なおその上、全く異なっていた。一つは無関心で退屈していた。別の方は注意深く、職務に熱心であった[62]。」そのこと全体は、一秒間のことであったが、彼は口述筆記を先延ばしにした。彼女は出て行き、その歩みは非常に優雅で、脚は魅力的だが、その後ろ姿を見て彼は愕然とした。四本脚が二つのドアを通って行ったように見えたからだ。彼は一八階の窓より街を見下ろし、将来、全てを二重に見なければならないという観念に襲われる。彼には部屋の中の対象物も置き換えられ歪んで見えた。しかし左目を閉じ、右目で見ると全ては正当に見え、両目を閉じてから両目を明けると改めて恐ろしい混乱が起こり、その後しかし突然整理され、部屋の中の対象物は今まで通り真っ直ぐな正当な位置に戻ったりした。彼は一瞬、此の高い建物での孤独感に襲われ、如何に自分が他人について知らないか、また他人から知られていないかと感じ、人々から離れて此の街の生活と何ら関係のなかった無意味な行動を取ってきたかのような気もした。「彼は此の街を憎んでいたと言えなかったが、好きでもなかった」と彼は思い、地方から来て、数年住んでいたが、「此の街の人々と気心を通じる術を知らなかったし、そう、彼等が彼に関心を示さなかったし、彼は彼等に不安すら感じていたと彼は堅く信じていた[63]。」

彼は四六歳で、本を夜読んだりしたが、今迄は目も悪くなく健康で、朝出勤前に彼の公用車は公共プールの前に停止し、彼は一五分泳ぎ、八時にはデスクの所に座っていた。つまり彼はＤＤＲで運転手付きという高い地位にも就いていた。その彼のデスクで、上述のあたかもデスクが生き始め彼を脅迫するが如き現象が先ず始まったのだ。その上、此の日の現象で彼は彼の目か頭に問題があると考え、彼の意識は正常でなく、意識の障害と考え不安になった。しかしその後また普通の状態に戻り安心したが、また数日後会議の席で対象の二重現象が起こったのである。彼の前に座っていた四人の頭が八人に見え、しかも退屈そうな顔の四人の頭と、今迄通り緊張した表情の四人の頭である。やはり右目のみで見ると正常で、左目を開くと全てが二重になった。彼は医者には行かず、文献を調べ此の現象の解釈を始めたが、或る日、彼の職務代理人も彼に対し奇妙な感情を抱いたのではないかと思い、職場の洗面台へ行き、その鏡にやはり根本的に異なる彼の二重の顔を見て驚き、いずれの頭が彼のものかと熟慮する羽目になった。彼は愕然とし、両目を開けて窓から街を見た。つまり、「有刺鉄線によって引き裂かれている此の街を、二重に彼の下と彼の前に横たわり生きていて、彼には今や存在しないかの如く重要ではなかった此の街を見た。[64]」此の文章に、東西に分かれているベルリンに対する作者の風刺を見ることは可能であろう。ともかく彼は決心して、その前を毎日、公用車で通り過ぎた眼鏡店へ向かって歩いた。「久しぶりに彼は初めて一人で少しばかり街を通って歩き、街路の人々と出来事を観察する余暇を持った。[65]」また此の表現には、公用車で職場へ通い、一般の民衆の生活に無知な当時のＤＤＲ指導層に対する作者の痛烈な皮肉を見ることも可能であり、それ故にこそ、主人公が街でも両目で全てを多重でグロテスクな広がりと見たのは当然と解釈することも出来る。「あたかも此の都市は今既に或る恐ろしい不確かな未来へ成長して行くかの如くであり、そして初めて騒音も測り知れない物へ成長し、通りの騒音は地獄に、或る気違いじみた絶え間ない轟音と鳴動に成り、それは高いもはや区別の出来ない音へと変わっていった。[66]」ので、彼は立ち止まり、絶望的になり、人間の思い上がりの無意味さが表現されていたあの Pieter Breughel の絵画「バベルの塔」を現実として思い出した。彼は左目を開いたり閉じたりして歩き、事物の変化を体験し、彼は特殊な立場にあると意識した。彼は特殊な病気であったが、他人よりも多くを見ることが出来た病気であり、特殊な知識と、印象という断念してはならない巨大な財産を与えてくれた病気であると考え、満足して眼鏡店へ入った。眼鏡屋は彼の話しを聞き、良くある例だと説明した後、彼の両目を診察し、驚きの声を発し、彼の両目は彼の心的状態の或る意味での表現であると述べ、更に彼の症状を説明した。結局、眼鏡屋は彼の目の筋肉に問題があると述べ、特殊な眼鏡と、瞼を支える器具を勧め、その製作に時間が掛かると語り、翌日、徹底検査に再び来るように述べた。

彼は眼鏡店を出て、全てはうまく行くであろうし、眼鏡をかけることによって老人になるであろうと考え、幾らか小幅で歩き、療養しようと思い、都市鉄道の駅へ行き左目を閉じてエスカレータでホームに上った。「ホームでは勝手が分かっていなかったが列車がどのように走り込むか見て、二台の列車が同時に走り込んだらどうなのだろうか見る為に左目を開け、先へ歩き、同じ瞬間に空間へ踏み出し落下したと感じた。彼は絶え間なく落下し、ホームの上での叫び声を聞き、頭で鋼鉄の線路を打ち、開いた両目で駅ホールの二重の丸天井を見た。それは突然音を立てて裂け空が見え、その空は青くて広く不気味な程静かであった。[67]」此処で此の作品は終わるが此の最後の数行は読み方次第で非常に示唆的であり、象徴的であると私は思う。それ故にこそ国家公安局宛て Stasi の文書の中で此の作品は「役員は必然的に現実性の感覚を失うようにおびやかされている。」ことを描いた作品として批判されている。[68]

『ベルリン物語集』収録最終作品は Joachim Walther の『釈放願い』(Endlassungsgesuch) であり、『危機』(Krise) と『回復』(Gesundung) の二部よりなる。物語は精神病院の病室に隔離されている男が精神医の委員会と外部世界に対して、限りなく高まる陽気な気分の継続的発作が和らげてくれない、彼の耳に聞こえる想い出の声を聞いて欲しいと願い出る文に始まる。此の彼の物語を知らぬが故に、彼等は彼を精神的症候群と判断したと彼は考えており、彼の物語を語ることで彼を彼の危機克服後に強制的に精神医学上の症例としたことが如何に逆説的であるか証明したいと述べる。彼の内的世界の代わりに外側の世界を診断する動機を与えたいからだと彼は語る。

彼の想い出は古典古代のリプリントされた重要な作品や現代の知識、熟慮の結晶を揃えた一軒の書店に始まる。その書店で彼は彼の尊敬する世界的に著名なN教授を見たが、その教授はあれやこれやの書を手に取り、最初は渇望するように関心を抱き、カバー折り返しの内容紹介や前書きを読むが、結局忌み嫌うような仕草で書を棚に戻し一冊の本も決めることが出来なかったのである。彼は此の知識の宝庫とも言える教授も彼と同じような危機に直面していると考える。彼は知識を取り入れれば入れた程、全てが努力に値しなかった如く思えたからである。彼は故に不承不承、書を脇に押しやり、その代わり何時間も緊張して、仮想の一点を窓から眺めたので、肉体的に疲弊し、さもなければ全く完全な神経という衣が攻撃され、妻とのセックス不能に陥ったのである。彼は自分が無教養な人々より多く知っているに過ぎず、究極の知識は何ら得られなかったことを確認した。

例の教授は書店を去り、目標を求めて何かに向かって歩き、後を追う彼は教授が突然歩みをゆるめ、内側の抵抗に逆らいながら苦労して先へ進み、マイスターの店の前に立ったのを見た。誰もが知る聖書の販売店である。彼も勿論、書の中の書と言われる聖書のことを知っていた。彼は聖書の最も鋭い敵対者である教授がそこに来たことに驚くが、躊躇した後に教授はその店に入る。彼は店のドアの陰に立ち、全能のマイスターと服従的な教授との対話を途切れ途切れに聞くが、最初から教授は論争に於いて防御的で、マイスターの立場は確固たるものがあった。その後ドアが激しく開かれ聖書をコートの下に隠した教授は踉踉めきながら飛び出し、対話の最中既に教授からの距離を感じ始めた彼の心に教授のその姿が突き刺さる。彼は痛みと同時に第二の自我が彼に囁き始め、新しい感覚が彼の脳裏に広がり、危機が消え去るのを感じ、彼の中の全てはそのマイスター、彼の新しい先生へ惹かれていったのである。彼はその店へ入る。第一部の『危機』は此処で終わる。此のマイスターとは、聖書とは何を意味するのか考えてみたくもなる。

彼の『回復』が始まる。彼は店に入り、すぐにマイスターの足下に身を投じ、容赦なく彼をむち打つように要請した。今迄の努力のひどい虚しさから解放されることを望んだのであるが、マイスターは彼を立たせ、奉仕とは生涯を通じて許し与えることと無条件の自己放棄によって成り立つと教え、棚に展示されている聖書の埃を払う仕事を彼に任せた。彼は今迄の彼の実存の根本的過ちは、指示されたことを従順に実施するのではなく、絶えず性急に質問することにあったと理解し、埃一つない場合でも埃を払う意味を問わずに仕事に従事した。彼の仕事は此の一日マイスターの為の援助によって広がる。それは食事の用意、住居や売り場の掃除、食糧の購入、マイスターの足を洗い、足の裏を擽り、にきびを除去し、唾を吸い、店の倉庫から聖書を絶えず補給し、とりわけマイスターの意向を注意深く予感することとあるが、此処まで読むと、此の辺りは彼の妄想の結果かと考えて、その徹底した卑屈なまでの服従の意味を解釈したくなる。彼はマイスターの言動に着目した。その日マイスターが店へ来た一人の母親のヒステリックな抗議を無視し、その母親の小さな子供を奪い、その子供を抱き、彼に著名なカメラマンを電話で呼び出すように命じ、下水道へ飛び込み、その子を救ったかのように振る舞い、カメラマンの到着を待った。その写真は当日の夕刊に掲載され、情勢は一変し、その日の内に熱狂した母親達が店に押し寄せマイスターを賞賛した。彼は配達された郵便の中に、例の教授の電報を見出し、教授がマイスターの権威を崇め、あらゆる自分の言葉と文字による以前の誤謬を公に撤回したと知らせてきたのを知り、また賞賛の書簡を見出した。しかしその間、ドアが激しく開かれ一人の男が

「欺瞞」という言葉を連発しながら飛び込んで来てマイスターとの口論になった。二人は知人であるようで、マイスターの「君、我々は一緒に考えよう。我々が素晴らしい様子を破壊したら何が我々に残るのか？」という声が聞こえ、興奮した相手は「何故に、誰も、誰一人、皇帝は裸だと言おうとしないのか？　何故に？」とわめき、マイスターは「我々は考えてみよう、我々は思い出してみよう。こんなことは一度だけ起こったのだ――童話の中で。我々はそんなことをとっくに知っている。何故に我々は来ているのだ、小さなお馬鹿ちゃん、他に私に対して何かあるのかい？[69]」と答え、意味深長な対話となった。結局、権力は必要なのだということになり、その男は退散した。続いて起こったのはマイスターが電話で何かを言い、彼は「第四段階」という言葉のみを聞いたのだが、やがて救急車がやって来て、マイスターが重病人を迎え入れ、その無意識とも見える病人が聖書をしっかりと両手に握り、野次馬に見送られて去って行った事件であり、それは彼にも強い印象を残し、その日一日の売り上げは伸びたのである。彼は続いて否定的な言い回しや笑いが不文律としてマイスターの店では禁ぜられていることを学んだ等と述べた後、彼は最初の日、聖書を読む時間は皆無であったが、客の顔に聖書が如何に深く永遠なる真実を秘めていたか読むことが出来たと述べ、その理由として、彼等の顔が安らぎと満足感を示していたこと、分に案じ、彼等が多分以前横柄に独自な思考と呼んでいたものを結局断念した従順さを挙げた。彼の場合も同様であり、彼は今や一度失った精気を取り戻し、次の休暇には彼の妻を満足させようと思った。そのようにして、彼が新しく獲得した自由の一日は何も望むことのない幸せと、内的自己満足と無条件の従順の内に過ぎ去り、彼が引き続き留まっていいというマイスターの言葉で終わった。

翌日彼が約束通り、朝早く店に来た時、驚いたことに彼はマイスターが病で床に就き、もう駄目だと知った。マイスターは彼の耳に聖書の一節を呼んで欲しいと囁き、彼は急いで聖書を取ってきてマイスターの前で開くとそれが装丁見本で何も印刷されていないの知った。彼はマイスターに謝るが、此のことがマイスターを朗らかにしたように思われた。何故なら彼が改めて聖書を取りに戻った時、彼は背後に静かな忍び笑いを聞き、彼が次の聖書も印刷されていないのを確認し、ある種の理解できないエクスタシーに陥って手に届く全ての聖書を開き、救いようのない失望感で投げ出した時、その忍び笑いが高まったからである。そしてその笑いは余りにも激しい爆発になり、地獄のような呻き声となり、喘息性の気管支に影響を与えマイスターは死亡した。

同時に聖書の内容の虚しさに就いて彼の失望が消えたのと同じ程度に、抵抗し難い朗らかさが彼を捉え、彼はマイスターの笑いを引き継ぎ、笑い続けたが、長い時間がたってから救急医と白い上っ張りを着た二人の頑丈な男が来て彼を有用な担架に縛り付け、此の隔離施設へ連れて来たと彼は語り、彼の想い出の物語を閉じた。従って此の施設は彼の行動の自由を制限出来るが、彼の全てを包み込む笑いを制限することは出来ないし、既に看護人の半数が笑いに感染し、所長も彼が現れる時には、その歯を机の木の角に打ち付け堪えているので、彼の即時釈放を願い出るのである。彼は精神医の委員会も同意すると考えている。何故なら世界に広がる朗らかさの発生は防げられないからである。

此の作品に関するStasi及び当局の批判めいた論評はない。しかし誰もがこの作品より受けるイメージはあの二〇年代のドイツ表現主義映画『カリガリ博士』であろう。『カリガリ博士』の場合、映画は脚本家の意図に反して全てが患者の妄想とされてしまった。此の作品の主人公である男の述べた物語は妄想であるかどうか判断出来ない。妄想でないとしたら、作者は何を言いたかったのか、教授が結局屈服した聖書とはＤＤＲ政権党の綱領なのか、そうだとすると最後に虚しい聖書の内容は意味深いものとなる。マイスターは何を象徴しているのか？　聖書の内容の虚しさを知った彼は施設に収容される。何となく了解の就く話しでもある。しかし作者が主人公の物語を妄想であるということを想念に入れていたとしたら、当局の批判を逃れる優れた手段だとも思われる。しかし作者は単に一つの患者の物語と考えたのかも知れない。いずれにしろ当局は此の物語を批判的には捉えなかった。

〔注〕

（1）「『ベルリン物語集』と国家公安局」。本書二一三～二八四頁を参照せよ。

（2）Berliner Geschichten »Operativer Schwerpunkt Selbstverlag« Eine Autoren-Authologie: wie sie entstand und von der Stasi verhindert wurde

Herausgegeben von Ulrich Plenzdorf, Klaus Schlesinger, Martin Stade. suhrkamp taschenbuch. 1995. S. 250. Z. 29~S. 251. Z. 6.
(3) ibid. S. 224. Z. 18~21. Z. 24~30.
(4) ibid. S. 224. Z. 39~S. 225. Z. 5.
(5) ibid. S. 26. Z. 28~S. 27. Z. 1.
(6) ibid. S. 30. Z. 4~11.
(7) ibid. S. 30. Z. 17~20.
(8) ibid. S. 31. Z. 1~25.
(9) ibid. S. 31. Z. 34~S. 32. Z. 4.
(10) ibid. S. 38. Z. 17~19.
(11) ibid. S. 42. Z. 1~10.
(12) ibid. S. 48. Z. 11~17.
(13) ibid. S. 50. Z. 29~32.
(14) ibid. S. 51. Z. 12~15.
(15) ibid. S. 52. Z. 31~S. 53. Z. 2.
(16) ibid. S. 56. Z. 31~32.
(17) ibid. S. 57. Z. 6~10.
(18) ibid. S. 225. Z. 17~21. Z. 24~26. 及び本書二三六頁を参照せよ。
(19) ibid. S. 76. Z. 32~33.
(20) ibid. S. 77. Z. 37~S. 78. Z. 2.
(21) ibid. S. 81. Z. 33~37.
(22) ibid. S. 83. Z. 15.
(23) ibid. S. 93. Z. 13~18.

(24) ibid. S. 95. 22-33.
(25) ibid. S. 97. Z. 16-19.
(26) ibid. S. 97. Z. 35-S. 98. Z. 4.
(27) ibid. S. 225. Z. 8-11. 及び本書二三六頁を参照せよ。
(28) ibid. S. 225. Z. 38-S. 226. Z. 5.
(29) ibid. S. 99. Z. 5-12.
(30) ibid. S. 100. Z. 10-17. Z. 20-24.
(31) ibid. S. 103. Z. 20-27.
(32) ibid. S. 106. Z. 11-12.
(33) 此の作品に関してはかつて私は「Robinson Crusoe Im Schrebergarten ? —Wieder über „Die neuen Leiden des jungen W.“ und noch über „Die Legende von Paul & Paula“ von Ulrich Plenzdorf —「ドイツ学研究」。獨協大学、第七号、一九七七年一一月の中で論じている。
(34) Berliner Geschichten:a. a. O., S. 110. Z. 35-S. 111. Z. 2.
(35) ibid. S. 117. Z. 15-21.
(36) ibid. S. 117. Z. 29-35.
(37) ibid. S. 123. Z. 38-S. 124. Z. 15.
(38) ibid. S. 124. Z. 32-38.
(39) ibid. S. 125. Z. 10-15.
(40) 本書二四三頁、及び二五六頁を参照せよ。
(41) Berliner Geschichten:a. a. O., S. 128. Z. 36-37.
(42) ibid. S. 132. Z. 35-37.
(43) ibid. S. 136. Z. 8-12.

(44) ibid. S. 136. Z. 37~S. 137. Z. 7.
(45) ibid. S. 137. Z. 35~38.
(46) 本書二七〇頁を参照せよ。
(47) 同上。二七〇頁を参照せよ。
(48) Berliner Geschichten:a. a. O., S. 144. Z. 2~6 .
(49) ibid. S. 162. Z. 15~18.
(50) ibid. S. 162. Z. Z. 18~29.
(51) ibid. S. 163. Z. 10~15.
(52) ibid. S. 164. Z. 13~14.
(53) ibid. S. 168. Z. 1~11.
(54) 本書二四七頁を参照せよ。
(55) Berliner Geschichten:a. a. O., S. 176. Z. 17~26.
(56) ibid. S. 178. Z. 25.
(57) ibid. S. 179. Z. 13~15.
(58) ibid. S. 180. Z. 25~31.
(59) ibid. S. 181. Z. 19~20.
(60) ibid. S. 187. Z. 3~7.
(61) ibid. S. 187. Z. 13~19.
(62) ibid. S. 187. Z. 27~30.
(63) ibid. S. 189. Z. 18~19. Z. 28~31.
(64) ibid. S. 193. Z. 26~29.
(65) ibid. S. 193. Z. 32~34.

(66) ibid. S. 194. Z. 5-10.
(67) ibid. Z. 199. Z. 13-23.
(68) 本書二三七頁を参照せよ。
(69) Berliner Geschichten:a. a. O., S. 207. Z. 36-S. 208. Z. 5.

（初出、二〇〇三年三月二〇日、獨協大学「ドイツ学研究」第四九号、
二〇〇二年九月二〇日、獨協大学「ドイツ学研究」第五〇号）

（三）Hermann Kant の作品論

ヘルマン・カント『青銅の時代』
――普通の市民の冒険――

一九二六年、ハンブルクに生まれたヘルマン・カントは電気工の職人試験に合格した後、兵役に就き、第二次大戦末期の一九四五年より、一九四九年迄、ポーランドで捕虜生活を送った。ポーランドでの抑留生活中に反ファシズム運動に献身したカントは帰国後グライフスワルト大学の労働者農民学部で大学入学資格を取得し、続けてベルリンのフンボルト大学でドイツ文学を専攻した。同大学助手、出版社の編集員を経て作家活動に入ったこのドイツ民主共和国（東ドイツ）の作家は、労働者農民学部のことを叙述した最初の長篇小説『大講堂』〈Die Aula〉（1965）で東西ドイツより属目され始めた。一九七八年来、ドイツ民主共和国作家同盟議長を務めているHermann Kantは、他にも長編小説『奥付け』〈Impressum〉（1972）、『抑留』〈Der Aufenthalt〉（1977）、短編小説集『ほんの少しの南の国』〈Ein bißchen Südsee〉（1962）、『反則』〈Eine Übertretung〉（1975）、『第三の釘』〈Der dritte Nagel〉（1981）、時事評論『基礎的なものについて』〈Zu den Unterlagen〉（1981）等を発表している。

M・R・ラニッキによって「我々は今日、――東側にも西側にも――自分達の事柄を非常に容易にかつ面白く述べることができ、非常に巧みに要点と効果的手段を扱うすべを心得ている非常に僅かなドイツの作家達しか持っていない。カントは一人の精密な観察者であり、一人の卓越した諧謔家である。」と評された、この、ドイツ民主共和国のみならずドイツ連邦共和国（西ドイツ）にも多くの読者を持つ、英邁な作家は、『第三の釘』に、すでに登場した離婚直後の簿記係ファルスマンを主人公にした短篇小説集『青銅の時代』〈Bronzezeit: Hermann Luchterhand Verlag, Darmstadt und Neuwied 1986〉を一九八六年に発表した。この作品集は上記の作品以外に、『プレクサ』〈Plexa〉、『マルク地方出身者の喜び』〈Markers Freude〉、『Lの実在』〈Das Wesen des L.〉、『オスバー事件』〈Die Sache Osbar〉の四作品を含んでいる。主人公ファルスマンの活動の場は、ベルリンのみならず、ソ連、アメリカ、ポーランドへと拡ってゆき、彼の遭遇する事件は多様である。『プレクサ』の主要な舞台は、仕事でソ連のヴォルガに行き、そこで親子二人のロシヤ人女性教師と知り合った主人公が、彼女等をベルリンへ招待するために出向いたベルリンの住民登録所である。同じ社会主義国へ旅行するのにも、旅行者に公認の招待状を要求するソ連官庁、その書類の為に住民登録課に行き、煩雑な手続きを予測せざるを得ない招待者側の主人公、このような事実をこの作品の冒頭に描くことに、私達が、作者カントの国家に対する批判を垣間見るべきかは、さて置き、このような事実は、私達資本主義国に住む人間には、理解し難いことであろう。この官庁での長い待時間の間に、ファルスマンが見るのは様々な人物であり、彼自身が自己の書類に関して最終的に体験するのは、煩雑な手続きの予測に反する結果である。様々な人物とは、どこの国にも見られる利己的な人物、狡猾な人物、エキセントリックな人物であり、密告者にもなり得る職務に忠実な人物であり、詐欺師紛いの人物であり、行状証明書を必要とする官吏等である。カントはこれらの人物に語らせることによって、それぞれの人物の上に影を落とす、ドイツ民主共和国の官僚的な側面を、やんわりと剔抉する。自己の書類の「招待の理由」欄に何を書き込むべきかに、長い時間拘泥した主人公が、帰宅を急ぐ女性官吏から書類に印を押された後に得た言葉は、「自分で記入して置きなさい。」であった。官僚主義も時と場合によっては変化自在になるのが官僚主義の所以とファルスマンは思ったのであろう。彼は、自己の書類に地上の全てのものを呑み込む深淵を見、死滅すべき国家は社会主義に於いても死滅しようとはしていないと思うのである。なお、〈Plexa〉とは、一人の通信学生が連発する略語の一つである。

　一転して『マルク地方出身者の喜び』の舞台はポーランドのワルシャワとなる。現東独領マルクブランデンブルク出身のファルスマンは、簿記係作業班《ブリガーデ》の三人の女性同僚と車でワルシャワに週末旅行する。旅行の目的は、車の持主である一人の女性同僚が、作業班の部屋に手製の高価なシャンデリアを手に入れることである。税関での問題、金銭上の問題を克服した末、彼等はシャンデリアを手に入れることに成功する。しかし、ここで更に、一つの問題が生ずる。往路に於いては、車に四人が乗車できたが、大きなシャンデリアを手に入れた後には、四人の乗車は不可能となる。そのうえ雪も降ってきたのだ。問題解決の方策の結論は、唯一の男であるファルスマンが、三人の女性の同僚と別行動をとり、汽車でワルシャワからシャンデリアを運ぶことである。故郷では想像できないシベリア風の寒気と雪の中で、ファルスマンは夜ベルリン行の汽車に乗る。彼の気持の中に存在するのは、あの故郷マルクブランデンブルクの原野への憧憬である。雪の中、汽車は走ったかと思うと停止する。仮眠の後に、彼は、その汽車が逆方向に走り出し、再びワルシャワへ向っているのだという不条理な観念に捉えられる。モスクワから乗車していたアフリカ人達に見守られて、彼は停車中の汽車より、雪の中に飛び降り、シャンデリアを背負って、ワルシャワにまだ居るかもしれない同僚達の方へ行進する。「白い寒気の海は分けられ、青白きモーゼは進めり。シャンデリアを背中に負いて、後光に包まれ。」といつの日か、アフリカで歌われるだろう、と彼は思う。

これは、まさに、一種のファンタジックな冒険譚である。

『Lの実在』も、別の意味で、奇譚と言えよう。離婚したばかりのファルスマンは新しい住居へ移ることになるのだが、その際、彼は保険外交員で薬剤師である離婚直後の一女性を知り、情を交わす。しかし、彼女はしばしばヴィリアムのことを口にする。ヴィリアムは彼女と同居しているようであり、ヴィリアムに彼はこだわり、ヴィリアムは一つの幻影となって彼と彼女の間に立ち、彼の想像を駆りたてる。ヴィリアムとは爬虫類イグアナのことであると知った彼はイグアナについて研究する。イグアナは、彼女の夫が離婚の際、住居を去るにあたって、イグアナがその住居になじんでいるといって残していったのだ。イグアナになじめないファルスマンにとってイグアナは、彼女との結婚同居の障害となる。彼女が、彼と結婚せんがため、様々な方法でイグアナとの別離を志向し始めたとき、ある日、イグアナは死ぬ。一時、イグアナの死によって、二人の結婚を考えたファルスマンにとって、イグアナは依然として彼の思考の中に実在しており、ついには、彼女がイグアナを意図的に死へ到らしめたのではないかという揣摩臆測が、因循たる彼を彼女との別離へ決意せしめる。『Lの実在』のLは〈Leguan＝イグアナ〉のLである。

表題の『青銅の時代』は、上司の休暇旅行中に、心ならずも、簿記係作業班《ブリガーデ》の班長を務めることになったファルスマンの、三人の女性同僚に対する屈折した気持に始まる。ファルスマンは冒険を好むが、地位、昇進にこだわらない。しかし彼の同僚達は彼の本心を理解しようとせず、現在の彼には距離を置き、彼を揶揄の対象にさえする。両者の間の径庭が克服されないまま、彼に新しい任務が課せられる。彼が所属する勲章・栄誉章製造人民所有企業の企業史調査である。資料調査の途上、彼は旧資料の覚え書の中に奇妙で晦渋な表現を発見する。その表現の意味を共同で解明する過程で、彼と同僚達との間の新しい壁は徐々に取り払われ、一方彼はついに驚くべき事実に逢着する。第二次大戦後、目抜き通りの角にあった青銅の一八トンのフリードリヒ大王騎馬像が、台座を残して撤収され、二つの部分に解体され、彼の人民企業の地下に埋蔵されている、という事実である。その一部は現在、池として使用され、一部は卓球場の下にある。この一八トンの青銅を資源とみなし、青銅の記章を製造し、国外輸出を目論む企業長の意志に反して、彼は騎馬像を以前の場所に復活し、当局より表彰を受けることになる。

除幕式の壇上で彼は政府の最高級の要人に無作法な接吻をし、意図的に「英雄」の地位を捨てる。同僚の中へ戻る道を選ぶのだ。

『オスバー事件』でファルスマンが出張するのは、モルモン教徒の億万長者オスバー氏の住むアメリカのユタ州である。オスバー氏はドイツ系アメリカ人の第三世代で、オスバー家が企業によって得た九六〇〇万ドルを、祖父の出身地である現東独に寄付したいというのである。弁護士ファルケ博士の密命を受け、ユタ州ソートレイク市に飛んだファルスマンはオスバー氏より条件を聞き帰国する。条件の第一は、昔、オスバー氏の祖父がベルリンから徒歩で南へ去ったドイツ国内の道を彼が逆にたどるにあたって、その途上の村々の家の全てを昔通りのなつかしい色彩に塗り変えてほしいというのである。それは、まさに現代のドイツ人が忘却した過去の素晴らしきドイツである。更に加わるオスバー氏の二つの希望は、可能ならば、南からベルリンへの途上、一八ホールのゴルフトーナメントを企て、ザクセンを通る際には、ゲヴァントハウスのコンサートを手配し、自分が指揮台に立ちたいと、いうことである。しかし何よりも肝要なことは、祖国がモルモン教徒の国に絶対にならないことである。

ファルスマンはファルケ博士と、オスバー氏の希望を実現すべく奔走する。こと、実現の可能性が見えてきた時、全ては水泡どころが烏有に帰してしまう。アメリカからのモルモン教徒代理人による計画中止の伝言である。

ファルスマンの冒険も終るのである。

カントは東独の社会体制を認めながらも、東独が内包する様々な問題に対する諷刺の精神を忘れず、時代と社会をアイロニカルに眺める。一方、読者を楽しませる術も心得ている。ファルスマンが普通の市民であること、そこにこの東独の作家の作品の意義がある。

（初出、一九八八年、「ヨーロッパ文学研究」第三六号（特集号））

ヘルマン・カントの作品に於ける小市民像
——作品集『第三の釘』をめぐって——

(Ⅰ)

一九八九年一一月九日のベルリンの壁崩壊という歴史的事件を一つの結果並びに契機として、ドイツは、とりわけDDRは一九八九年夏以来一九九〇年にかけて歴史的転換期を迎えている。しかもこの歴史的事件は大衆によって引き起こされ、大衆が主役を演じたのである。このことを考慮するとき、東西ドイツの作家達によるこの事件を描く作品としてのルポルタージュを、私は九〇年代の早い時期に予測し、期待せざるを得ない。

何故ならば、主観的感情に没頭し、主観的裁断を手段として大衆一人一人の感情・行動・運命を分析・叙述しつつ事件の因果関係も追う小説よりも、主観的感情を排斥し、解剖力、分析力、判断力を伴なう客観的観察により大衆の行動を分析・描写し、同時に因果関係の把握を目指すルポルタージュの方が、歴史的転換期を描くのに適しているからであり、また、小説が誕生するには作者の内部に於ける作品への成熟の為の期間が必要であるからだ。一方、歴史的事件や転換期を、直接に、明確に伝達する時論的方法をルポルタージュは担っているのである。

このような歴史的転換期をDDRは第二次大戦後、幾度か経験している。

「ヘルマン・カントの作品に於ける小市民像」を論ずる為には、上述の幾度かの歴史的転換期に触れる必要がある。

東ドイツを含めてドイツ全体の第二次世界大戦後の最初の歴史的転換期は言う迄もなくドイツの敗戦とそれに続く戦後の混乱期であった。この時期東ドイツはソヴィエトの占領下に於いて、外国からの援助も期待できない状況での自力更生をめざし、ナチズムの一掃、農地改革の実施、産業の再興、ソヴィエトの占領に批判的な人々の逃亡・サボタージュというような様々な激動を経験する。

この時期を、一応、ＤＤＲ建国の一九四九年一〇月迄と見るとき、この時期に東ドイツに定着した文学の主流は反ファシズム・反帝国主義文学であった。

次に建国後のＤＤＲが経験する歴史の転換期は五〇年代であり、東ドイツの社会主義化が始まり、生産手段の社会主義化に伴なう社会主義工業の成立、更に一九五二年のＬＰＧ（農業生産協同組合）組織及びＭＡＳ（機械貸出所）設立を経ての一九六〇年四月に於ける全農民のＬＰＧ加入という激動期である。

この時期には政治的事件としては一九五三年六月一七日のいわゆるベルリン暴動があり、文学的重要事項としては、一九五五年の Nachterstedt の坑夫達の作家同盟への公開書簡、いわゆる „Nachterstedter Brief" と、それに応える姿勢を持った一九五六年一月の「第四回作家会議」(IV. Deutscher Autorenkonferenz) がある。

この時期ＤＤＲ文学に登場してくる作品は、上述の反ファシズム・反帝国主義文学と並んで、ＤＤＲ建国期の様々な矛盾・葛藤を描いた作品であり、多くのルポルタージュである。

一九六〇年代は六一年八月一三日のベルリンの壁構築もあり、「第一回ビッターフェルト作家会議」(Erste Bitterferder Autorenkonferenz) の提唱した「ビッターフェルトの道」(der Bitterferder Weg) に基づくルポルタージュ運動も見られ、文学は五〇年代の遺産を引継いだと言えよう。

以上の如く幾度かの歴史的転換を経験した一九四五年より一九六〇年代にわたる時期に、ＤＤＲ文学が産み出し得た作品は、必然的に、一九四五年迄のドイツ史に於ける革命家達、反ファシズム・反帝国主義の英雄達、一九四五年以降のいわゆる社会主義的英雄達をその主人公に選んでいる。つまり、日常生活の中に埋没しながらも様々な矛盾を体験している小市民的主人公は、このような激動期の作品には登場し難いのである。小市民的主人公は社会の安定を待つのである。

私はそのようなＤＤＲに於ける社会の安定期を六〇年代末から七〇年代にかけて考えてみたい。この時期には、Berlin の壁構築以来、一〇年近い歳月が流れており、ＤＤＲは東欧圏に於いては経済的・社会的に安定期に入っていた。文学は、もはや、一人の人間が重要な役割を演ずる英雄を必要としないのであり、類似な価値観を持った一般大衆の一人としての小市民が作品の主人公たり得るのである。

そのような主人公達は、彼等が生きている時代の体制との齟齬・矛盾を自覚し、決して満足することはないが、反逆もせず、結果的には日常生活に埋没し、体制順応の姿勢を示す。彼等の抵抗の姿勢はせいぜい放浪者としてのデラシネ意識である。

このような小市民達は社会体制いかんを問わず存在し得るのであり、東西ドイツに於いても事情は同じである。換言すれば、東西ドイツに共通の小市民像になり得るのであり、東西ドイツの作品は共通性を持ち得るのである。

ＤＤＲのこの時期に於けるこのような人物達は、私の知る限りでも、ヨアヒム・ノヴオトニー（Joachim Nowotony）の『洪水の伝説』〈Legende von der Sintflut〉（1967）、ヴェルナー・ブロイニング（Werner Bräuning）の『普通の人々』〈Gewöhnliche Leute〉（1969）等に見られ、更にウルリヒ・プレンツドルフ（Ulrich Plenzdorf）の『若きＷの新しき悩み』〈Die neuen Leiden des jungen W.〉（1972）や『パウルとパウラの伝説』〈Die Legende von Paul & Paula〉（1973）に典型的に現われるのである。

（Ⅱ）

一九二六年、ハンブルクに生まれたヘルマン・カント（Hermann Kant）は電気工の職人試験に合格した後、第二次大戦の兵役に就き、第二次大戦末期の一九四五年より、一九四九年迄、ポーランドで捕虜生活を送っている。この捕虜生活での経験や、帰国後の労働者農民学部での大学入学資格取得等の体験に基づき、Kant も自ら体験した激動期をその作品の対象に選び、最初の長篇小説『大講堂』〈die Aula〉(1965)や、『反則』〈Eine Übertretung〉(1975)や『抑留』〈Der Aufenthalt〉(1977)に反ファシズムの英雄達、社会主義的英雄達を登場させている点では例外ではないが、八〇年代に入ると彼の作品の主人公達は確実に変化する。

即ち、様々な不満・批判を持ちながら日常生活に埋没し、表面的には体制順応の姿勢を示す小市民達が登場する。カントはしかし、これらの小市民達に体制称讃の性格を付与することなく、彼等の日常生活に於ける行動を描くことによって、イロニーやユーモアやヴィットの効果を発揚する。

作品集『第三の釘』(1981)〈Geschichten. Der dritte Nagel. Rütten & Loening, Berlin / DDR〉に於けるこの傾向はどうか?

この作品集は『ペルゾーカイト夫人はよろしくと伝えてきた』〈Frau Persokeit hat grüßen lassen〉、『第三の釘』、『空欄』〈Vakanz〉、『美しきエリーゼ』〈Schöne Elise〉、『決定的な転換』〈Entscheidende Wendung〉の五作品から成立している。

第一作『ペルゾーカイト夫人はよろしくと伝えてきた』は、この作品集の中で、唯一第二次大戦前の、ハンブルクに於けるカントの少年時代を想像させる。

主人公「私」の一家は市電がかろうじて通れる通りの角の、しかも地下室に住んでいたが故に、毎日市電の車輪しか見えず、角のカーヴを曲る市電のきしむ騒音で悩まされ、対話も通じないことがある。

「市電のダイヤは私達の家族生活に到る迄規定した。私達は、短いキーキーいう音、長いキーキーいう音が告知されたとき、急いで一つの文章を最後迄しゃべった。そして、話すこと、聞くことに加えて、私達の穴蔵では見ることも私達に失われていた。というのは市電が私達と、小ライン通りの上にある遠い空についての予感との間に入りこんでいたからだ。私達が常にただやっとのことで逃れたのは世界の亡落であった。が、逃れるたびごとに、次回はのみ込まれてしまうという確信が増してきた。(1)」

このドイツのある小市民を襲った上述の状況に私はヒトラー政権前後のドイツの状況を見る思いがする。当時ドイツが「常にただやっとのことで逃れた世界の没落」はやがてドイツを「のみ込む」のである。

この「地獄」から逃れるために父親は借金し一〇〇〇マルクで郊外の家へ移るが、その借金の相手が高利貸のペルゾーカイト夫人であり、借金返済がその後の家族にとっての課題となる。その借金返済を滞らせた後、ある日、最後の期日が来たので、父親は「私」共々近所へ金策に回るが成功しない。近所の人々はそれなりの小市民であり、全て善人であるが、様々な理由をあげて金を貸そうとしない。

父親と「私」が帰宅すると、母親と向かい合って座っているペルゾーカイト夫人が車椅子の中で死んでいる。近所の人々が知らせを受けて集まってくる。

ここで「私」の両親と近所の人々の奇妙な協力が始まる。高利貸が借金の返済を怠った人の家で死に、その高利貸の財布に返済された金額が入っていないので、「私」の両親が殺人の嫌疑を受ける可能性があるということになり、近所の人々が、それぞれ数マルクずつ出し合って当面返却すべきであった二〇マルクを集めペルゾーカイト夫人の財布に一度入れる。しかし、受領書が「私」の両親の手元に残らない以上、このことは、両親が近所の人々より改めて二〇マルクを借りたうえに、高利貸の相続人に二〇マルクを残すことになる。

これは余りに不合理で堪え難いことなので、「私」の父親は再びその二〇マルクをペルゾーカイト夫人の財布より取り出して近所の人々に返却する。

幸運なことに、このような操作が全て完了した後に巡査が現れる。しかも巡査は事態を明瞭なこととみなし、彼女の死因を老衰と金銭欲に求める。両親は借金を支払わなくてよいことになる。「私」の両親も、近所の人々も、巡査も全て、政治の世界とは無縁な世界に生き、したたかで、ある意味では狡猾な善意と協力で困難を克服する。

(Ⅲ)

この作品集の第二作『第三の釘』〈Der dritte Nagel〉に、Kant は、後の作品集『青銅の時代』〈Bronzezeit〉〈Rütten &

Loening, Berlin / DDR 1986）の主人公、つまり離婚直後の簿記係ファルスマン（Farßmann）を初めて登場させている。時代はＤＤＲの現代である。

彼は悪くはない住居に住んでいる。「その住居の一番良い点は、近所にあるパン屋であった。[2]」ファルスマンは言う。「私はそのパン屋のために引越したのではないが、そのパン屋のために二度と何処かへ移りはしないであろう。そのパン屋は、すでに長いことそんなことがあり得るとは思えないようなパン（Brötchen）の焼き方をしてくれた。[3]」

この言葉に続いてファルスマンは現代社会に於いては如何に正真正銘の本物が少なくなったかを次のような言葉で表現する。

「時折人はまだ、一つのトマトのような味のするトマトにめぐり合える。時折一本の胡瓜は、胡瓜がかつて香ったように、苦くかつ甘く香るのである。時折苺が、あたかも苺であるかのようにのみ見えないことがある。[4]」

この言葉は非常に辛辣な文明批評であると、私は思う。このことは、私達が資本主義社会に於いても日常的に体験することである。更に、上述の考えを敷衍すれば、ファルスマンは「時折社会主義の理想に満ちた社会主義にめぐり合える。」と言わざるを得なかった筈である。が、ファルスマンが言わなかったのは、ファルスマンがＤＤＲの現在に時折ですら、社会主義の理想を見ることなく、あきらめていたからであろうか？

このパン屋のパン（Brötchen）は「噛むとまだポリポリと音をたて」「その香りは、寒々とした冬の朝には我々の鼻をピクピクさせる。それは酸味のある空気で満たされてもいないし、冷たい無用なもので満たされてもいない。その黄金色で割れ目のある二つの隆起の部分を、気孔の多い半ば褐色の部分から切り離すために、ナイフでパンの中を切ると、そのパンの音が聞こえる。[5]」

そのパン屋の名はシュヴィント（Schwint）であって、朝七時に店が開くにもかかわらず、六時半にはすでに多くの人が並んでいる。ファルスマンも初めて並んだことから、彼はＤＤＲの様々な矛盾を体験することになる。

自分の前に並んでいたレルケ（Lörke）夫人から、シュヴィント氏の嫉妬深さを聞いたファルスマンはシュヴィント氏を意識してシュヴィント夫人に「シュリッペン二つ」と言うべきところを、「シュリッペン六つ。できるならば、ピリッとしたのを二つ、あっさりしたのを二つ、そして普通のを二つ。[6]」と言ってしまう。自分が家族持ちであるかのようにふるまうのである。

それ以来、彼は毎日シュリッペン六つを買う羽目に陥り、そのうえ、興味津々たるLorke夫人に説明の都合上、パンの消費者として、二人の親しい女性の同僚まで創造する。更に、レルケ夫人の助言もあり、良いパンを確保するため無用な菓子も買うことになり、出費が重なり、一方毎日、勤務先でパンと菓子を配り、パンは感謝されるが、菓子は飽きられる。ところが、同僚のヴァイゲル（Weigel）嬢がこの菓子を引き受けることによって彼に近づく。

ファルスマンにとって今や、出費と菓子とヴァイゲル嬢は重荷となり、克服すべき対象となる。ある日ファルスマンは朝おそくパン屋に行くと、もちろんシュリッペンもクニュッペルも手に入らない。レルケ夫人の聞き違いによってファルスマンを簿記係（Buchhalter）ではなく本屋（Buchhändler）と思い込んでいるシュヴィント氏がその時、取り引きとしてある提案をする。

シュヴィント氏は現在、歯医者と自動車点検業者の為に毎日あらかじめパンを確保し、それを袋に入れ、中庭の隅の二本の釘にそれぞれ懸けているが、最後の「第三の釘」をファルスマンに提供するから、ファルスマンは彼に「夜の楽しみ」（die Freuden des Abends）の為に〈Tching Peng Meck〉（CHIN PING MEI）、即ち『金瓶梅』を手に入れて欲しいという。

ここから本屋に非ざる簿記係ファルスマンの苦闘が始まり、その過程でＤＤＲに特有な矛盾、また資本主義社会にも見られる矛盾が次々と剔抉される。

ファルスマンは先ず、この中国のポルノ小説とも解釈し得る長篇小説を、かつて彼に貸してくれた従兄弟から手に入れようとする。従兄弟は交換条件として、ある女性に近づく為に名士の集まる動物公園舞踏会の入場券を要求する。国立ブランデー専売企業のその入場券の配布者は入場券と引き換えに、自分の息子の緊急な結婚式の為に、順番待ちリストなしの結婚予定日を来る金曜日に戸籍係の女性から確保して欲しいという。ところが、その戸籍係が彼に要求しているのは、順番待ちリストなしの電話の設置であるという。

「彼女は、金曜日を予定とする順番待ちリストが何日かかるか知ってるか、と聞いた。それは電話用順番待ちリストと同じぐらいかかる。彼女が必要としないものは舞踏会の入場券である。彼女が必要とするものは個人用電話である。[7]」

戸籍係を訪ねることなく電話局を訪ねたファルスマンが戸籍係の女性への電話即日設置の代償として提供せざるを得なかったのは、ファルスマンがその時携えていたパンの香りと美味に魅惑されたその電話局の当事者への「第三の釘」の特権であった。

「あの女性は電話を手に入れる。若い人達は結婚予定日を、従兄弟は舞踏会入場券を、あのパン屋は中国の快楽本を、そして私の目前で私のパンを食べたこの男はいまや常にパンを手に入れるであろう。私用のパンを。[8]」

自分はいったい何の為に努力したのか？　とファルスマンは自問する。全てあの「第三の釘」の為であった。自分はいったいどうなったのだ？　しかし自分はこの事実に対して何もできなかった。いや彼が為し得たことは、電話局の当事者に、「週に一、二度シュヴィント夫人の耳へ戯れを囁きなさい。それがどんなにシュヴィント氏を喜ばすか判るでしょう。[9]」と伝え、実はシュヴィント氏の嫉妬をかきたてることを実施させたことである。

どの社会にも存在する官僚機構に対する小市民の抵抗はこの程度であるかも知れない。

ファルスマンは従来通りに早朝パン屋の前に並ぶことになるが、毎日買うパンは二つのブレートヒェンか半分のパンである。

小市民ファルスマンは官僚機構に典型的なコネクションに巻き込まれずに生きる。この結果を彼はむしろ享受していると、私には思える。それにしても秀逸なる諷刺がある。

（Ⅳ）

この作品集の第三作は『空欄』〈Vakanz〉である。「ハーコン・スマルフレートは全ての創造力をそのペンネームに使い果してしまったと噂されていた。[10]」

何故なら、ヘルムート・ノイマン（Helmut Neumann）という本名で多くの作品を生み出していたのに、上述のペンネームを案出して以来、作品を書けなくなったからである。そのスマルフレート（Haakon Smallfleeth）が出版社からシャミィッソー（Adelbert von Chamisso）生誕一九〇周年（一九七一年）の原稿を依頼されることからこの物語は始まる。シャミィッソーの生誕日を知らない彼は調査の手段がない。彼は、自分の氏名が掲載されていない作家辞典は買わないことを原則にしているからである。それは虚栄心の問題ではなく、論理の問題である。つまり、彼の氏名が掲載されていないという不備がある以上、別の不備が予想されたからであり、そのような不備をカヴァーするのが参考書であるからである。

「百科辞典も持っていなかったことは、原則のせいというよりも、離婚のせいであり、前ノイマン夫人の、ブロックハウスは二人が一緒にそれを捲ったあの幸福な年月を想い出させてくれるという破廉恥な論拠のせいであった。[11]」

ブロックハウスは前夫人の手元にあり、彼女は最近は彼の問い合わせに応じない。彼は友人にも電話をかけられない。シャミィッソーの生誕日を知る為に電話をしたのではなく、シャミィッソーの名を Ch ではなく、Sch で調べて見つけなかったのだと言われるのを避けたいからだ。最後の手段として、彼は自分の作品を二度掲載してくれた出版社の文学カレンダーを手に取る。そこには三六五日の日付の欄に世界の作家達の氏名とその生誕日と死亡日が掲載されているがシャミィッソーの氏名もスマルフレート自身の氏名も掲載されていない。

作家でもあるが小市民でもあるスマルフレートの戦略が始まる。彼は様々な機会に様々な暗示と戦術によってシャミィッソーともども自分の氏名を掲載させようとする。虚栄心と名誉欲である。一〇年の歳月が流れた一九八〇年に彼は出版社から一つの提案を受ける。三六五日の内の唯一の空欄である九月二六日に彼の氏名を掲載してもよいという。つまり、彼が九月二六日に死亡すれば万事解決するわけである。この不条理な提案は彼にとって強迫観念になるが、彼はその観念を克服する。九月二六日が出版協力者の日になるという記事を九月二六日の新聞で読んだからである。彼は、そのような日の設定に反対していたのである。

この作品に於ける次の文に体制に対する強烈な諷刺を見るのは私だけでないであろう。

「ハーコン・スマルフレートは彼の国のように余りにも完全な国では何か新しいことを見出すのは容易ではないし、その新しいことを公共の福祉に用立てることはなお容易でないことを学んだ。[12]」

(V)

第四作『美しきエリーゼ』〈Schöne Elise〉は推理小説風の作品であるが、DDRの一つの小さな職場にさえ瀰漫する官僚主義と上司の責任回避と責任転嫁が、その被害者である一女性の事件を追うことで描き出される。

この作品は、一九八〇年八月二日夜、二〇歳から二五歳ぐらいの美しき女性がオラーニエンブルク二一時三四分発、ノイブランデンブルク〇時〇七着の普通列車四一五八に乗車するが、この女性が終着駅到着直前の〇・〇二分から〇・〇七分の間に忽然と姿を消した事件の経緯を脳梗塞で入院中の警官が後継者に報告する形式をとる。

この美しき女性と同じ車室に居た若い兵士がノイブランデンブルク到着直前に洗面所へ行き、戻ってきたとき、この女性は姿を消していた。しかし、到着直前に列車から彼女が線路へ跳び降りた形跡も、駅で降りた形跡もない。若い兵士の自主的な報告を受けたこの警官は、事件の裏付けをとる為に先ずオラーニエンブルクへ行き、駅員に彼女の当日の言動を聞き、同じ時刻に同じ列車に乗り、その列車の常連や車掌の証言を集める。

この過程で明らかになるのは、彼女、美しきエリーゼが様々な職場に派遣されたケース・ワーカーであった時に、またそれ故に、様々な上司のミスが強引に彼女に押しつけられ、彼女も敢えてそれを拒否しなかったことである。

若い兵士ステファン・バルゲル（Stephan Bargel）がある種の嫉妬の念で、彼女が他の労働者達と話しているのを耳にし、証言したことは、彼女がある煉瓦製造工場で実習をしていたこと、「当時全てが始まったのです。[13]」と彼女が語っていたことである。

この列車の常連客であったその煉瓦工場の労働者達からこの警官が聞いた話は次の如くであった。彼女が実習をしていたとき、その工場の上司が、その工場の調査統計を受け持っている、中央から派遣された委員会の自動車に、傷をつけ、その責任を彼女に押しつけたのである。

その後、この警官が、彼女と対話をした牧師や、彼女が働いていた職場を訪ねて知り得た事実は彼女ならずとも憤恚を呼ぶものである。

煉瓦製造工場での例の事件は、砕石・煉瓦・土砂人民経営連合に於いても彼女の責任とされており、道路建設現場では、氷結によるカーブのひび割れの責任が彼女に帰せられ、照明器具工場では、顧客調査による分析評価の齟齬が彼女の責任とされ、眼鏡製造工場では彼女が需要供給関係の書類を紛失したことになり、テレビ局が偽の重要人物のベルリン観光を放映したことは彼女の責任とされた。

しかも、この警官による事情聴取に必ず伴なう現象は、当時の事件関係者達が姿を消し、現在の責任者達が不安げな姿勢を示すことである。

この作品の最後に到る迄、エリーゼはどのようにどこへ姿を消したのか解明されない。しかし、この警官は以下の如き確信を抱く。

「私は、彼女が真実を語ったことを疑わない。私はこの事件に於いて多くの嘘を聞いたが、エリーゼは嘘をつかなかった。彼女は罪を押しつけられたが、彼女は決してペテン師ではなかった。(14)」

牧師も次のように語る。

「彼女はこの事件を人々に伝える為に旅に出たのです。」「一つの狂った出来事ですが、決して彼女は狂った女性ではありません。(15)」

この作品の中で、カントは、ＤＤＲに於いてもナチスの犯罪に対する一般人の感慨がいかに風化しているかを、警官の感情の中に表現する。

彼がこの事件の検証の為に乗車した普通列車四一五八がザクセンハウゼンを通過したとき、彼が抱く感情である。普通列車が戦中・戦後直後を想い出させる契機にもなっている。

「旅行者達はザクセンハウゼンの駅名の下では少し静かにしているべきであろうと期待するのは馬鹿げたことではあったが、それでも私はそう望んだ。乗客達の大部分は私より若かった。はるかに若かった。（中略）私は、学校が彼等に幾つかのことを教えたことは知っている。しかし私はまた、人は自らまた歴史を体験していない限り、歴史がその人の関心を殆んど引き付けないことも知っている。[16]」

蓋し名言である。

（VI）

『第三の釘』の第五作『決定的な転換』〈Entscheidende Wendung〉は前四作といささか傾向が異なる。フランスのリヨンで開かれた国際見本市へ参加した通商代表アクセル・エルトマン（Axel Erdmann）が帰国前夜、リヨンのホテルの部屋で経験する出来事を描いている。

エルトマンが帰国を翌日に控えて、トランクへ荷をつめているとき、突然、空の戸棚より人声が聞こえてくる。人声のみか、グラスのぶつかる音まで聞こえてくる。しばらくその音は途絶えるが、彼がシャワーを浴びてベッドへ向う途中、再び音を聞く。ガラスの音とフランス語の会話と、更に別の音を聞く。それは驚く程規則的な基本的な音である。そういう音を度々ホテルに宿泊する者は早かれ遅かれ聞くことになる、と彼は言う。男女の睦言と動きである。この三つの音が同時に聞こえてくるので、エルトマンは「人はしかし同時に会話し、食べ、しかもそのような運動をすることは出来ない筈だ。[17]」等と考えて、なかなか寝つかれない。戸棚に改めてトランクから洋服を取り出し、戸棚にかけたり、意図的に音をたてたりするが、その音は止まない。

このことが契機となって彼は幾人かの女性との過去の関係を想い出すが、結局は眠りにつく。過去の女性達が次々と登場する夢に悩まされて翌朝目覚めた彼は、相変らず聞こえる音に立腹し、戸棚に体あたりする。

明らかになったことは、全ての音が戸棚の背後にある暖房器の流体動力学上の音に由来していたことである。

この作品はしかし単に、小市民の日常生活についてのヴィットやユーモアのみの作品に終っていない。カントはこの作品に於いてもＤＤＲの現実に対するイロニーを欠かさない。

「彼が社交上の取り引きでは、取り引き以外の金にかかわる全ての付き合いを避けたことはしかし事実であった。彼は吝嗇家ではなかった。更に吝嗇とはただ金銭にかかわり合ってこそ実証されることであった。金銭のないところでは吝嗇という概念は意味をなさなかった[18]。」

ＤＤＲの財制上の危機に触れたり、別のところではフランスのホテルのシャワーと比較してＤＤＲのホテルのシャワーがいかに欠陥品であるかを述べたりする。

プロレタリア出身という経歴を後から作り出し、それを自負する上司についてのエルトマンの次の評言は秀逸なる諷刺である。

「彼らにとって空腹で腹が鳴るのは意識にかかわる問題であった[19]。」

一九八〇年代のヘルマン・カントの最初の作品に登場する人物達は前述のごとく、もはや革命家でもなく反ファシズムの闘士でもなく、社会主義的英雄でもない。私達の周囲に存在する小市民達である。しかし決して因循苟且の徒ではなく、いささか健かな民衆である。その民衆の言動を通して、ヘルマン・カントは体制の様々な矛盾を屹立させる。その為にカントが用いる手段がヴィットであり、ユーモアであり、イロニーである。

普通の市民が主人公となるこの傾向は、一九八六年に出版されたカントの作品集『青銅の時代』〈Bronzezeit〉にも、一九八八年の長篇小説『総計』〈Die Summe〉にも続いてゆくのである。

〔注〕

（1） Hermann Kant: Der dritte Nagel Geschichten. Darmstadt: Sammlung Luchterhand 1983. S. 6-7.

（2） ebd. S. 27.

(3) ebd. S. 27.
(4) ebd. S. 27.
(5) ebd. S. 27.
(6) ebd. S. 31.
(7) ebd. S. 44.
(8) ebd. S. 49.
(9) ebd. S. 50.
(10) ebd. S. 52.
(11) ebd. S. 54.
(12) ebd. S. 63.
(13) ebd. S. 87.
(14) ebd. S. 100.
(15) ebd. S. 103.
(16) ebd. S. 83.
(17) ebd. S. 113.
(18) ebd. S. 105.
(19) ebd. S. 114.

(初出、一九九〇年一〇月一日、獨協大学「ドイツ学研究」第二四号)

ヘルマン・カントの作品に於ける小市民像
——作品集『青銅の時代』をめぐって——

（Ｉ）

一九八九年一一月九日のベルリンの壁崩壊以来、予想を越える速度で東西ドイツが統一へ向かい、旧ＤＤＲのＢＲＤへの併合という形でのドイツ統一の日時迄がすでに確定していた一九九〇年初夏、私は敢えてヘルマン・カント（Hermann Kant）に関する小論を書いた。(1)その小論の最後に私は「普通の市民が主人公となるこの傾向は、一九八六年に出版されたカントの作品集『青銅の時代』〈Bronzezeit〉にも、一九八八年の長篇小説『総計』〈Die Summe〉にも続いてゆくのである。(2)」と述べた。

この小論では作品集『青銅の時代』のみを論じ、『総計』に関しては後の機会にゆずるが、実は『青銅の時代』に関しては、私自身すでに一九八八年に若干、学生達に対する解説の形式で論じてはいる。(3)しかし、当時は紙数の関係上、充分に論じ得なかったが故に、この小論では出来得る限り重複を避ける方法で論を進めたい。

この作品集は『第三の釘』に、すでに登場した離婚直後の簿記係ファルスマン（Farßmann）を主人公にした作品集であり、標題作以外、『プレクサ』〈Plexa〉、『マルク地方出身者の喜び』〈Märkers Freude〉、『Ｌの実在』〈Das Wesen des L.〉、『オスバー事件』〈Die Sache Osbar〉の四作品を含む。

「主人公ファルスマンの活動の場は、ベルリンのみならず、ソ連、アメリカ、ポーランドへと拡ってゆき、彼の遭遇する事件は多様である。[4]」

（Ⅱ）

仕事でソ連のヴォルガ地方へ行ったファルスマンがロシヤ人女性教師母娘と知り合うのは「プレクサ」に於いてである。彼女等はドイツ旅行を希望し、彼は招待を決意する。しかし彼女等のドイツ旅行の為にソヴィエト官庁はＤＤＲ官庁公認の招待状を要求する。ここにすでに資本主義諸国では想定不可能な社会主義諸国の非能率的官僚主義、国民に対する不信感と監視体制が垣間見えるのではあるが、ファルスマンが帰国後、上述の招待状を調達するために出向いたベルリンの住民登録所で体験した様々なことは社会主義ＤＤＲのかかえていた課題を提起する。それは何処の国にも見られる個人対社会（国家）という課題でもあり、注目に値し、カントはファルスマンの体験を通してその見解を述べる。

住民登録所の待合室を見たファルスマンは、そこを「生のゼロ点」（Lebensnullpunkt）であると考え、「人々は待ってはいたが、半ば生きていたようなものだ。[5]」と思う。ここには、索漠とした待合室を髣髴させる言葉がある。ファルスマンの後から現われた一人の交通量記録係に同じ集計係としての親近感を抱いたファルスマンは一度先を譲るが、この男は余りに職務に忠実であり、そこに官僚主義の典型を見たファルスマンはそれを徹回する。その男は同僚の見間違えを意図的なものと解釈し、密告者にもなり得たのである。

その後に登場した一通信学生は、自己の存在の問題を口にし、自分が案出した短縮語を連発し、大言壮語し、人々に順番を譲らせるが、結局は国家指導部が動員する聴衆の一人を演ずる為に、彼が以前に紛失した身分証明書を取りに来たに過ぎない。身分証明書なしには祝賀会場に入れないからである。国家は全てのものに優先するわけである。

ある男は、イモリの皮膚の艶を消さない飼料を隣国から安く仕入れるために外国為替交換割り当て額の増額を申告しようと望み、別の青年は貴重な紫色がかったバラ色のインコに対する獣医の証明書が偽造されていることが多いので、当局の押印を必要とする。

ある女性は、サイドカーに彼女を乗せて砂利採取坑の周囲を日曜日ごとにオートバイで走り回り、度々転落したオートバイ狂の夫と別れる為に転居の申告に来たのである。

いずれの場合にも小市民が向き合わざるを得ないのは国家である。

しかし住民登録所に最後に残った一人の男の過去の経験と、ファルスマン自身が上述の招待状をめぐって得る経験は個人対国家の問題を強烈に剔抉する。

ある国家委員会に勤務する上述の男は娘のヴァイオリン修理を同僚に託するために、職場へある日ケースに入れたヴァイオリンを運んで行くが、この日政府高官の彼の職場への訪問が予定されていたが故に、守衛にヴァイオリンケースを疑われ、出勤を拒否される。守衛との協議で彼は幾つかのことを納得するが、その協議が守秘事項や不可避な事項を越えて、彼の個人的領域に及ぶとき、彼は納得し得ない。

「彼の生活全般が協議されねばならなかったという理解が彼にはかなり重くのしかかってきた。彼の最初の結婚の破綻。娘の学校関係の事柄。あるいは赤十字社での救援活動者としての彼の積極的活動。その時には幾つかの更なる個人的会話が彼の分別のなさをめぐってくりひろげられた。そして、分別のなさに原則的に対立する分別の原則をめぐってくりひろげられた(6)。」

協議は結着がつかず、更に個人的協議が続けられることになったので、この男は品行証明書を得るために住民登録所に現われたのである。

このような経験は我々日本人自身が天皇の即位式等の際に現実に体験したのを初めとして、日本に於いても絶えず体験する過剰警備に共通することであり、国家はその政体維持の為に何処まで個人の生活に踏み込むことができるのかという問題を提起する。

ファルスマン自身はロシヤ人母娘を招待するための書類の「招待の理由」欄に何を書き込むべきか長い時間、いろいろと模索する。例えば、「友情」と書けば、何故「他民族との友情」ではないのかと問う女性官吏の視線に会い、「母娘の内のどちらが幸せな相手なの？」(7)と問われそうである。

しかし、登録所の終業時間直前に「招待の理由」欄に記入せぬまま書類を提出せざるを得なかったファルスマンが、「帰宅を急ぐ女性官吏から書類に印を押された後に得た言葉は、『自分で記入して置きなさい。』であった。(8)」

彼の模索は無駄であった。様々な規定を国民に押しつけてくる国家とはいったい何であるのかとファルスマンは考えたのであろう。

「はてしない、底無しの深淵が私の書類の上でポッカリ口を開けていた。」「官公庁の書き込み用紙、それは自分自身を食う動物であった。それは終末であった。」「始まりに関して言えば、ある種の死滅が始まった時、私はまさに、国家機関のあの瞬間に居合わせたのであろうと私には思えた。そのことはだいぶ前から告知されていた。それでは何故、私の目前で始まってはいけない筈があろうか？(9)」

死滅すべき国家は厳然として存在し、書類の上でポッカリ口を開け、全てを呑み込もうとしているが、同時に自分自身をも食い尽くそうとする。つまり、国家の死滅は徐々に始まっているようにもファルスマンには思えるのである。あの空欄に招待の理由を記入することは、国家の存在を認め、国家の死滅の促進を妨げることになる。彼は記入されなかった書類を郵便で送ろうと道を急ぐのである。

「今や何が歩いてやってきたのか、私は知っているし、その始まりは何処であったのかも、私は知っている。(10)」

この作品の上述の最後の言葉は国家の死滅を示唆・願望する言葉と考えていいのではなかろうか？　この作品に様々な形で現われる個人対国家の構図は、その本質に於いて資本主義諸国にも現われる構図であり、ファルスマンは資本主義諸国の小市民像であり得る。しかし、ファルスマンは社会主義国に住んでいるが故に、国家の、理想としての最終的な死滅を予測し、願望したのであろう。「プレクサ」〈Plexa〉とは、例の通信学生が連発する短縮語の一つである。

（Ⅲ）

この作品の第二作『マルク地方出身者の喜び』の舞台はポーランドのワルシャワである。旧東独領マルクブランデンブルク出身のファルスマンは、簿記係作業班《ブリガーデ》の女性同僚ヴァイゲル（Weigel）嬢の提案で、他の二人の女性同僚ともども計四人で旧東独の大衆車トラバント（Trabant）で二月中旬ワルシャワへ週末旅行をする。目的は、車の持主で、ドライバーも兼ねるヴァイゲル嬢が作業班の部屋に飾るという名目で高価なシャンデリアを購入することである。「私達全てに隠して申し込み、黙って八年間待ったのだ。(11)」と言う言葉に、旧東独では大衆車一台を手に入れるのに信じられない程の期間が必要であったことが明らかになる。

ポーランドでは国民的感情を考慮して、過度にドイツ的な印象を与えるなという忠告を他の同僚達から受けた末に、旅費・滞在費ともヴァイゲル嬢の負担で、昼食も節約し、彼等は土曜日の夕方ワルシャワに到着する。外貨所持額に制限があるので、彼等の緊縮予算は旅行中一貫して続く。日曜日の夜から雪が降り始め、ワルシャワは翌日深い雪におおわれる。苦労の末にシャンデリアを手に入れるが、困難な事態が発生する。トラバントのトランクは大きなシャンデリアには狭く、シャンデリアを座席に積むと四人はおろか三人も車に乗れそうもない。そのうえ積雪の中、車の出発も不可能に思える。結局、唯一の男であるファルスマンが汽車でシャンデリアをワルシャワからベルリンへ運ぶことになる。汽車も雪に埋もれている。シベリヤ風の寒気は故郷では想像もできない。モスクワ発フーク・ファン・ホラント行の汽車に乗り込むが、出発も定かでない。しかも列車の相客はアフリカ出身の黒人ばかりである。そのアフリカ人達の協力で分解したシャンデリアを寝台車の寝台の上へ置き、ファルスマン自身も横たわり、仮眠する。列車は走ったかと思うと停まり、空腹と渇きが彼を全ての夢から覚ます。ルノーの広告を窓の外に見た彼は、列車がなお相変らずワルシャワ市近辺にあることを悟る。時は午後から夜へ移り、彼は再び仮眠する。深夜、目覚めた彼は、一度は列車は国境近くを走っていると思うが、ルノーの広告が逆方向に流れたとき、「彼は、その汽車が逆方向に走り出し、再びワルシャワへ向かっているのだという不条理な観念に捉えられる。[12]」

彼は大声で「ノー」と叫び、分解したシャンデリアの束を摑み、「雪と拍手の雲の中、埋もれた大地へ飛び降りた。[13]」

彼はシャンデリアを背負って同僚達にまだ会えるかもしれないワルシャワへ向かって雪の中を歩き始める。

「私は伝説になろうとした。先へと私は今無数の視線に送られた進んだが、後に、アフリカの燃える火のそばで私についての歌が歌われるであろう。白い寒気の海は分けられ、青白きモーゼは進めり。シャンデリアを背中に負いて、後光に包まれ。[14]」

この旅行を通してファルスマンの脳裏を絶えず過るのは「マルクの荒野、マルクの砂地、それはマルク出身者の喜び、彼の故国。高く舞え赤い鷲よ。汝に幸あれ、吾がブランデンブルクの大地よ。[15]」に象徴される故郷である。

ファルスマンが三人の女性同僚と試みたのは、普通の旅行であった。しかしワルシャワで雪が降り始める頃からこの旅行はファンタジックな側面を持ち始める。彼が汽車に乗り込む時、私達は何時か彼と同化し、彼の体験を自己の体験とし、ファンタジックな世界に包まれる。

シベリヤ風の寒気と雪に埋もれた夜汽車、この場景そのものが私達の想像力を誘う。日常性を越えた移動する限られた空間としての列車にはファンタジーが磅礴していることは、多くの作家達の作品に見られるのである。

ファルスマンの想像力も映画『カサブランカ』の一場面、ツァー、コサック、マサイ族の世界を飛翔する。

カントの巧みな話術と諧謔である。

(Ⅳ)

「次のことは科学的ではないのだろうが、私の種々の観察に適応する。つまり、離婚した女性達は別の髪の毛の色を試みるものであり、離婚した男性達は彼らの台所にカッヘルを張るものである。[16]」という文で始まる作品が第三作

『Lの実在』である。

離婚したばかりのファルスマンはある住居へ移ることになるが、その住居は古い家屋で、彼は露出した風呂桶にタイルを張ることを考える。そのような事情のもとで、タイルを張った場合の住居の火災保険を見積るために彼の住居を訪ねてきた薬剤師兼保険外交員であるシモネ夫人（Frau Simoneit）をファルスマンは知る。彼女も離婚したばかりであり、二人は相互に好意を抱く。しかし両者の間に介在するのが、彼女が口にしたヴィリアム（William）という名前である。

「ヴィリアムは彼女と同居しているようであり、ヴィリアムに彼はこだわり、ヴィリアムは一つの幻影となって彼と彼女の間に立ち、彼の想像を駆りたてる。(17)」

彼と彼女が情を通じた後、ヴィリアムとは爬虫類イグアナであることを彼は知る。しかしイグアナだけは彼は受け入れられない。

「……私達は皆、神の被造物であるから、他の生き物達に私の隣に席をあけてやる私の同意は、およそ亀で終わる。そして甲羅のない亀のような物について私は話題にしたくはない。(18)」

このようなエスプリに富んだカントの言はこの作中、到るところに見られ、私は失笑せざるを得ない。

イグアナ・ヒプスィフォルス・トゥボクラタ（Iguana-Hypsipholus-tuboculata）研究が従兄弟の所有するブレーム（Alfred Edmund Brehm1829-1884）の『動物の生活』〈Tierleben〉を手がかりに始められる。しかしイグアナに対する彼の嫌悪は変化しない。

「ヴィリアム・トゥボクラタは私達の間に立っていた。」「いや、命にかけて私は一匹のイグアナと小部屋も洞穴も分かち合おうとは思わないであろう。(19)」

一方レナ・シモネもイグアナを見捨てるわけにはゆかない。何故なら、彼女の前夫が彼女と離婚するにあたって、イグアナが住居になじんでいると言って残していったからだ。

彼らは結婚同居の障害となるイグアナとの別離を考えるが、容易にそれは実現しない。その間にイグアナに対する彼の妄想はますます拡がり、露出した風呂桶の脚までイグアナの脚に見えてくるが、その時、二人があらかじめ注文しておいたタイルが運送されてくることになる。

しかもその正確な日付を電話で前日に告げてきたレナ・シモネはヴィリアムがその日に死んだことを告げる。二人の結婚同居の条件は整ったわけである。

あまりにも順調に事態が進行したことはさて置いて、ここに於いて、カントの作品のみならず、多くの旧DDRの作家達の作品に描かれてきた社会主義的非能率性が事件を思わざる方向へ進展させる。

タイルの到着予定日は決定しているが、時間は午前か午後か定かではない。しかも住居のドアの前にではなく、建物の玄関口に荷おろしされることになる。ファルスマンの住居は四階である。従って、彼は仕事を休まざるを得ない。翌日、昼頃到着したタイルを雨の中、四階迄幾度となく運ばざるを得ない重労働に従事するファルスマンの脳裏を去らないのはイグアナの死体の光景とその死因である。その重労働の最中に現われたレナ・シモネは、イグアナの死体をダスト・シュートに捨てるわけにもゆかず、森に埋めるわけにもゆかず、隣の建物の地下室の暖房装置で火葬にしたという。そこ迄運ぶのに新聞紙もプラスチックの袋もふさわしく思えず、彼女はパンを入れる麻袋を使用し、麻袋ごと燃やしたのである。

二人の結婚同居の障害は除去されたのに、タイルを運ぶ彼に重力以外の別の重荷が加わり、息もつかせない。

「私が驚いたことには、陰険な感じの故にその動物に対して抱いていた嫌疑は徐々に薬剤師シモネの方へ転嫁されていったのだ。[20]」

二人の結婚同居の条件を整えるあまりにも順調な事態の進行と、それと対照的な非能率的タイルの供給がもたらす重労働の継続がファルスマンの揣摩臆測を生む。彼女がヴィリアムの死の促進に意図的に係り合ったのではないかという揣摩臆測である。

早朝窓を開けて、冷たい空気を入れたことも考えられるが、真実性があるのは薬剤師としての毒殺である。ヴィリアムの死に保険がかけられていたことも考えられる。彼女は保険外交員でもある。

小説に於けるエンターティメントの側面に対するカントの効果的手段と、諧謔家としての発想の豊かさがここにも見られる。

彼の住居の風呂にはタイルが張られ、二人はヴィリアムは存在しなかったかの如くふるまい、彼はヴィリアムの死を自然死と考えるようになるが、彼女の住居に彼は依然として出入りしない。しかも、彼と彼女がイグアナの存在と係わりあった時の行動と同じ行動を起す度に、イグアナは彼の想念の中に蘇る。彼はレナ・シモネとの別離を考えざるを得ない。

「穏やかにそれは進行すべきだ。何故なら彼女は私に対して穏やかであったからだ。[21]」

彼は市外への転居も考える。「マルク地方出身者の喜び」がファンタジックの冒険譚であるとすれば、この作品はL（Leguan ＝イグアナ）の実在をめぐる奇譚である。

（V）

標題作『青銅の時代』は勲章・栄誉章製造人民所有企業（VEB Ordunez ＝ VEB Orden und Ehrenzeichen）の簿記係ファルスマンが、簿記係作業班の総簿記係が保養旅行中、その代理を務めることから思わざる展開が始まる出色な作品である。その推理小説風の側面を持つ作品の展開と結果は旧ＤＤＲに存在する様々な問題を剔抉する。

その意に反して総簿記係の代理を務めることになった小市民ファルスマンは、意識の上では普通の簿記係であるのに、組織の中では指導者であらねばならぬという矛盾、即ち馬でもあり、騎手でもあるというケンタウロス・シンドロームに悩む。

実はこの「馬と騎手」が以後、別の意味でこの作品全体の骨格を構成する。「非常に巧みに要点と効果的手段を扱うすべを心得ている[22]」カントの手腕でもある。

また、彼が総簿記係の代理を務めることになって以来、それ迄同等であった三人の女性同僚とファルスマンの間には感情的齟齬が生じ、彼女等は、地位、昇進にこだわらない「彼の本心を理解しようとせず、現在の彼には距離を置き、彼を揶揄の対象にさえする。[23]」

彼女等は彼女等の仕事部屋と総簿記係用執務室との間にある敷居を、ドアが開いているにも係わらず、「あたかもレーザーのカーテンが彼女等を隔離しているかのように[24]」越えようとせず、上司に呼びかけるように彼に呼びかける。そのような時に企業長シャルボフスキー（Scharrbowski）はファルスマンに新しい任務を課する。企業史調査である。彼女等の協力によりVEB Ordunezの前身が社会主義化以前にはバッジ＝ヘルマン（Abzeichen-Hermann）と称していたことが判るが、それ以上の協力は拒否される。

ファルスマンの資料調査は四〇年前迄、溯及するが、VEB Ordunezが国内市場では多種多ような製品を提供しているのに、世界市場に進出することは一度もなかったという平凡な事実と、四〇年来ただ発展に発展を重ねてきたという退屈なる資料にしか突き当らない。

「私達は発展してきた。それが全てであるように思えた。」「それは非常に良かった。そして非常に退屈でもあった。[25]」

ファルスマンは考える。「年代記にとっては上昇することのみならず、いつかは下降することも必要であったからだ。何故なら全く克服不可能な障碍に対する闘いに於いて、初めて人間は価値のあることが証明され、成長したからだ。[26]」

「数百年間誰一人触れてはならなかった石棺の上へ大理石の蓋を押すかのように」不満足なまま資料を戸棚へ戻し、「最後の巻をその腐敗の墓へ沈めた時、[27]」他の資料があまりにも不毛であったので、彼はそれ迄は重要と思わなかったある資料の中の覚え書を思い出し、それに関心を抱く。

奇妙にして晦渋な表現〈Umwandlung Transrexreserve in Rekreationsbereich〉と記入されたもののために現在の費用に換算して五〇〇マルクが支出されたのである。

この表現の意味を同僚達の協力で解明する過程で、彼と同僚達との間の壁も取り除かれる展望も開けるが、資料を更に調査する過程で彼が逢着するのは更に次の如き表現である。

〈Umwandlung Rexverwahrung in Rexreserve（Bronze, 18t)〉、〈Abgabe Schrottschein, 18t, gegen Rex gl. Menge〉。

即ち、「変化」「輸送（旅行）」「国王」「予備」「遊戯場」「保管」「青銅一八トン」「引き渡し」「スクラップ証明書」「量」等という言葉の、関連を連想させる不明確な羅列である。

ファルスマンはこのような言葉の羅列から、一八トンの青銅の国王像が四〇年前、何らかの意味でVEB Ordunezに係り合い、保管品として記帳され、予備品とみなされ、最後には遊戯場に振りわけられたことを解明する。

彼は、この事実に係り合い、すでに年金生活に入っている元総簿記係ヨーゼフ・クラッグ（Josef Klagg）の署名を資料から知り、クラッグを訪ねる。

いつの日かこのような訪問を予期していた愛国者を自認するクラッグの証言により、ファルスマンはついに驚くべき事実に逢着する。混乱期であった第二次大戦後、目抜き通りの角にあった青銅の一八トンのフリードリヒ大王騎馬像が、台座を残して撤収され、二つの部分に解体され、VEB Ordunezの保養用企業内公園（遊戯場）地下に埋蔵され、その一部は現在、池として使用され、一部は卓球場の下にあるという事実である。

この青銅像を当時輸送し、埋蔵したのはVEB Ordunezの隣のグランドにある土木工事の企業であった。国内に再び秩序が回復し、隣の企業が青銅像の使用法について照介してきた時、くず鉄証明書を書き、輸送及び埋蔵用の五〇〇マルク支払の責任を負ったのがクラッグであった。即ち、彼は青銅像を融解の運命から救ったのである。しかも青銅像をその後も救い、保管するために難解な記述を敢えて残した。愛国者を自認する所以である。

ファルスマンは二日後、彼のもとに届いた匿名の愛国者の手紙を持ってシャルボフスキーにこの事実を報告する。この後、この一八トンの青銅を資源とみなし、青銅の記章を製造し、国外輸出を目論むシャルボフスキーとそれに反対するファルスマンの攻防術策が展開する。結局、この事実は政府の最高指導者達に伝えられ、彼等の決定にゆだねられる。その決定はファルスマンの予測通り、騎馬像の復活であった。

ファルスマンは最近、「新しい特定の考えに捉われない思考の徴候[28]」をこの国に感じていた。「物質的存在が意識を決定する。[29]」という弁証法的唯物論の主題は正しいが、それを杓子定規に全てに適用しようとするシャルボフスキーの敗北であった。

それ以来ファルスマンは様々な会議の議長に選ばれ、「新しい特定の考えに捉われない思考」について講演を依頼される。彼は突然、自分が「セント・ヘレナ島にすでにいて、ナポレオンにもなり得るであろう。[30]」という思考に襲われる。彼は両方とも望まず、脅威的な昇進に抵抗する手段を考える。

一つに融合された騎馬像が主なき台座に改めて固定される日、ファルスマンは除幕式の壇上で最高指導者の隣に列席させられる。彼が自分の同僚達やシャルボフスキーやクラッグを群衆の中に見た時、自分が指導者としての水準で将来の生活を続けてゆかざるを得ないことが不変の事実のように思えたのである。彼は従来通りのファルスマンにとどまりたかった。

彼は壇上で意図的に予定外の行動をとる。彼は最高指導者に無作法な接吻をし、のがれようとする相手を離さず、不興を買う。

彼は昇進と英雄の地位を捨て、同僚の中へ戻る道を選ぶ。時代はもはや英雄を必要としない。「私は皇子になる危険から接吻によって蛙としての自己の席に自分自身を連れ戻した。それは喜ばしい地位である。[31]」とカントはグリムの「蛙の王様」の結末を逆手に取る。カントの才藻の踔厲風発たるものが磅礴している作品と言えよう。

(VI)

『オスバー事件』でファルスマンの出張先はアメリカに迄延びる。

彼はある日、弁護士ファルケ博士（Dr. Falke）より書簡を受けとる。事務所に連絡をとって欲しいが、第三者には当面、黙っていて欲しい。更にモルモン教徒であるかどうか知りたいという内容である。

弁護士兼公証人ファルケ博士を訪ねたファルスマンが聞いた話は以下の如くである。

アメリカ、ソルトレイク市のオスバー（Osbar）氏が東独の郷土美化に高額の財産寄付をしたいので、その寄付金を管理・操作するベルリン出身の簿記係を具体的な協議の為にアメリカ、ユタ州、ソルトレイク市に派遣して欲しい、というのである。

オスバー氏はモルモン教徒であるが、簿記係はモルモン教徒でないことが条件である。

ソルトレイク市に到着した彼とオスバー氏の会談は早速始まるが、この会談の形式が奇妙にして傑作である。会談はある事務所に於いて開催されるのではない。市からソルトレイク湖へ向い、途中から再び引き返す間、ファルスマンはゆっくり走る車に乗り、オスバー氏はマラソンランナーとして車の傍を走り、開かれた車の窓越しに会談が開催される。女性運転手も運転手席と後部座席との間にある遮断ガラスによってこの会談から除外されている。

オスバー氏は第三世代のドイツ系アメリカ人であり、彼の祖父はベルリン出身の簿記係で、アメリカに移住し、Osbar Public Services なる会社を設立した。祖父はモルモン教徒であり、モルモン教の家系は子供のいないオスバー氏で終了する。祖父の提案によれば、そのような場合、ＯＰＳの全財産はモルモン教会に移行する。従ってオスバー氏は九六〇〇万ドルを祖父の出身地に寄付したいという。

その条件の第一は、彼の祖父が昔、ベルリンから南のプラウェン（Plauen）迄徒歩で旅をし、そこにしばらく滞在した後、汽車と汽船、更に汽車を利用してソルトレイク市へ到着したので、今、彼はその逆をたどり、プラウェンからベルリンへ徒歩旅行するにあたって、「その途上の村々の家の全てを昔通りのなつかしい色彩に塗り変えてほしいというのである。[32]」

何故なら、ドイツの村の風景は、その家々の色彩の面で、祖父が語った昔の村の風景とは余りにも異なることを、オスバー氏は知ったからである。

「しかし、故郷について、オスバーの祖父はいつも語っていた。そして孫の観点の中で、プラウェンからベルリンへの道は消し難い村の色彩に於いて描かれている。窓枠の白、玄関のドアの黄色、玄関の風よけの青、アルコーヴの黄土色、垣根の茶色、こけら板の赤である。[33]」

これは、まさに現代のドイツ人が忘却した過去の素晴らしきドイツであり、この要求は、単なるオスバー氏の郷愁にとどまらず、現代文明批判となっている。

ファルスマンが他に何か希望があるかどうか敢えて聞いた時、オスバー氏が可能ならばという前提のもとに口にした二つの希望は、プラウェンからベルリンへの途上、「一八ホールのゴルフトーナメントを企て、ザクセンを通る際には、ゲヴァントハウスのコンサートを手配し、自分が指揮台に立ちたい(34)」という極めてアメリカ人的な発想である。更に肝要なことは祖父の祖国がモルモン教徒の国にならないことである。

一日のアメリカ滞在で帰国したファルスマンはオスバー事件の全権使節としてファルケ博士と事件の対策を協議する。彼はモルモン教のことに関して教会関係の事務官に会い、職人宛の協力要請書へ二〇〇〇回も署名し、ゴルフトーナメントの為にスポーツ関係の事務官にも会見する。スポーツ関係者から得た回答は、ゴルフ場建設の予定は全く考えられないとの回答であった。

彼がゴルフ場建設の為に最終的に求めた伝は陸軍であった。練兵場の改造が話題になるのだが、バンカーをゴルフ場の設備と解釈するファルスマンと軍事的な設備と捉える将軍との間の齟齬や、問題解決に前向きの姿勢を示した、いたって平和的な軍隊に、私はやはりカントの諧謔を見る。

ファルスマンは更にゲヴァントハウスの世界的に著名な指揮者とも電話で話し、ここでもオスバー氏の希望は実現可能に見えてくる、しかし、その時、アメリカからモルモン教徒代理人が来て、計画中止の伝言があった。ファルケ博士はファルスマンに言う。「あなたの億万長者と彼の教会上層部の間で何かがうまくゆかなかったのです(35)。」

「オスバー氏と私と祖国に関するものだと私が知っていた書類を彼は紐で括ってしまった。そして、その束の上方にいる彼を見た時、彼が私のこともその中へ括ってしまうかのように、ちょっぴり私には思えた(36)。」

全ては水泡どころか烏有に帰してしまったという、ファルスマンの腹雑な心境である。

「東独の社会体制を認めながらも、東独が内包する様々な問題に対する諷刺の精神を忘れず、時代と社会をアイロニカルに眺め(37)」てきたヘルマン・カントの姿勢は前述した長篇小説『総計』に於いてその頂点に達する。

彼は読者を楽しませる術も心得ているので、ドイツ統一後、ＤＤＲ作家同盟議長であった彼に多くの批判が集中していることはさて置き、作家としての彼の九〇年代の活躍を私は期待し、また確信している。

〔注〕

（1）ヘルマン・カントの作品に於ける小市民像――作品集『第三の釘』をめぐって――、本書三三八～三五一頁。
（2）本書三五〇頁。
（3）ヘルマン・カント『青銅の時代』――普通の市民の冒険――、本書三三三～三三七頁。
（4）本書三五三頁。
（5）Hermann Kant: Bronzezeit Geschichten aus Leben des Buchhalters Farßmann. Darmstadt und Neuwied: Luchterhand 1986. S. 9.
（6）ebd. S. 32-33.
（7）ebd. S. 26.
（8）ebd. S. 34.
（9）ebd. S. 35.
（10）ebd. S. 36.
（11）ebd. S. 40
（12）本書三三五頁。
（13）Hermann Kant: Bronzezeit. S. 65.
（14）ebd. S. 66.
（15）ebd. S. 42-43.
（16）ebd. S. 70.
（17）本書三三五頁。

(18) Hermann Kant: Bronzezeit. S. 80.
(19) ebd. S. 83.
(20) ebd. S. 94.
(21) ebd. S. 98.
(22) Marcel Reich-Ranicki: Auf dem Umschlag in „Bronzezeit."
(23) 本書三三六頁。
(24) Hermann Kant: Bronzezeit. S. 103.
(25) ebd. S. 110.
(26) ebd. S. 110.
(27) ebd. S. 110.
(28) ebd. S. 130.
(29) ebd. S. 128.
(30) ebd. S. 131.
(31) ebd. S. 133.
(32) 本書三三六頁。
(33) ebd. S. 150.
(34) 本書三三六頁。
(35) Hermann Kant: Bronzezeit. S. 174.
(36) ebd. S. 174.
(37) 本書三三六頁。

(初出、一九九一年四月、『大山聰先生喜寿記念論文集』)

ヘルマン・カントの作品に於ける小市民像
──『総計』をめぐって──

(I)

「この風刺詩の礎石はブダペストに於ける一九八五年の全欧安保協力会議文化フォーラムの上に置かれた。『私は私のファンタジーをギュンター・グラスのファンタジーにそって働かせ、そして想像し……』とヘルマン・カントはあの場で予告していた。問題にされているのはグラスによるNATO、社会主義、及び中立諸国家同等の指導下での全欧文化財団の提案である。それはカントによって『寓話的でもあり、たぶん非現実的でもあると』評価され、その試験的実施が勧められた。[1]」とラダッツ(F.J. Raddatz)が書いているが、この作品は、まさにそのテストパターンである。

外務省の創意局(das Schöpferische Büro)主任クルト・シュレーデ(Kurt Schleede)はある日、外務次官グレルシュ(Grölsch)にブダペスト行を命ぜられるところからこの物語は始まる。シュミレーションの全欧文化財団(Alleuropäische Kulturstiftung)のシュミレーションの管理部で、DDR国家代表を務めるためにである。全欧安保協力会議(KSZE=CSCE)の「最近の会議の結果、文化の保護・普及を目的として全ヨーロッパ的組織を創設することが提案されたのである。[2]」

このシュミレーションの管理部は具体的には「消滅しつつある言語、つまり、ゲール語、ケルト語、高地ドイツ語等々の図書館を」創設し、「ハープシンポジウム、臈纈染めの屋外祭典、ボール投擲競技を」組織し、「年老いた大衆作家達を極貧状態やジャーナリズムから」護り、「フィルム＝ライブラリーをセルロイド虫から」救い、「方言文学、タップダンス、白黒写真を破滅から」引き戻す。それどころか「新聞も出し、ラジオ放送をし、もちろんテレヴィ放送もする。(3)」しかし、それら全てはシュミレーションなのである。

「私達にこの具体的なユートピアの恩恵を与えてくれた紳士が、つまり費用のことを考えたりしなかった。一人の作家がね。幸いなことに、結論を下した会議は現実の制度について合意する代りに、模擬実験にのみ同意したのだ。(4)」とグレルシュは言う。

そしてアメリカとカナダを含めた三五ヶ国の代表が、NATO、ワルシャワ条約国、非同盟諸国より、それぞれ三人の文化人を選び、彼らがブタペスト全欧文化財団（Alleuropäische **Kulturstiftung in Budapest**）を指導する。グレルシュはこれをKUSTIPESTと名づけている。

創意局という部局の名前は、シュレーデに新しい部局がまかせられることになった時、グレルシュに思いついたのであるが、その契機が傑作であり、この作品の中でも、カントのユーモア、ヴィット、風刺が最高度にその効果を発している箇所の一つである。

「人が闘いの後に自らに語る物語りの一つであり、裂け目だらけのハルシュタイン・ドクトリン時代の情報である。むかし、むかし、承認はるか以前のことであった。(5)」と、上述の契機を生んだ事件をシュレーデはブタペストへの機中、思い出す。

当時、シュレーデが赴任していた北の方の国では、閣僚もまだ市電で通っていたのだが、ある日、シュレーデが財政上の理由から市電に乗っていたとき、彼の向かい側によりによって、DDRの存在をすら認めようとしない西ドイツの有力な大臣が座っていた。シュレーデが議会前で下車したとき、この大臣も下車したのだが、その時、この「ハルシュタイン野郎」に一人の市民が自転車で衝突し、彼を轢き倒し、逃走する。シュレーデは彼を助け起こす。彼は幸いにも無傷であったが、彼のズボンの片足は踝のところから大腿部のところまで裂けてしまう。シュレーデはその裂け目を安全ピンで留めてあげるが、裂け目を覆うには不充分である。そこでシュレーデは言う。

「私達は同じ道を同じ足並みで歩くのではなく、あなたの破られたズボンの足部が私の無傷のズボンの足部で覆われるようにすれば、露出部はある程度隠されるに違いありません。望むらくは新聞記者がまだ来ていなければ。(6)」

しかし新聞記者がいたので、ここで二人、つまり東西ドイツの奇妙な協力が展開する。大臣は左足をシュレーデの右足に揃えて、メヌエットの際の如くギクシャク議会に向って歩かざるを得ず、二人の接近の真の原因を隠すためには、シュレーデとの親密な会話を装わざるを得ない。多くを話すチャンスはシュレーデに殆んどなかったが、自分の国民的アイデンティティーと外交上の事態についていくつかの指摘をした。この事件の数週間後、この政府首脳はハルシュタイン・ドクトリンを捨てた。

「……、そして私が彼の演説集を読む際に、世界を分けている裂け目について、そして、全ての共通の歩みを正確に合わせることによってのみ克服され得る災難について、彼が語っている箇所まで来たとき、常に私は彼の言うことをこの点では一般的な新聞の読者よりもいくらか良く理解できるかのような気がした。(7)」とシュレーデは語る。

その後、DDRは西ドイツからも、他の国々からも承認されたので、グレルシュは、あの自転車乗りをシュレーデが任命し、トレーニングしたのだと考え、シュレーデが東ドイツ承認を引き出したと主張し、切り裂き（抜け目のない）シュレーデ（der gerissene Schleede）は有能な幹部と判断され、彼には相応しい地位、即ち、創意局が考案された。

蓋し秀逸なるカントの才藻である。

（Ⅱ）

シュレーデはブタペストに到着し、大使の出迎えを受け、種々説明を受けるが、そこで彼が直面する事実は、「文化は、それだけを取り上げれば、国境を越えるものであり、そうあろうとする。国家は、大臣達の外交と旅行はまあ別として、国境を越えないし、それに相応することを欲するわけにはゆかない。国境とはまさに一つの国家的な言葉である。いずれにせよそれは国家の定義に属する。私の知るところ、それは文化の定義には属さない。(8)」という大使の説明に見られる越えがたい国家という存在である。

続いて、シュレーデが、宿泊所が隣接し、会議も開催される建物で体験することは、奇妙であり、ヴィットに富み、風刺的である。

ハンガリー当局が参加者の写真と身上調査書をペンダントに加工する偽造防止用身分証明書システムに関することであるが、その為にハンガリー当局が採用したのはアメリカＦＢＩの機械であり、その製品、つまり、身分証明書はidentity tag = Identag と呼ばれている。ＦＢＩは警察以外のものではなく、ＣＩＡとは異なることが解明されたので、ハンガリー当局はこの機械をブロンドのアメリカ女性と一緒にリースしたのである。東欧圏に対する通商停止があるので買わなかったのである。

開会式のセレモニーは、主催国ハンガリー代表デスツェー（Deszö）の挨拶で始まるが、この段階から会議は踊り始める。九人の文化人の選出と任用、つまり、九人の文化人を送り出す国家の決定へ移行措置なしに着手するかどうかというデスツェーの提案に対し、先ず、その提案に直接関係しない発言が次から次へと始まる。直接関係しないが、それらの発言には各国代表の思惑があり、各国代表の自己宣伝がある。

フランス代表は、フランス語を称讃し、文化とは一般的対話への貢献を拒まないアッピールと解釈すると語り、フランス人の美食主義に触れる。イギリス代表は自由な精神のかけ橋たらんことを語り、ニュー・オルリーンズ出身のアメリカ代表はまさにジャズについて触れる。一方ソヴィエト代表は、一般に思われている以上のロシヤ人の食道楽について弁じ、大草原の宿営地での料理に思いを馳せる。我々が日常的な対話や会議でしばしば経験する主題からそれた冗長で無益な発言が、国家の代表なる外交官の間で続く。

更に続く筈であった同種の発言を一喝して防ぐのがパイプを口に銜えたオランダ女性代表であり、この時以来、多数の女性が登場し、活躍するのが、この作品の特徴の一つである。休憩後の正式な会議で誰が最初の発言者、つまり、議長であるべきかを抽籤で定めるという提案によって開会式は終了する。

本会議は円卓方式で実施されることになるが、フランス語のアルファベート順で席が指定され、シュレーデの左隣は西ドイツ代表ポエンスゲン（Poensgen）、右隣はアメリカ代表ファルベッカー（Fullbacker）となり、この配置が、以後、様々なエピソードを生む。会議が始まる前に最初のエピソードが生まれる。ファルベッカーはフランス語での西ドイツと東ドイツを表示を区別できず、ポエンスゲンには冷たい微笑を送り、シュレーデに温かい微笑を送って、「ヴィリー・ブラントの最近はどうかね？[9]」と訊ねるが、思い違いを確認した後、シュレーデとポエンスゲンに改めて挨拶をする。「今度は、私は正当に冷たい微笑を受け、ポエンスゲンはそこで正当に温かい微笑を受けた。[10]」

会議の冒頭に抽籤用の機械が用意されたとき、ファルベッカーの突然の異議とデスツェーの思い違いにより、開会式での決定と異なり、三五箇国の中から、文化代表を送り出す九箇国を直接抽籤で選出することに討議が移行し、様々な意見が頻出し、会議はここでも踊り出す。最初に意見を述べるのはファルベッカーである。もし抽籤で九箇国が選出されるならば、「全欧文化財団が以下のかわいい、まことに小さな国々によって、つまり、アイスランド、リヒテンシュタイン、ルクセンブルク、マルタ、モナコ、キプロス、サンマリノ、バチカン、そしてドイツ民主共和国！によって指導されるということが[11]」起り得ると述べる。

この意見に、カントが、アメリカの大国主義と、東ドイツを小国の中に編入するアメリカの外交姿勢を反映させてはいるが、この作品の中でそれを真正面から批判はしない。

ファルベッカーは更に見解を述べる。

「私はあなたにもう一つ別の例を挙げますが、あなたはまたは次のような国家のかわいい小グループを選ぶこともあり得ます。ソ連、ポーランド、チェコスロバキヤ、ハンガリー——議長すみません——ルーマニヤ、ブルガリヤ、ユーゴスラヴィヤ、フィンランド、そしてドイツ民主共和国！[12]」

言う迄もなく、この見解に対し、風刺と皮肉をこめて見解を述べるのはソ連代表カルポフ（Karpow）である。彼の推測によれば合衆国の紳士にとって理想的な国家の構成は以下の通りであると。

「合衆国、カナダ、イギリス、フランス、ベルギー、オランダ、イタリー、トルコ、そしてドイツ連邦共和国！」[13]

これらの発言を契機に、様々な国家代表が様々な国名リストの構成に参加し、会議は混乱に陥る。ここで、この混乱を一時的に鎮めるのがやはり女性代表である。オーストリー女性代表である。

「彼女は以前のワーグナー女性歌手のような外見であり、彼女の声量からすれば彼女がその一人であったとも思えた。[14]」

彼女は三五箇国から九箇国の国名を選ぶ可能性の多様性に言及し、「私達はあの世界を混乱させている魔法の立方体発生の地にいるのです。私達はルービックの国にいるのです。[15]」と発言した。しかし、この発言は、その後、三五箇国から九箇国の国名を選ぶ遊びの原因となる。

その議論は、「様々な魅惑的な指針や論理的な順序や意気消沈される思い違いという多様性によって、改めてあのルービック・キュービックを想起させた。雄弁な教義学者や冴えない洒落好きも、分析的頭脳の持主も、そして、本来何が話題になっているのか何処でも何時でも分かっていないあのお定まりの愚図も発言した。[16]」

カントはここでも、我々が日常的な会議で体験する非能率的な会議の内容を（大学での様々な会議を私は想起してしまう！）、国家の最高級の代表者達の会議にも適用する。国際的に重要であるべき会議も、各国外務省の高級官吏も世俗性を帯びてくる。

更に、国連の安全保障理事会の四大国ともう一つの大国カナダに対する警戒・反撥、それらの大国の拒否権発動に対する危惧が、小国代表達によって主張され、結局、最初の予定通り、ＮＡＴＯ、ワルシャワ条約国、非同盟諸国がグループごとに集合し、それぞれ三人の文化人代表を選出することが提案されるが、デスツェーに代わる議長選出の提案もなされ休会となる。

(Ⅲ)

上述のごとく、この非能率的な会議をヴィットとユーモアと風刺をこめて叙述しつつ、カントはその叙述の合間に古今東西の歴史や事件を挿入する術を心得ている。ポルトガル代表のアメリカ代表に対する厳しい予想外の姿勢にコロンブスのアメリカ大陸発見を関連させ、オーストリー代表とハンガリー代表の親密な接近にオーストリー・ハンガリー王国を想起し、アメリカ代表とソ連代表の対立と協調にゴルバチョフ時代の反映を見る。

カントは更にシュレーデとポエンスゲンをホテルの同じ階の隣り同志の部屋へ住まわせ、廊下で親しい会話をかわさせる。カントはここに一つの伏線を置く。

この休憩時間にシュレーデはグレルシュから東ドイツの文化代表としてルフテンベルク（Lufftenberg）出身の多面的才能の持主で、女性の人形劇演出家クラリッセ・ゲッテクニー（Clarisse Getteknie）をヨーロッパ文化財団へ送り出すよう要請される。ワルシャワ条約加盟七箇国の会議が開催されるが、ここでも会議は紛糾する。

先ず、七箇国の要求に対し、如何に三人の代表を選出すべきか、何語で討議されべきかが検討された後、チェコ代表オトチエナシェク（Otčenášek）によって文化代表の氏名ではなく、専門領域を検討すべき旨、提案がなされ、ブルガリア代表メトードフ（Methodow）はテニスを除外し、ポーランド代表マリノフスキー（Malinowski）は二大国を意識しジャズとバレー代表除外を主張する。ワレサの連帯に象徴される姿勢であろう。ソ連代表カルポフの説明要請に対するマリノフスキーのバレー反対の理由は、一つの偏見ではあるが、その発想のユーニークに爆笑せざるを得ない。彼は、バレーのスプリットは身体のデフォルメであり、不自然であると主張し、更にその論理を展開する。

「バレーは若い時期の身体障害をひき起こす痙攣的な動き以外の何ものでもなく、トーダンスのような不条理によって引き寄せられるのは本来赤十字ぐらいであって、金を支払う観客などではないのです。[17]」

その後、様々な思惑の交差する討議の末に、ワルシャワ条約機構からは、ソ連、主催国ハンガリー、そして、この全欧文化財団を提案した西ドイツが当然ＮＡＴＯの代表の一人を要求するであろうという推測に基づき、東ドイツが文化代表を派遣する国として選ばれる。

この会議終了後、シュレーデがホテルと会議場のある建物を結ぶガラスのトンネルである長い廊下で体験する出来事も真に興味深い。つまり、その回廊で、ハンガリー当局に依頼されたスコットランド人技師が金属検波器を設置・管理しているが、その理由は、ハンガリー製の器械はプラスチィック爆弾とナイロンパンティーには反応するが、金属には反応せず、「大砲をかかえた人間がトンネルを通って来ても微動だにしないからである。」[18]

また、ハンガリー当局がこのような措置を依頼したのは、ＯＰＥＣでテロリスト達が多数の石油相を人質にしたからである。しかしシュレーデはこの会議に参加している全員が必ずしも自分を初めとして大臣ではないし、石油という重しを抱えたシャイフでもなく、人質としての価値もない、と考える。ハンガリー当局とシュレーデのこの思考の齟齬は戯画そのものである。

ここでも、スコットランド人が自らオイムシャー（OIMSHER = Official IMage PuSHER）と名乗るところに、KUSTIPEST、Identag と同様、カントの多くの作品に特徴的な言葉の遊びが見られる。

二日目、朝食の後、シュレーデはベルギー、オランダ、ルクセンブルク、及びサンマリノの非同盟諸国の代表達より、ベートーヴェン第九交響曲のシラーの詩、「歓喜に寄す」のテキスト朗読を要請される。彼らは KUSTIPEST の全ヨーロッパ放送に特有な讃歌としてこのテキスとを考えたのであるが、このシラーの詩もこの作品の重要な要素となる。

シュレーデが開会前を利用して東側の代表団の垂涎の的である貴重な西側製品、藤色の髪止めをブタペスト市内で娘の為に入手し戻ってくると、会議の開会がおくれている。例の検波器に対する各国代表の拒否反応で、彼らはガラスのトンネルを通り抜けようとしない。

事情を知るシュレーデはオイムシャー氏の強い要請により、検波器の電流を切断させ、最初の代表としてそのトンネルを通過する。音も鳴らず、光も警報を発しないが、シュレーデは自分以外誰も行動しない場合を危惧する。自分のみならず、彼が代表する国家が嘲笑されるからである。国家は彼にとって、重しとして意識される。ところが、彼に続いて、敢えてその廊下を歩き始めたのは他ならぬポエンスゲンであり、しかもシュレーデに急速に近づく。

両ドイツの接近・協調がここで象徴的に暗示されるが、シュレーデはその印象を避けたい。彼は自分が国家であることを拒否したい。

「できるなら私は、廊下の向うのはずれに向って、ボンの男の接近から逃れて、そこから走り出したかったが……(19)」

「更にはっきりと私は私達二人の後からくる編隊を目にとめた。狭い通路なのに並ばんばかりにしてファルベッカー氏と同志カルポフが沈黙し反応しない探測器のところから、次のように幼年時代を私に思い出させる様子でこちらへぶらぶら歩いてきた。遠足、日曜日の午後、メクレンブルクの草原の小道、二人以上歩けない場所、それ故に二人ずつの縦隊、子供達が前を、そしてその後を老人達。――違うのは老人達があの頃は私達が一緒にいるのを喜んで見ていたということだけである。彼らが私達に向って叫ぶときには、いつも次のように叫んだのだ。お前達喧嘩するなよ！(20)」

前を歩く東西ドイツ代表、そして後からくる米ソ代表。前の二人は喧嘩しそうにもないが、後の二人には叫びたい気があるのかもしれない。まさに秀逸なる描写である。

事実東西ドイツの二人は楽しげに会話をかわすのである。その後、二日目の会議が始まる。

(Ⅳ)

二日目の会議では予定通り描籤で議長が選出され、トルコ代表が最初の議長を務めることになるが、彼は議長としての挨拶の中で、「次の発言者に発言を許可する前に……」という前置きを反復し、次の発言者の意見を募らずに、むしろ、キプロス問題とトルコ国内に於ける言論弾圧を正当化する見解を述べたが故に、各国代表が様々な反応を示す。ここにもカントの才気の踔厲風発たるものが現われている。

中立国の多くが、イヤホーンを外し抗議の姿勢を示すのに対し、トルコと政治的に微妙な関係にあるアメリカとブルガリアは興味深い姿勢を示す。

「ファルベッカーは頭の技術的器具の音と電流を断ったままにして、イヤ・ヴォーマを付けた考えている一人の男になった。確実に彼は耳を傾けていなかったが、回路を外させるわけにはゆかなかった。もし彼が今日、聴音機を外したならば、明日、彼の政府がトルコ東部国境にある聴音機を撤去するよう要請されるということを、いったい誰が分っていようか。」

「そしてその隣の男、ブルガリアのメトードフに関して言えば、彼もまた相当に複雑な状況に応じて反応した。つまり、一方では、彼は同志カルポフがファルベッカー代表同様に耳の聞こえぬ巨人の如くイヤホーンを付けたまま蹲り、多分氷の海の冷たさとダーダネルス海峡の狭さを考えているのをおそらく見ていたし、他方では、ソフィアとアンカラの間のものとして育成されてきた友情が存在していたのだ。だからブルガリアの受信者はトルコ側の送信に一方は、そして他方は、と対処していた——一方の器具は耳から外し、他方は片方の耳に残しておいた。[21]」

シュレーデ自身の対処の姿勢をカントは以下の如く描写するが、この叙述がまた非常に興味深い。

「そして私、シュレーデは、あるいは超越的存在としての私は？　今、私はできたらおおいに単なるシュレーデでいたかった。なぜならそうすれば鼻に皺を寄せて軽蔑することが許されたであろうから。しかし私がその代表である私の国家は公然たる軽蔑を重視せず、私の国家は承知はしている。」「私、シュレーデは鼻に皺を寄せ、代表としての私はイヤホーンによる送信を承知し、ポエンスゲンが私と全くそっくりにふるまっていたのを孜孜無視しようとした。[22]」

このシュレーデの姿勢は、我々の様々な関心を誘う。先ず、シュレーデは個人と国家の間の齟齬に陥らざるを得ぬ国家代表を体現しており、それ故に上述のような因循たる姿勢を示している。第二にシュレーデが鼻に皺を寄せざるを得なかったトルコ代表の演説内容の対象はキプロス問題の正当化なのか、あるいは言論弾圧の正当化なのか、それとも両者であるのかということであり、いずれにせよ、シュレーデの脳裏にＤＤＲに於ける当時の言論抑圧は影を投じていなかったかということである。影を投じているのが当然と思考するとき、シュレーデの個人としての軽蔑は真に複雑な意味を持つ。

相変らず、前置きを連発するトルコ代表の議長の発言に続き、ルーマニア代表ラドゥレスク（Radulescu）が九人の代表を派遣する国々の名を個別に挙げるべきであると提案する。NATO、ワルシャワ条約国、中立国が三箇国ごとまとめて名を挙げることによる更なるブロック化を避ける意図なのである。文化はその創造者、つまり、個人に帰するからでもある。アイルランド代表フラヘルティー（Flaherty）はこの意見に賛意を示すが、同種の文化代表が管理部に所属する可能性に不安を抱く。このように会議が進行する中でシュレーデはいつクラリッセ・ゲッテクニーの名を挙げるべきか悩む。

「それは、私の国の参加が告知された後に先ず起ることであった。それでいいのだ。しかし誰によって告知されるのか？　そして、ボンのポエンスゲンが彼の国の芸術家を管理部へ送り込んだときに、初めて私達の参加の決定が下されたことになる。それともボンの先触れなしにふるまうことが、むしろ私達の主権にふさわしいのではないか？」[23]

ここでも東西ドイツの関係は真に微妙なのである。

その後、昼休み後の議長を時計回りの順序で選ぶか、それとも逆の順序で選ぶか議論が紛糾した後、時計回りと逆の順序に決定した結果、各国代表の予定に様々な齟齬が生じ、それがまた一種の喜劇的様相を呈示する。例えば、その議論にはカナダ、ソ連、チェコスロバキヤ三国が参加し、アイスホッケー強国の話題が織り込まれてゆく。

また昼休みにシュレーデはファルベッカーより昼食に招待されるが、それは翌日到着予定のアメリカ文化代表の会議への事前参加を認めてほしいという要請のためである。時計回りと逆の順序になった結果、翌日のその時間の議長職がシュレーデに当る結果となったからである。

シュレーデは、この昼休みに、ハンガリーの女性通訳達から、例のベートーヴェン第九交響曲のシラーの詩の翻訳に関して彼の見解を求めるべく、ホテルのピッツァ店での夕食に招待される。ポエンスゲンも招待されていることを聞き彼は当惑する。

しかしポエンスゲンは、この会議を提案し、自らも参加する予定の例の西ドイツの作家が、ミサイル反対運動のために会議不参加を通告してきたが故に、その作家の後を追うことになり、今後会議に参加できず、例の招待にも応じられないと、親しくシュレーデに伝える。そのうえ、ポエンスゲンは、翌日西ドイツが議長を務める際に会議に参加できない場合、東ドイツ、つまり、シュレーデが順番を代れないかと要請する。

東西ドイツの接近は、あまりにも明瞭となる。しかし、シュレーデの次の回答は当意即妙と言える。

「喜んで、即ち、私があなたの文言を話す必要がなく、あなたが私の文言の内から何かを望んだりしない限りですが。[24]」

別れる際に、ポエンスゲンが東ドイツの文化代表が、予定以前にブタペストへ到着したことを示唆したので、シュレーデの新たな悩みが始まる。彼は外務次官グレルシュの策謀と考え、それへの対処を考慮せざるを得ない。東ドイツの文化代表派遣はまだ正式に会議で決定されていない以上、多国家からなるこの会議の運営グループの意向を考慮せざるを得ない。

「彼らはいまや、シュレーデ式の言葉を使えば、さしあたって、KUSTIPEST の糸と人形遣いクラリッセの糸が相互に接触しないように厳しく用心すべきであろう。[25]」

また、自分がファルベッカーに約束したように、議長の権限で会議へのアメリカ文化代表の事前参加を認めた後に、東ドイツの文化代表も会議に即座に参加するのはあまりにも意図的である。それは、ヨーロッパとアメリカに於ける東ドイツの評判を落とすことになるとシュレーデは考えた。国家はやはり彼によって体現されているわけである。

(V)

二日目の午後の会議では、ハンガリー代表デスツェーが、先ずハンガリー当局が例の検波器をおそくとも芸術家達の到着に際し撤去すること、第二にこの会議への協力者並びに参加者用にメダルを発注すること、第三に全欧文化財団の外交用に不可欠な略称の導入に同意し、その結果、作業グループがEUROCULTという略称に一致したことを提案する。

ここでこのEUROCULTという発音が、参加諸国の言語でけしからぬ意味にならぬかどうか、吟味・検討される紛擾が起こり、その吟味・検討は頌詩「歓喜に寄す」の字句内容にも及ぶ。小休止後、オランダ代表ファン・ヴェレムス夫人（Frau van Wellems）が、休憩中のスパイ行為の結果として、文化代表を派遣する九箇国の名を発表する。NATOからはドイツ、ノルウェー、北アメリカ、中立国からはオーストリー、マルタ、スイス、ワルシャワ条約国からはハンガリー、東ドイツ、ロシヤと発言し、抗議を受け、社会主義ソヴィエト連邦共和国、ドイツ民主共和国と発言を訂正する。

ここにもカント特有の風刺の冴えが窺えるが、以下の場面には、彼の風刺とユーモアが磅礴している。ファン・ヴェレムス夫人は、自分がスパイ行為をした理由として、会議の終了を促し、夜のオペラへ行きたいからだと発言する。その夜は『カルメン』上演が予定されており、ベルギー、ルクセンブルク、サンマリノ代表もオペラ観賞を表明し、会議場で「闘牛士の歌」が突如口ずさまれ、議長カルポフが制止せざるを得ない状況が出現する。

九箇国の名前が発表された結果、ルーマニア代表が危惧した更なるブロック化は解決するが、アイルランド代表の不安は解消しない。一方、同種の文化代表選出の可能性を承認する見解もあり、ここでも抽籤の導入が決定され、二日目の会議は終了する。

会議終了後、シュレーデはポエンスゲンが事情によっては例の西ドイツの作家に代わりEUROCULTで文化代表を務めざるを得ないであろうという、ユーゴ代表ヨヴァノヴィッ夫人（Frau Jovanovic）の見解を知り、自分は経費の関係で同じ立場に置かれるかもしれぬという不安に襲われる。また彼はホテルの浴室の鏡に写し出された自分の顔に愕然とする。この二日間に老化したように思えたからである。更に夜のピッツァ店でのハンガリー女性通訳達とのシラーの詩をめぐる対話で、ベートーヴェン第九交響曲のシラーの詩が、解釈次第で強権政治や西側主導のヨーロッパ統一に利用され得ることを指摘される。そのうえ彼は、この会議に参加している各国代表達に対する知性に富むハンガリー女性通訳達の辛辣な批評を聞かされる。彼は自分も「他の全ての代表と同様に一人の取るに足らぬ漫画の吹き出し[26]」になり得ると考える。

妻マティルデ（Mathilde）との電話で、ジークフリートの死やニーベルンゲン滅亡の原因となったアッティラの国ハンガリー滞在のこと、例の高価な藤色の髪止め購入によるシュレーデの破産状況も話題になり、彼はマティルデからも帰国を促される。抽籤により、同種の文化代表選出の可能性も承認され、クラリッセ・ゲッテクニーのEUROCULT出席も決定する。

二日目の会議終了後の上述の全ての体験は国家代表としてのシュレーデを否定し、個人としてのシュレーデを肯定する方向への指針であり、もはやシュレーデの心は帰国へ傾くのである。彼は国家を代表する英雄よりも、普通の市民を志向する。

その夜、ホテルの自室に戻ったシュレーデの部屋の窓が外から叩かれる。東西ドイツの代表が電話でまたは部屋で公然と対話するのを避けるために、ポエンスゲンが箒の柄に白い布を付けて隣の部屋の窓から叩いたのである。そこで、夜、ホテルの窓越しに二人の会話が始まる。ポエンスゲンは例の作家をブタペストへ連れ戻せず、自分が文化代表を兼ねざるを得ないことをシュレーデに説明し、そのことが会議で承認されるよう彼の助言を要請する。この場面のカントによる叙述は、東西ドイツの舞台裏での取引きと協力を暗示し、やはり秀逸である。

もはや、ブタペストに国家代表としてとどまる必要性も意志も持たず、普通の市民としての生活を選択したシュレーデは、翌日、この会議への参加者、女性通訳、事務職員、多国籍作業グループ、更にIdentag製造器や検波器のメンバーに見送られてホテルを去ることになる。

「艦長であったサン・マリノの君主の提案で讃歌『歓喜に寄す』が歌われはじめた。彼らは歌を、たぶん原文では無理なので、歌わなかったが、メロディーを口ずさんだ。そして彼らの心の底から歌われたので、やはり私の心に達した。[27]」

このようにしてシュレーデはその日の午後にマティルデのもとへ帰宅する。

カントはこの作品の中で東西ブロック、中立国の間での様々な矛盾や外交的取り引き、東欧圏に於ける監視体制と後進技術、ＤＤＲの財政逼迫と外貨不足を剔抉し、個人と国家の葛藤も描写する。しかし、そこには何ら陰鬱たる場景はなく、全てがカント特有のヴィット、ユーモア、風刺に包摂され、彼の想像は古今東西の歴史事件からヒッチ・コックやリー・マービンという映画の世界に迄飛翔する。

しかも、この作品に見られる東西ドイツ代表の協調は、西が東を併合するようなドイツ統一とは異質の、東西ドイツの近い将来の統一を、暗示していたように思われる。

〔注〕

（1）Fritz J. Raddatz: Auf dem Umschlag in „Die Summe“.
（2）Hermann Kant: Die Summe. Darmstadt: Luchterhand 1988. S. 6.
（3）ebd. S. 7.
（4）ebd. S. 7.
（5）ebd. S. 10.
（6）ebd. S. 12.
（7）ebd. S. 13.
（8）ebd. S. 16.
（9）ebd. S. 31.
（10）ebd. S. 32.
（11）ebd. S. 34.
（12）ebd. S. 34.

(13) ebd. S. 35.
(14) ebd. S. 35.
(15) ebd. S. 35.
(16) ebd. S. 36.
(17) ebd. S. 59.
(18) ebd. S. 67.
(19) ebd. S. 88.
(20) ebd. S. 89.
(21) ebd. S. 93-94.
(22) ebd. S. 94.
(23) ebd. S. 101.
(24) ebd. S. 122.
(25) ebd. S. 123.
(26) ebd. S. 160.
(27) ebd. S. 187.

(初出、一九九二年三月一〇日、獨協大学「ドイツ学研究」第二七号)

ヘルマン・カントの „Abspann“ をめぐって

（I）

統一ドイツ後、最も激しくその従来からの姿勢をめぐって論議の的となった旧DDRの作家達の一人、旧DDR作家同盟議長 Hermann Kant は一九八九年二月、DDR崩壊以前に彼がそれまでの彼の物語に書けなかった彼自身の物語、回想記とも言える物を書き始めた。それは一九九〇年に到るまでの彼の半生記とも言える。その内容は作家としての彼を理解する上で興味深い物であり、五〇〇頁を越えるが、紹介し論じて行きたい。その内容の真偽を問題にすることは避け、あくまで一つの回想記として捉えて行きたい。その題名は映画やテレビのドラマ、記録物の最後に流れる字幕を意味する言葉であり、DDRの崩壊に依って終了した一つの、様々な人物が関与し、彼自身が共に歩んだドイツの歴史の幕引きを意味しているのであろう。そういう意味で、一貫してDDR体制擁護の確信犯と見られてきた Kant に相応しい題名とも言える。

これを書き下ろす契機となったのは、西ドイツ、Hamburg に住んでいた Kant の母親がTVの前で、Kant を最も御しやすい子であると発言したことである。Kant に言わせると、彼女は全く反対のことを発言しており、その発言は彼の息の根を止める程、彼を驚かし、彼自身のことを記すきっかけとなった。しかしそれは、「単なる誘発的な要因であって、私は、私の今迄の物語に受け入れられなかったものを、私の物語から書き付けるべきであろうという考えは私に既にかなり長いこと迫っている。それが小説に於いて進行しようとしない場合、回想が一つの打開策であるように見える。(1)」とKantは述べている。その上でKantは、自分が又御しやすく見えるかどうか自分が問いかけることは許されると述べ、「それは私にとって過去への好都合な遡りであるように思える。(2)」と書き、五歳で始まり、一六歳で終わった雑貨屋でのごまかし等の犯罪に言及する。その際Kantは、後に西ドイツ最大の犯罪者となったKantの少年時代の友人、Uwe Ackermannに触れており、興味を引く。一方Kantは彼も彼の兄弟姉妹もおとなしく、両親も隣人達や学校と事を構えようとしなかったこと、そして子供達に礼儀作法を教え、それらの一つが全ての大人達への挨拶の義務であり、その結果、彼を只吟味するように見る誰にも今日はというのが習慣になったと述べている。

その習慣は現在も残っており、「私は折りに触れて新聞や映画、テレビの画面で見られているので、何人かの人々は私を知り、それ相応に彼らは私を観察する。私はしかし一人の知人のことを忘れ、高慢と見なされるのを恐れる。そして驚いたような視線に初めて私は認めるのである。私が大人しくあるように学んだ幼年時代同様にまたもや全く知らない人々に挨拶したことを。(3)」という事態迄起こる。一方Kantは探る如く見られた場合、挨拶によってＤＤＲ時代の彼を悪と見なす人に馴れ馴れしさを推測させたくないので、挨拶を躊躇する。その結果好意のある読者を傷つけることにもなる、という著名人の悩みを此の回想記の一九九一年の第二版で書いている。

続けてKantは彼の学校時代に触れる。最初の一〇年間は優秀で、以前の先生達に聞けば、彼の母の如く、御しやすいと、あるいは彼は最終的にクラス一番になったので、最も御しやすい子供と見なすであろうと述べている。私はここに他のKantの作品にあるイロニーを見る。Kantが最初に通った学校はHamburg-BlankeneseのDockenhuden地区Freiligrahtstrasse、後のFrahmstrasseにあり、一九三二年イースターのことである。その当時の学内での朝の挨拶は「お早うございます。」であったが、病気の為一九三三年繰り返すこととなった一年では「ハイルヒットラー」に変わったと、Kantはそのことに触れるのを忘れていない。更にKantは六年半後その校庭は新兵の出頭場所に変わり、その一九三九年秋、彼の父は二度目の召集を受け、その世界大戦より父が死んだようになって帰還したことに言及する。Kantの反戦的、階級的回想は更に次のように展開する。

Freiligrahtstrasse は社会的境界線で、その北側は田舎風で、南へ行くとエルベ川へそしてより高所得地帯に到るのである。Blankenese はそのような地帯で、Dockenhuden には上流の人々が住んでおり、近くの Ottensen の借家アパートの人々には彼らの家は荘園主の住まいの如く見えたに相違ないと Kant は書いている。両者の間の相違は授業開始以前、終了以後に顕著に現れる。

「母親達と子守女達はもう校門の所で、友人選択に際しての鷹揚さが学校の立入禁止区域を越えてまで維持されぬよう心がけたのである。(4)」

故にそれぞれ後継者達は関わり合って良い相手を教えられるのである。Kant 自身一度美しい隣の席の女生徒に誘われその両親の別荘へ行き、尋問され追い出される。Kant は、「自然法則に依れば、一〇歳の子供達の思考能力は彼らの教育有資格者達の支払い能力に相当して成長するのが常であった。(5)」と書いている。しかし Kant 一家はその時にはとっくに母親達が女中を使用しているかどうかに依って差別されない Lurup に越していたと述べている。Freiligrahtstrasse と Lurup は数キロメートルしか離れていないのに、彼の父の動員の日を除き、Kant がそこを再び訪ねたのはベルリンの壁構築後一年の一九六二年、映画作家としての初期の時である。その当時の西のテレビ雑誌「パノラマ」の編集長 Gert von Paczensky の姿勢を評価し、東西ドイツ作家会議での更に二〇年後の彼との再会に触れ、Kant は両地域の比較をする。Kant がとりわけ比較の対象に取り上げるのは玩具店であり、エルベ川斜面の居住地の玩具店の手に入らない高級品と Lurup の玩具店の最も必要な品物である。誰もが手に入れられ、そういう意味で誰もが同権であり、自由である。

Kant は続いていわゆる主人の庭師であった父と女中であった母と、母の扇動的な親戚達と父の扇動的な友人達について述べる。彼らは論争をし、おじ Hermann は共産主義者であり、祖父 Schmidt は社会民主党支持者であり、父は無党派である。御しやすいと後年母から言われた Kant はその場から追い出されたが、ニュースに貪欲であった Kant はドアの背後で聞き耳をたてた。

その父と矢張り無党派のおじ Fritz Ritter がある日飲み屋で Reichsbanner（ドイツ国旗団・ワイマール共和国擁護

派）とStahlhelmer（鉄かぶと団・第一次世界大戦参加者組織）の乱闘に巻き込まれ、両者に攻撃され負傷したのである。おじRitterは母のおばの夫であり、そのおじにKant自身が後に経験する戦争の醜さの度合いへの早めの示唆を、Kantは負っている。Ritterは第一次大戦初期の頃、ポーランドの戦線より休暇で戻ったとき、毎夜、枕に顔を埋めて、「我々があそこであんなことをしなきゃならないなんて！」と泣いたのである。その内容をKantは知り得なかったが、Kantは多くの不安を抱いたのである。(6)

一方おじHermann PrinzはKantにとって最も印象的な共産主義者であったが、後にヒトラーとスターリンが協定を結んだ時、その信条から離れる。そのおじHermannはKantが好まないその名を受け継いだ、ある一つの恐ろしいことを除いては、否定的な面のない人格で、キール軍港の赤軍水兵、反乱者、脱走兵、スパルタキスト、組合野党赤色派宣伝担当者、初期ナチス時代のドイツ遠洋航海の竈焚き、最後は戦争に依る盲目の傷病兵という経歴の持ち主であった。ある一つの恐ろしいこととは共産主義からの転向である。Kantは父を本当に愛していたが、おじHermannを手本にして生きてきたと書いている。

おじFritz Ritterが嘆いたポーランドでのドイツ兵の残虐行為の写真をKantは見たが、そこにおじの姿は見ず安心する。そのおじも戦死する。

おじHermann Prinzと石工頭の祖父Friedrich Schmidtの共産主義者、社会民主主義者間の論争はナチス時代迄続き、「労働者階級間の分裂が何を意味したかを、人は後に私に回りくどく説明する必要はなかった、何故なら石工と竈焚きの間の容赦ない口論は私を証人にしたからだ。(7)」とKantは述べている。現在も完全には克服されていない課題である。

Kantが最初の方で言及するもう一人の重要人物にHermann Fischerがいる。Hermann Prinzの義兄弟で、やはり共産主義者で、一九三四年五月Hamburger Holstenglacisで手斧で処刑されたのである。母にHermann Fischerのことを聞いたKantが得た答えは、「そう、あの人はお前の父になったかもしれない。(8)」であり、Kantは自分の名は母の失恋相手の此のHermannに由来すると考えたりする。彼の処刑はナチス突撃隊員殺害の故であり、七〇年代Kantは訴訟記録調査に Hamburg を訪れている。

ナチス政権奪取以前のワイマール時代の共産党の役割に関する一九八六年の Hamburg に於ける、国際ペン大会での Stephan Hermlin と西ドイツの代表者達の激しい論争を聞き、Kant が想起するのは大会会場と Fischer が収容されていた牢獄の近さである。大会後 Kant が自作朗読の為派遣された学校はかつて彼がその出身階級の故に一九三七年入学を拒否された Hamburg、Flotbek の最も上品な Christianeum という Gymnasium である。しかし彼が五〇年後、当時のことを語りかけるや否や、今度は生徒達から拒否されたのである。Kant はここで彼は彼らに当時の入学拒否に就いてのみ語るべきではなく、荘重な入校許可に就いても語るべきであったと述べ、一九三六年の同校でのヒトラー少年団 Jungvolk への入団式に話を転ずる。彼の両親は心ならずも子供の不利益を避けてそうさせたと Kant は述べる。彼の父はナチスより汚名をきせられ、もはや庭師ではなく、道路清掃人にされたにも係わらずである。その理由は父がナチス政権直後の一九三三年二月庭師達の集会で彼の友人でもある共産主義者の庭師の追放に只一人反対したからである。

Kant は此の最初の章で更に彼の祖父 Friedrich Schmidt の反ナチス的な行動にも言及している。

（II）

この回想記の二章に当たる部分で Kant は彼の父方の祖父 Hermann Kant に言及している。彼以外の三人目の Hermann である。陶工であり暖炉工事人であり、Kant 一家が最初にその半地下室に家賃なしで住んでいた例の Hamburg 高級住宅地 Blankenese の家屋の所有者であった。此の祖父はその家屋を売り、Kant 一家の為に Lurup の Osdorf-Nord に庭付きの小さな家を買ったのである。

Kant の父 Paul Kant には殆ど敵が居ず彼の争いは定期的なその祖父との衝突と Kant が心を痛めた母との争いである、と Kant は述べる。ひょっとしたら彼は最も政治的な無党派であったと、Kant は書き、例の共産主義者の庭師 Teschen

に父が禁じられていた危険な行為に勧誘されていたことにも触れる。父は三人の子供達の為に断ったのである。Blankenese の上階の借家人に一人の彫刻家 Perschke 氏が居て、彼は家賃が払えず貧しさから脱出する為にヒトラーの頭部の彫像を作成し始めた時、父は敢然と「此の家ではこういう頭髪は駄目です、吾が親愛なる君！」[9] と叫んでいる。「遍在する総統は我々の私的な生活圏では殆ど存在しなかった。いずれにせよその姿では。しかし声と普及型受信器に依って彼は一度入り込んで来た。それは我々が新しいラジオを手に入れた時まで続いた。[10]」と書き、Kant はそのラジオを手に入れた一家の苦労話とそれに纏わる彼の子供じみた空想の世界を描写してる。その後 Kant はそのラジオに依って聞いた国会放火をめぐる Leipzig の裁判での Dimitroff と Göring の攻防の生放送と両親のそれへの反応、その後の Dimitroff の Moskau 行き、あのナチスによって Hamburg で処刑された Hermann Fischer の未亡人と子供達の Moskau 行きが密かに両親達の話題になったことに言及する。更に興味深いことは、Kant が自分の記憶を信頼すればという条件付きで、その後 Fischer 家に就いて語られる機会が乏しくなったこと、スターリンの行動の暗い知らせが伝わって来たとき、Fischer 家が再び彼らの話題となり、両親達がその家族が不気味な男の粛清リストに載せられたことに触れている部分である。Hermann Fischer に就いて、Kant はその処刑が共産党のファシストは殴れという一時の方針に従った故ではないかと恐れたりもする。更にその処刑直前の妻宛の書簡が一九八四年新聞に掲載されたこと、死んだと思われていたその娘がそれに関するテキストを起草したこと、彼女はベルリンで生きていて、その母や兄弟の粛清など考えていなかったことにも Kant は言及する。

Kant が此の章で更に述べるのは彼の作品『抑留生活』(Der Aufenthalt) の主人公 Mark Niebuhr という名の由来であり、偶然同名の牧師より彼が誕生時、洗礼を受けたことを後年知る。その教会の側を通り Othmarschener 駅の側の映画へ良く行ったことに話題を展じた Kant は「あの映画館は私の教育機関の内で多分最も相当な機関であった。捕虜生活と労働者農民学部を例外とすれば！」[11] と興味深い事実を述べる。Kant はこの回想記の中で絶えず時代を遡ったり、下ったりするが、その話の運びは秀逸である。続けて Kant は初めてここで彼の作品『奥付』(Das Impressum) の一時的発禁に触れる。また例の教会を後年訪ね、後任の牧師のもとで自分の処女作『大講堂』(Die Aula) にＤＤＲ以外で、しかも本屋や図書館以外でめぐりあった喜びを書く。Kant は此の章で彼の第二作『奥付』の発禁の理由、哲学者 Kant との関係をしばしば尋ねられたエピソードを若干紹介する。

この作品の第三章に当たる部分を Kant は一九五一年冷えびえした復活祭に、労働者農民学部の休暇で Parchim を訪れた所から始める。「私は Elisabeth という一人の愛する少女との邂逅を避け、私の父の後継者とはうまくいかなかった。私が此の男を『大講堂』の中で恨みがましく描いた時、我々の文学の比較的小さなタブーの一つが破られたことを何はともあれ彼に感謝することが出来る。一人の反ファシストにくだらぬ性格を付与することはそれまで禁じられていた。そしてさもなくば非常に詳細な批評は又此の人物を突如避けたのである。[12]」と Kant は興味深い記述をし、面倒な箇所を大きな弧を描いて避ける社会主義の側の批評家達の独自な名人芸がそれでも『大講堂』に対する批判的行動を当時招いたことにも触れる。当然 Kant の筆は当時 Parchim に住んでいた母とそのその再婚相手、Kant の義父 Ernst Steinbeiß をめぐることになる。ナチスの囚人部隊を Parchim の辺りで脱走し、後にSEDの地区書記になり、その後降格された彼は Kant の母、兄弟、Kant と朝食をとっていたとき、党役員より呼び出され事情聴取を受け夜遅く戻る。その時は幸運に終わった。事情聴取の内容は、彼が収容所 Sachsenhausen でバラックの長であった時、囚人仲間達を殴ったという容疑であった。

Steinbeiß はSPD出身で当時SED党員になったが彼の新しい同志達の何人かは指導部の彼を我慢出来なかった。収容所での例の噂が流れた理由はそこにもあった。此の共産主義者と社会民主主義者の確執は祖父とおじとの争いで体験済みで Parchim 特有なものではないと Kant は述べるが、義父が呼び出されたこと自体問題であると Kant は書いている。彼は過去を僅かしか語らないが、輝かしい未来に就いて朝食の際に語り、その語り方は Kant には耐え難かった。「人は彼を一人の残忍な熱狂者と言い得るだろう。」と迄 Kant は述べ、「私は私の母の彼との結びつきに非常に憤慨した、彼女が彼と共に不幸に落ち込んだ時初めて我々は再び親しくなった。[13]」と書いている。その不幸とは古い非難との関わりではなく、全く新しい非難と係わっていた。Steinbeiß は独ソ間の相互農民援助組織での地位を利用して大農に権限がないのに債権を融資し、六年間の刑務所入りの判決を受けたのである。その当時 Kant は労働者農民学部卒業直前であり、母からの手紙でそれを知り、しかもSteinbeißがその不正行為への教唆の罪を彼女に帰し、彼女も事情聴取を受け、数日後帰宅すると彼女の住居は家具を運び出されていたことを知る。

「彼女の次の知らせは西ベルリンのSchöneberg難民収容所から来た。彼女を人は真に一人の難民と称さざるを得ない。つまり彼女は彼女が出来た仕事は貰えなかったし、彼女の住居を再び貰えなかったし、彼女の財産は（図書も含めて）押収され、夫は刑務所に居た。[14]」とKantは書き、一、二度訪れたその収容所を憎んだとKantは述べる。彼自身抑留されていたポーランドの収容所の非常に見窄らしいバラックを彼は嫌ったがそのような憎しみは抱かなかった。「西ベルリンで私は殆ど憎しみに溺れた。[15]」と続けて述べ、母の不幸な半生に言及する。最初の夫を戦争が食いつくし、第二の夫を我々がその指示に従って生きようとしたスターリンの時代が食い尽くした、彼女はＤＤＲの敵にはならなかったが、ＤＤＲは彼女の敵になったとKantは書いている。Kantがフンボルト大学で学び始めた時、母はLichterfelde-Westの特許弁理士事務所で働き始め、そのころKantは母と良く映画へ行っている。彼は„High Noon“のことから映画に触れているように彼は西部劇が大好きで、彼は筆者も大いに好んだ殆どの西部劇及びその俳優達に言及している。西部劇のみではないがその好みは全く筆者の好みに一致する。それ故にベルリンに壁が構築されたとき、彼が悲しむのは西側の映画との別れである。

「東西の最後の決闘、その際に私はその時より保安官といかさまカード賭博者との最後の決闘に立ち会うことが許されないのを嘆いたのだ。」私立探偵と酒類密造者も私なしにはどうなるのか、私は彼らなしにはどうなるのかとKantは書き、続けて以下のように述べる。「狂気以上だ。数週間来Stephan Hermlinと私はベルリンのこれらのことを語り合い、一致していた。都市の中の壁は存在しないであろう。[16]」しかし壁は生じたのである。それ以前西ベルリンはKantにとっては敵対的な領域でもあった。何故なら彼はそこで幾度か殴られたからである。ＳＥＤの選挙運動員として、又政治的ビラを配った時等々。彼はHelmut Schmidtに批判的であり、Adenauerとも学生時代口論をし、Gedachtniskircheの近辺でBrecht, Becher, Hermlin等が野次られるのも聞く。WilmersdorfでＳＥＤの為選挙演説を試みた時、野次の為、彼が口にしたのは一語のみであり、Robert Havemanは三語のみであった。

映画に就いて長々と語った後、Kantは「私は私の身に生じ得たであろう一本の映画を必要とした、そして私の身にベルリンのFriedrichstraßeで壁が生じた時、私が今終りの字幕を書く映画を理解しなかった。[17]」と述べ、その字幕の前には行動が必要だから、私は筋書きを再び取り上げると語り、巧みに話を彼の過去に戻す。一九五三年六月一七日の事件の後、彼の母は恩赦でその住居を再び取り戻しParchimに戻るが、そこで嘲笑され、今度はHamburgに行ってしまう。かつて住んでいたあのLurupの家の二軒隣の家に、妻を亡くしたかつての隣人の男とその家族と住むことになる。母の三度目の結婚である。第三の夫の名はHermann Rademacher、またもやHermannである。続いてKantはその子供達との少年時代の争いに触れ、親友Günterと少女Gretelをめぐっての争いにも言及する。そこからKantの話題は一九八六年のHamburgでの『青銅の時代』(Die Bronzezeit) の初めての朗読会とそれへの故郷の人々の反応のなさ、朗読会の失敗、親友との再会に及ぶ。Günterの彼への友情は変わらないのである。Kantはまた『抑留生活』の状況設定に就いてもHamburgやParchimとの関連で説明をする。

Kantが彼の最初の物語『即位式の日』(Krönungstag) をHamburgへベルリンから送った時、母はその物語は素晴らしいが、「お前は何でもごた混ぜにするね。」と言い、Kantが「言うならば、私はごた混ぜにすることである物を整理するのだ――それは一つの非常に一般的な文学的処方なのだ、そしてそれは文学的な物が他の文字による伝達と何処で区別されるかを人が示そうと望む時、役に立つ。」と母の言に同意し、更にエンゲルスのリアリズム論を引き合いにだし、「細部の整理、その再グループ化、作家に依るその自由な利用に就いて我々は殆ど話さなかったし、作家は細部の忠実さを全く問題にしなくて良いという可能性に就いて全く話さなかった。[18]」と語っているのは非常に興味深い。

(Ⅲ)

此の回想録の第四章でKantはLurupのOsdorf-Nordの彼の小さな家が簡単な船の材料で建てられたことに触れ、多くの人々、親切なホスト役の両親、何本ものビール、気の利いた警句、笑い声とハンマーの音、隣人同士の助け合いという生活が気に入っていたと書き、その地域に一九三五年初めて電気が設置された工事に筆を進める。電柱を立て、電線を引く人たちの仕事を興味深く見ていた子供としての Kant は七年後に自分が電気工になった原因をそこに見ている。続けて Kant は Hamburg で都市化が遅れていたその地域の自然を親しみと懐かしさを込めて詳細に描写している。少年時代に繋がり興味深い。飼っていた豚と山羊には好意を抱かなかった話から Kant の話題は二歳の頃から二〇年間続いた肉嫌いの話題に転ずる。魚肉も口にしなかったが一度うっかり蝸牛の肉を食べたことに言及する。その話に到る前に、最近の様々な事件がどれ程私を変えてしまったか証明したいと Kant は述べ、あの転換期（Wende）以前には魚を敢えて口にしなかったのに、「八九年の大晦日用の鯉をしかし私はかなり食べ尽くした、そして我々の親愛な招待役は、彼らは余計なことにその上 Wendisch と称していたが、今日迄彼らが如何なる私の根本的変動の証人であったのか気づいていない。[19]」と Kant の作品にしばしば見られる機知とユーモアと言葉使いの巧みさを示している。

蝸牛の肉の話は戦後 Kant がいたワルシャワの強制労働収容所での黒豆のスープの中の黒い肉に繋がる。日頃親類達がいつの日か彼も肉を食べるであろう、何故ならある日彼は空腹とは何か知るだろうからと言っていたので、肉嫌いの彼もそれを牛肉と思って食べたのである。しかしそれ程水っぽい牛肉を彼は知らず、その正体を知り、その後はそれを避けたのである。ポーランド語で „slimak“ という蝸牛を国連が送ったのであるが、空腹状況にあったポーランドも遠慮し彼らに回したのである。Kant の巧みな話術はここからいかもの食いに纏わる話に移る。中央アジアへ行くと敬意を表して煮てない羊の目が饗されるという彼の話が Volker Braun の旅行を断念させたこと、DDRの国防大臣 Hoffmann がかつてソ連の中央アジア、バイコヌール基地での宇宙ロケット打ち上げ成功祝賀会の席で、あの飛行物体は何かと言って、皆が上空を見上げた際に例の羊の目を落ちついて隣人の皿に移したこと等、創作めいてはいるが事実である点を別にすれば Kant の作品に見られる手法は此の回想記に於いても健全である。機知とユーモアを忘れないのである。

Kantの肉嫌いの話は幼少の頃の泣いたり荒れたりの抵抗から長じての様々な逃げ口上へと進展し、ここで彼は次のような一つの結論を導く。「如何にして私が作家になったのかと人が尋ねる時、ここに多くの回答の一つがある。作家とは苦境からの一つの逃げ道のことである。[20]」

Kantの両親の家では幸いにして、貧しさ故に肉類は滅多に登場しなかったこと、その貧しさ故に父が廃品回収をやり、手押し車一杯の亜鉛板を一度二人でElbchaussee通りを通って町の方Ottensenへ運び一財産を得て相当の食事をして帰った少年時代のことを回想するKantは現在Hamburg在住の母を訪ねる時、Elbchaussee通りを車で走って迂回する話をする。その度ごとに彼はこれが最後と思い、市名標識に「今日はHamburg！」「さようなら」と挨拶を送るのである。一九四三年空爆を受けた夏にも彼はRostockの野戦病院に居た父のある依頼を受けParchimより故郷Hamburgを汽車で訪ねている。更にまたDDRの市民として一九五五年彼が自転車でBerlinのNauenからHamburg-Bergedorf迄二三〇キロ走り、初めてコカコーラに巡り会い喉の渇きの故に対西独マルク一対五の交換ルートで口にし、その伝説的な高い飲料水が粘着性の物であったことに触れる。Hamburgへの想念は尽きないのである。Kantはその時既に共産党員であったので、ヒトラーとスターリンの条約の際に党から離れ、最後には戦傷に依って盲目になった例のおじHermann Prinzとの口論に触れ、そのおじが党から離れた頃の、Kant自身が受け取ることになった冬季用配給品の衣服の屈辱的な酷さに迄その想いを走らせる。彼の回想の時代は一転して六〇年代前半のDEFA代表としてのKantのHamburgの大学生との交流、更に一九六八年前後のHamburg出身の詩人Peter Ruhmkorffとの Elbe河畔での交流とStammheim刑務所で謎の死を遂げた西ドイツ過激派Ulrike Meinhof, Jan Carl Raspeとの一時的接触にも及び、Kantは次のような興味深いことを述べる。

「しかしそれはElbe河に沿って私の母の所へ行く途上のことではなく、Rothenburg an der Fuldaに於いてであった。そこではDDRの国歌が私にとっては全く特殊な方法で歌われたので私はなお言及するのだ。Horst Mahler、あの絶望的な左翼の弁護士に、楽しげな左翼たちの真っ直中である五月一日にあのHasenheideの伝統ある酒場で会ったのだ——彼よりがっかりし、絶望的になっているようにはSEW（西ドイツ国家社会主義党）の踊りまくる人民戦線志向派が見られることはなかった。[21]」

Kant の作品の映画化『抑留生活』が西ドイツで初公開されたとき彼は母と Lurup へ Elbchaussee を車で走り母の見解を問うが、その回答は相変わらず息子 Kant が体験した現実との混同による否定的なものである。全く俗悪そのものであったというのである。Kant の回想は大戦前の Lurup 時代に戻り、彼らにとっての当時の唯一の真の敗北、ナチスにはならなかったがナチスを妨げることが出来ず彼らが御され易くなったことに触れる。そしてナチスがその極端な暴力で征服する為に選んだ地域、抵抗の核心地 Hamburg をも打ちのめした事実を述べる。当時 Kant は Lurup の学校に短期間在校した後、Osdorf-Nord の新しいナチスの教育学者 Hans Schemm の名を冠した学校へ入る。そこで Kant は図書館での書籍にめぐりり会う。またナチスの友人とは違う本好きの友人にもめぐり会う。しかし彼が読んだ作品は当然国粋主義的なものである。故に彼は終戦後ワルシャワの強制労働収容所でのドイツ囚人反ファシズムグループ指導者の驚いた顔を今でも目の前に見る。彼が読んだ本を問われ、ナチスの又はナチス的傾向のゲルマン英雄叙事詩人の名を挙げたからである。共産党の雄弁なベルリン出身の法律家であったその指導者 Hans Reitzig が読んでいた Proust, Barbusse, Kafka, Kästner 等は彼が図書館に親しんだ頃は読めなかったのである。

しかし Reitzig も Kant のあらゆることに就いての論争を評価し、それが彼の関心を Kant に繋ぎ止め、Kant が Lulu von Strauß, Tornay, Hermann Stehr, Friedrich Griese 等を耐えられなかったことを評価する。その Griese がナチスより手に入れた森での Kant の Parchim での電気工時代の Griese との邂逅とその時の不快感に就いて触れた後、Kant は Griese も彼が人生で初めて耳にした作家 Otto Ernst もかつて校長を務めていたこと、前者にはナチスが家を贈り、後者の墓に社会民主主義者の祖父達が小便をしたことを述べ、作家達とはそういう人々のように思えたと若かった時代を回想する。

Kant は更にナチス政権以前の彼が好んだ Karl May の作品とその後の作風の変化、また旅行作家 A. E. Johann のナチス時代を挟んでの作品に於ける対米観の著しい変化に失望したことも回想する。Kant はそのアメリカを描いた Franz Treller に Hamburg の Lurup に居た頃、路上で出会ったこと、その作品「吹き消された痕跡」(Verwehte Spuren) に刺激を受けたと書き、次のように述べている。「作家 Treller は作家 Johann 同様僅かしか私の『ブロックハウス辞典』に記載されていないが、両者は私に強い影響を与えた。後者は永遠に著述家に対する不信感を私の心に植え付け、前者は本に対する愛情を植え付けた。[22]」Kant は又彼らが定期刊行物予約購読者のグループの最後であったので、彼らは印刷物を確保出来、何時でも干し草置き場にあった刊行物 „Woche", „Koralle", „Fliegende Blätter" 等を手に取れたと述べ、これらの雑誌をドイツ占領時代のポーランドで配るメッセンジャーボーイを『抑留生活』の中に登場させたのである。彼は更に彼らの父達が召集の為に校庭に集められ、それを市清掃用の車両を戦車あるいは装甲巡洋艦に見立てて戦闘用の騒音を発しながら見守る子供達という情景を描き出す。日本の私や私以上の世代にも覚えのある風景である。

「ひっくり返るような事態が起こったことを私は十分に理解した。[23]」と Kant は書き、このことがもはや貯金の無駄を両親に自覚させ、彼らが自伝車等を購入し、父が Kant にアイスクリームを食べさせてくれたが、もはやその味が耐え難きものになっていた事実を語っている。その時父が、戦争は何もかもどんな風にしてしまうかお前は一体どう考えているのか、と語ったのを Kant は想いだし、戦争が故郷 Hamburg の懐かしい風景迄変え、戦争が血腥く、腹を空かせ、多くの本がその暗い面を語っており、沢山の映画が英雄の死と母の嘆きを描いていたことに触れるが、アイスクリームから戦争のことは推測出来なかったと述べている。父の Kant への戦争に対する批判的教育の秀逸な場面の一つと言えないであろうか。Kant は大戦後の Hamburg の最近に到る変容にも言及し、開戦後の Hamburg 在住最後の日々に於ける Hamburg の変容が故郷の町からの、同時に彼の幼年時代からの別れを容易にしたとも述べる。彼はつまり Hamburg を愛していたのであり、故に彼の人生の大なる瞬間を語るとすれば、初期の頃は長い不在の後に汽車が Hamburg の中央駅 Altona へ到着した時に感じた心の高揚であったと語る。彼は続いて Hamburg の町の雰囲気を語り、様々の拘束から解放されて戻った時の Hamburg は自由であったし、Altona はその空のように限りなく可能性のある場所であったと記している。彼は更に彼の家族が最初に住んでいた例の高級地域の様々な通りに若干触れ、その後の Lurup への移住、そして最終的な Parchim への移動とその際の家財道具を積載し父のみが同乗したトラックの故障にも触れこの章を閉じる。

Parchim は Kant の父の故郷であり、一九四〇年の冬、Kant 一四歳の時移動したのであるが第五章の冒頭 Kant は次のように記す。「Parchim へ休暇中に行くのとそこに定住するのとは非常に異なるように思える。私は隣人達と数年来知己の間であったのに、今や非友好的な侵入者のように扱われた。」更に次のようにも述べている。「あらゆる世間一般のイメージとは違って Parchim は Hamburg より一つの明らかに粗暴な地域であった。その貧しい通りはがっちりした粗野な人々の手中にあり、それを旅行して通るよそ者は感じとることが出来た。そのよそ者が足が速くなく又は自分が不作法者でなかった時には。[24]」

他人の領域に入り込むとひどい言葉に依る前触れもなしに直ちに口に一発食らい、口や鼻からの血は望ましい結果なのであり、その殴り合いを弱めたりはしなかったし、ナチスの少年団に於ける戦争ごっこも Parchim では相手を打ちのめすのに容赦なかったのである。それ故に Kant 自身純潔性を失い粗野になったと Kant は述べ、Kant が Parchim に到着した冬の日に三人の隣の息子達に殴られ酷い目にあったことに触れる。最初の水浴びの夏にはズボンを脱いで見せあう例の競技が行われ、この競技のリーダーである雑貨屋の息子とのやりとりの話に Kant は話題を転ずる。

Kant は Parchim では三年遅れで在学するのであり、それも母の努力に依るのである。Kant は先生の前では間抜けを演じ、生徒達の前では道化を演じたのであり、学校と市民生活からの脱落も予測したが戦中であったが故にそうならなかったと Kant は述懐し、父はこの時期には既にフランスにも出征しヒトラーに仕え、庭師に復帰していたことをその理由に挙げる。ここで Kant はその両親の地位に依る当時の子供達の学校格差に就いて述べた後、彼の学校を社会的中流の学校と位置づけ彼の様々な当時の級友に言及している。そのエピソードには何年も後の彼らに纏わる話が関連し興味深いものがある。此の過去と現在との巧みな組み合わせは Kant の此の回想記に一貫している手法であり、Kant の話術の特徴と言える。

そういう人々をKant は彼の作品の中にモデルとして登場させるが、彼らに気に入らぬことが多いとKant は述べ、とりわけ彼が些細な物語の一部分の故に衝突した紳士淑女達は過去の一定の時期を失ったように見えたと彼は書いている。ナチスに関わり合った過去のことであり、Parchim 地域のナチス教師連盟議長であった男性とナチスの市長夫人であった女性は戦後熱心な民主的文化連盟員であったが、Kant の小冊子『ほんの少し南太平洋』(Ein bißchen Südsee) をParchim の地区当局に告発し、その当局はその権力領域でそれを発売禁止にしたのである。しかしナチス時代その青春の一片を暗い陰のなかで過ごした出版関係の一女性が冗談事ではないと朗読会を組織し、かつてのモルトケ広場の半ば覆い隠されたモルトケ像の側にモルトケに相応しくKant 等が闘争意欲に満ちて集合した時、検閲官は検閲官らしくなく振る舞ったのである。市当局は代表を送り処置の中止を宣言したので、闘争は起こらず、しかも当局は挨拶まで送ったので彼の此の作品は重要ではないように思えてきたとKant は書いている。此の作品の中には彼のParchim 時代の様々な人物がモデルとして登場する。戦後見事に転身し大政翼賛会時代の言動を葬った日本の著述家達を想起させる部分である。

モルトケと闘争意欲を関連づける辺りに私はKant の作品一般に共通な機知とユーモアを見るが、Kant はここで話題を統一以前の何年にも亙るモルトケ像撤去をめぐっての争いに転ずる。モルトケ像が半ば板囲いで覆い隠されていたのはそのせいである。彼の作品『青銅の時代』のことと思われるが、Kant は「私は芸術品を取り壊すか救うか、それを隠すか祝うかの試みに就いて小説の中で語った――それがともかくモルトケ像の半ばの復権の手助けとなった。[25]」と書き、板囲いを取り払いモルトケ像の前に鉄の構築物を建て、そこに「国際子供の日万歳!」というような批判の余地なきスローガンを掲げる愚行に様々な視点より撮った写真を添えて地域の文化人に送りそれを止めさせたことにも言及する。続けてKant は「つまり私が先日モルトケを見た時はそうだったのだ。しかし彼らはそうこうするうちに最高指揮官の像の前に向日葵や豆やホップの種を蒔いたりするのもあり得る。[26]」と記し、その独特なユーモアで愚行に対する辛辣な批判をする。統一以前の話である。

Kant はまたParchim に係わる人物達に言及する。ナチス的作家Friedrich Griese の生誕百年に際しての批判の後に

Kant は Parchim に就いて次のように問いかける。「後の Auschwitz の司令官 Höß と後の帝国指導者 Martin Bormann が二〇年代に最初の政治的暗殺の一つを企み実行した一つの場所、その騎士領によって反革命義勇軍の特権的な宿泊地となり、ゲッベルスの結婚式とその立会人としてのヒトラーを目にした一つの地域、その中世の教会の塔に二〇メートルの長い鉤十字旗が下がり、そのパン屋でパンが売られた度ごとにハイルヒトラーと叫ばれた一つの小都市というとあるいは行き過ぎか、一つのそのような場所は一つの真のナチスの巣であったと言うと行き過ぎか[27]」と。Kant の Parchim に対する観点は厳しい。しかし Hamburg がファシズムに抵抗したという伝説にも与せず、どのドイツの場所も抵抗しなかったと断言し、彼の生まれ故郷の Hamburg がヒトラーを迎えた時、彼は歓喜する少年団の一人であったと回顧する。ナチズムが Parchim に比べて Hamburg の日常を腐食したのがはるかに遅かったことを Kant は認める。

そのような都市であるのに当時 Parchim は自己について大騒ぎをせず自慢もせず、ルール地方の闘争のナチスの英雄 Leo Schlageter のことを人々は話題にしたのに、Schlageter を裏切った Kadow を処刑した Höß や Bormann のヒロイズムは殆ど話題にならなかった。その Kadow が撲殺された森へ Kant の祖父は祖母と彼を良く連れて行ったが祖父はそれには触れなかった。陶工兼暖炉工事人の親方だった祖父はナチスを教養のない連中の団体と観ていたが、祖母は総統を信じていた。その祖母も謀殺には沈黙し、Kant が知ったのは数十年後である。Kant は続けてその暗殺に重要な役割を演じた Theo von Haartz との彼の電気工時代の交際とそのつまらぬ人物像に就いて語り、何故その謀殺が当地の本に掲載されないのかと自問する。更に Kant は Bormann や Höß との Parchim での間接的すれ違いに触れた後、一九四〇年冬に Parchim に来て此の場所が如何に良くないかをやがて知ることになろうと信じたと述べ、五〇年後にそれを別の焦点から知るのだと書いている。彼は今では希に Parchim に行くが、それは彼の父が葬られているからだ。その Parchim で電気工として親方 Eugen Günther のもとで働いたこととその親方のことに言及し、彼は好んではなく逃げ道として電気工になったこと、それは学校で進級の難しさを指摘され、職人になるように勧められ様々な職種をめぐっての試行錯誤の末であるとも述べている。その職業選択の際の暗澹たる状況、誰にも我慢出来ず誰もが彼に我慢出来なかったその時期、唯一の例外であった掃除婦の息子 Gerhard との交友とその亀裂、絶望的状況への転落に

Kant は触れ、そこへ Eugen Günther が現れ救いとなったと述べる。彼の下で組立工になる気はないかと問われ、組立工という言葉と長いこと誰一人 Kant の意向を問わなかったのに問いかけてきた彼の姿勢が気に入ったのである。

Kant はそこで徒弟時代の様々な体験を記す。例えば Parchim の Neuhof 農場はヒトラーの時代ナチス党員等の重要な宿営地であり、そこで Kant は電気工として数え切れない程働いたこと、その農場を通してあの Höß と Kant が、後に二人の名がワルシャワのそれぞれの収容所の実際の囚人名簿に記載されたように想像上の賃金表に載ったことである。何故なら Höß は農業労働者として矢張り Neuhof 農場で働いたからである。又彼の親方 Eugen Günther が決してナチスに熱狂的でなかったこと、しかし戦後 Kant がその親方がそれでもナチス党員であったことを知り驚いたが、仕事上そうあらざるを得なかったのであろうと書いているのも興味深い。その親方を Kant は、彼を決して殴らず、彼に必要以上の報酬を支払い、ぎりぎりの必要経費で彼を正式な電気工に昇進させ、彼に自意識と明るさをもたらした人物として高く評価する。

続けて Kant は見習い工としての半年目、一九四二年九月の頃の Parchim の町の状況を詳細に述べる。その貸し出し図書館 Frohrieb へ火曜日の午後毎に通ったことにも触れ、彼は Parchim へ来て以来初めて親方の推薦により好意にめぐり会ったことにも言及する。図書館をめぐる話は Kant とある少女との話に進展する。Kant は図書館でかつての級友であった美しい目をした彼女から話しかけられるが Kant は体が熱くなり放心したような野暮な答え方をし、二人の間に何等展開は起こらず、戦争中の最後のめぐり会いから四年間の捕虜生活を経て Kant が彼女に再会したとき彼女にはかつての面影はなく、彼女はやつれ、病的に見えたのである。Kant は最初の時以上に雄弁にもなれず、彼女が話したことは皮相で当惑的に響き、二人はすぐに別れたのである。その女性、哀れなHのことを Kant は四七年後に偶然 Ribnits の靴屋でめぐり会った矢張り当時知っていた女性の口から聞くのである。

その女性に、最近哀れなHはもう会うのを止めようと提案したのである。あのまだ全てが素晴らしかった青春時代に話が到るからである。Kant の青春時代の一つのエピソードである。此の章でも Kant の話題は時代を前後し、母の二人目の夫 Steinbeiß や Egon Krenz, Anna Seghers とのことにまで及び、Erich Loest の著作をめぐる話題に迄展開する。

（V）

六章に入ってKantが記すのは彼がポーランドへ召集される以前のParchimでの電気工時代の出来事である。彼は仕事先で一人で暮らすかなり年上の女性に愛を執拗に迫られたことにもほんの少し触れる。その後で彼はそのかなり長い部分を此の同じ都市で体験したファシズム戦争という最大の悪が此の記述にそれ程現れないのは何故かと自問し、様々な理由を退けた後、「一つには私は可能な限り既に私の著作に書いてあることを再び採用しないと私と私の間で取り決めたのだ。それが此の書かれたものに何かを提供する時のみ、私は他の書かれたものに戻る。」と述べ続けて次のように書く。「何よりも先ずしかし私は、私を支配したこと、私が恐れたこと、私が憧憬を抱いたこと、私にとって一つの不幸であったことを手がける。私は私が送るべきであったであろう送らざるを得なかったであろう一つの人生に就いて報告はしない、私が送った一つの人生に就いて報告する。[28]」此の著作に於けるKantの一貫した姿勢を述べている、と言えよう。

後のSED中央委員会の同僚がParchim時代Kantの徒弟であり、Kantは彼に対し腹立ち以外何も感じていなかったが、その男が熱狂して他の中央委員にKantの当時の英雄的好意に就いて報告した。当時二人は高架線の上に居て、Kantがゲッベルスの真似をし大声であのスポーツ宮殿での問いかけを冬空に向かってしたのだ。「君達は全面戦争を望むであろう?」、そして電柱から電柱へのそれに対するKant自身の回答は断固とした「いいや!」であったのだと。[29]

しかしKantは自分の当時のその行為を悪戯と見なし、抗議でも反抗でもなく、パロディー的なものと反ファシズム的でないものが彼を叫びに駆り立てたと考えている。事実凶悪な蝮のような人間ゲッベルスは彼にはただ馬鹿げて見えたが、全面戦争中の冬の電柱の上の彼はピエロを演じたのであり、英雄ではないのである。Kantの忸怩たる気持ちが見える。Kantは続いて彼より後に電気工となり志願して彼より先にロシヤ戦線へ行き、戦線到着二時間後に敵陣のロシヤ人に関心を示した故にそのロシヤ人に撃たれて戦死した若者に言及し、そのような話が常に職場で語られたが、戦争の悪よりむしろ少年の間抜けさがそれによって報告されたと Kant は書いている。一七歳の愚かな少年の死を招いた戦争という出来事を彼らは話し合ったりはしなかったのであり、むしろ Kant は次のように述べる。「戦争は我々を引き込み、そしてそこで人は知るだろう――それがおおよそ我々が授けられた哲学であった。我々はこのような一つの事件に就いて非常に好んで語った。何故ならそういうことから免れるには十分に慎重でありさえすればよいという確信がその事件に結びつけられたからである。(30)」

しかし一度だけ Kant は彼らを得ようとする死と彼らが再び会うことのない可能性に就いて、同年齢の友人 Gerhard と遥か上空をベルリンへ向かい飛んでいく爆撃機の爆音を聞きながら話している。その Gerhard は航空適性を認められ、Kant に別れを告げ再会を期するが燃料不足で飛ぶことがなく、落下傘兵として採用されても落下傘もなく、結局輸送用グライダーに乗せられて Normandie のカナダ落下傘兵の真っ直中に送られ捕虜になる、という事実に Kant が触れているのは彼の他の多くの作品にも見られるブラックユーモアとも言えよう。

その後 Kant は Parchim が古い小都市であるが故に戦災を免れた事実を述べ、続けて一九四二年六月一四日の彼の誕生日の興味深い事件を描写する。彼はその日就業時間後、戦時統制下にあった道具を親方よりくすね、八本のゴム製警棒を作成して武装し七人の仲間と自伝車でヒトラーユーゲントのキャンプの近くへ乗り付け、何人かの見張りの不意を襲い偽りの警報で寝ている団員を起こしテントの上から殴って引き上げ、少年の外出禁止時間の真夜中に野営の焚き火迄したのである。Kant に言わせるとそれは惨めな学校生活の幼年時代を振り払い、来るべき職人仲間に迎えられる試みに過ぎなかった。人間の一部が一六歳になったら避けずにすることがある珍しい男の儀式以外の何物でもなかった。Kant は又少女達にしゃべり回りたいという希望がそれをさせたとも語っている。事実 Kant はその後この事件を少女達に囲まれて何度も得意げに話したのであり、その場に偶然来あわせた母を驚かしたのである。彼女の口の重い不機嫌な、時には理解しがたい程内気な子が六人の少女達の真っ直中で大声で話していたからだ。

Kant は警察官達をもしばしばからかい、そのせいで最初の長々としたキスを彼らに感謝すると述べている。ある時警察官に追われて一人の女性職人と消防ポンプ小屋に逃げ隠れ、しばしば読んだ物語の助けを借り、恋人同士を装えば警官を煩わすことがないと主張し長いキスをしたのだ。彼は更に恋人同士の積極的な行為をしようとしたが彼女は応じなかった。そこでKantは彼ら少年達が少女達に就いて密かにもくろむことはいかがわしいことと見なされ、少女達が彼ら少年達に就いて似たようなことをもくろんでいると推測するのは最もいかがわしいことと見なされただろうと述べている。何故ならそのような性教育はせいぜい自慢たらたらの職人によって行われたので、成人女性には期待出来たことに就いての最も狂った観念を少女達にも期待出来ると考えたからである。Kantは当時は既にヒトラーユーゲントとの関わりは大したことはなかったと書き、一九三四年、彼がまだその一員でなかったヒトラー少年団が彼に最も気に入っていた事実に遡及する。学校で映画『ヒトラー小年団員クウェックス』を観て姉妹とその映画の真似をしたのである。しかし一方ではその中で邪悪な共産党員に主人公が最後に刺殺されるストーリーを汚い現実と受け入れ、他方ではその同志達が悪役を演じた共産党員であった彼の親族を、それらの人物達に関連づける気にならなかったことを今でも分からないと書いている。彼と姉妹はその映画の主題歌を歌い、その作者で小年団指導者Baldur von Schirachに就いても知りますます熱中するが、その歌の意味の曖昧さが募るに従い徐々にそれも覚め、彼がかなり長いことその小年団の一員になった時此の人物にも無関心になっていく。Kantはここで例の如く時代を下り一九六〇年代の初期、Baldur解任後の後継者Arthur Axmannの兄弟にめぐり会った時のエピソードにも触れる。ともかくKantは学校の管理より抜け出て、Eugen Güntherの無関心な指導のもとに入った時少年団からも離れたのである。同年齢三人の司令官に迄なったにも係わらず。

只彼はヒトラーユーゲントの制服を着てSchwerinの電気工見習い地区競技会に参加しスポーツで惨めな結果に終わったことを述べ、此の地域の水泳の教師で、有名な陶工の親方であったあの祖父が此の結果を個人的な侮辱として、又Kantが祖父の次男の轍を踏むだろうという疑いの証明として受け取った事実に触れる。Kantはそれまで九九回聞かされたと書いているが、この彼の父の弟は職人試験の試作品として立派な陶製暖炉を仕上げたが煙突に接続するのを忘れ、審査委員の面々をもうもうたる煙に蒸せさせ咳に晒したのである。祖父は又地区競技会で失敗したKantを全国職人競技会の優勝者になった此の地区の飛行機工Gert Bと比較する。此のGert Bが後に空軍大将に迄なったのを祖父が体験しなかったのは良しとするが、この祖父は後に Kant がポーランドで捕虜になった時「Kant 家より今まで誰一人捕虜にはならなかった。[31]」と手紙に書いたのであり、Parchim 出身の Fritz Reuter や Moltke に関心を示すが Frohrieb の貸し出し図書館には全く目が行かず、本などに金を使うのは浪費であり、図書館にあるような本は彼によれば風俗小説なのである。

Kant の話術の巧みさはここで一人の若い女性をめぐる Kant と Gert B の風俗小説風のエピソードに移転する。Gert B は女性との交際でもチャンピオンで、ルール地方から来た逞しい女性と交際する為に Kant に彼とつき合うように頼み、三人で覆われた暗い塹壕に入り込む。Kant はその時彼女を Nibelungen の Brünhild、Gert B を Siegfried、自分を吟遊詩人 Volker にたとえるが、その暗闇で Gert B が彼らの差し当たっては共通の仲間の彼女の腕か何かを撫でているのを知り、Kant も同じことを試み、Dortmund の女性の腕に触れたと思い、更に彼女の手首に手を回し触れたのは Gert B の手首の皮バンドであった。その途端彼は強い力で壕から外の月明かりの下に押し出されたのである。しかし誰によって押し出されたのか彼にはついに分からない。後に Kant はその時の自分を Volker どころかせいぜい二人の巨人の間の Nibelungen の小人 Alberich と見なしたのである。Kant の一つの青春時代の思い出であり、彼はそれを祖父には話さない。その時祖父の耳は既に遠く、二人の会話は石盤と石筆を通して行われ、それは Kant にとって子供じみて見えたし面倒であった。その Kant は一九四四年冬のある日祖父に正式な電気工としての証書を見せ、続けて同じ冬の歩兵情報補充訓練大隊への召集令状を見せることになる。前の場合彼は例の煙突なしの暖炉の一〇一回目の話を聞かされ、後の場合は祖父の若かりし時代のロシヤ皇帝姉妹 Parchim 訪問時の守衛隊長としての自慢話の一一〇回目を聞かされる。Kant がいちいち数を数えていたとは想像出来ないが、此の辺りも Kant の話術なのである。

Kant はここであの Schirach と Axmann に言及し、彼らをいたわるつもりはないが彼らが彼を即席に武装が必要な未来へ行進させたと非難出来ないと述べる。彼らが結果的に彼に入隊前の心構えを教え示し、彼を鍛えたからである。兵役に就く前に彼は緊急任務として Schleswig-Holstein で対戦車壕を掘らされ、軍事教練も受ける。また敵に対する憎しみを育てる為に週末には燃えている Lübeck、未だ消失の臭いのする Rostock へ連れて行かれる。教練の前半ではドイツの若者がすべきことを体験し、後半が前半と異なったのはそのような徳がドイツ男児の徳と見なされたことである。また彼を来るべき戦いへと鍛える為に彼は様々な仕方で殴られたが、唯一の打撃が彼の戦意を喪失させたと Kant は書いている。ここで Kant は彼の父が戦場より致命傷を受けて帰国したことに話を巧みに転ずる。

此の冬 Kant の父は二度目の帰国をしたが完全な廃人同様な姿であった。彼はフランス占領軍として勤務中渇きを覚えさせる訓練の余り宿営地の農家で誤った瓶に手を伸ばし、苛性ソーダー溶液で喉を腐食させてしまった。Rostock の野戦病院で彼の食道はもはや開かず、彼らは彼の腹と胃壁に穴を開け、ゴム管を傷口に繋ぎ、傷口が塞がらないような化学的手段を講じ、彼に硝子製の漏斗管を処方しドイツ国防軍より退役させたのである。その時から父は台所に座り最初の数ヵ月は一日中殆ど動こうとせず、お粥を注意深く少しずつ漏斗、ゴム管に注ぎ、彼の焼けただれた喉の傍らを通過させたのである。しかし彼の体の他の部分は差し当たっては完全であり、Pawlow と犬の法則により彼の喉に唾が溢れ彼がお粥を喉に注ぎ、それを戻すという悲劇も生ずる。Kant は父の苦悩と母の悲しみを描写し、血腥い汚い話は多くあるが彼にはこの話だけで十分であったと書き「私は戦争を危険と見なした。私たちの台所で私は戦争は何と低劣か知ったのだ[32]」と述べる。しかし Kant は此の事件を現在では戦争とナチス時代が両親に与えた分け前かもしれぬと語り、占領地での父の不法行為の結果と見なしている。その父が一九四五年八月にその人工機器の結果、腫瘍と癌を併発して死亡したことに予め触れた後、Kant は更に父と母と祖父と彼を含めた四人の子供の当時の状況を記し、歩兵情報補充訓練一三一大隊への出頭命令に言及する。父は若いうちに再会することはないだろうと言い、Kant の考えによれば召集に関して最上のことは何かと Kant に尋ねるが、Kant は答えない。父は母に息子のことは心配するな、彼は備えているからと言う。続けて Kant は「私は召集、兵士生活、戦争に就いて何も――私がすぐに告白する一つの例外共々――私が私の父に伝えなければならなかったであろうことは見いだせなかった、事実我々は互いに若いうちにもいくらか年をとってからも何時の日か再会することはなかった[33]。」と書き四四年一二月八日、Kolberg / Pommern の情報歩兵隊に呼び出されたことに触れている。Kant はそこで出征前に Parchim の通りで夕方内気な少女に内気な彼が別れを告げ泣かれるが、同じことを他の多くの少女達にも行い彼女達には笑われ、馬鹿なことはしないで、彼女等や彼が一体何の心配事があると思っているのか言われたのである。それ故にKantはKolbergより目当ての少女に書いた手紙と他の少女達に書いた手紙の内容に苦心したと記している。彼が書いた手紙が仲間同士で交換されることを知っていたからだ。此の記述の後でKantはParchimに就いて報告することはもはや多くはないと述べ、電気工時代の誇りと生活を更に若干語り、語るに値することに就いて「詩と真実」の観点から述べる。そこで続けてKantが言及するのはHamburgのLurupとの関わりで時代が遥かに下った一九八九年九月の興味深い出来事である。Kantの記述上の常套手段とも言える。

(Ⅵ)

あの転換期直前のこの時期KantはKölnのDDR書籍展示会に出席し、Kantの少年時代にはLurupに存在しなかった書店をLurupで経営しているChristiansenに巡り会う。此の人物はこの展示会主催者の一人であり、西ドイツ証券取引協会の長を兼ねる有力者で、その協会は毎年「ドイツ書店平和賞」を授与し、そして必要な場合連邦大統領がその斡旋をしている。ChristiansenはKant等何人かのDDR代表を別荘Hammerschmidtのテラスに招待し、連邦大統領Richard von Weizsäckerとの会談を実現させた。そこでDDR作家同盟会長Kantに大統領はある連盟と一人の作家に就いて助力を期待したのである。その作家とは作家達の援助があてに出来ないVaclav Havelであり、連盟とはHavelに行政官庁には全く思いつかなかった上記の平和賞授与を考えた西ドイツ証券取引協会であった。此の会談は一体何が成就され、成就されることになるのかDDRからの参加者達が長いこと知らなかった会談で、私的なもので最小の記録のみ用いること、速記者もカメラマンも居ず、くつろいだ頭の良い一人の専門分野担当者のみがメンバー以外に陪席したものであった。

彼等はHavelが授与式の際にPaulskircheに来てくれるかどうか心配し、チェコスロバキアの仲間達にHavelの為の良き言葉を伝えて欲しいと願ったのだ。DDRからの出席者はKant以外にはDDR文化大臣代理Klaus Höpcke、D

ＤＲ証券取引協会長 Jürgen Gruner, Aufbau 出版社主 Elmar Faber であった。Christiansen が「今の所はともかく非常に素晴らしい午後であった！」[34] と言い両方の出席者達は笑って別れたが、一月後 Havel は Paulskirche に来られなかった。Kant は帰国後文化部門への情報提出のみで我慢し、それ以上此のことに就いて気にかけなかったことを認め、その言うことをプラハが聞いたと思われる Honecker が入院していたことにも触れる。また当時実は既に Kant と Höpcke が Havel のことで力を使い果たし、後者は Havel に関する国際ペンクラブの決議に此の三月賛成したが故にＤＤＲ首相 Stoph より解任されたが Kant が Honecker に手紙を書いたことによって解任を免れたことに迄 Kant は言及する。Kant はその手紙の内容を引用する。その中で彼は彼の年間行事表の故にその国際ペンクラブ大会に出席出来なかったが、参加していたらその決議書は彼の署名も記載していただろうし、ある社会主義国が一人の注目すべき作家を投獄することはその国のみの問題ではないと書き、数十年来の Höpcke との協力に触れ弁護する。続けて Kant が NEUES DEUTSCHLAND 紙の文化編集部の長でもあった Höpcke とは概してうまくいかず、よりにもよってあの Wolf Biermann 事件の為にひどい衝突をしたと書いている時、此のこと自体非常に興味深いし、それにも係わらず上述のように Höpcke を弁護したことも興味深い事実と言える。[35] 此の転換期直前の頃には Honecker 自身彼の職務の一つを放棄したいと希望し、Kant も作家同盟に於ける地位から離れることを考えていたことを Kant は述べている。

第七章に入り Kant の回想は先ず再び Parchim に戻る。今ではとっくに平和通り（Straße des Friedens）と言われている Langen Straße の Moltke の誕生地と Reuter の住まいの間に一軒のデパートがあって、それがかつてユダヤ人 Hirsch Ascher に属していたが、あの水晶の夜に Parchim のナチス突撃隊が此のデパートにつきまとい、これをアーリヤ化したが人々は驚かなかったこと、それが更にソ連占領軍によって「ロシヤ店」になった時には人々は少なくとも驚いたこと――此の辺りの表現にも私は Kant の Parchim の人々の姿勢に対する風刺と批判を観るが――、より正確に言えば人々はどうしてロシヤ人達が来るに到ったか理解しなかったことに Kant は言及する。このような事態に到ったことを当時ワルシャワの収容所の Kant の戦友達の大部分も理解出来なかった当時のドイツ人達の一般的状況にも Kant は触れ、あの Höß も間違いなく自問したと書いている。此のデパートをめぐるエピソードを Kant は Ratzeburg を舞台にしたある作品の中で描いたので、多分反セミティズムもそのようなデパートもなかったRatzeburgの新聞が憤慨したのは当然だとも彼は書いている。Kantはまた時代を遡り一九四一年六月、彼の母が彼の部屋に来て彼を起こし幾度もドイツ軍のソ連への進入を伝えた事実を述べる。Kantの父は既にフランス戦線に居り、母はKantに頼っていて彼がロシヤに出征する可能性を恐れたのである。彼は一五歳になった所で前述したように学校嫌いで留年しており、それは彼が翌年電気工見習いになることによって終わり彼は解放される。此の時期彼は見習いとして補助勤務で友人Gerhardと初めてベルリンへ行くことになる。Gerhardの母の依頼で東部戦線より休暇中のGerhardの兄へ故郷の食事を届ける為であり、彼らはその兄の勧めで寄席の演芸を一六歳で初めて経験する。この時の芸人の何人かは六年後の一九四八年Kant等の東欧からの帰還決定を祝う為に釈放用の収容所Furstenwaldeにやって来るが、その時Kantは検疫の中止を求めるストライキ指導層に属し、その結果、演芸の継続を中止させている。

復員時KantはParchimへ戻る途上ベルリンLehrter駅の所で六年前Gerhardと通った同じ路線を列車で走り感慨に耽るが、Sandkrugbrückeの際で初めて東西ベルリンの境界を知る。Lehrter駅は戦時中ポーランドからの帰郷途中、クリスマス二日前にKantが飢えたベルリンに滞在した際、罠から離した兎を放心していた女性鉄道員へ贈った駅であり、彼とGerhardが最初のベルリン訪問からの帰途の際、その待合い室を明け行く夜の仮の宿として二人で寄席の感激を語り合い、近くの人々の憤りも省みずミュラー式室内体操の歌を高唱した駅でもある。Kantの青春に係わるひとときの駅である。ここでKantはあの寄席のホールとの関連でベルリンでの戦後の最初の教育体験に話題を転じ、あのベルリン暴動前日の一九五三年六月一六日の夕べ、Otto Grotewohlがその同じホールで首都ベルリンSED活動分子達へ、今やDDR国家では全てが安定しているから安心して帰宅せよと述べたにも係わらず、首相の言を信じられない者達の一人として帰宅せず、他の二人と共に彼らが考えていた反革命よりフンボルト大学を守る為に大学へ赴いたことに言及する。事実彼らは翌朝ゼネストに入るべく行進してきた隊列を他のコースへ導く試みまでしている。

またKantはそのホールで大学の式典の際にWalter Ulbrichtの式辞を聞く体験をする筈であったが病気の故、彼は来ず、Erich Honeckerが代読した事件にも触れ、当時は昼間の光のせいか気づかなかったが、後にこのホールでElla

Fitzgerald が寄席を開催した時、その冬の晩の入場者の雑踏の中でそのホールが後の Friedrichstadtpalast であったことを理解する。Kant は人生の様々な事件の新しさに際してはどれ程古い建物が我々を取り巻いているかという興味深い事実を述べる。続けて Kant はあのロシヤ人達が Parchim に来てデパートをロシヤ化した理由を、彼らが Höß を Parchim で捕らえた場合、彼が管理していた収容所に連れ戻そうとしたからだと述べ、Parchim と Höß の関係に再度言及し、更に Parchim に係わった M. Bormann にも触れ、Jochen von Lang が『秘書』(Der Sekretär) の中で記述したように Bormann はあの Sandkrugbrücke より先へは行かなかったことを述べる。ここでも Kant は一つの場所に拘り、この Sandkrugbrücke は今や再び通行可能になったが、かなり長い間ドイツ民主共和国とドイツ連邦共和国の半主権の間のチェックポイントであってその防御線とセンサーと有刺鉄線で全ての他の特性を失っていたこと、そこをかつて Kant が Anna Seghers と車で通過しようとした時車体の下を密輸品探求の為移動式の鏡で調査され、Seghers が自動車がそんなに汚れていたのかと心底知りたがったというエピソードに触れる。

次に Kant が拘る場所は Kant が今回顧録を書いている本日、一九九一年四月一〇日早朝、„NEUES DEUTSCHLAND“ 紙スポーツ欄から彼の目に飛び込んできた Siggelkow という名である。Parchim 近辺の村の名でそこの酪農場に Kant は職人試験の作品としてケーブルを敷設したのだが、重要なのはその近くの小さな森で、そこへ戦時中ポーランド人の強制労働者達が集められ、ドイツの農婦と関係したとの理由の下で、一人の若い仲間の公開処刑を見せられたのである。更にそれから数週間後 Christa という名の少女が Warthe 河畔の Landsberg からの途上 Siggelkow を通り、酪農場と暗殺の森を通ったに違いないと Kant は書き、そのことに Kant は Christa Wolf の作品『幼年期の構図』に関する評論の中で触れたと記している。Siggelkow という場所名は登場しないが、それに代わり地域 Neuburg が話題になっており、その場所は Parchim と Siggelkow の間の通りにあり、その通りを彼女は東からロシヤ兵が押し寄せて来た時西へ向かって走ったのである。

その評論を Kant は例外と断った上で引用する。そこにはあのユーゴの Tito 大統領のドイツ語通訳であり Kant の『大講堂』をセルボクロアチア語に翻訳した Ivan Ivanj も登場するが、Parchim が『幼年期の構図』の中で重要な役割を演じていることが論じられている。
Kant は更にこの評論に関する注を改めて書いているが、その中で Kant はつい最近に到る迄彼の物語の中で唯一映画化の栄誉に浴した作品『寒い冬の真っ直中で』(Mitten im kalten Winter) に触れ、ＤＤＲの最後の瞬間に簿記係Farßmann の物語も映画化されたことにも言及する。又 Neuburg の農場所有者 Menck が Hamburg の機械工場Ｍ＆Ｈの所有者でもあり、それが Hamburg 出身 Willi Bredel の初期の作品『機械工場Ｎ＆Ｋ』(Maschinenfabrik N&K) を生んだと書いている。続けて、人が歴史によって心に打撃を受けたと称する時、それは複雑な形ではあるが自己の過大評価を証明することになるという『幼年期の構図』の一つの金言に沿って、Kant は彼もこの種の自己の過大評価を認め、彼が絶えず歴史によって打撃を受けた理由のささやかな選択としてあの Ivan Ivanji との関連に言及する。Ivan はドイツで強制労働に従事し再三絞首刑の危機に晒されたが、ドイツ語のみか他の言葉にも長けている人物で、Kant がプラハの春の時期に彼とモンテネグロのアドリア海岸で休暇を楽しんでいた時、Ivan はプラハの春への東欧諸国の干渉を危惧したのだ。一九六一年八月一三日のベルリンの壁構築を予測出来なかった時以来自分を当たらぬ予言者としていたにも係わらず、Kant はワルシャワ条約国家のその領域への進入の可能性を激しく否定した。Paul Dessau も例えば Bredel や Wolf Biermann 等同様彼の見解を支持していた。しかし事態は一九六八年八月二一日以来 Ivan の草案通りに進展した。Kant は Ivan による『大講堂』の翻訳がこの時ベオグラードの出版社の破産により実現しなかった事実を述べ、四八年夏に驚きつつ直面した一つの問いが再び彼に生じたと書いている。ある国で予測されなかった何かが起こると国や本は変えられてしまうのかという問いである。四八年夏とは Tito がスターリン支配から離脱した時であり、その時 Kant は事態を理解せずワルシャワ強制労働収容所に結成された反ファシズムブロックでスターリン主義学習に参加していた。その時彼らを指導していたのは後の文学局指導者の Karl Wloch で、彼はこの年の春には Tito 指導の下の思想を語っていた。ファシズムに就いても社会主義に就いても彼はユーゴでのパルチザンとしての経験に基づいて四八年七月迄語っていたが、ＤＤＲのＳＥＤ指導部の厳しい反 Tito 見解以後、彼は Ernst Fischer とは異なり、個人的誤謬とその訂正の結果としてユーゴの事態に対する彼の見解を変更し、論理的説明なしにむしろ急な転換期に十分に備えていないと共産主義者は何処に陥るかという態度を見せたのである。

Kant はここで政治に於いて正に法則に沿って現れる急な転換期には絶えず備えなければならぬという希望の原則の顕著な型を Wloch より植え付けられたと述べ、彼の言い分を信じようとしたら党の歴史はこの転換の歴史であったと書き、その例を挙げる。しかし転換は偏向であってはならぬと Kant は強調し両者の相違を論じる。続けて Kant は戦後 Parchim に戻りSEDに入党し、地区の党学校で学び終了証明書を得たが、そこに非倫理的態度云々と記された事実に触れる。党学校参加者の一人の女性に意図的に近づき、彼女に方言に関するセミナーの際にキスをしたからである。ここで Kant はほぼ四〇年後に発表した彼の作品『青銅の時代』の中で主人公が最後に党幹部へ公衆の面前で意図的にキスをし意図的に幹部としての地位を放棄した場面を引用し、四九年のこの時は意図的ではなかったが彼が Parchim での青年労働部門の地位及びベルリンでの幹部候補の地位を失った事実に言及する。[36] この章の最後で Kant は Parchim のファシズム的伝統を述べ統一直前に西側でのナチス的党派「共和党」大会へ初めて Parchim が「共和党代表」を送った事実にも触れ、ドイツ史への Parchim の結びつきを強調する。

(Ⅶ)

第八章はこの回想記執筆の原因となった例の Kant の母親の Kant に関するTVでの発言が含まれている映画のヴィデオ版が一九八九年一月一八日彼らの元に送られてきたことへの言及に始まる。そのタイトルは「二重の役割を持つ男」（Der Mann mit der Doppelrolle）で疑念を抱いた Kant は直ちに上映する。その中での彼が Kant に反抗的である故に Kant が彼を外国へ行かせない云々の Jan Koplowitz の発言に、一人の作家がその日常生活をもなお虚構で飾るとはと言う。彼はＤＤＲ作家同盟より脱会し西側へ移住した二年後に第一〇回ＤＤＲ作家大会へ作家同盟派遣員として参加を望み、どうしても拒否せざるを得ない申し出もあるのだという Kant の説明により拒否され、脱会により何も生じなかった結果になったのだ。

また Günter Grass は、二重の役割を持つ一人の男としてのタイトルに相応しい Kant について、時々 Kant はそれほど悪くはなかったし、時々それほど良くはなかったと述べ、全体として後らの間に三〇年来なるほど対立はあるが、公明正大であったと映画の中で発言している。しかし九一年五月二日の後からつけ加えた注で、この四月 Grass があたかも映画『羅生門』の二重の役割を保持しているかのように、Petzow での同じ会談と同じ Kant を全く異なるように描き出したので、彼の寄稿を読むとこの時代の風によろめく男への関心がなくなったのに驚いたと Kant は書いている。辛辣な Grass への批判と言える。

ここで Kant は彼らの公明正大でない関係を開始したのは彼であると述べ、以下のような過去の出来事に触れる。彼がＤＤＲの文学誌ＮＤＬで Grass の『ブリキの太鼓』(Blechtrommel) を評価しながら、若干批判もしたからである。そして Kant は Grass があるやり方で復讐したと考えると書いている。一九六三年 Grass は Kant が非常に驚いたことにベルリンでの Kant の自作『大講堂』の朗読会に現れ、彼にお世辞を言い、しばらくの間一年か二年、制限的で反詩的な労働者農民国家での滞在を美しき都パリでの詩人修業と交換しないか、そうすれば彼の多分完全に開花してない才能が促進されようと提案したのだ。Kant はこの提案をＤＤＲに背を向け名声に顔を向ける中間的な悪魔との契約と見なした。そしてその瞬間は考えもしなかったその提案をそれ以来幾度も考えたと書いている。あの提案を受け入れていたらどうなっていたかと。Kant はまた Grass が一度テレヴィで Kant が作家同盟を駄目にしてしまった云々と発言したのが Kant を怒らせたことに触れ、彼としての事実に基づく反論もしている。その反論の一つは東西作家同盟それぞれの議長 Kant と Bernd Engelmann による、核科学者達による例の警告時計がもはや一二時三分前ではなく、八分前を示すようになった時期とは言え、危機に対する「欧州作家のアピール」の作成である。その一部がハンブルクの Zeit 紙に S. Hermlin の回顧録との関わりで掲載される筈であったが文芸欄編集長 Raddatz により削除された事実にも Kant は言及している。

そのような西側の状況に対して Kant は東側の事態を以下のように描写する。東では大きな政治問題への介入は上部機構の許可なしには独断専行し得ずうんざりしているが、我々はアナーキーにやってきたと Kant は書き、個人崇拝的と見られるので躊躇いながら言うがと断った上で Kant は Honecker がいなければ政治局は、原本の提出もなく政治局の支援も得ずに開始された作家同盟の外交上の平和政策的、文化政策的な上述の活動を認めなかったであろうと述べている。ここで Kant はその際 Honecker との取引は否定し、彼が最初に会った頃と当時の Honecker との相違、更に Honecker と他の政治局構成員との柔軟性の相違に触れる。

また Kant は西側の作家達の如く思いつきを自由に語れることに時々憧れたと述べ、彼らの理念の構築物を職業的に流暢に語る最も強烈な才能は Martin Walser であったであろうし、Grass はほんの僅かその後に続く、と興味深いことを書いている。ところが我々の側は検査機関と懐疑的な協議会を引きずっており、思いつきの前にそれが党原則と階級闘争に照らして許されるか、民主的中央集権主義に従い権限のある者が話す以前にそれを発言して良いのか自問したと Kant はＤＤＲの状況に言及し、思いつきを自由に語れない状況を述べている。常にあらゆる言葉を発言する以前に頭の中で多くの決定機関に提案しているのである。政治局の一味は西側に対する敗北も不十分な勝利も評価しないからである。そのような重荷を Grass も Walser も Engelmann も負っていないし、彼らのより単純な状況を過度に認めたりもしないと Kant は語る。それでも東側の行政官庁の精神分裂的な様々な反応に慣れようとしたが無駄であったとその反応の例を辛辣に語った後に、Kant は東側も西側も両ドイツ間作家会議の結果彼らの用件に適したことのみ再現しているが、余りに好都合な光が政治的に交渉している文学者達に射した場合には両者は素晴らしい共同性を見いだしたと書いている。

即ち Kant は東西作家が会うと、何よりも政治的な東西が拡張された語彙の水準で衝突し、無慈悲な状況が生まれると語っている。その一つの例として Kant は両ドイツ代表が「ドイツ人」として扱われたモスクワでのソ連作家大会での出来事に触れる。食事の際ドイツ代表が同じテーブルにいた時、モスクワのホテルの窓より赤の広場やクレムリンを眺めた Walser は彼なりの見方で世界と世界史の不在を訴え、その上市街地図を買えない住宅地域は都市として評価されるに値しないとモスクワに就いて語った。同じようなことを R. Neumann も述べたので、Kant は即座に近くのキオスクで市街地図を買い Walser に手渡すと、彼はそれを Kant とＫＧＢの親密な関係に帰したのである。このＫＧＢという言がそのテーブルに居合わせたソ連の通訳達をある状況に追い込んだことを彼は考慮しない。このような点を考慮する商業代表と比較しても、Kant は Walser を批判する。Kant は続けて Grass が Luchterhand 出版社の文学を独占企業の領域から解放した頃の Grass と彼の接近と連帯に就いて語るが、此処でも彼は後から付け加えた文でつい最近似たようなことをある記事で主張したら、フランクフルターアルゲマイナー紙で「Hermann Kant は Günter Grass をおおいに悩ました。」と書かれたと述べている。

引き続き Kant はオーストリアの文学者達の集まりに初めて出席した時のことを Grass 等に語ったが、その中で前衛詩人達に会った時の興味深いエピソードに触れ、前衛詩人 Heißenbüttel の名前を忘れたエピソードで Grass に批判されたことを述べる。Kant に言わせると Grass は上級教師みたいな側面を見せるのである。アメリカ映画好みの Kant の回想はここで映画俳優 C. Cardinale と G. Peck と一緒にクレムリンで朝食をした話を経て多くの彼が会った作家達の気がかりな傾向に移る。そこには Kant の作品が共有するアイロニーとユーモアが窺える。Kant が言及する傾向の一つは自慢という姿勢である。その幾つかの例として例えばＤＤＲの作家 W. Viktor は自己の出版物に批評の提案をし、誕生日の際に新聞社に適切なテキストを提供し、死ぬ遥か前に墓碑銘に賞賛の辞を刻んだのだ。A. Moravia は自ら自慢げにソ連での作家大会でフロイトに言及しスキャンダルを引き起こしたと主張するが、その大会に同席していた Kant はそれを全く否定する。また、W. Saroyan は六一年のワイマールでの作家大会でも、その後のソフィアでも舞台に登り自分の名を大々的に宣伝したのである。オーストリアの作家 H. Huppert は夫人を作家大会に同伴し、二人の対話で自己の宣伝を忘れない。

Kant の話題の巧みさは此処でソ連の美しい女医をめぐる当時のチェス世界選手権者 Karpow と彼の鞘当てを経て、七八年 G. Henniger とフィレンッエの西欧作家大会に参加する途上の車中での三人のアメリカ人家族との興味深い交流に言及する。三人はフィレンッエの地磁気学会に参加する途中であり、その内の一女性は作家 Kant に興味を示し、『抑留生活』を Kant より贈呈される。西欧作家大会のテーマは作家への税金控除、様々な権利、スキャナー技術等機器をめぐるＤＤＲの作家には全く無縁な話であり、世界情勢や核問題には殆ど触れられず、Kant が述べるそのようなテーマには賛意が示されない。赤軍派にもAldo Moro誘拐にも関心を払わない。それ故に上述のテーマの同時通訳に明け暮れた三人の女性通訳達はKantの闘争的で文学的な雄弁に惹かれ、ボックスを出て彼の周囲に集まる。Kantは次のように書いている。「彼女等の話を長く聞けば聞くほど私は自分がフィレンッェの戦闘的修道士に似ていることを知った。そしてその青銅像の側を作家大会に日々通う道が走っているダビテと自分は親類であることを肩の周囲に感じた。[37]」Kantの風刺とユーモア、更に自負溢れる言と言える。そこにMoro暗殺のニュースが伝わり、コンピューターやコピー機やスキャナー、あるいは税理士に関する無駄話は一時止み、作家達は抗議集会へ参加することつまりともかく政治的になり、大会は事前に終了する。此処にもKantの風刺は厳然と存在する。抗議行動に参加する前にKantはレストランでアメリカ人家族に再会し、Kantより『抑留生活』を贈呈された女性はKant等の世話役を自負する無遠慮な男を、Kantは世界的に有名な作家であると評価し非難する。Kantはそれまで自分が世界的に著名な作家と考えもしなかったと書いている。Kantのユーモアでもあり、自己にも見られる作家の自慢癖へのアイロニーとも言える。Kantは抗議行動に参加し、デモの列の中にやはりKantが贈呈した『抑留生活』を掲げる三人の女性通訳を見る。この章の最後でKantは名声が問題になる場合、その論拠等存在しないように思えると述べ、作家は虚栄心への執着を持たないというどんな強い調子の断言も我々を名声から解放することはないであろうと語り、以下のように書いている。「おそらく名声は我々の影のように我々に付きまとっている、我々は影なしではいったいどうなるのだろう？[38]」

(Ⅷ)

第九章は医者をめぐる話で始まる。誤診は医者にありがちだとしてKantは一九四四年にラトヴィヤ人の医師OjaがKantの母に、この心臓では彼女の息子は決して兵士になれないから安心しなさいと国防力に不穏な発言をしたが、三ヵ月も立たないうちにKantは徴兵された事実から話題を展開する。そのOjaのドイツ人の同僚はKantの関節リューマチを腎盂炎と誤診し、遥か後に一人の医者はKantの肘を手術し、それ以来その肘はもはや健全ではないし、なお別の医師はKantの自動車事故後の塞がり癒着した腹部の傷跡に胆嚢を診断した。しかしKantが関わった医者達は大方資格に優れ勤勉で教養があり、決して臆病ではないとKantは言い、Kantの自動車転覆事故の原因を公開の席で社会主義統一党地区指導部第一書記の欠陥道路修繕拒否の責任に帰し、彼の再選拒否を断言し、表彰の栄誉を失った医師や、長くはその特権的地位に留まらないとKantに言い一九八九年実際ベルリンの大病院での地位を捨て地方の医療機関に移動し、豊かな収入をささやかな月収に変えたエックス線女医に言及する。彼女は高官の極端な奢侈と一般職の間の矛盾を無関心に受け入れたくなかったのだ。一九九〇年春彼女の同僚のある医者はKantに心臓手術を勧め、手術をしないと一〇月にはKantの墓に苔が生えると告げる。Kantは苔はそんなに早くは生えないと反論するが手術を受けることを決心する。しかし結局Kantの誕生日に手術実施となったことから、Kantは彼の誕生日にはしばしば若い頃より病院に関わったことを述べ、一九歳まで持つとは誰も思わなかった一八歳での大病、一九歳の時のポーランド収容所野戦病院での捕虜生活、ワルシャワ収容所保健室の板張り寝台で過ごした二〇歳の生活に触れる。一九九〇年、Kant六四歳の誕生日はそのような訳で他のどの誕生日にも起こらなかった程惨めに過ぎていったとKantは語り、手術の経過を描写する。

ここでKantは心臓の手術の際には頭脳の損害も起こり、妄想状態に陥り自分が化け物のような振る舞いをすると語り、その幾つかの例に触れる。また治療の為病院に閉じ込められると外的な事物、つまり政治にも関心を失うと述べ、彼が膝蓋骨を折り四ヵ月ギブスで過ごすことになった最初の事故後のUckermundeでも政治に関しては二行の不真面目な詩しか残さなかったと書いている。勿論著しく痛烈な外的事件は印象を残すがとKantは語り、一九四四年夏入院した時連合軍上陸もヒトラー暗殺計画もその重要性を意識はしたがそれ程感動的に認識しなかったと書き、次のように述べる。「私はOja医師の命令下におりロンメル元帥の命令下にはいなかったし、アメリカ軍の進行より害のある四肢の痛みの戻りに対してむしろ震えたのである。[39]」Kant独特の表現と言える。

西部戦線もParchimの夏空高く飛ぶ爆撃機の編隊もKantには同じような状況であったが、彼が病室で隣に米軍機の機銃掃射で背に重傷を負った船員を迎えた時、事態は若干変わったと彼は述べる。Kantの話題は此処で上述の事故の時に戻り、膝蓋骨折が雑誌「フォールム」での『大講堂』見本刷りの中断をもたらしたことに触れ、その延期が第一一回党大会の混乱からこの本を多分守ることになったのは間違いないとKantは考える。何故なら『大講堂』は一年後当時の国家評議会書記Otto Gotscheより公の期待に反するものとして国家賞のリストから外されたからである。しかし一〇年後、Ulbrichtの場合とは今や全てが変わるという兆候として『大講堂』も『奥付』も一〇年前に既に祝電を送ってくれていたHoneckerより受賞した事実に触れる。KantのHonecker評価の一面である。更にKantはGotscheが授賞を拒否した時、『大講堂』の印刷にある意味で功績があったのはUlbricht夫人で、彼女がNiederschonhausen城でこの作品が代読された時大いに評価し、出版人がどのような標語で草稿をあらゆる検閲を逃れて印刷に付すか知ったという非常に興味深い当時の状況にも言及する。またUlbricht夫人のこの評価が契機となり、„Neues Deutschland“紙の文芸欄に『大講堂』の試作品とKantへの全快願望が掲載され、その結果Kantが病院で注目を浴び、更にこの作品が気に入ったRowohlt出版社の当時の編集顧問代表Fritz J. Raddatzと入院中に電話で話す結果になったことも語られる。

此処からのRaddatzに関するKantの言は非常に興味深い。Kantがフンボルト大学在学中、ドイツ学、ドイツ古典言語学科のみならず、英語学、イギリス古典言語学科の党書記であった当時、その領域の助手RaddatzがRowohlt出版社へ方向を転じたことを知らなかったと先ずKantは述べる。彼のことも知らなかったが、彼らの最初の邂逅の際に彼はKantに彼が三台目のポルシェを買った際に贈呈された金の万年筆を見せたエピソードをKantは記す。ところがRaddatzは„Zeit“紙でこの回想記„Abspann“への最初の参照記事の中で「金のボールペン」のエピソードを「おどけた虚偽」と否定する。しかしKantはRaddatzが金のボールペンを使用しているのを見た時、金の万年筆かボールペンか定かではないが、エピソードの事実を肯定する。Kant独特の描き方である。続けてKantは書籍見本市での彼との討論、作家同盟除名問題に際しての彼との新聞雑誌上での衝突、八九年暮れのベルリンでの偶然の出会いに触れ、再び二五年前の一九六四年当時の彼による『大講堂』評価の話に戻る。

しかしこの作品がＤＤＲ特有であるとの理由で Rowohlt から出版されなかったが、二二ヵ国で翻訳出版の動きがあり、Fischer 社から出版された事実を Kant は語り、ＤＤＲの特有性はその後変わったと述べる。更に Kant は『大講堂』が西ドイツとアメリカの政府機関でＤＤＲ情報、研究の対象になり、読者を更に獲得したことから、この作品が完成に至った理由を、Kant が自動車事故を起こした時、最初に助けてくれた Züssow の神学者に帰する。自動車が樹木に衝突し Kant も妻も怪我をし、無傷の息子が両親に呼びかけ、前後の窓が壊れ、車の中が寒く濡れた状況の中で Kant はシベリヤのような Pommern の大気に晒される。その上、車に積んであった『大講堂』の最初のページを風が浚ってゆくのである。このあたりの Kant の描写は風を擬人化し盗人扱いし、しかもあの映画『風と共に去りぬ』をもじり、想起させるウィットに富んでいる。更にページが風に盗まれるのを防ぎ、最初に奪われ、泥に汚れたページを見つけてくれたのが最初に駆けつけた神学者であった。

Kant はこの作品の最初の冊子を彼に送ったが彼にはその後会えず、彼はアメリカに渡りその後彼の消息はわからない。アメリカの外交官は彼に感謝すべきであると Kant はその特有な表現を用い、その牧師が消息を伝えないのは『大講堂』の教会脱退のシーンのせいであろうと述べ、ユーモアの解釈と鋭敏性の問題を論ずる。Kant にとってこのシーンはユーモアに関わるのである。似たようなことは最近も起こり、最後の人民議会の前の会議で Kant は「労働者農民」という概念を憲法から除こうとしたＣＤＵの女性議員と事を構え、ＣＤＵの機関誌„Neue Zeir"から攻撃されたのである。つまり八九年一二月 Kant のユーモアは宗教紙より「宗教迫害者」と規定される。その上 Kant はスターリン主義者と SPIEGEL 誌に言われ、『大講堂』は作りごとと評される。憲法はその労働者達からとっくに離れ、労働者達は彼らの労働から離れ、憲法からも離れていると Kant の話は展開する。農民は再び幾らか更に大講堂へ、つまり大学へ行けるようにはなったが。

ともかく牧師のお陰で長編小説は Ückermünde の病院で書き継がれた。Kant は此処で決まり文句ではあるがと断り、Parchim 時代ゲーテの『ファウスト』が彼の内なる書き手に働きかけたこと、又 Sir John Retcliffe なる筆名のドイツ人郵便局員の冒険小説の影響に触れ、この作家が一九二六年と一九三二年の間にその作品集を補足改訂しようとした事実から、改訂問題に話を転ずる。ここで話題になるのは最近、つまり九〇年前後、E. Neutsch が彼の四巻の小説をチェコの Havel からの情報で歴史的観点のもと改訂しようとしたことである。チェコ事件の際のDDR国家人民軍介入真偽の問題をめぐってである。ベルリンの新聞で報道されたのとプラハの情勢は異なっていたのだ。Kant は平和的にあるいは強制的に開かれた記録保管所のある時期のそのような秘密事項を注目に値するとこの回想録の追加記事の中で述べている。

Kant の話はここで一九四四年彼の初めての入院時に彼の詩作活動が始まった事実に戻る。『ファウスト』の影響による真似事である。退院を五、六、七、八月と性急に待ちながら、体力の回復を感じた時詩作へ入ったのである。彼はその詩を同じ病室のあの重傷の船員に朗読し、船員は彼の詩に飽きることなく、二人は半ば平和の内に生活し幸運を感じた。長いこと彼らを戦争が待ち受けていたにも係わらず、この時は死から免れ、戦争に無事に向かいあっていたからである。Kant は更に詩を看護婦達の前で朗読し、彼を病院へ訪ねて来た例の友人 G. Baustian の前で読み、過去の彼とのエピソードにも触れ相手を赤面させる。しかし同じ訪問客である彼の親方や Theo von Haartz の前ではあえて読もうとしない。その理由を述べ Kant は例の如く既述の彼らとのエピソードに触れ、ある看護婦への実らざる思いにも言及する。

その後長い年月の間、詩作の感動を味わわずその能力も忘れたと Kant は語り、「私は四四年夏の終わりの Parchim の病院と四七年初秋のワルシャワのゲットー収容所に就いて語っているのであり、そこで三年を計算にいれている。」と長い年月を説明し、続けて次のように書く。「時間とはその内容の一つの事態である。笑うべき三年を言うに値する方法で満たすとしたら、おかしさがそこにある。Parchim とワルシャワの間の期間は私にとっては危うく死ぬほどの病気の終わりと危うく生活を助けてくれた職人仕事の終わりを含み、私の軍歴の始まりと終わりを、捕虜生活の始まりとかなりの部分を、一つの青春の終わりを、一つの青春の始まりを含んでいた。私はワルシャワの通りで私への憎しみを理解し、ワルシャワ収容所で他の通りへの備えをしていた。[40]」更に Kant はこの時期の米ソの動き、Dimitroff のモスクワからの帰還、ヒトラーの地獄への行進、スターリンのポツダム行き、トルーマンの広島への原爆投下指令と核時代の開始、強制収容所の解放、チャーチルの鉄のカーテン宣言等に触れ、以下のように記す。

「私は収容所の塀の背後と牢獄の壁の背後で一九、二〇、二一歳になり、同じ状態で二二歳にもなるところであった。この時期の中頃私の父が死んだ。」(41)

しかしこの時期の最後、つまり貧しかった四八年に彼が詩と誤解した物を植字工に渡し、それを母に送り母が鑑定をParchimで、ある考古学者兼通俗作家に依頼し、十分な賞賛を得なかった事実に触れる。彼は二度目の始まりを当時考えてはいなかった。しかし様々な体験が彼を詩作に再び結びつけたが、筆記用具の不足が長いこと口頭の詩人であったのに、著作の詩人になるのを妨げた。この第二の始まりに口頭の詩人としてのみの第二の中断期間が続き、彼が労働者農民学部に在籍した時に同じ物語、彼の最初の物語をS. HermlinとKantorowiczの前でそれぞれ朗読し、前者は印刷に付すことを提案し、後に彼の敵となった後者はそれを心地よい流行遅れと評価したとKantは書いている。その後Kantはドイツ国民のことを若干論じ、結局彼が兵士となり武器を手に取った事実に触れ、この章を閉じる。

(IX)

第一〇章は突然ポーランドでの収容所での場面になる。Kantは収容所のアメリカ軍より電気工として任命採用され、その時より彼は「三七名と一名の電気工!」という命令で囚人より選び出され、「電気工前へ!」の命令で編成された特別任務隊に所属し、彼が先頭に立ち仕事へと行進することになる。その際彼は時々「脱帽!」、「着帽!」と叫ばなければならなかった。半ば軍隊的な秩序でドイツ占領軍の犠牲者達の記念の印の前をだらだら歩いたからである。通行人達の憤怒の嘲笑を浴びながら。嘲りならまだ良かったとKantは述べ、彼の叫び声の故に彼は単なる電気工と思われず司令官と見なされポーランド人に殴られ歯を三本折った話に触れる。ここでKantの例の悪戯心が働き、殴られたのはあるいは電気工Walesaへ、のちに向かう不満足感の一つの行為であったのかもしれないと、Walesaを引き合いに出す。彼は更にその一年前Koninの橋の上で縦列より引き出されロシア軍人に棍棒で失神するほど殴られたのは判らぬと書き、後に大学で学友に指摘された彼の西欧風の服装と顔のせいだったのかとも今は考えている。ついでながらと Kant はここで後からかっこ付きで付け加える。大学時代の服装の何一つ西欧風ではなかった。テント用布地のトレンチコートは多分 Humphrey Bogart を装う為に自分で染め直し、同じ英雄崇拝心から彼は電気工の容貌に好んで Richard Widmark の感じを与えたのであろうと。Kant のアメリカ映画好きは此処にも現れる。此処で Kant はあのドイツ人の Reich-Ranicki がいつの日か、Kant に関しては「我々西側世界の堅い知的な敵対者である」ことが問題なのであるが、それにも係わらずその作品の故に帽子を取って挨拶する用意があると発言するのを、あのポーランド人とロシア兵が予め判っていたら私は歯をまだ持っているであろうと時々考える、と Kant 特有の言い回しをする。場合によってはあの男達は殴る代わりに人参やパンさえ呉れたであろうと Kant は言い、パンの話から四六年にはワルシャワではアメリカ兵もパンにはけちけちしていたと述べ、彼らの裕福さと吝嗇ぶりの矛盾に話を転ずる。

結局彼らは収容所の誉めるに値する Kant の労働力を手に入れ、彼らの仮兵舎の屋根のタール塗りを彼にさせ、タールを一滴も床にこぼさぬように要請する。ここで Kant はタールの原料の原油によって Rockefeller が財を成したことに触れ、この男の節約ぶりからも、ワルシャワの司令官の節約ぶりからも何も手に入れず、屋根葺き職人としても、電気工としても彼はいつも空腹に悩んだと書き、司令官 Cook が彼を通訳に昇進させた時も状況は何ら変わらなかったと記す。しかし彼を通訳に登用したのは英語という未知の言葉を翻訳する彼の能力の故ではなく、音声と身ぶり表情で理解させ全ての単語を不必要な物にした Cook の能力のせいであると述べ、Kant の話題は学校と同様 Parchim に於いて Kant に不必要であった英語を理解させた Cook の音声と身ぶり表情と受け手の Kant の対応の表現に移行する。この表現が又 Kant 特有な興味深い語法である。

此処で Kant は次のように書く。「電気工として私は軍事代表部に来て、屋根葺き職人として雇われ、通訳業に採用された。そしていつの日かこのこと全てが何故私にはスパイとしての正当な適性が欠けているかの理由を提供したことであろう。[42]」

上述のことから何故自分がタールのことや下手な英語を話したことで大騒ぎをしたか明らかにになろうと Kant は

述べ、上述の収容所の叙述の詳しさに言及している。続けて彼が「誰かがスパイであったかなかったかはどの時代にも些細なことと多分見なされない、しかし現今とりわけ厳しく、ある人がスパイや部員として情報部にいなかったかどうかということが注目されるのだ。私にはそれが判るし、私が私の物語のあの時点に少し長すぎるぐらい固執する時、その理由が判るであろう。あの時点から何故彼らは私を情報収集者または宣伝担当者に結局は欲しなかったかが説明し得るように思える。[43]」と書く時、彼らとはＤＤＲ当局と思われるし、この文は九〇年代当初のあの西側マスコミ、評論家による魔女狩りを想起させるＤＤＲ作家等に対するStaasi疑惑攻撃に対する、批判と弁明である。ここでKantは結局という言葉に最初という言葉を対置し、ＤＤＲ建国当初から試験には容易に受からなかった話をする。毎度のことではあるがKantの話題の転換の鮮やかさは此処にも窺える。やっとのことでかなりの悪い点を免れたとKantは述べ、望ましい知識の故に見せるに値する点を貰えた場合、それは策略と幸運のせいだとKantは言い、その例を挙げる。

試験官Wolfgang Harichは駄洒落好きでMarxとEngels、LeibnizとJohn Lockeを読み込んだ駄洒落等を言うので（これは傑作であるが、語呂合わせは翻訳し難く注に記載する。[44]）、Kantも駄洒落気でImmanuel Kantに就いて質問されると予測し、哲学史で輝かしい良を貰う。更に大学卒業試験でのロシア語での良、主専攻ドイツ古典での優獲得の話をKantは語り、話は六二年三月雪の日の運転免許獲得時の用意周到さの話から、召集前の電気工職人試験の話に遡る。此処でKantはまた彼とEugen Günterの師弟関係に纏わる話を興味深く語りながら、ナチス統治下の特有な職人試験を叙述する。

職人試験合格証明書とほぼ同じ郵便で召集令状が来て、最初の電気工の報酬の後、国防軍の給与に格下げされたが、Eugen Günterから学んだ全ての物から等しく十分有益な物を得ていた、とKantは書き、ナチスの指導的士官の初年兵に対する教育の愚かさに触れる。彼は赤軍が三百キロ先迄来ているのにそのことを協議しようとせず、Kantにアメリカの人種混合問題に就いて訊ねたりする。Kantはそれに対し反抗的な姿勢を示すが断念する。Kantは射撃は駄目だが、電気工としての登攀技術を買われ軍曹よりその教育係を命ぜられる。彼は副指揮官に迄なり、「ロシア兵が我々に介入しなかったなら、私は軍曹にすらなり得たであろうと誰が知ろう。[45]」と述べる。

ロシア兵は我々に介入してきた、その物語は語り済みである。ポーランド人が如何に私に介入してきたかの物語も語り済みである、とKantは記して話を彼の長篇小説『抑留生活』へ移行する。現在この古い作品が新しい装いと新しい値段で前の出版社から再版されようとしており、彼は堅くてそれ程間抜けではないと述べた彼の古い敵対者Ranickiが当時そう本のカバーに宣伝してくれたことも新しく載り、それはRanickiをも彼をも喜ばさないがとKantは書く。続けてKantはかつてワルシャワでポーランドの批評家達とのこの作品に関する友好的な意見の交換があったが、その時彼は自分が横柄ではないかと危惧し、心そこに在らず、心はその作品に先行する抑留時代のポーランドに対する自責の念に在ったと述べる。Kantの真摯さである。

「批評家達が文学に就いて発言していた間、私は私の沈んだポーランドでの生活に耽っていた。それはポーランド人の死と大いに接していた。[46]」とKantは書き、その時その会合が行われていた当時のDDR大使館と戦後抑留されていた牢獄の間の道で抑留時代何度も脱帽した自分を思い描き、更にポーランドでのドイツ軍の犯罪に自分は無関係とみなしていた二〇歳の自分の愚かさに思いを馳せる。此処であの屋根のタール塗りの思い出は故郷での父の屋根のタール塗りに連なり、干し草置き場、そこに在った古い書籍に連なり、それらに就いての物語を思い出したと記す。それらの物語が抑留時代の三五年後に彼を再びあの牢獄と米軍代表部の中間に在ったDDR大使館の窓辺に座らせる偶然を生んだという、Kantの巧みな話法となる。彼はこの窓の後ろでその物語りに就いての情報に耳を傾けるとは予感すらしなかったと述べる。一九八〇年のことであろう。

彼のワルシャワの記憶は更に遡り、釈放一四年後自動車でワルシャワ迄行き、あの米軍司令官Cookに再会した話に至る。しかし此処で彼の話は素直にCookとの再会に移行せずEngelsとMarxより学んだ偶然とは二つの因果線の交点であるという定義に基づき二五年来友情を結んでいるジャーナリストHorst Schaferとの二つの道路の交差点での偶然の出会いに転ずる。アメリカに戻るべく命ぜられ、汽車に乗り遅れ飛行機に乗り遅れる危険に晒され、ブランデンブルク地方で途方に暮れヒッチハイクに頼らざるを得なくなったSchaferをKantの車がこの地方の幹線道路の交差点で拾った話である。最初に来合わせた車が彼の車とは、偶然の定義と言い、交差点と言い、まさにKantならではの話題の巧みさに感嘆せざるを得ない。彼の偶然をめぐる話は、彼が抑留時代に慣れ親しんだワルシャワのホテルBristol正面入り口の百年にもなる屋根が、雪の重みで崩壊した事故を彼が釈放後三〇年目に目撃した事実を経て、戦後その屋根に連合軍の旗がはためいていた話に移行する。これらの旗は敵の識別標識であり、彼が収容されていたKrakauでもしばしばそれらの旗の傍らをよろよろ通り過ぎたが、彼にそれらが呼びかけたのは青春の一片であった。エルベ河畔の万国旗である。当時ナチスの旗もあったが、彼の脳裏に浮かんだのは奇妙にもそれらの旗である。「ほぼ殺されてしまった都市で。私の同類によってほぼ殺戮された都市ワルシャワで。奇妙だ。まるで故郷のように、故に非常に奇妙に、それはポーランドでの捕虜を感動させた。その捕虜がBristolの入り口に敵の色彩よりなる同盟を見た時。[47]」とあるKantの文にKantの改悛の情と青春を見るのは私だけではあるまい。

その西洋の指導的国旗を見た時に柔和さが生じたワルシャワのドイツ捕虜であった一人の男がどうして西側世界の堅い敵対者になったのかと自問し、此処で先ず映画作家Wolfgang Kohlhaaseと、ボーイ長のワルシャワの例のホテルでの魚料理をめぐる興味深いエピソードを記す。失笑を禁ぜざるを得ないKant独特のユーモア溢れるエピソードであるが紹介せずにおく。続けてKantはKrakauへ行き、Kohlhaaseに収容所の扉を見せ、その時にはそのことを小説に書く意図には触れず、後者も彼の作品を映画脚本にする考えはなかったと書いている。しかし一四年または一六年後、彼ら二人はそれをした。その作品『抑留生活』の中で主人公が鰊を食べるその幸せの頂点の重要なシーンを魚嫌いのKohlhaaseが脚本にする時、鰊付きのシーンを鰊なしのシーンに出来ないかという熟慮を、Kohlhaaseが如何に回避したのかと、Kantは上述のエピソードとの関連で自問する。此処もKantのユーモア溢れる話法である。

七〇年代末、彼がホテルBristolの屋根が雪の重みで崩壊したのを目撃した時、その屋根をもはや旗は飾っていず、軍事代表部は大使館となり、大使館はその官邸を持ち、Kantが屋根にタールを塗った兵舎も庭も消え失せ、『抑留生活』の中の位置を占めていなかったとKantは記し、ポーランドでのこの作品出版をめぐる話をする。出版される前に出版への憤懣があった。西側ではその場合、事態は市場と売店の所有者に係わるがと断った上でKantは東側では珍しいことではないと言い、ポーランドでの発売禁止の論議に触れる。賛否両論があり、出版への決着をつけたのは「Polityka」の編集長で後の首相 Rakowski であったが、彼もその後の映画に就いての争いでは助けを出せなかった。事態は外相から外相へ、文化相から文化相へ、政治局から政治局へと委託された。Frank Bayer と Kohlhaase による映画『抑留生活』は西ベルリン映画祭にノミネートされながらポーランド外務省のこの映画は反ポーランド感情を生むとの説明で、映画祭参加禁止の通知を得た。反ポーランド感情とはＤＤＲ政府が罪を感ずる最後の物で、この映画は旅行禁止となった。しかしそのことが幾つかの反ＤＤＲと反ポーランド感情に至ったこと、この映画協力者のかなりの人々が、主役の *Sylvester Groth* を含めて出国申請をしたことを Kant は述べる。Kant はこの映画騒動を収め事件を解明しようとしたがうまくいかず、一九四八年ワルシャワの強制労働収容所で知り合った、後の政治局の外務担当者 Hermann Axen より一九八三年にまたもや階級の敵とか国際友好とかに就いていろいろ聞かされたのである。しかし Kant はむしろあの収容所の長い抑留を克服した自分が今度の事件で勇気を欠き、不機嫌のみで済ませたことを自問する。

続けて Kant は芸術アカデミーでの試写会へポーランド大使館が二人の人物を送った状況を描写し、この映画が内戦を引き起こさんばかりになった事情を、映画の中での軍服を着たポーランド人看守の服装描写に帰する。それがポーランド軍を侮辱したという。そのような結果を生んだ成りゆきを Kant は自戒の念も込めて詳細に興味深く語る。上述のこと以外にも Kant はこの映画反対のポーランド側の理由を推測する。此処で Kant の遊び心が頭を擡げるというと言い過ぎであろうか。Kant は記す。「彼らはただ電気工 Kant と事を構えたのさ、電気工ワレサへの反感では彼らには十分じゃないからさと、例えば文化相 Jochen Hoffmann が私に耳打ちした時、彼自身電気工であったから当然彼はそう言ったのだった。」(48)

同じように Kant はポーランドが反対した理由を、西ドイツに彼の特殊な注目を払うようにとのポーランドの以前の要請を彼が拒否したことに対する罰とも推測し、複雑な東欧圏の状況を示すが彼は彼自身の反ポーランド人、反ロシア人感情を否定する。

此処でKantは一九五七年当時、ベルリンで彼が携わっていて、後にReich-Ranickiに評価された若者向けの雑誌„tua res"のことに遡り、それぞれ別の日にドイツ人、ポーランド人、ソ連人の訪問を受け、彼がこの非常に興味深い雑誌に採用しなかった情報を彼らが欲しがった事実に言及する。彼は同国人にはそれを雑誌委託者との協定等を理由に断り、同国人は永遠に姿を消す。二人の他国人にはそれぞれフンボルト大学とベルリン自由大学間の厄介な戦いにも触れ、我々が口の堅い勢力の代理人であるという評判に陥ったら誰を利するか問うたのである。彼らはその言に従い、彼を知ったことを喜び、お互いに私的に人間的に、夫妻ともどもより知り合うことを望んだとKantは記す。その結果ある木曜日、ソ連人、ポーランド人同士は知らずに、三組の夫妻のSpree河畔TreptowのZennerでの交流が実現し、ソ連人もポーランド人も再会を約束するが彼らもその後彼の前より永遠に姿を消す。Kantが気にするのは彼らが彼らなりの試験で彼を如何に採点したかである。あのHarich等の点程、好意的な点ではなかったであろう、あるいはA. Kantorowicz教授の点程とKantは述べ、巧みに話題をこの教授に転ずる。

フンボルト大学ドイツ学研究所長、Dr. Kantorowicz教授は作家でもあるが、Kantに対する評価を再三変えたのである。Kantは優秀な成績でドイツ学研究所へ入り、教授の署名入りの最高点で卒業したのに、後者は五五年と五六年の物と主張する日記の中でKantをいかがわしい無知な腕白小僧で、とりわけ才能もないと、したかと思うと、五六年七月一一日にはKantの能力を高く評価し、助手の地位に最高に相応しい人物であると学長に伝え、再び二、三年後には日記を公開し以前の評価を提供したのである。この教授によるKantの人格像の歪みも五六年当時盛んであった党派間の好意と不和に係わったとKantは述べ、Kantorowiczが東の正教授であった時はKantを助手にと固執し、西への彼の逃亡をめぐって彼が低劣な争いに陥った時にはKantは回し者であったと主張した事実、東の市民としての彼はKantを助手にしなければ教授活動を危うくされると学長に書き、西ドイツ市民になろうとした時にはバイエルンの内相に Kant によって危険に晒されたと書いた事実に Kant は言及する。更に Kant は、Kantorowicz が西に姿を消す二ヶ月前に Kant の方が編集長職とジャーナリズムが彼を待っていたので助手職を返上したことを、言うのを忘れていると追い打ちをかける。Kantorowicz は教授としても作家としても平凡に終わった事実を Kant は挙げ、Hemingway と E. E. Kisch をスペインで知り、H. Mann をパリで、Th. Mann をアメリカで知り、反ファシスト、スペイン人民戦線戦士、ユダヤ移民であった彼を尊敬していたが故に、彼の今の時折の愚かさにかなり悩んだと Kant は書いている。

Kantorowicz が祖国を、その終わりに変えた同じ夏の始めに、Kant はこの教授のより広い住居への移住の際、書籍の整理の手伝いをし、その時、書籍整理の秩序、論理、経過のように講義を出来ないものかと発言し、それを講義への批判と受け取った Kantorowicz の邪推に触れる。Kant 一流の話法は、此処で Kantorowicz にその作品を評価されなかった故に彼に粗野な態度を示した Kurt Barthel こと Kuba に転じ、Kuba をへぼ詩人と断ずる。Kant は話をまた書籍の整理に戻し、その際に Kantorowicz にほぼ書籍の度にそれに纏わる笑い話を聞かされ、それを毎晩書き取るように言われた馬鹿げた行為を語り、続けて学生であった Kant と助手であった Hans Kaufmann と旅行した際の教授 Kantorowicz の危険な自動車運転の話をする。Kant は更に何故政治的争いが Kantorowicz 自身の日記の偽造に迄至ったのか依然として理解出来ないが、自分が彼に対して厳しく反応したことは認める。従って教授の祖国変更二ヶ月後の五七年一〇月に出版された雑誌 „tua re" 第一号の中で Kant はＤＤＲ脱走をテーマにした Kantorowicz の作品を引用し、彼のお気に入りの冗談をタイトルにして彼の古いテキストを公表し彼の変節を批判した。その後 Kantorowicz にフランクフルトの書籍市の際にホテルで偶然出会った逸話をし、Kant は前者の日記改作に帰する第三者の亜流や剽窃による彼への誹謗の体験を語り、告訴迄考えるが、「階級の敵とは訴訟を起こすな」、と Kurt Hager に言われ断念したと記す。続けて Kant は Kantorowicz の好んだ笑い話（Schnurre）から彼好みの語呂合わせの Wolfdietrich-Schnurre なる西ベルリンの作家との経緯に話を転じ、この作家の Ulbricht 戯画化の記事の引用とそれに対する Kant の反論記事が編集長 Raddatz の Rowohlt 出版社の物に掲載されたことに触れる。このことが同じ小冊子への Kantorowicz の記事を生んだこととその内容に更に言及してから、Kant は前者が既に死んだ現在でも彼の例の日記が存在し、それが手に入れ易い今、四半世紀その受け売りが存在したことを鑑みて、その虚偽の証明の必要性を論ずる。つまり東西ドイツが統一した現在、慣習も統一せざるを得ず、主張には証拠が必要であると語り、Kantorowicz の資料に基づき Kant の陰口を言う者を鸚鵡と呼ぶだけでなく、その鸚鵡のような主張が何処にあるかを叙述する決意を表明する。Kant は彼らを鸚鵡どころか本来の物まね上手なセキセイインコと軽蔑する。

Kant は続けてある言葉を手がかりにまた時代を遡り、ワルシャワ抑留時代衣服に隠していた印刷物を取り上げられ、それ故に制服の軍事監督官の僅かの者より悪く取られ、悪態をつかれ、殴られた話、囚人仲間についての情報収集役を受け入れなかった話、そこから彼が „tua res" から離れた時、今度は Kant のハンブルク旅行を知った東の情報組織員達からハンブルク近辺の兵器庫を探るように要請され、積極的な協力をしなかった話に移る。Kant はその兵器庫の側を散歩することは約束し、その後、彼の住居を訪ね情報を期待した彼らに彼が話したのは、兵器庫の前に停車していた豪華なポルシェの前座席に東の三プフェニヒをばら播き、それを見た資本家がどんな顔をしたか見たかったという話が主であり、彼らが知りたい情報には殆ど協力しなかったのだ。Kant らしい洒落気と両者への反撥心と言えるだろう。Kant は西の情報員達は彼らの車に戻ってから彼の頭が変だと言ってるであろうと推測迄する。彼が既に著作者としてベルリンで知られた時にも彼に情報関係者が最終的に接触してきたことに Kant は言及し、一〇年前であったら此の種の階級闘争に参加することに躊躇しなかったであろうと述べる。しかし当時彼らは Kant がハンブルク出身で、西側に親族が居て、その上西側に移住した姉妹が居たので彼を不適格と考えたと Kant は記し、当時労働者農民学部の党書記であったのに、その学部への応募者に関して Kant に相談もせず、助言も求めず、それどころか彼の前では応募者等に自由に語らせなかった事実にも触れる。Kant が苦情を述べても返ってくる答えは革命、反革命、陰謀、反陰謀は如何に事情が複雑かというような決まり文句であった。つまり彼は半ば信頼されていたに過ぎず、彼の肯定的な面は、彼が東側の捕虜であったことであり、否定的な面は彼の西側の家族であった。

それ故に Kant は当時の情報員の存在はなんら成果をもたらさなかったこと、彼らは複雑な世界を東西状況に単純化してきたことを上述の接触者に伝えたが、後者は、理解はするが当時はやむを得なかったとし、それが西側の敵対者の立ち入りを阻止したと主張したことに触れる。それに対しKantは重要なのは地域性ではなくプロレタリア性であることを述べ、官僚主義を批判するが、相手はそれを余りに個人的見解と取り、問題なのは友人か敵か、結局はソ連かアメリカかと主張する。その上彼はKantが東側の捕虜とは言えワルシャワの米軍軍事代表部に例えば通訳として働いていたことを語ると驚愕する。しかしKantはこの米軍軍事代表部司令官の優秀さを賞賛し、相手がそれ故に当にならない情報員候補資料の見直しを考えていると推測する。この情報員がKantとの契約を断念したことは今日心地よいのみならず、詩人Seyppelが「Welt」紙上で、何故東の組織の中佐であったKantが西の組織に逮捕されなかったのかと問い合わせた時、既に有益であったと述べ、今回のそれに対する名誉毀損の訴えに話題を移し、それを詳細に論ずる。当時はそれを避けたからである。Kantは西側の市民にされた今や西側の原則にも統合されたので、主張には証拠が必要であると述べる。続けてKantは党員としての生活の中で一貫して個人的テロには反対であったと語り、また彼がF. Wolfの息子で情報機関の長Markus Wolf等に秘密を守る人物として学生時代より一貫して評価されてきたことに触れる。ここでKantは後にM. Wolfがこの機関の将軍になった時にもソ連大使館のレセプションで再会したこと、しかしKant自身は中佐でも上等兵でもなかったこと、その後一〇ヶ月ごとに会ったが、Wolfの仕事は話題にもならなかったと話題を巧みにSeyppelとSpringer系統への反論へ移す。同じような反論を、Kantは六〇年代末の情報機関の将軍Heinz Keßlerとその息子のKantへの傾倒と、八九年一〇月のその息子のKantへの背反と、Kantの公開状にへのドグマと老獪さに満ちた応答をめぐる話題に於いても展開する。

上述の公開状はKantが「若い世界」(Junge Welt)紙上に発表した物で、それに多くの反響を得たことをKantは例の二つの交差点での偶然の出会いに纏わるHorst SchäferのBonnからの反応、党第一書記Egon Krenz、後のベルリンの壁開放の責任者Günter Schabowski、更にMarkus Wolf等の反応等とその内容を例に挙げて述べる。この時M. Wolfは既に年金生活者であったとKantは語り、前者が未だ年金生活者ではなく、Kantが作家同盟の長でなかった時、KantがWolfの前出の部下の情報員に、ポーランドで米軍の元で働いていたこととその長い物語をいつの日か書きたいがまだそれに適した手法が欠けており、『抑留生活』というタイトルは確定していると語ったことを述べ、それに情報部員が賛意を示したことに触れ、Kant は此の長い一〇章を漸く閉じる。

(XI)

意志に反しての壁の開放者、ベルリン党第一書記 Schabowski について話してしまった以上、彼のこの有名な行為と並んで、何故一片の世界史があれほどばかばかしいやり方で終わらざるを得なかったのかが徹底的に説明される行為が挙げられるべきだと、Kant は一一章を始める。彼は壁の崩壊を純粋な錯乱の結果であったことがあり得ると見なし、その錯乱も勿論、結果に過ぎなかったのであり、純粋な力と素人趣味から成る一つの連合体がそのような結果を熟させざるを得なかったし、それについて最も気高い意図すら何等変えることが出来なかったであろうと述べる。DDRの建国とその崩壊を言っているのであり、Kant は「DDRはまさになお世界史の脚注に役立つであろう。」と言う Stefan Heym の推測は誤りであると証明されるべきだと語り、それは確かにエピソードであり、キャラクターを持った一つのエピソードであるが、DDRはあの外れた時流の意味を持った一時期であったとする。(49)

Kant は此処で威嚇的論文の代わりに、権力が様々な誤認をしてきたあの時代からの一つの報告をと言い、その教科書的事例を広めると述べ、先ず彼の物語集『第三の釘』がアムステルダムの「ドイツ文庫」(Deutsche Bücherei) により、殆ど克服不可能なDDRにおける経済的社会的状況の一つの映像で、時代批判的風刺の一つの小さな脅威的作品と称せられたことに言及する。(50) しかし自分はリアルに実在する現実に比べて一人の不器用者であったと Kant は語り、壁開放直前の八九年一〇月一三日の彼の日記に彼と Schabowski が「涎掛け」をめぐり会談したとある事(51)に触れ、彼らにはあの重要な時期に他の事は脳裏になかったわけではないと述べる。

此処から Kant は自分と Schabowski との間の長年の困難な状態に話題を導く。後者が Neues Deutschland 紙の編集長になった時からであり、その以前の級友から聞いた話による彼への疑念を Kant は記す。ギュムナージウム時代の彼の非政治的姿勢とその転換、及びその事実の後になっての彼自身による堅い公式な否認である。そしてKantはＤＤＲ三〇周年記念前夜の彼との間接的衝突に触れる。ＮＤ紙へのKantの三〇周年記念寄稿が、ＤＤＲを多かれ少なかれ自ら解放を勝ち取った正真正銘の反ファシストによって入植された場所と見なす支配的傾向に沿わなかった故に、しかも「前史へのメモ」(Notizen zur Vorgeschichte)の中でKantが自分らの大部分が血腥く係わったドイツの蛮行を想起したが故に、その論文は突然突き返されたのである。

「独ソ敵対関係を前提にしていた一つの独ソ友好について語る私の方法が要するに気に入らなかったのだ。[52]」とKantは述べ、論文返却の理由として原稿の角に付せられたこの編集長のくだらぬ傍注にもKantは触れる。しかし何故Kantの寄稿がないのかという党文化部の問い合わせもあり、此の寄稿は印刷されたが、その中のエピソードに音楽総監督Willi Kaufmann未亡人からの抗議があった事実にKantは言及する。此の男はヒトラーの要請によりドイツ勝利の暁にはモスクワでの行進を指揮する筈であったが、楽団もろとも収容所行きになり、そこで食事の際等に指揮する羽目になり、良い食事にありつき太鼓腹になったことや、モスクワを前にして降伏した時、此の男がソ連兵達に「私は兵士じゃない、私はトテチテターだ！[53]」とKant好みの合い言葉で呼びかけたというエピソードである。Schabowski がKaufmann未亡人に編集長として許しを乞うたこと、前者がKantとの関係をアジテーションと文化の関係に適応させようと力を入れたことに関しKantは続けて述べている。此処でKantはその境界線がぼやけることがあってもＤＤＲではジャーナリスト達と作家達は敵対的カーストとして対立してきたと語り、その認識の上でアジテーション、つまりほぼ今日のメディアの哲学は全く簡単で、彼らが新聞に載せることを決定するということであり、従って我々も文化の内、何が新聞に載るかを決定するとKantは述べる。それ故に彼が作家同盟に所属していた三〇年間、作家達と党中央委員会メディア担当者の間に対立があったのは不思議ではないと書く。Kantは続けて党中央委員会に於いてアジテーション部門の長Gaggelから委員会のコミュニケ草案がJoachim Herrmannを経てHoneckerへ渡り、削除変更された過程、それに対する卑屈なGaggelの姿勢を描写する。しかしHoneckerもHerrmannも解任された後の最後の日に此の儀式は惨めな中途半端に終わったとKantは書き、この時期は事態は既に異なっていたし、その間更に変わっていったので言えるのだがと Kant は断った上、彼と Geggel の間より彼と Schabowski の間も折に触れてはるかに良くはなかったと話題を彼と Schabowski の関係に戻す。

此処で Kant が展開するのが前述の「涎掛け」に関する長い話である。発端は彼の一番下の障害を持って生まれた男子に始まる。此の幼児は静まることがなく、病院で器具による人工的栄養剤で養われ、結局は口も利けぬまま死亡するが、その生存中器具を外さぬよう両手をベットに縛られていた。しかも彼は一度受け入れた食事を口から吹き出し、それをまた食べたので幼児服を絶えず汚したのである。Kant は西側で洗濯可能なプラスチック製涎掛けを手に入れ、ＤＤＲでも生産可能にすべくその提案の受け入れ先を捜しあぐねた末に Schabowski にたどり着いたのである。そこまで至る経緯とＤＤＲの官僚主義を Kant は例のユーモアとウィットで描き出す。しかしいつまでも採用の決断は下りず、八八年一月採用決定となるが、やはり事態は進行しない。特許盗用訴訟問題が起こり得るからである。此処で Kant は、此の章の最初に引用した八九年一〇月一三日の日記はヒステリックの時代に様々な調査組織に対して考え出された偽装的文言で、あのメモは古い重荷からの国の負担軽減を述べたものであると語り、続けて結局涎掛け製造以前に Honecker 退陣、壁崩壊という歴史的事件が起きたことに触れ此の章を閉じる。

従って一二章は Honecker をめぐる話になる。„Stern“ 誌の記者が是が非でも Kant を Honecker と親密な間柄にしようとしたのに対し、Kant は「あれは私の友人ではなかった[54]。」と答えた事実に触れ、その証言を補足する。同じような Hermlin の覚え書き拒絶を目的とし、西側の有力紙が共産主義者の友情の性質に就いて共産主義者は口出し出来ないと宣言したが、それでも私は敢えて主張すると Kant の姿勢は確固としている。Honecker と私はある例外を除いてはそれほどの知り合いではなかったと Kant は語り、公の席以外での接触を具体的に否定する。しかし党書記長兼国家評議会議長の方が私に好意を抱いていたことはあり得るし、彼は三年待たされた私の作品『奥付』の出版を彼なりの理由によるとは言え可能にしたと Kant は述べる。続けて Kant は一九五〇年に彼に会った時の印象、また彼の六五年第一一回中央委員会総会登場の際の粗暴な印象と、八九年第九回中央委員会総会での辞任の際のぎこちないが尊厳に不足のない状況に触れる。同時に Kant はその際、Honecker の病気による体調にも言及し、そこから同年夏の Kant

の彼宛の作家同盟会長辞任の書簡を契機としての彼からの直接電話と彼の胆嚢の手術をめぐる電話での会話に話題を転ずる。此処でKantはＤＤＲでは党員同士がお互いに君《きみ》で話し合うのを西側のプチブルの新聞が最も親密な友情の記しと見なすならば、それはＤＤＲの習慣に対する無知な証拠だと反撃する。

その後Kantの辞任に就いても彼の辞任に関しても話し合うことがないままに、一五週間も経たぬ内にKantはＤＤＲの現在の状況はＤＤＲにとって最悪であると公開状で宣言したと述べ、国家評議会議長の状況も同じだったと語る。しかしHoneckerの退陣時に比べてその前任者Walter Ulbrichtの退陣には尊厳も欠け、彼は反抗的な年金生活者のように振る舞ったと話題を転じ、その当時如何にUlbrichtが現実への認識に不足し、自分の立場を理解しなかったかをKantは具体的に述べる。しかもUlbrichtはKantの作品『奥付』の印刷を数年に亙って拒否した事実にKantは触れ、その退陣に心は揺れなかったとも述べる。続けてKantは前出の西側のG. Gausや多くの人々より壁崩壊後の熱狂の中で、何故此の作品が禁止されたのかと問われ、それに対し禁止されたのではなく許可されなかったのだと応え、「一冊の本が禁止された？　そうではない、そのようなことは我々の所ではなかった。小説と作家はしばらく明るみより外され、その作品を良く考える機会が作家に与えられることになったのだ。それが全てだ。それを正確に取ったならば、人々がただ一冊のより良い本を作家から望んだのだ。彼らはそれが作品にも作家にも良いと考えたのだ。(55)」と迄、敢えて断言する。その上に立ってKantは書籍販売出版中央官庁の不許可の理由を挙げる。その理由はあまりにも愚かであったが故にKantはG. Gausに二〇年後になっても伝えるのを旧東独の為に止めたのである。勿論Kantはこの回想録のなかでその愚かな理由を具体的に詳細に述べ、更につい最近Aufbau出版社で発見された此の問題に関する記録に言及し、その記録が自己検閲の酷い証拠のような感を与えたことにも触れる。Kantは此の点に就いても真意を語る。つまりKantは中央官庁の長と折に触れてあれやこれや話し合ったが、『奥付』が出版を抑えられ、何故かと当局の長が彼に言うべき日時に就いては話し合わなかったのである。その結果その作品を駄目になったと宣言し、何カ所かを変更するどんな試みも無意味だと宣言したのは自分であったとKantは述べる。六九年晩秋のことである。

此の作品をKantは二年間で書き上げたにも係わらず成功したと見ており、西側での出版の話もあり、国内外で出版以前に朗読もしたのである。Kantは更に時間を遡り前述の第一一回中央委員会総会当時のUlbricht夫人の『大講堂』評価のこと、そして一方での当時の政治局一部メンバーによる作家としての彼への圧力に言及するが、その後で結局『大講堂』の成功がKantをそれのみに満足させず、『奥付』の執筆を推進した事実に触れる。続けてKantはその執筆当時の状況を述べ、世界と現世は彼の作品には豊富であるが、『奥付』にはそれを十分に盛り込めなかったと語る。此処でKantは彼が此の作品を執筆した住居Unter den Linden 37周辺には世界は不足していなかったと述べ、歴史的建造物とそれに纏わる事件を挙げる。Kant特有な話題転換の手法は此処にも窺われる。Kantは一九五三年六月一六、一七日の例のベルリン暴動当時の上述の住居周辺の状況、彼の暴動阻止の行動も語り、その地域にその後、建造物が建てられたことに触れる。その一つがフランス文化センターであり、そこへ八九年一二月二〇日の会議で二二日作家同盟会長辞任を決めたKantを、まさにその二二日にミッテランが作品朗読へ招待したのである。Kantはパリに於けるDDR文化センター設置の際のフランス側のテロ対策用の興味深いエピソードを回顧してから、その朗読会の席へ現れた西ドイツテレビ局ARDのRoland Jahnなる人物に言及する。此の人物はこの時まだシュタージの閉じられていた門を撮影させており、それに関するドキュメントを制作したのである。それ故にKantの筆はスターリン主義者と呼ばれた体験より、それをめぐる話へ移行する。ここで、Kantのいたずら心が働き、Kantは先ず、彼をスターリン主義者と呼ぶなら、上述の会長辞任をスターリンの誕生日の一二月二一日にしてもよかったと述べ、ポーランドでの四年間の捕虜生活よりの釈放も、この日であったと述べる。Kantは、Hermlinのヒトラーとの関連でのスターリン評価の発言を、スターリン主義者という非難を阻み、和らげるのに有用ではなかったと語り、Hermlinの二つのスターリン賛歌は彼の反ヒトラー闘争の効果を失わせると述べる。此処からKantは彼の『大講堂』がFrankfurter Allgemeine紙より当時、「DDR文学に於ける最初の徹底した脱スターリン主義の試み(56)」と評価されたこと、更に八九年にG. Gausが『奥付』の出版困難を来した反スターリン主義の部分を知ろうとしたこと、一方それに反してSPIEGEL誌にとってはKantは作家同盟のスターリン主義者と見なされたことに言及する。それをKantは矛盾とは見ず、誰がスターリン主義者か決めるのは反共産主義者であると述べる。しかしKantはスターリン主義が共産主義、社会主義と称せられた故に、ファシズム以上にある意味では共産主義に損害を与えたことを認め、今や歪曲された共産主義像があると語る。

続けてKantはそのような物は『奥付』にはなかったと述べ、スターリン主義という概念を口にすることがある日不可能になり得ることは考えられないと書く。そしてそれを彼らは我々に対する武器として、でっち上げとして使用するという Kant の言は正鵠を射ている。フルシチョフのお陰でスターリンの犯罪を知ったと述べてからKantはそれが既に個人崇拝という言語上のカプセルに入れられ、言語上のごみ処理が達成されたと語り、『奥付』の時代の世界史的重要事件に触れる。キューバー危機とチェコへのソ連軍進入、つまりフルシチョフ退陣とブレジネフ時代の始まり、ブラント政権とDDR承認への移行であり、此処でKantは「しかし徐々の緊張緩和はDDRでは相対的なスターリンの復権によって伴われたように思える。[57]」と正当な時代評価をする。

その例としてKantは六九年には彼のスターリン批判に誰もクレームを付けなかったのに、七二年には『奥付』出版をめぐってスターリン批判の抑制が要請された事実に言及する。六五年出版の『大講堂』の中ではスターリンはまだ偉大な指導者の肖像であり得、誰も嘲笑を思いつかなかったであろうが、此の作品では嘲笑があり得たとKantは述べる。そしてKantは六九年に印刷されたが製本されなかった『奥付』を地下室から取り出し七二年に出版しようとした時、最初の文章から問題にされた事実経過を語る。「しかし私は大臣にはなりたくない！」という否定的発言で社会主義的長編は始まるべきでないと当局のJohanna Rudolphより言われ、Kantは一万箇所の文章の訂正を恐れ納得出来なかった。勿論その抑圧の元締めはUlbrichtであり、その提案者はKantの推測では作家でもあるOtto Gotscheであり、その契機となったのがKantの六九年一一月のボンに於けるSPD機関誌「前進」でのインタビューに対する処罰である。Kantが此のインタビューの中でDDRの国際法上の承認を両ドイツ政府間交渉の無条件な前提とせず、DDR政権の目標設定としたのがブラント政権ラインへの同意と見なされたのである。六九年当時『奥付』の印刷の一時的中断が継続し製本が禁止されたのもこれが原因であった。

(XII)

続けてKantが述べていることは重要である。此のブラント政権ラインを走ったと見なされたことは直ちにKantがその直後Ilmenauで開催する予定であった自作朗読会の文化省による市当局への突然の中止勧告となって現れ、Kantがそれと知らず誰も居ない会場に足を運んだ結果に終わる。

Kantは当時のブラント政権ラインとは未だブラントのノーベル平和賞受賞以前のこと、新東方政策以前のことであり、むしろ西ベルリン市長、DDRへの楔、社会民主主義的反共産主義を予測させるものがあったと語り、そのラインは党派的行為、Kantが既に数カ月前より調整してきたと考えたある矛盾の先鋭化とも見られたと述べる。その矛盾とは此の年五月に一方では作家同盟副会長に選ばれながら、他方では既に『奥付』の継続の„Forum“誌への掲載中止が伝えられたことである。これに係わったのは文化相K. Hagerであった。このHagerとの関わりによる事態を詳細に語った後、Kantはその当時、自己を作家とは見なさずジャーナリストと考えていたが、此の『奥付』の掲載中止が彼に作家意識を植え付けたことを語る。しかしKantは攻撃された作品の作家であったとしても、同志としては攻撃されたくはなかったと語り、そのことが同志達に考える姿勢を与えるだろうと信じたが、極端に相手の自尊心を満足させたりしてはならなかっただろうと述べている。Kantの党派的姿勢の一つである。従ってKantは党が招いたスキャンダルから党を守ろうと試みたと自負し、党指導部が何も起こらなかった如く彼に合意済みの朗読旅行を許可したことを感謝する。Kantに言わせれば党指導部はその行為の痕跡を消すことを彼に許可したわけであり、彼を騙し、彼は階級の敵と見なす者を騙し、何よりも自己を騙したと書いている。続けてKantは西側での朗読の際の階級の敵と疑われる者の具体的行動への彼の反応に言及するが、それが無実な者を殴るような結果にもなったと述べる。

Kantが更に語るのは六九年一一月ブラント政権誕生以来、彼の聴衆グループが全く普通の文学的グループに変わったことであり、彼もその結果半ば普通の文学者に変わった事実である。それがあのKantの六九年一一月の発言を引き出したわけである。故に Kant は彼特有なアイロニーで六九年一〇月に彼の完全に印刷されていなかった『奥付』を朗読させた西側の聴衆に、此の作品が全面的に印刷禁止になった共犯の責任を帰し、ブラント政権にもその責任の分担を見る。Kant はその時代をもはや冷戦の対立の時代とは見ず、協調の時代の始まりと見たのであり、それも『奥付』の出版禁止を招いたのである。続けてボンに於ける当時の朗読会での西側諜報機関の Kant への工作と懐柔に対する自己の姿勢に詳細に触れた後、Kant は朗読会終了後の居酒屋で、すんでのところで隣席の当時の西ドイツ外相シェールにお祝いを言い、西側の東方対策担当者への接触共々、西側の大衆紙 „Bild“ 紙とＤＤＲ政治局の関心の対象と成り得た事態に言及する。Kant の面目躍如たる興味深い描写である。そのニアミスの翌日前述の「前進」紙よりのインタビュー申し込みの電話があり、Kant は約束をしたのである。此処で Kant は彼の朗読会は拍手で迎えられ、彼を当惑させるような聴衆の質問もなく拍手で送り出され、東方対策担当者やシェールとの接触も避けたのに、また時代はもはやアーデナウアー時代ではないのに、何故いけないのかと疑問を投げかけている。しかし Kant はその直前の作家同盟の幹部会で A. Abusch が同盟員の許可なしのインタビュー禁止に言及したこと、「前進」紙は依然としてブルジョワジーの補助組織社民党の機関紙と見なされていたことに触れる。

　何よりも問題にされたのは Kant が「前進」紙での対話にサインし迄したことであり、Kant は作家同盟の G. Henninger、“Neues Deutschland“ 紙の編集者 H. Czepuck、更に最終的に K. Hager が召集した党中央委員会で政治局の文化部門、内閣、出版関係、編集者及び作家同盟のメンバーより「酷い！」と非難されたのである。その時彼らが Kant 批判の根拠に利用したのは『奥付』の中の主人公が他の人物より、党の集中的な抜け目のなさを忘れると大変なことになると警告された場面である。此処で Kant はまた二〇年後の八九年壁崩壊後の G. Gaus の言に触れ、彼も同じ箇所を引用した事実を述べ、上述の言葉を逆手にとって次のような興味深いことを語る。「我々が上部の英知に忍従する代わりに事実我々の抜け目のなさを集中させていたら、我々は今日二〇年または四〇年前の過去について考古学口調で語るべく強いられたりはしないであろう。[58]」従って Kant は、Hager が当時集中的な抜け目のなさの原則が党の側にあり、Kant がそこに集まった者達の中で此の気高い原則に反していたと信じていたように見えたと、考えると事態はかなり腐敗的であったと語る。Kant が続けて語るのは当時の Hager の教条的で杓子定規な批判的見解と、敢えて発言をしようとしない他のメンバーの事勿れ主義であり、発言を催促されての作品への無理解を示す質問である。

此処で Kant は当時 Hager 等が「『奥付』はその作家によって党、国家、編集局と出版社の背後で考案され、書き記され、事前に公表され、印刷に付された。[59]」と主張したことに触れ、そのような作家の行動を将来防ぐ為に新聞が文化省の許可印のあった作品のみを公表するように指図された事実を述べる。そして上述の協約には Klaus Gysi は同意しなかったと K. Gysi を評価する。それならば例えば Kant が『大講堂』をその元で初めて書くことが出来た諸条件は無効にせよという Kant の異議は実らなかったと Kant は語り、生産性と統制の選択の前には躊躇はなかったと述べる。つまり「作家同盟は数十年間『奥付』によって始まった此の不妊の状況を変えるべく努力した。」が「文学者達は新聞雑誌への寄稿によって出版界に関係すべきだという意図的な声明以上には決して至らなかった。」Kant は書いている。[60] しかし『奥付』事件の故に Kant のある新聞への寄稿が実現し、それは集団的努力の成果であると Kant は語り、両ドイツの新聞と放送が Kant の「前進」での対話をそれなりのやり方で引き受けたので、メディアの東西の協力者達が協力してくれたと述べている。その結果 Kant は西側では引用されうる大作家になり、東では著名な人々ですら一発お見舞いするような無名な兄弟となったと語り、Erik Neutsch より „Neues Deutschland“ 紙上で西側より喝采を浴びた人々と書かれた事実に言及する。しかし Kant は此処で Neutsch がある同盟の会議に下士官の軍服で現れた時のその剣帯の特別の広さを皮肉ることを忘れない。

勿論自分の陣営の苦境は何等変わらなかったが、「いつでも必要だった場合には公な態度を取り、誰が常に私にそう忠告したとしても公な態度を明け渡したりしない原則で私はあらゆるそれに応じた過ちを退ける一つの手段を見いだした。[61]」と Kant は自負し一二章を閉じる。

一三章でKantは『奥付』の出版をめぐってのその後の当局との話し合いがうまく行かなかった事実を記す。西側のラジオは引き続き彼のインタビューを放送し、一方Kantは『必要な人々への情報』(Auskunft an Bedurftige) を書き上げ、その中で彼の言葉の注釈者達を心にかけたのであり、彼の言葉そのものではないと書いている。Kantはまた上述のインタビューが、西側で全ドイツ的共同精神として評価され、肥大化したイメージを破壊するのを容易にしたと書く。そうすることによってKantは除外より自己を守り、また敵対者に就いてKantが語る限り敵対者とは見なされ難かったたし、彼の書いた物が印刷されなかったわけでもないと述べている。興味深い当時の状況である。しかし何故中央機関紙の人々が上述のKantの記事をその機関紙„Neues Deutschland"に掲載したのか疑問だと述べ、機関紙の文化部門の長Klaus Hopkeも編集長Hermann Axenもそのような勇気を持たず、しかもKantはHopkeの批評をめぐって彼らと対立していた事情を述べる。更にKantはW. Biermannをそれ程高く評価しないけれどと断った上で手厳しい批判がBiermannにも向けられていた事実にも触れている。続けてKantはH. AxenにはKantの上述の記事を掲載する必然性のなさを改めて述べ、K. Hagerが様々な非難を気にしてその掲載の促進者になったことに言及した上で、この記事がKantにとって今日心地よい読み物ではないが当時一人の著者に留まる手助けになったと書いている。

此処でKantは改めて『奥付』の運命は変わらず、出版されず、それを出版しようとする様々な努力に就いては知らないと述べた後に出版社「民衆と世界」(Volk und Welt) の長J. GrunerがKantに当時のまさに不都合な状況の元でルポルタージュ連盟『ストックホルムにて』(In Stockholm) への寄稿を勧めたことを評価し、彼によって出版社のみでなく出版人が大切なことを知ったと語る。つまり彼の批判は出版社„Aufbau / Rutten & Loening"に向かい、『奥付』が出版されなくても『大講堂』が大量に出版されたことによりマルクス流に言えば此の出版社と彼はむき出しの利害以外の何によっても互いに結びつけられてはいなかったと言えるであろうと語る。ともかく作家は経済的利害関係を伴う一つの文学的営みであり、出版社は文学的利害関係を伴う一つの経済的営みであるという Kant の定義は出版社の感情を損ねて反撥され、その原因を Kant は彼が政治的諸要因を評価しなかったことに見る。

結局 J. Gruner は一九七〇年春 Kant を造本者兼写真家 Lothar Reher と共にストックホルムに関する本を作る為招待したのであり、Ulbricht や Hager の忍耐のお陰でそれが実現し、ビザも外貨も出たのであり、それを Kant は彼が背教者あるいは党の敵対者にならなかったせいであると主張する。あるいは党の最高位の政治的理性を彼はより高く評価すると Kant は言い、その原因を Kant は六五年の前述の第一一回中央委員会総会の結果に政治局のメンバーがうんざりし、西側への文化関係者達の移住を増やしたくなかったことに見る。続けて Kant は彼が作家同盟の諸任務を几帳面に引き受けた時、そのような熟慮に従ったと述べ、その几帳面さを社会主義統一党の二〇年に亙る党員として学んだと語り、その党と彼が一致したのはその党がプロレタリアートの惨めさと戦ったからだと記している。Kant の真摯な姿勢は一貫している。更に彼は彼の作品と彼のインタビューを欲しなかった党に当時留まったのを S. Hermlin との友情に求め、Hermlin の彼への影響力に触れ、その関係にも言及する。Hermlin と彼の関係が困難に陥ったのは大方第三者によってであると Kant は述べ、彼の現在の妻によってもそうであったと語り、また Hermlin の『奥付』評価に就いて言及した後、Hermlin が一度だけ彼を大声で批判したことに触れる。Kant は一人の権力ある男なのに Kurella, Abusch, Rodenberg や Gotsche による文化政策上の不埒な所業に立ちふさがらなかったというのである。Kant も彼らといざこざを起こしたし、彼らをその功績を別にしてドグマ的で信心に凝り固まり下品で嫌だと見なすが、彼が「一人の権力ある男」と師と仰ぐ人物より言われたことは彼を深く戸惑わし、彼はそのようなカテゴリーは彼の概念の世界に相応しくないと述べている。

此処で Kant は「私の母親が私が彼女の最も御しやすい子であったとテレビで発言したのを聞いた時、此の驚くべき判断にあの S. Hermlin の少なからず驚くべき判断が再び思い浮かんだ。そして此の両発言は相互に支えあっているように見えるという考えは私から離れなかった。――私はそのようなかなりの御しやすい子から一人の権力ある支配者が生まれたと考える。[62]」と興味深い発言をするが彼の場合には当てはまらないと語る。その理由に触れてから Kant

は彼が思い切って何かをした後にそれが認可されたのであり、その逆ではないと断言する。またポーランドでの囚人時代、政治的作家になりたいという意図が彼をへぼな詩作へ駆り立てたのではなく、特別なやり方でその特別な状況には十分対処出来るという願望がそれへ駆り立てたのだと語り、彼はそれ故に作家としての彼に就いての原著者に、彼自身の著者に、著者としての彼に就いての著者になったと述べる。その彼の書方は残り、そのようなやり方で生ずる危険も同様に残ったと記している。続けてKantは彼が四〇年以上職務、官職、指導的地位に居たので、それに就いては彼が全く責任があったと述べ、彼の影響下にあった他の人々への姿勢を自己批判する。その上でKantは、最近自分の無力と他人の悪行に就いてののしる声が再び聞こえるようになり、自分は悩んだのであり、指導したのではないというような風潮に批判的に言及する。更にKantは、その瞬間に於いて現在がより重要なのだと述べたH. Heineの『フランスの状況』から借りてきた『奥付』のモットー、そしてそれが『大講堂』のモットーでもあったことに言及してから『奥付』の執筆継続が許可されなかった過去のことに話題を戻し、書くことが開始出来なかった事態が続くことが特有であったと述べる。そしてKantに言わせれば権力ある男とは主要官庁の二、三の連中であり、彼らには彼の著作の一部のみが気に入ったのであり、彼をその部分に留めようと試みたのである。しかしいまや冷戦の古強者は倒れたが事態を洗練し相対化する作家はそうではないと語る。Kantは此処でArfred Kurellaこそ本当の「一人の権力ある男」であり、六〇年„Neues Deutschland“紙に扇動的なアメリカの伝道者Billy Grahamに対してKantを派遣すればこのアメリカ人に匹敵出来ると勧めたと述べる。実際にKantは当時国会議事堂前の福音伝導用のテントに出向いたのであり、その時書いた記事『甲高いアメリカ人』をKantはGrahamがベルリンの東側も祝福すると言っている三〇年後の現在読み直しても悪くはないと書いている。

Kantは更に現在この伝道者の話を今一度聞きたいと思ったが、そうしなかったと述べ、その理由をルポルタージュを書く場合の易しさと長編小説を書く場合に彼が陥った困難の関係に求める。即ちND紙のジャーナリストとしてのKantがその比較的良い記事の中でなし得た語調を彼という作家的ジャーナリストは用いてきたが、長編小説作家Kantは今後我々の青春時代をこの語調で語るべきか自問せざるを得なかったからである。上述の語調の結果生まれた『奥付』は過大評価され、その結果、ほぼ葬られてしまったのである。Ch. Wolf がかつて言ったように階級の敵に一発かますことは出来たが、一方上部の特殊な人々を大事に取り扱ったり、また取り扱いもしなかったので、嘲笑された彼らは作品に反ユダヤ主義、親ユダヤ主義、ポルノ的という理由を付けて許可しなかったと Kant は書いている。まさに時代は Ulbricht 時代の終末期であり、その終末後その本の出版はついに達成されたのである。此処から Kant はその時迄の彼の一度だけの Ulbricht との間接的な関わりに触れる。六〇年代初め Kant がテレビで司会を務め、当時若かった未知の詩人 Volker Braun が詩を朗読した時、Ulbricht が此の番組に二度に亙って発言を求めてきたのである。西側の教会関係者が Braun の発言を東側の若者の反抗的精神を取り扱ったラジオ解説の発端に用いたからである。故に Ulbricht はテレビ監督にカウンターパンチを要請し、彼は Kant にそれを更に要請し、しかもその際 Kant の正装迄要求したのである。Ulbricht には西側の東側のテレビへ未曾有の介入と Braun の無秩序な言葉と共に司会者のいかがわしい灰色の服装がとりわけ不快だったのである。Kant は此処で当時のテレビ技術では彼のシャツの穏やかな灰色もネクタイの柔らかな赤も形式的な灰色にしてしまったと彼なりのウィットを忘れていない。一週間後 Kant は指示通りの服装でＤＤＲの若者の姿勢に触れ、反論放送をしたのであるが、その直後の監督等の Kant への冷たい態度を Kant は詳細に描写する。更に Ulbricht から直接カウンターパンチ評価の電話が入った時の監督の諂う姿勢と、その後ソ連のシャンパンを Kant のグラスに注ぎ乾杯を促す監督の態度の変化及び Ulbricht に就いての Kant の描写はかなり辛辣である。続けて Kant は Ulbricht はあの「前進」インタビューが噂になった際ひょっとしたら彼のことを思いだし、形式的な灰色で始まる一人の男は早かれ遅かれ修正主義的変節者になるというその理論が確認されたと思ったのだとウィットに富みかつ辛辣な発言をし、国家の指導者達はモードとモラルと権力は分かちがたい統一物と考え、その統一はあらゆるデカダンスな現象より守られるべきだと考えていると指摘する。真に興味深い剔抉である。しかし Kant は一方で彼の著作が未だ書かれなかった頃の上述の司会者としての愚行を認め、他方ではＤＤＲ文学への彼の貢献は、愚か者達と彼らの茶番の幾つかの模写の中にあると書き、「『奥付』はそのような供給を惜しまなかったからこそ検疫を受け、それから生ずる感染の危険が私にははっきりと証明されたのだ。」[63]と述べる。

しかし彼はこの本が彼の最高の本ではないと知っているし、その時代が確かに彼の最高の時代ではなかったが社会的個人的性質の事件の面ではその時代は彼には他の時代より豊かであるとKantは記し、『奥付』の時代は彼にとって最も重要な刻印の時代であったとも述べる。何故ならカウンターパンチの戦略家達が彼の本を戦術上の武器として利用したからだと書き、戦略家HoneckerからE. Krenzへの交代期のことを示唆するが、Kantは此処で話題をHoneckerによるUlbricht解任に戻す。前者は後者と異なり最初学者や芸術家の接近を求めたとKantは語り、後者退陣の際の唯一のしかし多くの結果を残した後者との対話に触れる。それは芸術家達との理念に就いての協議であり、党のトップが予想だにしなかった国家のトップでの会合であった。芸術家達は中央委員会で党のトップが何を期待しているのか知ろうとし、中央委員会は彼らに所見を望んでいた。A. Seghersが病気で出席出来ずKantが講演をするがUlbrichtの考えが判らず、Kantは作家同盟の仕事の実際的な叙述をしたが、Ulbrichtをもはや御し難い老人と見なしている政治局のわずかなメンバーは、Kantは個人的なくだらぬことを語るべきでないという顔をする。しかしKantは同盟状況を整然と語る為に何等害をもたらさない作品である『奥付』の出版禁止に言及し、むしろ彼に損害を与えたこと、党の側の無言の状態が全く納得出来ぬことを述べたのである。またKantは理念に就いての此の協議も先ず党の側の無言の状態へ進んだことを書き、その原因をUlbrichtがなお存在感を示そうとし、それには関心のないHoneckerの使者達にKantのUlbricht復活に見える寄与が気に入らなかった事態に見る。此の相反する理念の対立はOtto Gotscheの取りなしによって一旦休憩となる。その休憩の際にKantはUlbrichtに呼ばれて個人的に初めて二人だけで話したのである。彼はKantにソ連がＤＤＲと協力するのは自分に何かを期待するからだと自己の存在を強調し、二人の親しげな様子を気にしてDieter Nollが近づくと皆に次のように言ったのである。「Leipzigでの最近の見本市の際、最新の展開が私に示されたが私は全て隠してしまえ！　と言った。何故か判るかねKant氏？　さてそうじゃないかね、敵対的なスパイだけじゃなく、また友好的なスパイもいるんだよ！」退陣せざるを得ないUlbrichtの複雑な心境を語って余りある。笑い声が起こり理念に就いての協議も続くがKantは此処で彼が知るところUlbrichtのまさに最後の閉会の辞に触れる。指導的役割、芸術の責任、人間の魂の技師達、Bitterfeldの道等に就いての言である。更に同志

Kant が著作で害を与えるつもりがないと語ったことを賞賛し、それはしかし完全なる真実ではなく、完全なる真実とは社会主義的芸術家がその芸術で害を与えないのみならず、何よりもその芸術を利用すべきであると Ulbricht は語ったのである。

此の協議の翌日 Neues Deutschland 紙にそのことが載り、Aufbau 出版社／Rutten & Loening より『奥付』就いての話し合いの申し出があり、第一一回党大会での Honecker の演説後の Hans Bentzien 文化相解任と Neues Leben 出版社からの登場人物の名の変更等による出版の依頼があったことを Kant は記す。(Kant の語呂合わせは枚挙に遑がないが、此処では出版社 Neues Leben〈新しい命〉が一冊の古くなった本に新しい命を吹き込んだと書いている。)また登場人物の名の変更とは若い頃 Honecker のズボン下がズレ落ちるのを「Erich、貴方のズボン下が！」と主人公が注意する箇所であり、此の名を先ず Werner に更に若い扇動責任者 Werner Lamberz を顧慮して Wolfgang に変えたことである。此の回想記に於ける Kant の多くのウィットが此処にも見られる。ともかく一九七二年『奥付』は上記の二出版社より発行され、翌七三年には Honecker より Kant が国民賞を与えられたとの理由の元に『大講堂』と共に再出版されたことに Kant は触れる。更にその国民賞授与の栄誉を称えるオペラのカフェーでマルクス研究者 Augusta Cornu に会い、彼が度々スターリンの反対により実現しなかった祖国功労賞を貰い、事態の変化に驚いている場面を Kant は付け加える。Cornu がしかし Honecker のことは全く知らなかったと当時述べたのに対し、Kant は彼も Ulbricht と Honecker に就いて十分には言えないし、一人がとっくに死に、彼と今一人もやがて死ぬであろう今日そうするつもりもないと書き『奥付』をめぐる話と十三章を閉じる。

(XIV)

「ある日『抑留生活』の為の音域が見つかったように思えた。それを私は長いこと探していた。たとえ私がすぐにタイトルに至らなかったにせよ、最初の執筆計画は既に此の物語の素材を目指そうとしていた。それ以来、私はしばしば時も私も此の企画の為には熟していなかったと述べてきた。[65]」という文で第一四章は始まる。つまりKantは此の作品の執筆をポーランドでの捕虜生活よりの帰国直後より考えていたのである。しかしKantは上述の熟していなかったという理由をドイツ、ポーランド関係という文言が長い間不当と見なされていたことに求める。ファシズムとポーランド侵略は資本家階級の計画であったのでドイツ、ポーランド関係をDDRは言う必要はなかったし、にも係わらず此の文言を使うとDDR建国が見落とされると言われたのである。しかしKantが語ろうとしたのはそのようなことではなく、彼がメモした物は愚痴めいた非情な物でヘミングウェイやレマルク風ではなく、部分的に反共主義者でナチス党員であったE. E. Dwinger風であったので草案を引き裂いたとKantは書いている。しかし彼が再び市電の運転手席に座りノートを開いたやいなや「鉄条網の背後の軍隊」が彼の雑記帳に行進をし、「ドイツの受難」が改めて始まったとも書いている。続けてKantは『抑留生活』に似た物を語ろうとする最初の様々な試みより素材的な物以外は殆ど残されず、その結果二〇年後に書かれた此の作品での上等兵の語り口への影響等を危惧している。此処でKantは話を市電の空いている運転手席を若い頃に執筆に利用したことに転じ、運転手や他の乗客との関わりを興味深く語り、人々の間に居たその場所を創作の重要な場所として位置づける。更に彼はそこから今日は時折彼と窓の間にカーテンを引くが、最初の作品の大部分を二メートルも離れていない所で彼の義兄弟達が卓球をしていた小屋で書いた事実に触れる。彼はまたManfred Bielerとの友情に言及した後、『抑留生活』の登場人物の上等兵達が口にするロシア人への蔑称を作品の中で採用する場合の苦労を語り、その上等兵達についての小さなエッセイを他日読んだ時、彼らが口にする例のロシア人へのアイロニーを削除せざるを得なかった痛みに就いても語る。しかし「私は上等兵達のアイロニーの問題を一度も完全に処理しなかった。その際には多分自然主義に反対する苦痛の一つの鋳造が問題になったからである。[66]」とKantは述べ、兵卒は兵卒のように喋り彼らの隠語はアイロニーの粗野な従兄弟であり得たから文学的方法として許されるように思えたと書いている。

　此処からKantは彼が在籍した第二次大戦後のベルリンでの独語独文学部の授業の欠陥に就いて詳述し、Leonhard Frankにも言及し、市電の中で執筆した物語への当時の自負をHemingwayの作品迄引き合いに出し語る。そのような自負があったからこそ当時彼はライバルと見なしていたM. Bielerの低音にも負けず女子学生達の前で様々の興味深い彼が利用した市電四六番線とその市電の停留所に係わるエピソードを語ったのである。その停留所の一つKurt-Fischer-Platzが人生にとって一つの最も重要な駅となったとKantは語り、話題をやはり巧みにS. Hermlinとの一万四千日以上続く友情の始まりに移す。何故ならその駅より僅か百歩の所でそれが始まったからである。Kantの話はPankowの市役所での彼の結婚立会人としてのHermlinと彼の関わりから、Fischer-Platz, Grabbe-Alleに戻り、そこから見える壁の近くにあったNiederschönhausen城での彼の作品『大講堂』への例のUlbricht夫人による評価、更にF. J. Raddatzの評価へと巧みに移転する。Ulbricht夫人の名がDDR初代首相Grotewohlの名を呼び起こし、その別荘が譲渡されてベルリンの作家達のクラブハウスとなり、そこでニカラグアの作家Thomas Borgeに会ったことや七〇歳の誕生日を迎えたPablo Nerudaに招待されたこと、更にその席に後に彼の名をその文書の中で述べるとは想像だにしなかったGünter Kunertがいたことに話題を進めた後、Kantは今度は九〇年聖金曜日に七五歳の誕生日を迎えたHermlinをめぐる興味深いエピソードを語る。更に展開する話は市電四六番線の停留所周辺から離れないのであり、その話は多岐をきわめる。登場する市部は枚挙に遑なく、そこに纏わる人物は多彩である。Majakowski, Brecht, Ch. Wolf, Biermann, W. Herzfelde, G. Gaus, P. Hacks等であり、此の四六番線がさもなければ殆ど結びつかない人物達を結びつけたとKantは言い、更なる文学者達には此の交通機関に並ぶ他の共通性は殆ど噂にならないとも述べる。Kantのいつもの話題の進行性である。そこから更に登場する名前はV. Braun、文化省のドグマ的な女性J. Rudolph, „Forum"誌のH. Nahke、例のA. Kantorowicz、記念像との関係でのH. Heineである。

その四六番線がVeteranenbergの所で谷の方へ向かう前にツィオンス教会と環境図書館の所を回ると述べてから、Kantは事典の彼の好みに合うような環境に関する説明を引用してから今度は図書館では時折情報を得る前に情報を先ず与えねばならぬことを体験したとKant風の見解を語る。つまり環境図書館で、銃砲鍛冶屋がその中心になることになっていた彼の小説の為に関係文献を借りようとしたら、その文献を手に入れる前に、自身銃砲を所持していた故にそれらの文献の読者に関心を抱いていた一人の紳士と知己を得たと書いている。此の紳士に就いての説明を

Kantは与えないが人民警察関係者が銃砲生産に関心を持つKantを警戒したことを風刺していると考えざるを得ない。Kantは続けて彼がもはや書かないであろう無数の叙事詩に四六番線に基づいた一叙事詩も加わり得るであろうと記し、それには副題『一路線の小説』が考えられるであろうがそれは政治の方向と誤解を招き得るであろうと此処でもウィットを忘れない。ともかく四六番線のKupfer-grabenとNordendの間の通りにも市電にも小説の題材が満ち溢れていると述べ、Kantは銃器製造の実践的ヒントを訊ねる図書館訪問者に纏わる推理小説やメロドラマ、選挙勧誘員が、殺人計画の故に裁判所より選挙権を停止された男や女性のような化粧をした男や彼をあからさまに誘惑しようとする女性に出会う風俗小説をその例に挙げる。あるいはとKantは四大国占領下のベルリン各地域のスパイを予測させる若い男達が最もベルリン的なSchönhauser AlleeのCafé Nordで会合し、ビールを飲むアメリカ風の政治的草案を挙げたりもする。それぞれKantらしいアイディアと言える。

しかしこの回想記は事実と関わり合うべきであるとKantは述べ、会合は事実Café Nordで行われたと語り、西ベルリンの記者会見で„New York Times"のDavid Binderを„tua res"の編集員としてのKantが知り、疑わしげにBinderがKant等に近づいてきてCafé Nordで会合した過去に遡る。会合に居合わせたのは更にKlaus Korn, Harald Wesselであり、四人の関係が友情に成長したことをKantは述べてから以下のように語る。「少なくとも人が他人の言に耳を傾け、自分自身他人に対して沈黙しなければ、刺々しい愚行から如何に免れるかを我々は我々自身に証明した。」[67]と。その後Binderを除いてそれぞれの地位に変化があり、彼らの内の誰一人冷戦より損害を受けずに帰宅はしなかったが、彼らの友情と会合が続いた事実と彼とBinderのその後の関わりにKantは言及し、BinderよりHonecker宛の手紙を託され、その手紙をHonekkerへ手渡すシーンの写真が再三„SPIEGEL"誌に掲載された事実にもKantは皮肉を込めて触れる。

それ故に此のPergamon博物館と最北の墓石商の間を走る交通路が彼の人生の成りゆきに大いに関わり合うという主張は大げさではないであろうとKantは述べ、その路線がMetropol劇場の裏正面を走っており、そこが海軍宮殿と称していた頃、そこで社会主義統一党の統合が完成し、更にそこがオペラハウスに変わった時の彼との関わり及びBrechtの『美食家の審問』をめぐる非難の口笛との関わりに触れ、Brechtの同じ四六番線のSchiffbauerdammへの撤退に言及する。また此の路線が都心へ向かう場合もはや右側の Friedrichstadt 宮殿の所を走らず、今や左側にある同宮殿の側を走ると述べてから Kant は更に話しを続ける。即ちその数キロ北で此の路線は Colosseum 映画館の正面を走り、そこがまだ Metropol 劇場と言われていた頃と話を戻し、そこからドイツ共産党の最初の戦後宣言が発せられ、Kantが捕虜収容所でそれを四五年前の一九四五年に読んだと語る。「共産主義者達のその文書からは魅力は生じなかった――そのような効果は一八四八年の共産党宣言以来未だ殆ど手に入らなかった。政治と文学はあったがそれは政治としての文学であった、そのことに必要とあれば著述家達は試みたのだ。」[68]との Kant の言は興味深くしかも重い。Kant はしかしその独特な声明を読んだ時の感慨を語り、限りない夏と空腹と収容所の塀の外の長閑な状況に触れる。Kant 独特な文章が窺われる。その Colosseum 映画館より遠からず建つ Gethsemane 教会での九〇年当時より見た最近のドイツ共産党及び社会主義統一党への新党結成の為の最後の調べ、その向かい側のアトリエでの女流画家 Hegewald よりのかつてのある野党サークルへの Kant に対する誘い、今やその隣にある家庭用品店での米軍及びその家族による紛い物の買いあさりと Kant による路線に纏わる話は尽きない。

再び人々が気儘に F96 と呼んでいる我々の通りに至ればと Kant は言い、その通りはもはやそこを走る市電を Kant が利用した頃のように少なくとも八軒の映画館の側を通らず、三軒の映画館の傍らを通るに過ぎないと時代の推移を述べる。その三軒の内の一つが最初のドイツトーキー映画製作所の Pankow の „Tivoli“ であり、その音響技師の年老いた Ing Helgans にポーランド Lodź でのあの夏の捕虜生活前の冬に収容所で食料用に供給された Spratt 社の犬用菓子を水溶性の粉へ砕いてあげた事実に Kant は話を転ずる。その成りゆきを『抑留生活』に記したが後の草稿に於いてであり、初期の市電内での下書きに於いてではないと Kant は述べ、そこでの人物達は激烈な戦闘に関わり、その作者には Spratt 社の犬用菓子は文学に相応しい対象ではなかったと語った後に、今日同じ作者は如何なる骨から Lodź 水車小屋はあのシェパード用のビスケットを得たのかと自問すると Kant は他人事のように此の話の結論を付ける。このような邪道の熟考から再び真っ直ぐな軌道に至る努力の際に、„Tivoli“ 映画館より五分とかからぬ所に住んで居たのに本のことばかり口にした Hans Reitzig にぶっかったと Kant は述べ、あのワルシャワの労働収容所での反ファシズムグループの指導者が共産党内野党派への以前の所属を黙っていた故に社会主義統一党より除名された当時のことにKantは言及する。そのことをあの親しいKarl Wlochに理解させなかったのかとのKantの問いに、前者を窮地に貶めない為にそれはしないと応じたReitzigの為、KantはWlochを訪ねた。

そのWlochの過去の華々しい経歴に今一度触れ、彼がポーランドへ戦後行き、ドイツ人捕虜釈放の為に行った尽力をKantは評価し、その経緯を詳細に述べ、Wlochを教育者及び父親像としても高く評価する。しかし彼はReitzigの為、口は開かなかったともKantは語る。そこから話は彼の文学局指導者(Der Leiter des Amtes für Lieratur)就任当時のことへ移り、彼が彼の公用車に警報装置を設置した官僚主義に対するKantの皮肉を込めた発言と、それに対するある事件を通しての彼の弁明へ話は進展する。Brechtが数週間前に提出していた『戦争熱』(Kriegsfibel)の原稿の印刷許可決定を電話で即座に望んだのに彼が即座に応じた事件である。そのBrechtも既に死に、その知らせもKantが文学局の委託で例のKantorowiczのもとでの奉仕より休暇を貰い中国でのDDR書籍展を開催した時受けたとKantは述べ、Wloch, Reitzig, Kantorowiczもとっくに死んだと哀惜の念を語る。続けてKantは「文学局も同様に無くなり、DDRはもはや存在しないからDDRの本はもはや存在しないであろうし、DDR文学は決して存在しなかったことになる。作家同盟すら死去する場合、負わされた面倒な名称を取り去り、逝去の際に一つのドイツ作家同盟と再びなるであろう(69)。」と書いている。Kantがその一員になった時はまだドイツ作家同盟の名を担っており、彼の確信によればその名を変える必要はなかったであろうが、八七年一一月の会議でA. Seghersの「我々は今はDDR作家同盟と称するべきだ!(70)」とのかつての提案で名が変わった事実をKantは想い出す。Kantは当時それを「余り幸せでない思いつき」と呼んだがSeghersの意図したことを知った今はその論評を撤回する。

Kantは此処でSeghersの命令法的な言葉遣いに就いて語り、一九四八年ワルシャワの労働収容所で彼女が彼の無教養な見解を正した彼への最初の言葉「電気工よ、勉強すべきです!」を挙げ、確かに彼は御しやすくそれに従ったが、その成果は彼女に気に入らなかったように思えるとKantは語り、その理由として彼女が半ば処刑にも等しい一撃を最後に彼に与えた事実を記す。七七年春作家大会総会準備の際に彼女が机越しに「Kantさん聞いて、貴方は私に貴方の本を送ったでしょ、だけど私は先ず一度Christaの本を読むべきだと言われたの。[71]」と呼びかけたのである。彼の本とは『抑留生活』であり、それはKantに言わせれば苦痛の産物であった。その執筆中、頸椎神経圧搾症が火傷したばかりの指が花束用の針金で締め付けられたような感覚をもたらし、彼は再三、手を切り落としたい気分にさせられたのである。そのような隠喩を生んだ感覚は丁度一七年間続いているとKantは述べ、そのような刺激の原因になった事故は七三年の聖ニコラス祭日に起こったのであり、このことを九〇年の聖ニコラス祭日に書いているが、七七年春のその苦痛は最悪であった。そのような時のSeghersの言葉であり、彼は『抑留生活』への彼女の発言も好意も終わりと思ったのである。しかもKantはChrista Wolfのその本を„Sonntag"紙で公の黙殺から引き離す高い評価をした所であった。しかしSeghersは同盟改称の問題を代弁する容易ではない課題を我々とりわけ発言予定者であったKantから取り除いてくれたとKantは述べ、感謝する。何故ならさもなければ個人的見解への党規律の優先が生じたからである。その同じ会議で彼女はCh. Wolfを後継者として作家同盟会長に推薦したが、しかしそれは総会でも幹事会でも多数を得られなかった。Seghersへの彼等の敬意も役立たなかったとKantは述べ彼女への彼の敬意に就いて語る。Kantはその敬意が彼があの彼女の四八年の命令法に従い勉強し、知識人の一人になりつつあるということを早い頃彼女に伝えるのを妨げたと記す、何故なら彼はHans Mayer教授も言ったように本当の作家でないからだと。最初の四〇〇ページに及ぶ小説への見解もそれを印刷に付す為の助言も彼女に頼まなかったのだ。そしてKantは此の章の最後に四八年二二歳で四八歳のSeghersに励まされた男が一二年後の六〇年に作家同盟に入り、更に一九年後に彼女の後継者として会長になり、会長として一〇年後に華々しい八九年を体験する事実を語る。そのKantが九〇年、彼の隠れた発見者であったSeghersの九〇歳の誕生日に際しての記念講演への参加をある女性の同僚の拒否によって妨げられた事実は重い。その女性に就いてKantは名を挙げない。「そのような事態に就いて何を言うべきか？罰しなければならないというべきだ。あるいは文学とは困難を仲間とするると、あるいはお前は作家達にはみを咬ます前に彼らのことを研究すべきだ！と。[72]」上述の女性の同僚への厳しいこの言葉で第一四章は終わる。

西ベルリンでのペンクラブ会議で紛糾した瞬間に近づいてきた Heinrich Böll より「貴方は決して国際ペンクラブの会長になるな！」と言われた事実から Kant は第一五章を始め、その忠告を変えると「ある作家同盟の会長になるな！」(73)という自己の体験に突き当たると Kant は述べ、その理由を、なった時にももはやそうでない時にも平穏で居られないこと、労働の権利も労働に対する正当性の権利も失うことに求める。自己の体験として電気工は会長を務めるべきでなく、靴屋も配線工もその仕事に留まり指導者の喜びより離れよと Kant は言いながら、誰がいったい労働者農民勢力のお喋りを世界へ送り出したのか？と辛辣に語る。此処から Kant は演壇より降り、市電四六番線に乗り報告部分『市電と私』が終わるように車掌席以外は何も獲得するつもりはないと Kant 特有の例の言い回しを用い、「およそその報告部分の最後を始めた時に、作家同盟の一通の書簡が私の元に到着し、此の団体の元の命名への復帰に郵便により同意するよう乞われた。その他に書簡の中に書記局が私に私の必要書類を手渡したいと書かれていた。私はそれを取ってきた、私は何を見たか？　私をドイツ作家同盟へ受け入れる五九年九月付けの Stephan Hermlin の推薦状を見た。」(74)と記す。引き続き Kant は Hermlin の全家族が彼の資格獲得の準備に参加した事実を具体的に述べる。彼の物語を経済的に複写するよう勧めたのはナチス時代の国内体験を知らぬやはり亡命していた後者の母であり、彼に死んだ夫の旧式の重量のあるタイプライターを呉れたのは後者の義母であったと語り、そのタイプライターをめぐる興味溢れる話をする。その大きな騒音が五〇年代夜、近所の苦情の故に、警察官を呼んだことや、『大講堂』を生み出したその後の愛用の機器 Erika がそれを手に入れた Wolgast の博物館入り直前に迄行った話等である。Hermlin の妻の協力の話もある。それらの話の中でも Kant のウィットはその輝きを失わない。Hermlin の推薦理由の中で Kant が気に入っているのは、Kant は今は学生映画の仕事をしている故に残念ながらその仕事を断念したがと説明した後に、その仕事、雑誌 „tua res“ を指示したことと「残念ながら」という言葉である。故に Kant は後からアンケート用紙の「目下仕事中」を選んだという。その映画『一日として同じ日はなし』(Kein Tag ist wie der andere) は実現しなかったが、映画企画が彼の同盟入会提案に到り、彼が学生映画のみならず、同時にある戦争捕虜小説『緩衝地帯は侵略済み』(Das Niemandsland ist schon vergeben) 映画化に取り組んでいる情報に逢着したことを Kant は語る。

続けて Kant が語るのは西側のＦＡＺ紙の問い「誰になりたく、そしてどうしたいですか？」に八四年八月に答えた Kant の回答が中央委員会文化部で問題になったことである。彼はＦＡＺ紙を怒らせる為に、そしてマルクスの専門家で相対的な自立的姿勢が強く、ＦＡＺの敵対者で Hamburg の „Konkret“ 誌の出版者 H. L. Gremliza を賞賛し羨んでいたので、彼を自分がなりたい人物に挙げ、更に自分が所有したい天分として水上歩行の所見を述べたことが、ＤＤＲ作家同盟会長がよりにもよってＢＲＤの雑誌出版者に成り代わりたく、しかも疑いなく自由への憧憬とバルト海を越えての脱走計画を抱いていると見なされたことなどである。そして Kant は我々がある日我々の失われた時代を探索する場合、中央委員会はまた Marx がその娘達にモットーとして挙げた「全てを疑え」の代わりに「全ての人々を疑え」を実践した故に崩壊したというであろうと辛辣に書く。そのような例として Kant は、核兵器のことを念頭に置いた上で、それを最大の不幸と見なす彼のＦＡＺ紙への回答「我々がこのまま続ければ現れ出ること。[75]」が邪推されたことも挙げる。それに続き Kant は、市電四六番線のような非常に文字的路線の追跡に於ける多数の関わりがこの先の記録のシリーズとしての章に於いても示されないものか見たいと述べる。更に八四年から七年後の今も余りにも大きな変化にもあるいは余りにも大きな無変化にも係わらず上述の質問には同じ回答をすると Kant は確信する。

一方 Kant は此の回想録に於いても自主的なアンケートと変わらぬことが試みられているので回答の比較が示されていると述べ、例えば彼にとって最大の不幸と見なされるかという問に「若干の熟考によって避けられ得たあのこと[76]」が今まで答えられてきた事実を語り、ＤＤＲがある日過失によって駄目になるということ、あるいは一九八七年、ＤＤＲで出版された彼の最後の本『総計』の中で言われているように、人間は自己の理念に耐えられないということが一九八四年に非常に精密かつ全く一般的に彼の見解に相応しかったと述べる。勿論それによって、もはや遠い先ではなかったＤＤＲの終末が考えられたのではなかったと断った上で Kant はＤＤＲの破滅が若干の熟考によって避けられ得たかどうか絶えず自問していると語り、その回答は歴史を記述しようと思つた者にも係わると記す。そうすれば又人々がＤＤＲ崩壊後ＤＤＲ文学の喉元に飛びかかった差し当たってほぼ謎めいた怒りも説明されるであろうとKant は述べる。その上で Kant は人々はただ此の文学をＤＤＲの人間達があるドイツの民主的共和国の理念に、より耐えられるようにする一つの試みとして考察しなければならないと語る。また Kant は八四年「貴方は何処に住みたいか？」と問われ、「人々がいつもは私が居ないのを悲しむ所」と答えたこと、そのような国は何処に在るのか、あの頃のその回答は馬鹿げた思い上がりを示してはいないのかと自問していると述べ、念のためと断り、酷い嘲笑を込めて答えたのであると書く。[77] その回答が彼が W. Biermann の行動を甘受し、それが言語道断であるという、彼の姿勢への批判を呼んだと Kant は書いてもいる。Kant は今やしかし、より深い意味の在る冗談、風刺、アイロニーは沈黙せざるを得ず、忠誠の保護に譲らざるを得ないそれが我々のような者がいつ発言すべきか決定するからだと述べる。ＤＤＲが存在しない今だからこそその発言と言える。続けて Kant は他の回答の説明をしてから彼の『青銅の時代』の放送禁止事件とその際の経過及び彼の放送局への抗議文に触れる。

Kant がＦＡＺ紙への回答として困難を感じたのは好みの美徳と好みの仕事であり、好みの美徳として Kant は冷静沈着を挙げたが、それは自分に欠けていると思ったからである。しかし九一年の現在ＤＤＲという失われた時代の例えばシャルマイの高い音、雨に濡れた赤旗、あるいは雨に度々台無しにされた本のバザーを懐旧する時、それらの情が冷静沈着の無さに寄与するが故に冷静沈着の必要性は以前より大きいと Kant は記している。此処で Kant は九一年五月一日、二日に起こった Kant を含めてのベルリン文化地域の六人の間の対話の生中継が一面性になり得るとの理由でバイエルンから来た番組編成局長により突如中止された事件に言及し、再び八四年のＦＡＺのアンケートへの回答に戻る。Kant は当時精神状態を聞かれ、激怒していると答えたが七年後の今は明確にその回答へのより多くの動機が在るであろうと語り、彼に迷惑を及ぼしたある状況に言及する。それは高い地位の人間の口から出るとその悪行に反論出来ないという状況であると Kant は述べ、九一年五月のある雑誌上の Hans Mayer の Kant への中傷に触れ事実に基づき反論する。Mayer はＤＤＲで論争が出来たのは Ulbricht が勝利し、ブタペストの反乱が敗北した五六年迄で、それ以降は全てが警官の助けとHermann Kantと他の者達の指導下の意に従う作家同盟の助けで棍棒で打ちのめされたと書いたのであり、それにKantは五六年当時はまだ学生であり、六〇年に作家同盟に迎えられ、初めて七八年に作家同盟会長になった事実と更に上述の作家同盟へのMayerの言が多くの現実を無視している事実を突きつける。その上でKantは最も憎み嫌うことの一つに偽善を挙げたことを述べ、自分の粗野さを偽善者ぶりに対する嫌悪感でもはや弁明しないと書いている。

続けてKantは自分の主な特徴として、はらはらさせる感情の細やかさを挙げたこととその実例を語る。更に文学と平和のテーマーに就いては今も同じ主張をすると語り、作家達は反核軍拡の様々な行動に於いて全く成果を挙げなかったわけではないと述べ、「幸せな夢」として「本当に一つの平和な世界」を告白したことを記す。その上でKantは我々作家達は無知の傾向を持つが、共同の警告的な叫びのある歴史的瞬間の為に存在したのであり、その叫びがどんなに短く聞こえようとも夜明けを告げる声として十分であった、いや我々は大衆を揺り起こさなかったが何人かの目覚めさせられた政治家達に、我々と同様に口を開く甲斐があるという我々の騒ぎへの反応を指示したと語る。

此処でKantは東西作家会議に話を移し、それが厭なことを引き受ける会議であって、東の政府にとって東の作家達はその疑わしい催しへの参加によって第三の道、政府の方針からの邪道に陥った人々と見なされたと書き、彼が恐れるのは政府の大部分が事態にその哀れな疑念によってどのような損害を加えたか今日迄気付かないことであると記す。何故東西の作家が集まったのかを理解させるべく協力させようとした東西のメディアの姿勢の相違にもKantは触れ、西側は作家達の衝突に就いて好んで報告し、東側は削除し短くした報告形態を好み、ある西側の作家は東に就いて悪く言わなかったとし、ＤＤＲの作家達の発言に就いては言わなかったことを良いとしたと述べる。西の作家達が東の事態に論駁する限りそれは印刷されず、東の作家達が西の発言に反応する場合も印刷されない、階級の敵は引用されなかったからであるとKantの東のメディアへの批判は厳しい。故に反核兵器で統一しようとしても報道記者達の下らぬ姿勢が東西の作家達を分裂させたのである。Kantは勿論、彼等が核爆弾の克服の為に階級的立場と言われている物を放棄せざるを得ず、階級闘争と言われている物を決定的な関心事に晒し、その限りに於いて彼等の立場を放棄し敗れたことを認める。人間の関心事の為に犠牲になったとせいぜい考えられるにせよ。Kant は続けてあの東側の核スパイと言われ処刑された Rosenberg 夫妻の処刑に疑念を呈し、処刑に反対した世界的抗議行動に思いを馳せ、五三年六月一七日のベルリン事件に世界の耳目が集中しているので六月一九日にはその長い間計画されていた刑執行の如何なる障害も考えられないという内容の刑執行人の残された書面がいつ発見されるのだろうかと Kant らしい興味ある考えを表明する。そこで Kant はそのようなメモも熟慮もあったかどうか知らぬが、六月一九日にはより多く六月一七日のことに係わっていたことを認め、両事件とも彼の敗北に属するが故に記憶に残っていると書く。Kant は二人のアメリカ人の無実も、それがあったとしても核秘密のソ連への伝達が犯罪でなかったことも確信する故に、八四年の例のアンケートに歴史に於ける女性の英雄として Rosenberg 夫人を挙げたと記し、話を五三年春のフンボルト大学大講堂での W. Harich の哲学史の授業に際しての Kant のある提案に移す。彼は例の四六番線の中で他の作品執筆を犠牲にして様々な考慮の末に作成した夫妻への死刑判決への抗議文を Harich の同意を得て読み上げ会場での賛意を得て、Harich の更なる握手も受けたのである。このことが大学の党書記による Kant の西側対策部門指導者への任命を引き起こし、Kant の緑の雑記帳に新聞雑誌的記事が増え、戦争捕虜小説の代わりにドイツ学生組合や階級闘争に於ける他の敵対者に対する風刺的著述を四六番線の中で仕上げ、その際党の五三年路線に従ったと Kant は書く。それでも彼はあの六月一七日後の夜警の際にドイツ語学文学研究所で上述の小説をある女子学生の前で朗読したこと、その時期のベルリンの非常事態を Kant は描写する。その戦争捕虜小説を結局断念したことが一連の未完成作品の開始となり、四年後の五七年に初めてある物語を書き上げたと見なし、四六番線の Kurt-Fischer-Straße の S. Hermlin の所へ持って行った事実を記す。

Hermlin はその作品を評価し、次には長編小説も試みたらどうかと言い、Kant が更に八年後の六五年に『大講堂』を提供した時にはまあまあの物と見なしたが、それでも今度はポーランドでの体験に次回の本で挑戦すべきだと言ったと Kant は述べ、その後更に一二年と四冊の本でその指図を逃れてきたが、交通事故を起こして四ヶ月入院した時、もうそれ程多くは書かないだろうが一冊を断念するのは残念なことであろうと知ったと Kant は書いている。その結果 Kant はその頃はとりわけ気持ちは軽くはなかったので、あの四六年の体験当時とは異なりやがて正当な調子を見い出し六四〇ページの作品を書き上げた事実に触れる。七七年発表の『抑留生活』のことである。それに続けて Kant はその完成したばかりの作品に書かれていることをそれぞれの場所で確認するべく七六年夏即座に Neustrelitz の仕事場からポーランドに向け旅立ち、戦争末期に Parchim からワルシャワに向かった当時と同じ道を Szczecin から Poznań を経て Łodź へと辿ったのである。それらの通りは戦後の帰郷後度々通っているので親しみがあるが、戦慄と喜びもたらすことを如何に人は理解出来ようかと述べた後、Kant はその時の様々な出来事を描写し、あの戦争末期当時の無邪気な希望とその挫折に触れ、更に彼自身も収容されていた収容所の跡を訪ねたことに言及する。その記念館のバラックで彼が見たのは四五年冬の写真であり、そこにある雪に埋もれ、それが溶け再び凍てついた死体の山である。彼はそこに自分を自分の影を自分の様々な不安の影を求めたがそれは無く、彼は見学に来ていた生徒達の群と彼の青春時代の瞬間の写真から密かに去る。

(XVI)

彼がある物語りの中の自分のことを考えたりすると、そして事態が全くそれ以上進展しようとしなかったりすると、必要とあれば著作場から逃げだし旅行をしたと Kant は一六章で述べる。Mecklenburg Crivitz の Kladrum のパン屋迄二〇〇キロを往復したりもする。往復の旅費を込めた黒パンは尚美味しかったと Kant の作品に頻出する食事に纏わる話が此処にも登場する。しかし原稿の中の難問を忘れたということ以外に得た物は此の遠乗りでは殆ど無かったとも書いている。此処で Kant は再び見る価値のある場所に就いてその理由を述べてから Kłodawa を挙げる。そこが撤退するドイツ人達の内から最後のドイツ人が、進撃するロシア人にとって最初のドイツ人が居る場所であったからだ。Kant はそこにあの当時残ったのだが、そのような信頼に値する持ち場に彼は向いていなかったが、「その場所は高揚した感情に非情に向いていた、何故なら歴史を貫く一本の道に、つまりモスクワとベルリンの間の本街道にあるからだ。[78]」と述べる。ここ一五年来街道はその小さな町を迂回するが当時はその中心部を貫いており、彼は一日中、パニック状態の恐怖に陥り走り去る軍隊を見ており、彼もその渦の中に紛れ込みたいという増大する望みに逆らいながら、恐怖に支えられた服従心と帝国の後衛として他の国の前衛に立ち向かうという本で得た考えを持ち続けたのである。

しかしKantは彼がそこで戦闘行為に加わらなかったことを述べるが、ポーランドに対するドイツ人の負い目を自覚する。そのような懐疑家に彼自身属する故に彼は此のヨーロッパ街道を走り、今は丸石で舗装されている脇道を捜し回るのであり、自分に提示し得る多くの証拠を捜し求め、発見する全てのことに愕然とする。彼はそのような旅行に同行した若い女性の彼の死ぬほどの体験に対する理解不足に触れながら当時の様々な事態を語る。戦線で他の者達が居ない間、他国での調理場を冷たいままにして置くと射殺に値し、軍が撤退する故に彼がすんでの所でそれを免れたこと、Klodawaの居住地で見たサッカー場二つ分に匹敵する遥かに大きな調理場では火はもはや無く、殆ど暖かさも無く、恐らく一日前に置き去られた鍋類は完全に冷たくは無かったが、鍋の中や周囲の食品類は冷やされているばかりか、どのような利用にも台無しにされていたこともそれでである。大量の麺や干し果物が燃やされ煉瓦の床に撒かれ、それをしたのは対戦車用塹壕掘に駆り出された末に追いやられた東側の女性労働者達であった。彼女等はそれを彼女等がもはや口にしない限り兵達もそれを食べるべきで無いと考え、竈の灰と炭で汚したのだ。Kantは彼自身の塹壕掘の体験に触れ、後から考えてその意味の無さに言及する。Klodawaに関してKantは更に、全ての手紙が帝国の方に送られない内には彼がその郵便局を去らないように指令され、丘を越えてソ連兵が近付いて来るのを見た体験を語る。彼は結局捕虜となり、冬にRadogoszczの凍てついた死者達の上を走らされ、ワルシャワの牢獄またはユダヤ人も居らずもはや存在もしなかったゲットーに入れられ、更にナチスが強制労働をさせた強制収容所に収監された。KantはW. Brandtはむしろ此処で跪くべきだったと述べ、その前でBrandtが後に跪いたゲットーの記念碑が落成式を迎えた時、彼はその収容所のバラックの屋根から塀越しにそれを眺めたのである。Kantは彼が度々体験した此のような重要な瞬間を「一つの極端な時点」（ein äußerster Punkt）と称し、彼がそれらの事物を継ぎ合わせるわけではないが、多くの摂理は見過ごせないと言い、それをおよそ一二年前に女性のあの同行者に言ったが今日一九九一年一月一四日にも同じように言うと書き、此の日の事件に言及する。クウェートをめぐる事件である。

此の日クウェートでは事態が深刻な状況にあり、リトアニアの Vilnius（Wilna）では市司令官がデモ隊に発砲を命じた。この市は五六年に Kant が自由意志で平和に足を踏み入れた最初の他国の場所であり、中国へ行く途中であった。八〇年には此の市で酔いつぶれた Werner Bräunig が Kant にテーブルを共にするリトアニアの作家達の間でナショナリズムにぶっかったと伝えたのである。「仲間よ、ペンを取れ！」(Greif zur Feder, Kumpel!) というあの有名な標語の発案者に国産のリンゴ酒を注ぎながら彼等がサルトルによれば此の Calvados はノルマンディ地方の物より遥かに良いと自慢したという作家のユーモアである。Kant の筆は又本筋から離れ、更にリトアニアの作家達がリトアニア文学の再生の説明として「我々の党が我々を愛しているから！」[79] と答えたことに触れ、此の回答の強調を彼はDDRの状況への嘲りと一度は見なすが、リトアニアのユダヤ人作家でイスラエルに移住した Icchokas Meras が此の辛辣な言葉をモスクワの代理人達に向けたものと主張したことに言及する。Kant は此処で又話しを上述の日付に戻し、一月一四日はクウェートでの戦争の可能性の一日前であったし、まさに半年前に彼が心臓に二つの人工弁を付けたこととまさに半年後にはつい先日迄DDR国民が西側に行ける条件であった六五歳になることを述べる。此の日には又彼が想起出来ない西側の人物より手紙が来て、ゲットーの収容所では彼のある種の弟子であって平和と赤十字の為仕事をしたと書き、Hans Reirzig の消息を聞いてきたのである。続けて Kant は手紙との関連で母親の遺書作成に纏わる話をしてから一月一五日に話を持って行きクウェートと Vilnius の状況に耳を傾け、ポーランドの電気工 Walesa が大統領宮殿に個人的チャペルを手に入れたこと、R. Luxemburg が七二回目の命日を迎えたこと等を語る。上述のようにある日付をめぐる出来事の重なりに際して彼等は学問上クラスター語音群に就いて語り、それによって意味論上の特性の重なることのない量を意味すると Kant は述べ、その結果この日六四歳半を迎えた彼が五六年に履修した言語学に再び反応し始めたと語る。このような希にしか重なることのない係わりよりもリンゴの木をあらゆる盗難より守る為にその樹冠を漁網で繋げた父の話をと Kant は言い、重なり、係わり、繋がりという言葉を用いてリンゴの木と父の話へ話題を遡る。更に係わり合いというキーワードに就いて論じてから、Kant はあの女性同行者に E. Günter により電気工になったこと、通信関係兵士としての存在に辛うじて耐えたこと、命令によりドイツ極東部の交換機に報告を送ったこと、更にワルシャワ米軍事代表部及び収容所での唯一の電気工専門家として働いたことを述べたと語る。Kant は労働縦隊の生活を語り、W. Brandt が跪いた場所を彼の手で片付けたことや反ファシズム活動への突進を語る。その後彼は彼がロシア軍前衛が会った最初のドイツ人であるドイツ軍後衛の最後の者であったので Klodawa の郵便局と彼自身の中に二つの世界圏の接触が存在したというグロテスクな観念の転回が根底にあったと認め、そのような荒々しい回想で不安な考えを抑えようとしたことに触れる。彼は何もかも意図的に自分に関係付けようとしたこと、壊されて行くゲットーの真っ直中のバラックの屋根の上で一つの別な不安が意図的に全ての関係を彼に拒否させたことも語る。彼の無知がそれを促進したと Kant は記している。彼は続けて女性同行者に当時の彼の無知に就いて話し、彼の抑留以前のワルシャワの町や住民の状況に就いて誰も話して呉れなかったので彼の物語には多くのフィクションがあると伝える。それ故に Kant は彼が屋根の上に座り全てを正確に眺めたことが最初の物語の初めの文章であると語る。バラックの屋根の上から彼は全てを正確に眺めることは出来たが見たことを殆ど理解できなかった。門の前の多くの人間達は彼等の蜂起を祝ったユダヤ人達であることも倉庫管理人から教わるが、それはその頃のワルシャワでは重要なポーランドの出来事ではなく、「祝祭とユダヤ人達に就いてはしばしば話題になったが、蜂起に就いては絶えずであり、勿論その蜂起とは大方は別の後の一般的なワルシャワ蜂起を言っており、しばしユダヤ人の蜂起は忘れられたように多分押し退けられたように見えたが、倉庫管理人はなお其れに就いて共感を込めずに絶えず話した。[80]」と語る Kant の言葉は非常に重く、当時のポーランドとユダヤ人の関係を述べ、それに対する批判とも考えられる。

Kant は彼が以前のゲットーに居たこと、ユダヤ人の蜂起後それが破壊されたことも知り、幾つかの収容所も体験し、それらの収容所で戦友達が、あの叔父 F. Ritter がかつてその外側で行ったことを知っていたが、多くのことへの無知を嘆く。一九四三年四月一九日のユダヤ人によるワルシャワ蜂起も知らなかったし、収容所の屋根に座って全てを正確に見ることが出来ても、その間近で起こった J. Korczak 先生と子供達のことも知らなかったのであり、そのような彼はもし重い物を背負わせられたら屋根を梁を床板を更に煉瓦の床を打ち破り大地の中に落ち込んでも当然であろうと書いている。此処でKantは一九九一年一月一七日以来のクウェートをめぐる戦争とイラク爆撃、フセインとブッシュの対応、更に一九日のイラクによるテルアビブへのロケット攻撃に触れ、一九日という日付との関連で今一度一九四三年四月一九日のワルシャワでのユダヤ人蜂起に言及する。そこでKantは例の女性同行者につい最近の話として一九七八年四月一九日のイースターの日のKölnに於ける彼の朗読会の話をしたことを記す。それは主催者によりイースターの卵の代わりの朗読会と説明されたがKantはまさにその場から走り去りたかった。イースターの卵の代わりとされることは基本的には穏やかことに値したとKantは述べるが、続けて「何故ならKölnに於ける一つのコンサートとベルリンに於ける一つの陰謀以来、我々はBiermannの時代を迎え、その事件より我々のような者は何ら利益を得ず損失のみを被った。憤怒が滞在拒否者達に到達しなかった時、抑留生活（滞在）―著者に到達し、恰も彼が何も知らないのではなく、最高級の懲罰人であったかの如くにしてしまった。私がどれ程そうでなかったにしても、私は殆どそれに就いて公に口外させなかった。[81]」と『抑留生活』の著者Kantが語る時、Biermann事件をめぐってのKantの立場への誤解を語っていて非常に興味深い。Kantの当時の立場に関してはM. Krugの„Abgehauen“の中で証言されており、[82]我々は心すべきであろう。その朗読会でKantは同じ日付のあのユダヤ人ワルシャワ蜂起の箇所を読んだのであり、その朗読会終了後主催者の女性より、一人の炭酸水製造会社社長がKantが表現をわきまえていて完全的確に叙述していた、彼自身その蜂起の場にドイツ側として居たから判ると述べたことを耳にする。

Kantが続けて女性同行者に語ったのは、彼等が何処に収容されていたかをゲットーの収容所で一度も伝えられなかった事実であり、ともかく故郷でもゲットーのことは伝えられなかったこと、共産主義者達もゲットーやアウシュヴィッツに就いて語らなかったことである。それが左翼的反ユダヤ主義であろうという疑いが幅を利かさないことをKantは願ったが、アウシュヴィッツを生き延びたAxenも、ゲットーとガス室をただ幸運に免れ、彼等を訪問したA. Seghersも彼等のバラックの由来に言及しなかったとKantは語り、「恐らく反シオニズムキャンペーンの先走りする効果が問題だったのです。[83]」というユダヤ人女性教師達の言葉を引用している。Kantの感慨とも言えよう。彼はまた女性同行者にそのような多くの節制の際に彼の喧嘩好きが育てられたとも述べる。Kantは続いてこの女性同行者のことを語り、彼女は彼女のモットーに就いて語ったことはないが、彼女のモットーは「在らねばならぬことは在らねばならぬ」であると述べる。しかし唯一の問題は「あることが在らねばならないかどうか」であり、「かどうか」という接続詞から既に闘いが始まったと語り、Kant は話題を巧みに八六年四月半ばの党中央委員会からの呼び出しに持っていく。中央委員会の脅迫的呼び出しの元には Kant と彼等との間の政治的様々な意見の相違が様々な意見の可能性と同様に存在したことであり、Kant は彼等の圧力にも係わらず作家同盟の職務を放棄しなかったのである。その上党の職務に就くこと等考えられないと Kant は考え、「汝、同志として！」は常に拘束の決まり文句であり、「汝、中央委員会委員として！」は更なる断念を意味したと Kant は述べ最終的にはその呼び出しに応じなかったのである。つまり呼び出しは「在らねばならないかどうか」が問題であったのである。それは五年前のことであると言い Kant は更に別の出来事に触れる。

ポーランドの王城に入った時、例の Köln の炭酸水製造会社社長に偶然会い、彼自身は相応しいと思っていない栄誉に浴し、二回前にゴルバチョフも講演した王城の特別な場所の特別な社交界での講演を依頼されたのである。Kant は最近の人々は文化に関する一連の古びた助言を続けることを望んではいないと知っていたが、例の社長の要望もありワルシャワのユダヤ人蜂起の話をした。その終了後即座にその社長は立ち上がり、彼は Kant が講演と小説の中で適切に叙述した状況を知り尽くしていると言い、Kant のような人間を野蛮に収容所で取り扱うことを誰が思いついたのかと疑義を呈し、王城の聴衆は Kant が身に付けていた服がナチス強制収容所のドイツ人達の服に見間違える程似ていたからだと述べたのである。この出来事は Jaruzelski 時代終了直前のことであったと Kant は書いているが、一方ドイツの最近の人々も上述のような考えを抱いていたので、一九三三年五月の焚書の現場に建つ筈であった記念碑が実現しなかった事情に言及するのを忘れていない。Kant は彼が更に述べたかった幾つかを講演会では抑えたこと、彼が Weichsel 河畔の奇跡と呼ぶ著名な手榴弾を投げる兵士の記念像が東向きから西向きに百八十度方向転換した経緯にも触れなかったことを語り、講演会の主催者から歓迎された事実も記す。最後に Kant は今一度ポーランドに行きそこで行いたい様々なことを時々夢見ると述べ、リトアニアの Vilnius やクウェートをめぐる事件を気にせず済む事態に就いて、相変わらずそして残念ながら非常に愚かなことと言えようが可能な平和に就いて時々夢見るし、この一九九一年一月二五日にも夢見ると記し一六章を閉じる。

(XVII)

第一七章は Kant が一九九一年一月二七日一六時半デモに参加しようとしてそのデモによって十字路で交通規制にあったことから始まる。そこの信号には今まで期待はしてきたが、必ずしも満足していなかったと Kant は言い、此まで過去何年間も政府高官達の豪華な車両が通る度に交通止めが行われ、暴動を起こし兼ねない程民衆の怒りを呼んだことに触れる。そこから彼は強力なベルリンの道路管理はソ連の首脳達がモスクワを走った特別道路のマイルドな型であったと述べ、彼等DDR代表自身の車が体験したモスクワでの道路上の特別扱いとそれに対する民衆の視線の憎悪と無関心を語る。続けてその叙述の途中で Kant は相変わらず彼のユーモアとヴィットを用いながらDDR文化関係代表のレニングラードに於ける道路上、カザフスタンの地下鉄内での更なる特別扱いとそれに対する Kant の自責の念とその際の K. Hager の無神経な姿勢への批判を述べる。そこから Kant は K. Hager の以前よりの姿勢への批判を展開する。

Kant に言わせると K. Hager は地区の指導者がその独自な文化的草案を如何に育成したかを傍観し、他の権力者達との争いを避け、好んで党の指導的役割に就いて語り、諸芸術の分野で前述の役割を引き受けるように自由ドイツ青年団(FDJ)が用意をした時、殆ど無言で了解したのだ。八〇年代初め党政治局委員会がマルクス・レーニン主義を強める芸術を望むと称し、青年団指導部が此の意図を青年団にのみならず、全社会に適用しようとした時、それが如何にノンセンスであったかを、文化には全く僅かしか期待し得なかったような驚くほどあからさまな文化革命的要請が、明らかにしたと Kant は語り、更に当時様々な分野の長が出席していたその会議で残念ながら Kant 以外誰も何も言わず、Kant が発言要求をした時には下層部の長の多くが上層部の長の暗い顔つきを彼等の表情にも示そうとしたことを、Kant は奇妙であったと書いている。Kant は青年団指導部の指導的役割に就いて未だ聞いたこともないし、マルクス主義の下女としての芸術に就いても、宗教の下女としての哲学はともかく、聞いたこともないと断言したのである。この会議の三日後 Kant は水泳の際に心臓発作を起こし溺れかけ救われた事実を記し、その出来事が新聞報道で無視されたことに言及する。ともかく Kant は作家同盟の職務を一時的に離れたが、作家同盟が直ちに支配的路線に陥ったので数ヶ月後職務に戻ったと、Kant は書いている。事実を云々する前に興味深い話と言える。彼は絶えず開かれた状況へ通じていた作家同盟のドアを開いていたが、彼が戻った時、そのドアが再び閉じられていたとも記している。

Kant は作家同盟会長職には味方からも敵からもそれ程好まれない者として評判が悪いことが好都合であると語り、彼がその職務を離れたや否や他の支配下に陥ろうとした作家同盟の変化の速さを Kant は当然だとも感じなかったし、それに甘んじようとも思わなかったとと述べ、一人の女性の個人的報告担当者までが会長職に付けられた事実を語る。しかし Kant はその報告担当者を厄介払いするより、以前の会長職路線再確立が容易に思えたとも記している。更に Kant が語るのは、彼が体験した会長職休業中の時期の興味深いことである。彼の見かけ上の溺死を実際の死と誤解し、狡猾さを発揮した連中は別として、彼が読むに値する作家としての彼自身に幾つかの追悼文めいたメモの中で再会したのである。Kant はその際に彼自身を仮借のないならず者と表現したが、そのかなりノンセンスな自己非難には彼が当時同盟の職務に戻らなかったら相変わらずそのように評価されようという考えがあると述べる。そこから彼は同盟代表としての闘いの浪費を語る。とりわけ赤い市役所での交渉は複雑で、彼等の災難が少なくとも免れるかどうかは Honecker と Hager の能力次第に、つまり首脳部の権力闘争の結果に掛かっていたのであろうと述べる。彼は続けて今まさにハンブルクの Rowohlt 出版社で党中央委員会の議事録が発表され、それに関する悪意ある „*Zeit*“ 紙の批評の中で彼に「異端審問官」のタイトルが冠せられた事実に触れる。Kant は更に彼の著作が現在在庫品として古本や書店で販売されていない事態への安堵感を語ってから、彼の妻が図書館の在庫品販売で非常な安値で手に入れた Ch. Wolf の『幼年期の構図』の一九八二年第七版と彼が以前から所有していた Angelika Tubke の赤鉛筆素描画『本日八三年七月一一日、Christa Wolf の家消失す。云々』に言及し、彼女の六〇歳の誕生日迄に彼等が相互に贈り物を、上述のような取り扱いにくい贈り物を排斥しない状況に至ることを希望する。彼がその素描画を手に入れた時も現在もそれや上述の本を贈ることが不可能である二人の不仲を Kant は記している。

Kant は Wolf と彼の間はかつて全く違っていたが、両者の関係は今は最悪で、それは相変わらず未だ終わっていない Biermann 事件から来ていると認めながら、彼女の『引き裂かれた空』が彼をして『大講堂』へと勇気づけた本の一冊であること、『幼年期の構図』を精力的に擁護したこと等、彼女の重要さを評価する。続けて Kant は贈り物に関しては幸運ではなかったと述べ、骨董屋で平目の美しい絵が描かれた六枚の皿と一枚の平皿を手に入れた時、それを贈る予定であった G. Grass との間が愚かにも最も親密な状況になかったと書いている。このような様々な相手との種種の困難は彼の性格によるとの推測が生まれるが、そうではなくむしろ Grass や Wolf や他の者が一方へ彼が他方に、Biermann と赤い市役所以来巻き込まれた葛藤の性格によると Kant は論じる。彼は勿論 Grass の作品『平目』を念頭に置いており、いずれの場合も一冊の本と絵に関するという動機が似ており、二人との和解を望んでいた。そこから彼は八八年六月 Havel 河畔 Werder の Petzow へ出発した話を導く。彼ら作家同盟幹部が Grass も所属していた西側の作家同盟指導部と懸案の問題を相互に処理する為であり、両組織とも国家組織ではなかったが二つの対立する国家に於ける組織であり、DDRとBRD間の政治的及び理念上の相違を反映していたと Kant は述べる。西側の元会長 Dieter Lattmann より以前から接触の試みはあったが、東の同盟を連邦州の同盟の如く取り扱ったので拒否してきたが、両組織が平和運動の部分になったので協力が可能になったのである。その推進者として、その後の西側会長 B. Engelmann や H. P. Bleuel の功績に Kant は触れるが、東の同盟を抜け西に移住した E. Loest を西側会長 Anna Jonas が東側の同盟の大会に西側代表として推薦した時はそれを拒否した事実に再び言及し、その後新たな氷河期が来たことも述べる。

しかし八八年六月ついに両組織の会合が実現するが西側は東の首都ベルリンでの会合を拒み、Schwielow 湖畔での会合になる。Kant は突然例の Grass への贈り物を忘れたことを思い出し、合間にベルリンへ取りに行き戻ると東側の代表はうろたえ、西側の代表は暗い顔をしていたと Kant は書いている。Kant はベルリンへ戻った理由を説明し、ついに大きな平皿をGrassに他の皿を西の代表者達に手渡したのである。彼等のうろたえや暗い顔は東側の代表が彼の不在を説明出来ず、西側の代表が彼が新しい状況の故に指示を仰ぎにベルリンへ行ったと推測したこととそればかりか、彼が去った直後にGrassとV. Braunがあわや不慮の死を遂げるところであったことに由来していた。風のない六月の夕べHavel河畔で突如樹木の大枝が折れ二人の傍らに落下したのである。続けてKantは彼とGrassとのラジオ対談の後、また彼が後から付け加えた補足の故にGrassが右翼系の新聞Welt紙で叩かれたこととS. Hermlinがやはりマスコミで非難されたことに言及し、マスコミはそのように政治家の為に物語作家に仕返しをするという見解は彼の信条であると断言する。

　Kantは更にHavel河畔にある作家達用の家に就いて語り、彼の最初にして最後の映画用シナリオをHavel河畔のPetzowで書いたが作家達用の家を嫌い避けたこと、そこには此処数十年来同じ傲慢で、成功していない創作者達が居座り、彼が希に訪問すると頑固に彼への誤解に拘る事実を述べる。またかつてやはりそのHavel河畔で非公式な東西作家達の対話があり、その時共産主義の多妻制度に就いて語り始めたミュンヒェン出身の放送劇作家Hufnagelをめぐる事件にも触れる。此処からKantは例の如く話を今日、つまり一九九一年二月五日に移し、争いで分裂したDDR作家同盟を以前の状態に半ばでも戻すのに役立つのなら、苦情を言わずプロイセンの夜に何処の庭でも走り回るであろうと彼の切なる心情を述べ、先日市立図書館の前に立った時も同じ考えであったと語り、その図書館のある大通りBreite Straßeは先日あるデモへの彼自身の参加をそのデモによる交通規制によって阻まれた場所だが彼の種種の係わりの結び目であると話を進める。即ち図書館の講演会場で一九六六年『抑留生活』の試作品を朗読し、独文学者のSchneiderから厳しく貶されたことに始まり、その地域の会場での朗読に就いてKantは記す。彼は官庁での朗読と、とりわけ討議が著者とその著作との普通の交流を宣伝するのに必要であったと語り、その際に持てる者と与えられる者との間の相違が際だって明らかになった例を挙げる。更にKantが次のように語る時、非常に興味深い。

「東側の同僚達が家具工場や遠洋漁業の漁師達の所での講演や討議に就いて報告したら、西側の同僚達は信じられないように、また面白がって耳を傾けた。そのようなことは彼等のもとでは普通ではなかった。東側の同僚達の多くが本の売り上げよりもむしろ朗読の謝礼で何とか生きていると考えると、我々の報告への彼等の関心はなお理解しやすくなる。多分彼等は作家同盟の連帯基金が主としてそのような収入から賄われていたという報告には従えなかったのであろう。[84]」社会主義体制下での作家の一般的な生き方を述べたのだが、今日では連帯基金とか人民連帯組織というような言葉は疑わしい語彙となっているとKant は言う。連帯基金に金を送ったと説明したりすると共産主義の組織を支持していたとか政治的狂信者と暴露されるからである。Kant はこの連帯基金の当時の使用法に言及してから、様々な場所での朗読旅行での様々な体験に就いて語る。西側のGeldern の刑務所での囚人達との対話に於ける検閲に関する討議と書簡検査に就いての彼等の様々な経験の提供は我々の興味を引く。

Kant は朗読がいつ何処であり、その後誰と常に討議したとしても、文学の背後に真に実在する物を示した副テキストが常にあったと語り、本を読むべく招待されて国や世界や人生を語ってきたと書いている。その際情報を得るのは朗読者のみでなく書き手も同様であるが、それは次の言葉程必ずしも内容豊かではなかったと述べ、あるDDR全体に広がっていた産業コンビナートの総責任者の言を引用する。「文学は葛藤に満ちながら、快適であるべきだ。[85]」Kant はこの言の重さに注目し、一七章を閉じる。

(XVIII)

首都ベルリンの中心部で彼に起こった多くのことの中僅かしか普遍妥当と言えず、彼の自伝と書誌学にとってのみ重要であったとKant は一八章で語り始め、彼は過ちにも引っかかり、愚かなことも起こったと言い、国家評議会の建物で、宮廷風の策略かHonecker の自発的友情かその抜け目ない狡猾さか知りたい謎めいた茶番の一部に彼がなったことを述べる。オーストリー首相Sinowatz が来た時、客達の一群を従えたHonecker が歓迎会入り口近くの食卓に座っていたKant を見て、意識的にか無意識にかKant と握手をしたことにそれは始まる。Kant は最初からそう決められていたこともあり得ると書き、その場合Honecker が指導部の計画の際に自分で決定し、如何に彼等が文化人を取り扱っているかを示したかったのであり、只それがKantとSinowatzに事前に伝えられなかったと考える。ともかくKantに最初に挨拶がなされ、その後Sinowatzと握手が交わされたので、事態が一時中断し、Kantを眺め彼を認定し得なかったSinowatzがついに彼と握手をしたが故に全ての従者達がHonecker夫人を除いて次から次へKantと握手をする喜劇が起きたのである。続けてKantはかつて同じ広間に世界教会協議会を迎えた際にHoneckerが「全キリスト教徒の（ökumenisch）」と言うべき所で「経済上の（ökonomisch）」を連発し、キリスト教関係者達が極端に素っ気ない顔をした出来事を語るが、彼が問題にしたのは彼等の国家評議会の建物がごますりで満ち、指導者のすることにはともかく、その語彙にも言葉を挟むのを憚る事態である。彼は彼の母の息子達の御し方を例に挙げ、その母から人々は如何に統治者を制御するか学ぶべきだと語る。Kantの痛烈な批判と風刺であると同時に此の長い回想録をKantが書く契機となった最初の母の言に話題を繋げている。[86]

例えばKantの母が息子達が車のスピードを出しすぎると「これは一体路線バスなのか？と牽制した事例から、国家という車が現金輸送車に衝突しそうになった時、つまり国家財政が危機に面した時、それが一体路線バスなのかと人々は聞くことを敢えてしなかったという。Kantらしい隠喩である。即ちKantは此処で彼等の国家の全体的損害は経済が余りにしばしばある信条と混同されたことにもあると述べている。Kantは続けてしかし図書館と赤い市役所の間の路線は彼自身の英雄行為の場ではなく、場合によっては愚行の場であったと言い、一九五〇年のドイツ人の日（Deutschlandtreffen）に後の国家評議会の大広間があった当たりで係留気球のスターリンの肖像を探照灯で照らしていたソ連の兵士の司令官に、アマチュアカメラマンの為にその明かりをスターリンから外してマルクス・エンゲルス広場の踊り手に当てるように働きかけた事件を語る。後に彼がこのシーンを小説のシーンに採用した時、彼は自分の愚行が兵士達を困難に陥れたのだろうと思い付いたと書いている。続けてKantは『奥付』の登場人物をめぐっての„Stern“誌のカメラマンとのエピソードやソ連首相ブレジネフをあの国家評議会の大広間での祝典で間近に見て、その容貌から容易に信じた彼の無邪気さを語る。Kantは更にその同じ屋根の下で一九七六年の六月一四日の五〇歳の誕生日に際して、彼が完成直前の『抑留生活』を朗読し祝福を受けたが、彼は此の日のことを真剣に考えたと述べる。

彼の人生に於ける最も酷い事故の直後であったからだ。その国家評議会の建物で一四日後にとKantは話を展開し、多分殆ど最早労働者農民の国家ではなかったＤＤＲのその憲法の主張を議会を通じて救うべく試みねばならぬと彼が考えたと記している。そのような考えを彼は二度の議員期間中二度に互って訴え、三度目も試みたが議長G. Maledaに聞き損なわれたと書いている。更にKantは市立図書館と赤い市役所間の路線でマルクスとエンゲルスに因んだ彼の国家は何処へ行ってしまったのかを何よりも明瞭に示した出来事が起こったと述べ、一九五五年、L. Engelhard制作のマルクス・エンゲルス像がその建つべきマルクス・エンゲルス広場に建たず、とりわけ空っぽの国家財政の故にそこは駐車場に利用され、国家評議会の建物の背後に建った事件にも言及する。Kantはその二人の像の服装と姿勢に対する当時のベルリン子の中傷に触れた後、Leipzig大学がマルクス・エンゲルスの名を外そうとしている今日はあの二人の像も強制的立ち退きの状況にあると述べ、二人は離れていない所に建っているF. Cremer八七年制作の二人の別の彫像と悲しげに通信していると、彼特有な表現を用いている。

続けてKantはEngelhardの制作時の状況とその立像の場所変更に対するEgon Richterによる当時の批判的記事とそれに対するKantの肩入れをめぐるエピソードに触れる。その中で興味深いことは、彼が次の如く書いていることである。Richterが批判的記事による行動を継続していたら、「彼のしたことはWende以前にはとがめられたであろう、そしてWende以後にも今一度とがめられたであろう。以前にはそれは政府最上部に対する批判と取り扱われたであろうし、それはあってはならなかった。しかし以後には、どうして以後には？　殆んど同じ理由からである。それは政府最上部に対する批判とみなされたであろう。そしてその批判は今日の視点によれば存在したことは許されない。それは有効な歴史像によればそのようなことは存在しなかった。そしてそれがともかく存在したとしなら、それはとりわけ非難に値した。なぜなら（ＤＤＲ）政体（権）によって弾圧された者達は、批判は可能であり、事態はそれなしで全く展望がないわけでなく、完全にナンセンスでないと考えた時には、国家強化という違反行為存立を実現し政権を強化し、延長せざるを得なかったからであろうと。(88) E. Richterはそのルポルタージュの続きで二人のブロンズ像の体の影を叙述し、それによって太陽の位置が計算されたと書いたであろうと、やはりKantらしい風刺と機知と皮肉の後で、彼はその言葉から Peter Weiss の『御者の体の影』Der Schattem des Körkers des Kutschurs を手掛かりに Weiss との関わりに話題を転ずる。Kant が Weiss に最初に会ったのは例の二人の像の建つ近辺で、市立図書館と赤い市役所の途中であった。芸術アカデミーが Weiss の絵画を展示したとは言え、作家としての Weiss の更なる承認には Konrad Wolf の策略が重要な役割を演じたと Kant は語り、Weiss の作品でアウシュヴィッツ裁判劇『追求』(Ermitlung) の朗読がアカデミーでなされたことに触れる。Kant は此処で Weiss がＤＤＲの指導的なずる賢い連中からトロツキーストとされ、資本主義にも実務的な社会主義にも批判的な知識的批評家達にそのようなレッテルが張られたこと、その結果 Kant も此の作家を最初は無視していたことを述べる。Kant を共産主義に引き寄せたもの全てにトロツキーストへの恐れが振るい払い難く添加されていたからである。故に一九五二年には Manfred Bieler のトロツキー引用に Kant はゼミナールでレーニンの引用で対抗したのである。Kant が上述の如く Weiss に会ったのは一九六四年で、四七年グループの Weiss を交えた何人かと作家同盟の Kant を入れた何人かが、四七年グループの意見により前述したその二四年後の東西作家同盟会合の場合と同様にＤＤＲの作家同盟本部での会合を避けて、Günter Görlich の新築住居で会った時であり、Kant は案内役を務めた。彼は Weiss に上述のトロツキーに関する話しはしなかったが、Weiss の作品を何も読んでいないことを話した。彼が Weiss と話しを始めたのは彼等が丁度 Strausberger Platz を越えて行った時だと今日考えると、様々な関わりが思い浮かぶと Kant は言い、前述したことも含めてその近辺で起こった以前以降の様々な出来事とそれに纏わる人物を挙げる。時代を遡りまた下る Kant の例の手法である。此処で Kant は夕方の S. Platz の路上で四七年グループの代表の一人 Hans Werner Richter から「Peter Weiss を貴方はしかし知るべきです。そして貴方が『御者の体の影』を読まなかった限り、貴方は一言ももはや書いてはならないでしょう！」(89) と宣言されたのである。

彼はその作品をすぐには手にしなかったが、Weiss にはその後幾度か会ったと述べ、更に一九七九年六月の作家同盟員除名騒動と Kant への悪意ある。„Notizbuch“誌上の記事の二年後に Weiss が『抵抗の美学』(Die Ästhetik des Widerstands) (90) 三巻の彼への献本に「Peter Weiss より吾が友、吾が同志 Hermann Kant へ。一九八一年六月三日」の献辞を寄せたことに言及する。Kant が更に語るのは一九九一年に Suhrkamp 社で出版された上述の二ヵ国語版の巻に、

Weissが二人の共通の友人Eugenia Kazewaに宛てたKantの消息を尋ねる一九八〇年七月二四日付け書簡が引用された事実である。KantへWeissが贈った本はSuhrkamp出版書で、Henschel出版の物はまだ考えられなかったこと、しかしその出版実現の為にKantはHermlinやWolf夫妻と共に尽力をしたことも彼は記している。彼等はその際に専らモスクワとの困難を抱えたとKantは書いており、『亡命のトロツキー』(Trotzki im Exil)の著者に対するソ連の怒りの大きさに触れ、Kurt Hagerも『抵抗の美学』に話しが及ぶと、アイスピッケルが彼を脅かすかの如く振る舞ったと書いている。問題なくK. Hagerは著者に共感していたのだが。Kantはまた「『美学』はDDRで多くの代弁者を持っていたと確信すればする程、私はベルリン当局がモスクワに対し、私のHager宛ての書簡に書いてあった決まり文句を使用したと確信する。」と語り、その決まり文句の内容を以下の如く記している。「そのような本を読む者はモスクワの様々な訴証に就いて全てを知っており、その様々な訴証に就いて何も知らない者はまたそのような本を読まない。[91]」忌まわしい言葉であるとKantは知っているが、モスクワを刺激しないこのような論拠の技術なしには道を開けなかったであろうと言い、モスクワを問題にしないことは可能だが、彼にはそうする愚かさも反モスクワ的考えも欠けていたし、クレムリンの同志もDDRの同志も怒らせず、成功はしなかったがともかくそれらの本を普及させる名誉欲を抱いていたとKantは述べる。此の事件は当時のDDRソ連間の複雑な事情を語っていて非常に興味深い。

その後Kantは出版拒否等の当局の姿勢に対する彼自身の様々な努力に触れる。AirmatowとLoestの著作とある作品及びStrittmatterの一作品の出版実現、Ch. Wolfの『幼年期の構図』の積極的評価、彼の調停によるTheodor Plievierの『スターリングラード』(Stalingrad)の最大の評価と出版実現、様々な苦労の末のChristoph Heinの『ホルンの最後』(Horns Ende)の出版達成、Aufbau出版社の文学カレンダーからのS. Heymの抹消への反対とその復活、H. MüllerとV. BraunをHoneckerとK. HagerにDDR文学に於ける二人の天才と伝えたこと、等である。しかしそれでもV. Braunが最後の瞬間に国民賞のリストから外された書記局決定を撤回させる試みすらうまくいかなかったので、Kantは彼の文化観念を実施することを追求し、それを達成するに不可欠な人々に、その観念の反対者達を退ける決まり文句、論拠、手段を提供したと述べている。続けてKantは上述の「天才」という言葉によって書記局長が例の書記局決定を更に一度覆したことを信じて疑わないと述べ、書記局長が Kant の上述の様々な努力の際の彼の文言を気にかけたことを知っていると語り、文言による彼の警告は脅迫めいたものではなく味方としてのもので、政治的共通性に就いての懸念であり、文学的にも有益であったと自負している。そして彼の善行のリストからの上述の抜粋が彼の反対者達の彼との和解を考慮に入れたのではないということを明瞭にしているのを望むとも Kant は語り、従って必要とあれば彼の悪行に就いての彼等のリストの補充を提供し、それによって彼等との非和解性に更なる根拠を提供すると非妥協的姿勢も示している。

此処で Kant の話はまた Weiss に戻り、Weiss との非常に気持ち良い交流、Görlich 家での四七年グループと作家同盟会合以降のベルリンやストックホルムでの時々の再会を語るが、Weiss の言葉による彼等の友情が始まったのは一九七〇年の冷たい五月の Nelly Sachs の葬儀の時であり、後に Kant がこの女流詩人との最後の別れと彼女と Weiss のスウェーデンに於ける厳しい亡命状況に就いて『ストックホルム』という本に書いたことが Weiss に気に入ったとも述べている。四七年グループとの会合時には全く寡黙であった Weiss は今や雄弁で、とりわけ上述の『抵抗の美学』に就いての探求の最中 Weiss は非常に雄弁であったと Kant は記し、その例を挙げる。Weiss は又例えばあの作家同盟員除名のようなあれやこれやの関連には批判的問いを控えたとも Kant は記す。

続けて Kant は彼の小説中のかなりの人物達と彼等が文学の傍らにやはり実在した限り少なくとも束の間の接触を持ったことに触れ、それらの実在の人物達との関わりとエピソードを語る。その中にはナチスに抵抗し処刑され、Kant の娘が通っていた学校にその名前が冠せられ、Weiss が敬意を払っていた W. Guddorf、同じナチスへの抵抗運動者で、コミンテルン派遣委員、スペイン内戦戦士でスウェーデンに亡命し、ＤＤＲ外相代理を務めた Georg Henke がいる。しかし後者がスウェーデンの警察での振る舞いでその同志達を危険に晒したと Weiss が見なしていたことに Kant は触れる。

その Weiss と最後に会った時の Weiss のカフカ劇演出による疲弊に Kant は言及し、Weiss と週末に別れた際の対話に触れ、その次の週の最初に Weiss の訃報に接した事実を述べた後に、Kant は一九九一年二月下旬の現在、Weiss の絵画をかつて展示した東の芸術アカデミーから僅かな物しか残らぬことを心配していたが、西の芸術アカデミーで似たようなWeissに係わる展示が行われることを知り安心する。しかし脱走、別れ、討論、追求、暗殺、美学、抵抗を取り上げてきた作家の作品展示も、Kantが一九九一年一月一三日一七時五一分から一月一四日一〇時八分にかけて耳にする油送管炎上、ワシントンによる最後通牒等の湾岸戦争に係わる刻一刻のニュースの前ではどれ程の意味があるのかとKantは疑義を呈し、更に今まで台の上で我々は既に多くの戦争に反対する演説をしてきたが何も出来なかったと悲観的に語る。Kantは朝鮮、カンボジャ、スエズ、ヴェトナム、そして今目前の最大の戦闘と虐殺を挙げ、母から少年時代に聞いた第一次大戦勃発当時の経験から戦争の肯定的側面を否定してきた彼自身について語る。

続けてKantが語るのは彼が軍へ召集された時の彼の家族の反戦的姿勢であり、ワルシャワでの素手での死体処理による粘液付着の話題である。Kantはかつて正義と不正義の戦争の間に相違があるという認識を抱いたが、その理論は様々な経験によって彼の鼻粘膜に付着した異臭に対しては何ら助けにならなかったと述べ、大部分の人間とって戦争の結果の相違は正確には存在しないと語る。大部分の人間とはKantにとってこの場合死者達である。そしてその死者達は一九一四年八月や一九三九年九月やそれ以外の戦争勃発時期がなかったら生きていたであろうし、ゴム管を喉に付けた父を見ることも、膿漿の腹を抱えたあの船員にめぐり会うこともなかったであろうとKantは語り、他の様々な戦争の継続としての戦争に只長く十分に反対すれば、何時の日か恐らく彼の体験から免れるであろうと記す。彼は此処でレバノンへのイギリスの干渉、ヴェトナム戦争等への彼の抗議行動や国防相Heinz Hoffmannがピカソの平和の鳩を兵舎から撤去させたことへの抗議等を語り、詞華集『戦争の中の人間達』(Menschen im Krieg)の中で戦争を告発するのは文学者の義務であって、それは戦争を葬りはしなかったが、戦争の良い評判を抹殺したと書いたことに触れる。しかしそれにも係わらず良い評判の戦争は活発で蠢いている事実、即ちそれぞれの立場に立つ正義の戦争に就いてKantは中東を例にあるいはアメリカやエジプトの立場を例に語る。彼は続けてかつて赤い市役所の前や内部で四度演説をした状況を述べ、その中で八九年秋の日曜日に市役所ドアの前の演壇で敢えて一人称を用い「吾が人民警察は吾が人民を殴るべきではない!」(92)と演説し、当時のDDR政治局の最高級の将軍より中央委員会で報告を求められ、その国防相の政治局代表に最後には怒って回答を拒否したこと、拒否は中央委員会の会議では規約に無かったことを記す。Kant は更に七九年六月七日のあの作家同盟員除名に関するものと思われる市役所での演説に関して彼の立場を述べ、九一年二月二七日現在のクウェートの状況での正義と不正義の戦争に触れ、また苦境に陥っているＤＤＲの作家同盟、アカデミー、大学、文化構造、支払われていない教員、法外に高い出版物に直面してどう切り抜けたら良いのかと語り、それでも何とか試みたいと記す。最後に Kant は彼を非難する本が出たことに言及し、それを手にしたので見解を述べるつもりだと書く。

(XIX)

その約束を書き記した正にその時、九一年三月一日の前日に Halle の記者から電話が掛かり Kant の知らぬ Kant 宛の手紙への見解を求めてきた。彼と更に二二人の作家達に西の作家同盟が、会員であることを主張しないで欲しいという内容の手紙である。彼は彼が知らずマスコミが知る手紙へのコメントを控えたのである。もう一度電話をしても良いかという問いに自由な国だからと答えてから Kant は報道関係者との自由な状況の享受に就いて記す。しかし自由で民主主義的状況はいま達成されているとは思えないし、我々は決してそこまで到達しないであろうと Kant は語る。ポツダムの女性記者のインタビュー申し入れに関心を示さず、彼女がそのことを長く記し、彼は以前はファシズムを清算していたという彼女の確信に、少なくともそう見えるのであろうと彼女が付け加えて以来、例えば彼は外部との連絡を既に再び半ば絶たれたからである。

彼は此処で西の作家同盟会員に係わる手紙が再びある役割を演じているのはウイットに富んでいると語り、我々の事態の管理者達よりその事態の反対者達に通知をした故に、同僚達に反対の態度を二度に亙って取ったと述べ、Biermann 事件の時の請願書の際にも、S. Heym の場合にも書類がその受け取り人に回り道をして届けられたことが彼を憤慨させた事態に言及する。後者の場合にも書類の署名者達からもその受取人達またはその横取り人達からも最高の職務の故に欺かれたとKantは述べ、全く突然にその書類の到達がメディアへの伝達の遙か後であることを証明するように見える受け取り記載が国家評議会書記局より複写で届けられた事実を語る。その上で彼は彼の作家同盟役員談話に非常に鋭い対応をしたJurek Becker宛の七九年七月一三日付け書簡を引用する。その中でKantはBeckerがHonecker宛の問題の手紙が彼の背後以外で他の手に陥らなかったと断言したことに異議を唱え、彼等が手紙の内容で一致した後に彼等の誰かが西側に通達した可能性を排除出来るか、その文書作成後秘密が厳守され妻を初め誰にも漏らされなかったか問い合わせている。更に「彼の背後以外で」の言葉にBeckerのジレンマがあると指摘している。それは一〇ページの手紙に対する一〇ページの返答で、両者共高慢で互いにいたわることのない手紙で、七九年夏は台無しにされた夏で、腐った年で、損なわれた生であったとKantは書き、彼等がその後の年月に時々ベルリンで実際的な会合をしたのは驚くべきことで、それは彼等二人の確信によれば非常に重要であったと述べる。更に二人がよりによってFriedrichstraßeの境界点の管理用バラックの前で、Beckerが西から東へ、Kantが東から西へ行く時出会ったのを二人は喜んだとKantは書いている。Kantは更に上述の彼の手紙が、彼が作家同盟を文学と社会（文学と党）の間の利害関係の媒介と見なし、さもなければ議長職を引き受けなかったであろうと述べ、此処だけの話しであるが彼は職務に不器用であるからこのような仕事はしないのであるが、文学の利害関係の為に何かをなし得ると信ずる故に此のがらくた仕事をしていると書いていることも引用する。自分自身の仕事の成果に自信のない人々は職業同盟を、そしてその同盟が何かをもたらそうとすると前もって何人かの力のある人々を必要とするが、同盟を避けたり、Beckerのようにそこから去り西側が介入するような騒動を選ぶ者は文学を気に掛ける者の役割を確信していないとKantは更に書いたことも述べる。

偶然にではないが彼はBiermann事件で申し立てねばならなかったことの焦点を既に以前にその問題性に合わせていたとKantは言い、「そういう人々からは何も得ないし、そういう人々には何も与えはしないことをこの世界で最早言う必要はないとBrechtが主張した」ことをKantはかつて書いたと述べている。Kantの身近な周囲の人々はBiermannが非友人達には大して抵抗せず、友人達には大いに抵抗していると見たこと、政治局もそう見なした事実にKantは触れ、賛成反対の区分は友人や非友人に係わるのでは無く、西側のドアの前に置かれ西側に発見された食い物になったという、争われている事態にのみ係わっていたと述べた後に、次のように語る。即ち何故Biermannの追放を撤同させる試みの際に一緒にする要請を彼に彼等の誰一人しなかったのか、彼にはなお相変わらず完全には明瞭ではないと述べ、作家同盟の方針への彼の影響力を知った者は彼を独断主義者とは見ていなかったし、彼を少しでも知った者は彼が一人の芸術家の市民権剝奪を政策と見なしていないと語る。続けてKantが語るのは指導的メンバーの様々な関与による作家同盟の役割の変化の詳細であり、その中での一九六一年第四回大会に於ける「自意識の概念」をめぐるAlexander AbuschとKantの対立での前者の意見の通過であり、第一一回総会後の幹部会に於いて最早、全作家のインタビュー事前届け義務の副首相としてのAbusch提案がKantの鋭い反論によって通過しなかった事態等である。

此の変化の詳細を特徴付けながらKantは二つの出来事を付け加える。一つはHoneckerがある日Kantの催促の末に「勿論」ＤＤＲ市民はドイツ人であると言い出したことである。それ迄のそのことに対する否定的な政府の態度は同盟に不愉快な結果をもたらしてきたとKantは言い、西側のウィザ用紙の国籍問い合わせ欄にドイツと記入した時、当局より全ての旅行用書類が手を加えずに返された事実を挙げる。つまり国籍はＤＤＲであるという政府の姿勢である。Kant等はFeuerbachのかのテーゼを借りてHonecker等に警告するのに成功した。政府の見解の大衆への強制は暴力であり、Kant等の知る限り大衆はドイツ人であるという観念から離れるのを好まないと主張し、ついに上述のHoneckerの発言となった。今一つの例はそれを排除せんが為に検閲とは呼べなかった事態に対する最初の成果に満ちた打撃が同盟指導部によって実施されたことである。即ちA. Seghersによって五人の副代表の一人にKantが選ばれた直後、Kantは匿名の下で最悪の批評が行われたその匿名性の排除に従事したのである。作家達が正しく書く為にとの名目での援助が提供されてきたのに対しKantはその匿名批評の実態に触れ、徐々にその実態が崩れ、作家達との協議となり、ついにその力を失い、匿名禁止が実現した事実に言及する。同時にその因習的な怠惰な実態が研究され、同盟指導部は断念せずに第一〇回大会以前に四委員会の中の一つで序論的な講演をするようにChristoph Heinに要請したのである。

Kant は此処で Hein が八七年一一月三〇日の手紙で政治的文化と公共性を改善する重要性で二人は一致してきたし一致していることを述べ、Kant が会長に選ばれたことを高く評価した事実を引用する。続けて何故 Hein が統一後 R. Ranicki と共同の „Tribunal" パンフレット出版人になったのか問う時、六六年フランクフルトの書籍見本市での Ranicki との最初の出会いが不当な物として思い浮かぶと述べ、当時 Ranicki が Hermlin に就いて短い期間にその評価を変更したことを「しかし君、人はともかく必ずしも同じことを書けないのさ！」[93]と言ったことを Kant は書いている。

Kant は此処で話題を戻し、彼は印刷物に予定された言葉を挟む国家の権利を常に守って来たが、分に安んじない検閲は認めず上述のように目的を達成したが、大使検閲が幅を利かしたと述べ、W. Heiduczek の作品『海辺での死』(Tod am Meer) にソ連の Abrassimow 大使が抗議をし、Honecker が当惑して Kant に援助を求めた話を記す。しかも此の作品はその舞台になっているブルガリア大使の抗議も呼んだので Honecker は外務省による作品鑑定を考えたのである。その結果別の作品への抗議がアルジェリアやパレスチナの Arafat 議長代理人からも寄せられた事実も Kant は書く。そこで外国を取り扱った原稿は全て印刷に附せられる前にそれらの国々の代表部に見せられるべきだという話題になり文化相に対する多くの閣僚の注文もあったが、それを拒否したのは何よりも作家同盟であり、Kant であることを当局のみならず S. Hermlin も知っていると書いている。それなのに何故統治者に一定の熟慮を勧める事態になった時、助言の為彼は呼ばれなかったのかと記す。

此処で Kant は九一年三月五日現在、西の作家同盟会長 Uwe Friesel が実に道徳上の理由からかつての東の二三人の作家に、彼等の入会宣言を有効と見なさぬように依頼したマスコミ上の声明を発した事実を述べ、それへの疑問を呈してから、上述の何故七六年一一月誰も彼を引き込まなかったのかという遙かに重要な問題に戻る。Biermann の市民権剥奪をめぐる請願書のことである。その考え得る一番不愉快な理由として Kant は先ず彼が全く信用されず、統治者に直ちに彼から知らされると思われたことを挙げる。しかしそのような説明は論理的ではなかろうと Kant は述べ、その理由として最も素早い抗議が最も素早く同僚達に伝えられたことを問題にする。つまり彼等より素早く彼は誰にも何かを伝えることは出来なかったと Kant は言い、誰かがいずれにせよ東側より先に西側に伝えようと思い、彼がそれを妨げようとするであろうと信じた時、彼の説明は初めて意味を持つと語る。実際にそれが起こった時Kant は批判したのである。故に Kant は請願書作成者達が彼との論争を思い切ってしようとしなかったと仮定し、そこに問題を見る。つまり Kant は請願書には反対していないのである。その仮定を立てたのはそれによって作家同盟のある特性を述べる機会が与えられるからで、その特性は、先程の西の作家同盟の事件が証明するかもしれないが継承されていないと Kant は書いている。

DDR作家同盟は最後の一〇年間、指揮的運営は絶対にあり得なかった組織になり、理性や経験の価値や論拠によって行動してきたが、党の指導的役割から決別を告げた訳ではなく我々の方法でそれを解決してきた。何故なら党の役割は我々の規約に書いてあるからだと Kant は述べている。例えばその例として Kant は同盟の会議前の政治局への議案提出を挙げ、この儀式による同盟の状態や態度の変わることはますます少なくなったと書いている。一九六〇年頃は党の支配権はまだ同盟の規範であり、同盟は嘲りながらも党規律と見なしたことを実行したとも彼は記す。彼は更に彼が「お前はこそこそ隠れたりはしないし、自分の考えを述べる術を心得ている。」と言われたことを誇りに思い、「自分の考えを述べる能力はともかくとして、階級の敵と階級の味方との交際に際しての同盟員Kのある一定の御しにくさと厚かましさは否定されなかった。[94]」と書き、その背景として彼は芸当という言葉で先ずワルシャワでの捕虜生活、ベルリンの西側での労働、Greifswald 大学労働者農民学部創設期、冷戦の圧力下のジャーナリズムを体験したこと、ハンブルクの労働者家族出身で電気工であったことを挙げる。次に彼は彼の経歴のお陰でしばしば弁舌がたったことを芸当と名付け、続けて A. Bronnen, S. Heym, A. Seghers, J. Petersen, M. Tschesno-Hell, A. Abusch, O. Gotsche, O. Braun 等をある時は批判した具体的な事件を芸当と呼ぶ。

続けて Kant は「しかし私が同盟の中で粗野であった時、そして私はきっと余りにしばしばそうであったのだろうが、私はその為に弱い人々を探したのではなかった。[95]」と述べ、その例として彼に対し強気に振る舞った人々を挙げる。又同盟では既に七〇年代から気に入らないことを気に入るように誰も要請されたりしなかったと述べ、同盟はスターリン主義的構造であっただろうか?と疑問を呈し、Hermlin の好んだ慣用句、笑わせないでくれを引用する。

Kant は同盟とスターリン主義的構造との間の大なる相違に触れ、同盟は他のセクションのように簡単に会員を推挙したりしないし、同盟には上下の関係がないと語る。続けて Kant は公の強いられた宴会の場で彼が当惑し厄介な目にあった時に Ludwig Turek の物語がその場を救ってくれた事情を書き、Turek の話し上手に言及する。更に Kant は此処で気まずさや当惑や厄介という言葉から Hermlin, Turek の関連性を引き出し、再びあの七六年一一月の問題に向かう前に、またそうする為にそれに相応しい出来事を提供すると記す。そこで先ず Kant は、Hermlin が何故書籍バザーに余り参加しないのかと聞かれ、それが煩わしいからと Hermlin が答えたのに対し、Turek が気兼ねの大切さを強調した話を述べてから Turek が様々な機会に様々な場所で提供したその場を救う物語を引用する。それには Turek の『吾が兄弟ルドルフの生と死』(Leben und Tod meines Bruders Rudolf) に纏わる話等興味深い物があり、そのポーランドに係わる話から「Karl Mewis, Friedrich Wolf」、その息子達 Konrad Wolf と Markus Wolf との自己の過去の関係を語る Kant の得意な話題の運びは相変わらず秀逸と言える。

そのポーランドのワルシャワは重要なこととして彼の人生のネットワークに入ると再確認して、Kant は彼が居た通りや牢獄との関わり合いで例の消火用水池の死体のことや、そういう人間を消火用水池や焼却炉に放り込んだ人間達の外見は如何なるものかと考えたりする。しかしその中での救いとして Kant は同じワルシャワの暖房用の地下室の本箱で多くの現代作家の作品を見つけ、そのことが彼にとってある別の人生への架け橋になったと語る。何故ならその時の多読が五年後にあの Hermlin の注目を呼び、ゲットーの近辺で Hermlin と行き違いになったことも判り、それ以来四〇年間も相互の対話が続いたからである。その四〇年間の交流の中で友情が困難に直面したこともあるが争いが二人を隔てたこともなく、暗い気持ちで Hermlin の家を出たこともあるが怒ったことは一度もなく、至って簡潔な言葉でお互いに満足したと Kant は書き、その一例として Hermlin の発言「比較の余地がない!」(Kein Vergleich!)[96] を挙げる。その Hermlin との関わりで Kant はやっと何故七六年一一月の Biermann 事件の際に呼ばれなかったのか、誰がそれを妨げ、どのような理由でかに言及する。

妨げたのは Hermlin であり、彼が挙げた理由は Kant には納得出来ないものであった。「私は言ったのだ、君にはそうさせるべきではない、君は地区の指導部に居るからだ。[97]」がその理由であった。Kant は彼の職務がいつから二人の間の障碍になったのかと自問し、その職務が正当な側に彼がつくのを決して妨げはしなかったのを Hermlin は知らなかったのかとも書いている。しかし今日に至って七六年の Hermlin の言葉を理解したと Kant は述べ、Hermlin は彼に指導部との政治的葛藤をさせたくなかったのだと記している。それ故に Kant は Biermann とあの請願者達を問題にした党の指導部会議から一時間半抜け出し離婚手続きに裁判所に行き、戻ってからも抜け出した理由を余り説明しなかったのである。その Kant の政治的動機に基づく分別も様々な指導部を楽しませたのであろうと Kant は書いている。何故なら Hermlin の配慮も Kant の自制心も指導部には必要と見なされなかったからである。Kant はまた、Kant を上層部の企図に反対させようとした Hermlin の提案に賛成し、Hermlin や他の人々と国家評議会へ行き激怒する当局に、言うことを聞かぬ Biermann を帰国させるよう語ろうとしたが、経過が少し変わり実現しなかった事実を述べる。

上述の事態に対する彼への誤解に就いて述べてから、Kant は現在もその後遺症に悩んでいる七三年一二月の乗用車転覆事故に因る脊椎損傷から話を興す。七三年九月の『抑留生活』執筆再開、国家賞受賞二ヶ月後の一二月五日の上述の事故と七四年四月の退院、右の人差し指によるタイプ仕事、七五年初めの物語『違反』(Eine Übertretung) の印刷、七六年八月の第二の離婚と一一月一六日の Biermann 騒動、七七年三月の『抑留生活』出版、七八年五月末日の作家同盟会長就任、七九年二、三、四月のモスクワ政府付属病院入院、そして同年六月七日の同盟による九人の同盟員除名と事実を挙げる。九一年三月西の作家同盟が Kant を拒否したのはその為であると述べてから全ては全てと関わり合っていたと Kant は書いている。しかし上述の枚挙は七三年と七九年の間に彼が係わりあった全てではないと Kant は述べ、両独間の基本条約七三年に始まり、ソ連のアフガニスタン介入の七九年に終わるこの時期に歴史的には Honecker が二大誤謬を犯したと書く。Honecker が国際的承認によってＤＤＲがその存在保全の主要な歩みをなしたと考えたことと問題のある芸術家を締め出すことによって様々な問題を閉め出せると思ったことを Kant は信じられず、それらに英語の „flabbergasted“、つまり呆れ果てるというような言葉を当てはめる。そのような事態を「通り抜けねばならない」と『奇跡を行う人』(Wundertäter) の中で書いていた E. Strittmatter には Kant は同意せず、[98] ＤＤ

Rが国連に加盟して以来、矛盾はなくなったと上部は考えていたが、矛盾は存在したと述べる。「文学は矛盾の最も自然な対象であったし、文学者達の団体は理想の地域を描き出したし、文学者達は理想の人物を描き出した。[99]」という言葉でKantは此の章を閉じ、九人の同盟員除名問題を次章に委ねる。

（XX）

文学者Kantは両ドイツ間の階級上のキャンペーンに際して自分をカール大帝の臣下Rolandのように思ったことはないが、そう振る舞ったし、寝ている仲間達を見守り、危険から救い、自身の撤退のみを叙事詩に残ったように、やり遂げなかった一人の忠実な臣下Paladinであったと、Kantは此の章を書き始める。つまり少し前迄はあらゆる説明を余計な物と見なしたであろうが、歴史的次元に就いて耳にし、彼がならず者呼ばわりされる今や様々な熟慮をするであろうと語る。

此処でKantは彼は行動する時、高度な目標を目指したわけではなく、各人と同様に実践的目的を目前にしたからだと述べ、その具体的な様々な例を挙げる。その一例として、Schillerの言葉を引用したStefan Heymより「衣装の下に短刀を隠した」人間と言われたことがあるが、一九七九年五月、作家同盟への二重の陰謀に反対する為に助けを求め、幹部会を招集した事実を記す。ＤＤＲ作家同盟がそれまで団結不能な厄介な症候群に脅かされているのを知ったからである。全てが絡み合っていて、九人の除名はBiermannの追い出しと関わり合っており、ＤＤＲの歴史でかつて何か非生産的な物があったとしたら此の締め出しであり、ベルリンの壁は確かに数百万人の人間にとって非生産的な面でより重要ではあったが、その壁は最後にはその消滅に貢献したとはいえ彼等が守るべきであった国家に息を就く暇を与えたとKantは書いている。

しかし除名の評決はそうではなく、それは世界のある葛藤に変わったのであり、Honeckerの西側の敵対者達がやはり不作法な歌手達と親しまなかったことがHoneckerを救ったこと、同盟が同盟としては態度を決めなかったことがその地位を維持したとKantは述べてもいる。私自身この辺の前後の事情には精通しておらず詳細な検討の余地があろう。

Kantは此処で全ては全てと関わり合っていてという言葉を又用い、前章最後の所で触れた自動車事故や第二の離婚、事故の後遺症の手足の痛みには仕事以外には特効薬はあり得なかったこと、事故での入院中にベルリン地区のSED指導部に選ばれたことに言及する。彼を選んだ地区指導者と彼は正に私的な理由から敵対者であったが、同志とは言えぬ迄も政治的に同様に振る舞う者達であらねばならなかったとKantは複雑な状況も書いている。全ては全てと関わりあっており、此のベルリン地区指導者とHoneckerは友人と見なされているが最大のライバルであったと述べ、ペプシコーラのDDRでの販売、DDR製歯磨き粉によるインターショップからの西側歯磨き粉追放をめぐる二人の確執をKantは彼特有の風刺を込めて語る。Kantに言わせると前者の方が後者に比べていくらかより熱心で、より決断的で、容易く譲歩せず、とりわけ作家達に対し譲歩しないのであり、彼は「フリーの」という言葉を嫌ったのである。Honeckerは時々簡単に譲歩したというKantの言は興味深い。

そのHoneckerが神経の燃焼とうめき声に悩むKantの為に上述のモスクワ政府付属病院を用意したと述べてから、他の指導者達はより感動的でなく、ぐずぐずしたりしないと書き、Biermannの一一月に始まったKant等の不満足なあの冬以来、此のより固い連中が土地に対するその要求を強硬に開始した事実を述べる。彼等は東側の多くの土地が西側の所有物であってそれらを完全に収用していなかった事実に思考上耐えられなかったのである。又彼等はDDRの承認に酔い、二度と冷静にならなかったのであり、条約批准書署名の際には彼等はまだ良く見えたが、それに続く計算に際してはもはやそう見えなかったとKantは記している。

しかし全ては全てと関わり合っていたと此処でもKantは述べ、文学はとりわけ全てと関わり合っていて、全てに首を突っ込まざるを得なかったし、Kantもそうであったが芸術を調整する者達の無難なテレビへの偏愛をKantは語る。続いてKantは七六年一一月一六日のBiermann事件以来二年半の内に諸芸術の反抗的態度が急速に強まり、事態よりも自己の救済安寧を願った人々の数が高まったと書き、彼はその数に入なかったが改革は必要であったと述べ、その事態は内部から由来したこと、様々な施設の社会主義改良への関心の極端な低さを指摘する。その例としてベルリン地区アメリカ放送ＲＩＡＳを全て否定的に捉える姿勢を具体的に論じるが、Kant は此の放送がＤＤＲを住みやすくしなかったことは疑いないと述べている。しかし彼のような人々は正にそうしようとし、文学でもそうし得ると考えたと語り、作家同盟をそのような形に持っていき、作家同盟が正当な結論を出すであろうと望んだと書き、異議が称えられたが、彼等は自己満足し彼等の成果を過大評価したと述べている。

此処で Kant は一九七九年の除名事件後、彼が何百もの怒りの手紙に答えざるを得なかった東でも西でも注目された彼の文章を引用し、今日でも意見は変わらないと記す。「問題はＤＤＲの作家達の間のあの葛藤であり、それは我が国のある別の葛藤では殆どあり得ないように公に、かつ公の出来事になった。別の葛藤はそうならなかったので、此は余りに公になったと主張するのである。文学者達はある代理紛争をしたのである。多分そうであったし、多分そうである。[100]」

Kant の此の事件に対する見解として興味深い。その上で Kant は先駆者達は歴史的意識よりも、むしろ大きな憤慨で武装していたと付け加え、彼等の憤慨や恐怖や悲哀等が無数の言葉になった状況が、彼の大きな憤慨が多くのそれ程小さくはない憤慨の束であったことを彼が言うのを妨げると書いている。此の事件の直前 Kant はモスクワの病院からのある手紙の中でＤＤＲに就いて聞いたことを冷たい春と叙述し、手足が治癒していないのにＤＤＲへ戻りテレビ芸術の変わらぬ毒のある馬鹿さ加減の広がりに直面した。西のメディアは日々彼等に襲いかかり、東のアジテーションには目立つ印刷物はなかったと Kant は述べ、Heym の疑念に逆らって市民権剥奪は余り実行されなかったが、出国が頻繁に実施され、疑わしいある指導が残った者達に行われた事実を記している。

Kant は更に彼が作家同盟会長に選ばれた一年前の五月末の第八回作家大会で述べたことに遡る。「我が国に不正が起こったと信ずるから逃げ出すことは芸術にとって非常に有害であろう。しかし芸術は存在しないのであろう。何故ならほぼ我々の誰もが既に黒い不条理の汚水を渉らざるを得なかったし、我々の多くは批判をするお上によってさんざん油を搾られたからである。そして我々の間の何人かは既に一度は余りに裏切られたと思ったので人生から逃げ出すか、ともかく二度と再会しないことに執着した。[101]」此を彼は誰かの改心を目指して言ったのではなかったとKantは述べ、その理由に逃げ去ることが引き続き、不条理は進行し、不正が続いたことを挙げる。

Kantは続いて最高の政治局の人々が七六年一一月のBiermann事件と七九年春の除名事件との関わりを全く予測せず、予測したとしても作家達の追放しか考えなかった事態を述べ、彼等が政治に対してタブーを課した事実を記す。またKantは作家同盟の一定の成果とその様々な敵対者の熱心さとの関わりを語り、具体的にBiermann事件に関する西側の非難と彼等作家達に対する東側の不信感、国家に対する東の作家達の徹底的批判への西側の期待、そういう批判の可能性への東側の嫌疑、僅かな火種も煽り立てる西側とそれを消そうとする東側に言及する。更にKantは西側の新聞雑誌上でのHeymやR. Schneider、J. Seyppel等東の作家達の言に対する東側の新聞雑誌上での抗議の不在を怒る。何故なら東側は階級の敵の言葉と同様に西側に関わる東側の敵対者の言葉を引用しなかったからである。アジテーションではなく管理を東側は志向するとKantは書いている。

Kantが続けて語るのは第八回作家大会初日にハンブルクの„Zeit“紙と東の幹部会が半ば共同でそれに備えたという皮肉である。つまりFritz J. RaddatzがＤＤＲの何人かの作家達との交際に際しＤＤＲの管理者達とＢＲＤの解説者達との間の協力をＢＲＤのジャーナリズムの新しい質への飛躍に利用したとKantは言う。そして彼は誰にも相談せず自らRaddatzの記事『言葉への不安』(Angst vor dem Wort)に反論したことに触れる。彼は怒りを込めて孤軍奮闘したのであり、ハンブルクの文芸欄とベルリン地区指導部が彼等作家達をそれぞれの好みでグループに分類し、通信する理由に於いてはほぼ一致していたと語る。また同盟幹部からの自立の努力に際してベルリン地区選出者達は地区指導部のあらゆる指導に従ったとも書いている。

Kantは更に彼の異議は個人的対抗心と見られたこと、Heymの西ドイツのテレビＡＲＤでの国家権力と文学間の社会契約破棄通告、ベルリン市権力による文学結社解散の試みやJ. Seyppelの„Zeit“紙上での「ＤＤＲ文学の最終的解消」に就いての発言、Heymの侮辱に対する彼の抗議への人々の誤解等に言及する。またK. HagerはＤＤＲ建国三〇周年記念前にＤＤＲに於ける症候群を拒否しなかったであろうとKantは推測するが、党議長は勝利のみ語るべきだと述べたので、それに文学が同意しようとしなかった場合、それは不思議なことか、彼が怒ることは不思議なことかとKantは語る。しかし西の出版社Rowohltの報告がＤＤＲでは国家記念祭前に素早く弊害の除去がなされるべきであったと書いたことをKantは無知と反論し、ＤＤＲで厄介な事態に取り組もうとした誰もが高位な訪問者が予想されていた時はＤＤＲの様々な成果に比較してそれらの問題はもみ消されたことを経験で知っていたと述べる。

それなのに何故、三〇周年記念前の第八回作家大会での彼の報告の注目すべき素早い公表があったのかとKantは述べ、党最高責任者達のその決断の背景として、以前からのそれに関する争いとベルリン地区党に対し例のペプシコーラの場合と同様、党中央が対抗してその姿勢を示そうとした意図を挙げる。正にKantらしい背景の叙述と言えよう。更にKantはその時期にHoneckerと彼に大々的な七九年六月の除名への関心があったとは信じないと述べ、その関心を唯一抱いていたのはベルリン地区指導者で、それを実施したと語る。

此処でKantは人物としてHoneckerを腕力による解決の信奉者とは見なさないと記し幾つかの出来事を挙げる。Hermlinの党への残留の件やその解決に当たってKantに感謝したCh. Wolf除名回避の件、七九年のJurek Becker出国申請の際のKantへの仲介要請、前述したLoestの作品出版やBraunの表彰、Höpckeをめぐる話である。[102]続けてKantはHoneckerが様々な理由から冷たい人事上の決断を避けたと語り、ベルリン地区指導者の堅さとの相違を述べる。そのHoneckerが作家同盟に示した柔軟さと、KantとKonrad Wolfの批判的発言が対照的であった七九年六月一二日の政治局での会議に触れ、Kantはその会議を恰も礼賛行為の如く描こうとした西のRowohlt出版社と„Zeit“紙に彼自身の当時の発言を引用し反論する。Kantはその発言の中で文学は破滅をもたらすものではないこと、彼が機会あるごとに芸術も労働であると強調してきたことを述べ、芸術への時代遅れの偏見を諫め、そのような由々しき様々な伝統の不変に触れ、他人は異なる仕事を持ち、異なる思考をし、異なる発言をすると語っている。その上でKantはある作品が印刷不能であるという多くの理由を理解不能な状況と述べている。

それにも関わらず更に九一年当時SPIEGEL誌が此の会議の写真を掲載し、HoneckerやKantタイプの大物役員は今日忘れられているというRowohlt社の解説を引用したのに対し、如何に彼等が盲目的な熱心さを示しているかはその写真上では彼が予測によってのみ見出せる事実で証明されると語る。その代わり七九年当時は彼等によって由々しき様々な伝統の持続という彼の言が引用され彼の「理解不能な珍しい状況」という言葉が多くの紙上に見出し語に掲げられた事実を Kant は挙げる。それが為に Kant と Konrad Wolf の言葉によって当時中央委員会文化部より彼等はある破滅に近づいていると言われたのであり、Kant の事実に基づく言は重要である。続けて Kant は Rowohlt 社のそのような姿勢が彼をむしろ強めたと述べ、その理由として彼が事態を知り尽くしていることや彼の記憶力はどんな転換期によっても害されないことを語る。その上で Kant は確かに彼が損害を引き起こしたことを認めながらも、デモクラシーを目指した作家同盟を、非常に抵抗する党派や有力な味方や敵に影響されず困難な局面を乗り越えて導き、疲れ果てたとはいえ現存する同盟が社会全体の重要な利害を代表してきたと自負する。

それ故にＤＤＲ文学の重要さは Rowohlt 社のパンフレットの戯言とは異なり変わらぬと述べ、それら戯言の事実に基づかぬ内容を同盟への彼等の嫌悪な振る舞いに帰し、彼等は成功していないと書き、その理由としての彼等の姿勢を非難する。彼等は Kant の様々な論拠に反論せず、彼の証言の誤りを指摘せずに、多数の同盟員の賛意の姿勢に疑念をはさみ、その多数意見が容易に生じたことがあり得るだろうのか吟味せずに多数の同盟員を臆病者と断ずると Kant は言う。更に Kant は非同盟員が重要な会議に賛成していたという彼等の仄めかしに対し、ベルリン地区同盟員はおよそ五百人でその内一五〇人以上は通常の集会に参加せず、故に参加者の多い会議でその五〇〇人の作家達の内の百人以上の顔を知っていたら珍しいと語り、参加者の一人が Rowohlt 社の記録書の中であらゆる参加者と面識がなかったと述べていたことを全く通常の作家には当然と反論する。Kant の事実に基づく論拠は鋭く、Kant の此の作家に対する風刺は興味深い。Kant が此処で通常ではないＤＤＲの最も著名な作家も一人のＤＤＲの最も著名なエッセイストを目前にしてその名前を失念した例や彼自身や他の作家の同様な例を挙げるのも痛烈な風刺と皮肉と言える。更に Kant は上述の作家は今や自ら出した記録書に上述の会議には同盟員の証明なしには参加不能であったことを付け加えていると書き、如何にそのことがともかく、同盟の非常に通常ならざる姿勢であったかを強調するのを何故怠っているのかと鋭い追い打ちを駆ける。

そして同盟員が同盟に常に心底関心を抱いていたことを国家の規範からの際だった離反と何故見ないのかとKantは言い、あの第八回作家大会へのRaddatzの関わりの頃よりの数百回に上る東の作家達の西への旅行や様々な西側との接触に言及し、それを作家という職能身分及び殆ど紀律し得ない作家同盟の故であるとし、同盟への関心を当然と見なす。Kantはその西側での作家同盟に反する馬鹿な行為の多さを指摘し、当局の警戒に触れ、当局最上部が同盟の事態に始終首を突っ込もうと試み、作家達の西側への旅行許可にその結果の報告を課そうとしたが誰も応じる必要はなかったし、同盟もそれに反対であったと書いている。Kantの度々の異議申し立てによって変更が行われ、当時大いに感謝されたのに、一九九一年五月八日、西のＦＡＺ紙がそれを「時代錯誤的な体系安定化の措置[103]」以外の物ではなかったと記し、その記事を書いた者が同盟の記録集を利用し、西に移住してからは公文書の欠陥を嘆いた事実を示し、その人間の論理に従えば、任務に熱心であろうとすればする程ますます抵抗的だと言われざるを得ないであろうと語る。

(XXI)

続けてKantは会議での出来事は同盟員によって護られ、そこでマイクで語る者は恐らく同僚達にのみにでなく、秘密職員にも語っていたと述べ、文化省よりの公の代表は目にしなかったこと、彼等が居たとしても同盟の対決に対し何も出来なかったであろうと書いている。更にKantは彼とHeymの対立に触れ、同盟員の誰もHeymの怒りを敢えて信じようとも、思い止まらせようともしなかったと語り、Heymの準備した原稿による質問とそれに対する彼の不備な拙い回答も重要なことではないと述べ、二人には育成してきた確信と民主主義への全く異なる理解があったし、Heymは同盟に支配機構を彼は利害の代表を見たこと、Heymには規約は束縛であり彼には同盟を護る為の基本であったことを語る。そしてHeymが正しいとされ彼が誤りとされたが、彼は誤りを犯したことを否定する。しかし誰かが彼や彼の言葉を引用し、誤りとされた場合は彼は残念に思い、それがつらいと述べ、彼のその姿勢に纏わる同盟員の姿勢を様々に語る。手短に言えば我々は規約をめぐる討論の為に論争を明らかにしようと試みなければならなかったであろうし、そのような根本問題に口を挟むことを開始することで改めて国家権力と地域権力間の統一を呼び寄せたのであろうと Kant は書いている。

多分我々は何も達成せずに疲弊しただけかもしれないと言いながらも Kant はそのような考えに与しないと述べた上で、その理由として誰もが自発的に同盟に加入したことを挙げる。続けて彼は彼が加入した当時の錚々たるメンバーの名を挙げそれを名誉とし、また最近の優れた同僚の名を述べ同盟員としての虚栄心に言及する。その同盟に彼が幹部会員であった二〇年間に数百人の加盟があり、彼等は規約を認め、出版に当たって何ら条件も附せられなかったことを述べ、そこに同盟の長所を確信する。しかし数十年を経て作家達の状況も変わり彼が彼の自主性を余りにも彼等に付与したという批判を認めざるを得ないと彼は書いている。Kant は更に同盟での偉大な作家達に触れ、Seghers, A. Zweig, L. Renn 等多くの作家達のことを述べる。それらの作家達は第二次大戦中様々の地域に亡命していたが、その地域性が論争を彩ることは希であったと Kant は興味深いことを記している。Kant が続けて語るのは強制収容所や刑務所に居た作家達の作品やその共通体験によらない彼等一人一人の特性についてであり、W. Herzfelde, H. Keisch, L. Turek 等特徴ある作家達の興味深い言動である。それらの作家達に比べて当初寡黙であったのは過去に情報収集に従事していた同盟員で、Richard Sorge との関わりの指摘は同盟員の間に憤慨を呼んだことを Kant は述べ、そのような同盟員としてコミンテルンの情報関係に席を置いた毛沢東の軍事顧問 Otto Braun との経緯、独ソ友好への過去の特別な貢献には発言を控えた J. Kuczynski、更にその姉妹で Sorge の無線通信員であったことを長年口外しなかった Ruth Werner に言及する。

続けて Kant は同世代の作家達との奉仕活動や共同旅行に就いて述べてから Seghers, Ch. Wolf は言わずもがな様々な優秀な女性同盟員の活動の重要性を強調する。更に Kant は多くの作家達の名を挙げ彼等との関わりを詳細には叙述せずにそれに若干言及し、それ故に彼の会長としての時代が無駄のように見えても、全く浪費に終わったのではないと自負する。

此処でKantは彼のこの回想録„Abspann"は一つの終わりに至らねばならぬので、全く不幸にして不運な市役所の事件から彼の長い全くの不幸ではない歴史に戻りたいと述べ、例の七九年六月七日の九人の除名問題に就いて先ず以下のように書く。「何故ならその事件は同盟のことではなかったし、我々の過ちは我々の人生ではなかったし、DDRの文学は決して誤植ではなかったから。[104]」

続けてKantはこの回想録のタイトルに「半過去または未完了の過去」を考えたが、回りくどく御しがたいし、文法上の概念として一般の人には「半過去とは一つのなるほど過ぎ去ったが進行中の存在を示すということが」判りにくいので„Abspann"としたと書いている。[105] Kantならではの発想と考えざるを得ない。過ぎ去ったが進行中の過去の出来事という特性表示は彼の現在を回想する彼の試みに重要であとKantは語り、あの赤い市役所に於ける出来事は一二年後に焚きつけられた統一後の、ドイツ作家同盟（SV）の締め出し討論と関わり、完了もせず終了もせず進行中の存在のある先例であり、その際に法廷と執行の間の特殊な関係が確信的になおざりにされていると話しを繋げる。

Kantは赤い市役所での集会の結果に就いて彼の共犯を認めてG. Gausに話したが、多くの新聞が、彼と彼の共犯以外には触れようとせず、その集会で除名に賛成した者達を別にして彼等をそのような行為に追い込みながら罪の意識がない者達を問題にしない姿勢に言及する。また彼は統一後のドイツ作家同盟には以前から属さず、自由意志でそれに属することもあろうと述べ、G. Grassが反省せよと告示したのに対し、その人生が半ば以上過ぎ去っていくのを誰が待つであろうかと作家としての活動の継続を示唆する。最後にDDR作家同盟（DSV）の後ドイツ作家同盟（SV）も一九九一年五月一二日現在、彼にとってはほぼ完了形であり、単なる第二過去であり、行動の場ではないと此の長くて重要な第二〇章を締めくくる。

第二一章でKantは彼が歓迎されていないドイツ作家同盟からのあり得る訣別と彼が警察へ書いた銃器に関わる書簡には時期的な関係があるに過ぎないと九一年現在のことに筆を起こし、此の回想録の最中にその銃器を秩序の手段として役立つかどうか一度試してみたいとその書簡で告知したことを述べてから、その話を中断して話題を転換する。つまり何故非常に多くの書き手が回想録を書こうとしているという告白を恐れるのか理解すると言い、回想録を書くことで自身を出発者として描くのは誰にもある訳でなく、そのような企画はまた新種の困難とも結びついていると述べる。その一つにＤＤＲ時代とは異なり作品を販売ルートに乗せるにはきちんとした、誤解のない表題を出版社も書店も読者も批評家も望むことを挙げる。回想録の場合も同様であるとKantは言う。此処でKantはかつて同じ彼の散文集が東では „Erzählungen“（物語）として、西では „Geschichten“（出来事）として出版されたが今や西の慣習に沿い解決済みであると書き、西側で起こった彼の作品に於ける政治用語の誤解も解決済みであると記す。しかし自ずと解決しなかったことは古い雛形に従って行われているとKantは言い、東ベルリンの書店を受け継いだ西の書店のチェーンが前者の痕跡を本棚のみならず、重要な標語にも窓ガラスにも見い出したことをKantは述べ、カール・マルクス通りでは彼の「文学は言い伝えることである。」という標語を彼等が用い、その格言を欲したがその原作者を欲せず、窓ガラスの文章には彼の名が抹消されていた事実を述べる。統一直後の西側の東に対する対応を語り、興味深いがKantは風刺も忘れていない。

此処でKantは回想録を書く際の対象の限定と小説のような任意な着想が不可能なことに触れ、自己を語る試みの際のその他の困難を挙げた後に、此の章の最初に述べた銃器のことに又話題を戻す。警察がある日彼に銃器に就いて問い合わせ彼が嫌疑をかけられ、新聞によって勧められ、彼は銃器の所持を最近通知したのである。そこで彼は如何に最近まで禁止されていた短銃を手に入れたかを語る。彼は少年時代より父が雀撃ちに使った銃や友人の家のエアピストル等に関心を抱き、手に入れたいと思うが実現しない。成人してから社会主義圏外で獲得を目指すが支払い手段や運搬手段、更に購入の際に誰かに知られることに無関心で居られぬのが障壁となる。しかし „Bild“ 紙によってかつて彼の死が報道され、„stern“ 誌によって武器を所有しているかどうか嫌疑を掛けられ、そのような注目を浴びて以来、彼は盗癖のような気まぐれではなく公然と購入することを決断する。そして盗癖というキーワードを手掛かりに、彼は此処で一旦Alfred Kurellaが作家同盟の会合で、デパートを去る際に気を付けるように警告した挿話をする。密かに鞄の中に品物を押し込まれ万引きの嫌疑を掛けられ文学上の活動を止めるか情報活動を始めるかの選択を迫られるからであるという。従ってKant自身デパートを去る際に用心をしたと語り、ＤＤＲに於ける情報活動の一端に何気なく触れる。

続いてKantはイギリスでＤＤＲ文学に就いて講演をした際に銃器を手に入れ、トランクに詰め空路ＤＤＲに戻り、ＤＤＲの空港でも苦労した事実を彼の作品『大講堂』の主人公Quasi Riekをめぐる税関検査官との対話を交えて興味深く記す。此処まで回想録を書いた九一年五月中旬の二日後に東ベルリンの新しい西側代表の一人がKantに電話で密かに会いたいと述べたこと、その代表はその生涯に二冊の素晴らしい本を読みその一つが『大講堂』であり、大学で此の作品に就いて論文を書き何故か落第点を貰ったこと、しかし二〇年後の今も此の作品はナイトテーブルの上にあり何度もそれを読むこと、何故なら何故落第点を貰ったのか知りたいからだと語ったとKantは記す。その後Kantは第二次大戦中ロシア兵の前から逃れる際に銃を捨てようと思ったが軍法会議を恐れ止めたこと、捕虜生活のポーランドで銃の台尻で度々股を殴られたこと等、彼と銃との関わりを語る。そのような体験にも係わらず彼は大戦後貧しさの中で空気銃を手に入れ、鉄砲鍛冶が主人公の作品を書き始めた頃、競技用銃を獲得し、それで三〇メートル先のブリキ缶を真っ二つにし、その模範的技能をErfurtの連隊の射撃場で市民として示して職業教育係より賞賛された挿話も語る。更にS. Hermlinとの引き分けに終わった射撃競争や共同での狩猟に纏わる挿話も話す。その際に二人は早朝の森の草地の上で根本的に異なる人生の好戦的部分を話し合ったが、それを耳にしたのか動物達は現れなかったという話から、恐らく動物達もKantが実は動物の一匹であったというＦＡＺ紙の記事を読んだのであろうと話を巧みに進展させ、ＦＡＺ紙の彼に対する悪意ある記事を引用し、それに反論する。「古狐は（そのように人はそこでは私を見ている。――Kant）一人の経験浅い狩人（G. Grassのことであって、私はそれを全く不当であると思うのだが――Kant）から猟銃を取り上げるチャンスを嗅いでいた。そしてそれ故にこそ古狐は用心深く嗅ぎながら護ってくれる下生えから出て来たのだ。[106]」Kantならずとも此の批評の品の悪さを私は感じざるを得ない。

此のような馬鹿げた記事にKantはまともな反論をせず、彼特有なウィット溢れる皮肉に満ちた注釈をする。先ず「贈られた駄馬の口は覗かぬものだ（注・贈られた物は品評するな―諺）し、贈られた狐用の猟銃は覗かぬものだが、ＦＡＺ紙の賛辞では用心深い嗅覚が推奨されているので、私は何人かの経験豊かな猟師達に此のフランクフルト紙の具象的な言葉を狐狩りの絵と比較するようにお願いした。[107]」と書き、彼等の説に基づき彼は文献学上、文体論上の論理を展開し、如何にＦＡＺの記事がナンセンスであるか述べる。例えば同じ文章の中で二度も「嗅ぐ」という言葉を使用していることや「用心深く嗅ぎながら下生えから出て来る」のはのろ鹿であることや狐に関する諺にも狩猟の歴史にも上述のようなものはないこと、狐が猟銃ではなく鵞鳥を盗むことが隠喩として通用すること等を述べ、Jens Jessen がＦＡＺ紙文芸欄で初めて上述のような隠喩を使用したと Kant は記す。続けて Kant はこのような記事には七年前の Neue-Ruhr 紙の見出しの場合と同様厳しく対処するであろうと語り、『Kant、ＮＡＴＯを攻撃』という彼が切り抜き、枠で囲んだ当時の記事を猟銃を持った狐という冗談と今や代えるであろうと結論する。

更に Kant は銃に纏わる話をする。ある由緒ある銃の発明者の話をテレビでした時、その銃を膝に置いて語りカットされた話、Parchim で電気工の見習いであった頃、長持ちする蓄電池をベルギー産回転式短銃と交換した話、その銃を赤軍が彼を拘留し、Parchim の Elbe 河畔に進出した際、彼の母が彼の多くの本と共に Elbe 河に捨てたが彼がその銃を手に入れるきっかけとなった彼の一冊の愛読書は川底に沈まず流れの速さによって Hamburg へ運ばれたという考えが彼を慰めた話、党中央委員会委員は噂とは異なり銃等所持はしていないという、„stern“ 誌への反論である。少なくとも彼が委員であった頃はとの前提付きで。しかし一定の位階の同僚は銃を所有していたと Kant は認め、その一人として彼の義兄弟 Hans の銃に纏わる話をする。此処で Kant は銃に係わる話をしてきたが最早銃がある平和な物語の構成に役立つという考えをとっくに斥けた故に今の時代が如何に重要か考えたのだと語る。彼には今まで余りにも様々な武器が係わってきたことを Kant は認めるが、彼が新聞によって勧められ警察へ銃器の所持を届け出たことが時代の姿に相応しいかどうか疑わしいと述べ、警察の返書を引用する。一九九一年三月二八日の Kant の書簡に対するその返書はそれが防犯管理事務局に送られた旨を通知し、例の如くそれ相応の案内なり情報なりを彼が得るという内容であった。これに対し Kant は如何なる案内または如何なる情報がくるのか判らぬ故に用意周到に彼の銃器に係わる話題を提供したのだと記し、防犯管理事務局は情報を与えるよりむしろ得るのだと語り、警察の質問の例を挙げる。警察の姿勢に対する当然の指摘を Kant は忘れていない。

此処からKantは質問と回答という形での此の回想記の構成を考えたこともあるが、彼の恣意、つまり様々な情報によって操作し、シンプルな物にしなかったと書き、質問と回答に纏わるハイデルベルクでのある夕べの講演に話題を移す。その際彼は風邪の故に慢性的にミゼラブルな聴力を失い、彼の経験ではモスクワやアメリカで行われていた書式による聴衆の質問形式を採用し、スムースに進行する迄時間を要したが当意即妙に答えることによってうまく行き、しかも煩わしさは質問者の側にあったという情報が彼にとって最も煩わしくない情報となったとKant特有な言い回しで事実を語る。しかし一度煩わしさが彼にもあったとKantは書き、取りこわし直前の、あるヴァリエテの舞台に即興詩人として立ちたいと冗句を言い、話題の山場を作った時に一枚の紙に躊躇い気味な女性の文字で「貴方は私には不気味だ！」と書かれていたことを記す。それに鋭く応じようとしたがKantは止め、此のような書式による意見の交換は緊急な場合のみに限り、補聴器を買うことを企図し、それを実現し、次の機会に聴衆に寛大な措置を請うたが、上品なZeit紙に「補聴器の所有は彼が彼自身の虚偽で聞こえなくなったことを示しているに過ぎない」(108)と書かれたのである。Kantはこれに軽く反論し、補聴器の所有者で使用者であるという防犯管理部門への彼の自由意志で提供された暗示の伝達は侯爵夫人等によって発行されるZeit紙では重要でなかったとZeit紙の姿勢を皮肉り、上述のような姿勢に彼のような人間を怒らせ頑なにし敵対的にする入り口があると語る。

続けてKantは此の回想録を書いている一九九一年五月一五日夕方電話が二度掛かり、一度は朝鮮研究所の女性からの六月に南北朝鮮の作家達の前でドイツ統一以来の様々な経験を語って欲しいとの依頼であり、それに対し彼は彼がそれに相応しくはないと述べることは止め、現在の回想録を五月三〇日に提供しなければならぬことと健康上の理由で今以上の確約は出来ないと語り、了承を得た事実と、他方は彼が手術後の管理の為に病院へ二三日と二八日出頭するようにとの郵便支局長からの電報の伝達であり、それも執筆期限を二日縮めることになると記す。その上でKantは期限の逼迫がまだ言うべきことを短縮した報告を強いると述べ、先ず此の回想録を始める遙か以前に『着陸時の環状カーブ』(Landeschleife)と呼ぶべき回想を書き、ベルリンの一五階の仕事場より眺めたTegel空港へ着陸態勢に入った航空機の大きな弧の下のあらゆる地域のことを考え、彼がその地域のどれにも物語なり体験なりを知っていると気づいた時、それを回想の拠り所にしようとしたと語る。
しかし彼は此のことには更に触れず、E. v. Salomon との不思議な交際として、その著作『幼年学校生』を彼が一九五六年に上海の古本屋で手に入れ、それ故に後にその中国での出版への協力を要請された話を記し、続けてかつて彼が東西ドイツのペンクラブ大会に東の広報担当者として出席した時、招待状を持たず会場から締め出されたハンブルクの著名な作家 G. Weisenborn を Raddatz, Ranicki, Renn の居る所へ導いて救い、感謝され、やはり後にその著作『備忘録』(Memorial) の北京での出版の為にある見本市での中国展への同伴を要請されたがそれが台湾関係であることを説明し、更に感謝されたことを西の煙草に纏わる話と共にユーモアを交えて語り、非常に興味深い。

(XXII)

此の章の最後の二ページ余りで Kant は自己に課したあらゆる質問に答を求め、それに相応しくない整理を考え出すわけにはいかないと述べ、長く語る紙数のない未だ取り上げていない回想には軽く触れる。彼が列挙するに留める出会いの相手は Beatles, M. Monroe, R. Nixon 等々多彩な人物達である。それらに就いてはなお一言でも語りたいが残念であると Kant は言い、著述の成功と不成功に就いて語るとすれば成功は『抑留生活』を読んだかつてナチス時代にフランスへ亡命しフランス名を名乗っていた舞台俳優が亡命以来話そうとしなかった母国語に四〇年ぶりに回帰したことであり、不成功は一方最近 E. Krenz に一つの歴史的区切りと言える演説の草稿を頼まれ、党の下部と上部の会合に転換を与えることを目指して書き、その演説はテレビで中継されたが周知の如くその意図は実現せず、事態は絶望的で結果は不可避に終わったことである。九〇年一〇月三日の統一である。「我々は躓き、永遠に我々の夢から墜落した。ドイツ史は我々によって制御出来ぬものと証明された。[109]」と書き最後の章に移る。

第二二章で Kant は彼が前党書記長兼国家評議会議長 Krenz の Bild 紙への寄稿、つまり中央機関紙以外への初めての寄稿をからかった時、彼にも罪があると述べ、その理由として Bild 紙への仲介はしなかったが彼を幾らか唆したからだと書くことから此の章を始める。彼は著者としての、作家同盟会長としての長い期間に、無数の人々からどう始めるか知りさえすれば彼等は伝説的な著書を書けると言われ、時々その理念の草案を示され見解を求められたが、正当な回答を保留して、常に誰に対してもそのような意志を阻止できないと述べ、時々書くように忠告したのであり、Krenz に対しても同様であった。最後のＳＥＤ党大会の Dynamo ホールでの休憩時間に人混みの中で Krenz より失業するからどうしたら良いかと叫ばれ、彼の栄光の一九八九年に就いて報告すれば良いと叫び返し、叔母への手紙の形式を取る書き始め迄示唆したのである。

続けて Kant は正に Veronika という仮定の叔母への手紙の形式を取り彼自身の栄光の八九年を記し始める。八八年大晦日は Kant が彼の肺炎を患う息子 Myron を入院させるのを避け朝夕小児病院へ車で連れて行った九日目であったことを述べ、それ迄千キロ以上を車で走り、何かは出来るであろうという幻想を抱き、忘れられない新年を迎えたと記す。そこから彼の少年時代同じ肺炎を患った彼の父をハンブルク Altona の病院へ二冬訪問した過去を想起し、それ以来病院の臭いが鼻に付着していると書く。肺炎で人は死ぬし、入院はそのような場合死も同然であったと彼は考えており、抗生物質は根本的に変わったように見え、医者は電話で試問し処置し、治癒されると思われるが、子供が喘ぎ熱を持つ場合は冗談では済まぬと彼は考えていた。そのように新年は不安の中に始まったのであると彼は書いてから国境でのトラブルによる此の新年の郵便に係わる話をする。西の Buxtehude の知人に送った礼状が半ば炭化して東の局より複写された通知と共に戻って来たこと、西の幾つかの書籍小包は同じような紙片付きで届けられたが潰れた状態であって、彼のクレームに税関の高級官吏は西の出版社の責任に帰したこと、同じ西より『総計』賞賛の読者の手紙が驚くべきことに西の外相 H. D. Genscher より届き、更にキューバより潰れてはいない『抑留生活』のスペイン語版が、更にアテネへの招待状がギリシャ語版『大講堂』出版の故に届いたことである。新年は悪い形で始まったと誰が言うのかと此処で彼は自問する。しかし別の言葉に訳されたという知らせはまだ幸運とは言えぬ、何故なら誉められることも貶されることもあるからだと彼は述べ、ハンガリー語の『抑留生活』は卓越していると言われたが、同じ作品がロシアの文学専門家の間でその題名の故にある紛争を招き、キエフの教授にあるタイトルの下に批評された事実を語る。ルーマニアでは『奥付』が『しかし私は大臣にはなりたくない！』[110]という驚くべき表題で出版され、バルト諸国のリトアニアでは『大講堂』の著者名が Hermanas Kantas と書かれたが、後者の場合は前者の表題変更のように上手くは行かなかったと興味深い事実も語られる。

しかしギリシャ語版は第二版が出る前に破産に直面し、上述の『奥付』は Belgrad で出版されたがそれらの出版はお金にはならず、幸運と言えばキューバの Santiago の翻訳者からは保存用見本が送られ、それを彼が自身を国際的連帯の行動家と感じることだと Kant は書いている。また大臣からの賞賛は職業的批評家の意見では著作の凡庸さを示すに過ぎないと Kant は述べ、その例として八九年のニカラグアの内相によるベルリンの作家達に対する Karl May 賞賛に纏わる話をする。此処で彼は „Bild“ 紙に金で雇われず自由に書く長所を述べ、続いて Springer 系の此の大衆紙を風刺する。その後彼は八九年の一月の彼の家族の金銭に係わる出来事に戻り、次に彼の友人がフルブライト基金でアメリカに滞在した時、その中からその友人に支給された一日当たりの給付金以外は帰国後、国庫に納めざるを得なかった件に関して中央委員会書記 K. Hager に手紙を書いた事実に触れる。そこから Kant は上述のニュージーランド在住と仮定した叔母 Veronika が八九年秋の知識人達の「我々は国民だ！」(Wir sind das Volk!) というスローガンを叫んだデモをテレビで観たと仮定してから話を進める。

即ち八九年の彼のメモを信じれば「金銭」が年初のメモの主体であったと書き、詰まるところそれが支払い手段であったとは言え、西側出身とはその目的は対蹠的に見えたと Kant は記す。例えばフルブライト基金受給者に就いて西側は新聞で報じ、財務大臣はそれを彼に伝えようとはしないが、東側の新聞はそれを報じず、財務大臣はそれを伝えようとしたと述べる。アメリカの基金は東側の世界像には敵対的像と理解され、西側の対外的栄誉は欲望のみを興すからである。彼の上述の息子 Myron に続いて彼の八九年の年代記に登場するのは同僚Wであると Kant は記し、やはりWの場合も金銭に係わったとし、Wが金銭によって「敵対的像から „Bild“ 紙の仲間へ」[111]と叙述されるであろう妥協にテレビで巻き込まれたと書く。Wが六九年当時であったら東の人間達は卑劣な行為と言えばすぐにベルリン東側の壁際の犬を考えるから、録画をカットされたであろう多くの犬が登場する獣医のテレビのシリーズ物を書き、壁反対の論拠とも観られるそれが放映され、報酬をWが手にしたからである。Kant の此のウイットと風刺に富む叙述は秀逸である。

上述の叔母への手紙の形式で、Kant は八九年の終わりに何故非常に多くのことが変わろうとしたのか貴女が理解することを望むと述べ、彼はあのような馬鹿げたことに対し何もしなかったのではなく、上述の郵便の件とフルライトの件で郵政大臣と財務大臣に、更に国家公安大臣にも別の件で抗議の通知を送った事実を語る。彼が続けて語るのは彼がベルリンに住んで以来三九年間彼等にとっては重要であった K. Liebknecht と R. Luxemburg を偲ぶ一月最初の日曜日の行進に風雨や厳寒をも厭わず殆ど欠かさず参加した事実と、八八年の時にはそのスローガンの故に逮捕者も出たこと、栄光の八九年一月の日曜にはそのような衝撃的な反革命的行動を防ぐという名目で官制デモのみが組織されたことである。以前より Kant は中央委員会メンバーになって以来の貴賓用観覧席にいるのが嫌になり、Honecker 書記長に前もって手紙を書き返事を得て、この日三七年間で二度目の観覧席以外での集合を約束したのである。彼等の集合場所は行進計画にかなり好都合な国家公安省の近くで、そこで Kant は何故数千の集会整理係が参加者達の頭越しに空を見ているかを理解する。つまり不許可なスローガンやプラカードをチェックする為であり、実際 Kant と『新ドイツ文学』の叙事詩編集者 Ch. Loser は二人の長身の男達に Klaus Laabs なる人物が連行される現場を目撃する。Kant は彼等を編集者と共に追い、追いつき、助けを求められ、連行者達に理由を尋ね、事態に対する事情聴取という以外の回答を得ない。事態とは Laabs がゴルバチョフの写真の頭の痣の部分を修正し、そこに赤いスプートニクを書き込み、しかも同名のソ連の体制批判紙がホーネッカーの命令で正に郵送許可リストから外されていたことである。結局彼は衆目の中彼等と一緒に広場を走り、国家公安省の部局迄行き、Laabs 共々釈放される。彼が非常に怒り、観覧席の書記長と公安相 E. Mielke に伝えると言ったせいであろうと彼は思う。しかも同じ日の午後彼等の使者が此の事件は後に何の影響もないと伝えて来たと記している。

彼はその後、行進に参加してから彼の義父 Ernst Hermann Meyer の墓地を訪ね上述の出来事に対する怒りを癒し、ナチス強制収容所で死亡した義父の墓地に纏わる話をする。そこから Kant は Honecker や同志達の為にそのような墓地を生み出さない生の方向を向く政治の意図に固執し、例のLaabs連行に際してどれだけの人が見ていたか知らないが、彼とLoserのみが行動した事実を憂い、国家を支えている名声の故に危険に晒されない彼に比べて、とりわけ後者の行動を称える。ともかくあの盲目同然の人々を見たことは彼にとどめを刺したとは主張しないがそこから回復しなかったと述べ、「スプートニク」紙禁止の件で八八年一一月二一日激しい抗議の手紙をHoneckerに書き、一週間後二時間に亙る議論をした事実を語る。彼は書記長が事態を再び丸く収めるとの印象を得たが、疑いの念を持つべきであったろうと記している。書記長はそのように述べ、内容上の問題から回収したソ連映画の再検討も約束したので、それを信じたからである。「スプートニク」紙が書記長を侮辱したのはドイツ共産党がヒトラーの政権把握の共犯であると書いたことであり、ドイツ共産党員としてヒトラーと闘い一〇年間監獄にいた彼は西側からの説ならまだしも、東側の説として受け入れられないというのである。東側とは彼にとってはゴルバチョフを意味していた。書記長である限り侮辱されることもあり得るとKantは彼に言い、しかし雑誌禁止という民衆を犠牲にする形で報復するべきでないというKantの主張は承知されたとKantは書いている。書記長に就いての言及が書記長を柔軟にしたとKantは述べ、過去のそのような効果に就いても記す。

　続けてKantは多分権力は誰をも権力に酔わせると書き、例えば個人崇拝を生むという暗示はそのような状況では相手に全く届かないと述べ、Honeckerの場合のそのような例を挙げる。更に彼は『千夜一夜物語』のHarun al Raschidが芸術と芸術家を好んだように、同じ権力者のHoneckerもそれを好んだと語り、芸術家への優遇措置の具体的例も挙げる。Kant自身も交通事故の後遺症に苦しんだ際にソ連政府の病院に入院出来たのみならず、行き帰りを特別仕立ての飛行機で送られたという恩恵に浴した例を隠さず述べるが、エスコート付きで拘禁状態であったことにも言及する。つまり彼はHoneckerが暗示の術も心得ていたことを、他の例も挙げて指摘する。彼が作家同盟会長として初めてHoneckerを訪問し長編小説弾圧への作家達の一致した不満を明らかにした時、Honeckerは特別な表情もせず、意義深げに彼を見なかったが、彼はHoneckerとその同僚との関係が如何なるものか、作家同盟に於ける状況が如何なるものか知っていたと書き、Honeckerの新会長への友愛的な教示が多分多くの弾頭を持った警告でもあったことを述べる。またKantが自由ドイツ青年団（ＦＤＪ）の当時の団長Egon Krenzに『詩のアルバム』(Poesiealbum)の編集に関して意見を述べた時にもKrenzのように何がKantを他の人々の領域へ駆り立てるのかと言わず、Honeckerは微笑みながらさり気なく自分がEgonの立場だったらその責任に口を挟ませなかっただろうし、それを彼にも言ったと語る叱責の遣り繰りの術も心得ていたとKantは書いている。此の辺りのHoneckerに関するKantの記述は興味深い。

更にKantはその度ごとの状況と書記長の状況評価に相応しての書記長の客饗応の相違に触れ、控え室の女性の気難しい威厳のある態度が書記長の戯画めいた振る舞いの戯画化を促進していたと書き、彼と書記長の関係が栄光の八九年に書記長に宛てたそれぞれの書簡を彼女に手渡したことによって毒のある酷い物になったと述べている。彼は彼が誰よりもこの書記長に意見を多く述べたことを記し、それによっても満足はしていないと書く。そこで彼は彼の努力の目標は何であったのであろうと問題にする。あのWende（八九年の歴史的転換）をむしろ引き起こす為だったのか、不必要にする為だったのか。Wendeをつまり、妨げる為だったのか、あのWendeは今日では反革命的と反歴史的転換とあるいはせめて組織制度の安定化という必要はないのであろうか。他方資本主義の復興で何が革命的なのか、何故反革命的なのであろうか、国民の新しい衣装によって国民の青っぽい尻が輝くと誰かが言うのかと彼はいろいろと思考する。続けてKantは労働者農民共和国にいたので何の為に戦うべきであったかは問題ではないと語り、問題はどのように、誰に対し、誰の側に、どのような手段で、どのような危険に至る迄、どのような制御の可能性で、どのように一貫してかだけであると述べている。故に「私は多くのことを思い止まった。何故ならそれが他の側に奉仕するであろうと恐れたからである。──それでは何の為に思い止まったのかと今日は問われる。私は紀律を守ったのだ、何故ならアナーキーも金銭の絶対的命令も欲しなかったからである。そして私は今何と関わり合うのか？」[112]とKantは書いている。

此処で彼は彼女は情報を欲し、突発的な事件を望んではいなかったからと書き、此の章の最初からのニュージーランドの仮定の叔母への語りかけの回想形式を止める。そして彼はあの八九年一月一五日から一〇月八日に跳躍する。

その日彼はまた作曲家で共産党員でベルリン出身のユダヤ人のE. H. Meyerの墓の前に立つのである。Kantは Meyerの名声とその功績や事績に纏わる話を記し、その日はMeyerの命日であり、DDR最後の四一回目の建国記念日であったこと、その数時間前にウンターデンリンデン通りでゴルバチョフが「余りにも遅く来る者を生は罰するのだ!」と述べたことに言及する。その言葉に愕然とした一人、当時の雑誌編集長E. Krenzとその雑誌への記載予定の彼の公開状の短縮に就いて打ち合わせを兼ねて彼はE. KrenzとMeyerの墓を訪れる。(113) 途中彼は郊外の家庭用菜園からの一人の中年の男に「一体此処ではこれから先、今やどうなるんですか、同志?」と聞かれ、私も判らないと答え、ほぼ安心してその同志はその菜園に戻ったと述べる。彼等はしかし不安のままMeyerの墓へ行ったのである。「我々は石積みされた囲いの上に石を置き静かにしていた。遠い町の方からは何も聞こえなかった。そしてシャルマイの音は既に長いこと聞こえてはこなかった。(114)」とKantは記念行進に付き物の木管楽器の音に就いて記し、DDR崩壊前の最後の記念日の寂寞たる光景に彼のやはり寂寞たる感慨を馳せこの長い回想禄を閉じる。

〔注〕

(1) S. 5, Z. 26-S. 6, Z. 1
(2) S. 6, Z. 13-Z. 14
(3) S. 7, Z. 23-Z. 29
(4) S. 10, Z. 1-Z. 4
(5) S. 10, Z. 28-Z. 30
(6) S. 14, Z. 38-S. 15, Z. 3
(7) S. 19, Z. 28-Z. 32
(8) S. 23, Z. 27

(9) S. 37, Z. 20-Z. 21
(10) S. 38, Z. 2-Z. 6
(11) S. 45, Z. 6-Z. 9
(12) S. 50, Z. 9-Z. 16
(13) S. 52, Z. 36-S. 53, Z. 2
(14) S. 53, Z. 32-S. 54, Z. 1
(15) S. 54, Z. 17
(16) S. 56, Z. 15-Z. 17, Z. 21-Z. 23
(17) S. 58, Z. 35-Z. 37
(18) S. 69, Z. 4, Z. 6-Z. 11, Z. 15-Z. 18
(19) S. 74, Z. 28-Z. 31
(20) S. 77, Z. 20-Z. 23
(21) S. 81, Z. 38-S. 82, Z. 8
(22) S. 89, Z. 26-Z. 31
(23) S. 91, Z. 23-Z. 24
(24) S. 96, Z. 1-Z. 4, Z. 11-Z. 16
(25) S. 104, Z. 12-Z. 16
(26) S. 104, Z. 22-Z. 25
(27) S. 105, Z. 23-Z. 34
(28) S. 128, Z. 36-S. 129, Z. 8
(29) S. 129, Z. 25-Z. 31
(30) S. 131, Z. 4-Z. 9

(31) S. 142, Z. 35-Z. 36
(32) S. 148, Z. 32-Z. 34
(33) S. 152, Z. 27-Z. 31
(34) S. 159, Z. 5
(35) W. Biermann 事件の時、Kant がＤＤＲによる前者の市民権剝奪に反対であったことは、M. Krug の „Abgehauen" Econ Taschenbuch Verlag. 1996. の中に記載されている。「Manfred Krug の „Abgehauen" をめぐって」本書一七九頁を参照せよ。
(36) S. 176, Z. 21-S. 177, Z. 14
(37) S. 197, Z. 12-Z. 16
(38) S. 200, Z. 15-Z. 17
(39) S. 207, Z. 6-Z. 9
(40) S. 221, Z. 38-S. 222, Z. 3, S. 222, Z. 4-Z. 14
(41) S. 222, Z. 24-Z. 27
(42) S. 229, Z. 24-Z. 29
(43) S. 230, Z. 4-Z. 12
(44) S. 230, Z. 36-Z. 38, Die Engels ham kein Marks inne Knochen. Schon lockste mir mit dem Leib, nutzt dir aber nix.
(45) S. 234, Z. 15-Z. 17
(46) S. 235, Z. 7-Z. 9
(47) S. 238, Z. 31-Z. 36
(48) S. 245, Z. 7-Z. 11
(49) S. 266, Z. 16-Z. 20
(50) 此の作品に関してはかつて私は論じている。「ヘルマンカントの作品に於ける小市民像――作品集『第三の釘』をめぐって――」本書三三八～三五一頁。

(51) 本書四三二頁三行より一二行を参照せよ。
(52) S. 268, Z. 30-Z. 33
(53) S. 270, Z. 8
(54) S. 280, Z. 3-Z. 4
(55) S. 286, Z. 30-Z. 36
(56) S. 297, Z. 12-Z. 13
(57) S. 298, Z. 4-Z. 7
(58) S. 309, Z. 27-Z. 31
(59) S. 311, Z. 10-Z. 13
(60) S. 311, Z. 21-Z. 23
(61) S. 312, Z. 21-Z. 25
(62) S. 318, Z. 13-Z. 19
(63) S. 326, Z. 10-Z. 13
(64) S. 329, Z. 30-Z. 35
(65) S. 332, Z. 1-Z. 6
(66) S. 336, Z. 27-Z. 29
(67) S. 346, Z. 10-Z. 13
(68) S. 348, Z. 10-Z. 15
(69) S. 352, Z. 7-Z. 13
(70) S. 352, Z. 20-Z. 21
(71) S. 353, Z. 22-Z. 23, S. 354, Z. 4-Z. 6
(72) S. 356, Z. 7-Z. 10

（73）S. 357, Z. 4-Z. 5
（74）S. 358, Z. 16-Z. 24
（75）S. 363, Z. 16-Z. 17
（76）S. 364, Z. 30
（77）S. 3六五 , Z. 14-Z. 21
（78）S. 381, Z. 7-Z. 10
（79）S. 386, Z. 9
（80）S. 391, Z. 19-Z. 25
（81）S. 394, Z. 6-Z. 14
（82）（注）（35）を参照せよ。
（83）S. 395, Z. 22-Z. 23
（84）S. 415, Z. 21-Z. 31
（85）S. 417, Z. 36-Z. 37
（86）S. 1, Z. 1-Z. 2
（87）S. 420, Z. 2-Z. 3
（88）S. 424, Z28-S. 425, Z2
（89）S. 426, Z. 38-S. 427, Z. 3
（90）S. 427, Z. 10-Z. 11
（91）S. 427, Z. 38-S. 428, Z. 7
（92）S. 438, Z. 32-Z. 33
（93）S. 450, Z. 30-Z. 31
（94）S. 454, Z. 32, S. 454, Z. 37-S. 455, Z. 3

(95) S. 455, Z. 33-Z. 35
(96) S. 四六1, Z. 1
(97) S. 四六1, Z. 13-Z. 14
(98) S. 四六4, Z. 11-Z. 12
(99) S. 四六4, Z. 24-Z. 26
(100) S. 470, Z. 19-Z. 25
(101) S. 471, Z. 19-Z. 27
(102) S. 428-S. 429及び、本書四六九～四七〇頁を参照せよ。
(103) S. 481, Z. 33-Z. 34
(104) S. 489, Z. 7-Z. 9
(105) S. 489, Z. 30-Z. 31
(106) S. 499, Z. 7-Z. 11
(107) S. 499, Z. 14-Z. 20
(108) S. 506, Z. 1-Z. 2
(109) S. 511, Z. 23-Z. 25
(110) 本書四三五頁一三行前後を参照せよ。
(111) S. 519, Z. 5 „Vom Feimdbild zum, Bild-Freund"
(112) S. 531, Z. 8-Z. 12
(113) S. 533, Z. 6-Z. 7
(114) S. 533, Z. 11-Z. 14

(初出、二〇〇〇年三月二〇日～二〇〇一年九月二〇日、獨協大学「ドイツ学研究」第四三～四六号)

ヘルマン・カントの „Kormoran“ をめぐって

（I）

Hermann Kant は一九九〇年に至る迄のその半生記とも言える回想記をベルリンの壁崩壊、及びＤＤＲ政権崩壊以前の一九八九年二月に書き始め、東西ドイツ統一以降に書き終えて、その回想記に、映画やテレビのドラマ、記録物の最後に流れる字幕を意味する „Abspann“ という題名を冠した。此の作品は Hermann Kant を理解する上で、非常に興味深い物であり、私は既にそれに関しては論じてきた(1)。

それに続けて彼が一九九四年に書き下ろしたのが此の長編小説である。此の作品を書くきっかけとなったのは、„Abspann“ の場合と同様にやはり母親の言葉であった。彼は作品の扉の前頁で次のように書いている。「一九八九年秋、私の母は歴史の進行、文学の状況、彼女の息子達の営みを次のような文章で纏めた。『お前達の為に、動物に就いて物語を書けば良かったのに！』――私はそれを試みたが、鳥の名前を持った小説の主人公の域を超えることはなかった。つまり、Brehm（注・ドイツの著名な動物学者）によれば、何はともあれ、温和とは言えず、陰険で冷やかしが好きなある鳥（注・Kormoran ＝海鵜）の名の主人公である。」続けて Kant は此の小説に就いて次のように述べている。「そして何はともあれ、あらゆる生とあらゆる死に就いて語るある小説を書いたのである。――『文学カルテット』誌が私の „Abspann“ を論じた時、此の作品の著者に就いて『私は此の男に不安を抱いている。此の男は今日でも危険である。それ故、人々は注意せねばならぬ！』と称した。――私は実際には好ましく、肝の小さいことを証明する為にも私は„Kormoran“という小説を書いたのだ。[2]」

一貫してＤＤＲ体制擁護の確信犯と見られて来た、旧ＤＤＲ作家同盟議長に対する批判が相変わらず強いことの証明と言えるが、私はそのようなKantの人物像を否定する物として„Apspann“を解説し、論じてきたつもりであるが、[3]それはさておき、„Kormoran“自体を論じていきたい。

（Ⅱ）

主人公Paul-Martin Kormoranは一九九二年六月現在六六歳の評論家であり、一九二六年六月生まれのKant自身を髣髴させるが、今は地震直後のような老朽化の激しい別荘に住んでおり、六月の昼前、そのテラスでの場面から此の作品は始まる。彼は四年前夏に此処に移住して来たのであり、三年前には苦労し、二年前には心臓の手術を受け、昨年来他の人々に此の別荘は囲まれるようになり、今は此処に留まらないことが確実であった。此の山荘もKormoran家もそれ程、相互効果を受けなかったのである。三年前の苦労とは統一前後のことであろう。ますます作家Kantと重なるのである。裂け目だらけの家の前、毀れ掛かったテラス上の年老いた人間と、彼は自分自身のことを考えるが、それを非常にひどいこととは感じなかった。死んだ人間よりましであり、存在することは存在したことよりましだからだ。しかしここ数年、彼が気にしているのは、ある会見者の年を取ることとはという質問を老いと若さの関係と誤って捉え、誤って答えたことである。故に彼は再度の質問を望み、「年を取るのは誕生の瞬間から、おそらく五〇歳台の初め迄であり、それからは老いるのであり、年を取ることは快適であるが、老いることはただ酷いことである。[4]」という答えを用意していたが、その会見者がその質問を避ける状況に自分が落ち込んだと思い、Paul-Martin Kormoranという人物への公の関心の一般的後退を見る。統一後のKantに対する状況を示唆しているのであろう。主人公Kormoranは編集者としての職業生活三〇歳代の一〇年間を思い出すと満悦感を抱くのであり、当時は彼と時間の経過の間にどんな関係もないかのように見えたのであり、写真を見ても容貌、体型に変化を見なかったのである。彼は五〇年代末から六〇年代初めのベルリンでの編集者、あるいは六六歳の誕生日から数えて丁度、人生の半ばに戻る一九五九年半ばの編集者の仕事に満足していた。その五九年を緊張緩和の年だと見たあるコラムニストの記事を読んだ今日の彼はそれを否定し、その例として、五九年当初のキューバ革命、月の周囲へのソ連人工衛星打ち上げ、USA国家予算への六二・三パーセントの軍事予算計上、ドゴールの核実験宣言、スターファイト三〇〇機購入、原子力潜水艦のポラリスロケット装備、コンゴでの闘い、西ベルリン警察によるドイツ国有鉄道の東独国旗七〇旗押収を挙げる。一方彼はその年のフルシチョフとアイゼンハワーの動きやその他の上述の事件に逆行する出来事も忘れない。彼はまたその年の三三回目の誕生日に初演された彼の最初のオペラ『致命的な望み』（Die tödlichen Wünsche）とそれに対する新聞評のタイトルが彼の人生にとって最上の時を駄目にした暗い予感を生み出したことを思い出した。これからの人生に就いて考える誕生日という時を。六月半ばを楽しむ代わりに、人生の半ばを考えることもなく、三三歳になったことを享受する代わりに、冷戦の中の編集者として冷戦の首都で激しく生きる代わりに、彼は激しく死を考えてしまい、三四歳には残念ながらならないであろうと世界に知らせたのである。しかし彼はその倍の年齢を生きてきたのであり、暗い顔付きはそれ程変わらなかったが、死は現実性を帯びてきた。あの当時、分別があると言われた彼にはもはやその言葉が当て嵌まらないと彼は今は考えている。

六六歳の今、彼は庭の境目でいつも傾いた籐椅子に座り、彼と彼の妻 Änne の会話に関心を寄せ、そうでない時には Frankfurter Allgemeine 紙を読んでいる隣の Birchel 婦人を目にし、その裏庭へその婦人を此の地域の主要人物と見なしていることを示す為に、太った郵便配達人 Blauspanner が先ずやって来る。彼は Kormoran の六六歳の誕生日への祝電を伝え、テラスへ招待される。彼はそこで六五歳は以前は旅行をする、今日は年金支給の記念すべき節目の誕生日なのに、何故、六六歳の誕生日にとりわけ多くの祝電が来たのか Kormoran にその理由を尋ね、それを読み上げる。Kormoran は自分が生きていることだと答える。その祝電の一つは新生を祝い、更なる二〇年間の長命を望み、別の一つは人口的な心臓の弁（Klappen）が保たれる（halten）限り、貴方の口（Ihre Klappe）は閉じない（nicht halten）ように（発言は控えないように）、「それを、親愛なるPaul-Martin、蝿共を二発で（mit zwei Klappen）叩き潰すことだ！と私は言うのだ。[5]」という国内情勢に関するウイットであった。それは外科医Felix Hasselからの電報であり、場合によっては来ることを示唆していた。そこで二人の会話が進展する。更に隣人のBirchel婦人とBlauspannerの間にも会話が生まれ、彼女は昨年はKormoranの誕生日が新聞に取り上げられたのに今回はそれがないことに触れる。その隣人の意図的な発言にKormoranは寛容に応じ、六六歳の誕生日に就いては何処にも記事は載らないと答え、次の彼に就いての個人的事柄は黒枠の中の記事だろうと述べる。彼等の会話にKormoran夫人Änneが加わり、やがて、一九九〇年六月一四日の六四歳の誕生日に彼の心臓の手術が行われ、Felix Hasselにより二つの人工弁（kustliche Herzklappen）が取り付けられ、彼が更に二年生き延びたことが明らかになる。それ故に多くの祝電が来たわけである。H. Kantは一九二六年六月一四日生まれており、その点で此の主人公と重なるわけである。

興味深いことは三人の対話の中で、統一後顕在化した旧DDRに於ける公共の財産問題、財産返還請求、不動産登記簿記入、旧所有者達による土地獲得等が話題になり、それらのテーマが今日タブーと見なされていることが語られ、更なるタブーとは何かと話しが展開し、自由主義的・民主主義的土地の処理、財政状況という歯痛、弁護士や牧師の活躍、東西の相違する見解の手短な処理、それらが歴史的転換と言われたとKormoranが語ることである。此処には確実にKant自身の立場が反映し、「文学カルテット」誌の評者が彼に不安を抱き、彼を今日でも危険であると断じた所以であろう。[6]続けてタブーが挙げられた所で電話が鳴り、Kormoranにはそれが聞こえず、彼の生まれながらの聴力の欠陥が明らかになる。慢性的な中耳炎と宣言され、分泌物と痛さの叫びを伴い、幼少時代、学校時代も変わらず、人生とはこういうものだと彼は思い、とりわけ夜に痛み、それに対する薬剤処方も痛みとなった。彼はドイツの若者に頭から水に飛び込むことを期待し、診断書を口実と見なす水泳の教師や、他のドイツの若者や少女達との関係に悩んだ。しかし彼の兵士時代には、砲兵隊、迫撃砲、装甲砲塔に於いては難聴は問題とならなかったし、軍隊や兵営では全て大声で語られるので、難聴は長所とさえなり得たし、カービン銃の側でもそうであった。命令者の言葉を常に理解したが、そのような状況も平和が訪れると一変し、ラジオでも、電話でも常に小声で語られ、パン屋の売り子の言葉は唇の動きで読みとったのだ。あの著名なLudwig Rennも使用した補聴器のことも考えたが、長いこと拒否した末、結局使用したが、後ろの音は明瞭に伝えたが、前方の音には役立たず、相手との対話の際には音声を聞き取る為に、むしろ横を向かなければならず、会話は成立しなかった。その他補聴器の様々な欠陥が語られる。その結果、彼は非社交的になり、隠遁したと言われ、撃退されたとさえ言われ兼ねず、「彼の六六歳の誕生日にPaul-Martin Kormoranは一人の撃退された男であった。」[7]とKantは書いている。

Kormoranが電話に出ている間、Anne夫人とBlauspannerの間に話しが進展し、誰がKormoranの六六歳の誕生日である今日、やって来るのかが会話の対象になり、彼女は更に郵便配達人に、此の日の内に更に郵便が届いたら、また来てくれるか尋ね、承諾を得る。しかしKormoranが戻ってきた時、郵便配達人はちょうどテラスの机上にあった祝電諸共、全ての郵便物を郵便袋に入れ、持ち帰ってしまい、Kormoranは電報を探し求める。彼の妻は彼の顔色から、誰かが彼を電話で怒らしたのかと尋ね、大儀そうに椅子に腰を下ろした彼は、彼を怒らせはしなかったが、いらいらさせ、啞然とさせたと語る。その相手は作家Stegemannであり、左官屋が来るので、彼の所へ来られないと連絡してきたのだ。日曜日に左官屋とは、と彼はその口実に疑問を抱く。そのStegemannは社会主義的な作家であり、誰にも判る作家と評価され、最高の言葉遊びの為に真実を見捨てたりはしない作家と見なされており、彼は民衆の声に耳を傾け、その政府に目を配った。Paul-Martin KormoranはStegemannを誰のことも傷つけたりしない、その素材をモデル小説に使用したりしない作家と見なし、探し求める読者の側に立つ信頼の置ける詩人であり、非常口を持つ多数の小説の創作者と評価した。その評価の直後に彼に会ったStegemannは、「非常口とは、へぼ批評家め！」とは言ったが、悪く取ったのではなく、彼の誕生日ごとに訪ねて来て新作を持って来たのだ。Kormoranはそれを熱心に読んだが、あの社会的転換期（Wende）が小説家Stegemannと批評家Kormoranの社会的交流にも転換期（Wende）をもたらしたと今は思うのである。ドイツ統一という歴史的転換期に対するKantの感慨が此処に見られる。

Kormoranは彼の老朽化した家屋が必要とし、Stegemannの所に来ているという左官屋のことを話題にしようとするが、話のきっかけを思案している隣人の女性を見て、彼は話題を消え失せた電報へ転じ、先程、彼が家の中に持っていったと主張する女医の妻Änneとそれを否定する彼との間に齟齬が生じ、二人の対話は彼の欠陥なのかだらしなさなのかという話に展開する。彼は欠陥でないとしたらと不安になり、Änneはいつの日か彼が取り戻せない物を失うことを予言する。彼は大手術という過去に遡った予言だと解釈し、調和の思考を失うことを恐れる。年老いた人生への彼の感慨である。しかし彼女は彼が大手術後二年目に迎えた特別な誕生日が重要であると考え、更に生きる為に、彼の調和の思考こそ、彼にとってのノアの箱船、つまりユートピアとヒューマニティーとエネルギーという兄弟のような三者の救いだと答え、彼は穏やかな悪魔を夢見たのだと述べる。それに対し彼は荒々しい天使という言葉を使い、その言葉が気に入り、その使用性を考えるが、話題を郵便物へ戻し、郵便配達人が持ち帰ったのかと立腹して尋ね、Änneは彼が気付いたら電報を持って来るだろうと応える。そのことが二人の話題となっている最中に再び電話が鳴り彼は家の中へ行く。此処でÄnneとBirchel婦人の間で隣人同士として、お互いの騒音のことが話題となり、後者が連邦国防軍の軍楽隊に触れた時、「連邦国防軍は東ベルリンの楓の植林地域住民にとって例えば――とっくに現実となっていたが、長いことまだ思考となっていなかった。(8)」という前者の感慨が述べられており、それは統一直後のKantのみならず、旧DDR民衆の感慨であると言えよう。後者はその後、Kormoranがまだ幾たび大晦日や楽しいことを迎えるのか話題にするが、物語は前者と再び屋内より戻ってきたKormoranとの対話になり、三度目の電話で、彼はまた屋内へ行く。

彼女は此の三年間、かなり草臥れ果てたのであり、その彼女を、彼がナチス政権下、ピレネー山脈を越えて亡命したHeinrich Mannを手助けしたその夫人に比肩したことを彼女は想起する。あの転換期とそれに続くこの三年間は無血に進行したが、彼女の経験から彼女は一つの公理を引き出し、それを彼はÄnneの第一法則と呼んだのである。それは「あらゆる悪の総計は同じ儘である(9)」であり、その例として、死刑の判決に代わる度々の有罪判決、時たまの発砲命令に代わる百回にも上る支払い命令、強奪に代わる料金規定、重罪裁判に代わる執行吏、内乱に代わる財産返還権等々、ベルリンの壁崩壊以前と以後の旧東ドイツ国民に対する重圧が挙げられる。此処にも東ドイツ体制擁護の確信犯と見られたKantの思考が反映しており、それはKormoranが資本主義の下では起こりうる貧しさの中での勉学を拒否する姿勢、ガソリンの値上がりに対する批判、財務局は市民国家の盾でもあり、剣でもあるという資本主義批判の彼の言にも表れている。三度目の電話より Kormoran が戻り、やはり郵便配達人 Blauspanner が電報を持って行ったことが判明した後、彼と彼女の間で彼が後何年持ち堪えるかの話になる。様々な主張の後、彼は八年の結論を出す。

(Ⅲ)

そこへ Änne の妹 Ilse の夫 Herbert Henkler が彼等を訪ねて来る。Kormoran は六〇台初期の彼に直方体というあだ名を付けたがそれは彼の四角い体型の故というより、シャンとした真っ直ぐな姿勢で、簡潔にあからさまに話をする彼の性格の故であった。かつての一〇メーター飛び板飛び込みの選手として、ふっくらした女性達のアイドルであり、面倒を起こす人間で、国家防衛評議会の中佐を務め、護衛の役割から今は環境保護に全身全霊で取り組んでいる彼は、並の実情は心得ており、逞しく、粗野で要領がよく、その彼を、声が大きく、独りよがりで抜け目なく実用的な男であると Kormoran は見ている。Kormoran と彼の間の対話は順調に進行するが、Kormoran がその対話の中で、街角の標識が短い言葉で新しい状況を説明する西側の方式を羨ましく思う一方、「緊張は禁止、興奮は禁止、並の生活が私には必要であろうと医者は言う。私はその男に答えたのだ。並の生活と言われても、私は今、間違った国に住んでいる。[10]」と、Herbert に語る所に Kormoran の言葉を借りての Kant の統一ドイツへの複雑な感情が窺える。

Kormoran が四度目の電話でテラスを離れた後、Änne と Herbert の間で交わされる会話は敵対的な物となる。前者が彼女の妹 Ilse に対する後者の暴力的な姿勢を批判したのに対し、後者は Ilse の多弁を防ぐ為で、しかも Ilse が Kormoran の千ドルもする高価で、チタニウムや高度に重合された炭素から出来ている人工弁を話題にし、彼の死後それがどうなるか主張した故であると抗弁する。更に、何故今日、彼の妻が来ないのかと Herbert に尋ねた Änne に彼は Ilse が此処最近、日曜日に、月曜日の新聞に掲載される報道を前もって知るためにハンブルクから来た男のジャーナリストに会っているからだと述べ、「夫婦関係とは、各人が一方の口実への権利を尊重する限り完全であると私は思う。[11]」と語り、彼女の不倫を示唆する。東ドイツで良く聞かれた状況である。話は二人の間で、夫婦関係、倫理と権利をめぐって更に進展するが、彼女はそのような経過を終わらせる為にベランダのドアの所へ行き、家の中に向かって何か起きたのかと叫び、その場を去る。

そこへ訪ねてきたのは旧副大臣の Horst Schluziak とその妻 Grit である。勿論 Kormoran の誕生日を祝う為である。二人の間には妻が腕にはめていた時計に彼が覚えがなかった故に些かの諍いが起こるが、彼は文化がその批評に多くを負っている文化批評家にお祝いを言うためにやって来たと述べ、文学のみならず、文化の様々な面への Kormoran の多面的な批評を賞賛する。しかし、Herbert の「君は彼を我等の時代にもそのように評価したのか？」の問いに対し、彼は「我等の時代？　我々は君の時代に就いて、または私の時代に就いて話しをするのか？」と答え、前者は「私の、君の、彼女の、彼の時代さ！　我等の時代さ！　我々が何が問題であったかを決めていた時代さ」と反応し、今度は Grit が「何が問題であったか我々が言うことが許された状況が、いつあったというのですか？　貴方の歴史的知識に与らせてください、私は知りたいのです。あるいは貴方は恐らくは私達全員の場合を言っているのではないのですか？　貴方は真面目に貴方の国家防衛評議会の場合を、とりわけ省や、そのことに就いてそしてそれへの貴方の関係に就いて人がもちろんやっと幾らか後になって知った悪名高い中央官庁の場合を言っているのですか？[12]」と応ずる。此処には転換期以前の旧DDR時代に於ける三者の立場とそれへの三者の評価が見られ、非常に興味深い。Kant の複雑な心境は「我等の時代」という主張にも、Grit の批判的言葉にも反映しているように私には思える。また「悪名高い中央官庁」とは国家公安局（Srasi）のことであろうか？　続けて彼女はその批判の矛先を夫の Horst へ向けるのだがそれは正に日常的な事柄に関する物で、高度な政治的なことから、日常的なことへの批判の転換を Herbert は皮肉を込めて揶揄し、Horst との間に皮肉な応酬が生ずるが、Änne がベランダへ戻り Kormoran へ来客を告げ、期待して彼も戻って来る。Kormoran は歓迎し、Schluziak 夫妻に敢えて何故来たのかと尋ねる。単なる偶然だと夫は述べ、妻 Grit は純粋な合法性だと答え、転換期の後、現在の状況になって以来、夫の引退と彼女の融通の利く仕事の時間の結果、二人で一緒に朝食を取れるようになり、夫が朝食の際に古いメモ帳を読み始め、五年前の日々を思い出し、今日という日の記入を思い出したと説明する。それに対しHerbertは評価の高かった批評家Kormoran就いて、それ以前の年月に於ける記入と評価がないことに異議を唱える。更に現在は彼等にとって何の意味もないのか、そうだとしたら現実逃避だと批判する。夫妻は現実逃避とは反対のことだと反論し、Gritは「感覚の鋭さが問題なのです。我我は新しい現実に対する我々の感覚を鋭くしているのです。我々は我々の一昨年という偉大な年を今日起こっていることと比べることでそうしているのです。[13]」と語る。DDR知識人達の転換期以降の複雑な感慨が此処にも見られる。

Herbertが何故一昨年なのか？　五年前の一九八七年以降にも一九八八年、一九八九年があったではないかという主張に対し、Horstは一九八八年は腐っていて一九八九年は臭かっただけで、品位のない死の苦しみで、相応しくない人物への個人崇拝があったと述べ、一九八八年、一九八九年にかけてのロシヤでのペレストロイカ、ライプツィヒへのオリンピック招致運動に触れ、DDR難民へのハンガリー西側国境に出来た穴（国境開放）で我々は駄目になったと語る。彼はそれを歴史上多分、ある財政上の裂け目を（注・西側の援助を期待してハンガリーが）埋めた最初の裂け目と言い、魔術で、穴という解決不能の課題だと述べ、DDR国民がかつてのオーストリア・ハンガリー帝国にして王国の国境から抜け出た時、我々が常に口にしてきた社会主義インターナショナリズムを見ることが出来たと痛烈なアイロニーを言う。彼はゴルバチョフにも言及した後、一九八九年という転換期に就いてこれ以上触れたくないと話を止める。

Kantが続けて「人々はしばしば黙って座っていた。察する所Birchel婦人を除いて、それぞれが半ば他の者にとって、DDRという国の終わりが何であったのか知っていた。そしてそれぞれが自分の今日の姿勢が完全には当時の姿勢に相応していなかったということも知っていた。故意にはお互いにあるいは自分自身を欺いてはいなかった、そうではなく恥じらいから、怒りから、意気地なさからも、同様に始まりつつある絶望からである。[14]」と書いているのを読むと、私はそこに彼の、転換期直後のかなりのDDR旧市民の、余りある心情を見る思いから免れず、彼等の姿勢に左袒せざるを得ない。

例えばÄnne Kormoranの場合はと、彼女のことが述べられている。彼女は転換期には四〇歳で、DDR建国記念日と誕生日が同じで、それまでは神経を苛立たされていた。彼女は、微賤の生まれである故に庶民の国に忠誠で、抗議をしたこともあるがそれを支持し、ナチに反対した告白教会とナチの嫌がらせを研究してきたプロテスタント教会史家 Eichhorn の娘で、その娘がＤＤＲで学び、学位を得た故に、彼はＤＤＲに忠誠で感謝していた。彼女の専門領域が肛門からの体腔内検査という、敬虔な Fritz-Georg Eichhorn にとっては口にしたくない領域であったにせよ。その彼女は八九年以前も、八九年も、それ以降も、どんな場合にも護っていこうとした必死の寛容さが薄れてきたのを感じ、最近は Kormoran との再婚にも疑問を感じていた。

上述の沈黙を破ったのは Grit Schluziak であり、彼女が一九八七年を頂点と評価したのに対し Henkler は「言わせて貰えば、それはくだらぬノスタルジーだ。それはすんでのところで、もう我々の終局の年であり得ただろう。」と述べ、統一直後の旧ＤＤＲ知識人のＤＤＲ時代評価の相違が此処にも見られる。Kormoran もその観点を評価するが、彼は「君の年代学よりも目下私に関心があるのは、私の誕生日が副大臣のカレンダーに如何に記載されているかである。」[15]と語り、それに対し Horst Schluziak は彼のメモ帳を取り出し、そのカレンダーを Kormoran に手渡し、「時代の批判的同伴者に我々はおめでとうを言います。親愛なる Paul-Martin Kormoran、敬愛する Kormoran、君は今後も」と言いかけるが、後者はそれを中断し、そのメモ帳を開き、「彼は今や批判的な反論を別にして他のことに意義を認めない。」[16]ことを示し、先ずかつての女性の弟子が彼の苗字 Kormoran （鵜）にかこつけて、鵜をあげつらって彼を批判したことに言及し、彼はそれにやはり鵜を取り上げて反論したことを語る。ＤＤＲ時代にＤＤＲ内で賞賛された人間が統一後同じ賞賛者により批判された現実を語っていると言えよう。ともかく彼は Schluziak が儀礼的にか、または熱烈な喜びから彼の誕生日を記載しているのか知りたがり、本当にメモを見て良いのか尋ね、Grit はもちろん、それは貴方のもので個人的な贈り物だと答える。

（Ⅳ）

Grit がメモに表れている Horst の思慮、考え方、共感を賞賛し、彼が当時の自己の立場を擁護したので、各人がその個人的状況に沿って、あらゆる時代に役立たないと見なされる考えには耐えられないということを伝える為に、更に説明を始める雰囲気が漂い、彼女自身にも悩みがあったので、Änne は些か粗暴な振る舞いをして、Grit に夫を誉めるのも良いが、彼をかつて話題にした時には人々は彼女のこと、彼女の影響力も話題にしたのだから、自分を過小評価するなと皮肉とも言える発言をする。Grit が改めて Horst の才能を強調し、争いの兆しが見えたのに、Kormoran が口を挟み、彼女は Horst の才能を見逃してはならないが、聞き逃してならないのもあると述べ、「腹蔵なく話せば、Kormoran のコラムは私の見解によれば、ますます敵の第五列となる。」「脅されて[17]」という五年前の Horst のメモの記述を問題にする。彼には全く覚えのないことであるからだ。ＤＤＲ時代、親しい友人にさえ抱かざるを得なかった政権のある地位にいた人間の疑心暗鬼を示していると言えよう。彼は五年前の彼の誕生日当日を思い出し、その時、そのような暗示も脅かされた覚えもないことを Horst に述べ、何故なのか、そしてどうして今になってメモを彼に贈るのか苛立って尋ねる。それをめぐって Henkler, Änne, Birchel 婦人の言動が述べられ、Änne が「交易所の雌ライオン」という古いあだ名のある Grit に説明を求めようとした時、目立って乱れ、垂れ下がった髪の毛で四〇歳程の背の高い男が花を持って訪ねて来る。ひどいズボンを穿き、その後ろからはチェック模様のシャツが飛びだし、カフスの房が目立つのである。牧師の Ackerhauer である。彼は階段を上りテラスに座り、Kormoran に心臓の人工弁のことを尋ね、それをめぐって Kant の作品に特徴的なウイットに富んだ話題も出る。話題は更に非常に強力だった党組織がその幹部の損失に耐えられず、もはや強力ではないこと、強力な頭脳の持ち主達も巻き添えに会ったこと、神のこと、ＤＤＲ政権に協力的であった Ackerhauer の今後の任務にも及ぶ。彼は「私は責任を負います。」とザクセン弁で言い、Änne の微笑みを誘う。

その台詞は彼女の夫 Kormoran がかつてその言葉を堅く護る時に言葉の有効性に就いて述べた台詞に由来しており、続けて Kormoran がその際に美しい顔と微笑みの関連性に触れ、Änne の場合はそれに当て嵌まらず、彼女の美は真剣な美であり、彼女は確かに激しく美しいが、激しく真剣であると語り、更に彼女の微笑みに就いての Kormoran の考えが述べられる。電話がまた鳴り、Kormoran は戻って来たら大臣の典拠の疑わしい日記の記帳を読むことにすると言い屋内に消える。彼が消えた後、Änne は人工弁の問題のない状況を説明する。牧師の Ackerhauer はその機会に立ち上がり、皆に別れを告げ、テラスの階段を下り去り、Kormoran が戻る。彼はイタリアの女優 Claudia Cardinale からの誕生日を祝う社交辞令としての電話であり、彼女が彼とゴルバチョフについてあることを言ったが、クレムリンでのあの文化会議の際に彼とゴルバチョフが彼女に最大の印象を与えたから理解できると自画自賛めいた解説をする。更に当時の出席者として、Peter Ustinov, Gregory Peck、テレビで当時ピョトール大帝を演じていた Maximilian Schell 等の名が挙げられる。此の辺りは映画を好み、映画俳優達と交流があった Kant 自身の姿を投影している。また Kormoran はゴルバチョフが世界帝国をあれやこれやと論じて駄目にしなかったならばと批判し、「此の男は文学その物で、最近の歴史に於いて恐らく最も悲劇的な像である。[18]」と語り、その男は皇帝になり、語り過ぎ、それが力を使い果たすことに気づいていないと述べる。出版の自由を説教するが、報道の際、彼の姿が印刷されると、彼の額の痣は一度も残らないし、とっくに失われていなかった物は何一つ犠牲にせず、あのような崩壊を伴う以外には彼は勝利を得られなかったと、厳しい判断を下す。文学と言ったが、「此の人間は運命のオペラに相応しい！　しかしミュージカルに於ける事態に遭遇するだろうと私は恐れる、『ボリス・ゴドノフ』ではなく、『ラマンチャの男』だ。[19]」と言う Kormoran の言は Kant 自身の感慨であり、当を得ている。此の言に対し、一座で『ヘア』だ『キャッツ』だ『オペラ座の怪人』だ、いや『Evita とスーパスター、イエスキリスト』だとの話になる。それぞれ興味深いコメントであるが、それに対し Kormoran はゴルバチョフが世界史の舞台から消えても、クレムリンのゴルバチョフの机の傍らに長いこと争っていた Dürrenmatt と Frisch が幸せに座っていたことは忘れられぬと述べ、世界の平和を考え、それを作品へ仕上げねばと考えるが、その前に Horst Schluziak に第五列という例の記述とそのメモ帳を彼に贈った理由の説明を求める。Horst Schluziak は、それは既に明らかだと思えたと述べ、一人の在職大臣がその書類の中で政治的敵対行為のように見えた何かの故に君を脅かしたのだと言い、ロシヤ語を学ぶことを強制されたことがすでに抑圧と見なされる時代にそのことが君に救いとならないか！　と主張する。しかし Kormoran は存在しなかった事実の故に納得せず、しばしそこに居た者の間で応答が続く。結局 Horst が脅迫はなかったと述べ、彼のメモ帳中の angedr. という略字は angedeutet（暗示されて）で angedroht（脅されて）ではなかったと主張するが、Kormoran は Horst の主張に満足せず、メモ帳の欺瞞的な書き方が誰の為に役立ったのか問題にする。そこで Henkler が彼の為だと Horst Schluziak 元副大臣を指さし、更に自分と Kormoran の為だとも言う。この辺りも当時のＤＤＲの状況を考慮に入れると非常に興味深いものがある。Kormoran はいずれにせよ満足せず、かつてフィンランド旅行の際、領事館の人間が彼に不十分な説明しか出来なかった例を挙げ、更なる説明を求め、あの時代の存在しなかったが文書で確認された大臣の脅迫が役に立つのは疑わしいと主張し、また暗示的な書き方がどうして Horst にも自分にも当時役に立ったのかも理解しないと述べる。それに対し Grit が「問題は彼に、かつて現実に存在した社会主義の日々の闘いを堪え忍ばなければならなかった分裂状態の地域を、彼が書物に制約されて信用しなかったことにあると語る。[20] ＤＤＲの作家達のＤＤＲに対する思いと、彼等への政権側一般のかつての不信感を語っており、興味深い。

続けて彼女は西側のハンブルク肉屋同業組合の Konkret 紙に書いた彼の記事が「上層指導部に大騒ぎを引き起こし、書記長はぶつぶつ言い、政治局員はがみがみ言い、女性・部局長は嘆き、大臣は溜息を就き、Horst が処理しなければならなかった。[21]」と述べ、Horst が彼等の為に如何に尽力しなければならなかったかを伝え、あの時もメモ帳にはきわどいメモを記し、業務報告には別のメモを書き、Kormoran に結論を告げたと公に伝えたので、全ての上層部は事態が処理されると考えたと語る。そして不安を何ら感じず、安心して批判的な仕事が出来た職業を羨み、Horst が如何に彼等を守ってきたか彼等は気づいていないと述べる。彼女は文化批判にも長いこと一つの姿勢があったのだと更に語り、彼女も批判の原則を堅く守ることを示し、何故彼がよりによって超左翼の同業組合紙に書いたのか今日まで理解できないと話す。それに対し彼は超右翼が彼をクレムリン派と呼んでいると述べ、Schluziak の贈り物の件は未解決だと主張し、Herbert Henkler が何故 Schluziak の為だと言ったのか尋ねる。Henkler は善良な Horst が当時は嗅覚の鋭い犬と見られていたが、今日では批判的市民の為に全てを賭けた鋭い知能の持ち主、正直な男と見られていると応答する。Kormoran は馬鹿げたことだと述べ、批判は以前から政権の酸素吸入器と見られていると語り、彼は事態に即して欠陥を批判してきたと主張し、文書等に対する彼の批判が少ないと、彼が国家の欠陥を問題にした時、彼が国家の生を強く求めなかったことになると語る。そういう考えが今日彼に対し正当化され、二重のメモによってそれは殆ど撤回されないだろうと述べる。

Kant 自身の統一後の感慨であったのだろう。Kormoran はそのように述べてメモ帳を受け取ろうとしないが、Änne は Horst は間違いなくコピーを持っているから遠慮せずに受け取るように助言し、彼はもう此の話は止めたと述べ、受け取り、それをどう文学で取り扱ったら良いのか半ば不真面目に問いかける。その上、文化担当副大臣 Horst が誰の為に尽力しているのか、尽力してきたのか問いかけ、何故、我々の幾つかの発言を君は扱き下ろさなかったのかと述べた時、また電話が鳴り、Kormoran は電話の方へ行く。

それを見過ごさなかった Grit が留守番電話はないのかと驚いたように尋ねたのをきっかけに、Änne は此の供給条件の良い地域を提供されて以来、進歩したあれやこれやの文明の利器を何故所有してないのか続けように尋ねられたのを思い出す。ケーブルテレビとか、ヴィデオとか、ＣＤとか、快適なＷＣとか、American Express または Visa とか、Fax あるいはコピー機とかである。統一直後に西側世界で流通していた機器の旧ＤＤＲ社会への流入を物語って興味深いシーンである。しかし彼女は Grit に自分の会社の製品提供をするなと語り、留守番電話の応答への不快感を述べ、留守番電話の不必要性を主張する。日頃、無口である彼女の多弁に Herbert Henkler は耳を傾けた後、彼は酒の勢いもあり、彼女はメカニズムに対し屈折した状況にあると語り、彼女が答えようとした時、また一人の男が訪ねて来る。Kormoran の年齢に近い、お祝い用かつファッション風に着飾り、カリカチュア的でもあり、髪型とひげはずっと前から再び流行している一九世紀八〇年代の様式で、ロシヤ皇帝やイギリス国王、または遠洋航海の船長が好んだ物である。

彼はテラスの階段を上り皆に挨拶をし、汚水屋シニア（Abwässer senior）と名乗る。息子と共同の汚水処理業者で、都市化されず、公共の汚水処理がなされていない地域に汚水処理の施設を勧めに来たのである。此処で彼は、汚水、水肥、下肥、排泄物に当たる言葉を Abwässer, Jauche, die Fäkalie と表現し、Abwässermann, Jauchemann, Defäkator と自らの職業を呼ぶ。Kant の言葉の遊びと言えよう。一方此処でも、統一直後の西側社会からの資本の急激な流入が示されている。電話から戻ってきたKormoranに挨拶し、彼と若干話をしてから御祝い用の多量の花束を彼に渡し去る。その花束を如何に処理するかで、そこに残った者達の間でまた機知に富んだ会話が進展する。

そこへÄnneの妹でHerbert Henklerの妻Ilseがやって来るのをベランダの隅から見て取ったKormoranは電話が鳴ったと言い、また家の中へ行く。Ilseはジャーナリストでミニスカートを穿き、脚も長く、スタイルの良い眼鏡を掛けた知的な女性である。彼女は皆に挨拶をし、Kormoranの状況を尋ね、彼に関する記事が次の日、新聞に載る情報を得て、彼に知らせるべきかどうかÄnneにのみ相談に来て、親密に話し、他の者達から揶揄される。此処でHerbertとIlse夫妻の仲の悪さが、彼女の抜け目のない性格と服装への彼の憎悪、彼の午前中からの酩酊への彼女の嫌悪という面で明らかになるが、Änneは彼に、彼が兄弟や他の人々に心臓に関することを話題にしないように要請し、その場を繕う。しかし、隣のBirchel夫人は先日Kormoranが自ら心臓（心）（注・ドイツ語では同じ言葉Herz）に就いて話題にしたことを披露する。Ilseは一体誰とKormoranが電話で長話をしているのか、Änneに尋ねた後に、例の記事の件は黙っていると告げ、彼に御祝いを述べ、現在の状況に絶対的に理想的で相応しいある贈り物をしたいと小声で言う。口唇から言葉を読み取ることにかつて精通していたHerbertは贈り物とは何かと考え、しばしの間、出席者の間で推測がされ、結論が出そうになり、Birchel夫人も関心を抱く。Änneに異議を称えぬように要請し、Ilseが彼に贈るというのは携帯用コードレス電話であった。読唇術は国家防衛評議会の中佐であったHerbertが情報関係の仕事に就いていたことを示唆する場面であり、また一九九二年には旧ＤＤＲ市民の間にもコードレス電話が普及したことを語っており、興味深い。

（Ⅴ）

Änneがしかし、財政上及び医学上の理由から非常に無意味であるし、高価で無い物をという約束にも反する等の理由で拒否の意向を示し、Grit Schluziak, Herbert Henkler が口を挟むがÄnneは好奇心と知識欲でテラスから電話の所へ急ぐのか、ポケットから携帯を取り出すのかはやはり血液循環に相違をもたらすと異議の理由を挙げる。一方Ilseは彼の疑心が彼の行動を生むと言い、かつてKormoranが非合法に手に入れた探知用レーダーをテストしようと一日中街を走り回ったが、人民警察が別の周波数を使用していたので役立たず、ひどく不機嫌になった話をし、それが彼女の夫Herbertとの人民警察をめぐる話に転ずる。彼女は人民による、人民と共に、人民の為の人民警察、貴男の互いに協力する同志と皮肉を述べ、私達の編集長によればStasiではなく、国家の委員であったと語る誰の場合もStasiに巻き込まれていたことが推測されるし、その者は時代遅れの人間であると語る。夫婦間の齟齬とDDR時代の政権関係者への統一後の身内からの批判が見られる。夫はそれに対し、法律家の規則によれば刑罰に値した物は刑罰に値するし、その上当地では厳しく禁止されているのでKormoranをレーダー法違反で現在、告訴出来ると反駁する。しかしIlseはそのテーマにそれ以上深入りせず、Änneに彼女の贈り物は健康を害する物ではないと主張し、その有用性を述べ、ドアの所に現れたKormoranに貴男は申し出を吟味せずにはおかないでしょうと訴える。彼は彼女を満足して眺め、彼は批評家として慎重であると、格言を引用して述べ、他の者が口を挟む前に、ハンブルクの新聞に載る記事はともかくとして、今日という日の為に何を彼に持ってきたのか尋ねる。その発言の口調とポーズが彼がIlseとÄnneと共に観て、幾度も真似をした„Lotte-in-Weimar“の映画化に於ける枢密顧問官の口調に似ていたことをIlseが指摘し、話題は彼のその当時の批評が引き起こした騒動に転ずる。Kantの作品にしばしば見られる手法である。彼はその騒動が現在の東西遭遇の先取りであったと述べ、Änneが好まぬ、話してならぬタブーかと思うが、周囲に勧められて話す。

　その映画の主演男優は東ドイツ側で、主演女優は西ドイツ側であり、彼女がワイマルのホテル「エレファント」(Elephant)に泊まった時、東ドイツのホテルでの接触恐怖症からポータブルの便器を持ってきたことを彼が怒りの気持ちを込めて書いたが、結局その記事が印刷されず、彼の更なる怒りを生んだのである。記事が採用されなかった理由は、他国の芸術家との不必要な対立は避けるべきだというものであり、それに対し、彼等は国内の芸術との対立に多分、全力を出し尽くしたのだろうという彼のコメントの故に彼は指導的地位の人に謁見することになり、宥められる羽目になった。そこでの結論は多分ただ正しかったのだろうと、彼は静かな激しさで語る。当時のＤＤＲ文化政策への批判である。Ilse は決して正しくはないと憤慨し、その結果、日を追うごとに、月曜が来る度ごとに、最も恐るべき出来事が始まったと述べ、Kormoran も同意する。デモ等によるＤＤＲ崩壊の始まりであろう。

一方 Änne も彼の意見に同意するが、Ilse に向かい、例のニュースはお前が居なくとも彼女等に届くであろうと述べ、彼の誕生日に話を戻し、子供への電車の贈り物に話を喩えて、非常に好都合な掘り出し物だと彼に言って贈り物をすれば良いと皮肉を言う。更に Ilse に思い止まらせようと画策する。誕生日という特別な日とはいえ、Kormoran は Änne の懇願するような助言を聞き逃さず、Ilse に対し彼女の厳しい姉の巨大な認可権に触れる。そこから語の綴り替えを競う言葉のゲームが、彼の誕生日をめぐってウェランダの上で続く。彼が六六歳を迎えたこと、技術のお陰で手術後二年を迎えたこと等である。

続けて、敬意を表せられたセレモニーには参加し、当事者達と杯を交わし、談笑しながら、その前後にその当事者達を茶化してきた Kormoran の姿勢に不満であった Änne の考えとそれに対する彼の説明が描かれる。彼にとっては茶化してきたかつてのＤＤＲの指導者達の方が彼のことを良く知らない統一後の西側の指導者達よりましであったのだ。（此処にも作者 Kant の姿勢が見られる。）しかし今の彼の誕生日をめぐる談笑は Änne には納得がいくものであり、Ilse の贈り物の過剰な包装をめぐってのやりとりが続き、包装を解いた彼はコードレスの電話機を喜ぶ。その電話機をめぐって、次の電話の際には彼の誕生日への賛辞を皆で聞けるとか、秘密に関わる電話の際には電話機を口にくわえて高い木に登れるとか、彼の人工弁が危機に瀕した時にはボタンを押すだけで Felix Hassel 教授が電子による救命具を投げてくれるとか、低迷している人生の質に大量の長生きの質が加わるとか、Kormoran、つまり作者 Kant 特有の台詞が聞けるのである。しかしまた家の中で電話が鳴り、Änne がドアの側、数歩の所に近づいた時、Ilse は彼に、いつから大量の負担を軽くする事物が彼等の日々の生活を変えたか知っているでしょうと問いかける。統一後の東ドイツ社会の西ドイツ化の現実である。

話題は人生の質という彼の言葉をきっかけに、彼が若い頃、色あせた言葉を嫌い、三〇歳で物怖じしない記事を書いたこと、人生の質とは Herbert Henkler によると社会民主主義者の言葉であったこと、その言葉を当時の主要な敵 Willy Brandt が口にしたこと等に及ぶ。更に Henkler は Brandt の当時の演説を真似、Bilchel 夫人が口を挟み、Grit Schluziak は夫に、Herbert Henkler は Brandt の Guillaume 事件（注・Brandt 側近 Guillaume がＤＤＲのスパイとされた事件）への対応が許せないのだと説明する。Horst Schluziak も同意し、相互の信頼があらゆる関係の基礎になければ、仕事に於いてどうしたら良いのかと語り、商取引でも大臣相互間でもそうなのだと Henkler も述べ、Kormoran は「それ以上だ、世界情勢へのあらゆる視点が教えているように、人間社会の一般的業務原則なのだ。[22]」と付け加える。Guillaume 事件へのＤＤＲの見解であろうが、此処にも Kant という作家への「私は此の男に不安を抱いている。此の男は今日でも危険である。それ故、人々は注意せねばならぬ！[23]」という西側の立場に立った批判が読み取れて興味深い。

続いて、電話より長い間、戻って来ない Änne のこと、新しい電話機の操作とそれが既に使用可能かどうかをめぐってベランダで話が進行し、郵便業務関係の許可言々を Schluziak が主張し、かつての地位に拘らない Henkler が自分のことを板金工の中佐と言ったことから盗聴器設置が大事件になった Watergate 事件に迄、話が及ぶ。しかしあの事件と違って誰も彼を逮捕しなかったと、彼は主張し、郵便業務に関しては正当だと述べ、西のテレビでも東のテレビでも通関業務協定の際に郵便業務制服姿の彼が見られたと主張する。話の飛躍は Kant の作品には共通している。Schluziak はその回想記執筆を Henkler に勧めるが、Kormoran はコードレス電話機の使用法を問題にする。Henkler は説明するけど、私を信用するかと問い、Kormoran が私は絶望的だが君は弁えていると答えたことで、Birchel 婦人が慰めがてら、誰もが板金工ではあり得ないし、彼女の孫娘のように実際的ではないと口を挟み、その孫娘が Kormoran の鉄製人工弁の話を聞いて、彼の妻は大きな磁石で彼を決定的かつ痕跡もなく黙らせることが出来る。完全犯罪だわ。と言ったことを紹介し、話は思わぬ方向に一旦展開する。此処にも Kant 特有の話の転換が見られ、そのような発想はテレビで観られるバットマン、スーパーマンのせいだと Henkler は言い、Schluziak 夫妻は全てを新しい状況のせいにすべきでないと述べ、Grit は此の場合は多分、ＤＤＲの統合技術学校教育の後からの効果であると言い、彼女の夫は心の教育としての人民教育をと語る。旧ＤＤＲ市民の統一直後の状況評価に関する見解の相違である。

しかし、Kormoran は二者択一の考えを避けるように言い、いらだちを逃れる為に、子供らしい口調で Birchel 婦人に孫娘に警告への感謝の念を伝えて欲しいと言い、Hassel 教授に彼に磁力がある（magnetisch）か尋ねてみると述べる。此の言葉を人の心を引き付ける力（注・ドイツ語の magnetisch には両方の意味がある。）と取って Grit は彼には魅力があったし、彼女にとって何時までもそうであったと述べる。それに対し Henkler も Schluziak も自分等はそう言われたことがないと言い、Ilse も彼等は生涯そう言われまいと同意し、自己をそれ程評価しない Kormoran は皆に会釈し、淑女達に恥じらいの感謝の念を示す。Kant のストーリー展開の巧みさでもある。

そこで Kormoran はその電話機を振り、彼への賞賛はさておき、現実の魅力の証人達になって欲しいと皆に要請する。つまり、次に呼び出し音が鳴ったら、此の魔法の機械はテラスの皆によって厳かに使い初めを祝われる、というのである。勿論、多分いま長電話で誰かに聖書を読み上げている彼の妻 Änne の参加を前提に、更に義弟の郵便業務関係者 Herbert Henkler が受信の技術的前提を仕上げたことを前提にして、と彼は Ilse に言う。その後、電話機の説明書をめぐってやりとりがあり、Änne がやっと戻ってきて Kormoran に親戚 Ruth からの電話で、彼女は所用の為、後ほど来ると告げ、椅子に座り、他の人々には背を向け Ilse にのみ話す。Ruth, Ilse, Herbert に関わる話と推定される。Ilse は彼女への Herbert の不倫の疑いに言及し、Änne に同意を求めるが、彼女は与せず二人の姿勢に触れる。しかし、Ilse はどれ程以前から Herbert から離れようとしたかということ、八九年以前に弁護士と相談したが、それができなかった理由等々を彼女に訴える。続けて Ilse は女性の自立の問題に触れ、今は自由な社会に住んでいることは明らかだが、不自由な社会では自由な恋愛まで如何に遠かったか男達に説明するのは困難であると述べる。しかし純粋な同僚同士の関係もあると彼女は言い、Herbert が彼女との仲を疑っているハンブルクの同僚に言及し、彼から明日雑誌に掲載され、それについて Kormoran に話さざるを得ないと考える、驚くべき情報を手に入れたと語る。Kormoran は愛すべき人物で、彼女をただ見つめようとするし、彼女に自然らしさ、東側風なものを求めると言っているといささか彼を誉めすぎ、Änne の溜息を誘う。しかし此処でもその情報はまだ開示されない。気がかりな話を先へ持ち越すのも Kant の手法である。

しかし二人の話の内容を評釈しようとするHerbertの意図に気付いてKormoranがIlseにテラスの入り口の締め付けてあったベルを直すように懇願し、彼女も椅子の台に乗るのを面白がり、台の上に立ちベルを解き放った。しかしそのまま台の上に立ち、自然にまた職業柄、そこに隠されていた紙片を広げ、難しい文字を後ろ姿で読んでいるのがわかった。彼女の後ろ姿と仕草が男達の目を引くのを気にする夫に促されても、すぐに台から降りようとしない彼女はKormoranに向かってその広がった数枚の紙を振り、どのようにして人は批評家として彼ほど知名度を上げられたのかと叫んだ。恐らく彼の文字によって説明されていようが、それは知的な見解を推測せざるを得ないほど解読不能で、既にここ標題の直後から読みやすいようにという意思が彼には見られないと述べ、標題はノアの箱船ならぬ「Kormoranの箱船（避難場所）」だが、「読み辛い文字はバビロン風になっている。[24]」とも叫んだ。彼が「こちらへ渡せ！」と叫び返したので彼女は台より降り、彼は「君の言う通りならば！」と言い、その何枚かの紙に目をやり、彼女の手に貪欲にキスをしながら「天分という点で君は今日は勝っている。[25]」と語る。その紙片を手に入れたKormoranは「私が口頭及び著作による控えめな言葉の商売、私のささやかな仕事を始めた灰色でかつ代わる代わる多彩な時代以前のあの日以来、私を全く厚かましい願望が苦しめてきた。私は――今大きな暗雲が立ち込めているが――何かより多い平和を求めて協力しようとしてきた。[26]」と述べる。「代わる代わる多彩な時代」とは肯定的な時代のＤＤＲと思えるし、「厚かましい願望」とは肯定的なＤＤＲというより社会主義への願望とも取れよう。旧ＤＤＲに対するKantの感慨であろうが、大きな暗雲とは統一後のドイツの状況であろうか。

上記のKormoranの発言に対し、たとえ一定の平和主義的傾向が見渡されていなかったにしてもと、Gritは彼の意見に同意し、中断して元大臣の夫Horstに記録するように言ったので、KormoranはHorstの例のメモ帳には、ＢＲＤのハンブルクで出版されているトロッキー的「コンクレート」(„Konkret“)紙への彼の寄稿にとりわけ表れているような同志Kの平和主義的傾向が、書かれているのかと尋ねた。故にÄnneがFelix Hassel医師が此処に居たら平和主義的とトロツキー的という言葉を問題にするだろうと言い、それに応えてKormoranも政治家達の墓石に使用されているスローガンについて単純ではいられなかったと述べる。続けてÄnneは平和的トロツキーに就いての混乱に言及するが、Kormoranに皆に例の紙片を説明するように促す。

彼はその説明の手掛かりは既に提供してきた。つまり如何にあらゆる平和があっという間に駄目になったか、駄目になるかうんざりしたと述べ、次のように語る。「執筆を計画してきた私の叢書の内一冊を計画し、そこに私は平和に関する提案でかつてなされてきたことを出来る限り揃えて収集しようとした。狂気のイデー、即座に挫折したイデー、なお相変わらず実証されていないイデー、すぐに嘲笑されたイデー――どれでも全て私の本に収集される筈であった。しかし残念ながら私にしばしば起こるように、収録と追跡に就いて私はあるまたは別の独自な思いつきに至った。それを私は重点に於いてメモし、完成するべく記入した。しかし残念ながら私によりはるかにしばしば起こるように、私が数週間後によく見ようとしたら、それはもはやなかった。[27]」

探し求めて家中ひっくりかえした紙片が出て来たのであり、彼はどうしてそこにあったのか、彼が書いたことがまだ納得させるのに足るものか自問する。最高に価値があると思った夢を見た後の朝のようであったらどうなるのかと彼は言い、すぐに戻ること、ほんの少し調べてみると語り、紙片を捲り読みながらテラスを去り、階段を庭へ下り、椅子に腰掛け読み耽る。しかし客を忘れて席を離れたことで、皆にとやかく言われ、彼は原稿をたたみ、またテラスに戻り、「最初の一瞥によれば、私のメモは全くもって的はずれでないと思う。相対的な調和――それが実現可能ならば！　もちろん私がそう呼んでいる合意に基づく権力の行使の元でのみなら。[28]」と言い、その調和の内容に触れ、所有欲とエゴイズムに基づく構想は否定する。彼はそのプロジェクトは彼の仕事のリストに上がると言い、数日中に仕上げると述べる。Änneは数日中という言葉を疑うが、「書くことは根底に於いて読むことより遙かに無思慮なことです。書く時は人は起草し、読む時は吟味します。読むことは既に考慮することです。書くことは言うことで、読むことは聞くことです。[29]」と、過去の自己のメモを読んで再確認したKormoranの結論に他の者共々耳を傾ける。彼はその結論を古いメモから得たことを乾杯の辞で述べ、Ilse に感謝の乾杯をし、他の者達も彼等相応の乾杯をする。Birchel 婦人が待っているのにコードレスの受話器が鳴らないことを指摘し、何人かが同調し、副大臣 Horst は中佐 Herbert が電話機本体を水道管に繋いだからで、彼の腕が鈍っているせいだと皮肉を言い、Grit も同意し、誰もが Ilse の幸運に与ったわけではないとやはり皮肉を言った時、解き放たれた例のテラスの入口のベルと共に受話器が鳴る。故に Horst Henkler は Schluziak 夫妻に腕は鈍っていないことを示唆し、それぞれが彼等相応の仕草をして、電話と叫ぶ。Herbert の手助けで Kormoran は受話器を取る。

電話は彼の心臓を手術した医師 Felix Hassel からであり、彼は Kormoran の誕生日に、その日の彼の電報に重ねてお祝いを言い、二つの人工弁の二という数字に因んで二度の方が良いし、君は二度目を今必要とすると述べ、とっくにそちらへ行くつもりだった、ともかくあることが生じたと語り、そちらへ行くまでは、誰かが電話をかけて来ても人工弁のことで慌てるなと忠告する。Änne や Ilse やそこに居る者達は夏の田園風景の中でそれぞれの思いと仕草でその電話の声に耳を傾ける。一方 Kormoran は東側のジャーナリストとして、西側のジャーナリズムを製作し、追いかける者の思慮と追いかけられる者の疑心を学んでいたし、他人の著作を批判する特性を持ち、周囲の状況を判断し、死を予感し、生を見ていた人間なので即物的に心臓弁がどうしたのか問い、製造者が一部の機器に故障を認めたことを知る。Hassel はすぐ行くのでレポーターを近づけるなと言い、その率は両方で二八パーセントになると答える。それは最低の数値で、三分の一になり得るし、機器が安全な三分の二の方に属するという保証もないのである。そこに居た一同は反応を示そうとせず、Kormoran は受話器を例のメモ「Kormoran の箱船」の上に置き、荒れた庭に降りる。Änne は彼が仰々しく庭の椅子に座るのを眺め、彼はその視線を受け、半ば Hassel の声真似で「そう、あることが生じた！」と言い、体を思い切り伸ばし、ズボンのポケットに拳を突っ込む。Kant の此の作品の長い一部は此処で終わる。

(Ⅶ)

第二部でKantは最初に此の作品が劇作であったら「幕」が入る所だが、劇作ではないので演劇が計算に入れる外的な強制には縛られないと書き、更に幕間の観客と小説の章や部が終わった後の読者の相違に触れる。また劇作家と散文作家の描き方、それへの観客と読者の接し方の相違にも言及する。劇作家は話し手の名称に拘り、観客は俳優の声の大小や身振りに注意するが、散文作家は主役達の心身の状態に就いて絶えず報告せねばならないと述べる。私はそれを更に続けることを心得ているとKantは語り、最初はKormoranの六六歳の誕生日に関わる物語を上演用脚本にしようとしたが、それが出来ないので、叙述形式の草案になったと述べる。事態が捗らなかったのは彼が劇作家でないからだと語り、維持可能な物は維持しようとしたが、全体的欠陥に対する半ばの修正は役立たぬことを知り、戯曲の対話を取り入れ、読者に果たす義務があった物をそれに付け加えたとも記す。例えば口論を乗り越えてそれが大声でか静かにかでかとか、人物の仕草とかを伝えたが、演出家の為にそうしたのではなく、散文の為なので、力点と手段は全く違って配分されたと述べる。Kantは続けて、彼の挫折に就いて気を紛らわせる為に、両者に於ける技術の規則に縛られることが少なければ、多分より容易にある芸術から別の芸術に飛び込めると、自らに言い聞かせたと書き、これから作品を先へ進めるが、冷静に進めれば進める程、此の物語を自伝風にすることは一層不可能になると述べる。

此処で章に当たる部分が変わる。快適であった初夏の、雑談が花を咲かせていた集まりはKormoranが電話で受けた所見の恐るべき知らせによって沈黙の場に変わり、その場の各人物達の当惑した仕草が示される。夫の性格を知るÄnneも振る舞う術を知らず、椅子をテラスの端に置き夫に呼び掛けようとするが、他の人々に視線を送り、思い止まり庭へ降り、庭の椅子をKormoranの傍に置くが、座らずに彼の反応を待つ。彼は沈思から現実に戻ったことを目で知らせたので、彼女は、彼はなお生きたのに、死を待ちながら時間を無駄に費やしたという考えが彼を一〇年または八年間愕然とさせたらどうなるのか、客達は寄り付かず庭も妻も干からび、世界はその間、未知のものとなり、彼も世界にとってもはや周知でなくなったらどうするのかと軽く彼に問う。更に、彼の文字にしていない考え、つまり、多くの計画や一連の着想があると述べ、彼の傍に座り、仕上げを待っているそのような全ての構想を此の一〇年間死に瀕していたので、完成する時間がもはやないと考えているのかと他の者には聞こえない声で言い、戯画的なスケッチも含めて具体的にそれ等の構想のタイトルを挙げる。Kormoran は彼女が彼と彼の仕事を知り尽くしていることを望んでいたと応え、それ等はしかし始めた仕事で計画中の仕事は全く別で、『此の時代の決まり文句より』と出来たら名付けたい連載で、私は言葉には流行語を用いたい。例を挙げようか？[30]」と彼女との対話への誘いに乗ったのである。

彼女はお好きなようにと言いながらも、彼女が思い当たる流行語を挙げ、彼はそれに賛同するが、その月並みな言葉を新しく関連づけたい、例えばペアの文章の中でと述べ、例も挙げる。私は誰も出来ることをするのだと彼は言いながら、かなり後から、もちろん誰も出来るわけではないと述べ、彼女の場合にはそれが出来ると語り、彼女の援助を求め、彼女が彼に就いても彼の仕事に就いても心得ているのは素晴らしいと言う。続いて相互の仕事に就いての会話があり、心臓の人工弁の問題に関していつ彼女が知ったのかをめぐって更に会話は進展する。彼女がテラスに残された仲間に彼の注意を促し、気を取り直した彼は椅子から立ち上がり、俳優 Peter Ustinov がかつて彼に手紙で書いてきた言葉を引用したりして彼等に呼び掛け、Felix Hassel との電話の内容に彼等を引き込んだことを反省し、なお長時間留まるように要請する。作者に重なる人物 Kormoran が Hassel からの電話以来落ち込んだ此の第一部から第二部にかけての場面は正に典型的に「——私は実際には好ましく、肝の小さいことを証明する為にも私は „Kormoran“ という小説を書いたのだ。[31]」という扉の前頁での作者 Kant の言葉に当て嵌まる。

Kormoran は隣人の Bilchel 婦人にも留まるように声をかけテラスへ戻り始める。しかしコードレス電話が彼を落ち込ませる原因になったと考え、沈黙している Ilse に彼女の豪奢な贈り物に就いて考えているのかと問い、コードレスの電話よりコニャックの方が贈り物として良かったとの彼女の回答を得る。此処から適度の問題が話題になり、彼は適度なら何でも許されると述べ、生命の変化を賛美出来るし、自分自身を非難出来るし、放心状態になれるし、人工弁の二八パーセントの危険率に対し七二パーセントの長生きを計算出来ると語る。Kant の話題転換の見事さである。ベランダに戻った Kormoran は電話のことを気にする Ilse や他の客達に食事を勧め、なお心臓のことや生命の変化を話題にする者は食事を貰えないと述べ、立ち上がる。しかし彼を小心な男から偉大な人間に戻そうと試みる Herbert Henkler は例のメモ帳を机より手に取り、本気でそう思うのかと問いかける。ベランダのドアの所へ行きかけた Kormoran は疑念というより攻撃とも思える此の問いを待っていたかのように振り返り、例の紙片を手に取り、むっとした気持ちを抑えて適度の嘲笑を込めて「他の言い方では君のような人々を笑わせられないからね。」と答え、人工弁手術に関係づけて価値の保管や、補償措置や、契約相互の弱点という調整の構想は「君に多分気に入らず「君の人生路線に反するのだろう?」[32]と述べる。それを認めた Herbert に対し、そのことに就いては時間のある時話し合おうと言い、改めて飲食を勧め、家の中に入ろうとした時、隣の Bilchel 婦人が新しい電話機を貸してくれと申し出、その厚かましさに対する各人の反応が示されるが、Kormoran は拒否するわけにも行かず、逃げるように家の中に入り、誰か携帯用電話を渡してくれないかと頼む。誰もそうしようとしないので、Schluziak 旧副大臣がそれを引き受け、まるで管理されている境界を越えるかのように階段を下りる。

Ilse Henkler は Kormoran の気持ちを瞬間的にでも恐ろしい出来事からそらした Herbert を誉め、そのような繊細さを何処で身につけたのかと揶揄し、二人の応答があり、一方 Grit Schluziak は上記の二人の対話を聞き、何故人々は結婚をするのかと考え、Bilchel 婦人に電話機を渡す際の夫の言葉に彼女の全ての注意を向ける。そのような経験に乏しい元大臣は映画で見た執事のような姿勢を装い、受話器を渡し、Birchel 婦人もそのような姿勢で応えるが、前者は受話器を渡した後もそこから去らず、それ程親密な内容でなければ私は電話が終わるのを待ち、受話器をその所有者にすぐに返しますと牽制する。「彼は歴史的には直前まで、管理しながらまだ社会主義的理念の先頭を歩んでいたにも関わらず、彼は所有者という表現にとりわけ強い表現の響きを与える術を心得ていた。[33]」と Kant は社会主義的社会から資本主義的社会への転換の早さを皮肉を込めて語る。

Birchel婦人はしかし全く意に介せず、親密ではないが、時間が掛かると述べ、長いこと姪と話していないと言い、一三桁の番号を撰んだので、東京へかと尋ねると、ケンブリッジだと彼女は答え、応答がないことを告げる。Horst Schluziakは一九九〇年以来住んでいた統一ドイツでは職務上知ることは希になったが、Bilchel婦人のような人物にはしばしばめぐり会っており、此処で始めて詩人、画家、話術家として彼女の過去の行状が明らかになる。それを知る故に彼は彼女に電話料金が高くなることを告げ、彼女の再度の電話が繋がらなかった時、相手に繋がった場合は料金がKormoranの負担となると忠告する。しかし電話交換手を経ずに、しかも届け済みでないコードレス電話機を用いての通話に費用がかかると思わない彼女は更に通話を試みようとし、彼女の機器に対する無知をめぐってのSchluziak, Henkler、彼女の言動の描写が続く。彼女は受話器を返し、Schluziakの手に戻った時、受話器が鳴り、ベランダ入り口上方の連動する例のベルも鳴る。Unbereitという名の女性からの急ぎの電話はすぐに切れ、Schluziakが要件を伝えることになり、ベランダへの階段の途中より、Änneが名を聞いただけで断ろうとしたその内容を報告する。そこへ切った肉を盆に載せたKormoranが戻り、電話が鳴らなかったか尋ねる。Schluziakは報告する前に伝えたいことがあると述べ、思わざる瞬間にある用心深い同胞が電話で彼を捕らえ、大急ぎで理解しがたい知らせを浴びせると語り、Unbereitなる婦人がKormoranとでもなくÄnneとでもなくFelix HasselとAufderstell氏のことで話したがり、その男がこちらへ急いでいると告げ、彼はKormoranの為にこちらへ来ると主張するが、Hasselの為か、人工弁の為か、または固定観念の為か良く判らないと言い電話を切ったと答える。用意の出来ていない、心構えが出来ていないという意味のあるドイツ語のunbereitなる名と、その場で、即座にという意味のAuf der Stelleというドイツ語の名にKantは風刺を込めているのかと考えたくなる。Kormoranは彼が野菜類を揃える迄、それ以上そのことは話さぬように言い、野菜を取りに行き、ÄnneがUnbereit婦人は病院の秘書で、Aufderstell氏は事務長であると説明する。その上彼女はGritが余り聞きたくはなかった言葉、商売上二人を知っているだろうと言い、Gritは認めながら彼等に余り執着はないと答え、夫にもう予定をオーバーしているので帰ろうと促すが、Horst SchluziakはFelix Hasselが来ること、Kormoranの料理を口実にそれに応じず、それ以外にHerbert Henklerがついでに言った、八七年に我々はもうすんでのところで終わりだったという言を理由に留まろうとする。その後、その言葉をめぐってHerbertとHorst、更にGritとの間にAufderstell氏をめぐってやりとりがあるが、料理の芸術家を自認するKormoranが野菜を運んで来てその場は治まる。自分はコックではあるが、給仕ではないと宣言したKormoranに代わりÄnneが給仕を買って出るが、その際、彼女はHerbertがすんでのところで国家評議会議長（注・Honeckerのこと）の市民権を剝奪するところだった時、どうだったのかは、既に一、二度、彼女に説明されたと述べ、Birchel婦人へ料理を運び、良い食欲をと述べてから、庭の道を来るヨブの使者（凶報の使者）Felix Hasselを見て出迎えに行った。

(Ⅷ)

テラスでは皆、食事にかなり熱心に手を伸ばしながら、元副大臣SchluziakはÄnneが不在の間に元中佐Herbertに、市民権が剝奪される議長とどう関わり合ったのか話すように要請し、皆の注目を浴びてHerbertが話し始める。彼はその件に於いて、ある任務を帯び、その協力者になったこと、つまり一九八七年九月、議長が公式訪問で最初にボンへ向かった時のことである。彼等から見て、またモスクワから見て議長は東ドイツに留まるべきであったが、議長は出かけ、ライン河畔で「カヌーの準備、カヌーの準備、ライン河を越え」というワンダーフォーゲルの歌を歌ったという。本来、彼等は狡猾な相手と関わり合ってきたので、彼はゲストハウスでも計算に入れざるを得ない嫌な連中の為に議長に付き従う筈であったが、彼の西への旅行は別の目的に変更された。防衛評議会グループによってである。彼は過去を回顧し、彼の上司が彼にテーブルスピーチ分析係を命じ、「君が不適切な言葉を述べた時、Herbert、判っているだろう。」と言い、更に「彼が不適切な言葉を述べたら彼は西へ留まるべきだ！」と議長に就いても言ったと述べる。彼の話しの途中、彼の昇進が関わり合っていたのであろうとからかったSchluziakですら信じられないように彼を見つめ、「君達はそんなことを彼にしようとしたのか？　君達は彼を再び入国させまいとしたのか？　君達はそんなことをあえてしようとしたのだろうか？」とどもり、Henklerは認めるが、皆は彼自身も真には信じられなかったことを彼の表情に見て取る。しかし彼は続けて「私達は徹頭徹尾そうしようとしただろうし、歴史上で見れば、まだ生ぬるかった[34]。」と答え、Kormoran がかつてエジプト大統領のことで仄めかした、一九八一年一〇月の軍事パレード閲兵中のサーダート暗殺を引き合いに出す。彼の上司は議長暗殺も仄めかしたのである。彼はビールを飲んで更に話を続ける。議長のボディガードが議長の例の歌に就いて報告した時、上司は突然「カヌーの準備、カヌーの準備、ナイル河を越え」と歌ったが、彼以外誰もその意味する所を理解出来ず、彼と二人きりになった時、上司は人差し指で彼の胸骨を叩き、簡単明瞭に説明した。「彼奴はお喋りするだけだ！ 彼奴はもう長いこと不安定な要因だ。彼奴がザール河の所で党の方針に留まらなければ、彼は再び戻れない。モデルはあるのだ。お前だけが知っている歌手への天罰一だ。彼奴がばかなことを語れば、歌手への天罰二が下るのだ[35]。」このナイル河とサーダートの暗殺、ライン河と Honecker の市民権剥奪計画を関連づけての上司の言葉は興味深い。一九八七年九月の Honecker ボン訪問時にこのような事実があったかどうかが現在確認されているのかどうか私は知らない。あくまで虚構の中の話である。しかし彼の失脚二年前のことであり、その可能性は充分にあり得ただろう。

Herbert Henkler の妻 Ilse はこの事実をストーリーにしようとしたが、夫に禁止されたと言い、此処でテラスの上下での論争めいた会話が進展し、Kormoran はそのような事実を知らなかったが、それに興味を示し、議長のテーブルスピーチを分析したのか Herbert に尋ね、国家がその議長の市民権剥奪をする時代になったと言い、それを政治局の最大化と呼ぶが、此の言葉は非常に重要な問題への関わりから気をそらす為であった。しかし、議長のスピーチから話題をそらさない為に、彼は Herbert に君は検閲官と見なされなかったように見える。議長はある日再び居たのだし、武器で国境を破ったという話も読まなかったからと述べる。此の辺りにも Kormoran の口を借りた Kant の風刺が見られる。Kormoran の此の言葉に対し、Herbert は彼の分析が何処に行ってしまったのか知らないが、分析の手掛かりは充分にあったと言い、忌まわしいスピーチとして、ドイツ全体が突然、あらゆる平和的な二度と戦争をするなという響きで満ちたと応じ、議長が往きには闘いの為にと、くどくど喋っていたのに、誰が平和に就いてより明るく歌うことが出来るのかという宴会の席での争いになったと語り、結局、彼等は一人のザールラント人と関わり合うことになったという。

Kormoran は Herbert 達がその方針を貫いたらどうなったかいつか描いてみたいと述べ、何故方針を貫かなかったのか尋ねると、ロシヤ人達が議長は知りすぎていたので、帰国を望んだと語る。Kormoran は一方では Herbert が Ilse に事実をストーリー化させなかったのは正しかったと述べるが、他方では彼等の議長を叱責とギターで語るカリカチュアが無くなるから残念だと述べる。Ilse はそれに対し発言しようとしたが、Felix Hassel と Änne が近づいて来たし、Kormoran が話題を転じ、Herbert に「ロシヤ人達というのか？　皆か？　あるいはとりわけ、その功績を我々が既に抹消したあの指導者のことか？[36]」とゴルバチョフを示唆したので、発言を控えた。此の言葉と、それに対するあからさまな憤懣を込めた Herbert の肯定と、ゴルバチョフの言葉を自分に分析させるべきだった、そうしたら彼は今やせいぜい「素晴らしきバイカル湖」の歌を歌い出すぐらいだろうと言い、「素晴らしきバイカル湖、汝、聖なる海、ゴミ容器の上で私は汝に強いるのだ！[37]」と歌う Herbert の姿勢に、東西ドイツ統一後の東ドイツ知識人のゴルバチョフへの否定的評価と議長を更迭することによって東ドイツの存続を願った願望が描かれていると言えよう。此処にも Kant が「文学カルテット」誌によって危険視された理由があろう。[38]

此のバイカル湖の歌に Schluziak 夫妻と Birchel 婦人が唱和しようとしたのを防ぐ為に、Kormoran は手を口の前に当て、「元中佐一派がその方針を貫かなかったのは彼、つまり私達の議長にとって本来、気の毒であった。さもなければ我々の全員のテーブルスピーチ家は今日、強制的亡命先から戻って来たら、損害賠償と彼の財産の返却を請求出来るだろう。[39]」と言う。これも元国家元首に対する強烈な皮肉であり、またかつての西への亡命者達の統一後の東ドイツに対する要求への批判でもある。損害賠償とか幾つかの言葉が Änne によって禁じられていたことを彼女の聞こえない所で Kormoran が口にしたことから Grit Schluziak, Ilse, Herbert の間で話が進展し、言葉を禁ずることは精神的損傷に至るという話になり、人をうんざりさせることをめぐって Birchel 婦人も話に加わり、会話は現在の歴史に関わるものから現在の一般的話題に転換する。Kant のいつもの手法である。

すぐに彼等の意見は一致したという表現で、もはや聞くこともない統一後流行の言葉が挙げられる。信託会社

（注・統一後、東側の資産を買いまくった西側の会社）、ロストックの牧師、通りの改名、首都移転論争、ＡＢＭ、定年前退職、受け止めるべき衝撃、社会的折り合い、年金、改悛、改革、進展、巻き添え、除外、西側の連邦州、旧東側の州、不法な国家（注・旧東ドイツ）、保険金の支払われない日。更に彼等の意見がすぐに一致したことは、新しい情愛のこもった語彙が彼等を労っていると称する話であり、その例として、Wessi, Ossi, Dissi, Assi, Knacki, Gorbi, Honi, Stasi が挙げられる。しかし、庇護権に関して人々は彼等に対し沈黙せざるを得ず、アカデミーに就いても、アスベストと建築物取り壊しに就いても全くそうであると。あるいは所有を意味する、私の弁護士、私の株、私の税理士、私の解約告知というような一連の言葉に就いても同様であるということである。またすぐに彼等の意見が一致したことは、国内という言葉に対し国際という言葉が使用され、より悪化した仕事に就いて聞き、交易は進歩とはまず言えないことである。いずれにせよ進歩はなく、児童労働が復活し、初夜権は恐らくまだとは言え、Frau Professor（女性の教授）はその元の意味、教授夫人に戻り、全ての女性達は再び炊事に従事することになる。更にすぐに彼等の意見が一致したことは、古里の道が今や私道と言われ、地球はますます頻繁に国連軍を必要とし、Atlas（地図帳）という言葉がますます Altlast（古い重荷）のように読まれたことは彼等を楽しませなかったということである。社会主義国東ドイツの資本主義国西ドイツへの併合、世界的な社会主義崩壊に伴う様々な弊害が皮肉を込めた強烈な言葉で語られていると言える。

しかし彼等は長い思考の後にすら元大臣が口にした「敗れたことはまだ敗れた儘であることではない！」というスローガンに一致出来なかった。それは思い違いだと Kormoran は言い、他の者達は考えているみたいに沈黙していた。Ilse Henkler は躊躇っているように見えた。彼女は敗れたとは思っていなかった。彼女の勤めている雑誌社 Depesche（筆者注：電報、至急便の意）のことでは若干そう思ってはいたが。しかし彼女は義兄の誕生日に彼と争おうとは思わず、Depesche のことで言えば私達はそう言えると述べた。東ドイツの事実上の西ドイツへの併合を敗北と見るかどうかのそれぞれの感慨と言えよう。Ilse はそこで社名が Neue Depesche に変わった雑誌社に於ける今週、使用禁止の Unwort（言語と言えないもの）に就いて述べる。それは unkaputtbar（毀れ難い）という言葉で、毀れ難い関係とか、毀れ難い愛とか、毀れ難いドイツとか、毀れ難いドイツ語という造語であると述べる。Kormoran はすぐに反応し、毀れ難いとは楽しいと言い、言語上の意図を持った宣伝用ギャグだと述べ、そのひな型に従って多数のあり得ない言葉を作れると語り、毀れ難いドイツとは素晴らしく、ぴったりで、今週の言語と言えないものではなく、時代の言語だという。彼は此処でそのいかれた言葉への関心を毀れ易いと言われた彼の心臓人工弁に結びつける。しかもそこには既に医者の Felix Hassel が到着しており彼の妻 Änne と話していた。

Herbert Henkler は Kormoran の陽動作戦に同調し、表現禁止に関しては最有力候補があると言い、御機嫌いかが（Wie gehts?）という問いで、それを正規に自分に禁止していると述べる。そしてそれへの応えは唯一の言語と言えないもののカタログのように聞こえるが、失業の（arbeitslos）というようなAから、手に入らない追加年金（Zusatzrente）というZに至る迄、機嫌は良いですと言えないような全てが提供されていると語る。統一後のドイツへの痛烈な皮肉である。

（IX）

Herbert Henkler の話にうなずいていた Grit Schluziak は彼女がかつて貿易商として西側より輸入した商品に対する西側指導者の禁制品への疑いと返還要求に就いて心配し、Ilse がその懸念をからかうが、Kormoran は争いの広がるのを避ける為に、西側指導者が返還要求するのは不法な国家による締め出しでその指導を妨げられていたその国民であり、君や君達、彼や貴方や、私や我々の返還であり、その戦友達の返還であり、統一協定による損害賠償であり、指導的役割の回復であると述べる。此処にも H. Kant の皮肉を込めた西側批判が読み取れる。不法な国家とは言うまでもなく、旧DDR、東ドイツのことであり、その国民は旧東ドイツ国民である。

しかし Kormoran の言葉も Grit を不安にすると考えた Herbert は更に発言し、彼女を安心させ彼女の強気の発言を引き出す。彼は更に彼女を第一次世界大戦中の伝説的な封鎖破りの艦長 Felix Graf Luckner に喩えたのである。その時まさに同名の医師Felix HasselとÄnne Kormoranが庭の道に現れたからである。Hassel教授はこれに応え、そうFelixだよと階段の足下から叫び、それとなく皆に会釈をし、Kormoranに向かい、話しかける。Kormoranは待つのも関係のない無駄話も今や終わりだと確信する。Hasselは彼に誕生日の贈り物として、「資本主義の不可避性」というサブタイトルのある『生態学』という英語の分厚い本を贈り、彼は感激して喜ぶ。彼は自分を教化する為にその本を読むと言い、その感謝の気持ちを述べる。此処で此の本のタイトルをめぐってGrit, Änne, Ilseの間で話が進展するが、彼女等は現実を見るとその不愉快なタイトルに同意せざるを得ないのである。彼女等の間で非難の応酬に迄至ったのは、社会主義の不可避性の為に努力しなかった相互の姿勢に対してである。

論争を聞いていたFelix Hasselはあからさまな論調の日なのかとKormoranに聞き、後者はあからさまな心（心臓）の日だと答え、前者が家の中、または庭に行くことを提案したのを断り、携帯電話により皆が心臓人工弁の危険性を知っているので、テラスに留まり、危険性の結果を知りたいと言う。彼は答えを待たず、Hasselの方に再び向き、自分で嵌めたさるぐつわで窒息するような呪われた秘密主義は嫌だと言い、一人工弁あたり一四パーセントの死亡率故、彼の場合は二八パーセントだと述べ、自分の場合は率を低く見て欲しいと言う。HasselはKormoranの加算法はともかく、医者の沈黙の義務を主張し、ここで、Kormoranは元国家防衛評議会中佐Herbert Henkletの方に向き直り、秘密主義攻撃は彼の職業にだけ向けられたのではなく、手術の麻酔の後にKormoranが喋ったであろうことを知らせなかった医者の秘密に対してであると語る。それに対しHasselは人が分別を失っていた時に口にしたことを知るのは、その人の為にならないからと応じる。その上彼は、生への期待が劇的な衝撃によって減少した時、それを生の質の悪化と、言えるのだろうかと一般的な問いをしてから、七二パーセントの生存率も認める。Kormoranは信ずることは彼の強さではないと言いながら、数年前から此の心臓の器具なしには人生をやって行けなかっただろうと述べる。彼がテキサス製の器具と言ったのに対し、Gritがオハイオ製と訂正したことから、彼はそのようなことはどうでも良いが、彼の心臓の器具は彼女等が輸入禁止を破って手に入れた物で、彼はそのお陰なのかと尋ねる。その可能性もあると彼女は答えるが、何処からどの品物が来たか今はもはや思い出せないと応じる。しかしそうだとしたら彼女に密輸された二年間を感謝すると彼は言う。そこで隣人の Birchel 婦人は余計な口を挟み、非難の視線を浴びるが、突然「今や赤色戦線兵士団の到来だ！」と告げたのである。一方 Herbert Henkler はテラスの手すり越しに眺めて「おー名誉ある編隊と共に！」(40) と呟き、古い情報関係の戦闘的言葉が自分の内部に存在するのを示したのである。

他の人々はまだ見てはいなかったがシャルマイとギターと太鼓の音、皆が知っているメロディー、彼女は今日行進用のブーツを履いていたのかを、聞いたのであり、そして、ソビエトの先唱者風の明るい声で歌われている方言の歌を聞いた。今や皆、テラスの縁に集まり三人の中年の女性と一人の中年男性で構成された行進を見た。拍手の中、テラスの階段を上り Kormoran の前に整列した彼等は誕生日のお祝いを言い、此の地域、つまりシュレースヴィヒ＝ホルシュタイン地方の農業労働者の歌を歌った。此の流浪の左翼（Heimatlose Linke）と名乗る楽団は更に歌詞を変えて、Kormoran の心臓人工弁に触れ、例の信託会社批判もする。Kormoran はしかし更にその輪唱が続く前に、心から感謝の念を述べ、彼等と握手をし、元の歌を知っているので、膨大な残りの歌は晩に歌ってくれと提案する。その理由として彼は Grit がオハイオへ旅立つ前に話し合う必要を述べ、Horst Schluziak も Änne Kormoran のことに触れて、その提案に肩入れをし、彼等に飲食するよう勧める。Herbert Henkler は彼等にタブーを無視して歌うならと、「牧師 Gauck は Strasi 文書を洗う、彼の牛がそれに糞をたれたから」と Strasi をもじった歌を提案する。その提案は彼等に気に入り、彼等は飲食し、陽気に歌い始める。

しかし Kormoran は前よりも幾らか大声で、幾らか鋭く歌を止めるように叫んだので、歌声は止む。彼は歌手の男性にもう一度手を振り、皆に感謝をする。それに対し Felix Hassel は Kormoran に対しほくそ笑み、素晴らしい歌の企画だと賞賛し、君の前に居るのが君にテキサス、いや、オハイオからの心臓のスペアを装備した彼のクリニック医療器補給部門の長 Auferstell 氏だと語り、その医療器具を輸入した Grit を初めとして、その場に居た各人がそれに対して様々に反応する。Auferstell は人工弁をオハイオ製だと思うと述べ、それは、Grit が居るので説明済みだろうと言い、Kormoran に彼が此処に来ているのは彼の職務の濫用だと語る。その言葉は Kormoran を捉え、Kormoran はあることを問い合わせたいと思うが、残りの人生に関わることなので、彼は気を静め、Änne も Felix も重要なことだという印象を示さなかったので、新しい客に向かって、告白しようとするのはおおかた責任のなさを超えることで、何が問題なのか尋ねる。Auferstell氏にとって、難しい話をすることは困難ではなかった。人民所有企業の時代には過度の望みと限られた可能性の間を彼は調停せざるを得なかったが、医療生活が他のこと同様に自由になって以来、彼は個人の限りある支払能力と私的企業の限りない売り上げ意思の間で同じぐらい神経を磨り減らしていた。此処には社会主義体制の元である矛盾に悩んだ人間が、移行した資本主義体制の元で別の矛盾に悩まざるを得なかった事実が語られていて、非常に興味深い。そのようなわけで、彼は状況が要求したように、しなやかに考え、語る、意気消沈した人間になっていた。彼は、Kormoranの誕生日という状況を考慮して開けっぴろげで手短に、クリニックの人間と紹介されたが、何よりも詩的な人間として来ていると話す。Kormoranは歓迎すると言い、二人の間で創作をめぐる会話があり、Auferstellは厳しい批評家としてのKormoranの評判を知り、今日の祝典のきっかけを知ってはいるが、ある考えをもう検討したいと語る。それに対しKormoranは防御の姿勢を取りながら、受け入れようとし、Felix Hasselの方に視線を送り、その考えが技術者の技術上の人体への設備に関する場合は別だと述べ、心臓の純粋性を監視するあるチップを有り難いことに開発したのかという。彼の心境を理解したÄnneは、彼が恐ろしい知らせの故に友人で専門家のFelixと話したがっていることをAuferstellも判っているので、時期は良くないが二人で家の中または前の方の離れた所へ座り、話すように進言する。Kormoranも二人だけでという提案に乗り、Felixとの話を希望し、隣人のBirchel婦人が派手な女性がやって来ると叫んだ時、ÄnneはFelixをKormoranの方へ軽く押しやり、早く消え失せなさい、派手な女性は緊急に聞きたいのではなく、待てるのだと言い、二人はその場を離れる。近づいて来たのは、Gerrelind Baumanovaという派手な服装の世界的に評価されているが、業界や当局からはその仕事の故に賞賛され、その発言の故に好まれていないドキュメンタリー・フィルムの女性カメラマンであった。

新しい人物の登場である。彼女はテラスの階段を駆け上がり、人々を抱き、「此の場所を、心の拠り所を彼等は貴方達から取り上げようとしているの？　此の……」と語り、Änneが紅茶を勧める間、此の別荘地を更に「暗い地上のハレーション」と呼び、更に「ドイツ知性の閑静な地」と命名し、「そして此の桃源郷が今や占領者達の獲物になるの？」[41]と言う。

東西ドイツ統一以前の旧西側住民達による旧所有地への返還要求をめぐっての会話であり、占領者達という発言に旧東側住民達の複雑な感情、反撥が反映している。

貴方達には利口な弁護士はいないのと彼女が言うと、いるけれどとÄnneは答えてから、私達は住居と弁護士のことは話さないと今日は賢明にも決め、同様に心臓をテーマにした話題も誰一人強行しないのと話を転換し、この日始めて一瞬間、痛みと悲しみの影を顔に宿したのである。続けてGerrelindの派手な服装に就いての話となり、彼女は東ドイツ時代の長い地味な服装の後に自分の本心を明らかにしたのだと言い、それに対しIlseはそう呼びたくはない貴方の占領者達には貴方の服装は印象を与えたりはしない、彼等が貴方を東の人間だと知っていればともかくと語る。Baumanovaはそこで鞄から原稿を取り出し、幾つかに分けて、皆に配り、それらが感銘を与えるだろうと言い、更に手の大きさ程の包みを取り出し、Kormoranの所在を尋ねる。その小包に就いての質問に対して彼女はKormoranに就いて計画されたが実現せずに死蔵されることになったドキュメンタリー・フィルムのカード目録だと語る。Herbert Henklerが、なんたる物を今日皆が此処へ持ってきたのかと述べたのに対し、Gritが元国家防衛評議会中佐の彼にKormoranに関する書類は何も無いのかと皮肉を込めて尋ね、彼は否定する。話のそのような展開を望まなかったBaumanovaは話題を転換し、ÄnneにKormoranの状態の悲観的な場合を考えてカード目録を持って来たと弁明する。そこには彼の生に関するあらゆるデーターがあるという。そのような発言が気に入らないÄnneはFelixと世界のあらゆる医者に思いついたあらゆることをさせるし、必要と言われた場合には彼をシャーマンの所へも連れて行くと述べる。その発言に対し、その必要はないとAufderstellは言い、他の者はそれぞれ当惑する。そのような行き詰まった事態を打開する為に、Baumanovaはドキュメンタリーフィルムは駄目になったが、彼女のイデーはカードにあり、Kormoranが少なくとも読んで欲しいと言い、あるイデーは彼の許可と協力の下に実現したと述べ、カセットを取り出しカードの上に置き、それに対しIlseがあれほど大きなイデーが小さな包みの中にあると考えると！、とコメントする。

Baumnovaがフィルムには Kormoran の自然及び人工心臓音を挿入するつもりだったのだと発言し、そこから話題は倫理的問題と臓器提供に発展し、Änne を初め、皆が例の原稿を手に取ることになる。隣人の Birchel 婦人もその原稿に関心を示すが、手に入れられず、彼女は庭の天幕の背後にいる Kormoran と Felix の話に耳をそばだてるが、聞き取れない。

二人は死について会話し、前者は時折忘れるが付きまとう非常な死の不安を訴えるのに対し、後者は今まで人工弁のお陰で生き延びてきたことを信ぜよというが、前者は人工弁の約束よりの短命を気にする。後者は人工弁の交換が不可能では無いと主張するが、前者は後者又は誰かが肋骨をのこぎりで切る今一度の手術の恐怖を思い、不可能だと考える。後者は明解であると同時に無理解な患者は珍しいという。前者は反論が軽はずみに見られたならば成功しなかったのだと認め、これ以上踏み込まないと断言し、なお看護婦の所に顔を出せるのかと心配する。その心配は否定するが、後者は Kormoran が統一後の新時代の政治的用語を使う限り、若い女性達は彼のことを殆ど理解しなかったであろうと Kormoran を牽制する。ソ連共産党史を学ばされてきた統一直後の東ドイツの若者の戸惑いを述べている。Kormoran が聖書にも精通した政治的用語を使ったからである。

Kormoran は Ruth（新しい登場人物）が来たら、今日の朗読を開始すると述べ、彼の自叙伝の最初と夢を語ると言い、常に心を開いて（offenherzig）語るが、しかし二度と開かれた心（臓）の（am offenen Herzen）手術は御免だ！と、言葉遊びをする。更に人工弁がアメリカ・オハイオ製であるのに託けて彼は偉大な鍛冶屋が望む限り Shiley 牧場の蹄の音が彼の中でするると、Felix を鍛冶屋に喩え、Felix との（西部劇）最後の決闘はないと言葉遊びをする。西部劇が好きな H. Kant の台詞でもある。彼は自叙伝の名は「私の中より生まれる物を私の為にする。[42]」と述べる。Felix は彼の言葉に反撥するが、そこに残ることを決め、Kormoran はその場所を離れる時、一〇年あるいは少なくとも八年生きる計画を語る。

その時、例の如く、テラスの入り口のベルとポータブルの電話が同時に鳴り、彼は彼の決意をより詳細に述べる機会を失うが、あるコールサインを待っていた彼は解放され同時に緊張して性急に身を翻し、電話の所へ行こうとするが、Änne が携帯用電話を取り上げ、部屋の中に姿を隠す。そこで彼は Felix に「コールサインごとに跳び上がる習性を止めたい、差し迫ったことへの生が私には必要なのだろう。[43]」と述べ、自発性訓練を強調する Felix 対し、怠け癖を身につけるのが以前からの決意であり、落ち着いていたいと言う。Felix はわざとらしいその言い方に納得しないが、Änne から聞いたと言い、例のベルの背後より Ilse によって発見されたメモに話題を転換し、「Kormoran の箱船（避難場所）。調和用メモ[44]」と本当に言われているのかと尋ねる。Kormoran は多分そうではないと言い、箱船は今日、既に記録文書と混同されたと述べ、調和というのも言語上の傲慢さであると語る。更に利害関係の調整に起因する不和の夜明けが問題になっており、彼が大きな時代の流れに入り込んでいることは認めるが、その流れは彼にとってもどうしようもないと述べる。そして彼は人質交換とかナショナリズム的価値観のような例を挙げて時勢の狂った状況を語り、そういうことは読まざるを得ず、耳にすることは救いとならないと語る。

此処にはドイツ統一後にも解決されていない世界の状況に関する Kormoran の言葉を借りての Kant の感慨が見られる。

読むことが救いとなるとはオハイオからの人工弁使用説明書の場合は別だと、Kormoran は素早く辛辣に述べ、先程述べた怠け癖は多分不足してはいなかったがと付け加える。Felix は回答に戸惑うが、その時 Änne が郵便屋 Blauspanner が今一度来ると伝えてきたこと、Gerrelind Baumanova が彼等を待ち侘びていることを二人に呼び掛ける。二人が芝生を横切って戻る途中、Felix は Kormoran に人工弁の一四パーセントの危険性は公的な物で、二つで二八パーセントというのは馬鹿げていると説明し、身の毛がよだつのならば、注意深く手術をして人工弁を交換すると囁く。

更にKormoranを弾が当たらない昔の兵士の慰めに喩え、それは我々の場合は長いこと人工弁が拒否反応を示さぬことだと述べ、それは別としてKormoranの激しい口調は我々の魅力的な地上に必要だと語り、調和も良いかも知れないが、今は酷いやつの時代だと述べる。しかし今はBaumanova婦人に普通に挨拶して欲しいと頼む。

かなり酷いついでみたいな言い方だとKormoranは語るが、それが死のテーマから誕生日への移行を容易にしたことを知った。Gerrelindを見た時の喜びも彼女の衣装への驚きも自然なもので、彼女の放縦な服装に彼特有な感慨を述べる。二人の対面は見物であった。彼女は彼女の到来に無関心を示した彼を丁度、憎しみ始めたが止めたと語り、許しの印しとして「此処に在るのは貴方への贈り物で、これらの書類を貴方は読んでも良い。」[45]と述べる。彼は例の小包とテープレコーダーを手に取り他の贈り物と一緒にし、読むことは約束していないというが彼女の耳に口づけをし、歓迎する。社会主義的挨拶だとHerbertがコメントするが、彼女は「確かに貴方の誕生日で再生の誕生日ですが、Paul、一人の新しいBaumanovaの誕生日にさせて下さい！」[46]と言う。誕生に際しては古い物に新しい物が加わるように、今まで彼女に就いて知られていたことに、彼女のドキュメンタリー・フィルムから省いていた物が加わるからであるという。それに対しHorst Schluziakは彼等が強要してきたもう一人の女性かと溜め息をつく。しかし彼女はあの年月の間違いを熟慮すると、彼や彼の主要省庁のことを語っているのではなく、彼女自身の検閲官としての彼女、何よりも彼女の対話相手達の検閲官としての彼女のことを語っていると述べ、彼女の書類を読んでいたGritの問いに、彼等の言葉をマイクロフォンやテープレコーダーや原稿に採用しなかった故に、彼等が犠牲者で、今日付で彼等に彼等の発言を返すのだという。

統一後の旧東ドイツのいわゆるインテリゲンチャの旧東ドイツに於ける検閲をめぐる悔恨を語っている。Kant自身の感慨でもあろう。

旧副大臣Schluziakはそのような解決策に賛成しないが、彼女は多くをカットした彼女の戦術に責任を感じ、それに対しKormoranは異論を述べないが、いつもの如く彼は彼女の言葉遣いを問題にし、Grit Schluziakはかつて全国民に与えられていた言葉を今は友人達が受けていると評論家Kormoranの言葉を批判する。それに対し、彼女の夫Horst

は半分の国民、社会主義的国民、後から加わった領域の住民に、と彼女の言葉を訂正する。

此処には旧西ドイツに併合された形の旧東ドイツ国民の複雑な感情が皮肉を込めて語られていると言えよう。

彼はKormoranがその言葉を気にかけると思ったが、落胆させられた。Baumanovaは彼等に議論をさせたくなかったので、筆跡鑑定家の女性Gutschlechtに話題を移し、後者が彼女の筆跡の変化から彼女の近い将来の没落を読み取ったと語る。つまり彼女の書いた物が壁崩壊の一一月ではなく、崩壊後の一二月であると見たのだ。故に彼女はその文を発表出来なかった。革命が遅れたなら発表出来たであろうとIlseは語り、あの転換期を革命と見るか反革命と見るかを問題にし、両者の特徴のいずれも純粋の形で起こらなかったという点では一致すると述べ、雑種的な物だと主張し、Herbert Henklerは同意する。Schluziak夫妻はその主張を支持しないが、転換期というひるんだ表現があのことの性格を反映しているとのÄnneの所見に与する。代議員Birchel婦人が口を挟み、Änneとの間に齟齬が起こるが、前者は彼女の夫が八九年夏、彼女と旅行から帰って来て東ベルリンに列車が入った時、少なくとも国境の鉄道線路の土手を綺麗に保つ力のない祖国を見て、「私達は死に瀕している国へ帰って来ている。[47]」と言ったと語り、結局そうなったと述べる。

そう、そうなったのだとBaumanovaは同意し、二種類の歴史的実情からくる記録としての西側と東側の二種類の土手は彼女に深い印象を与えたので、彼女はそれを彼女の企画に蓄え、Birchel婦人の夫の観点と表現を賞賛する。しかし彼女は中断された話を終わりまで話させてくれと言い、Gutschlecht以外の人々は補償の権利を、つまり彼女によって短縮された彼等の言葉を短縮されなかった物へ戻す倫理的原状回復の権利を求めてきたと語る。Felix Hasselは彼女の話は占領者（注・西側）の考えだと異論を挟むが、それは私的な物だと彼女は応じ、今は職務上、芸術上のことを更に話すと言い、Gutschlechtに就いてのフィルムに続くのは現代史の他の人物達に関する作品だと述べ、NPD（注・一九八四年以来の西ドイツ右翼政党ドイツ国家民主党）のFahnen-Franze（旗印を、フランツ達）、Kopf-Ab-Johannes aus Zäher-Härter-Flinker（頭をそらせ—ヨハネス、しぶとさ—堅さ—機敏さより）、爆弾を好んだDr. rer. nat. Schnitkeを挙げ、居酒屋の停主の孫達にまで至ると語る。別の言葉で言えばGerrelind Baumanovaの動物寓話だと言い、これらの人間違を裁いたと彼女は述べ、彼女は今ある人の所へ出向くという。

Kormoran は Gerrelind の仕分けした原稿を見て、その原稿に書かれている人物達は彼女の犠牲者達であるのか、彼女の裁判官達であるのかと尋ね、彼女が彼等に就いて示したことは事実だったのかどうか、彼等を悪く取り扱ってきたので、彼等はより良くなるのかと尋ねた。それに対し彼女は明確に答えず、それらの素材から彼女に対する法廷を作り上げると述べ、自分を十字架に架けるのかと尋ねた Grit Schluziak に対し、罪があるので、そうするのだと答えた。Herbert Henkler も言葉を挟み、Gerrelind は党派制から離れ、信用に値する物として記録と女性記録者の間の対話を仕上げたいと語り、その記録映画の色調に就いて尋ねた医師の Hassel に対しそれぞれの記録によって異なると応じ、Kopf-Ab-Johannes に就いて省いたことを今回は採用すること、Birchel 婦人がその相違に就いて理解しがたい思考と考慮の間の関係に関する Dr. rer. nat. Schnitke の講演を、彼が完全な殺人者で爆弾製造家であったが故に、彼女は採用しなかったが、彼は非常に興味深い思考を示しているので、今度は取り上げることを述べる。医師 Hassel は非常な関心を見せ、Änne は反撥するが、Gerrelind は Schnitke が化学者として、ミサイル弾頭等戦争に重要な機器を造り出せるし、心臓弁も造り出せると語る。

禁止されていた主要な単語、心臓弁が口にされ、混乱が人々の間に起こるが、Hassel が Schnitke の明解なお喋りを当時、採用しなかったことは今では恥と思うかと尋ねたのに対し、Gerrelind は彼女の思い上がりを恥ですと答え、ミサイル弾頭や心臓弁という化学に就いて知らなかったのに検閲官を演じたと語る。しかしタブーの言葉をこれ以上語らせない為に Änne がその話は止めようと言い、彼女の映画は良いし、それは化学に就いてではなく、モラルに就いて取り上げているように思えるとその場を取り繕う。また禁止されていた概念が使用されなくなったので、Kormoran は辛辣に次のように言う。弾頭と心臓弁はついでというわけか、彼女の映画がモラルでもミサイルでもなく、単純に一定の実用品を取り上げ、我々の商人達、とりわけ女性商人達に推薦したならば、なお良かっただろうに、もし彼女等が一定の非常に高い品物を今一度アメリカで買わなければならないならば、オハイオではなくテキサスの方が良いと。

統一後のGerrelind Baumanovaの映画に対する姿勢をめぐるシーンは非常に興味深く、最後のKormoranの言葉はKantのユーモアと風刺とウィットに満ちた言葉でもある。

(XI)

医療器部門の長Aufderstellは躾の良い客、驚くべき人物として、事態を理解していず、それまで発言しなかったが、いまや一定の相手にではないとは言え、非難は不適切だ！ と述べ、改めてKormoran博士がたった今口にした言葉は適切でないと言い、非難は実際の状況には適していないので、それを徹底的に論破出来ると思うし、Schluziak婦人はオハイオの心臓弁に関して既に説明済みと信じていたと語る。彼はBaumanovaと彼は此処では客なのだと言い、「Baumanovaの後悔」が我々の話題になっているのに、貴方KormoranをBaumanovaを悩ましたりしない事柄をどうするつもりなのかと問いかける。それに対し後者は彼女に上述の目前にある再生後の目標を達成するように勧め、前者には話を先に進めるように促す。前者Aufderstellは躊躇するが、Felix Hasselにも勧められ事態を報告するつもりになり、その場に居た者は様々な反応を示す。彼はSchluziak婦人が黙っていたことを不思議に思うが、ジャーナリズム関係のIlseとBaumanovaには口外しないことを求め、Henklerにはその得意な秘密厳守を願い、他の者達にもコメントを与える。

その上で彼は製造会社Shiley Inc.がその顧客達に対し心臓弁の欠陥を発表し、その欠陥によって利用者の生命が終わると語る。勿論全ての人工弁が一定の不確実さを生みだすのではないことをKormoranは知るが、それがいつ起こるかは判らない。此処で重要な知らせが自分には当て嵌まらない文明化された人間達がそのような知らせに余り反応しないことが、それぞれのその場に居た者達に就いて描かれる。皆その事実より逃げようとし、嘆いたり、絶望的仕草を示したりしないし、Kormoranを護る為に、愛の為に抱きしめたりもしない。しかしジャーナリストのIlseにはまだ優しい心があり、彼を慰めようとして、「そういうこと全ては明日のSPIEGEL誌に書いてあるが、比較的年老いた（中年の）人達は若い人達程、危険に晒されていないともそこに書いてある。[48]」と語る。此処で始めて今まで述べられなかった彼女がハンブルクから携えてきた知らせが明らかとなる。Kormoran は比較的年老いた（中年）と老いた（老人）の相違を述べる機会が今あるかどうか考えた末、「そう、慰めてくれる人よ、昨日のそれと同様、明日のSPIEGEL 誌もその信頼性がただ測られている。[49]」という。Kormoran に託された Kant の痛烈な皮肉、批判が此処に在る。

彼の断言に明らかに満足して、彼は Aufderstell 氏に彼にも彼の妻にも Felix Hassel 教授にもそれは新しいことではないと語り、Aufderstell は更に新しいことがあると言い、語り出す。彼の言によれば、Grit の官庁を通して人工弁は中央供給所に来たのであり、それは形式的には財務省のある指導者の依頼によるもので、その男はある日、炭素で出来た西側の人工弁一つ当たり、東方のワゴン二台分の褐炭が必要なのか？ そうだとしたら国全体が炭坑になるか、そのかなりの住民が何の供給もない地底王国に行かねばならぬと言ったと述べる。その言葉を引き取った Grit は人工弁が素材を非常に浪費することを示唆し、彼女の夫 Horst は彼女が Kormoran への供給が滞った時、苦労したことを述べる。Aufderstell は Hassel 教授に叱られる前にその場を去りたいと言い、財政面でオハイオからの輸入が中止された時、何が企画されたか Grit は覚えていないが、彼は覚えていると述べ、ポーランド関連を利用することになったと語る。Grit も覚えていることを認め、ポーランド関連とは Łódź の素人細工人達で、創意豊かな人々だと語る。Ilse も言葉を挟むが、Gerrelind は誰も彼女の後悔に関心を抱かなかったことを苦く思い、Ilse の言を無視して怒りを紛らし、誰かがその人々を記録にしたのかと尋ねた。そこから更に話が進展するが、テラスの上をつらそうに歩き回っていた Kormoran も上述の事態にコメントした後、Felix Hassel に彼のクリニックもその人工弁をテキサスやオハイオからではなく、Łódź の店から手に入れたのかと問いかける。Felix は彼もたった今、聞いたのだと答え、Aufderstell が何に就いて話したのか、理解出来なかったが、それが深刻な意味に関わっていたことは理解出来たと述べ、しかしその緊急性は目下、Kormoran によって発揮されたと迄、言う。

一方、Kormoran は Änne より視線で、しっかりするように示唆され、彼の胸中にある半狂乱の状況に対して助力出来る者は此処には誰も居ないが、その状況を知るのは彼だけだとも示唆される。その点、案出された器具によって体腔内という暗黒街を透視される彼女の患者達より彼の方がよりましだとその視線は語り、その有利さを利用し、彼の人工弁という機関室に命令し、不安を圧倒し、それを書き記し、彼女と彼自身の為に彼自身の中に介入し、彼自身にブレーキをかけるよう語っていることを知る。彼はそれを試み、ゆっくり歩み、彼の誕生日の客達についでに「ポーランドの弁には何ら反対ではない――それは我々の心臓が再び魂の居所になるように確実にしてくれる。ワルシャワというヨーロッパの心臓に似て。しかし、ポーランドŁódźからの知らせは糸鋸と蠟付け用筋合金を思わせるし、Aufderstell氏によっても、明日のSPIEGEL誌によってもチタンと高度に重合された炭素から出来た器具ですら折に触れて壊れることを我々は知っている。[50]」と述べる。しかし彼の不安は克服されていないし、かつての東ドイツの住民は同じかつての社会主義国の製品を信頼せず、アメリカの製品を信頼している事実を示しており、当然とは言え、興味深い。彼はしかし妻Änneの視線に牽制され、それ以上深入りしないが、ただ「此処に集まった医学はポーランドのルーレットとテキサスまたはオハイオの拳銃の交換に就いて実際にどう思うのか？[51]」と尋ねた。Kantの例の西部劇好みがKormoranの同じ西部劇好みのウイットに富んだ言葉として表れている。それに対しÄnneもウイットを込めてFelixが心臓を石で造るのを妨げたし、かつて手術前に新しい部分を検査したと答えるが、内視鏡を心臓弁と区別は出来るが、オハイオ製の弁をŁódź製の弁とは区別出来ないと語り、本来の問いは移植された付属品がShiley氏の代わりにCzilanowsky氏に由来する時、それがどう違うのか？ ということだと述べる。それに鋭く反応したFelix Hasselは存在したのはShiley弁だと主張するが、医療器部門の長Aufderstellは決然と教授に反論し、Shiley弁ではなく、見かけ上のShiley弁で、その模造品だったと主張する。更にHerbert Henklerがポーランド製の弁、Łódź製のクローン、ポーランド製のフィアットも悪くないと言葉を挟み、前者がポーランド製のShiley弁も悪くないと同調し、もう盗用模造品に就いて話さざるを得ないだろうが、それはほぼ完璧な仕事だったと述べる。それでは何処に欠陥があるのかと憤激したKormoranが尋ね、それらの器具は死者を出さないのかと述べ、Aufderstellはほぼ完璧だがただ完全に完璧ではなかったと語る。そこでKormoranは、それらの弁はことこと鳴らないが、ショパンの曲を弾くのかと皮肉を言う。それに対し前者は化学の問題で、Łódźの製品は合金にずれがあり、オハイオのCincinnatiのトリックに到達しなかったと答え、Hassel教授は一寸した合金を除いてはŁódźの例の盗作者達は完璧な仕事をしたのか、何故より良い仕事をしなかったのか?と質す。ある意味ではしたのだとAufderstellは応じ、我々が怪しげなŁódźの零細企業の人々と呼んでいる彼等はオリジナルな機器が壊れる箇所をほんの少し強化したと答え、一旦彼の報告を中断するが、Änneに促されて、東ドイツの供給領域の機器が西側の供給領域の機器より故障率が少なかったと語る。それにBirchel婦人がいつもの如く反応し、Herbert Henklerはまたもドイツの分裂とは!と語るが、最近迄の分裂に就いてよりもこういう分裂に就いては悲しげには見えなかった。

この当たりのKantの描写に彼の統一後の姿勢が反映しているが、ともかく盗用されチタンを織り交ぜた人工弁の情報が直接、患者Kormoranに係わるので、皆が彼にお祝いを言い、それぞれの喜びの姿勢を示す。旧副大臣HorstはCzilanowsky家と自己のSchluziak家というポーランド出身を誇り、彼の妻Gritも同調し、Ilseは義兄Kormoranの首に飛びつき、ハンブルクの人々より多くのことを知ったと喜び、Gerrelindはデータに忠実だと社会主義世界体制の優位性を証明するのは必ずしも容易ではなかったが、上述の例はそうであり、不機嫌にそれに突き当たったのが遅すぎたと語り、Felix HasselはAufderstellと堅く握手をする。しかしÄnneはオハイオのCincinnatiからの情報では夫Kormoranは希望よりも救われる可能性が少なく、以前よりも危険に晒されていることを単純な夫に言うべきかで、喜びには同調しない。此処も非常に興味深いシーンと言える。

此処で彼女と彼という夫婦の特殊な関係が述べられ、「一心同体（一つの心と一つの魂）というのは彼等の共同連帯の表現として殆ど当て嵌まらなかった。[52]」とある。彼等は互いに好きだったのだが。つまり一人の心（心臓）はもう一人の心（心臓）から極端に自立して機能していたこと以外は普通だったのだ。此処にドイツ語ではHerzが心、心臓の意味を持つことにかけたKantのいつものウイットがある。従って魂の場合は別で魂同士は矛盾してなかったとあり、彼女は結局、先程のことが情報なのだ!と言い、今日は何日が誰か偶然に知っているか?と尋ねたのに対し、六月一四日とAufderstellとBirchel婦人が機械的に答えたのみでなく、彼女の忌まわしい問いに笑わなかったのは彼等だけではなかった。その日が誕生日であるKormoranは何の悪気もなしに全然知らないと言い、様々な考えに沈み、彼を知らない観察者には彼が放心して居るどころか、幾らか愚かに見える程であった。彼の頭の中は、オハイオで考案され、Łódźで改良された弁のお陰で、心臓弁破壊の可能性は彼には当て嵌まらないので、再び完全に健康なのだという考えで一杯であった。彼は自然な心臓弁と人工弁が病気であった部分が、健康な部分で装置されたと考えており、病気であっただけでなく、うまく行く筈であったろうし、うまく行くと考える。オハイオの改良されていないアメリカのいわば乱暴者の人工弁は全く彼の中には入っては来ず、そうしてくれたのは旧東ドイツの財務相であり、そのような人工弁をGritは鉄のカーテンの向こうから取り寄せなかったし、彼の鉄の部分を鉄のカーテンのこちら側から取り寄せたので、それは大丈夫だし、その限り彼も大丈夫だと考える。此の辺りの表現にもKantの風刺とウイットが見られ、旧東ドイツへの愛着が窺える。引き続き一〇年あるいは八年は生きられるというKormoranの安堵の気持ちが語られる。しかし、幸せの余り愚かに見える彼の顔や彼の思考の中を見る彼の観察者は少なく、人々は彼にお祝いを言うが、自分等がいつの日かそれを必要とした時、再び此のような好ましい奇跡が期待されるのかと自問する。しかしそれは束の間の熟慮に終わる筈であった。生命がKormoranの場合のように二重のリズム（注・二つの心臓の鼓動）の交代を二度に亙って（注・自然な心臓と人工弁装置後の心臓）許されたということは殆ど推量されなかったからである。

いずれにせよ、Kormoranがより年を取るであろうこと、一〇年いや八年への展望を取り戻したこと、とにかく彼の恐ろしい特殊性から脱出したこと、最も普通の死を迎えるであろうことが分かり、彼の為に特別に振る舞う理由は無くなったので、仕事の上でも男性重視の傾向とか様々な理由から、此処最近無気力に近かったGerrelindはÄnneに励まされKormoranの二重の意味でのお祝いにカメラが許可されなかったことを改めて残念だと述べた。何故なら此のような気分の高揚に彼女は多分今一度、生涯には陥らないだろうから。Änneも賛意を示し、彼女の妹のIlseも椅子の上に跳び上がり手を突き上げて賛同するが、前者はハンブルク関連のニュースはポーランド関連のニュースをKormoranの許可なしには知ることが出来ないと揶揄する。

またKormoranの記念日への他の参加者達はあの混乱と不整脈という事態から如何にして祝賀的な状況になったのか知らないかの如く振る舞ったのであり、GritはAufderstellの首に飛びつき、二つの人工心臓弁の分、二度の口づけをし、彼女の夫Horstはそれに異議を唱えず長い間眺めてきた目で、救われたKormoranを楽しげに眺めた。そして東の秩序の逆転以来、市民Kormoranがもはや彼の監督下になく、Kormoranが祝い事の経過の中でどうしてその最初に自分に関連する日記（メモ）が自分に手渡されたのか知るであろうと確認した時、彼は先ず、Birchel婦人の動きに気付いたのである。彼女は丸めた新聞紙を指揮棒のように、しばしば鼓手隊の指揮杖のように、しばしばそれ以上に棍棒のように操作し、あの「牧師さんは牛を……」という有名な農業労働者の歌詞の部分を口ずさみ、そして例の流浪の左翼と名乗る楽団が、今度は三人の年老いた小柄な女性だけでその歌が辺りの楓の地域を揺るがす程に庭から行進してきた。その歌声は藪と草地を通し朽ちかけたテラスの上まで響き、「懇願し、希望し、今はそこ迄、明日より正義が起こる。誰にも彼にも、会社にも。歌え、歌え、誰にも彼にも、会社にも。（中略）牧師Gauckはその牛を！」[53]と歌詞を振り、彼女等はテラスの下に勢揃いした。そして並んだ彼女等の半円は目立たなかったが、太鼓とシャルマイが加わった嘲笑や冗談や怒りが満ちた物が耳に響いてきた。彼女等は更に、創作した時局に係わる歌詞等を韻を踏まえてソロで歌い合唱でリフレインした。その歌詞は牧師Gauckがガーデンパーティを開き、主賓はJoe McCarthyでGauckが牛に乗って行進したとか、Gauck官庁の好みのうるさいコックがGauckの牛でステーキを焼いたとか、Krause氏はGauckの牛の牛乳から乳脂を掬い取ったり（上手い汁を吸ったり）しなかったが、それでもただ予測する所、その牛乳は飲んだとか、Gauck等の右傾化に関わり、KantのGauck官庁への批判は鋭く、やはり彼は統一ドイツにとっては危険な作家と言えるのである。[54]

そこにはKormoranも居て、芸術に草臥れたような仕草をした時、彼女等はたまたま、行進して去ろうとしており、去って行く彼女等にFelixと一緒に激しく手を振り、鳴り止んで行くリフレインを歌った彼は贈り物のある机の所へ行きバイオノミックス（Bionomics）という珍しいタイトルの本を手に取り「一〇分間横になる。」とÄnneと皆に伝えた。更に改めて八年は年を取ることを強調し、彼の回想記の最初を読んでくると述べ、皆が関心を抱いて彼が戻るのを待つように期待した。

（XII）

第三章でKantは読者に向かって、此処では語り手の不快な要請、つまりジャンルの柵を跳び越え下手な詩人に走るという望み、従ってある全く愚かな行為に就いて語るであろうと先ず述べ、彼がMamaという語を辛うじて書けた時にMama ist Ramaという韻を踏んだ意味のない詩を書き、正書法を教えられ、数十年たって正書法はより確かになったが、詩への関わりは全くそうならなかったと語る。それは救いようのない好みと邪道の名誉欲の例であって、ほぼ忘れ、治癒されたが、よりによって「牧師さんはその牛を」という歌で再び揺り起こされたと述べる。彼はその歌の高地ドイツ語第二節「復活祭には牛は太って丸々（drall）、聖霊降臨祭には死んでいた、牛小屋で（im Stall）。」が狭い限界の中で広い内容を伝えており、死と生以上の相違は存在しないと述べ、この二行の節は脚韻を踏んでいるだけでなく、内容でも韻を踏んでいると、「復活祭と聖霊降臨祭」及び、誤解の余地のない生の記号「太って丸々」と死の記号「死んでいた、牛小屋で」を挙げる。またその詩の一般の聴取者への明瞭さの故の問題点を指摘する。つまり「死んでいた」は芸術上の欠陥で、未知の作者が半ば隠喩的な「冷たくなっていた」としなかったのは顕著な謎であると語り、更に牛が月並みな型として使われている臨機応変な替え歌の詩人達が存在すると述べる。つまり我々をあるテキストに引き付ける為に、需要が減る時、収益を上げる経営手段の規則が文学的な物にも取り入れられたと言い、第一節のオリジナルな例の三行の歌を挙げ、それは理想的だと語る。(55)

その理由としてその歌が楽しい集いの歌から一定の時代の一定の領域に対する政治的暗示へ移行することを述べ、その例を挙げる。一方オリジナルな歌は最後のドイツ身分制国家と紋章動物、つまり大公国メクレンブルク――シュエーリンと牛を暗示しているが、強さの象徴である牛（Stier）が愚鈍を意味する牛（Ochse）と解釈されることも免れないとも彼は語る。

語り手は続けて、シュレースヴィヒ＝ホルシュタインとメクレンブルク間に現在は経済上・イデオロギー上の厳しい境界があること、今日政治的名誉欲を抱いた多くの神学者達が歌の中の牧師になるべく東の方から来ていること、その内の一人には彼等の原理、つまり宗教改革以前ののさばり坊主気質がとりわけ見られること、それらは後からの翻案者達にとってどうだったのかと Kant ならではの牧師 Gauck への痛烈な批判皮肉を言う。更に流浪の左翼楽団が積極的に当てこすりを考えたなら、牛を意味する Ochsen の訛り Ossen が統一後の旧東ドイツ人への蔑称 Ossi に容易に変わり得たことはどうだったのかと述べる[56]。正に興味深いコメントと言える。

語り手は此処で再び読者に向かって、彼の散文が理解される為に鉄の足枷のような脚注を付けてないかと問われているだろうかと述べ、それを否定する。そこで伝承されてきた輪唱の今日の目的への適用性の場合は別だと述べ、牧師と牛に係わるオリジナルの歌に地域と時代という境界を超えたアクチュアルな嘲笑を盛り込み、常に牧師と牛に拘ることは愚かな天性の努力であると語る。では様々な困難を抱えるこれらの詩句の長所は何処にあるのか？ それらはなしで済ますわけにはいかない何を語るべきことに付け加えているのか？ そして書き手がそれに入り込みたくなる詩句に於いてとりわけ魅惑的なことは何なのか？と語る。その答えは簡単だと彼は言い、怠け者でもとりわけ勤勉でもない彼が机に長いこと屈み込んでいると、あの牛の生と死の内容の歌に係わる知らせを紙に記す考えが浮かぶと述べる。何故なら散文作家の彼は包括的でなければならないからだと具体的な例を挙げてその論理を展開し、散文作家は状況語に拘束され、散文は釈明であり、浪費であるとも語る。故に彼という書き手はそれをはばかり、怠け者であるが、そうでないとしたら、復活祭には太っていた牛が聖霊降臨説には死んでいたという知らせで満足出来る詩人が羨ましいのだと述べる。手短に言えば彼はその天才によって満足出来る抒情詩を好んで書けるであろう。考えてみれば、全ての山の頂に憩いありと書き、更に三行加えれば著名になるからだ！と語る。それに対し、散文作家はエジプトに於けるヨゼフに就いて書くことを望むと、ガレー船に乗り、城塞禁固を体験し、数年の自由剥奪の判決を受けることになると述べる[57]。

彼は上述の浪費を恐れた故に幾つかの本を書けなかったし、あの Mama ist Rama という詩以来、考えたこと、為したことというモットーにより書くのを好んだ彼には理想と作品の間の道が長すぎたので、事柄が抜け落ちたと更に述べる。彼はそれを後悔し、書けなかった著作類を彼の最高作品と見なし、計画の断念は快くはなかったので、その理由を、書く努力は恐れなかったが、探求する努力を恐れたことに求め、その結果『広告塔』という長篇小説が生まれなかったと語る。しかも書き手が未だ長篇小説を書いたことのない時期にと述べ、彼は出来たらそうしたかったし、広告塔が素材を提供すると思えたと言い、彼はワットが蒸気機関にニュートンが重力に至ったようなイデーに到達したと大げさに語り、一人の男が広告塔から無数に重なって張られた広告を引き剝がすのを見て、多くの生が葬られ、厚板を張ることによって多くの生の一つが再生されるという考えに至ったと述べる。そこから更に、一枚一枚張る（Schichten）ことによって最初のポスターとなり、物語（Geschihten）が生まれ、ある運命の各層（Schichiten）が、ポスターの中の人生が生まれると、考えを展開する。Kantらしい話の展開である。誰の人生かと言えば、何故ポスター貼りの人生であってはならない理由はないと語る。そこで彼はどのようにしてポスター貼りになるのか？ハードルを乗り越え、ライセンスを取り、ポスター貼りと名乗るのか？と考え、問い合わせなければならぬと語り手は知っているが、有効な広告塔規則に関する情報を何処で手に入れるのかは知らないと述べ、それは問い合わせねばならぬという散文の報いだと語る。

続けて彼は抒情詩人が、おー薔薇よ、清らな矛盾と書き、それで全てが語られるのに、散文作家にはそうはいかず、薔薇をそれらしくなく叙述すると、様々に異議を唱えられる例を述べる。事態に対する知識の欠如に帰する苦悩は詩人には未知のようだと語り、感傷性が必要で、バラードにすらしばしば憤激で充分だと述べる。彼は更に広告塔に関して散文作家には重要な幾つかのデータを挙げる。

此処で彼は人々がホーマー以来、叙事詩人には包括的な叙述を期待し、その創作は時代を味わう掘り起こしを前提にすると述べ、『広告塔』という思考された小説に今拘れば、どれ程過去というものがLitfaß氏（注・広告塔の考案者）のメディアにその沈殿物を見出すか叙事詩人は考えざるを得ないと語る。またその小説の主人公の広告塔への回顧を進展させ、張り重ねられて古びた広告を通して馴染みのないものへ彷徨わせると叙事詩人はとりわけ文化と消費に係わることが注目されるとも述べる。何故ならこのコミュニケーションの手段はそれに与えられたキャラクターを維持しているからで、そこにはサーカス、劇場、コンサート、バレー、映画、文学的催し、選挙公約、スポーツ、展覧会、国際見本市、ソフトウェア愛好者、緑の週間等々が張られているからだと述べる。興味深い話の展開である。

しかし小才のきくベルリン人のコミュニケーション用円筒に見出される筈の知らせに付いて列挙する際には注意深くあらねばならぬことは遅くとも此処では通用する。何故なら事細かにやると間違いが入り込むからだと語り手は読者に語りかける。彼はまた確かに物語の語り手には片付いたニュースが張られている広告塔を通して過去を眺め、その人生の痕跡を読み取る一人の広告塔職員を考え出すことが無条件に許されているが、データーが問題になる時、あらゆる鷹揚さはなくなると語る。語り手は更に散文作家はファンタジーよりむしろ調査に係わってくるので思い違いは許されないし、創作以前に発見が必要だと述べ、それ故に『広告塔』と名付ける筈であった叙事的作品が滑り落ちたと語る。しかし広告塔とそれに纏わる人生を回想する男というストーリーの核は事実として存在するので、その事態は書きやすいと、誰にでもそれを試みるように勧める。勿論その為に幾つかの調査が必要だが、どの詩よりも多く支払われると述べ、例の流浪の左翼と名乗る楽団が歌った昔の歌の作者達が昔のドイツの貨幣を手に入れ、目にしたと誰が信ずるだろうか?と語り、彼等は何も得ようとせず、何かから免れようとし、彼等の内の一人が「復活祭には牛は太って丸々、聖霊降臨祭には死んでいた、牛小屋で。」という詩句に成功した時、幸せで震えたにに違いないと述べる。

此処で語り手は叙事詩や広告塔や長篇小説や調査等々に就いての考察を此の物語の途中に挿入した目的が、つまり比較的長い中断という感情の発生が今や達成されたかのように見えると述べ、ストーリーに戻り、結末を先送りしない必要性を語る。その理由として更に Paul-Martin Kormoran のテラスの上で今再び事態が進行することを挙げる。

(XIII)

果たして事態は進行したのかどうか!と語り手は述べ、その理由として新しい人物 Ruth Regentraut の登場が多くの点で二人の女性 Ilse Henkler や Baumanova に似ていたことを挙げ、それをその現れ方に見る。しかしそれでも彼女と二人の女性の間には共通性と並んで相違があったと語り、日刊紙やドキュメンタリー映画に携わる者達は公表や暴露等、いわゆる開くことに関わり合うのに、女性葬儀屋は覆い埋葬し隠蔽するからだと話を展開する。しかし決断なしには何も進行しないのであり、愛する者は他の者があっという間に逝ってしまった場合には全くそうなのだと語る。誰にでも起こる出来事、死を前にすると残された者はそれが一回きりの出来事であるかのように振る舞うので、その時いわゆる決断が必要で、女性葬儀屋はその仕事に掛かり、遺骸が望むらくは天国にいる何かによって片づけられるやいなや、親族は確かに多くの同情を望んでいるが、彼等はさっさと地獄へ落ちればよいと彼女が判らせる術を心得ているに違いないと、H. Kant らしい観点を述べる。

その決断が、そのような決断を必要としない場所へ Ruth Regentraut を登場させたのであり、彼女が今や彼女を必要とせず、Aufderstell 氏以外誰もいないテラスへ誕生日を祝う花束を抱えて上ってきた時、彼は Kormoran の予備品の花瓶を差し出し、彼は彼女の姿を描写する。ホストも客も近くに居ないのを確かめて人民所有企業 INTERMORS 葬儀屋の Nottke 同志ではないかと問い合わせた彼に、彼女は、今はＮＮＢＢ、即ち »Nihil-Nisi-Bene-Bei-setsungen« 葬儀社の Ruth Regentraut だと答える。統一直後の人民所有企業から資本主義的企業への転換が此処にも現れている。彼は支離滅裂なラテン語の名だと言い、宣伝には効果がないようだが、死は常に起こるので企業危機に堪えると思うのかと問い、彼女は、何時も人は病気になるからとは言え、医学は余り企業危機に堪える職業部門とは言えないだろうと答え、対象が多いが故に競争もそれ相応で、電話帳の黄色い一八頁を占めると言い、印刷業や助産婦の少ないページ数と比較する。それに対し彼は助産婦に関してはアイディアに富む人々が、死を引き受けると同様に生誕を引き受けていると言い、資本主義社会の企業間競争の洗礼を受けた旧人民所有企業を語っており、非常に興味深い。続けて二人の間で資本主義社会での企業努力と企業間競争、組合、労働条件をめぐる組合の功罪に就いての対話が進行する。彼は立ち上がり改めて背の高い魅惑的な四〇代初めの彼女を詳細かつ無遠慮に観察し、それを取り繕うとするが、彼女は流暢に答え、彼に Kormoran の友人の一人なのか尋ね、彼はそうではないがそうだとしたら今日からだと述べ、しかし一瞬間、示唆的な考えに拘らせてくれという。その考えに興味を示す彼女に、彼はそれが体系的な思考で、人生を豊かにする手段で、そのイデーのより広い応用を求め、それを徹底的に活用すると語る。彼は更にその考えには将来性、可能性があると彼女に言い、それは様々な事態に当て嵌まり、裏返し可能な思考、反復性の思考、多様な思考であると述べ、それは彼オリジナルなイデーではなく、ある劇作から引き出したと語る。それは『アダムとエヴァの事態に関して』(In Sachen Adam und Eva) というその当時、成功し、誰もが知っていた作品で、人類の誕生という点で彼の念頭に浮かんだ助産婦達にも当て嵌まり、その劇作家は、離婚の前に先行する大騒ぎを同様に結婚の前にも先行させたら婚姻という制度のためにならないだろうかという問いを投げかけたと述べる。

それに応える形で、離婚した Nottke 婦人である現 Regentraut 婦人は、彼女等夫婦は旧東独の作業班 (Brigade) として夜中まで論争したと言い、「結婚が離婚のように非常に困難であるべきなのか、あるいは離婚が結婚のように非常に容易であるべきなのか?」[58]と興味深い問いを投げかける。その発言は裏返し可能な、多様な思考だと彼は言い、婚姻の初めと婚姻の終わりも良いが、生の終わりと生の初めの場合はどうなのかと述べ、一方には我々は多大な支出をするのに、何故他方にも多大な支出をしないのかと問いかける。彼女は彼女の生業に罪を着せたくはないが、職務の遂行は市場経済の一部で、収益がものをいうと述べ、彼はそれでは何故彼が念頭に置く領域ではそうでないのか?と更に問いかける。資本主義社会に於ける問題性を剔抉している応答と言えよう。

彼が念頭に置く領域とは助産婦に係わることと心得ている彼女は、新生児の場合にも死者に係わる場合と同様、それ相応のサービスを伴うマタニティドレス、ベビー服、乳母車等々や洗礼、命名式との関連で平均して同じぐらい稼げ、次第に量が増えてくると述べる。彼が言いたいのはそこなのだと彼は言い、彼女の洞察力を手中にはしていないが、医療企業の男として葬儀社の一定の洞察力を手中にしていると語り、彼女のサービスは純然たる火葬を遥かに越え、家族による遺体以外は全て調達しているとその例を枚挙する。正に資本主義的発想の展開であり、それに応えて彼女は新生児の場合にも変わらないと語り、私立産院もあると述べる。しかし彼は私立産院が思慮分別と多くの金に関わり、葬儀社と同様に産院を多数の人々が訪れ多大な金が落ちなければと、葬儀社との相違を述べる。それに対し彼女は競争と利益の分配がもたらす弊害を言い、幾つかの産院の統合――緑の輪の家（Haus Grunreif）とかいう名の――と組合連合によるスタート時の資本調達があればと語る。彼は机越しに身を乗り出し、彼女の肩を叩こうとし、商社のロゴはもう緑の輪と決まった、彼女には裏返し可能な思考の才能があり、彼はあらゆる形で協力出来ると述べる。

しかし彼は緑の輪なる企業は、出産補助に病院と健康保険の普通のサービスという従来の考えがある限り、緑の枝にはならないという考えを述べ、Kormoran が現れるのを待ち侘びる彼女に、死者を埋めることはアメリカの西部劇に見るように、個人でも出来るが、葬儀社がその仕事を長いこと行ってきた。勿論誕生も家族に係わることだが、収益を上げる死者の処置と異なりそのような状況には至らなかったと語る。その上で彼は、彼女が裏返し可能な思考に徹すれば、多くの意識の苦労が彼女を待ち受けると言い、彼女はあるいは二人を待ち受ける、何故なら彼女の脳裏にあることは一人で実現しようとすると彼女の能力を超えるからだと応じる。そのことが理解出来ない彼に彼女は説明する。つまり彼女が脳裏に描いているのは単に彼がその基礎を築いた組織のことで、結婚に係わる訴訟は離婚に係わる訴訟に類似し、出生研究所は埋葬研究所に類似するので、彼女が先ず構想する人生研究所は助産用施設と埋葬用施設で開発された原理と方法と職務遂行のただ徹底した多様な適用に係わってくると述べる。徹底的な適用とはその多様性という点で人生全般に当て嵌まるとまで彼女は語り、簡単に言えば当然非常に曖昧な彼女の構想は人生が成り立っている全体的な組織に係わる課題を引き受けることが出来ようと言う。しかし詰まるところ彼と彼女二人が予定している緑で満開な家と喪服を伴う彼女が知り尽くしている家の間で待ち受けているのは産業時代の指揮下にある人間が克服する術を知らない多様で大きな問題であると語る。

彼女は続けて小学校への入学を一つの例に取り、そこでは一定の年齢で入学できるということだけでなく、すでに様々な障碍がある人生行路があり、多すぎる決断がなされねばならぬことを挙げる。つまり入学用の備品の問題だけでは済まず、時間、財政、趣味、意向の導入によって処理されねばならない問題があると述べ、その考えを展開する。彼女がその考えを展開するのは新入生が腕に掛けている入れ物であり、それには思い切った主張のシンボルが、その持ち方にも情報があると述べる。従って、彼女はその入れ物を持つ新入生の人生行路の結果も予測できるし、その持ち方の平和的な形に就いても事情は同じであると主張する。つまり入れ物の中身に係わってくるというわけである。言うなれば貧しい両親の子供達が豊かな両親の子供達とその中身を比較し、場合によっては前者がその中身を売る時、即ち学校という人生行路最初の商売が人生行路の最後に迄、及び得ると語る。そのようなことを考える時、親権者が愛する子供等に多くの贈り物や慰安用エレクトロニクスの最近のハイテク製品を与えることが目的に叶っているかの問いに陥った時、何が危険に晒されているか判ると彼女は述べ、新入生との関係に必要なのは両親が持ち合わせていない最高の教育上の経験であり、空想豊かな感情移入であるという。

此処には現代の資本主義的社会に於ける教育批判が見られるのであるが、H. Kant が更に彼女に語らせるのはまさに営利に係わる資本主義的発想でもあり、そこが非常に興味深い。「今日の母親達も父親達もそのような特性を持つ時間と忍耐を掛ける用意が殆どないのです。その打開策として唯一、ある団体の結成が、ある最高の財団、恐らくWEDUDALE 財団、いわば人生の道（注・Weg durch das Leben の頭文字を取ったもの）にとっての財団、とにもかくにもある組織の結成が提案されているのです。Aufderstell 氏はそれを癒しからなる、全存在を覆うドームとして考えねばなりません[59]。」

Aufderstell 氏は Regentraut 婦人の脳裏に浮かんだものは悲観的にも、国家を越えるものにも、機関としての国家のようにも響いてくるが、希に見るポジティヴで快い私的なものと思ったのである。

(XIV)

Regentraut 婦人はそこで沈黙し、全ての上述の煩わしい事柄を終わらせたいかの如く、彼女の黒革の鞄を力強く叩き、主に死に係わり、例外なくかつて、そしてあらゆる点で全力を挙げて生の問題に発言してきた一人の女性のように厳しく前方を眺めた。そこへ戻って来た Kormoran が彼女を此処へ駆り立てたのは職業上のことではないのだろうと尋ね、遠大な計画から現実に戻った彼女は多くのことより真剣なことと友情と色事のせいだと応え、皆の所在を尋ね、皆は元気なのだろうと問う。彼はその問いの意味を理解し、有望な情報への彼の関心に就いて語りたかったがその術を知らず、この男は以前より元気だと応ずる。皆が彼の命を救ったように聞こえると彼女は言い、彼が判らないが、そう思うと答えた時、彼女は立ち上がり、家のドアの方へ向き、Änne を強い声で呼ぶ。それに反応したのは昼寝から目覚めた隣人の Birchel 婦人で、貴方は手から何かを逃したのですかと彼女に言い、彼は今、再び上手くいくと考えている、私は緊張していますと庭の境界越しに叫ぶ。

Ruth Regentraut はそれに激しく反応し、ヴェランダのドアに更に歩み、前よりも強く Änne を呼ぶ。Herbert Henkler と Horst Schluziak がガレージの戸の所へ現れ、Änne は屋内に居ると Henkler が言い、腕を広げて彼女に代わって Ruth を彼等の仲間に歓迎すると述べた。Ruth は抱き合うのを避け、言葉を挟んだ Schluziak とも握手のみをする。庭のベンチに居た Aufderstell 氏も関与し、隣人の婦人にも退屈な様子は見られず、Ilse, Grit, Baumanova も庭の茂みからやって来て、まるで彼女等がかつて別の星で彼女と別れて来たかのような態度を取り、Ilse Henkler が「ついに来たのね、貴方は全く行方不明だった。死が今や週末の休みを知らない以上、貴方にとって出勤はそれ相応の報酬になるんでしょう？」[60]と Ruth の高級な装身具と時計を見て資本主義的発想の質問をする。旧東ドイツの住民も統一後程なく資本主義の洗礼を受けたことは此処にも窺える。同様に Grit と Baumanova も彼女の衣装を高級なものと見なし、関心を示す。Baumanova は Ruth の衣装がかつて自分に合っていたと述べ、二人の衣装の交換を口にし、それをめぐって話題が進展し、Schluziak はそこで Barbra Streisand の「私は中古の薔薇」(I'm just a second-hand rose!) を歌って二人の女性を牽制する。Baumanova は先程口にしたことを後悔し、Herbert Henkler がその後悔に口を挟み、Schluziak はそれを前者への後者の非難と見なす。一方 Herbert の妻 Ilse は夫が傷つけられた見なし、彼の視線を見ろという。そこへ現れた Felix Hassel に Ruth が Kormoran は本当に大丈夫なのかと問い、彼が保証し Grit と隣人の Birchel 婦人が更に言葉を挟む。

Birchel 婦人が Kormoran のことを人生行路にキスをする猊下と呼んだことをきっかけに、そこに居る人々の間で頭韻転換に始まり、子音交換を経て、たわいない笑いを伴う言葉遊びが起こるが、Kormoran と Änne はまだ姿を見せない。しかし Ruth がローマ教皇（猊下）用のガラス張りの車から思い出したのか Grit の手を経てスウェーデンから手に入れた葬儀用の車 Volvo が門の前に停まっていることを思いだし、Kormoran に誤解され易いと Grit の夫 Horst Schluziak はその車を二、三メートル移動させようとする。Kant による話題の繋ぎの巧みさは此処にも見られる。車のキーを渡した Ruth は彼女の衣装が、かつて死の天使という Kormoran の言を呼んだことを思い出し、Gerrelind Baumanova の先程の提案に乗り、衣装の交換を告げ、返事を待たずに上着のボタンを外しに掛かり、Horst が車の為にその場を去ることを促し、Henkler と Aufderstell をもその場を去らせようとするが、Horst は躊躇し、他の二人は去ろうとせず、Henkler は躊躇しながら去る Horst をむしろ促し、起こったことは全て知らせるよと言う。エロスを期待する男の身勝手な心情を描写し、苦笑せざるを得ない。

しかし Ruth は Henkler にかつての国家防衛評議会中佐としての情報係の役割は終わっていると牽制し、別の旧国家幹部 Horst に付いて Volvo の所へ行くように言い、四人の女性達は男達がその場を去ることに同意し、結局三人の男は女達の論理に勝てず、その場を去らざるを得ない。この辺の両者の攻防も興味深い。そこで庭の遠くで Kormoran の草案を読んでいる医師の Hassel のことは気に掛けず、女性達は Kormoran をショックから護る為に衣装の交換を始める。衣装の交換を口にしたものの、それを促されるとかつての女性記録映画家 Baumanova はいろいろと口実を挙げて躊躇するが言葉のやりとりの後、結局ヤッケのみならずブラウスも肌着も Ruth の要請に応じて与え、彼女は Ruth の黒い衣装を身に付けることになり、Ruth がラディカルになったと述べる。Ruth は敢えて否定せず、死者達との関わりのせいかと言われ、Baumanova と共にストリップショーを演じながら、「死者達は此の玉虫色の時代には非常に平和的に協調し、」「彼等は少なくとも変わらないし、何によってももはや殺されることはない。[61]」と答える。そこから彼女はオランダ人とハーフで、その朝、放心状態で亡くなった Friedhelm Küttner に話を転ずる。彼は Thüringen 生まれで、彼の村に東西ドイツの国境が走った後、西側に逃げ、どの窓にも体制批判の松明の灯りをというキャンペーンで蠟燭売りとなったので、その朝の葬儀での家族の集会にはかつて二つに分けられた同じ村から、つまり、一方は Thüringen 州より他方は Hessen 州より、更に Mecklenburg その他、またオランダからも集まることとなり、葬儀はベルリンで行われたという。話題は更に、国境が出来てから Küttner の母親と彼女の従姉妹がもはや息子に電話を掛けられない状態が息子の青年時代続き、彼女は憂鬱症に脅かされたことに至る。その上Ruthは彼の葬儀が管轄牧師と見られた例のGauck主宰のもとでなく、他の牧師主宰のもとで行われたことにも触れる。ある日突然境界によって一つの村が異なる体制下の二つの村に分けられた結果起こった事態を語っているが、それに続くGritの話しは統一前の東西ドイツの状況を更に如実に語っている。

Küttnerの仕事は何年も順調に行ったが、その後、最も厳しいもめ事が起こった。つまり彼は両独間の職業上の関係を利用して、国家間の通話が駄目になった時、母と従姉妹の為に私的な電話回線を敷設しようとした。Ilseは驚き、それが国境警備隊の重苦しい明け暮れに若干の明るさをもたらしたと受け取るが、結果は勿論拒否であったとGritは主張する。話しはそこから当時の東西間交易の停滞へ進展し、東ドイツ企業に於ける資材、動力燃料、労働力、供給、宿泊施設の不足が計画を駄目にし、最終的に最高機関で決断が為される迄その状況が何ヶ月も続いたことが語られる。Küttnerの死を信じられないIlseの言にRuthが答え、Birchel婦人も言葉を挟み、Ruthは本で読んだ一五〇年前の葬儀料の話しを始めるがGritも彼の死を信じられず、最後に彼に会った時、彼が電話をめぐる闘いで資本主義と社会主義間の相違を体験したが、理解しなかったことが彼をぼろぼろにしていたと述べる。隣のBirchel婦人がコードレス電話のことを口にしたが、Ruthはコードレスは考慮されず、電話回線では東に絶えず損失が起こること等の理由を挙げてそれが不可能だったことを言い、中断していたBaumanovaとの衣装の交換を継続する。Gritはしかし、どの企画でも東に損失、西に利益という事態は判るし、それが神経を苛立たせるが、彼をぼろぼろにし、死なせると は理解出来ないと述べ、Birchel婦人も同意する。Ruthはそれに、苦労が彼を死なせたのではないと答えたが、彼が家族での祝い事で朝食を取っていた時、彼の村が再統一で再びケーブルが敷設されたが、地上の回線が廃止され母と従姉妹が無線電話に鞍替えしたことを電話で聞き、受話器を置いた話しをする。此処にも東西ドイツ統一時のドイツ人の複雑な心情が見られる。Gerrelind Baumanovaは衣装替えの最後の段階で靴を替えながら、彼女の職業意識で、彼が西側への移住してから味わった出発と挫折という経過、精神的打撃から回復へ、再び精神的打撃へというその場にカメラを持って居合わせたならばと語る。

Birchel婦人、Grit, Ilseがそれぞれその言葉に反応している所へ家の中からÄnneが現れ、Ruthに「ついに来たのね」と言い、「皆は何をしていたのか」と尋ね、RuthはKormoranの状態を聞く。Änneは二人の衣装替えに気付き、その理由をBirchel婦人が説明し、二人の会話は例のポーランド製人工心臓弁をめぐって続く。Änneが衣装替えした二人を見たら、Kormoranの心はその人工的な部分迄暖められると述べたことから、再会は喜びそのものだという

Ilse, Gritの話しになり、Birchel婦人が話しに加わろうとした時、Aufderstell氏が息を切らしてやって来てRuthのスウェーデン製の葬儀車が動かないと訴える。そこから車がヴァイキングに占拠されているとか、七人のこびとが会議を開いているとか彼とIlseの間に冗談が交わされるが、Ruthは彼に例の人生救助財団WEDUDALEの行方に就いて計画を立てたのかと問いながら、助けに行くという。IlseはÄnneにPaul-Martin Kormoranの目に葬儀車を触れさせない為だと事情を説明するがÄnneは彼がとっくにその車を見て、すぐ現れること、オハイオ製の人工弁回収旅行が始まったとお粗末なウイットを言ったと語る。Kantの話題転換の巧みさとユーモアは健在である。

しかしBaumanovaは彼女の黒い衣装が黒い車に相応しいと思い、Ruthに留まるように言い、モロッコで兵団を撮影した時、多くの車を押して動かしたと述べ、Ilseのどれ程の兵団かという問いに、数を言うから通りに来るように話す。Gritも行くと言い、階段を下りながらAufderstellにそこに留まり、元気を回復するように述べる。

(XV)

彼は指示に従い椅子に座り、Ruthに何か活発な考えを述べたげであったが、Änneの存在に妨げられる。Kormoranがヴェランダのドアの所に現れ、居なくなった客達のことを聞こうとしたが断念した。おそらくそこに残った者達を適切な情報提供者と見なさなかったし、対話の相手をすぐに妻に限定することを不作法と思ったからである。精神的な軌道へ再び入り込む相手として、庭で原稿を読むのに没頭している医師のFelix Hasselが適切だと判断し、原稿の内容を敢えて聞こうとせず、彼はHasselに感謝し、彼がたった今読んだダーウィンに関する馬鹿話が本当に素晴らし

い娯楽書であったと呼び掛ける。それは新しい内容ではなかったがとコメントをしたのに対し、Hassel は Kormoran にとって箱船に当たる、彼が今読んでいる物は全て彼にとって全く新しい物だと答え、もうじき読み終わるので、君が望むならば語り合おうという。Kormoran は話題を転換し、何故、電話が全く鳴らないのかと皆に問いかけ、Hassel と若干その件で会話を交わし、Birchel 婦人が乱暴に言葉を挟んだことに些か腹を立てて言葉を返し、椅子に座り Änne に向かい、衣装替えしたことに気付かず Ruth が来ているのかと尋ねる。衣装替えしたことを告げる機会を逸していた彼女は名を挙げられた時、次の機会と立ち上がったが、此処でも Birchel 婦人が口を挟み Ruth が既に居ることを告げる。Kormoran はそれに応えず、我慢強く待っていた Aufderstell に親しげに話しかけ、改めてポーランド製人工弁の助けで自作朗読会がスムースに行きそうなこと、彼の知らせで展望が二八パーセント広がったことを感謝し、その上でよそよそしい衣装を着た Ruth に彼女が自分の装備で現れなかったことを残念だと述べる。

そのことにまたもや Birchel 婦人がコメントをし、彼が朗読することに関心を示すが、彼は皆が集まってからだと宣言し、それぞれの名を挙げ、相変わらず Ruth の衣装に拘る。そこに居る人々が行動を開始した時、なお相変わらず気を悪くしていた彼は Birchel 婦人を気に掛け、彼女のせいかと尋ね、彼女は否定し、彼の為であり、Ruth の為であるというが、彼からは Baumanova 婦人の為かと誤解される。しかし、彼女に誰の為でもないし、外見よりその場に居ることだと言われ、状況の不一致を察して、彼は話題を前からの話題、彼の心臓に転換する。彼は此処でその場に居ないのに、Gerrelind (Baumanova) に、彼女が性能の良いマイクロフォンを持って来なかったのは残念だと言い、彼が持たずに来るように頼んだとはいえ、後悔していると述べる。Aufderstell 氏の良い知らせ以来、心臓の音が同じように変わったか知りたいからである。夫の此の姿勢に対し女医 Änne Kormoran は彼の頭がおかしいという仕草をし、人工弁からは不整脈の音しか聞こえないと言い、ポーランド製の弁に託けて歌の文句「まだ望みはある。」(Noch ist Polen nicht verloren)[62] と脈打つと期待しているのかと揶揄する。Kant のウイット、ユーモアは此処でも発揮されているが、それに続く場面も興味深い。動かぬ霊柩車に取り組んでいる歌の好きな旧副大臣 Schluziak がその場に居て、そう歌ったら誰も驚かなかっただろうが、真珠のようなベルカント歌唱法とずれた歯擦音でその歌をポーランド語で歌い出したのはBirchel婦人であったとKantは語るからである。

Änneが精神的な状況が心臓音に現れるものか関心があると述べたのに対し、Kormoranは人工心臓弁がオハイオの河畔のみでなく、ポーランドのLodka河畔の製品でもあることを知って以来、彼の言葉と声がスムースになったと言い、ブロックハウスに載っているLodka河畔のLódźに就いて言及し、誰がその記事を書いたのか知りたいと言い、それぞれが耳を傾ける。Änneは彼が他人のことを彼の話題の対象にしている限りは納得したが、彼が心臓の辺りを叩いて、多国籍製心臓弁と彼との共存という、自己のことを話題の対象にするや彼女の夫への納得と友情は遠のいたのである。彼女は彼が関心を抱いているブロックハウスの事項に就いてどれ程解釈を下すか興味を抱いていたが、それが殆どなかったので、彼が障害者であることは誰も知っているが、彼がそれにおぼれ、他のことや他人に対する視線を失っていることに気付いているか問い質す。彼はそれを否定し反論するが、彼女は彼がブロックハウスで紹介したLótzに住むドイツ、ポーランド、ユダヤ三民族間の精神生活に就いて幾らか述べる時間はあったと言い、Birchel婦人の言葉も遮る。彼はそれに対し彼が語ると語りすぎと言われ、黙ると黙りすぎと言われると述べる。しかし彼女は、彼が自分のことと自分の身体的欠陥に話しを向けなかった時は、聞いたり見たりする能力を失い、他人に対し聞く耳も見る目も失ったと強調し、彼がそれに気付いていないと例を挙げて批判する。彼はしかしそのような兆候を読み取れず、聴衆のみと彼が他人に就いて語り得るチャンスのみを見て、まるで所見のように、Ruthのことは誰も心配しなくてもよい、彼女は苦労して埋葬業に携わっているからと述べる。Änneは此処で彼の話しを遮ろうとするが、Ruthも彼の言葉に反応する準備をしていなかったので、彼はÄnneが警告的に挙げた手を無視して、「いいや、今は専ら他人に就いてで一言も私に就いて話していない、今は私に話させてくれ！」[63]と言い、Änneの友人RuthもGerrelindも時代の転換を経た地上で後悔は価値が無いこと、まして仕返しやあくどい稼ぎは価値が無いことを知っていると述べ、Ruthの職業分野では、死が早く人間に歩み寄り、最も早い歩みで人間を地下に連れて行くのが意味があると語り、資本主義下では企業間の競争が避けられないことに話しを繋げるが、Ruthが彼女に関する話しを止める。彼女は自分のことに就いて全て聞きたい気持はあるが、それを恐れる気持もあるからだ。彼は口を噤み、私は見なかった物を見ていると呟く。
此処で隣人の Birchel 婦人は勝利したように頷き、彼女の言ったことを聞いてくれなかったが、彼女がそのことを度々暗示したと言い、身を乗り出すが、駕籠（車）を移動させに行った人々が戻って来たこと、更にあの郵便配達人 Blauspanner も来たことを告げる。Änne が Felix Hassel に彼の電報が読み上げられるので来ないかと呼び掛けるが、Kormoran は書類を読んでいる彼に来なくてよいと言い、戻ってくる人々に愛想よく手を振り、一流の舞台上の一流の人物の如き印象を与え、棺台（車）を押してきた彼等に、更にとりわけ郵便配達人に歓迎の意を示し、何か新しいことがあるのかと尋ねる。Änne は彼が最初に来た時、夫に来た電報を持ち帰ってしまったので、愚行が彼を再び来させたと考え、食器とコーヒーの補充のことに気を回し、後ろの方の椅子に腰を下ろす。戻ってきた皆はテラスの中央に集まり、疲労し息を切らしている。郵便配達人は馬鹿げた行為の繰り返しを避けるように手に一杯の書類を直ちに手渡し、一杯ワインを飲んでから新しい電報はないと Kormoran に答え、貴男の出版社からの一通の組み合わされたお祝いと市場経済上の文書だけで、実用的な人々だとコメントをし、それを読んだ Kormoran も同意する。Blauspanner が此処で六六歳の誕生日を迎えている Kormoran に六七歳にやがてなりますねと問いかけ、彼はやがて、と答えざるを得ない。そこへ Felix 教授が階段を上ってテラスへやって来て Blauspanner の両手の中の電報を彼の原稿で指し示し、そのことを話し合おうという。それに対し、Kormoran は例の「箱船—草稿」（注24を参照せよ）に就いて Felix の異論を聞きたいが、またベルの背後に隠す迄、待っても良いというが、後者はそのことを話し合わざるを得ないだろうと答える。彼のその要請はどちらかというと、Aufderstell に向けられたものであるが、相手が頷く前に彼は話しを勧め、彼の第一の異論は消費と関わって来ると述べ、あらゆる成功したシステムの分析と純粋な習慣の究明から始めると語り、モード製作者と消費の例等を挙げ、消費の分析の必要性を説く。そして彼が恐れるのは此の仰々しいやり方で我々が死に際して何故死が正に此の時点に来なければならなかったのかを知るが、どのようにそれが避けられたのか残念ながら知らないことだという。Kormoran の心臓を手術した医師 Felix Hassel が言いたいのは、死までモードと消費という関係に巻き込まれている現実であろう。

Kormoran は医師を彼の近くの椅子に引き寄せ、例の草稿、同様に「バイオノミックス」という本も、更に書き込まれたタイプ用紙集を郵便物の上に重ね、此の代物が対話又は思考の素材になると言い、手紙、草稿、娯楽書、想い出で、古い惨めな煽動書だが面白いと述べ、それら全てはAufderstell氏がある考えを述べようとしているので、今は発表を待たねばならないと語る。彼は偉大なダーウィンを例に出すのを許して欲しいと言い、『種の起源』が二一年間、印刷に付せられなかった事実を挙げる。医療器部門の長は立ち上がり、そこの集まりが聞き耳を立てる会衆になるのを待つ。Hassel も Kormoran も含めての、それぞれの姿勢を確かめてから彼は「ダーウィン！ 自然淘汰による種の起源に就いて！ 一方では」と小声で話し始め、声を高めテンポを挙げるが、旧副大臣 Horst Schluzik が「それは Lyssenko ではなかったか？」[64] 発言して中断される。Änne はそれを否定し、正にそのような取り違えによって私達には何ら良いことは生じなかったと語る。スターリン時代の教条主義に対する彼等の批判反省である。Aufderstell も同意し、言葉の調子は落とさず、「一方では、全世界は元気を失わせる関係にある。二本の引き裂かれた電話線で」エポックその物で、エポックの変化が続いていると語り、「テーゼ：あらゆる人間が作った、人間が利用した産物は人間関係の倉庫である。生産物だけでなく、風俗習慣も、とりわけ倫理も。手短に言えば、体験の貯蔵庫である。あらゆる対象の中には、これが私の考えだが、出来事が閉じ込められている。特記すべき、ドラマチックであることが希ではない出来事が[65]。」と述べる。当然、ありきたりの唯物論的思考に基づいているが、統一直後の旧東独知識人の感慨も見られて興味深い。

Grit Schluzik が「対象化された労働」とうんざりして応じたのに対し、彼は彼の思考のそのような狭隘化には充分用意していたので、「決してそうではなく、むしろそのような関係の中で対象化された運命に就いて話す用意がある。」と応答したので、Birchel 婦人は早速、「どの弁も生の貯蔵庫であるというのは何の為に良いことなのか？」と、Kormoran の心臓に話しを結びつけ否定的に叫ぶ。医療器部門の長はそういう目的設定からは出発はしないと答え、彼女を更に相手にはせず、テラスの仲間に向かって、彼等は皆、懐疑的に彼を見ているが、職業柄それには備えていると言い、彼は事物と対象の静かな力を知っており、それを信頼しているのでそれぞれが彼等の任意の物を机上に出すようにと願う。それに応じて各人はポケットの物やその場に在る物を机上に、隣人も境界越しに新聞を出す。彼は机上に出されたバイオノミックスという本、例の箱船の紙片を、それらは既にメッセージであるので他の対象物から分け、秘められた告知、カプセルに容れられた歴史が求められていると言い、彼は皆に長く彼に付きまとっているある考えを挙げたい、つまり、我々が我々を取り囲んでいる対象の中に存在する物が刻印していることを読み取ることが出来るとしたら、我々の状態ははどう違っているのだろうか、世界はどのような状況にあるのだろうか？と哲学的問題を投げかける。Hassel と Kormoran はまたもや固定観念に出会したとお互いに視線を交わし、敢えて何も言わないが、Änne Kormoran は彼の思い上がりに対し異議を示した。彼女は頭を振って暗示し、私達がこれらの対象の中に読み取ることが出来るとしたら、私達はどのような状態になるのか？　少しも良くはならない、私達が読み取ることが出来るもの、聖書やアイヒマンやアンネ・フランク等が助けになったか？　決してそうならない、読むことを次から次へと重ねても助けにならないだろうと悲観的な見解を述べる。彼女の妹 Ilse は最も唯物論主義的な女医の言うことは聞くなと彼に言い、むしろ何処から彼が見事なイデーを得たのか言って欲しいと述べる。彼は考えることがホビーだと答え、話すのを止めず、病床のある呼び出しベルがその着想を呼んだと言い、それは取るに足らない小道具だが、どれ程の不安、希望、愛と生がそこに詰め込まれていることか！と語る。更に事物の中に閉じ込められている情報が閉じ込められているエネルギーに比肩し、その解放を待ちこがれる時はどうなのか？　そのエネルギーが、それらの対象に就いての観念が彼の中から出ざるを得なかったように、それらの対象から出ざるを得ない時はどうなのか？と言い、彼等を痕跡捜しに駆り立てる彼の考えはそこまでだと述べ、意見を述べられたことを皆に感謝し、称賛や批判的意見を期待することなく、深く満足してただ自己を見つめたのである。

（XVI）

目下、商業に従事している Grit Schluziak は上述の意見を取り入れ、Aufderstell より葬儀車のキーを受け取り、そのキーに秘められた情報の一番下に何があるか知っていると述べ、スウェーデン人達が六〇台の装甲したリムジン販売の謝礼に赤十字用救急車一台と黒塗りのライトバン一台（葬儀車）を付け加えたと語る。Ilse Henkler がそれはスウェーデン政府に要請した賭けだったのかと尋ねたのに対し、Grit は賭けに勝ったのだと言い、旧東独政権が事実そう受け取ったので、彼女等はその霊柩車を手に入れ、人民所有企業 INTERMORS の中核にし、Ruth のキャリアの基礎にしたと、救済者としての若干の誇りと自分が背負った悩みと努力にある程度浸って、幾らか自己満足して答える。それに対し、Ruth はそういうことがこれらのキーに隠されているのかと問い、彼等の下で彼女の楽しくはないキャリアを開始したことをどれ程喜ばなければならないのかと述べ、彼女が押し殺してきた呪いを掘り起こすのを楽しんで下さいと皮肉を言い、その上 Kormoran には前もって墓碑銘に心から感謝すると語る。Kormoran は彼女の非難を聞かないふりをして、彼宛の電報に熱中したが、過度の親しげな愚鈍さは顔に表れ、放心状態で手を挙げ、Ruth の辛辣な感謝の念を心ここにない喜んでという言葉で受け入れてしまう。

一方彼は紙で扇いで、此の出版者は素敵な奴で、彼の回顧録を彼の死後出した方が良いと先日冗談の中で話し合ったが、今や此の見解を全く真剣に強めていると述べる。それで？と企業家の Grit は問いかけたが、先ず企業家の Ruth に専門家としての意見を問わざるを得なかった。答えは無かったが、多くの者達からは問題の回顧録を出来る限りすぐに出版するよう激励と要請があり、Birchel 婦人も生きている内に出すように口を挟む。Herbert は同意見だが、彼の妻で Änne の妹 Ilse は死後の方が印税が高く、Änne に葬儀の負担を軽くすると主張し、Baumanova はそれによってＮＮＢＢ葬儀社の Ruth もいくらか利益を得るだろうという。その話しを聞いていた Felix Hassel はどちらの場合にも Kormoran はその草案を仕上げる前にこっそり逃げてはならないと述べ、出版がどれ程、彼の遺作を力づけるか考えて欲しいと言い、友人達や出版者等が抱いた出来の良い関心が彼の生の記録へ取り入れられた時、Regentraut 婦人（Ruth）による利用に任せたら良いと語る。旧副大臣 Horst Schluziak は彼と Kormoran 二人が回顧録を書く時には彼の例の日記を、後に両者の間に齟齬をきたさぬように Kormoran の回顧録と是非比較して欲しいと主張する。Herbert はその思慮に同意するが、その為には Horst が逆の意味にも取られるその日記の略語に関するリストを提供すべきだと語り、後者は良いアイデアだと認め、Kormoranがその回顧録をどう纏めているか知りたいので、いま読むべきだと提案をする。誰もがそれを知りたがっているように見えたので、Kormoranは立ち上がり、草案を取りに、台所に居るÄnneを呼ぶ為に立ち上がり、屋内に消える。彼が戻る迄、各自の行動が描写され、Änneは彼と共に戻り、二人は皆の傍に席を占め、彼女は夫婦の一方が聴衆の前で披露する時しがちな寛大さをほんの少し見せ、彼に皆が集まり緊張して待っていることを知らせる。

彼はほんの少し躊躇してから、草稿を手にし、それに目をやり、回顧録の最初の言葉がどうなのか誰かが予感しているかどうかという問いは断念すると語り、誰かがその言葉を知っていたと主張しようと思うなら、後になってそうしても良いという。彼は今一度、皆が本当に聞きたいのかを確認して、あれは多分オカリーナというのだと気まぐれに述べ、一九九二年六月一四日の午後の早い時間に、スターリンとオカリーナに係わる彼の自叙伝的な物語の最初を読み始めた。

スターリンが彼を呼び出したと、彼は読み始め、スターリンと知己の間柄では無かったが、我が儘だと聞いていたので断れなかったと述べる。スターリンはパイプに煙草を詰めながら、同志よ、と彼が一度も呼ばれたこともない呼び方をして一服吸ってから、その後有名になった問い「法王は何個師団持っているのか？」を彼に向けたのである。スターリンは法王の権力に嫉妬したのだと考えた彼は自分が回答を与えるのに相応しいとは思えず、おかしくなるのでは無いかと恐怖を感じたのである。彼はワルシャワ捕虜収容所からクレムリンへ呼び出されたのであり、そのような出会いには慣れておらず、彼はスターリンの為に呼び出されたとは思いもしなかったが、同志よ腰を掛け、紅茶を飲み、答えるようにと言われ、スイスの護衛部隊は持っているが、師団に就いては知らないと答えたのである。それに対しスターリンは彼の充分な情報によれば、法王は一大隊の強さは手中にしているが連隊はもはや、まして一師団、いや数師団は意のままに出来ないのに、法王はある面では彼より強い権力を持っていると述べる。Kormoranは法王が権力を持っていることを信じようとしたが、彼が信じていたことを問う為にスターリンが彼を収容所からクレムリンへ移送させたのではないと思う。しばらく煙草を吸ってからスターリンは、自分の影響力を否定はしないが、法王の国は半平方キロメートルもなく、自分の国は地上の六分の一であると語り、面積という要素は重要な要素でないし、人口なのか？と問い、Kormoran が笑うと、ユーモアは自分等の対象ではないと述べ、法王の権力は何に基づくのかと更に問い、法王が切手を発行するとあらゆる国の切手収集家への彼の影響力を証明し、幾つかの国の共産主義者へも影響を与えていると語る。スターリンはなお、自分等が世界中の献金袋を足しても、彼の収集額には及ばないと述べ、回答は物質的下部構造にあるのではなく、上部構造にあるのだと語る。続けて彼は「下部構造と上部構造。法王は何個師団持っているのか？　あのヒットラーは来て去るがドイツ人民は、ドイツ国家は残る。そして正しい路線が与えられていれば、幹部が全てを決定する。[66]」とその後幾度か聞かれる言葉を吐いたのである。

非常に興味深い箇所であるが、Kormoran に重なる Kant 自身が同じワルシャワ捕虜収容所からスターリンに呼び出されたのかどうか目下の所私は確かめてはいない。

Kormoran は彼が遠くから呼び出された意味を何となく予感したが、此のような対話への彼の適性能力を信じてはいなかったし、正しい路線あるいは決定する幹部達のことには熟知していなかった。彼は幹部とは部隊全体に命令を下す軍人だと思っており、スターリンが彼の知識を試し、クレムリンの広い庭で挺身隊を演じるように命じないことを望んだ。しかしスターリンは幹部に就いての考えを述べ、このことに就いては論議しないと言い、彼もそのようなことは考えていず、彼は法王の件では助力出来なかったと自認する。スターリンはパイプを置き、窓際へ行き、彼の方に向き直り、また、ヒットラーは来て去るがドイツ人民は、ドイツ国家は残ると繰り返す。そのように一般的にドイツ国家に就いて話すのは問題だという党派制は Kormoran には欠けていたし、歴史的理解力も乏しかったが、彼は一人の幹部としてスターリンに雇われた可能性もあり得るという疑いが改めて彼に起こった。ところがスターリンはパイプを両目の前に掲げ、腕を伸ばして掛け時計の所へ行き、夜中一二時直前の長針と短針の間に挟み、真夜中になるのを、つまり時間を止め、Kormoran の息を止めたのである。Kormoran はどんな道具が人間と権力の間をより良く調停するのか言うのは難しいが、時計の歩みを妨げるのよりも愚かに思えたことは殆ど確認出来ないと考えた。スターリンはそこで、「法王の幹部達の誰一人、彼等の神とその養子を見なかった。しかしその路線から何が生ずるかは彼等次第であるかのようにその路線を彼等は実施する。」と言い、法王は武力の師団を持ってはいないが、そのイデーに忠実な男達を抱えていると羨み、Kormoranが似たようなねばり強さと成果の豊かさを持っていると述べ、続けて「私は武器をもはや信じない理由を持っている。私は大衆をもはや信じない理由を持っている。私は再び歴史に於ける個人の役割を、個性の意義を想起し、そしてそれを師団に代わって個々の人間達で貴方がその一人であるような名のある人物で、試みる多くの理由を持っている。同志よ。[67]」とKormoranに呼び掛けた。ワルシャワ捕虜収容所のドイツ捕虜指導者であった彼を、イデーを持った器として評価し、状況を検証し、結論を引き出してくれと要請する。スターリンは、後に彼の師団数を嘲笑的に問題にする輩に対して既に今日微笑み返したいと望み、Kormoranに紅茶を改めて勧める。スターリンは敢えて回答は求めず、グラスを口に立ち上がった彼に座るように手で命じ、時計の針の間に挟んだパイプを外したので、長針は大きく進み一二時八分となった。スターリンも現実は止められなかったのであり、彼はKormoranに更に留まるように要請し、パイプと似た大きさの道具オカリーナを取り出し、試しに一吹きしてから柔和な低い音を響かしたのである。彼が去ろうとした時、彼の目は救いのない視線を投げ、彼は挨拶を返す為立ち上がったKormoranの方を再び振り返らず、好きな信頼するメロディーを奏でドアから去った。別のドアが開かれ、Kormoranを連れてきた男が勧めたので、彼は紅茶を飲み干した。「全く判らないものだ、その男は言った。従ってその男は今日まで間違っていなかった。[68]」という言葉でKormoranは自叙伝的な物語を切る。

（XVII）

スターリンに関わる非常に興味深いエピソードであり、スターリンの人物像を如実に現していると言えるが、Kantの半生記である自叙伝[69]を読む限り、彼のワルシャワ捕虜時代にスターリンに会ったという事実は見当たらない。従ってKantの創作と言えようが、スターリン批判以来四〇年近く経ているが故に描かれるスターリン像でもあろう。Kormoranの仲間達と客達は彼の物語に耳を傾けたが、隣人のBirchel婦人はスターリンという恐ろしい名が出た最初の文章を聞いたや否や、電気椅子に打たれたようにその籐椅子の中で体を強ばらせ、その自縛状態を続け、やがてひどい不格好な姿に崩れ落ち、仮死状態になったが、再び元の充実感を取り戻し、椅子から立ち上がり、爪先歩きで彼女の家に入ろうする。しかし彼女は中断し向きを変え、元の場所まで戻り郵便配達人にエネルギッシュに合図を送り、改めて籐椅子諸共、家に引っ込み、郵便配達人 Blauspanner は語り手に遺憾の意を示しながら、彼女に従った。そのようなわけで、聴衆へと敢えて要請されなかった Aufderstell 氏を除き、皆は Kormoran が彼の報告の最初を終わった時、良き友人達がそうするように黙っていた。しばらくして Baumanova が同じ芸術家として言葉を述べようとしたが、そうならなかった。郵便配達人が改めて現れ、テラスのテーブルの所に迄来て、厳かに、報告の中途で席を外したことを Kormoran に詫び、「テーマはでも私の頭上を通りすぎたのです。[70]」と述べたからである。それに対し Kormoran は電報に就いて感謝する為に付いて行きたかったぐらいだと語り、国際的な俳優等の物より、新しい世界に触れた出版者の電報の方が貴重だったことを述べる。一方 Blauspanner は最近の時局の中で政治的なものを理解しようとはせず、郵政の方を優先し、次の六で終わる年齢、つまり Kormoran の一〇年後七六歳の誕生日の電報に就いて述べ、彼を喜ばせる。Kormoran は彼にワイン一本を贈り、彼の家なり、Birchel 婦人の所で杯を上げるように勧め、歓喜の言葉を発する。郵便配達人はそのラベルで良質のワインを確認し、彼女の所へ戻ろうとするが、Henkler が待ったを掛ける。Herbert Henkler は Blauspanner がテーブルに忘れていった七六年鋳造の二マルク貨幣から七六歳の誕生日という後者の気儘な論拠を知ったのであり、Aufderstell の人工心臓弁原理の本質に捉らわれているが由に七六年という年号を忌々しい年だと敢えて非難する。Brusewitz, Havemann の事件があり、有名な歌手の罵りが先ずあり、[71] その時より自分達は完全に死んだと言い、忌々しいテレビの通信員達と仏教の焼身自殺派のこと等も挙げ、二マルク貨幣をその持ち主に投げ返し、「あの時ならば、こいつは貴方のズボンのポケットに焼けこげ穴を付けただろう」と言う。Blauspanner はそれを難なく受け取り、「今日は心地よい温かさだけが発している。[72]」と洒落た答え方をして何人かの女性達の拍手喝采を背に Birchel 婦人の家に戻る。東西ドイツ分裂時の七六年と統一直後の時期それぞれへの旧東独住民の思惑を語って興味深い台詞である。

Baumanovaも拍手喝采に加わろうとしたが、黒い衣装を着ている場での拍手を考え、拍手も言葉も控えた。しかし記録映画作家としてその事態を考え、秩序を確立しようとしてその場に相応しい話し手を訴えるような目で探したが、大方はその性格上、または何事かに熱中していて今は相応しくないように彼女には思え、結局、二年前の今日手術によってKormoranの経歴に貢献したHassel教授が残った。しかし彼は彼女の目の訴えを見て取り、始まりと同じように陽気な話しが続くのか?とKormoranに尋ねた。KormoranがそのようなGrit評価に異議を唱えようとした時、Gritがスターリンは良いけれど、夫Horstは気分が良くないと言い彼も頷いたので、Hasselは病人を診ると言い、二人を家の中に招き、スターリン時代のことを聞きに戻って来ると肩越しに叫んだ。その後AufderstellはKormoranの考えを評価し、それを文学的にまとめることを勧め、人工心臓弁に係わる炭素やチタンに就いても触れようとし、溜め息をつきÄnneの同意を得ようとするが、答えを貰えず、更に話しを続けるが、Hasselがテラスのドアの所へ現れ言葉を遮り、Horst Schluziakを車で彼等のクリニックへ即座に連れて行き、手続きを取るように彼に頼み中へ戻り、車で来ていないという彼のどうしようもない訴えにはもはや応えなかった。その理由を彼はKormoranの要請だと述べ、後者は酒気帯び運転を避ける為だと認め、Ruth Regentrautの黒い霊柩車ボルボしかないことに触れる。緊急を要することなので数キロ先の祭典に来ていると思われる救急医と近くの病院のこともÄnneにより話題になるが、Hasselの意向を優先するよう彼女は確かめに行く。その間Horstの状態、彼とその妻Grit, Ruth, Aufderstell四人分の席が車にあるのかが、更に棺が積んであるやむを得ない事情が話題の対象となり、それに続いてAufderstellはKormoranにその日の昼の時間が最近にない最も幸せな時間であったと礼を言い、Ruthは羽の付いたようなBaumanovaの衣装で運転するのは不可能だと述べ、その衣装を脱ぎ後者の着ている彼女本来の黒い衣装との交換を申し出る。人々は出発しようとし、別れを告げようとし、別れざるを得ず、そこに残る人々に余計な言葉は言わなかった。

一方Baumanovaは急いで衣装を替え、やむを得ぬ理由でRuthに同伴するとKormoranに強調し、涙を流して彼にキスをし、改悛や芸術やモードや死等様々なテーマに就いて話したいので又来ると述べる。更に彼女は今考えているプロジェクト、作家Bobrowskiの「死の歌」(Sterbelied)の映画化等に就いても語り、その場を去る途中、小柄な

Aufderstell を引き連れて行く。テラス越しに連れて行かれる彼は彼を町へ連れて行く車は正に理想的なイデーの貯蔵庫であるのだろう。――全てのどのような人々がすでにその車に長々と眠っていたか考えると。という皮肉とも取れる言葉を親しげに心に留め、Herbert に合図を送り、庭へは彼が彼女を導いたのである。

話題が出発のことに及んだ時、Ilse Henkler も落ち着かない様子を示し、上記の二人がその場を去った時、長くは我慢が出来ず、Kormoran に彼女なりの理由を挙げてその場を去るのを悪意と取らないで欲しいと願う。彼女が彼の判断を待ちながら動かず、髪の毛を両手で塔のように上に纏め、頭を垂れ、項を見せて立っていたのは、まるで首をはねかねない乱暴者の回答のみを考えているかの如くでもあった。その姿を見て Herbert は乱暴者が以前は勿論いたと述べ、否定的な回答への準備をしながら、時間がたったとぶつぶつ言い、それでは勇気を出して願った時よりも彼女は苦しむだろうと言い、義兄 Kormoran に今何が起こっているのか判っているのかと訴える。Kormoran は判っていると答え、去ることを歓迎すると語ったので、Ilse は感謝し Kormoran に光を当てようとして、それは彼女がジャーナリストとしてニュース専門紙の特別ニュースを奪い、アメリカ、オハイオ製の心臓弁に対して例のポーランド Łódź 製の心臓弁という東側の勝利のニュースを掲載するように彼が発言するきっかけとなった。

一方彼は立ち上がり、道路に向かって棺の所に更なる同乗者の席があるか呼び掛けようとするが、別の考慮がそうするのを止めたのである。しかし一体その車は何の為なのかと考え、今日は彼に様々な無駄な動きを省いてくれる素晴らしいコードレス電話が贈られたことを思い出したのである。彼は彼の原稿を机上から取り上げ、書かれていない裏面を叩き、彼女に差し出し、コードレス電話を取ってくるので、ニュースの内容の文面を作成するように言う。Herbert Henkler は心配して Kormoran に走らないように言うが、同時に彼の妻に何を文面にするのか問いかける。彼女は庭の道に向かって彼女のことを待つように呼び掛け、彼には未知の内容だと答え、彼が充分に休息を取ったら話すと述べる。月曜の新聞から予定されていた記事を外させることで頭が一杯で戻ってきた Kormoran は、内容のことも彼の義弟の疲労度合いも問い合わせず、彼女のメモにも彼のメモ帳にも触れていない彼女に携帯電話を渡し、新聞社の有力者達に会い、彼等のニュースは時代遅れなことを示し、シュプレー河畔の新聞紙に如何に彼等がエルベ河畔のことに就いて悪く報告してきたか書くように言い、そうすることで世界がオハイオだけでなく、小さな川Łodkaを知り、その岸辺のŁódźに命を延ばしてくれる工作人の一族が住んでいてそれが続いていることを知るように急げと語る。

統一直後に東側の優位性も強調したかった旧東ドイツ住民の心境を現していると言える。続いてHenkler夫妻とKormoranの間でそのことをめぐって会話が続くが、Ilseは電話あるいはテレファックスで、そして日曜出勤でそれを個人的に伝えるほうが良いと思うと述べたので、Kormoranは緊急に司令官のようにそれなら棺台（霊柩車）に乗るように告げたのである。家からテラスへ出て来たÄnneは高揚した姿勢と不吉な語彙を口にした夫を見て、顔を顰めたが、先ず彼女の妹に一緒に乗るなら急ぐように言い、Schluziakの状態が良くないことを告げ、夫には次の騒ぎ迄に少し横になるように忠告する。彼はその用意があるように見えたが、まだ何が期待出来るのかと言い、連邦首相か我等の青少年スポーツ相か、Treuhand（信託公社）か産業組合のメディア等々かと語り、ともかくも例えばまたもやBiermannではなかろうと述べる。(73)此処にも統一直後の旧東ドイツ国民の心境が窺える。彼女はまだ電話中のFelix Hasselが病棟に到着したらまたタクシーで戻って来ると述べたので、彼はぼんやりと屋内へ向かおうとする。彼女はRuth一行が出掛けたや否や戻ると言い、Ilseと階段を庭へ下り、彼は屋内へ入る。

（XVIII）

そのようにしてHerbert Henklerのみがテラスに残り、上で引っ掛かって動かない巻き上げブラインドを直す為に顔を出したKormoranとの間に上下で対話が始まる。対話の内容は果たして彼等の一撃をハンブルガーＩＭ紙にIlseが掲載出来るか、編集部がそれを受け入れるかをめぐってのものとなる。Ilseと編集者の仲を疑っているHerbertはそのことに余り関心を示さず、ボスが編集者を大砲に込めて遠くへ撃ち出すことを望みながら、かつては情報関係将校であった彼がボスである今日の編集長の名前を全く知らないことを不思議に思う。Kormoranは最初の問いに戻るが、Herbert は彼女が妨げられることはないだろうと言い、彼女の評価をめぐって前者は顧慮に欠けてはいないと言い、後者はただ思考に欠けていると述べ、前者は厳しい非難だと言い、思考が彼等を動物と区別すると言い、後者は動物達がそれを知っているのかと語る。更に話しに発展するが、Kormoran は Ilse の話しに戻ろうという。しばらく沈黙した後、Herbert は彼女が非常に人間的な人間であり、自分自身を中心にする人間で、時々むろんハンブルクの奴を彼女の中心に据える人間だと述べ、彼女は私欲がないが、その男は利己的で、非常に非人間的な人間だと語る。Kormoran は遠慮しながら、不謹慎ではあるが嫉妬なのかと問うが、Herbert はそれは彼から遠い話しだと否定し、Kormoran の耳のせい、恐らくは心（心臓）のせいでもあったのだろうという。

相変わらずブラインド直しに従事している Kormoran は否定せず、此の言葉を契機に心臓の調子が変動することを述べ、ねじれたブラインドから離れ、椅子を窓際に寄せ、不十分な眺めで満足し、義弟の更なる言葉を期待してか、あるいは彼の無口を示す為かその椅子に座り動かない。Henkler もしばらく沈黙していたが、彼が Kormoran の沈黙に就いてコメントをし、結局は彼等は同じ色あせた事柄に仕えていたのだから彼の前ではよそよそしくする必要はないと言う。Kormoran が差し当たっては沈黙したが、激しく頭を振り、その点では確信を持てないと述べたので、Herbert は彼は折に触れての家宅侵入で、Kormoran が折に触れての異議申し立てでと述べ、彼の「オーケー」と Kormoran の「しかし」は同じ鋏の二つの切り口で、愚かだったのは、ただ鋏が正しく切らなかったことだと語る。旧東ドイツ国民の情報機関員と評論家のその国での異なる役割を語って興味深い発言と言える。続けて彼は気分が高揚した目的に関しては改めて試みる必要があり、誰かがそれをすると思うという。旧東ドイツが求めた高い目的を実現したいという統一直後の旧東ドイツ国民の要望と言えよう。Kormoran は Herbert の口からそれを聞くのは珍しいし、彼とそれに就いて語るのも珍しいと述べ、彼が先程最初の方を読んだ本（自伝的物語）は、すぐには気付かれないがその二元性を扱っており、どのように始まるかは既に読んだが、終わりも判っていると語る。Herbert Henkler はそれを彼等（注・旧西側と思われる。）は好まないだろうと言い、Kormoran が最初は彼に気に入っているが、結末は彼等に気に入ると思うと述べ、二人の会話が進む。結局 Herbert がどうなるか先を語ってくれと言い、最初は楽しく洒落ているが、事態は似たように進行するのかと聞くと、Kormoran は結末は死でより楽しくはならなかったと答える。朗読もするのかと問われ、彼はそれを認め、朗読には時間が掛かることも認めたので、Henkler は結末に至るように頼む。Kormoran は書いたものの結末を普通は口走ることはないが、言ってしまった結末は避けがたいことに係わって来るので、躊躇はしたが、封印を破ることを決断する。彼が死ぬ最後の章の内容とタイトルに係わる指摘は止め、彼が死に、噂が広まり、陰口が語られ、それは死に至る彼の耳には届かず、友人達の声も彼を殺したい程の敵対者達の声も、文法を軽蔑する者達の声も本を読まない国家の指導者達の声も、同僚達の声も同志達の声も聞こえないという結末を、語る。

続けて彼の死後何が起こるか知る必要はないのだと述べた上で、彼と同様、死に係わっている人々の彼の死に対する幾つかの姿勢を語り、債務者達の安堵の念に触れ、彼に批判された人々が堪えてきた復讐心の余り、舌を血で染めようとも、彼の墓の上では口を噤まざるを得ないだろうと話す。更に続けて彼は、一体誰が彼に対し被害の補償を求めないだろうかと語り、童話作家、ロシヤの出版者、権力者、詩人達、国家最高の反ユダヤ主義国家評議会書記、会議中の大酒のみ、その他、公的私的に様々な形で彼と係わった人々に触れる。Kormoran という人物が、その背後にいる H. Kant が如何に様々な意味で批判を受け、それを自覚しながら、自負心を忘れていないことを語っていると言えよう。Kormoran は更に忘れてならないのは西側の照度に基づく人物達だと言い、ラインの黄金のようなくだらぬお喋りをする注釈者達、即ち長々とお喋りをするのを闘いと見なしているジュルト島の戦士達とか、更にその他文化通の名をそのくだらぬ特徴を揶揄しつつ具体的に挙げ、それ以外の教授や文化関係者にも同様な揶揄と共に触れ、批判する。これらの人物達は創作による人物か現実の人物に該当するのか私には判断出来ないが、此処にも俗物性に辟易している Kant の批判の矢は放たれている。Kormoran は続けて忘れてならないこととして、溢れる流れも助けとはならないことを証明するあの文学的出来事を挙げ、しかし何にもまして忘れてならないのは資本主義的システムの無限の荷重能力を誰よりも強制的に課する我々の支配者達であるという。文学的出来事とは九二年という時期を考えると作家同盟等の統一であろうか？　いずれにせよ統一直後に抱いた旧東ドイツのかなりの知識人達が抱いた感慨であることは間違いないし、Kormoran と同じように H. Kant の資本主義体制への痛烈な批判でもある。

Kormoran は此処で改めて例の流浪の左翼と名乗る楽団が現れ、もう一度連帯の歌を目指して、彼に伝統的農業労働者の歌から最新の歌詞を持って来る場面を考え、「我等の批評にとって慰めであれ。彼が今や天国へ行かねばならぬなら、彼はそこで Gauck と彼の牛に会う。[74]」という歌詞を挙げる。彼は更に死後に彼に敵対して多くの新聞が何をするかを元気に生きている彼の仲間達が見ないとは言わないが、何ら役に立たない時、何の為に彼に味方をしようか？　誰一人その力がない場合、どうして力を浪費しようか？　どうして攻撃の目標になろうか？　自らの隙を見せる者は愚かだし、利口でいたい者は利口でいなければならないと悲観的結末に触れる。また彼等に伝えるのでなかったらその物語はどのように終了したのだろうか？と彼等は言い、壁崩壊直後の旧東ドイツ市民達のあの有名な商店街行進や大騒ぎや西側が東の市民に示した様々な姿勢を取り上げるようにとの彼等の要求についても触れる。それについて考えを述べ、その上幾つかの結論について語り、それらの最後の章を纏め上げねばならぬと言い、それは別としてそれが結末になるか Henkler に意見を求める。Kormoran はそう尋ねて彼の頭に快適な状態を再び窓枠の所に求め、死ぬ。それまで語ってきた自伝的物語の中での死ではなく、実際に死ぬのである。そのようなわけで、「そういう結末は病的に思える。」という Henkler の回答も「我々はより楽観的なものを好んだ。何処から君達にそのような悲観的見方のみが来るのか！[75]」という訴えももはや届かず、回答がないので彼はそれとなく頭を上げ、告知するような高い声で義兄の方に向かって、「一体誰が君達に書くことを促したのか？」と話しかけ、「しかし意見は許されているので、我々の挫折は何ら決まったわけではないと書け」と言い、「我々は世界体系の爆発の際に燃え尽きたのではなく、眉毛を焦がしたのだ。[76]」と述べる。何と言っても夢は存在している。「それを書くか私に反論しろ、夢の専門家である君が存在する間は！」と彼は語り、彼の言葉に満足し、何かが起こったことを理解する迄、時間が過ぎ去った。そしてÄnne が彼の上方の部屋で Felix Hassel に向かって呼んだというより叫んだ時、彼は立ち上がりより良く見る為にテラスの端へ歩んだ。彼は長く待たねばならず、外科医の Felix Hassel が上の窓際に現れ彼にそれで充分に判る合図を送ったのである。

Änne は机上の電話を取り番号を撰び、名前を告げ、死者のことに触れ、住所を言い、Felix Hassel の滞在も告げ、来やすい道を伝え、門とドアを終日開けておくと言い、感謝をし、もはやそれには触れたくないかの如く受話器を机上に戻す。例の箱船の書類ももはや使用したくないかの如く、それを元のようにたたみ、椅子の上に乗り、それが発見された元の場所、つまり鐘とその舌の間に入れる。半ば室内に戻りかけた彼女は今一度電話を取り、Ruth の例の葬儀社 Nihil-Nisi-Bene 商社に電話をし、録音されたメッセージを聞き、それが鳴り終わるや留守電に後者がもう一度来なければならない、今度は仕事のことでと告げる。

此処で Kormoran なる人物の六六回目の誕生日半日をめぐる Hermann Kant の二七〇頁に亙る長い作品は終わる。

〔注〕

（1）本書三八四～五〇四頁を参照せよ。
（2）Hermann Kant: „Kormoran“. Aufbau Taschenbuch Verlag, Berlin. 1997. S. 2. Z.16-27.
（3）注（1）を参照せよ。
（4）ibid. S. 7. Z. 13-17.
（5）ibid. S. 13. Z. 11-12.
（6）注（2）を参照せよ。
（7）ibid. S. 23. Z. 3-4.
（8）ibid. S. 30. Z. 35. -S. 31. Z. 2.
（9）ibid. S. 33. Z. 11-12.
（10）ibid. S. 38. Z. 14-17.
（11）ibid. S. 41. Z. 28-30.
（12）ibid. S. 44, Z. 22-S. 45. Z. 6.

(13) ibid. S. 47. Z. 3-6.
(14) ibid. S. 47. Z. 31-S. 48. Z. 2.
(15) ibid. S. 49. Z. 7-9. Z. 12-14.
(16) ibid. S. 49. Z. 21-23. Z. 27-29.
(17) ibid. S. 54. Z. 23-24. Z. 31.
(18) ibid. S. 62. Z. 28-30.
(19) ibid. S. 63. Z. 7-10.
(20) ibid. S. 67. Z. 3-6.
(21) ibid. S. 67. Z. 10-13.
(22) ibid. S. 93. Z. 13-14.
(23) 注（2）を参照せよ。
(24) ibid. S. 99. Z. 34-35.
(25) ibid. S. 100. Z. 3-9.
(26) ibid. S. 100. Z. 16-21.
(27) ibid. S. 101. Z. 16-25.
(28) ibid. S. 103. Z. 11-15.
(29) ibid. S. 104. Z. 1-4.
(30) ibid. S. 113. Z. 7-9.
(31) 注（2）を参照せよ。
(32) ibid. S. 118. Z. 8-9. Z. 11-12.
(33) ibid. S. 120. Z. 22-25.
(34) ibid. S. 129. Z. 3-7. Z. 9-10.

(35) ibid. S. 129. Z. 29-30. Z. 33-S. 130. Z. 2.
(36) ibid. S. 132. Z. 11-13.
(37) ibid. S. 132. Z. 18-19.
(38) 注（2）を参照さよ。
(39) ibid. S. 132. Z. 28-32.
(40) ibid. S. 142. Z. 27. Z. 30. この場面の後に出てくる die Agitka Heimatlose Linke Ahorngrund（流浪の左翼）と名乗る楽団がその歌詞に歌う信託会社（Die Treuhand）とは一九九四年末迄、旧東ドイツの資産を管理した公社。牧師 Joachim Gauck は一九四〇年旧東ドイツ Rostock に生まれて、その父が五一年逮捕されシベリア送りになり、五五年恩赦で戻った後、Rostock で神学を学び、牧師になった。六五年以来東ドイツ Mecklenburg 地方福音派教会に勤め、Rostock でも活動し、八二年―九〇年、Mecklenburg 地方教会の指導者となる。八九／九〇年教会及び政治的立場からの公の抗議運動主唱者となり、毎週の礼拝とそれに続く Rostock 大デモンストレーションを指導した。また Rostock 新フォーラムの会（党）員、スポークスマンとなった。九〇年三月―一〇月、彼は移行期の東ドイツ人民議会新フォーラム議員になり、東の情報機関、「国家公安局（ＭｆＳ：スタージー）／国民安全局（ＡｆＮＳ）解散管理特別委員会」の指導を引き受け、その後は人民議会でスタージー文書調査・公開に務め、一〇月三日ドイツ統一日に連邦大統領 Weizsäcker 連邦首相 Kohl からも同様の職務に任命された。その後も連邦議会スタージー文書法案議決と共に、スタージー文書に係わる連邦全権委員となり、著書『スタージー文書。ＤＤＲの不気味な遺産』を出版したりしている。従って彼に対する旧東ドイツ国民の感情は複雑で彼に対する評価も一様ではなかった。それが此の作品の登場人物の間に見られる。
(41) ibid. S. 149. Z. 28.-S. 150. Z. 3.
(42) ibid. S. 157. Z. 34-35.
(43) ibid. S. 158. Z. 25-27.
(44) 注（24）を参照せよ。
(45) ibid. S. 161. Z. 26-27.

(46) ibid. S. 162. Z. 5-7.
(47) ibid. S. 164. Z. 28-29.
(48) ibid. S. 172. Z. 33-34.
(49) ibid. S. 173. Z. 7-8.
(50) ibid. S. 176. Z. 10-16.
(51) ibid. S. 176. Z. 20-22.
(52) ibid. S. 180. Z. 30-31.
(53) ibid. S. 185. Z. 27-31.
(54) 牧師 Gauck 及びその官庁に関しては注（40）を参照せよ。
(55) ibid. S. 188-189. オリジナルな三行の歌は以下の如くである。シュレースヴィヒ＝ホルシュタイン、海に囲まれ、今は牧師さんの、その牛の舌で商売をする。
(56) ibid. S. 189-190. 上述の三行詩、牛（Ossen）の舌が東ドイツ人（Ossi）の舌に容易に変わり得たというのである。
(57) ゲーテの有名な詩と旧約聖書のヨゼフとその兄弟の物語を出典とするトーマスマンの翻案等の引用。
(58) ibid. S. 200. Z. 19-21.
(59) ibid. S. 206. Z. 4-11.
(60) ibid. S. 208. Z. 33-35.
(61) ibid. S. 217. Z. 1-4.
(62) ibid. S. 228. Z. 17-19. „Noch ist Polen nicht verloren."（ポーランドは未だ敗れず。）は一七九七年 J. Wybicki 作『ドムブロフスキ』行進曲冒頭の句。
(63) ibid. S. 231. Z. 23-24.
(64) ibid. S. 235. Z. 32-33. S. 236. Z. 3. ルイセンコは旧ソ連の農業生物学者でスターリン主義の影響のもと一九二〇年代終わり頃よりメンデリズム批判の新しい生物学説、遺伝学説を唱え、科学界のみならず政治の世界も巻き込んだルイセンコ論争の主役となった。彼の学説に批判的なバビロフ（N. I. Vavilow）は四三年獄死し、四八年には彼に反対する多くの生物学者は追放され世界の生物学者の抗議を受けた。その影響力は次第に薄れ、スターリンの死後失脚した。五五年以降はその学説の誤りも摘出され、現在は全く影響力を持たない。

(65) ibid. S. 236. Z. 15-23.

(66) ibid. S. 245. Z. 29-32.

(67) ibid. S. 247. Z. 23-26. Z. 32-S. 248. Z. 3.

(68) ibid. S. 249. Z. 13.

(69) 注（1）の説明を参照せよ。

(70) ibid. S. 250. Z. 23-24.

(71) 東ドイツで反体制的歌を作詩作曲して公の場で歌い、一九七六年一一月、市民権を剥奪されたWolf Biermannのこと。当時多くの東ドイツ作家等が市民権剥奪に反対する運動を起こし、その結果何人もの作家が東ドツから去った。当時作家同盟副会長であったH. Kantはその事件との関わりを指摘され批判されたが、彼が市民権剥奪に反対であったことは彼の半生記と言える自叙伝的な作品 „Abspann“ にも（本書三八四～五〇四頁）、Manfred Krugの „Abgehauen“ にも（本書一七一～一九三頁）見られる。

(72) ibid. S. 252. Z. 3-4. Z. 6-7.

(73) 注（71）を参照せよ。

(74) ibid. S. 268. Z. 11-12. 更にPastor Gauckに係わる注を参照せよ。

(75) ibid. S. 269. Z. 19-22.

(76) ibid. S. 269. Z. 28-S. 270. Z. 2.

（初出、二〇〇四年三月二〇日～二〇〇五年一一月二〇日、獨協大学「ドイツ学研究」第五一～第五四号）

（四）ルポルタージュ論

ルートヴィヒ・レンとルポルタージュ
——『戦争』をめぐって——

1

J＝P・サルトル（J-P. Sartre）は、——かつて「レ・タン・モデルヌ創刊宣言」（PRÉSENTATION LES TEMPS MODERNES）で、ルポルタージュを文学のジャンルの一つとみなし、その中でも重要なものの一つになりえる[1]と予測している。サルトルが言うように、ルポルタージュを文学のジャンルの一つとみなすことに関して、様々な議論があるとしても、いま、この点に一視点をすえることで、ルポルタージュの理論づけ、定義づけを考えていくとき、サルトルがここで述べている〈ルポルタージュ〉とは、いわゆる〈報告文学〉であって、単なる報道・見聞記・実話の類とは異なると、私は考える。なぜかといえば、単なる報道・見聞記には客観性はあるが芸術性は欠けるし、実話には芸術性も客観性も欠けるからである。さらに、これらのものにおいては、いわゆる報道者は、その叙述の背後に消え失せ、浮かび上ってくることはないが、〈報告文学〉においては、報告者は、同様に、叙述の背後に消え失せることはあっても、その個性は、絶えず浮かび上り、批評に拮抗しえるからである。いわゆる目撃者とも言うべき報道者が、叙述の背後に消え失せてしまうことは、その叙述が類型《ステロタイプ》の域を一歩も出ないことである。没個性に陥ることである。いま、ルポルタージュにせまると、上述した客観性とは、科学性を意味する。つまり、具体的な事件や真実を、時間の流れの中で、捉えることにある。このことは「ルポルタージュは、小説の芸術的な創造方法よりもより強く科学の方法を用いている[2]」ことに必然的に結びついてくる。一方、芸術性とは、ルポルタージュにも働く〈想像〉がその重要なモメントとなっている。言うならば「事物の運動と過程に即して働く想像[3]」である。エゴン・エルヴィン・キッシュ（Egon Erwin Kisch）は、諸事実を簡単に記録し、まことに平板であることは、社会的な感覚を持つ人間には容易なのであり、かつ、悲惨に直面して絶叫し、その結果、デマゴギーの中傷に陥ることも同様に容易である、と述べた後で、この〈想像〉を次のように規定する。「この堆積した事実を、事実自身によって作用させ、それ故に想像なし《ファンタジーロース》に出現させることも同様に容易である。これらすべての誘惑を、真の作家、つまり真実を描く作家は、避けなければならない。彼は、彼の芸術家たる意識を失うべきではない。恐ろしいモデルを、色彩と遠近法の選択によって、芸術作品として、弾劾する芸術作品として、形成すべきである。彼は、過去と未来を、現在との関係の中にすえねばならない――それが論理的想像《ロギッシェファンタジー》であり、それが平板さとデマゴギーを避けることである[4]。」〈論理的想像〉、これこそ、まさに、ルポルタージュ・ライターの創作意識でなければならない。

　このように考えてゆくとき、ルポルタージュの領域は芸術と科学の重複領域にあると言えよう。つまり、「ジャーナリズムと文学、あるいは別の言い方をすれば記述的《デスクリップティヴ》文学と想像的《イマジナティヴ》文学、なまの事実の羅列とその整理・解釈・要するに何らかの体系づけの中間に位する[5]」。とはいえ、小説家が、そのままルポルタージュ・ライターでありえないし、その逆の関係も必ずしも成立しない。

　それでは、ルポルタージュは、どのような課題を担い、どのような時代の要請のもとに生まれてきたのであろうか？　ルポルタージュは「小説では解決されない新たな課題[6]」の解決を志向し、近代という時代を背景にして生まれたといえよう。帝国主義確立期以降の交通・通信網の全世界的な発展（従ってジャーナリズムの広範な展開）は、事実に事実を積重ね、私たちを、デスポティックに脅迫し、私たちが個人中心の小世界に生きることを許さない。いわば「事実がわれわれに対して及ぼす力の大いさと、事実からわれわれに至る距離の遠さとのあいだの均衡が崩れる[7]」。さらに、このように全世界からの事実の堆積は、歴史的事件の主役が、個人ではなく、大衆であることを、私たちに明確に意識させる。もちろん、たとえ「必然性の補足であり現象形態である」[8]偶然性のあらわれとして、過去の歴史時代に、カエサル、アウグストゥス、クロムウェル、ナポレオンのような「偉人が、そしてまさに、その偉人が、その特定の時代にその当該の国に出現」[9]し、彼等が、重要な歴史的役割を演じたとしても、いつの時代にも、歴史を動かしてきたのは大衆であったことは言うまでもない。ただ、帝国主義確立期以前においては、大衆は、私たちに意識されず、個人の役割が過大に意識されてきた。

　私たちが、個人中心の小世界に生きることが許されず、また、歴史的事件の主役が大衆であると意識されるとき、主観的感情に没頭し、主観的裁断を手段とし、個性や人間の運命を形象化する在来の小説の形式では不充分ということになる。このような時代にアプローチする芸術ジャンルの一つとしてルポルタージュが、その鋼鉄のような鋭く冷い目をもって登場したのである。ルポルタージュにとって必要なのは、主観的感情ではなく、没感情であり、客観的観察による因果関係の把握である。そして、それにとって必要なのは、現実の対象にアプローチするための、解剖力、分析力、判断力である。ルポルタージュが、主観的感情を排斥し、生きた因果関係の把握を目指すとき、ルポルタージュは必然的に、変動する時代の局面に、係らざるをえなくなる。

　ドイツにおいて、第一次世界大戦後、戦争についての回顧が必要とされた時期に、レマルク（Erich Maria Remarque）、レン（Ludwig Renn）、グレーザー（Ernst Glaeser）、カロッサ（Hans Carossa）という戦争レポーターによって、『西部戦線異常なし』（Im Westen nichts Neues. 1929）、『戦争』（Krieg. 1928）、『一九〇二年級』（Jahrgang 1902. 1928）、『ルーマニア日記』（Rumänisches Tagebuch. 1924）、が発表され、第二次世界大戦直後の一九四八年にアブシュ（Alexander Abusch）が、ルポルタージュを芸術的水準において他の種類の文学に劣らない文学の新しい部門《ノイエルツワイク》と称し、偉大な文学としてのルポルタージュとよんだこと。

　フランスにおいて、スペイン内乱について、マルロー（André Malraux）が『希望』（L'Espoir. 1937）を書き、やはり、第二次大戦後、前述したように、「レ・タン・モデルヌ創刊宣言」で、サルトルによって、あのルポルタージュの評価がなされたこと、ソビエトにおいて、ゴーリキー（Maxim Gorky）によって奨励された一九二九年、三〇年の建設事業に関する、ルポルタージュと言えるオーチェルク（Очерк）が、社会主義政権樹立後の国内変革過程で現われ、ショーロホフ（Mikhail Alexandrovich Scholokhov）も、コルホーズに関する多くのオーチェルクを書いたこと、

アメリカにおいて、リード（John Reed）が、ソビエト革命に関して『世界を震撼させた十日間』（Ten Days that Shook the World. 1919）を書き、ドス・パソス（Dos Passos）が第一次世界大戦を『三兵士』（Three Soldiers. 1921）にあらわしたこと、

日本において、ルポルタージュがプロレタリア文学によって積極的にとりあげられ、さらに第二次世界大戦後、再評価の気運をみたこと、

これら一連の史的事実から、私たちは、ルポルタージュの対象となった時期が、えてして、戦争や革命など、時代の変動期と一致することを知る。つまり、時代の局面の変動が著しい世界史的事件が、自らを直接に、明確に、伝達する時論的方法を、新しい〈文学〉としてのルポルタージュに、要請したのだ。

前述した各国の作家または文学運動は、ルポルタージュに必要なのは、主観的裁断ではなくて、客観的報告であることを宣言し、あるいは、作品において、実践した。

ジョン・リードも、『世界を震撼させた十日間』の序文で、次のように宣言している。「このたたかいのなかで、わたしの同情は中立的でなかった。しかし、この偉大な日々の物語を述べるにあたって、わたしは事件を良心的なレポーターの目をもって眺めようと心掛け、真実に忠実であろうとつとめた。[11]」

これは、ルポルタージュ・ライターに必要な態度であると言えよう。

2

レマルクは『西部戦線異常なし』を発表するにあたって、次のように宣言している。

「この本は弾劾するのでもなく、告白するのでもない。それは、ただ、戦争によって破壊された一つのジェネレーション——よし彼等がその砲弾を逃れたとしても——について報告しようとする試みにすぎない[12]。」と。

この作品と同時期に世に出た第一次世界大戦の報告文学である『戦争』において、ルートヴィヒ・レンは、このルポルタージュ理論を着実に実践している。『戦争』でのレンの記述は、戦争そのものに対する自分の感情を殺し、客観的な目をもって真実に忠実であろうとし、弾劾するのでもなく、告白するのでもなく、報告しようとしている。戦争、革命、ワイマール共和国の樹立、その樹立による革命の流産、その結果としての共和国自体の、創立期の精神の喪失、ナチズムの萌芽、という激動時代を生き、常に現実をその因果関係の中に捉えることのできたルポルタージュ・ライターとしてのレンは、一九二七年の秋、共産党に入党している。レンの『戦争』が世に出たのは、その一年後の一九二八年、レンが三九歳の時であった。「フランクフルテル・ツァイトゥング」に、まず、連載された。当時の人々は、この作品を読み、しかも、レンを共産党員だと知ったとき、二重の驚きを、体験した筈である。第一に、『戦争』に描かれている戦争についての驚きである。つまり、戦争は「大規模で広汎な深い性質をもったもの[13]」であるから、戦線において、戦争を体験した世代は、「体験において共通し、同一の運命にわれひとともに結びつけられているという連帯感情を深く[14]」し、戦争を体験しなかった世代は、戦争についての、それ迄の知識との相違に関して驚いたであろう。次に、この作品から、共産主義者の作品を想像することは、不可能だ、という驚きである。なぜなら、レンが、早くも大戦初期に筆をとった大部の日記を基として作られたこのルポルタージュには、直接には、コンミュニズムの息吹は感じられないからである。三千枚にも達していたその日記を、レンが、二、三百枚の草稿にまとめあげたのは一九二六年であり、この作品成立時代のレンが、共産主義者でも、唯物論者でもなく、ただ、「希望を失いながら手探りをしている[15]」ことを考えると、それは当然であろう。

レンに、詩作の最初の衝動がみられたのは、一九〇六年、一七歳の頃であった。冬のある夕方、彼が、友人と雪におおわれた森の中を逍遙し、森の中の空地を目の前にした時である。「私たちの目の前に広がっていたのは、冷さとまばゆいばかりの白さであった。しかも月光の中で、朦朧としていた！　描くことはできまいが、ひょっとすると、詩作することはできるだろう。[16]」「私はこの月夜の散策を、私の日記に記そうと努力し、それに響応する言葉を、発見しようと努力した。[17]」「私たちの体験はただ私たちだけの体験にすぎなくなった。私は何とかして、それを、なお、他の人たちにも体験できるようにしたかったのだ。[18]」「しかし、私の心の中には、詩作！　詩作！　という言葉が喰い入ってきた。詩人よりも気高きものはあろうか！[19]」と、レンは書いている。

　この作者の詩作への衝動は、すぐに、彼の客観的観察をめざす目と結びつく。同年、彼は、恒例の〈セダン戦勝記念祭〉に自作の詩の朗読を課せられ、戦争での歓呼の叫びや勝利ではなく、疲労感や恐ろしい抑圧感を、詩にするのが真実に近いのではないかと考える。「戦争のこの真実の面を、私は、私の詩の中で描写したかったのであり、熱狂的歓呼を描写したかったのではない。[20]」と、彼は考え、それを実際に詩作し、「ここに、この冷静な詩作法に、正当な道があったと、私は感じた。しかし、そう詩作すべきなのか？[21]」と迷いながらも、ルポルタージュ・ライターに必要な〈リアリストの目〉を意識し始めた。その為には、「言葉においてのみ詩人であるべきではない！　生そのものが詩人であるべきだ！　私にはそれができないだろうか？[22]」と芸術の基盤としての生へ思いを馳せる。しかし、このようなレンの思考から『戦争』での作家態度への道は、決して一直線ではなかった。

　彼はザクセンの貴族出身であるが故に、二一歳で近衛兵士官候補生《ファーネンユンケル》となり、やがて士官となった。彼は、士官生活での幾多の経験を経て、貴族階級によってのみ占められている士官制度への疑惑、士官の俗物根性への幻滅を感ずると同時に、一方では、平民によって構成されている兵士に対して、共感と愛着を抱く。この二階級間の相違、矛盾、軋轢、それらが、集中的、典形的にあらわれるであろう戦争を、レンは日記という形で記録しようと思った。この思考を強める一契機になった作品が、ロシヤ海軍大尉ゼメノフ（Semenow）の『報復』（Rasplata）という戦史的な作品であった。この作品は、日露戦争での海戦および旅順攻防戦についてのドキュメンタリー風のもので、ロシヤ将官の無為無策と、彼等の秩序を、激しく批判したものであった。「私にとっては、内容以外に、スタイルも、興味深かった。そこでは、すべての年月日が、何時何分にいたるまで、正確に書かれていて、さらに、すべての出来事が、読者に明らかにされていた。――こんな風に、戦史は書かれねばなるまい。私が、私たちの噂にのぼっているきたるべき戦争において、中隊の戦陣日誌をつける必要にせまられはしないかどうか、誰が知ろう？　その時には、これに似たような形でつけたいものだ。まったく冷静にして即物的に。しかし、人間的なものは、すべてひっくるめて。人が実に読むに堪えないような以前の軍人作家《ミリテール・シリフトシテルレル》のように書いてはならない。(23)」とレンが考えたのは、第一次世界大戦前夜、二五歳の時であった。この時のレンには、すでに、明確に、ルポルタージュ・ライターの資質がうかがわれる。事実、前述したように、レン自身、第一次大戦での動員初日から日記をつけ始め、土地と時間、天候と地形、連隊の動きをも含めて、正確に記録した。ここには、すでに、作品『戦争』へつながる道があり、推敲彫琢をへる前の『戦争』の草稿が始まっており、『戦争』の著者としての態度の片鱗がある。すでに『戦争』が生まれる為の作家的・作品的準備は整いつつあった。あとは、〈論理的想像〉が働く原因となる一つの決定的衝撃力がありさえすればよかった。その決定的衝撃力になったのは何か？　それに関して、レンは「ディ・リンクスクルヴェ」(Die Linkskurve) 第一巻、一号～四号に連載した一九二九年の「拙著『戦争』への前提に関して」(Über die Voraussetzungen zu meinem Buch „Krieg". 1929) の中で次のように書いている。「それは（注・連隊司令部との意見の衝突）連隊の戦陣日誌によって始まった。前進の時期の戦闘報告は、やっと当時（注・一九一四年クリスマス）になって編集され、私がこの報告を読んだとき、激怒が私を捉えてしまった。そこに書いてあったことは、まったく正しかったのではあるが、すべて重要なことは、それが、指揮上、何らかの意味でまずかった場合には、除かれていた。（中略）私は、そこで、真実の一部を報告の中に取り入れようと努力した。それすらも同意されずに断られてしまった。当時、私は、一度戦争について真実を書こうと決心した。(24)」

　この決心に基づいて、三千枚にいたる彼の記録の中から、二、三百枚の『戦争』の草稿が仕上げられた。その過程において、どのような〈論理的想像〉が働いたのだろうか？

　私たちが、レンが、実は、アルノルド・フイート・フォン・ゴルセナウ (Arnold Vieth von Golßenau) という貴族出身の士官であったことを知るとき、一つの疑惑に捉えられる。なぜこの作家が、ルポルタージュといえる作品に、ルートヴィヒ・レンという名の一兵士を主人公として登場させ、それを同名の作家名で発表しなければならなかったのか？という疑惑である。つまり、この他ならぬ、貴族出身の一士官である作家には、近代の戦争というカタストロフィの情況を、本質的に捉え、その認識を深めるためには、士官の立場から書くべきではないという結論が必要であったのだ。

「資本主義世界における、すべての芸術家と作家に共通の立場は、彼等を取巻いている社会的現実との不一致である。[25]」と言われているが、前述のように、この作家は、すでに、大戦以前から、士官を構成する貴族階級と兵士である一般国民との間の相違、矛盾、軋轢という現実と折り合えず、心情的には一般国民に傾倒していた。その傾倒は戦争を通じて強まった。この体験からの結論は、戦争を、彼が士官として体験したように描くことではなく、戦争の惨害と苦悩を、直接その身に負わなければならなかった兵士の側から描くことであった。（ここには、第一次大戦前の、貴族の没落過程が投影していることは、否めない。）これが、レンにとっては、「真実を書く」ことであった。このようなレンの姿勢に、いわゆる〈論理的想像〉が働いたのであり、それが『戦争』を秀作にまで高めたのである。

「私の本『戦争』はこの決断（注・共産主義への道を進もうと決心したこと）以前に、その今日の形式を獲得した。それは、私が希望を失いながら手探ぐりをし、なんら抜け道を見出せず、私にとって、社会主義が社会民主主義によって、吐気をもよおすものになってしまい、それでも、私がもはや市民的生活にもどることができなかった時期に生まれたのである。（中略）私はあまりに根なし草のようであったので、私が士官として体験したように戦争を、もはや描写しようとは思わなかった。私が鎌をもって草の中で働いたときに、どうしてなお、士官なんかとかかわり合う必要があったろうか？　素朴で真面目な生活を、私はしたかったのだ。そんなわけで、私は、一人の素朴で真面目な人間という私の少しばかりロマンティックな理想像が、体験するであろうように、戦争を描写しようとした。そのために、私は、私の以前の部下の一人、デーゲンコルプ上等兵の口をかりて、物語を語らせた。[26]」このことは、彼が、デーゲンコルプの生活を殆んど知らなかったという事実にも助けられて、想像を働かせるのに役立った。このようにして『戦争』の主人公、一兵士ルートヴィヒ・レンが生まれ、その名は、作者のペンネームにちなんでつけられた。このペンネームは、作家が一九二七年、ツヴィツカウ（Zwickau）の人民大学《フォルクス・ホッホシュウレ》で中国史の講義を持つにあたって、貴族名を避けるためにつけたものであった。

3

レンの『戦争』が、世に出た時期、一九二〇年代の後半は、ドイツでは、あの表現主義が衰微し、機械文明の影響の下、合理性を志向した時代であった。合目的的なものに美と意義を発見し、ル・コルビュジエ（Le Corbusier）の機械主義的能率的建築美学や、オザンファン（A. Ozenfant）の機械主義的幾何学的絵画に生命を見出した。このことを文学において志向したノイエ・ザハリヒカイトは、記述の簡潔さを特徴とした。

このノイエ・ザハリヒカイトの影響を『戦争』が受けたというより、むしろ、一致する面を、『戦争』が持ったということは、ルポルタージュが、科学性を持ち、合理性と即物性を持ちうる以上、考えられる。事実、レンは『戦争』の中でこの記述の問題について語り、それを実践している。『戦争』の主人公であるレンは次のように言う。「私は作家たちが、言葉がどういう風に配列されねばならないかという、まったく明瞭な必然性があったにもかかわらず、勝手気ままに配置しているのに気がついた。その必然性というのは、すなわち、言葉を常に、それを読者が体験するとおりの順序に、配列することなのである。たとえば、『ある緑の、いくつもの丘陵を登ってゆく草原』ではいけない。なぜなら、人は、まず、ともかく、一つの草原がある。ということを知らねばならないからであり、したがって、その『草原』という言葉が、文章の先頭にこなければならない。大切なことが、私に明らかになるように、私は、常に、全情景を、あらゆる些細なこと、明るさ、すべての音、すべての心的動揺とともに、脳裏に描いた。しかる後に、まず書き、絶対的に必要でなかったものは、すべて切り捨てた。」(27)

ここには作家レン自身の記述上の根本理論があり、ルポルタージュ・ライターに必要な、没感情的にして、科学的、客観的な目がある。レンは簡潔な手法、つまり必要以外の言葉は全部切り捨てる手法をもちいることによって、事象の本質描写にせまろうとした。しかし、それ故にこそ、言葉にたいする鋭敏な感覚は、常に、強く働き、言葉の選択に苦労し、言葉にたいする懐疑、不安は拭い去られなかった。主人公レンは、続いてこの点に関して語っている。

「しかしながら、この形式は、最も重要なことを描写するのに全然役にたたなかった。そのために私には、常に、言葉が不足していた。私は通常的でない言葉を使用しようと試みた。が、それは何の役にもたたなかった。そのことが、私をその後、一日中没頭させた。[28]」作家レンは、この言葉の不足に悩み、通俗的でない言葉の使用に困難を感じたのであろうが、簡潔な記述を『戦争』において試み、必要でない装飾的《デコラティフ》な言葉を徹底的に切り捨てている。このことは『戦争』の重要な特徴であり、ルポルタージュの要素ともなる。装飾的な言葉を徹底的に切り捨てるとき、それは、没感情に通じ、客観性に近づくからである。レンが、戦争を、そのルポルタージュ的手法の対象に選んだことは、当然と言える。なぜならば、戦争には、諸矛盾が、集中的、綜合的にあらわれる以上、それを客観的に描くことは、作家が、どのような事実を、そのカメラのアングルに捉えるかによって、読者に判断の規準を与えることになるからである。「レンは弾劾しなかった。事実が訴えたのだ。[29]」「当時、私はルートヴィヒ・レンの作品『戦争』を読み、驚嘆し、異常な印象を受けた。なぜなら、それは、当時流行した『戦争本《クリークス・ビューヒャー》』の大部分とは、まったく異質なものであったからだ。[30]」「彼は、観察のさいに、先入感や固定的な見解によって迷ったりはしないで、むしろ、捉われずに、事実そのものを観察する。[31]」と三人の作家がそれぞれ語っているのは、レンのカメラアングルの正しさを証明している。レンの簡潔にして犀利な記述を、たとえば、次の描写に見ることが出来る。「真珠」という綽名の兵士と主人公レンは戦地へ出発する前に語る。

「『ルートヴィヒ！』

私は驚いた。彼は私をまだ一度もルートヴィヒと呼んだことはなかった。

『俺には親父《おやじ》なんかいないんだ。』

彼はまるで誰かが一切れのパンをほうり出すようにそれを言った。私はいったいどうしたらいいのか？——彼と握手をする？——こいつは、まったく感傷的じゃあなかった。

『マックス』と、私は言った。『だけど、お前にゃ一人仲間《アイネンブルーデル》がいるさ！』私は気恥かしかった。

彼は私を非常に落ちついて見た。彼は私の言葉がわかったのだ！[32]」

また次のような文章もある。

「『〈真珠〉も戦死した。』と曹長が言った。『あれは君の友達だったな、レン』とファビアンが言った。

酒は飲みほされた。

『おやすみ』少尉が言って立ち上った。[33]」

作家は人物の心理描写を避けているというより、むしろ、すべきではないと考えているが、それにもかかわらず、私たちは、行間の心理を読みとることが出来る。この場合、心理描写は、作品の構成を破壊するし、どのような装飾《デコラテ》的《イフ》な言葉を使用しようとも、私たちはそこから、引用した簡潔な文章以上の心理を読みとることは出来ない。あるいは、次のわずか一行の文章の中に、私たちは戦場の荒廃を見る。

「彼はパン屑を投げなかった。一羽の鳥もやって来なかったし、鳴いてもいなかった。[34]」

レンは、また、数語の単語の配列によって、ザハリヒな視覚的な文章も書いている。とくにレンが、いちばんあざやかに視覚に訴えているのは、アルファベートの組合わせによる弾音のオノマトペである。レンは、この多数のオノマトペにより、彼が実際に戦争で体験した弾音をザハリヒに表現しようとしたのであるが、アルノルト・ツヴァイク(Arnold Zweig)は、レンの『戦争』批評の中で、体験の伝達という面でのその効果に関して疑義を述べている。しかし、リアリズムが、形式上の問題でない以上、他にどのような表現がこの場合妥当であるかは、結論を下しがたい。

上述したように、レンは、人物の心理描写、性格創造を意図しない。とは言え、戦争を通じて主人公レンは変化し成長する。そこに、人物の心理・性格の作品からの放射がある。もちろん、私たちは、このような手法から生まれる瑕瑾を否定できない。それは作者がどの事実を選択するかという、当時の作家の姿勢と結びつく。レン自身が後年、意識し、ルカーチ(Georg Lukács)が「精神的に魅力的にすら作用しうる何かが生じてくる。[36]」原因となると考えた『戦争』における「道徳的な美点(戦友愛、連帯性[37])」がそれである。しかし、レン自身『戦争』の後に、『戦後』(Nachkrieg. 1930)を発表したことを考える時、レンは誰よりも戦争の否定的な面を知っていたと言えよう。

とまれ、ルートヴィヒ・レンは、現在、あらゆる芸術のジャンルで提唱されている記録性とは、今日の芸術に不可欠なものであることを、作品において実証した作家であると言えよう。

〔注〕

（1）Jean-Paul Sartre: Situations, II. Gallimard 1948. S. 30.
（2）高沖陽造『芸術学小辞典』厚文社。昭和二九年。三五〇頁
（3）高沖陽造『芸術学小辞典』厚文社。昭和二九年。三五〇頁
（4）Alexander Abusch: Schriften, Band II. 1. Aufl. Berlin und Weimar: Aufbau-Verlag 1967. S. 490.
（5）服部達『われらにとって美は存在するか』近代生活社。昭和三一年。一四八頁～一四九頁
（6）高沖陽造『芸術学小辞典』厚文社。昭和二九年。三四六頁
（7）服部達『われらにとって美は存在するか』近代生活社。昭和三一年。一五〇頁
（8）Friedrich Engels: Marx Engels Werke, Band 39. Berlin: Diez Verlag 1968. S. 206.
（9）Ibid. S. 206.
（10）Alexander Abusch: ibid. S. 488.
（11）John Reed: Ten Days that Shook the World. 三一書房。昭和二一年。原光雄訳。一五頁
（12）Erich Maria Remarque: Im Westen nichts Neues. Berlin: Inpropyläen Verlag 1929.
（13）杉浦明平『記録文学の世界』徳間書店。昭和四三年。八〇頁
（14）杉浦明平『記録文学の世界』徳間書店。昭和四三年。八〇頁
（15）Ludwig Renn: Zum 70. Geburtstag. Berlin: Aufbau-Verlag 1959. S. 119.
（16）Ludwig Renn: Meine Kindheit und Jugend. Berlin: Aufbau-Verlag 1962. S. 256.
（17）Ibid. S. 256.

(18) Ibid. S. 256.
(19) Ibid. S. 256.
(20) Ibid. S. 263.
(21) Ibid. S. 265.
(22) Ibid. S. 267.
(23) Ludwig Renn: Adel im Untergang. Berlin und Weimar: Aufbau-Verlag 1964. S. 356.
(24) Ludwig Renn: Zum 71. Geburtstag. ibid. S. 112-113.
(25) Ernst Fischer: Von der Notwendigkeit der Kunst. Hamburg: Claassen Verlag GmbH 1967. S. 113.
(26) Ludwig Renn: Zum 70. Geburtstag. ibid. S. 119-120.
(27) Ludwig Renn: Krieg-Nachkrieg. Berlin: Aufbau-Verlag 1960. S. 114.
(28) Ibid. S. 114.
(29) Ludwig Renn: Zum 70. Geburtstag. ibid. S. 44.
(30) Ibid. S. 19.
(31) Ibid. S. 59.
(32) Ludwig Renn: Krieg-Nachkrieg. ibid. S. 8.
(33) Ibid. S. 53.
(34) Ibid. S. 212.
(35) Ludwig Renn: Zum 70. Geburtstag. ibid. S. 116.
(36) Georg Lukács. Skizze einer Geschichte der neueren deutschenLiteratur. Berlin: Aufbau-Verlag 1953. S. 136.
(37) Ibid. S. 136.

(初出、一九六九年春、日本独文学会「ドイツ文学」第四二号)

ルートヴィヒ・レンとルポルタージュ
——『戦後』をめぐって——

1

貴族出身の士官、アルノルト・フイート・フォン・ゴルセナウ（Arnold Vieth von Golßenau）はルートヴィヒ・レン（Ludwig Renn）というペンネームのもと、同名のルートヴィヒ・レンという一兵士を主人公として一九二八年、ルポルタージュ・ロマーン（報告文学）『戦争』（„Krieg"）を書いた。[1] 彼は、戦争を、戦争の惨害と苦悩を、直接その身に負わなければならなかった兵士の側から描くことによって、戦争の真実を書こうとした。そこには、エゴン・エルヴィン・キッシュ（Egon Erwin Kisch）の言う、いわゆる論理的想像《ロギッシェファンタジー》が働いたのである。[2] この作家ルートヴィヒ・レンは、主人公ルートヴィヒ・レンの物語を、この『戦争』によって閉じることなく、『戦後』（„Nachkrieg"）に於いても展開する。

『戦後』は作家が一九二四年以来六年間を費して書き、一九三〇年に出版したもので、その中で作家レンはその透徹せる目で、第一次世界大戦直後のドイツ、ドレスデンの革命期を叙述した。まさに時代の局面は革命という変動期であり、その変動期に係わり合うのが大衆であるとき、時代の局面は当然、「自らを直接に、明確に、伝達する時論的方法を、新しい〈文学〉としてのルポルタージュに、要請[3]」する。

何故なら、「私たちが、個人中心の小世界に生きることが許されず、また、歴史的事件の主役が大衆であると意識されるとき、主観的感情に没頭し、主観的裁断を手段とし、個性や人間の運命を形象化する在来の小説の形式では不充分だということになる」[4]からであり、「ルポルタージュにとって必要なのは、主観的感情ではなく、没感情であり、客観的観察による因果関係の把握であり、それにとって必要なのは、現実の対象にアプローチするための、解剖力、分析力、判断力であり、ルポルタージュが、主観的感情を排斥し、生きた因果関係の把握を目指すとき、ルポルタージュは必然的に、変動する時代の局面に、係わらざるをえなくなる」[5]からである。

作家レンは、従って、この『戦後』に於いても、そのルポルタージュ的手法を失っていない。それと同時に、レンは『戦争』の場合と同様、この『戦後』にも、前述の論理的想像を働かせている。何故なら、この論理的想像こそ、ルポルタージュ・ロマーンのみならず、真のルポルタージュを、芸術性にも客観性にも欠ける実話と、更に、客観性はあるが芸術性に欠ける単なる報道・見聞記と甄別《けんべつ》する証左であるからだ。エゴン・エルヴィン・キッシュの言う論理的想像とは、作家による諸事実の平板な記録やデマゴギーの中傷を斥け、更に、堆積した事実の非想像的羅列を否定するものであり、その結果、作家と論理的想像の関係は次のように規定される。

「彼(=真の作家)は、彼の芸術家たる意識を失うべきではない。恐ろしいモデルを、色彩と遠近法の選択によって、芸術作品として、弾劾する芸術作品として形成すべきである。彼は過去と未来を、現在との関係の中にすえねばならない——それが論理的想像であり、それが平板さとデマゴギーを避けることである。[6]」

それでは『戦後』に効果を発した論理的想像とは如何なるものであったのか? それは、貴族出身の士官、アルノルト・フィート・フォン・ゴルセナウ、即ち、ペンネーム、ルートヴィヒ・レンが体験した第一次世界大戦後の革命期を、作家ルートヴィヒ・レンが、今度は下士官ルートヴィヒ・レンを主人公にして描いたという事実である。

第一次世界大戦後のドイツ革命の渦中に直接巻き込まれたのは主として革命を推進せんとする側からの労働者であり、兵士・下士官であり、革命を抑圧する側からの資本家であり、貴族出身の士官であった。それに、更に複雑な形で係わり合ったのが社会民主党、独立社会民主党、スパルタクス団(後の共産党)等の政党であった。

『戦争』の主人公レンが第一次世界大戦を一兵士として体験した限り、『戦後』の同じ主人公レンが旋踵《せんしょう》の間に士官になることは不可能であることはさて置き、『戦後』の主人公がともかく下士官であったこと、そこに作家ルートヴィヒ・レンの論理的想像が見られるのだ。何故なら、戦前より、自己の属する貴族階級に批判的で、心情的には一般国民に傾倒していた作家レンは、戦争の体験を通じてその傾倒を一層強め、革命の「真実を描く」為には、少なくとも革命を抑圧する側からであってはならぬと想像したからであり、このような姿勢こそ、作家レンにとっては、芸術家たる意識を保持し、弾劾する芸術作品を形成する弾機であったからだ。

しかし、この革命期を、作家レンが一下士官を主人公にして描いたことは、一方必然的にある種の虧欠《きけつ》を生みだしたのである。即ち、貴族出身の士官としての作家の強烈な革命体験が描写されないという事実である。この点に関しては作家レンが『戦後』の発表後二〇年にして次のように触れている。

「私自身、この時期をまだ士官として、多くの伝統を担った一人の人間として体験した。私がもっと自由に手を走らせることができたら、『戦後』は違った作品になっていたであろう。私のレンはしかしながら軍曹に過ぎなかったので、私は主人公としての彼を通して挫折を、私、即ち貴族出身の士官が体験しなければならなかった程の強烈さで叙述できなかった。(7)」

作家ルートヴィヒ・レンが戦争を通じて自分と同じ貴族階級出身の士官に幻滅し、平民の兵士に心情的に傾倒していたとは言え、戦後の革命期が彼に与えた挫折感は強烈なものであったのだ。この強烈な挫折感が叙述されなかったことは、作品にとっては一つの瑕瑾であったのであろうか。それとも問然するところなきと言えるのであろうか。やはり、それは一つの瑕瑾であったのだろう。我々はそのような見解が前述の作家の言の中に磅礴しているのを見るのであるが、作家が一主人公の目を通して第一次世界大戦後の革命期をルポルタージュ・ロマーンの形式で叙述し、その一主人公の人格設定の際に論理的想像を働かせたとき、避け難い瑕瑾であったのだろう。

ルポルタージュ作家が諸事実に直面して、その諸事実を如何に取捨選択するか、如何なる位置にカメラ、即ち視点をすえるかは、まさに作家の人生体験、世界観も言える広い意味での思想性、いわば作家の主体性に係わり、そこに必然的に働くのが論理的想像である以上、論理的想像を生かすが故に捨てざるを得ない事実があるからだ。事実は必ずしも真実ではなく、真実は必ずしも事実ではないのである。

一九七七年一〇月二五日の朝日新聞『文芸時評』で加藤周一が「歴史」と「歴史小説」を論じ、「しかるに歴史的叙述の目的は、単に過去の事実を記録することだけではなく、事実を取捨選択して秩序だてることである。秩序だてるための主要な原理は因果関係である。」と述べているが、この言は、「歴史的叙述」を「ルポルタージュ」と、「過去の事実」を「現在の事実」と読み換えるとき、ルポルタージュ・ライターの姿勢の規矩とも言えよう。歴史的叙述もルポルタージュも、過去と現在という対象の間の相違があるにせよ、歴史的事件に係わり合う点では同じであるからだ。

当然大衆が主役となる現代の歴史的事件が、その伝達手段として、ルポルタージュを要請することはすでに述べたことであり、その幾つかの具体的例を私は拙論「ルートヴィヒ・レンとルポルタージュ――『戦争』をめぐって――」（本書五八七～五九九頁）において挙げている。しかし、私はここで、ルポルタージュ・ライターが如何に論理的想像を働かせることによって、単なる報道家・目撃者から自己を区別するか、というルポルタージュ・ライターの神髄とも言うべき言葉を引用したい。そこには、多くの意味がこめられている。

ドイツ革命の発端であるかの有名なキール軍港水兵蜂起をテーマとしたルポルタージュ・ドラマとでも言うべき作品『ボイラーの火を消せ』(„Feuer aus den Kesseln") の序文で、エルンスト・トラー（Ernst Toller）は次の如く述べている。

「私は舞台を変更した（ケービスは »摂政官ルイトポルト号« の火夫であった。ライヒ・ピーチュは »フリードリヒ大王号« の水兵であった）。諸事件を時間的に延長した。諸人物を創造した。何故ならば、戯曲家たるものは、ある時代の姿を与え、報道家の如くではなしにあらゆる歴史的細目を写すべきであるからである、と私は信ずる。

芸術的真実は、歴史的真実によって援護されねばならぬが、それと、あらゆる細目において同じにする必要はない」(8)。

ミュンヒェン・レーテに自ら参加し、革命を髣髴し、挫折感に苛まされた実践家にして、革命家、更に表現主義の有能な作家エルンスト・トラーの論鋒の冴えは、蓋し金言である。

2

ルートヴィヒ・レンの『戦後』は一九一八年一二月初旬の列車によるドイツ兵の帰還より始まる。

「我々は列車でドイツ国内へ入って行った。そしてそこには革命があった。」「『ずらかった皇帝がオランダで俺達のようにやはり固いところで寝たと思うかよ』」「『高貴なお方は要するに決して腹ぺこや虱なんぞ体験しなかったさ。』」「『そして俺達は要するに社会主義ではもう士官なんぞ必要としないのさ。[9]』」

この最初の数行の文は一九一八年一二月のドイツの情勢を髣髴させるに充分なものがある。我々はこの極端に簡潔な説明の部分と、兵士達の短い対話を通じて、我々は、ドイツに於ける革命の勃発と皇帝のオランダへの逃亡を知る。貴族や士官は、兵士達の目から見れば革命の遂行にとっては障碍であり、彼等への兵士達の反撥も激しいのだ。

『戦争』と『戦後』が出版された一九二〇年代後半より三〇年代にかけてドイツ芸術全般を席捲したノイエ・ザハリヒカイトがその特徴とし、科学性と合理性、更に必然的に即物性を持つルポルタージュが軌を一にするところの没感情的にして客観的な作家の目がここにある。この場面に続くのはルール地方に於けるレン等帰還兵と革命的水兵団との衝突である。

この衝突は大事に到らず、彼等帰還兵は故郷ドレスデンへ向かうが、その途中の駅での叙述に、このルポルタージュ・ロマーンにとって一つの重要な手法が用いられている。この手法は『戦争』に於いては用いられず、この『戦後』に於いて、しばしば重要な役割を演ずる。いわば、芸術と科学の重複領域にあるルポルタージュ（・ロマーン）にとって純科学的な側面に、服部達流[10]に言えば、ジャーナリズム、あるいは記述《デスクリプティヴ》的文学に属する手法である。

即ち、作家はここで猝然、あるビラの記事を使用して、主人公レンに、そして我々に、一つの事実を突きつける。

「スパルタクス団

ベルリン、一一月一三日。従来、独立社会民主党に属せしスパルタクス団は、ゾフィエン公会堂における木曜夕方の大衆集会において、独立した政党として組織されることを意図している。察するところ、演説者として、カール・リープクネヒト、ローザ・ルクセンブルクが登壇するであろう。[11]」

これは、まさしく近代ドイツ政治史にとって非常に重要な事実であり、そこには、第一次世界大戦後のドイツ革命期を論ずる上で無視しえない事実の重みがある。そういう事実を作家は縷陳するという手法を斥け、いたって事務的な冷静な記事の投入という手法で我々に突きつける。この記事に関する作家の主観的解釈は全くないし、主人公の感慨も何ら述べられていず、その記事は一見主人公の傍を通り過ぎてゆく。しかし、読者の傍を必ずしも通り過ぎてゆくとは限らない。その事実の重みを受け取るのは読者なのである。作家の主観的解釈がないことは、作家が、この事実をこのような形で表現することに、ルポルタージュ的手法の最も芸術的で衝撃的な効果を見たことに他ならない。それ故にこそ、この事実に対する作家の非常に強烈な認識がある。

「記録性とは、一応記述者の主観的解釈ぬきで、事実と合致することばのみを述べようとする態度以外ではない。そのけっか、当然文学的装飾や詠嘆が文体から取り除かれるが、それによって、かえって読者の信頼を獲得する。（中略）したがって、記録も記録者の関心と評価とにもとづく選択をへていることを忘れてはならぬ、[12]」と杉浦明平が言う如く、この主観的解釈ぬきの記事の引用は典型的な記録性なのであり、この記事が選択されたところに作家レンの第一次世界大戦後の革命期に対する一つの視点が磅礴している。

同じように主観的解釈ぬきの新聞記事も、この作品に採用されている。

「社会主義的軍隊？　治安維持のため数千人の治安隊を創設せんとせし責任者等の試みが強い不信感に突き当たった後、今や帰還兵達の一部から成る社会主義的軍隊の創設が考慮されている。」「大本営の備品は革命によって接収されんとしている。それらは、ここ数日、公けに労兵評議会によって競売に付せられる。多くの備品がすでに密売されていた。」「前皇太子の発言、「失業と住宅難」「国有化委員会。より多数の経済人を委員会に引き入れることがもくろまれている。それによって、すでに非常に弱体化している吾が経済機構に於けるあらゆる危険な実験は避けられるのである。[13]」

作家レンはここでは記事の内容、または単に見出しを引用する。一九一八年末のドイツ国内情勢が一目瞭然となる。ドイツ革命は未だ進行中であり、労兵評議会の手にもなにがしかの権力がある。また革命に便乗した犯罪もあり、皇太子の退位とそれに対する皇太子の反応、失業と住宅難がある。如何に第一次世界大戦直後のドイツ経済が弱体化し、国有化という社会主義政策が停滞しているかがわかる。

作家レンは、そのような日々の諸事件を説明するのに冗長な言葉を用いたりせず、当時の新聞記事をただ引用する。単なる報道としての新聞記事ほど、その時期の日々の諸事件を即物的に伝達するものはなく、主観的解釈に基づくどんな説明文も、時間を経てからのどんな客観的記述も即物性に於いてはそれに劣るのである。

しかし言う迄もなく、如何に臨場感に富む新聞記事であろうとも、終始新聞記事の羅列では、それはあくまで新聞記事でしかない。それが我々に働きかけて、我々がその日々の事件の場に居合わせているという感慨を、我々に抱かせるには、少なくとも二つの条件が必要であるように思われる。一つは、その新聞記事が、一つの空想力や創造力に富んだ文脈の中で、言うなれば、新聞記事とは異質の文脈の中で使用されること、一つは、変動期という時代の局面の中でも、とりわけ重要な意味を持つ事件に使用されることであろう。

そういう観点で、この『戦後』で使用される新聞記事には、更に、ベルリンでの社会民主党政府とスパルタクス団の衝突と、その結果としてのローザ・ルクセンブルク (Rosa Luxemburg) とカール・リープクネヒト (Karl Liebknecht) の射殺 (一九一九年一月) があり、一九二〇年三月のカップ反乱とそれに反対するゼネストがある。

ルクセンブルクとリープクネヒトの射殺記事を一兵士が兵士達の前で朗読する。

「昨夕、スパルタクス運動の二人の指導者が死亡した。カール・リープクネヒトはその逮捕後ティィール・ガルテンで逃亡を企て、政府軍兵士より射殺された。一方、ローザ・ルクセンブルクは暴徒等に頭部を殴打され、更にピストルで撃たれ、クール・フュールステン・ダムのニュールンベルガー・シュトラーセ近辺で殺害された。[14]」

新聞記事は事件を没感情に徹して伝達することによって鋼鉄のメスのような鋭さと冷たさを持ち得る。何故なら余りにも自然科学的記述に近づくからである。特にその記事が、死亡に、しかも殉教者の死に、係わるとき、その事実は必然的に冷厳な事実として我々に迫ってくる。我々はその記事の背後に覆い隠されている政治の論理を、と言うより政治の臭いを、嗅ぎとるのである。ルポルタージュの一手法である新聞記事の引用とは、そこまで計算の内に入れることである。

ビラの記事、新聞記事のみならず、作家レンはプラカードも当時のドイツの情勢を叙述するのに用いている。

「ある広告塔に、血の色をした大きな新しいプラカードが貼ってあった。歯をむき出した一人の人間がもう一人の人間を背後から突き刺していた。その下に書いてあった。

『これがボルシェヴィズムの顔だ！

殺人！　掠奪！　権利剝奪！　放縦！』

小さく右下隅に『反ボルシェヴィズム連盟』と記してあった。(15)」

このプラカードに関する叙述は、その後に問いかけの形で主人公レンの感慨が述べられてはいるが、作家が主観的感情を排斥しているが故に、そのプラカードの内容が如何に悪意と偏見に溢れ、主観的感情に溺れたものであるかということを、屹立せしめている。

作家レンの用いたビラや新聞記こと、プラカード等のそのままの引用という、ルポルタージュ（・ロマーン）の中にあって、最も没感情的な記録は、二〇世紀に入ってから幾つかの作品に見られるのであろうが、私の記憶に残っている作品に、石川達三が朝日新聞に連載した『人間の壁』がある。一九五四年の教育二法案をめぐる日教組の闘争を描いた作品で、その中で石川達三は端倪すべからざる熱意で孜孜、国会の会議録、集会の報告、日教組の闘争指令等を使用している。

この作品に関しては杉浦明平が詳細に論じており、「教研報告の挿入など、やや冗漫の気味はあるけれど、フィクションをもっては、あれだけのアクチュアリティをかもしだすことができなかったであろうし、もしとりかえたら、作品全体の現実性ははるかに薄く弱くなったであろう。[16]」と評価していることは、この手法の肯綮をついているといえよう。

3

作家レンが『戦争』に於いて実施した記述上の簡潔な手法、即ち「絶対的に必要でなかったものは、すべて切り捨てた[17]」手法は『戦後』に於いても実施されている。レンにとっては、これこそ、事実の本質描写に迫ることである。切り捨てることは同時に選択することであり、言葉に対して鋭敏になることである。また装飾的な言葉を切り捨てることであり、自ずと没感情に通じ、客観性に近づき、そういう意味でルポルタージュと共通性を持つ。

「私の宿舎は、陰気な街路の、更に陰気な家の中にあった。[18]」という表現は、装飾的な言葉を切り捨てた簡潔な、にもかかわらず事象の本質描写に迫る手法の典型であろう。ハンス・マイヤー（Hans Mayer）は、レンが同じザクセン出身のワグナー（Richard Wagner）の美食家的《クリナーリッシュ》な楽劇を好まなかった、という事実から出発して、ワグナーの色彩画風の芸術に対して、レンの作品を線描風と特徴づけ、[19]次のように言う。「芸術家レンは、はるかに精密な意味で線描画家である。彼はマックス・リーバーマン（Max Liebermann）の金言を自己のものにしたかに思える。その金言によれば線描とは省略することによって成立する。[20]」

この作品の会話に於いても、省略という原則は維持されており、会話には最小限必要なこと以外は盛り込まれない。会話はそれぞれの人物の思想と感情の展開の場であり、革命期という歴史的事件の進行に必要な場合だけそこに登場する人物達によって語られる。革命という変動期に係わり合うのは間違いなく大衆であり、その大衆がその変動期を動かすとき、その大衆の生と変動期との接点が重要なのであり、その接点に於いて大衆が演ずる行為が重要であるからだ。

一方、大衆一人一人の生全体は必ずしも必要ではなく、その性格は無視され得る。従って、「作家は、その作品の人物達に会話を通じて生を付与する目的で、決して対話を書いてはいない」[21]のは当然であり、対話を人物の性格描写の重要な一面とみなす在来の小説の対話と、この作品の対話とは性質を異にする。

結局、この作品全体を通して登場する人物は主人公レンのみであり、他の人物達は登場しては去ってゆく。それでは主人公レンは如何に描かれているのか？

『戦争』に於ける場合と同様、主人公レンの性格描写は殆んど意図されてはいないが、『戦争』に比較すれば『戦後』に於いては、情況に応じての主人公レンの心理・感情の動き、思考が、より多く叙述されている。

主人公レンは革命期の様々な事件に遭遇し、それらの事件に対する士官、兵士、一般市民、警察、社会民主党政府の対処の仕方を見て、感じ、考えるのである。そこには主人公の自我の発揚があり、それがこの作品に教養小説的な側面を与えている。それらのシーンを見てゆくことは、この物語の舞台ドレスデンに於ける革命を知るうえで重要なことであり、作家レンのこの革命に対する挙措を知るためにも重要なことである。

4

十一月革命より一ケ月も経ない一二月初旬、列車での故郷ドレスデンへの帰還の途中、一兵士の服従拒否に対する懲戒処分をめぐっての主人公レンと一社会民主党員との対話が次のように展開する。

「『それなのに貴方は士官達のいる軍の維持を支持するのですか？』

『勿論さ！　俺達は秩序を必要とするのさ！　さもないとあのような若い無責任な連中のみが偉くなるのさ！　ともかく俺は穏健な社会民主党員なのさ。』

私には言うことがすぐには分らなかった。[22]」

エーベルト（Friedrich Ebert）と将軍グレーネル（Willhelm Gröner）の間の秘密協定の精神は一社会民主党員の頭脳の中にも健在なのである。主人公レンは未だそこを理解できない。

途中の滞在地に於ける捕虜収容所での兵士達のストライキにも主人公レンは同情的であり、士官等に批判的である。彼は内省する。

「義務のみが私を士官等に繋いでいたのだ、[23]」と。

革命が生んだ兵士評議員にも幻滅を覆いかくそうとはしないレンは「しかしいったい、革命家達はどこにいるのか？」[24]と自問する。

故郷ドレスデンへ帰還した兵士達には、赤旗を掲げた行進は士官達より禁ぜられ、新共和国の黒赤金の旗でもなく旧帝国の黒白赤の旗が掲げられる。士官等の勢力は革命を経ても微動だにしていない。「カイゼルは去ったが将軍達は残った」(„Der Kaiser ging, die Generäle blieben" Theodor Plivier: 1932) わけである。

「しかしきっと、士官等は頼りにできる部隊を欲しかったのだ。そしてそのことは何ら良いことを生む筈がなかった、[25]」というのは、時代の変動期に居合わせた者の経験より得た直感であろう。一一月革命直後に、すでに士官等の復権は予知されていたわけである。

主人公レンには社会主義は何を欲するのか分らない。エルフルト綱領を読んでも理解しがたいものがある。そのエルフルト綱領についての一社会民主党員の見解は以下の如くである。

「そうなのだ、俺達の綱領はひどく骨抜きにされたのさ！　だから俺も左派なのさ。[26]」

一方社会民主党の行動を見ると、兵士達によって解任された軍曹を再び受け入れるように、兵士達を説得したりする。旧軍隊が解消され、治安隊が組織されようとしているとき、スパルタクス団蜂起の話が各地より伝えられてくる。「私は、社会民主党員達とスパルタクス団員達の間にどんな争いがあったのか分らなかった、[27]」というのが、この段階での主人公の感慨である。未だレンは模索しており、その模索がやがて事態に対する主人公の疑念を生み出すわけである。

兵士評議員の腐敗は進み、弁護士Dr.ヤエーデは煙草による買収によって大隊の、更に連隊の評議員にまでなり、士官等とも取引きをする。レンは士官等の妨害にもかかわらず、兵士等より治安隊中隊長に選ばれるが、一二月末、東部国境地帯で国境守備隊と義勇兵団による対ソ戦が行われているという噂が耳に入る。誰がいったいその軍隊に金を払っているのか、という一兵士の問に続いてレンは自問する。「そして誰が兵士評議員Dr.ヤエーデの煙草代を払い、士官支援基金の為に金を出したのか？」(28)

これらの国境守備隊や義勇兵団は窃かに東部の大農場や国境の小都市で編成されており、反革命軍に成長し得るものであった。しかし、社会民主党政府の目はもっぱらスパルタクス団に向いている。そのような情況の中で一九一九年一月初旬、ベルリンで、政府による警視総監アイヒホルン（Eichhorn）罷免事件が起こる。レンは新聞を読む。「私はただ、ベルリンの新聞地区で闘われていること、警視総監アイヒホルンも蜂起の側に立っていることを、知った。かくの如き男が蜂起に加わっていたとすれば、皆がいつも言っていたように単に犯罪者等の闘いではありえなかった。そうではなくて真剣なことであった。(29)」

ここでは作家は、軍隊の中では、更に社会民主党員の間では、スパルタクス団＝犯罪者、という等式が成立していることを我々に示唆している。主人公レンはその等式に疑念を抱くのである。

これに続き、作家は二つの新聞記事を引用している。社会民主党政府側に立つ新聞は、ベルリン駐留の士官義勇軍が、人民委員兼ベルリン最高司令官ノスケ（Gustav Noske）に忠誠を誓い、士官大隊が結成されたこと、これら政府軍とスパルタクス団との間に戦闘が生じ、スパルタクス団は通行人から金品を取り上げていること、を報じている。一方、独立社会民主党派の新聞は、エーベルトとノスケが極右派士官を武装化したことを非難している。レンは「私は社会主義という言葉をなお相変らず理解しなかった。(30)」と心境を述べている。

ベルリンで、ルクセンブルクとリープクネヒトが虐殺された頃、ドレスデンでは非武装デモに対する社会民主党側の発砲により、多数の死者がでる。「そして全ての同僚達のうち誰を信頼し得たか？　中隊長等のうち誰一人私は信じはしなかったが、毎日彼等とつき合わねばならなかった。(31)」とレンは浩嘆する。士官等の復権は進み、社会民主党の国防大臣と企業家の癒着も起こる。

一九一九年四月この国防大臣は傷病兵等に殴打され、エルベ河に投げ込まれ、殺される。国境守備隊は窃かにドレスデンへも戻り、士官や義勇兵の活動は公然化する。もはや革命の頽波覆い難く、主人公レンは「このような全ての人々の間で生活することは面白くもない」[32]と思い、ついには「『何よりも社会民主党を破壊してしまえ！』[33]」と鬱屈した心情を爆発させる。主人公レンの姿勢は疑念から批判へと進展している。

革命後兵士等の選挙によって選ばれてきた小隊長や中隊長の地位に、今や任命された士官等が再び就くことになり、社会民主党政府に対するレンの瞋恚は大なるものがある。彼は赤旗に愛着を覚え、「『私は共産主義者だ！　ここでは全てが腐っているから、破壊されねばならぬと考えています』[34]」と迄断言する。

治安隊解散後、国民軍を経て一九二〇年一月治安警察隊へ移ったレンは、この隊が社会民主党政権下でのデモ警備用であることを知る。それ故に、一九二〇年三月のカップ（Wolfgang Kapp）反乱時の Riesa での労働者達のストに対してレンの中隊が派遣される。しかし、中隊長としてのレンは、政治的判断により、労働者達との衝突を避け、その中隊が武装解除されたが故に、上層部より批判される。この事件を契機として治安警察隊に批判的になったレンは、その後、ブラックリストの存在や、国家の演出による共産党冤罪事件の企てを知り、ついに治安警察隊をやめるのである。[35]

5

結局主人公レンはこの『戦後』に於いて、第一次世界大戦後の時代の変動期を生き、自分自身の生の中で模索し、やがて疑念を抱き、ついには国家や社会民主党を誚譲し、批判し、逡巡依違たる態度を捨て、治安警察隊を脱退するわけである。そこには自我の発揚があり、成長がある。この作品の教養小説的な側面はそこにある。

既に述べたように、作家レンはこの作品を一九二四年以来六年間を費して書き、一九三〇年に出版したのであるが、一九三〇年には、作家は一九二八年以来の共産党員であった。しかしながら、この作品に於ける主人公レンの国家や社会民主党に対する誚譲や批判は決して共産主義者のそれではない。何故なら、自分が共産主義者となる以前の一九二四年に作家が筆を起こし、一九一八～一九二〇年という時代を対象とし、ルポルタージュをその手法とするとき、共産主義者の立場からその時代を裁断することは、客観性、即物性、没感情を志向するルポルタージュの手法とは齟齬するからである。

この作品に見られる社会的現実に対する批判は、「資本主義世界のあらゆる重要な芸術家と作家に共通する特徴は、彼等が、自分を取り巻いている社会的現実と折り合えずにいることである。」(36)というテーゼがこの作家にも当て嵌まるところから生ずるそれである。更にその批判が生ずるのは、「資本主義世界では事物の本質にメスを加え、内奥にかくされたものを明るみにさらけ出すルポルタージュが、おのずとその世界に対する告発になるからでも」(37)ある。

それでは何故、この作品の批判の対象が社会民主党であったのか？　それは、言うまでもなく、あの時代にあっては、社会民主党政権とそれに結びついた旧軍隊こそが、作家レンにとっては「自分を取り巻いている社会的現実」であり、「私自身面白くもなく優柔不断であったので、私は当時一人も面白い人物を見出せなかったのだ。」(38)と彼が浩嘆する程の社会的現実であったからだ。

紛紜洶洶たる時代にあって、彼は目睫の間《かん》に迫っている変革を見たわけでもなく、そうかといって洞開に至ったわけでもない。ただ彼を取り巻く社会的現実を見る認識者の眼だけは持ち得たが故に、その現実を批判し、ついにはその社会的現実の病蓐より脱け出たのである。

一九四八年版の『戦争・戦後』の後記の中で、作家が「多くの人が、この本『戦後』は社会民主主義に反対して書かれたのだと信じた。しかし面白いことに、まさに、『戦後』の舞台である都市ドレスデンの社会民主主義者達こそが、彼等の自己批判の中で、私の叙述の正当性を承認したのである。自己批判への彼等の用意が私に深い感銘を与えたのである。」(39)と語っているとき、私は、この作家の現実批判が決して苟且《こうしょ》（かりそめ）に出ずるものでないことを知り、作家の視点の正しさを知る。作家は『戦争』に対するルカーチ（Georg Lukács）の批判を(40)『戦後』に於いて乗り越えたのである。

〔注〕

(1)「ルートヴィヒ・レンとルポルタージュ――『戦争』をめぐって――」本書五八七～五九九頁
(2)本書五八八頁三行～一〇行
(3)本書五九〇頁一〇行～一一行
(4)本書五八九頁六行～八行
(5)本書五八九頁九行～一二行
(6)Alexander Abusch: Schriften,Band II. 1. Aufl. Berlin und Weimar:Aufbau-Verlag 1967. S. 490.
(7)Aus dem Nachwort von „Krieg-Nachkrieg“. Berlin: Aufbau-Verlag 1960.
(8)Ernst Toller: Ausgewählte Schriften. Verlag Volk und Welt Berlin. 1961. S. 273.
(9)Ludwig Renn: Krieg-Nachkrieg. Berlin: Aufbau-Verlag 1960. S. 271.
(10)服部達『われらにとって美は存在するか』近代生活社。昭和三一年。一四八～一四九頁
(11)Ludwig Renn: a. a. O., S. 277.
(12)杉浦民平『記録文学の世界』徳間書店。昭和四三年。九六頁
(13)Ludwig Renn: a. a. O., S. 288.
(14)Ibid. S. 357.
(15)Ibid. S. 348.
(16)杉浦民平、同右。一一二頁
(17)Ludwig Renn: a. a. O., S. 114.
(18)Ibid. S. 282.
(19)Ludwig Renn: Zum 70. Geburtstag. Berlin: Aufbau-Verlag 1959. S. 69.
(20)Ibid. S. 69.
(21)Ibid. S. 70.

(22) Ludwig Renn: Krieg-Nachkrieg. S. 280.
(23) Ibid. S. 287.
(24) Ibid. S. 289.
(25) Ibid. S. 296.
(26) Ibid. S. 310.
(27) Ibid. S. 314.
(28) Ibid. S. 339.
(29) Ibid. S. 351.
(30) Ibid. S. 353.
(31) Ibid. S. 358.
(32) Ibid. S. 392.
(33) Ibid. S. 400.
(34) Ibid. S. 419.
(35) Ibid. S. 472. Nachkrieg. WIEN/BERLIN: AGIS-VERLAG GMBH 1930. S. 334. には更に最後に以下の文が加えられている。即ち初版には以下の文があった。„Nun begann fur mich ein unruhiges Leben. Einmal da, einmal dort fand ich Arbeit, aber nie fur langere Zeit. Dazu war ich in mir selbst gehetzt. Ich war entwurzelt und hoffnungslos. Sieben Jahre habe ich dieses Leben gefuhrt, bis ich endlich den Weg zum Kommunismus fand."
(36) Ernst Fischer: Von der Notwendigkeit der Kunst. Hamburg: Claassen Verlag GmbH 1967. S. 113.
(37) 杉浦民平・村上一郎編『記録文学への招待』南北社。昭和三八年。内山敏『記録文学について』一一五頁
(38) Aus dem Nachwort von „Krieg-Nachkrieg."
(39) Ibid.
(40) Georg Lukacs. Skizze einer Geschichte der neueren deutschen Literatur. Berlin: Aufbau-Verlag 1953. S. 136.

（初出、一九七九年三月、獨協大学「ドイツ学研究」第八号）

ノイエ・ザハリヒカイトとルポルタージュ

(1) 表現主義からノイエ・ザハリヒカイトへ

表現主義という概念の狭義の意味での、すなわち時代様式を表すものとしてのドイツ表現主義が芸術の分野で始まったのは一九〇五年六月のドレスデン(Dresden)での「橋派」〈Die Brücke〉結成であると言われ、一方文学の面での嚆矢はデーブリーン(Alfred Döblin)の《リディアとメックスヒェン》〈Lydia und Mäxchen〉(一九〇五)、ココシュカ(Oskar Kokoschka)の《殺人者、女達の希望》〈Mörder Hoffnung der Frauen〉(一九〇七)、カンディンスキー(Wassily Kandinsky)の《黄色い響き》〈Der Gelbe Klang〉(一九〇九)であると言えよう[1]。

この一世を風靡し、ヨーロッパの芸術・文学運動に大きな影響を与えた表現主義は第一次世界大戦の洗礼も受け、大戦後のドイツでの革命、社会運動、労働運動の時代にも関わってきた。しかし、「技術文明や市民的偽善と制約へのラディカルな批判、またはラディカルな反抗」にもかかわらず、その「技術文明や市民的偽善と制約を打破する戦争や革命への陶酔的な待望、または陶酔的予感」の故に、また、「社会に対する不満足、不快感からくる動揺、不安、苦痛、懐疑、挫折感、絶望というカオス」に対する反動としての「希望と愛に満ちたユートピアへの陶酔、新しい人間への陶酔[2]」の故に、厳然として存在する具象的な現実に対して表現主義はやがて挫折せざるを得なくなり、事実一九二三年頃にはその終焉を迎える。この点に関しては幾つかの至言があるが、一九三六年のハインツ・キンダーマン

(Heinz Kindermann) の言を引用する。「表現主義者は、魂の王国を救う為に、技術と文明に対して戦いを挑まなかっただろうか？　しかし、技術はそれにも係わらず、その勝利への道を、飽くことなく進んだのであった。表現主義の打撃は空振りであった。」

主観に影響する客観的基準の欠乏が表現主義者には確かにあった。それ故にキンダーマンは続けて論じる。「現実からの脱出は、人間と自然領域に於ける全ての具体的なものを遮断しようと試みた。——そして此の具体的なものは、相変わらず、克服され難い力を持って存在していた。それを意識して見逃すことによって、此の力に屈服する危険は存在しなかっただろうか？　人はそれを精神の権力領域に引き入れる方がむしろ良くはなかっただろうか？[3]」

ここにキンダーマンは表現主義の後にドイツの文学・芸術の領域に一九二〇年代末に現れる現実重視、機械文明中心の具体的な事実認識の思潮ノイエ・ザハリヒカイトの萌芽を示唆しているのである。事実上、敗戦、革命、インフレ、生活の不安定、という社会不安が、年代と共に安定に向かうに従って、一時、嵐のようにドイツを吹きまくった既成概念の否定、現実不信の思潮も影を潜め始め、逆に機械文明の著しい発達が現実へ再び戻ることを強制したのである。つまり、時代はより質実な客観的な、叙事的、報告的、科学的な態度を要求し、此の時代の若い世代は、陶酔することなく、健全に事実に即して考えるようになったのである。デーブリーンが「我々は事実、更に事実を欲する。」(Man will Fakta und Fakta)（出典喪失・不明）と語り、イワン・ゴル (Iwan Goll) が「現実は芸術にとって唯一の土地であり、それなしには芸術の根はばらばらになってしまう。[4]」と語っているのはこのことである。

一方、この時代に急激な勢いで発達した機械文明（自動車、飛行機、汽船、新聞、放送、映画等）がノイエ・ザハリヒカイト文学に影響せざるを得なかったこと、いや、むしろノイエ・ザハリヒカイト文学がその出発当初から機械文明を内包していたことは当然であり、それ故に、ル・コルビュジエ (Le Corbusier) の、家は「住む為の機械」(machine à habiter) であるという言に見られる機械主義的近代建築理論と能率主義に始まり、一九二〇年の彼の「新しき精神」誌〈L'Esprit Nouveau〉に於ける建築、絵画より文学に及ぶ論文を経て、グロピウス (Walter A. G. Gropius) の工芸から建築までのあらゆる造形芸術、バウハウス (Bauhaus) に至る流れはノイエ・ザハリヒカイトに大きな影響を与えたのである。

ともかく、ノイエ・ザハリヒカイト文学が、機械文明や近代建築における合目的性等を中心とする近代文明の合理性を志向し、形式及び内容に於いてそれを実行したことは確かである。即ち合目的なるものに美を発見し、合目的な形態に意義を認めたのである。機械を賛美し、一方、記述に於いては表現主義にも共通する簡潔さを志向した。記述における簡潔さは、具体的な物に接する時の没感情、あるいは全く感じない即物性を意味しているのである。

また、ハンス・ユーリウス・ヴィレ（Hans Julius Wille）の音楽小説《ジュアン・ソロラ》〈Juan Sorolla〉の主人公の告白はこの点を明確にしている。「私は、私の潜在意識を捉える為に、暗示の手法を求める芸術を拒否する。私は人間の意志が、私をそれに陥れようと努力する感動に対して抵抗する。芸術家は学者のように客観的でなければならない。」(5)

この理論はその引用前の「具体的な物に接する時の没感情、あるいは全く感じない即物性」も含めて、まさに後に論ずるルポルタージュに共通する視点である。即ち、鋭い批判とか、複雑な感情を具体的な物に抱いていても、それを抑制して、リアリズムのような手法で描き出していくことが必要とされたのである。

（II）ノイエ・ザハリヒカイトとルポルタージュ

上述の理論を反映し、第一次世界大戦と大戦後のドイツの革命期についての回顧が必要とされた時期に現れたノイエ・ザハリヒカイトの作品を私は一九二四年に出版されたカロッサ（Hans Carossa）の《ルーマニア日記》〈Rumänisches Tagebuch〉、そして、一九二〇年代末の一九二八年より一九三〇年代初期に出版されたレマルク（Erich Maria Remarque）の《西部戦線異状なし》〈Im Westen nichts Neues〉、レン（Ludwig Renn）の《戦争》〈Krieg〉と《戦後》〈Nachkrieg〉、グレーザ（Ernst Glaeser）の《一九〇二年級》〈Jahrgang 1902〉と《平和》〈Frieden〉に見て、それらの作品とルポルタージュとの関連に着目し、四〇年以上前にレンの《戦争》に関して、また三〇年以上前に《戦後》

に関してルポルタージュとして論じ、かなり詳細にルポルタージュ論も展開した。(6)

従って、更にルポルタージュとの関連について私が此の小論において私が論ずべき作品にはカロッサ、レマルク、グレーザーの上述の作品が残されているが、カロッサとレマルクの作品は既にかなり論じられておるので重複を避け、レンの両作品程ではないが、ルポルタージュ的側面のかなり強いと思われるグレーザーの《一九〇二年級》を中心に論じたい。ルポルタージュに関しては第二次大戦後、内外に多くの至言があり、上述の二論文との重複は避け難いが引用する。

先ず戦後比較的早い時期にサルトル（J.- P. Sartre）は《レ・タン・モデルヌ創刊宣言》〈PRÉSENTATION LES TEMPS MODERNES〉でルポルタージュを文学の一つのジャンルと見なし、その中でも重要なものの一つになりうると予測している。(7) このことに関して私は既に上述の《戦争》に関する小論において詳細に論じているが、(8) ともかくルポルタージュとはいわゆる「報告文学」であって、単なる報道・見聞記・実話の類とは異なるのである。

つまりルポルタージュには具体的な事件や真実を、時間の流れの中で捉える、科学性としての客観性があり、個性がその背後にあり、「ルポルタージュは、小説の芸術的な創造方法よりもより強く科学の方法を用いている」(9) ことになる。しかし芸術性にも欠けてはならないのであって、ルポルタージュにおける芸術性の重要なモメントは「事物の運動と過程に即して働く想像(10)」であり、アブシュ（Alexander Abusch）によると、エゴン・エルヴィン・キッシュ（Egon Erwin Kisch）は、諸事実を平凡にして簡単に記述すること、または悲惨に直面して絶叫し、その結果デマゴギーの中傷に陥ることを退け、上述の〈想像〉を次のように規定した。

「この堆積した事実を、事実自身によって作用させ、それ故に想像なしに出現させることも容易である。これら全ての誘惑を、真の作家、つまり真実を描く作家は、避けなければならない。彼は、彼の芸術家たる意識を失うべきではない。恐ろしいモデルを、色彩と遠近法の選択によって、芸術作品として、弾劾する芸術作品を、作成すべきである。彼は過去と未来を、現在との関係の中に据えねばならない――それが論理的想像（Logische Fantasie）であり、それが平板さとデマゴギーを避けることである。(11)」

つまり〈論理的想像〉の働くルポルタージュの領域は芸術と科学の重複領域にあることになり、ルポルタージュはどのような課題を担い、どのような時代の要請のもとに生まれてきたのであろうかが問題になる。この点に関して、高沖陽造氏の言を借りると、ルポルタージュは「小説では解決されない新たな課題[12]」の解決を志向したことになり、近代という時代を背景として生まれたと言えよう。その近代とは私が既に上記のルポルタージュ論の中で、詳細に論じているように、私達が個人中心の小世界に生きることを許さず、「事実がわれわれに対して及ぼす力の大きさと、事実からわれわれに至る距離の遠さとのあいだの均衡が崩れる[13]」時代なのであり、全世界からの事実の堆積が、歴史的事件の主役は、その時代に重要な役割を演じた、いわゆる偉人と言われてきた個人ではなく、一貫して大衆であったし、であることを私達に明確に意識させる時代なのである。

さて、上述のように、「私達が、個人中心の小世界に生きることが許されず、また、歴史的事件の主役が大衆であると私達に意識されるとき、主観的裁断を手段とし、個性や人間の運命を形象化する在来の小説の形式では不充分ということ[14]」になり、えてして、「時代の局面の変動が著しい歴史的事件」は、「自らを直接に、明確に、伝達する時論的方法を、新しい〈文学〉としてのルポルタージュに要請[15]」することになる。「ルポルタージュにとって必要なのは、主観的感情ではなく、没感情であり、客観的観察による因果関係の把握」であり、「それにとって必要なのは、現実の対象にアプローチするための、解剖力、分析力、判断力で」あり、「ルポルタージュが、主観的感情を排斥し、生きた因果関係の把握を目指すとき、ルポルタージュは必然的に、変動する時代の局面に、係わらざるをえなくなる[16]」からである。

その具体的例として、ドイツにおいては、前述した第一次大戦及びその後のドイツ革命期を扱った一九二〇年代後半から一九三〇年代初期に現れた諸作品があり、フランスにおいては、スペイン内乱についてマルロー（André Malraux）が《希望》〈L'Espoir〉（一九三七）を書き、ソビエトにおいてゴーリキー（Макси́м Го́рький）によって奨励された一九二九年、三〇年の建設事業に関するオーチェルク（Очерк）（記録小説）が社会主義樹立後の変革期に現れ、ショーロホフ（Михаил А. Шо́лохов）もコルホーズに関する多くのオーチェルクを書いたこと、更にアメリカに於いてはジョン・リード（John Reed）が、ソビエト革命について、《世界を震撼させた十日間》〈Ten Days That Shook the World.〉（一九一九）を書き、ドス・パソス（John Dos Passos）が第一次世界大戦を《三兵士》〈Three Soldiers〉（一九二一）に著わしたこと、日本においても、ルポルタージュがプロレタリア文学において積極的に取り上げられ、第二次世界大戦後にも杉浦民平等によって論評され実践されたことを考えれば充分であろう。

（Ⅲ）ルポルタージュに係わるブレヒト詩

ドイツ文学に於けるルポルタージュを論ずる時、それに最も相応しい作品は第一次世界大戦に参加し、それを日記風に記録したカロッサの《ルーマニア日記》、レマルクの《西部戦線異常なし》及びレンの《戦争》《戦後》であると思われるが、既に述べた理由から、この小論では、第一次世界大戦に参加はしなかったが、それを銃後の世界から忠実に描いたグレーザーの作品《一九〇二年級》を取り上げたい。上記の作品に比べて、ルポルタージュ的側面はやや弱いのではあるが。

しかし、それを論ずる前に、第一次世界大戦ではないが、やはり一つの歴史的事件と思われるリンドバーク（C. A. Lindbergh）による一九二七年五月二〇、二一日のニューヨーク・パリ間大西洋横断無着陸飛行を謳ったブレヒト（Bertolt Brecht）の詩《リンドバーク飛行》〈Der Flug der Lindberghs〉（一九三〇）（《大洋横断飛行》〈Der Ozeanflug〉（一九五〇））――以下、詩も含めての詩節の後のかっこ内の変更（一九五〇）に関しては此の詩に関する（注）17を参考にすること――を、ノイエ・ザハリヒカイト的側面を持ったルポルタージュの一つの形式として論じたい。

このラジオ詩と言われる作品は、リンドバークが飛行機に乗り込んでからパリに着く迄の間を、ラジオによる報道、両大陸に於ける国民の期待、リンドバークの機械への語りかけ、機械のリンドバークへの応答、風、雪、海のリンドバークの事業に対する抵抗を、モーターの音、水の音というようなメカニックの方法も用いて、実に生き生きと描き出している。私達は、此の詩を読むことによって、リンドバークの事業を再体験することができ、リンドバークと共に生死を共にするのである。いささか長いがこの詩の一部をここに引用する。この詩は最初から次のような機械の登場よって始まる。

1

「各人への勧告」／ラジオ：公的機関は君等にお願いする。繰り返すように／機長リンドバークの大洋横断飛行を（最初の大洋横断飛行を）／　共通の楽譜の歌唱によって／テキストの朗読によって／

／ここに飛行機がある／搭乗せよ／彼方のヨーロッパでは人が君を待ち／名声が君に合図する／リンドバークたち（飛行家たち）：私は飛行機に乗り込む／（中略）

3

「飛行士チャールズ・リンドバークの紹介（飛行家の紹介）及びニューヨークに於ける彼のヨーロッパ飛行への出発」／リンドバークたち（飛行家たち）：私の名はチャールズ・リンドバーク（私の名はこの場合不要だ）／私は二五歳／私の祖父はスウェーデン人／私はアメリカ人／私の飛行機を私は自ら探し出した／それは時速二一〇キロ／その名は「セントルイスの精神」／（中略）

4

此処で六〇日かけて此の飛行機が製造されたことが謳われ、飛行機に積み込まれた道具が簡潔な文で紹介される。次の詩など如何にメカニックに、今迄誰も謳わなかったものを謳っていることか。

・・・・・・・・・・・・・・・・・

／船（ラジオ）：船「エムプレス・スコットランド」号はここに語る／北緯四九度二四分西経三四度七八分／先程

我々は空中に聞いた／我々の上に／あるモーターの音を／かなりの上空に／（中略）

5

「ほぼ彼の全飛行中飛行士は霧と闘わねばならない」／霧（ラジオ）：私は霧、海上を飛び行く者は／私を考慮せねばならない／一〇〇〇年の間、見られなかった／空中を飛び廻ろうとする者は！／（中略）

6

／吹雪（ラジオ）：一時間来、私の中を／一人の男が飛行機で飛んでいる／（中略）

／睡魔（ラジオ）：チャリー、眠れ／悪い夜は過ぎ去った／嵐は去った。チャリー／風が君を支えてくれる／（中略）

・・・・・・・・・・・・・・・・

このように謳われ、最後は次の詩で結ばれる。

／我々の年代期三千年期の終わり頃／持ち上がったのだ／我々の鋼の素朴さが／可能なことを示しながら／到達されざることを／我々に忘れさせずに／そのことに此の報告は捧げられている／(17)

この詩は、引用する前に述べたように、一つの変動する時代の局面に係わり、最後の「この報告は捧げられている」を読むまでもなく、正に全体的に典型的な報告の形を取っており、暗示の手法を求めず、没感情で、科学性、客観性に富んだリアリズムの手法に満ちている。またブレヒトはその芸術性を失っていない。そういう意味で正にルポルタージュ文学と言える。

(Ⅳ)《一九〇二年級》のルポルタージュ的側面

此の小論において私が二度言及した、カロッサの一九二四年の《ルーマニア日記》は別にして、一九二〇年代末から一九三〇年代初期に出現し、第一次世界大戦からその戦後の革命の時期のドイツを描いたルポルタージュ的作品の中、此処で《一九〇二年級》を論ずるが、前述したようにこの作品は大戦当時一四歳から一七、八歳であった少年の銃後の目で第一次世界大戦を描いたもので、レンやレマルクの作品に比較してルポルタージュ的側面はやや弱いと言わざるをえない。しかし此の作品にもレマルクが《西部戦線異状なし》を発表するに当たってその初めに述べた「この本はある告発でもある告白でもあるべきではない。それは、——たとえその砲弾から免れたにしても、戦争によって破壊されたあるジェネレーションに就いてただ報告する試みとなるものである。[18]」の姿勢が明確に見られる。

グレーザーは、《一九〇二年級》の中で先ず、宗教の合理性、聖書における合理性を否定し、物事を科学的、客観的に観る当時の唯物論者の一人赤い少佐（Der Rote Mayor）を登場させ、その息子フェルト（Ferd）に触れる。「ただ、宗教の時間では、彼は本来の力を出せなかった。何故なら彼の父が、彼に聖書の出来事の経験上の根拠のなさを適当な時期に教える機会を逃さなかったからである。フェルトが『それを私は信じない』と言ったことが非常に度々起こった。」続けてグレーザーは「例えばカナの婚礼の奇跡とか、救世主のペテロへの言葉:『汝の剣を鞘に納めよ……』という聖書の出来事がフェルトには信じられず、その結果彼が次のような質問を先生にせざるを得なかったと話を展開する。「『そう、では、一体何故、イエスは、彼が復活した時、天へ行ったのですか？　何故、彼はそこに留まらなかったのですか?!　もし彼がそこに留まったとしたら、全ての人が喜んだでしょうに……[19]』」

第一次世界大戦以前にドイツに既に存在し、確実にその地歩を固めていたプロレタリアート及び唯物論的思考を抱いていた人物とその影響を受けた若い世代をグレーザーは科学的、客観的に、感情を交えずに描いており、その姿勢は此の作品を通じて一貫している。

グレーザーは更に、この作品のかなり先のほうで、赤い少佐の性格の側面に就いて興味深いことを述べている。「他の人達が言った全てのことは――彼等が正当であるかないかは別にして――余りに語彙が豊富で、回りくどく、その話し方によって、不明瞭であった、一方少佐は彼が考えたことを言うために、彼がまさに必要とした以上の言葉を決して使用しなかった。」それ故にグレーザー自身であるこの作品の主人公はこのような少佐に就いて次のように述べている。「少佐はその当時、私が信頼していた唯一の成人した人間であった。[20]」

デコラティヴな言葉、不明瞭な言葉を、現実を正確に表現しないものとして排斥しようとするルポルタージュの方向は次の言葉にも見られる。私達には「その悪意や陰険さが人間達を非常に度々仲違いさせる言葉は存在しなかった、議論の空しさや、言葉によって『正当だ』と主張する破壊的な試みがなかった。私達は私達の心を動かしたものを言葉にする必要はなかった……[21]」グレーザーは此のようなザハリヒな捉え方によって現実の本質を捉えることが出来ると考えた。それによって彼は次のような結論を引き出す。「初めて私にとって、人生が明るく、明確で危険のないものになり、どんな罠によっても、どんな誤解を招く言葉によっても、どんな虚偽によっても曇らされなかった。草は草であったし、大地は大地であったし、家畜は家畜であったし、人生は一つの事実であった。[22]」

グレーザーはまた、第一次世界大戦勃発直前のドイツには、現実の認識にとって必要欠くべからざる正確な知識が余りにも不足していた事実を、「一方、当時、ドイツにおいては事情を心得ていた公に目に見える動きは全く存在していなかった。[23]」と述べ、従って事実を、その現象面においてのみ捉えるのではなく、その背後にある本質を見極めようとする目を持った赤い少佐は孤立せざるを得なかった事実を描いている。

グレーザーはなお、ルポルタージュには欠くべからざる姿勢をクレメルバイン（Kremmelbein）なる人物を通して述べる。「彼は事実以外の何物にも価値を認めなかった。そして他の者達が語彙の豊富な結論を引き出したところに、彼は状況の伝達だけで我慢した。[24]」グレーザーは続けて第一次世界大戦前後の時代の主潮であった合理的な物に美を見出す、機械賛美と同時に、此の作品の後の方で[25]機械の人間征服の危険性とそれへの懐疑に、客観的かつ没感情的に詳細に言及する。

グレーザーは更に彼自身である「私」を通して、戦争に対して何ら疑問を挟まず、戦争という大人達の行為を容認する当時の宗教及びその宗教を信じる人々やその伝道者たる牧師を描いている。

父親については「父自身も戦争はドイツ国民と共に大きな事業を企てている神の意志であると確信しているようである。[26]」と語り、そして、キリストのことを少しも語らず、神が私達と共にあると語る聖書の教師について述べ、牧師についても以下のように言及する。「S牧師は説教台に立ち、大声と美しい言葉で私達の父親達の行為を賞賛した。それは不滅で神の意に沿うと言った。」その上更に牧師は「神が私達国民と共に企てている事業は今日から明日には完成されなかったからである。」と戦争を「事業」と言い、その結果、若い「私達は新約聖書の代わりにカナンの征服やペリシテ人の戦いを勉強した。[27]」と述べる。

しかし、グレーザーは戦争に対する当時の若い世代の懐疑に言及することを忘れていない。彼等は神というものを純粋なものと考えるからであり、神とは不合理なものであることを知らないからでもある。「どうして神はブリイーユの炭坑やベルギーの併合やポーランドの宗主権と係わりがあるのか？　私達は暗い気持で考えた。何故ならそれが私達に学校で戦争の目標と挙げられたからである。どの歴史の時間にも、地理の時間にも。[28]」

更にグレーザーは当時の若い世代の、戦果を誇る牧師への批判に触れ、更に、戦争が激化し、死者が続出し、町に多くの不幸な人々が増えてくると「戦死を最も美しい犠牲だと言い」、「ドイツの兵士はあるイデー（理念）のために死ぬ。その死は神の意に沿う。[29]」と説教する牧師への若い世代の痛烈な批判にも触れる。しかし、もはや神も、牧師も現実の事実の前にその神通力を失ったことをグレーザーは以下の引用で述べる。「私達の町で突然、礼拝中に泣き出した非常に多くの女性達が居た。彼女等が教会から出て行った時、彼女等は彼女等の子供達をきつく抱きしめた。[30]」「私」はもはや神とその利用者の本質をはっきりと知るのである。当時の銃後のドイツの状況をグレーザーは客観的に生き生きと描いている。

前述したように、この《一九〇二年級》において戦争に対して懐疑を抱いた若い世代の一人、グレーザー自身である「私」はこの作品の別の箇所でも戦争に対して懐疑を表明しており、そしてその戦争を、諸手を挙げて歓迎する大人達に対しても同様である。それは当時の状況の非常に興味深い客観的描写でもある。それは「『戦争、それは親達のものだ、――友達よ……』[31]」とフランス語で言う一少年の言葉で始まる。今まで仲の良かった諸国民同士が憎しみ合い、仲の悪かった国民の諸階級が一致するのである。「お互いに僅かしか知らなかったのに、人々は『兄弟』と呼び合い、握手していた。その中には多くの労働者がいた。その帽子で判ったのだ。（中略）彼等は机から机へ移動し、避暑地から戻って来たブルジョア達と友好を温めていた。[32]」

つまり「戦争は全てのものを美しくした。[33]」「戦争は全ての人を善良にした。[34]」のでもあるが、それも結局一時的であった。何故なら、今迄階級的に対立していた人物達が一致して戦争に賛成したからである。「戦争はその祝祭的な性格を失ったと漠然と感じた。[35]」からである。その認識は更に進んで、「私」自身を含めた「私達が戦争はその祝祭的な性格を失ったと漠然と感じた。」

「私達が戦争で儲け始めていた。一種の産業が発展していた。」その代表者達は非常に熱狂して戦争について話していた。[36]」

また英雄の死を美しいものと聞かされてきた「私」は現実の死を知り、人間的に進歩、成長し、学校の軍国主義的教育にはっきりと反抗するのである。

（V）第一次世界大戦前後のドイツ社会民主党を描いたルポルタージュ的側面

この作品において、またルポルタージュ的側面として重要なのは、ドイツ社会民主党が第一次世界大戦前の一九一二年の総選挙で第一党になりながらも、政治的経験の不足もあって、支配階級に対抗する議会政治を行おうともせず、それどころか、ヴィルヘルム二世（Wilhelm II.）の下で、軍備拡張の為の一九一二年、一三年の歳出に財産税と引きかえに賛成し、更に一九一四年四月以降には軍事費に賛成し、戦争への道を切り開いた、その政治的姿勢をグレーザーが描いていることである。

その修正主義的側面をグレーザーは社会民主党員、ホフマン（Hoffmann）博士の見解を通して述べる。「常識によって彼は、資本主義的体制は自然に片がつき、社会主義が血を流すことなく一つの新しい社会の形成を引き受ける時期を正確に計算していた。[37]」と。

すなわち、当時のドイツ社会民主党の楽観主義的姿勢を描いており、その姿勢は別の箇所では、大戦を直前に控えてホフマンの以下の幾つかの発言に繋がる。「『私達は戦争をサボタージュする。[38]』」、「『プロレタリアートと、とりわけその指導者達はあらゆる行進をサボタージュするだろう、戦争のような中世期的制度を考えるのは単純に馬鹿げている。党の鋼領はそれを否認している。（中略）貴方はインターナショナルを忘れている。フランス及び至る所で私達の兄弟は既に私達に攻撃するのを妨げる術を知っているだろう。まさしく私達が彼等を攻撃するあらゆる計画を妨害するだろうように。[39]』」

彼等が唱える幻想的社会主義への展望、戦争を、資本主義の最高段階としての帝国主義間に於ける利害の衝突と見ない見解、戦争と民衆に対する安易な見解、此のような社会民主党が、第一次世界大戦の勃発を、祖国防衛の名の下に歓迎せざるを得ない当時の状況をグレーザーは客観的に、没感情で描いている。

事実つい先頃迄、戦争反対を唱えていた当時の社会民主主義者は戦争が始まると態度をがらりと変えてしまったのである。グレーザーは以下のように描いている。

先ず、かつて非常に戦闘的であったクレメルバインの姿勢と発言である。「『同志諸君！』」、と彼は叫んだ、『ドイツは攻撃された、それは明瞭である。私はまんまと騙されないことを君達は知っている。しかし祖国を私達は護らねばならない。』（中略）『純粋に科学的に観て、事態はこうなのだ』とクレメルバインは続けた。『もしも支配階級がいま、私達――職業に就いている民衆――が私達にも向けられている敵の攻撃を撃退するように、私達を必要とするならば、私達はそれを勿論無益にしないだろう。[40]』」

当時の社会民主党の開戦擁護の発言をグレーザーは述べ、「『全てを忘れよう。私達は団結しよう。危険な時には私達はもはや党派など知らない。』」とかつての敵との社会民主党の協調の姿勢を強調する。[41]

クレメルバインと、ほとんど変わらずに、労働者とブルジョア、農民と労働者の戦争における協力を更に情熱的に強調し、やはり党派の不必要性を叫んだのはあのホフマンである。
このように、グレーザーはドイツ社会民主党が当時、階級間の対立・矛盾を国民間の対立・矛盾に変えてしまった歴史的事実も剔抉している。

以上見てきたように、グレーザーはグレーザー自身でもある「私」という少年の目から見た第一次世界大戦前及び大戦中の銃後の生活を一貫して眺めているが、そこに見られる姿勢はあのジョン・リード（John Reed）がロシアの一〇月革命を描いた《世界を震撼させた十日間》〈Ten Days that Shook the World〉の序文の中で「このたたかいのなかで、わたしの同情は中立的でなかった。しかし、この偉大な日々の物語を述べるにあたって、わたしは事件を良心的なレポーターの目をもって眺めようと心掛け、真実に忠実であろうとつとめた。[42]」と書いている姿勢と共通しており、グレーザーの姿勢は当時の社会的現実に対する批判的な立場に立っていることは論を俟たない。また此の作品に於けるグレーザーの一貫している姿勢は、事実に対して可能な限り主観的解釈や感慨を避けていることである。しかし、読者はその事実の重みを受け取るのである。杉浦明平が以下に述べているのはそのことである。

「記録性とは、一応記述者の主観的解釈ぬきで、事実と合致することばのみを述べようとする態度以外ではない。そのけっか、当然文学的装飾や詠嘆が文体から取り除かれるが、それによって、かえって読者の信頼を獲得する。（中略）したがって、記録も記録者の関心と評価とにもとづく選択をへていることを忘れてはならぬ。[43]」「したがって、」以下はリードの上記の姿勢とも共通していると言えよう。

なお上述したようにグレーザーが当時の社会的現実に対して批判的な立場に立たざるを得なかったのは、私がかつてレンとルポルタージュを論じた際にも引用している「資本主義世界のあらゆる重要な芸術家と作家に共通する特徴は、彼等が、自分を取り巻いている社会的現実と折り合えずにいることである。[44]」というテーゼが此の作品にも当て嵌まるからであり、彼がまたルポルタージュ的手法を選んだのは、「資本主義世界では事物の本質にメスを加え、内奥にかくされたものを明るみにさらけ出すルポルタージュが、おのずとその世界に対する告発になるからである。[45]」

なお此の小論の最後に、記録文学に就いては杉浦の多くの実践と理論があり、安部公房もおおいに論じていること、更に「世界文学会」の先達である故高沖陽造氏から私の過去のルポルタージュ論を含めて多くの示唆を受けたことを付け加えたい。

〔注〕

（1）酒井　府：『ドイツ表現主義と日本――大正期の動向を中心に』早稲田大学出版部、二〇〇三年一月、一二頁。

（2）酒井　府：同右、一四頁。

（3）Heinz Kindermann: Das literarische Antlitz der Gegenwart. Max Niemayer Verlag. Halle (Saale) 1936. S. 43-44.

（4）Ibid. S. 42.

（5）Ibid. S. 49. より引用。

（6）「ルートヴィヒ・レンとルポルタージュ――『戦争』をめぐって――」、本書五八七～五九九頁。「ルートヴィヒ・レンとルポルタージュ――『戦後』をめぐって――」、本書六〇〇～六一六頁。

（7）Jean-Paul Sartre: Situations, II. Gallimard 1948. S. 30.

（8）「ルートヴィヒ・レンとルポルタージュ――『戦争』をめぐって――」、本書五八七頁。

（9）高沖陽造：『芸術学小事典』厚文社、昭和二九年、三五〇頁。

（10）高沖陽造：同右。三五〇頁。

（11）Alexander Abusch: Schriften, Band II. 1. Aufl. Berlin und Weimal: Aufbau-Verlag. 1967. S. 490.

（12）高沖陽造：同右。三四六頁。

（13）服部　達：『われらにとって美は存在するか』近代生活社、昭和三一年、一五〇頁。

（14）「ルートヴィヒ・レンとルポルタージュ――『戦争』をめぐって――」、本書五八九頁。

（15）同上、五九〇頁。

（16）同上、五八九頁。

（17）Bertolt Brecht: „Versuche 1-3“ COPYRIGHT 1930 by GUSTAAV KIEPENHEUER VERLAG BERLIN Der Flug der Lindberghs（此の詩はいわゆる少年少女のためのラジオ教育劇の一つであるが、此の詩が第二次世界大戦後一九五〇年に南ドイツ放送局で放送されるにあたって、当時既にリンドバークがナチスと緊密な関係を持ったこと、また彼がアメリカでファシストとしての役割を演じたことを知ったブレヒトが一九五〇年一月三日、南ドイツ放送局に宛てて声明を発表し、そのタイトルの変更及び、リンドバークの名を削ること、更に幾つかの箇所を変更することを提案した事実がある。その結果ブレヒトはリンドバークの名を二重線で消し、その他は言葉を入れ替えた。従って私は引用するにあたって変更の箇所を（　）で補った。

（18）Erich Maria Remarque: Im Westen Nichts Neues. IMPROPYLÄEN Verlag. BERLIN 1929.

（19）Ernst Glaeser: Jahrgang 1902. GUSTAV KIEPENHAUER VERLAG. BERLIN 1929. S. 24.

（20）Ibid. S. 108.

（21）Ibid. S. 177-178.

（22）Ibid. S. 178.

（23）Ibid. S. 109.

（24）Ibid. S. 80.

（25）Ibid. S. 164-165.

（26）Ibid. S. 180.

（27）Ibid. S. 245.

（28）Ibid. S. 248.

（29）Ibid. S. 270.

（30）Ibid. S. 270.

（31）Ibid. S. 185.

（32）Ibid. S. 190.

(33) Ibid. S. 195.
(34) Ibid. S. 202.
(35) Ibid. S. 247.
(36) Ibid. S. 247.
(37) Ibid. S. 45.
(38) Ibid. S. 108.
(39) Ibid. S. 156-157.
(40) Ibid. S. 198.
(41) Ibid. S. 199.
(42) John Reed: Ten Days that Shook the World. 三一書房、昭和二一年。原光雄訳、一五頁。
(43) 杉浦明平：『記録文学の世界』徳間書店、昭和四三年、九六頁。
(44) Ernst Fischer: Von der Notwendigkeit der Kunst. Hamburg: Claassen Verlag GmbH 1967. S. 113.
(45) 杉浦明平・村上一郎編：『記録文学への招待』南北社、昭和三八年。内山　敏：『記録文学について』一一五頁。

(初出、二〇一一年七月、世界文学会「世界文学」第一一三号)

後書き

「前書き」で述べた如く、本書は一九六七年の私の初出の論文以来、四五年に亙る私の論文を加筆訂正し、四分野に分けて纏めたものである。先ず、第一の分野としての、日本の戯曲・演劇のみならず、絵画を中心にした分野にも多くの影響を及ぼしたドイツ表現主義は別にしても、第二の分野としての東ドイツ国家公安局と Biermann 追放事件をめぐって、それに反対した東ドイツの多くの作家達の協議、それを密かに録音した Manfred Krug のことに付いて、更に、その国家公安局と、結局は東ドイツ時代には出版出来なかった東ドイツの多くの作家達の作品集をめぐっての事件は、日本では殆ど未知のものであると自負している。

なお上記の事件とは別に第三の分野としての、日本では幾つかの翻訳はあるが、東西ドイツ統一迄、東ドイツ作家同盟議長の任にあった Hermann Kant の思考、作品に関しても未知の部分が多いと自負している。

第四の分野は Rudwig Renn の作品を中心とした新即物主義とルポルタージュを論じたものである。上記の分野の論文以外の幾つかの論文、最近の論文は枚数の関係もあり、残念ながら、収録出来なかった。

それにしても六三〇頁に亙る私の論文集を詳細綿密に検討され、語彙の誤記訂正を指摘し、表記の統一に尽力された鳥影社の樋口氏の援助なしには本論文集の出版は困難であったであろう。改めて、同氏に感謝する次第である。

二〇一八年五月

著者紹介

酒井 府（さかい・おさむ）

1934 年東京生まれ。

早稲田大学独文専修修士課程、東京都立大学独文専修博士課程修了。

獨協大学外国語学部名誉教授。

専攻　近現代ドイツ文学。

著書：

『ドイツ表現主義と日本——大正期の動向を中心に』早稲田大学出版部、2003 年。

訳書：

『アンネ・フランク、最後の七カ月』ウィリー・リントヴェル著、共訳・酒井明子、徳間書店、1991 年、他。

表現主義戯曲／旧東ドイツ国家公安局対作家／
ヘルマン・カントの作品／ルポルタージュ論

二〇一八年六月二五日初版第一刷印刷
二〇一八年七月一〇日初版第一刷発行

定価（本体三四〇〇円＋税）

著者　酒井 府
発行者　樋口至宏
発行所　鳥影社・ロゴス企画
長野県諏訪市四賀二二九—一（編集室）
電話　〇二六六—五三—二九〇三
東京都新宿区西新宿三—五—一二—7F
電話　〇三—五九四八—六四七〇
印刷　モリモト印刷
製本　高地製本

ISBN 978-4-86265-673-5 C 1098

好評既刊

（表示価格は税込みです）

五感で読むドイツ文学　松村朋彦

視覚でゲーテやホフマンを、嗅覚でノヴァーリスやT・マン、さらにリルケ、ヘルダーなど五感を総動員。　１９４４円

デーブリーンの黙示録　粂田 文

『November 1918』における破滅の諸相

ドイツ革命を描いたデーブリーンの大作に挑む研究評論。　１９４４円

スイス文学・芸術論集
小さな国の多様な世界　スイス文学会編

スイスをスイスたらしめているものは何か。文学、芸術、言語、歴史などの総合的な視座から明らかにする。　２０５２円

激動のなかを書きぬく　山口知三

二〇世紀前半のドイツの作家たち　クラウス・マン、W・ケッペン、T・マンの時代との対峙の仕方　３０４５円

世紀末ウィーンの知の光景　西村雅樹

これまで未知だった知見も豊富に盛り込む。文学、美術、音楽、建築・都市計画、ユダヤ系知識人の動向まで。　２３７６円